EUROPAVERLAG

Louise Boije *af* Gennäs

BLUTBLUME

Thriller

Widerstandstrilogie
Band 1

Aus dem Schwedischen
von Ulrike Brauns

EUROPAVERLAG

Die schwedische Originalausgabe ist 2017 unter dem Titel *Blodlokan* bei Bookmark förlag, Schweden, erschienen.

Dieses Werk ist fiktiv und der Fantasie der Autorin entsprungen. Die wiedergegebenen Artikel sind jedoch echt, genau wie die bislang unaufgeklärten »Affären«, die sie zum Thema haben. Bitte beachten Sie, dass Realität und Fiktion in diesem Buch parallel existieren.

© 2017 by Louise Boije af Gennäs
Published by agreement with Nordin Agency AB, Sweden
© 2019 der deutschsprachigen Ausgabe
Europa Verlag GmbH & Co. KG, München
Umschlaggestaltung: Hauptmann & Kompanie Werbeagentur, Zürich,
unter Verwendung eines Designs von Elina Grandin
Lektorat: Antje Steinhäuser
Layout & Satz: Robert Gigler, München
Gesetzt aus der Warnock Pro und der Bourton Base Drop
Druck und Bindung: CPI books GmbH, Leck
ISBN 978-3-95890-241-1

Alle Rechte vorbehalten.
www.europa-verlag.com

Zur Erinnerung
an meinen Vater, Hans Boije af Gennäs
(1922–2007)

»Die Fantasie versetzt uns in die Lage, die Wirklichkeit wahrzunehmen, bevor sie eingetreten ist.«

Mary Caroline Richards (1916–1999)

PROLOG

Der Schmerz war unerträglich. Er hatte eine Farbe: Außen rot, innen weiß, und er hatte sich in seinem Kopf festgesetzt. Es war unmöglich zu sagen, ob sein Körper noch mit seinem Gehirn verbunden oder einzelne Gliedmaßen abgetrennt worden waren. Der Geruch von Blut – seinem eigenen – war überwältigend und ekelerregend. Er würgte, aber in seinem Magen gab es nichts mehr, was er hätte erbrechen können.

Er verlor immer wieder das Bewusstsein, die Stimmen um ihn herum verschwanden, kehrten zurück. Sie sprachen eine Sprache, die er verstand, aber die Wörter wollten keinen Sinn ergeben. Trotzdem war ihm klar, was sie wollten: Er sollte kapitulieren und etwas preisgeben. Was er unmöglich tun konnte.

»... *Sara*.«

Der Name seiner Tochter ließ ihn leicht den Kopf heben, ein Stöhnen entwich seiner Kehle. Sofort folgte der weiß glühende Schmerz: Ein kräftiger Schlag gegen den Schädel. Das Rote breitete sich immer weiter aus und bedeckte nach und nach den weißen Kern.

Die beiden Männer betrachteten ihn: die nagellosen Finger, den Mund, in dem nun kein einziger Zahn mehr war, die zugeschwollenen Augen, die vielen Schnitt- und Brandwunden. Unter dem Tisch, neben zwei Elektroden, lag seine zerbrochene Brille. Der nackte Körper ruhte in unnatürlicher Haltung auf dem Tisch, nicht wiederzuerkennen nach den vielen Stunden der Folter.

Sie wechselten einen kurzen Blick, einer von ihnen nickte kurz.

Das Geräusch von einem Handy, das ein Foto schoss.

Der Geruch von Benzin: streng, beißend. Sein Gehirn wollte den Gedanken nicht verarbeiten, aber sein Körper reagierte trotzdem. Was sich noch in seinen Gedärmen befand, leerte sich auf den Tisch.

Heftiges Fluchen. Das Geräusch von leeren Blechkanistern, die draußen auf dem Hof auf das Pflaster schlugen. Dann Stille.

Bilder lösten sich in seinem Kopf ab.

Ein Ring.

Ein Siegel.

Ein Judaskuss.

»*Leiste Widerstand.*«

Dann die Familie: Elisabeths Hände; Saras Lächeln; Lina, die auf dem Pferd durch den Nebel eines sonnigen Herbstmorgens galoppiert.

Im nächsten Augenblick ein Blitz und eine Explosion, so heftig, dass sie alle Schmerzen, alles Leid und alle Farben, Gerüche und Gedanken auslöschte.

Etwas entfernt standen die beiden Männer und beobachteten die Flammen, die bis in den blassblauen Frühsommerhimmel schlugen. Rechts von ihnen – über den Baumkronen des Waldes – funkelte die Venus, der Abendstern. Nachdem sie einige Augenblicke lang den heftigen Brand betrachtet hatten, drehten die Männer sich um und gingen zu dem schwarzen Wagen, der unten am Weg geparkt war. Dahinter sprang gerade eine grau gestreifte Katze mit großen Sätzen quer über die Wiese und verschwand unter einer duftenden Traubenkirsche, deren Blüten weiß in der Dunkelheit leuchteten.

—≡≡—

Dear Sir/Madam,
ich wende mich an Sie, weil Sie Chefredakteur oder verantwortlicher Herausgeber einer Zeitung oder eines anderen Pressekanals (Funk, Fernsehen oder internetbasiertes Medium) sind, und ich Sie respektiere. Im Anhang finden Sie Dokumente, und ich wäre Ihnen sehr verbunden, wenn Sie einen Blick darauf werfen würden.
Ich habe viel auf mich genommen, um dieses Material zusammenzutragen. Andere Menschen mussten leiden, anfangs ohne mein Wissen, um zu verhindern, dass es Sie erreicht. Deshalb wäre ich Ihnen sehr verbunden, wenn Sie sich die Mühe machten, alles auf seine Echtheit zu prüfen, bevor Sie es ad acta legen.
Dabei werden Sie herausfinden, dass alle Dokumente, die ich diesem Schreiben beigelegt habe, authentisch sind. Ich kann verstehen, dass das anfangs schwer vorstellbar ist, weil das Material so umfangreich, tiefschürfend und entlarvend ist für eine Vielzahl führender Persönlichkeiten. Es berührt nicht nur mein Land, sondern eine Vielzahl weiterer Nationen überall auf der Welt. Mir ist bewusst, dass die Veröffentlichung dieses Materials schwerwiegende Folgen für viele Menschen haben wird, nicht nur in Schweden. Unsere ökonomischen Systeme sind verzweigt und international. Selbst auf Verteidigungs-, Handels- oder Migrationsebene oder im Bereich Arbeitskraft und Umwelt wird kooperiert.
Ich hoffe, dass Sie sich nicht vom Umfang des Materials oder den eventuellen Konsequenzen von einer Publikation abhalten

lassen, sondern es der Allgemeinheit zugänglich machen. Alle Mitbürgerinnen und Mitbürger haben das Recht, dies alles zu erfahren. Dies macht den Kern einer Demokratie aus, genauso des journalistischen Auftrags. Die Bevölkerung soll bestimmen. Aber ohne Wissen und Information kann niemand eine bewusste Wahl treffen.

Eine Spur zu mir werden Sie nicht finden. Ich hingegen werde voller Zuversicht darauf warten, dass das Material in den Medien auftaucht.

Vielleicht sollte ich noch anmerken, dass ich das gesamte Material gleichzeitig an Redaktionen auf der ganzen Welt geschickt habe. Manche werden es sicher sofort ablehnen, anderen wird ein Maulkorb verpasst. Trotzdem hoffe ich sehr, dass es jemand wagt, der Erste zu sein, der alles veröffentlicht ...

1. KAPITEL

»So«, sagte die kleine, rundliche Dame und öffnete die Tür, »und hier wohnen Sie.«

Ich schaute in ein minimalistisch eingerichtetes Schlafzimmer und spürte sofort, wie sich meine mühsam zusammengeraffte gute Laune verabschiedete. Ein schmales Bett auf vier Beinen, darauf ein orangefarbener, gestreifter Überwurf aus dünner Baumwolle. Er erinnerte mich sofort an unseren Überwurf im Sommerhaus, der aus den frühen Siebzigern stammte. Mein Zimmer in dem Studentenwohnheim in Uppsala vom letzten Jahr wirkte mit einem Mal geradezu luxuriös.

Neben dem Bett stand ein Nachttisch, und meine Vermieterin war bereits dort und ruckelte an der Schublade.

»Sie ist etwas schwergängig«, erklärte sie, »aber sie funktioniert. Das Bad liegt draußen im Flur, und Sie teilen es sich mit zwei anderen Bewohnern. Nutzen Sie bitte keinen Föhn dort drin.«

Die Dame – eigentlich passte Mütterchen besser – hatte sich als Siv vorgestellt. Jetzt verschwand sie schon wieder hinaus in den Flur, und ich folgte ihr nach einem letzten Blick in mein zukünftiges Zimmer. Die Deckenlampe hatte einen runden

Papierschirm, und auf dessen Boden, direkt unter der Glühbirne, war ein großer schwarzer Fleck – tote Fliegen? Auf dem Linoleumboden vor dem Bett lag ein Flickenteppich, auf dem jetzt die Katzentransportbox und meine rote Reisetasche standen. Am Fenster fanden sich ein abgenutzter Sessel und daneben eine Kommode mit drei Schubladen. Zudem gab es einen schmalen Schrank mit Drehknauf.

Siv hielt die Badezimmertür auf, und ich ging an ihr vorbei hinein. Es gab eine altmodische hellblaue Wanne mit einem sehr dreckigen Duschvorhang, eine Toilette mit gesprungener Plastikbrille, ein Waschbecken mit einer Armatur aus den Siebzigern (blauer Punkt für kalt, roter Punkt für warm). Blutrotes PVC auf dem Boden.

Sie deutete auf eine nicht geerdete Steckdose.

»Wer weiterleben will, lässt die Finger davon, sage ich immer.«

Sie lächelte über sich selbst, und ich folgte ihr wieder hinaus in den Flur.

»Bleibt noch die Kleinigkeit namens Miete«, sagte sie. »Sechstausendfünfhundert Kronen will ich pro Monat, im Voraus und in bar.«

»Hatten wir uns nicht auf sechstausend geeinigt?«, fragte ich.

Siv kräuselte die Lippen.

»Doch, aber Sie bringen ja eine Katze mit. Da ist mit Schäden und Problemen zu rechnen. Fünfhundert will ich extra, für die Katze.«

Ich seufzte und holte einen Umschlag aus den Untiefen meiner Handtasche, außerdem fischte ich noch einen Schein aus meinem schmalen Portemonnaie. Siv riss den Umschlag auf und zählte gierig die Fünfhunderter. Und genau da, im Schein der Neonröhre, wurde mir bewusst, dass ich mitten in der Stockholmer Wohnungsnot angekommen war. Solange ich zurückdenken konnte, hatte ich mich danach gesehnt: endlich mit dem Studium fertig sein; Uni und Kleinstadt hinter mir lassen; in die Hauptstadt ziehen. Jetzt war ich endlich hier. Der Herbst hatte gerade eingesetzt. Mein neuer Job wartete. Aber nichts passte, alles war falsch; nichts war, wie ich es mir erhofft hatte. Und ein Gefühl von Machtlosigkeit wuchs in mir.

Siv schaute mit bösen kleinen Augen von dem Geldbündel auf.

»Stimmt genau«, sagte sie. »Sie haben ein Fach im Kühlschrank, den ich Ihnen gezeigt habe. Essenszubereitung zwischen 17 und 19 Uhr, da müssen Sie sich mit den anderen beiden Bewohnern absprechen. Danach will ich meine Ruhe.«

»Und das WLAN?«, fragte ich. »Deckt die Miete das ab?«

»Bis 21 Uhr«, antwortete Siv. »Danach will ich es allein nutzen.«

»Okay«, sagte ich. »Nur noch eine Frage: Könnte ich das auch überweisen? Dann muss ich nicht extra welches abheben.«

Siv bedachte mich mit einem messerscharfen Blick.

»Wenn Sie ein Problem mit Bargeld haben, müssen Sie sich eine andere Bleibe suchen.«

»Verstehe«, sagte ich.

Sie ließ mich stehen und ging die Treppe runter. Durch das Fenster am anderen Ende des Flurs konnte ich Teile von Vällingby Centrum sehen. An die großen Kreise aus weißen Pflastersteinen konnte ich mich noch aus meiner Kindheit durch die Besuche bei Oma und Opa erinnern. Das sogenannte ABC-Stadt-Programm. Die Steine gab es noch, das Programm nicht mehr. Genauso wenig Oma und Opa.

Eine Erinnerung an meinen Wehrdienst: drei Stunden Schlaf; unebener Boden unter der dünnen Isomatte; ein irrer Sergeant, der laut die bevorstehende Visitation um fünf Uhr ankündigte. Kein Zuckerschlecken. Warum fühlte sich das hier also unendlich viel anstrengender an?

»Es wird dir guttun, nach Stockholm zu kommen«, hatte meine Mutter gesagt. »Anfangs wirst du dich wohl mit der Untermiete zufriedengeben müssen, aber das wird ja nicht ewig so bleiben. Irgendwann wirst du was Eigenes finden.«

Ich kehrte in mein Zimmer zurück und setzte mich auf das Bett mit dem orangefarbenen Überwurf. Erinnerungen lösten einander ab, begleitet vom üblichen Stechen in der Magengegend aus Sehnsucht nach meinem Vater: jener Abend, als er die Zusage bekommen hatte. Ich muss acht gewesen sein und Lina ungefähr zwei. Ich wusste nicht viel über das, was mein Vater so machte, aber hatte begriffen, dass vielleicht ein neuer Job in Aussicht stand. Und dann war es offensichtlich: Mama und Papa strahlten, Papa brachte frische Krabben zum Abendessen mit, und wir saßen bei brennenden Kerzen in der Küche und feierten. Mama und Papa tranken Weißwein statt Bier, und wir durften mit Limo anstoßen, obwohl nicht Wochenende war. Papa würde für die angesehene Behörde für internationale Entwicklungszusammenarbeit, *Sida*, arbeiten und nach Stockholm pendeln und viel ins Ausland reisen.

»Wirst du dann jetzt die Welt retten, Liebling?«, hatte Mama gefragt und ihm über die Wange gestreichelt.

Die Welt retten, hatte ich gedacht, das wusste ich noch. Sofort hatte ich James Bond, dem gefährliche Bösewichte dicht auf den Fersen waren, mit gezogener Pistole vor mir gesehen.

»Ich werde es auf jeden Fall versuchen«, hatte Papa lächelnd geantwortet.

»Ist es denn sehr gefährlich?«, hatte ich gefragt, woraufhin Mama und Papa in schallendes Gelächter ausbrachen.

Auch Lina hatte gelacht und mit dem Löffel auf den Tisch geschlagen: »*Fährlich! Fährlich!*«

»Nein, mein Schatz«, hatte Papa geantwortet, »es ist überhaupt nicht gefährlich. Ich versuche, Gutes zu tun, mehr nicht.

Wir leisten Entwicklungshilfe, unterstützen die Menschen, die es in anderen Ländern am schwersten haben.«

Das klang toll, auch wenn ich nicht wusste, was das lange Wort bedeuten sollte, das er da gesagt hatte. Aber ich fragte nicht weiter nach, sondern widmete mich stattdessen den Krabben.

Ein lang gezogenes Miauen holte mich zurück ins Jetzt. Simåns wollte raus, also schloss ich die Tür zum Flur und öffnete die Box.

»Simåns«, sagte ich, »jetzt sind wir angekommen. Hier werden wir wohnen, du und ich.«

Simåns strich durch das Zimmer und beschnupperte die fremden Gegenstände. Dann sprang er aufs Bett und betrachtete mich aus seinen klugen, grünen Augen. Plötzlich gähnte er, und ich konnte direkt in den rosa Schlund mit der rauen Zunge und den nadelspitzen, kreideweißen Zähnen sehen.

Wildtier.

»Du bist ein Wildling, Simåns«, sagte ich und kraulte ihn hinterm Ohr.

Simåns streckte sich und zuckte mit dem Schwanz. Dann kringelte er sich auf dem Überwurf zusammen und schlief ein.

Ich schlief schlecht in dem schmalen Bett, Mondlicht fiel durch die Lücken im Vorhang herein. Wie in den gesamten vergangenen sechs Monaten tauchte ich immer wieder aus dem Schlaf auf. Es war schwer, zwischen Traum und Wirklichkeit zu unterscheiden. Für einen Moment dachte ich, dass meine Tür lautlos geöffnet wurde und das Licht im Flur sich teilte, als stünde dort jemand und würde mich betrachten. Aber als ich mich nach wenigen Augenblicken etwas benebelt aufsetzte, war die Tür geschlossen, und das Zimmer lag im gleichen Halbdunkel wie zuvor.

Am nächsten Morgen klingelte mein Wecker um sieben Uhr. Im selben Moment kam eine SMS von meiner Mutter.

»*Wie geht es dir, mein Schatz? Alles in Ordnung?*«

»*Alles super*«, antwortete ich. »*Auf den Beinen und unterwegs zur Arbeit.*«

Sie schickte mir ein lächelndes Emoji, und ich ging ins Bad, um zu duschen. Die Tür war abgeschlossen, und drinnen rauschte Wasser. Also kehrte ich in mein Zimmer zurück und suchte, um die Wartezeit zu überbrücken, zusammen, was ich für den Tag brauchen würde. Eine Viertelstunde später war das Bad immer noch besetzt, und mir ging langsam die Zeit aus. Weitere fünf Minuten später klopfte ich an die Tür. Sie wurde sofort geöffnet, und ein Mittdreißiger mit langem Oberlippenbart kam zum Vorschein. Er sah verschlafen und wütend aus, die Augen zu schmalen Schlitzen gezogen, und er trug einen blauen Bademantel. Um den Hals hing ein rosa Handtuch mit hellblauen Elefanten, worüber ich unfreiwillig lächeln musste. Mein Lächeln stimmte ihn nicht gerade freundlicher.

»Ich dusche immer um sieben!«, sagte er mit Nachdruck. »Bitte respektieren Sie das!«

»Selbstverständlich«, sagte ich. »Entschuldigung. Mein Name ist Sara, ich bin gerade eingezogen. In das Zimmer am Ende des Flurs.«

Er musterte mich von Kopf bis Fuß und schien wenig beeindruckt von dem, was er sah.

»Jalil«, sagte er abweisend. »Ich komme aus Marokko.«

»Spannend«, sagte ich. »Wie lange sind Sie schon in Schweden?«

Ein weiterer, vernichtender Blick, soweit man das durch die fast zusammengekniffenen Augen beurteilen konnte.

»Lange genug, um zu wissen, dass man sich morgens um sieben Uhr noch nicht unterhalten muss«, sagte er und rauschte dann in seinem Bademantel davon. Ich schaute ihm nach. Er hatte absolut recht.

Der Bus nach Spånga kam pünktlich, aber die S-Bahn nach Sundbyberg hatte Verspätung, zudem wehte auf dem Bahnsteig ein eiskalter Wind. Etwa zehn weitere Passagiere standen außer mir dort und warteten, alle mucksmäuschenstill. Die meisten hörten Musik oder starrten auf ihre Handys. Ich seufzte laut und vertiefte mich dann selbst in die Internetseite des *Aftonbladet*.

Eine Viertelstunde später tauchte die S-Bahn endlich auf, proppenvoll. Wir konnten uns alle noch hineinzwängen, aber ob ich an meinem ersten Arbeitstag pünktlich sein würde, war mehr als fraglich. Kaum in Sundbyberg, sprang ich aus der Bahn und rannte zwischen den hohen Häusern hindurch, bis ich endlich das Café auf der anderen Seite eines kleinen Platzes entdeckte. Ich war derart außer Atem, als ich hineingepresscht kam, dass ich kaum sprechen konnte.

Zwei Frauen um die fünfzig arbeiteten bereits auf Hochtouren, die eine hatte schwarz gefärbte Haare, die andere war blondiert. Die Blondine war ein bisschen übergewichtig, die Schwarzhaarige schlank wie ein Spargel.

»Soso«, sagte die Schwarzhaarige und warf mir einen Blick zu, während sie den Serviettenhalter an der Theke nachfüllte. »Pünktlichkeit ist das A und O in der Gastronomie.«

»Entschuldigung«, keuchte ich. »Die S-Bahn ... kam eine Viertelstunde zu spät.«

»So ist das immer in Stockholm«, sagte die Blondine, lächelte und stützte sich auf den Besen. »Man muss viel Zeit einplanen.«

Sie kamen beide auf mich zu.

»Eva«, sagte die Schwarzhaarige und streckte mir die Hand entgegen.

»Gullbritt«, sagte die Blondine, und ich musste ein breites Grinsen unterdrücken.

Wie sollte sie auch sonst heißen.

»Na, dann!«, sagte Eva, band sich eine Schürze um und warf mir auch eine zu. »Hast du schon mal in einem Café gearbeitet?«

»Nein, leider nicht«, antwortete ich unbeholfen. »Aber das habe ich doch in der Mail geschrieben.«

»Familie?«

»Mutter und eine kleine Schwester. Mein Vater ist letztes Frühjahr in unserem Sommerhaus umgekommen.«

Keine Reaktion, außer dass Eva mich auffordernd ansah. Ich fühlte mich plötzlich unsicher, weshalb ich einfach weitersprach, obwohl mir nicht danach war.

»Die Polizei glaubt, er hatte einen Schlaganfall oder Herzinfarkt«, fuhr ich fort. »Außerdem gab es ein Problem mit dem Gasherd. Es kam zu einem Großbrand. Das ganze Haus fackelte ab, und mein Vater ... ja, er kam nicht rechtzeitig heraus. Man konnte nicht mehr feststellen, ob er schon tot war, als das Feuer ausbrach, oder ...«

Ich schluckte. Gullbritt schaute mich mitleidig an, während Eva mich aus schmalen Augen betrachtete. Sie schien mir nur so gerade zu glauben.

»Heftig«, sagte sie knapp. »Und es war sicher ein Unfall?«

»Jetzt halt dich mal zurück«, zischte Gullbritt und wandte sich dann an mich. »Du Arme!«

»Was hast du denn dann die ganze Zeit seit dem Schulabschluss gemacht?«, fragte Eva. Ich schluckte noch einmal.

»Direkt nach der Schule erst einmal eine militärische Grundausbildung, danach noch die Offiziersausbildung. Anschließend habe ich in Uppsala studiert. B.A. in Politikwissenschaft und Volkswirtschaft.«

Eva betrachtete mich weiter voller Misstrauen.

»Und was machst du dann hier, nach einer so tollen Ausbildung?«

»Jetzt beruhig dich, Eva, du weißt doch, wie schwer es die Jugend heute hat, eine Anstellung zu finden«, sagte Gullbritt und schob mich vor sich her in die Küche. »Jetzt fängst du erst mal an, Kartoffeln zu schälen.«

Zwanzig Minuten später türmte sich ein Berg frisch geschälter Kartoffeln neben mir auf dem Tisch. Darunter wartete jedoch noch ein weiterer riesiger Sack auf den Einsatz des Sparschälers. Ich schaute aus dem Fenster. Ein Stückchen Himmel ließ sich zwischen zwei hohen Gebäuden erahnen. Er war grau, dunkle Wolken jagten vorbei. Um mich aufzumuntern, schickte ich meiner kleinen Schwester eine Snapchat-Nachricht, ein Bild von mir mit tapferem Lächeln, auf dem ich den Daumen in die Luft recke, im Hintergrund der Kartoffelberg und der dunkelgraue Himmelsfitzel. *Work, bitch!*, schrieb ich auf das Bild.

Gullbritt war neben mir aufgetaucht.

»Ich hab doch gesagt, du sollst die Spülhandschuhe anziehen«, sagte sie. »Sonst bekommst du sofort Blasen am Daumen.«

Seufzend ließ ich das Telefon in der Schürze verschwinden und tat wie mir geheißen. Im selben Moment rumste es laut hinter mir, ich drehte mich um. Dort stand Eva mit einem breiten Grinsen, sie hatte einen neuen Sack auf den Tisch gewuchtet.

»Möhren!«, sagte sie auffordernd. »Mit denen kannst du gleich weitermachen, wenn du mit den Kartoffeln fertig bist.«

Mein Handy piepste. Lina hatte mit einem Bild von sich und ein paar Klassenkameraden geantwortet, die heftige Grimassen zogen. *Zeitalter der Revolution*, stand auf dem Foto. Ich musste lächeln. Lina sah endlich wieder zumindest ein bisschen fröhlich aus.

Der Tag wollte nicht enden. Erst ewig Gemüse schälen, dann kochen, kassieren und unfassbare Mengen an dreckigem Geschirr bewältigen. Es gab einen doppelstöckigen Geschirrspüler, der nonstop lief, aber alle großen Gefäße mussten von Hand gereinigt werden. Um achtzehn Uhr durfte ich mich endlich nach Hause schleppen, und da war es draußen schon dunkel. Ich hatte viel zu viele Stunden am Stück gearbeitet, wenn man unsere vertragliche Vereinbarung zugrunde legte, aber es schien nicht der richtige Moment zu sein, das anzusprechen.

Der Bus nach Vällingby hatte Verspätung, und als er endlich auftauchte, hielt er nicht, weil er schon überfüllt war. Erst um zwanzig vor sieben betrat ich das Reich von Siv, die ein Kleid mit Blumenmuster trug und mich mit einem bittersüßen Lächeln im Flur erwartete. Ihre Dauerwelle sah frisch aus. Vielleicht hatte sie meine erste Monatsmiete direkt zu einem Friseur nach Vällingby Centrum getragen.

»Ihnen bleiben noch zwanzig Minuten, sich etwas zu kochen«, sagte Siv. »Danach will ich die Küche für mich haben!«

In der Küche stand Jalil, der marokkanische Schnurrbartträger, in einem hellgrünen Hemd und knallroter Hose. Er hatte drei der vier Herdplatten belegt und bedachte mich mit einem vielsagenden Blick, als ich hereinkam.

»Ich koche abends immer …«, setzte er an, doch ich unterbrach ihn.

»Ja, ja«, sagte ich leicht säuerlich. »Würdest du vielleicht trotzdem ein bisschen Platz machen, damit ich Nudelwasser aufsetzen kann?«

Noch so ein Blick, den ich einfach ignorierte. Ich holte einen Topf aus dem Schrank, füllte ihn mit Wasser, stellte ihn auf den Herd und drehte voll auf. Ich musste mich heute also mit Spaghetti, Butter und Ketchup zufriedengeben.

Mal wieder.

Da lag ein langer Herbst vor mir.

»Hattest du einen schönen Tag?«, presste ich hervor und lehnte mich an den Tisch, während ich darauf wartete, dass das Wasser zu kochen anfing.

Zu meiner großen Verwunderung lächelte Jalil mich breit an, und da erst fiel mir auf, was für schöne Augen er hatte. Er pikte etwas mit der Gabel aus der Pfanne und reichte sie mir.

»Entschuldige, dass ich heute Morgen so grantig war«, sagte er. »Ich bin alles andere als ein Morgenmensch, da komme ich ganz nach meiner Mutter. Die spricht niemand vor Mittag an. Gebratene Paprika mit Chili und Kumin. Nimm dir ein Stück Brot, das ist ganz schön scharf.« Ich lächelte zurück.

»Das klingt perfekt«, sagte ich und nahm die Gabel entgegen. »Scharf ist genau das, was ich brauche.«

Jalil hatte recht: Es war sehr scharf. Ich rupfte etwas von dem Brot ab, das in einer Schale auf der Spüle stand, und wollte es mir gerade in den Mund stecken, als Jalil sich wieder zu mir umdrehte. Blitzschnell schlug er mir gegen die Hand, sodass das Brot auf den Boden fiel.

»Was soll das?«, fragte ich schockiert. »Du hast doch gesagt ...«

»Doch nicht *das* Brot!«, zischte Jalil mit einem Blick zur Tür. »Das ist von der Ollen! Die anderen hier sagen, dass sie da Rattengift reinsteckt und es in den Keller legt. Pass bloß auf, dass deine Katze da niemals hingeht!«

Rattengift? *In der Küche?* Wo war ich denn hier gelandet?

»Das Baguette auf dem Tisch ist von mir«, sagte Jalil. »Nimm dir was davon.«

»Danke, das ist nicht nötig«, erwiderte ich matt. »Ich bleibe lieber bei der Pasta.«

⇉ ⇇

Nachdem ich gegessen, Simåns gefüttert und eine Runde mit ihm an der Leine gedreht hatte, rief ich meine Mutter an. Sie hob direkt ab.

»Wie geht es dir?«, fragte sie.

»Och, na ja«, sagte ich und spürte plötzlich, wie entmutigt und verzweifelt ich war. »Tja ... wo soll ich anfangen? Irgendwie ist es schon komisch. Hatte nicht gedacht, dass ich ausgerechnet hier landen würde, als ich ein A für meine Examensarbeit bekam.«

»Nicht landen«, betonte Mama. »Zwischenlanden! Das ist ein Unterschied.«

»Vielleicht«, erwiderte ich.

»Fang mal von vorn an«, forderte Mama. »Was ist komisch?«

Also erzählte ich von meinem ersten Tag in Stockholm, und Mama lachte und stöhnte abwechselnd. Das Rattengift erwähnte ich nicht; meine Mutter machte sich schon genug Sorgen.

»Warst du denn wenigstens schon in der Innenstadt?«, fragte sie. »Ich weiß doch, wie sehr du dorthin willst. Aber du hältst dich von der Drottninggatan fern, so wie du's versprochen hast, ja? Und keine Kopfhörer in den Ohren, vergiss das nicht!«

»Mama«, sagte ich geduldig. »Die Drottninggatan ist jetzt vermutlich die sicherste Straße in ganz Stockholm. Meinst du allen Ernstes, dass die zweimal den gleichen Ort nehmen würden?«

»So abwegig ist das gar nicht«, entgegnete sie.

»Dann vergiss du bitte nicht, dass ich beim Militär war«, sagte ich. »Sogar Feldwebel.«

»Wie genau schützt dich das vor einem verrückten Selbstmordattentäter oder einem rasenden Lastwagen?«, fragte sie.

Oder einem kaputten Gasherd in einem ganz gewöhnlichen Sommerhaus, hätte ich erwidern können. Aber ich ließ es bleiben.

Stattdessen musste ich feststellen, dass jemand nebenan den Fernseher eingeschaltet hatte. So laut, dass man jedes einzelne Wort verstehen konnte. Ich seufzte und ging in die entgegengesetzte Ecke meines Zimmers. Aber es machte keinen Unterschied.

»Was ist denn da plötzlich so laut?«, fragte Mama. »Hast du den Fernseher angemacht?«

»Nein«, antwortete ich. »Der Nachbar auf der anderen Seite der Wand.«

Wir schwiegen einen Moment. Der Moderator sprach von der Problematik, dass immer mehr Kinder Allergien entwickelten. Mein Nachbar gähnte laut, und ich hätte schwören können, dass ich sogar hören konnte, wie er sich kratzte.

»Wie sieht es in dir aus?«, fragte Mama.

»Unverändert«, antwortete ich. »Und in dir?«

»Ich finde das immer noch so unwirklich«, sagte sie. »In einer Woche muss ich wieder an die Uni, dann läuft meine Krankschreibung aus. Aber ich habe keine Ahnung, wie das gehen soll.«

Mama war Bibliothekarin und hatte eine Zeit lang Literaturwissenschaften studiert. Sie arbeitete seit vielen Jahren für die Hauptbibliothek der Universität Örebro, sprang aber manchmal als Vertretung ein, um Vorlesungen in Literatur- oder Filmwissenschaften zu halten. Sie liebte das Lesen, besonders der Klassiker, und hatte der gesamten Familie die Augen für die Literatur geöffnet. Sie hatte mir Charles Dickens und Sofi Oksanen in die Hände gedrückt, und dank ihr hatten wir genauso gern Filme von Alfred Hitchcock oder Woody Allen gesehen wie Fernsehserien wie *Homeland* oder *Modern Family*.

»Es ist wichtig, dass du arbeiten gehst«, sagte ich. »Du musst wieder in die Spur kommen.«

Mama seufzte.

»In der Theorie klingt das ja auch toll. Aber heute stand ich im Supermarkt und hatte keine Ahnung, warum ich dort war. Mir war klar, dass ich einkaufen wollte, aber ich konnte den

Einkaufszettel nicht finden und mich nicht daran erinnern, was ich brauchte. Und dann wollte ich deinen Vater anrufen ... In dem Moment war mir klar, dass ich nach Hause musste. Ich bin mir einfach nicht sicher, ob ich das mit der Arbeit schon wieder hinbekomme.«

Mein Nachbar stellte den Fernseher leiser. Nahm offenbar sein Telefon zur Hand und rief jemanden an. Es klang so, als stünde er mitten in meinem Zimmer, und ich versuchte, das Mikro meines Handys abzudecken.

»*Hey, Tompa*«, sagte er laut. »*Hier ist Sixten ...! Ja, Scheiße, oder ...?*«

Mehrere Sekunden Stille.

Ich dachte nach.

»Ich kann wieder nach Hause kommen und dich unterstützen«, sagte ich. »Was ich hier mache, ist sowieso völlig sinnfrei.«

»Nein«, sagte Mama mit Nachdruck. »Ich will, dass du in Stockholm bleibst und dein Leben anfängst. Nach dem, was im Winter passiert ist, hast du ...«

Sie zögerte.

»Ein bisschen neben dir gestanden«, vollendete ich den Satz.

»*Nein, aber es ist einfach verdammt viel auf der Arbeit, du weißt ja, wie das ist*«, sagte Sixten.

»So könnte man es nennen«, sagte Mama. »Und dann dazu noch das mit Papa. Du musst weg von zu Hause, das spüre ich. Sonst bleibst du in der Trauer hängen.«

Ganz wie du, dachte ich, sprach es aber nicht aus.

»Wie geht es Lina?«, fragte ich. »Ist sie im Stall?«

»Ja«, sagte Mama. »Und gerade für sie ist es wichtig, dass du und ich weitermachen. Sonst droht die nächste Depression.«

Lina, meine geliebte, pferdeverrückte Schwester. Ich sah sie vor mir, wie ich sie immer im Gedächtnis hatte: eine charmante, freche Zwölfjährige mit Lachgrübchen und blondem Pony, der unter der Reitkappe hervorlugte, ein kleiner Mensch, der fast alles tun würde, um andere froh zu machen, egal ob Mensch oder Tier. Lina riss es zwischen extremen Gefühlen hin und her: Freude und Verzweiflung, Hoffnung und Resignation, aber brachte man sie zum Lachen, kam sie sofort wieder in die Balance. Zwischen uns lagen sechs Jahre, mittlerweile war Lina jedoch keine kleine Mittelstufenschülerin mehr – sie war achtzehn Jahre alt und im letzten Jahr am Gymnasium. Im Herbst hatte sie mit den Vorbereitungen für die Schwedischen Meisterschaften im Vielseitigkeitsreiten begonnen, aber nach Papas Tod und allem Drumherum hatte sie aufgehört zu trainieren und war in eine Depression verfallen. Es war uns gerade erst geglückt, sie wieder in den Sattel zu setzen, insofern verstand ich sehr gut, was Mama meinte.

»*Aber ich dachte halt, scheiß drauf. Es wird wirklich Zeit, Tompa wiederzusehen und ein Bierchen zusammen zu trinken*«, brüllte Sixten nebenan.

Er klang sehr überzeugend.

»Wer schreit denn da so?«, fragte Mama. »Hast du Besuch?«

»Nein, das ist mein Nachbar im Zimmer nebenan«, erklärte ich. »Ist ziemlich hellhörig hier.«

»Klingt nicht gut«, sagte Mama. »Ich mache mir trotz allem ein bisschen Sorgen. Ich habe mit Björn gesprochen, und er war auch betrübt über deine Situation.«

Björn war einer von Papas Kollegen, der über die Jahre zu einem Freund der Familie geworden war. Eigentlich war er ein ziemlicher Playboy, aber nach Papas Tod hatte er sich sehr für uns eingesetzt. Trotzdem fand ich es nicht gerade toll, dass ich Thema zwischen ihr und Björn war.

»Warum sprichst du mit Björn über mich?«, fragte ich. »Er hat doch nichts mit mir zu tun.«

»Björn will nur das Beste für dich und Lina«, sagte Mama. »Er war eine wunderbare Hilfe, das musst du zugeben.«

Nachdem Papa in unserem Sommerhaus verbrannt und die Familie zusammengebrochen war, hatte Björn das Ruder übernommen und sich um alles Schwierige gekümmert: die Identifizierung; den Kontakt mit der Polizei; die Traueranzeige in der Zeitung; die Beerdigung.

»Genau wie Fabian«, fuhr Mama fort. »Ich bin so dankbar dafür, dass die alten Freunde deines Vaters uns unterstützen und noch immer an dich und Lina denken. Meiner Meinung nach sollten wir so viel Hilfe und Unterstützung annehmen, wie wir können!«

Fabian war Papas bester Freund aus Studienzeiten und ihm viel ähnlicher, sowohl was das Aussehen als auch die Persönlichkeit anging. Das machte es leichter, ihm nahezukommen, auch wenn er etwas direkter sein konnte als Björn.

»Björn möchte dich zum Mittagessen einladen«, fuhr Mama fort. »Und über deine Zukunft sprechen.«

»Nein«, sagte ich bestimmt. »Ich habe gerade keine Lust, einen von ihnen zu treffen.«

»Aber Sara ...«, tadelte Mama.

»*Warum denn nicht jetzt sofort?*«, brüllte Sixten. »*Verdammte Olle ...!*«

Er lachte heiser, aber laut durch die Wand. Es klang, als stünde er direkt neben mir.

»Mach dir um mich keine Sorgen«, sagte ich. »Ich komme schon klar, bin schließlich Ex-Militär, schon vergessen? Ich schaff das.«

»Du klingst genau wie dein Vater«, sagte Mama, ich konnte richtig hören, dass sie lächelte.

Eine Sekunde später brach sie in Tränen aus.

»Mama«, sagte ich hilflos.

»*Und wie ist es mit Mittwoch?*«, dröhnte Sixten. »*Oder Donnerstag? Sag ihr, dass es scheißwichtig ist.*«

»Alles in Ordnung«, nuschelte Mama. »Das geht vorbei.«

Darauf konnte ich nichts erwidern, wünschte mir einfach nur, sie in den Arm nehmen zu können.

Und dass dieser verdammte Tompa sich auf ein Treffen mit Sixten am Donnerstag einließ, damit ihr nervtötendes Telefonat endlich ein Ende fand.

Spät am Abend, als bei Sixten endlich Ruhe eingekehrt und ich fast eingeschlafen war, piepste mein Handy. Eine SMS von Mama.

»*Habe mit Björn und Fabian gesprochen. Fabian wollte wissen, wie es dir geht und was du machst. Ich hab ihm vom Café erzählt, und jetzt glaube ich, dass er vorbeischauen wird. Das ist doch wirklich nett von ihm!*«

Ich fluchte leise. Ich wollte keinen Besuch im Café, wollte nicht das geringste bisschen Aufmerksamkeit, bis ich aus der sonderbaren Blase aufgetaucht war, die mich umgab, seit an einem sonnigen Vormittag Ende Mai die Polizei vor der Tür stand. Und bereits lange davor. Aber das konnte ich Mama nicht erzählen. Wenigstens war Fabian ein bisschen besser als Björn.

»*Super*«, schrieb ich zurück.

»*Und Björn möchte sich sehr gern mit dir in der Stadt treffen. Bitte, Sara! Tu's für mich!*«

Ich murrte leise.

In dem Moment kam fast das gleiche Murren von der anderen Seite der Wand. Ich blieb wie versteinert im Bett liegen, bis ich verstand, was es war: Sixten schnarchte.

Ich legte das Handy auf den Boden, zog das Kissen über den Kopf und versuchte zu schlafen.

Es war schwer, Mama etwas abzuschlagen, besonders jetzt; also fuhr ich Samstagvormittag in die Stadt, um Björn zu treffen. Es war die erste Gelegenheit, mich in die Stadt zu begeben, und Mama hatte völlig recht: Was hatte ich diesen Tag herbeigesehnt. Deshalb plante ich großzügig Zeit ein. Björn und ich waren um ein Uhr verabredet, aber schon um halb zwölf verließ ich die U-Bahn-Station Stureplan und schlenderte über den Platz. Der Pilz sah aus wie bei all meinen früheren Stockholmbesuchen, aber das Gefühl war ein anderes: Das war jetzt meine Stadt, ich wohnte hier. Nicht direkt am Stureplan, sondern in Vällingby, achtzehn U-Bahn-Stationen entfernt, aber immerhin.

Ich stellte mich unter den Pilz und beobachtete die Leute um mich herum. Überall coole, gut gekleidete, schöne Menschen, und ich musste an den Comedian Jim Jefferies denken, der mal gefragt haben soll: »*Töten die Schweden eigentlich ihre hässlichen Babys?*«

Rechts von mir lag der Sturehof mit seiner voll besetzen Terrasse. Ich machte mich auf den Weg dorthin und warf einen Blick auf die Speisekarte. Gedünsteter Saibling für 320 Schwedische Kronen. Gegrillter Mälarzander für 360 Kronen. Steinbutt für 485 Kronen. Das konnte ich mir unter keinen Umständen leisten. Ich stöhnte leise, versuchte, unbeeindruckt zu wirken, und ging weiter.

Ich ließ die Einkaufspassage Sturegallerian rechts liegen. Hundert Meter weiter lag das Trendrestaurant Brillo, von dem ich gelesen hatte. Auch hier war die Terrasse stark frequentiert, aber davon ließ ich mich nicht beeindrucken. Mit dem Rücken zum Restaurant hielt ich das Handy vor mich, achtete darauf, dass das bunte TAVERNA-Schild gut zu erkennen war, lächelte breit und drückte auf den Auslöser. Eine schöne Aufnahme von mir, lächelnd und mit Sonnenbrille vor einem der angesagtesten

Lokale Stockholms, tauchte auf dem Display auf. Ich musste sie sofort bei Instagram teilen und schrieb noch darunter: »*Eeeeendlich in Stockholm! Jetzt fängt mein neues Leben an!*«

Dann setzte ich mich an einen der Tische und versuchte, so auszusehen, als hätte ich nie etwas anderes getan, als Kaffee bei Brillo in der Sonne zu trinken. Der Typ am Nebentisch lehnte sich lächelnd zu mir und sagte: »Neu in der Stadt?«

»Ist es so offensichtlich?«, fragte ich verlegen.

Die Bedienung kam, und ich bestellte einen einfachen Kaffee. Unter meinem Instagrambild wuchs die Zahl der Likes, auch Kommentare kamen dazu: »*Ooooh, Glückspilz!*«, von Lina, »*Coole Sara*«, schrieb meine Freundin Sally und »*Wünschte, ich wäre auch da*« Flisan. Dann wurde es wieder still.

Ich lehnte mich zurück. Der Typ neben mir war weg, stattdessen nahmen ein paar hübsche Mädels den Tisch in Beschlag. Sie steckten von Kopf bis Fuß in exklusiven Markensachen, Modell »Gammel-Samstag«: Trainingshose von Nike, Tigerpulli von Kenzo. Ihre Jacken waren garantiert von Moncler, die Schuhe Vans oder Adidas. Ich zog langsam meine Füße mit den abgetragenen Chucks unter den Stuhl.

Eine Woge von Einsamkeit überkam mich. Wem wollte ich denn eigentlich etwas vormachen? Meine neue Bleibe in Stockholm bestand aus einem gemieteten Zimmer bei einer unheimlichen Alten in Vällingby und mein spannender Job daraus, in Sundbyberg als Kartoffelschälerin zu schuften. Ich ließ mein Leben in den sozialen Medien besser erscheinen, als es in Wirklichkeit war; warum, konnte ich nicht mal sagen. Ich wollte nicht, dass andere mich bemitleideten, sondern sehnte mich nach echter Gemeinschaft, so wie ich sie beim Militär erlebt hatte.

Aber diese Zeit war vorbei. Jetzt saß ich bei Brillo, zwischen den Schönsten Stockholms, die sicher sowohl am Stureplan wohnten als auch arbeiteten. Ich hingegen hatte eine inzwischen kalt gewordene Tasse Kaffee vor mir und wagte nicht mal, die Bedienung zu bitten, mir nachzuschenken.

—⇒ ⇐—

Um ein Uhr stand ich auf der Treppe vor dem Theater Dramaten und wartete auf Björn. Ich war zu früh und Björn wie immer genau pünktlich. Papa hatte darüber oft gescherzt, als sie Kollegen waren: dass man die Uhr nach Björn stellen konnte und dass das einer der Gründe für sein beispielloses berufliches Vorankommen bei verschiedenen Behörden war. Mein Vater und Björn hatten sich früh durch den Job kennengelernt und seither den Kontakt gehalten, ohne dass der Rest der Familie richtig verstand, warum – wir fanden alle, dass Björn und Papa unterschiedlicher nicht sein konnten. Jetzt erkannte ich Björn bereits aus der Ferne, das halblange, stahlgraue Haar zurückgekämmt, wie es sonst die Grünschnäbel in der Finanzbranche für gewöhnlich trugen. Björn war immer gut gekleidet: Heute trug er eine Jeans und einen Pullover unter einem kamelfarbenen Mantel. Ein Paar Lederhandschuhe rundete das Outfit ab.

»Hallo, Sara«, sagte er und umarmte mich. »Wie schön, dich zu sehen! Dann können wir ja los?«

Björn wollte mich eigentlich zum Essen einladen, aber ich wollte lieber eine Runde in Djurgården spazieren gehen. Mein Plan war, das Ganze sehr kurz zu halten. Wir schlenderten über den Strandvägen und dann rechts über die Brücke. Von dort wollte Björn sich links halten, am Wasser entlang, und ich stimmte sofort zu, weil ich vorhatte, schon bald zu behaupten, zurück zu Simåns zu müssen, und dann bei Djurgårdsbrunn in den Bus zu steigen. Wir kamen am Restaurant Ulla Winbladh vorbei, wo ein Kiesweg die Straße ablöste, auf dem nicht so viele Menschen unterwegs waren. Björn schielte zu mir herüber.

»Wie geht es dir?«, fragte er.

Ich setzte eine unschuldige Miene auf.

»Gut, das hab ich doch schon gesagt«, antwortete ich. »Als du die Frage vorhin gestellt hast und ich sie dir beantwortet habe.«

Björn lächelte.

»Ja, aber jetzt hätte ich gern die echte Antwort.«

Langsam wurde ich wütend. Björn und Fabian glaubten beide, sie wären fantastische Menschenkenner, die genau wussten, wie es uns allen »eigentlich« ging, und uns das nur zu gern erzählen wollten.

Oder lag es daran, dass ich gerade viel zu reizbar war?

Ich lächelte Björn gezwungen an.

»Mir geht es nichts als gut«, sagte ich. »Und selbst?«

Mein Ton war ironischer als beabsichtigt. Björn sagte sicher eine Minute lang nichts, sondern ging einfach weiter. Ich lief neben ihm her, bis ich mich beruhigt hatte.

»Entschuldige«, sagte ich dann. »Ich wollte nicht unhöflich sein.«

»Du weißt, dass ich mich nicht aufdrängen will«, sagte Björn. »Mir lag sehr viel an Lennart, und ich möchte einfach nur sicherstellen, dass es dir und Lina gut geht. Und Elisabeth selbstverständlich. Wenn ich irgendwas tun kann, um euch zu unterstützen, mache ich das wirklich gern. Was auch immer es ist.«

»Das ist toll«, sagte ich. »Aber mir fällt wirklich nichts ein, bei dem wir Unterstützung bräuchten. Sollte sich das ändern, melde ich mich gern.«

Wir liefen eine ganze Weile schweigend weiter, und ich suchte nach einem guten Gesprächsthema. Als ich gerade den Mund öffnen und Björn fragen wollte, wie es um seine Pläne stand, ins Ausland zu gehen, kam uns jemand entgegen. Eigentlich sah er ziemlich alltäglich aus mit seiner Jeans und Jacke, wäre da nicht dieser auffällige schwarze Hut auf seinem Kopf gewesen, der nicht zu seiner sonstigen Aufmachung passte. *Zorro*, dachte ich grinsend und wollte gerade eine lustige Bemerkung machen, da kam der Mann zu uns. Björn blieb zunächst wie angewurzelt stehen, dann entfernten sie sich ein paar Schritte und sprachen leise miteinander. Auch ich blieb stehen, zutiefst verwundert. Wer war das, und was wollte er? Kannte er Björn?

Meine Verwunderung steigerte sich, als ich beobachtete, wie sich der Mann zu Björn lehnte und ihm einen Arm um die Schultern legte. Es sollte wohl eigentlich eine freundliche Geste sein, machte aber einen bedrohlichen Eindruck. Der Mann drückte Björn mit gespielter Zärtlichkeit ein paarmal seitlich an sich und schüttelte ihn dabei leicht, dann lächelte er. Björn hingegen sah todernst aus, fast blass.

»War jedenfalls schön, dich zu sehen, Björn«, sagte der Mann laut. »Du musst wirklich gut auf dich aufpassen. Wir bauen auf dich, das weißt du.«

Björn antwortete nicht. Nach wenigen Sekunden ließ der Mann von ihm ab, nickte mir aufmunternd zu und ging dann weiter. Ich schaute ihm verwundert nach. Björn rollte ein paarmal die Schultern, als wäre er soeben eine große Last losgeworden.

»Wer war das?«, fragte ich.

»Niemand«, antwortete Björn. »Vielmehr: jemand, den ich über die Arbeit kenne. Aber niemand Wichtiges.«

Wir setzten uns wieder in Bewegung.

»Du siehst gestresst aus«, sagte ich nach einer Weile. »Willst du das nicht vielleicht doch erklären?«

Björn schwieg, dann blieb er plötzlich stehen. Ich auch. Und so standen wir da und betrachteten einander.

Björn war genauso alt wie mein Vater, etwas über sechzig, aber er wollte offenbar jünger wirken. Ich wusste, dass er ziemlich eitel war, dass er Motorrad fuhr und gerade frisch geschieden war. Ich untersuchte ihn mit unvoreingenommenem Blick: das lange Haar;

die leichte Bräune – Bräunungscreme? –, die sich seit dem Sommer hielt; die teure und maßgeschneiderte Kleidung. Mit einem Mal erfüllte mich eine so heftige Verachtung, dass ich mich fast dafür schämte: Die Verachtung eines jungen Menschen für einen älteren, der unbedingt jung erscheinen wollte, und dann wurde ich rot. Seit wann war ich so hart, ohne eine Unze Mitgefühl? Lag es an meiner Wut darüber, dass er sich weigerte, meine Fragen zu beantworten? Ich machte schließlich genau das Gleiche.

Beim nächsten Satz aus seinem Mund löste sich das letzte bisschen Sympathie in Luft auf.

»Weißt du, dass dein Vater in zwielichtige Geschäfte verwickelt war?«, fragte er. »Geschäfte, die man besser keiner näheren Prüfung unterziehen sollte.«

Ich starrte ihn nur an. Dann platzte es aus mir heraus.

»Du«, sagte ich eiskalt, »wenn es auf diesem Planeten jemanden gab, der durch und durch rechtschaffen war, dann war das mein Vater. Nur weil du offenbar irgendwelche Probleme hast, musst du nicht schlecht über ihn reden. Und ich muss jetzt dringend nach Hause zu meiner Katze!«

Björn betrachtete mich voller Skepsis. Allein bei dem Anblick bekam ich Bauchschmerzen, also entfernte ich mich mit schnellen Schritten Richtung Djurgårdsbrunn. Aber er holte mich schnell ein.

»Sara, warte«, sagte er. »Das ist jetzt völlig falsch rübergekommen. Ich weiß doch selbst, was für eine ehrliche Haut dein Vater war. Aber ich glaube, er wurde da in etwas hineingezogen. Gegen seinen Willen.«

»Und woher willst du das wissen?«, fragte ich, ein wenig außer Atem durch das hohe Tempo.

»Ich weiß gar nichts«, antwortete Björn. »Ehrlich gesagt, spekuliere ich nur. Aber das würde ich eben gern mit dir zusammen tun, statt allein vor mich hin zu grübeln.«

Ich blieb auf der Brücke stehen.

»Weißt du was?«, fragte ich Björn und schaute ihm dabei direkt in die Augen. »Ich bin wirklich dankbar für deine Sorge, aber was Papa angeht, bist du auf der falschen Fährte.«

Über Björns Schulter sah ich den 69er Bus.

»Okay«, sagte Björn und hob entschuldigend die Hände. »Du hast sicher recht. Dann scheine ich mich geirrt zu haben und werde dich nicht noch mal behelligen.«

Ohne zu antworten, überquerte ich die Straße und stellte mich an die Haltestelle. Aus den Augenwinkeln sah ich, dass Björn am Ufer entlang zurückging, den Weg, den wir gekommen waren. Er ging mit zögerlichen Schritten, die Hände tief in den Taschen vergraben. Eine Woge schlechten Gewissens überkam mich, als ich ihn Richtung Wald verschwinden sah.

Mitten in der Nacht erwachte ich mit einem Ruck. Mein Herz schlug heftig, ohne dass ich wusste, was mich geweckt hatte. Aber dann ertönte es wieder: ein lang gezogenes Heulen wie von einem Hund. Oder einem Wolf.

Ich setzte mich auf und machte Licht. Das Heulen kam von der anderen Seite der Wand. Offenbar von Sixten.

Ich stand auf, zog den Bademantel an und ging hinaus in den langen Flur. Niemand anders war zu sehen. Aber Sixtens Klagelied drang durch Mark und Bein.

Unter Jalils Tür war Licht zu sehen, also huschte ich hin und klopfte an. Sofort erlosch das Licht im Zimmer. Kein weiteres Geräusch war zu hören. Niemand öffnete.

Ich fluchte. Konnten die alle wirklich so wenig empathisch sein? Was, wenn Sixten da drin lag und starb? Also trat ich vor seine Tür und klopfte dreimal laut an.

Sie flog auf, und im Rahmen erschien Sixten. Ich hatte ihn schon mal gesehen, aber nicht so. Er war ein breiter, untersetzter Mann um die sechzig, trug ein gelb-schwarzes T-Shirt vom Sportclub AIK, das einen breiten Bereich zwischen Shirtsaum und Schlafanzughose unbedeckt ließ. Außerdem schien ihm eine große Anzahl Zähne zu fehlen. Er grinste breit und blinzelte, während er mit der einen Hand die Tür aufhielt und sich mit der anderen am Bauch kratzte.

»Na, hallo«, sagte er freudig. »Wie schön! Möchtest du reinkommen?«

Ich starrte ihn an.

»Was geht denn hier vor?«, fragte ich. »Es ist zwei Uhr nachts, und Sie heulen hier rum wie ein angeschossener Wolf.«

Sixten kicherte.

»Das klingt ja toll!«, sagte er. »*Angeschossener Wolf.* Das muss ich mir merken!«

»Äh, hallo?«, sagte ich. »Sie wecken das ganze Haus! Was soll das?«

Sixten schaute übertrieben in beide Richtungen.

»Soweit ich sehen kann, ist hier niemand außer dir«, sagte er. »Willst du nicht reinkommen?«

»Warum schreien Sie so?«, fragte ich.

Sixten zuckte mit den Schultern und riss die Augen auf.

»Vietnamveteran?«, fragte er zurück. »Oder aber mir ist einfach ein bisschen langweilig?«

Wir starrten uns ein paar Augenblicke lang an. Sixten kicherte leise. Dann machte ich auf dem Absatz kehrt und ging zurück zu meinem Zimmer, während Sixten seine Tür wieder zumachte.

Meine Tür war verschlossen.

Ich zog kräftig an der Klinke.

Sie ließ sich nicht öffnen, sie war abgeschlossen. Und als ich das Ohr näher brachte, konnte ich drinnen Stimmen hören.

Ohne nachzudenken, stapfte ich durch den Flur bis zum Zimmer meiner Vermieterin und klopfte mit Wucht an. Niemand antwortete, aber die Tür ging von selbst auf.

Siv saß an ihrem Schminktisch vor einem Spiegel, der von warmgelben Glühbirnen eingerahmt war wie in einer altmodischen Theatergarderobe. Sie hatte einen hellrosafarbenen, flauschigen Bademantel an, und als sich unsere Blicke im Spiegel trafen, musste ich unwillkürlich keuchen. Um den Kopf trug sie einen engen Strumpf oder eine Mütze, die dauergewellte Betonfrisur ruhte auf einem Holzstumpf auf einem Beistelltisch.

Siv hatte eine Perücke.

»Oh, Verzeihung!«, rief ich und schloss die Tür mit einem Knall.

Dann blieb ich in der Dunkelheit stehen, unsicher, was ich als Nächstes tun sollte. Schon öffnete sich die Tür wieder, und da stand Siv. Sie sah aus wie immer – mit ihrer dauergewellten Betonfrisur auf dem Kopf.

»Was wollen Sie?«, fragte sie barsch. »Es ist zwei Uhr nachts, und ich will meine Ruhe.«

»Ich habe mich ausgesperrt«, sagte ich. »Sixten hat geheult wie ein Verrückter, haben Sie das nicht gehört? Deshalb bin ich rausgegangen. Jetzt ist jemand in meinem Zimmer und hat von innen abgeschlossen.«

Siv starrte mich an.

»Was reden Sie denn da für einen Unsinn?«, fragte sie.

Dann nahm sie einen kleinen Schlüssel von einem Haken und lief durch den Flur bis zu meinem Zimmer. Dort griff sie nach der Klinke, ohne vorher aufzuschließen, und öffnete die Tür weit.

Sie war nicht verschlossen, das Zimmer leer.

Siv betrachtete mich eine Weile aus verkniffenen Augen.

»Nehmen Sie Drogen?«, fragte sie schließlich. »Dann können Sie sich nämlich sofort eine neue Bleibe suchen.«

»*Nein*, ich nehme keine Drogen!«, erwiderte ich schockiert. »Ich habe Stimmen gehört, und die Tür war abgeschlossen! Von innen!«

Siv lächelte, ein freudloses, schmales Lächeln.

»Aber sie war ja nicht abgeschlossen«, sagte sie in besorgniserregend weichem Tonfall.

Dann schwebte sie zurück zu ihrem Zimmer und drückte die Tür demonstrativ zu.

Ich selbst betrat mein Zimmer und schloss hinter mir ab, bevor ich genauestens kontrollierte, ob etwas fehlte oder verstellt worden war. Absolut nichts deutete darauf hin, dass jemand hier gewesen war. Ich meinte, schwach Alkohol riechen zu können, aber das konnte genauso gut Einbildung sein.

Überzeugt davon, nicht wieder einschlafen zu können, holte ich meine Kulturtasche hervor und fand schnell die kleine Schachtel mit den Tabletten, die mir mein Hausarzt verschrieben hatte.

»Das ist kein richtiges Schlafmittel«, hatte er gesagt. »Nur etwas, das beim Einschlafen helfen soll. Aber sie machen trotzdem etwas benebelt, nutzen Sie die also nur, wenn Sie *wirklich* schlafen *müssen*.«

1–2 Tabletten, stand auf der Packung. Ich zögerte. Dann steckte ich mir zwei Tabletten in den Mund und spülte sie mit einem Glas Wasser hinunter. Sofort legte ich mich wieder ins Bett und schlief ein.

Große, gelbe Flammen züngelten vor dem Fenster. Ich öffnete langsam die Augen und bemerkte den warmgelben Schein an der Decke über mir, dazu das Knistern vor dem Haus.

Es brannte.

Das ganze Haus schien zu brennen, bloß ich hatte aus irgendeinem Grund Grütze im Kopf und konnte meinen Körper nicht dazu bringen, mir zu gehorchen. Die Hitze vor dem Fenster war so stark, dass ich zu schwitzen anfing; es strömte mir nur so aus den Poren. Ich schaffte es, aufzustehen und ans Fenster zu taumeln, wo ich begriff, dass das Haus und mein Zimmer in Flammen standen. Alles um mich herum flackerte gelbrot.

Werde ich jetzt sterben? Werde ich verbrennen wie Papa?

Mein Herz schlug weiter langsam und regelmäßig; es schien unmöglich, mich zu beunruhigen.

Ich sollte in den Flur laufen, den Feueralarm auslösen. Ich sollte die anderen warnen und die Feuerwehr verständigen. Ich sollte die 112 wählen. Aber ich tat nichts davon.

Ich kroch zurück ins Bett und beobachtete das Spiel der Flammen vorm Fenster. Dann schloss ich die Augen und verschwand wieder in der Dunkelheit.

Papa, werde ich dich wiedersehen?

Als ich am nächsten Morgen erwachte, wurde mir bewusst, dass ich einen schrecklichen Albtraum gehabt haben musste. Mein Zimmer sah aus wie immer, die Fensterscheiben waren sauber. Es roch nicht mal nach Rauch.

Vor meinem Fenster hatte es nicht gebrannt.

Das war alles nur ein Traum gewesen.

Aber warum hatte ich darin so sonderbar reagiert?

Am Nachmittag stand ich hinter dem Tresen des Cafés und nahm gerade das Geld für einen Salat entgegen, als das Türglöckchen klingelte und Fabian hereinkam. Ich sah ihn aus den Augenwinkeln und zuckte innerlich zusammen. Er hatte den gleichen Kleidungsstil wie mein Vater – dünne Jacke über schlecht sitzendem Pulli und schlecht sitzender Hose –, und genau wie mein Vater war er groß und schlank. Zu allem Überfluss hatten sie auch noch heimlich dieselbe Zigarettenmarke geraucht, französische Gauloises, die so stark waren, dass sie »bei Verstopfung halfen«. Plötzlich hatte ich Papas Stimme im Ohr und sah seine funkelnden Augen vor mir. Meine Hand zitterte, als ich dem Kunden den Bon reichte.

Da stand Fabian bereits vor der Theke.

»Hallo, Sara«, sagte er ungewohnt sanft. »Deine Mutter meinte, dass ich dich hier finden könnte. Hast du kurz Zeit zum Reden? Sonst komme ich später wieder, ich muss noch was drüben am Platz erledigen.«

Ich warf einen Blick auf die Uhr.

»Ich habe in einer halben Stunde Pause«, sagte ich. »Dann können wir uns zwanzig Minuten zusammensetzen, wenn du magst.«

»Gern«, sagte Fabian.

Ich schaute ihm nach, während er sich entfernte, und natürlich rührte es mich, dass er den Weg vom Außenministerium bis zu mir nach Sundbyberg auf sich genommen hatte, um mir im Café einen Besuch abzustatten. Ihm lag etwas an meiner Familie, und ich glaubte insgeheim, dass er schon immer ein bisschen in meine Mutter verliebt war. Fabian selbst war unverheiratet und kinderlos, außerdem war er Papas bester Freund, seit sie beide so um die zwanzig waren und zusammen studiert hatten. Später hatten sie beide für die *Sida* gearbeitet und waren viel zusammen gereist. Danach hatten sich ihre Wege getrennt. Fabian fing beim Außenministerium an, und Papa wurde Berater für unterschiedliche Behörden. Beide hatten immer gesagt, sie wären Brüder im Geiste, auch wenn sie sich durchaus heftig streiten konnten. Das war es wohl auch, was mich so extrem nachdenklich gemacht hatte in den letzten sechs Monaten vor dem Tod meines Vaters.

Genau in dem Moment, in dem Gullbritt aus der Küche kam, um mir zu sagen, ich könne in die Pause gehen, tauchte Fabian wieder auf. Ich stellte sie einander vor, und Gullbritt – die mir gleich am ersten Tag eingebläut hatte, dass es den Angestellten verboten war, auch nur so etwas Winziges wie einen Keks zu essen, ohne ihn zu bezahlen – schenkte sofort jedem von uns eine Tasse Kaffee ein, aufs Haus.

»Wie schön, einen von Saras Freunden kennenzulernen«, sagte Gullbritt, während sie uns die Tassen zuschob, und ich hätte schwören können, dass sie dabei eifrig mit den Wimpern schlug. »Oder sind Sie vielleicht verwandt?«

Fabian lachte.

»Wenn Sie damit meinen, dass ich alt genug aussehe, um ihr Vater zu sein, dann haben Sie wohl recht«, sagte er. »Ich war sehr gut mit Saras Vater befreundet.«

»Das hätte ich ja niemals gedacht«, sagte Gullbritt.

Unfassbar, aber wahr: Gullbritt flirtete mit Fabian. Das schien ihn ein bisschen zu beflügeln, als er mit dem Kaffee in der Hand vor mir durch das Café ging.

Wir ließen uns in einer Ecke unter einer Palme nieder.

»Wie geht es dir?«, fragte Fabian. »Wie gefällt dir dein neues Zuhause?«

Ich schüttelte den Kopf.

»Ein Irrenhaus«, sagte ich. »Ich bekomme dort regelrecht Albträume.«

»Albträume?«, fragte Fabian zurück und runzelte die Stirn, aber mit einem Lächeln. »Was ist denn so schlimm?«

»Das würdest du mir eh nicht glauben«, sagte ich.

Fabian lachte. Dann schaute er sich um, während er an seinem Kaffee nippte.

»Hier ist es jedenfalls nett«, sagte er. »Fühlst du dich wohl?«

Ich musste lächeln, ich konnte nicht anders.

»Tja, du hast eine Gullbritt kennengelernt, die bester Laune war«, sagte ich. »Ihre hysterischen Anfälle, wenn die Kasse nicht ganz stimmt, sehen etwas anders aus. Und Eva, ihre Kollegin ...«

Ich lachte und schüttelte den Kopf.

»Sie ist das, was Papa und du immer ›eine Klemmrassistin‹ genannt haben. Verkappt, aber ganz schön extrem. Sie fährt morgens nach Rinkeby, um dort billige Lebensmittel zu kaufen, und dann erzählt sie uns von all den ›faulen, dummen, schmutzigen ...‹«

Fabian hob die Hand.

»Danke, schon verstanden«, sagte er. »Aber damit, ihnen ihre billigen Waren abzukaufen, hat sie kein Problem?«

»Nicht das geringste«, antwortete ich.

»Heuchlerin«, sagte Fabian leise.

Dann schaute er mich an.

»Warum bist du hier?«, fragte er. »Mir ist ja klar, dass ein unfassbar anstrengender Herbst und Sommer hinter dir liegen, aber ein *Café in Sundbyberg?* Mit so fantastischen Qualifikationen wie deinen?«

»Ich bin ja auf Jobsuche«, sagte ich. »Es ist einfach schwer, was zu finden.«

»Ich bitte dich«, sagte Fabian und knuffte mir leicht mit der Faust gegen die Schulter. »Was ist denn aus deinem Traum geworden, den Master an der *London School of Economics* zu machen? Oder an der *INSEAD?*«

Schon war meine Laune wieder im Keller. Da konnte ich ja genauso gut die Karten auf den Tisch legen.

»Eigentlich war ich dagegen, dass du mich hier besuchst«, sagte ich. »Weil ich wusste, dass du mit so was kommst. Ich will gerade einfach nur meine Ruhe. Ich habe nichts zu bieten. Papa hat davon geträumt, dass ich in seine Fußstapfen trete, aber mir fehlt sein Talent.«

Fabian betrachtete mich mit ernster Miene.

»Das fehlt dir nicht«, sagte er. »Du bist eine wertvolle Ressource für dieses Land, begreifst du das nicht?«

Ich schüttelte den Kopf.

»Ich kann mir gerade nicht mal merken, wie die Kasse funktioniert«, sagte ich. »Ich, die immer so stark und positiv eingestellt war und eigentlich recht klug. Jetzt bin ich eher ...«

Ich schüttelte den Kopf, und Fabian legte seine Hand auf meine.

»Du bist müde«, sagte er. »Du hattest es schließlich schwer in der letzten Zeit.«

Gullbritt stand vor uns.

»Plätzchen?«, fragte sie und legte den Kopf schief. »Kaffee schmeckt ohne doch nie wirklich gut.«

Sie stellte einen Teller mit Keksen vor uns, und Fabian schaute lächelnd zu ihr auf.

»Gullbritt, Sie wissen genau, woran es fehlt«, sagte er und griff nach einem Plätzchen mit Hagelzucker.

»Ich tu mein Bestes«, sagte Gullbritt kokett und verschwand wieder hinter dem Tresen.

Als wir uns verabschiedeten, umarmte Fabian mich noch einmal.

»Ruh dich aus«, sagte er. »Lass ein paar Monate ins Land ziehen. Wenn du dann genug hast von dem hier, melde dich. Dann schauen wir, ob wir was Passendes beim Außenministerium finden.«

»Okay«, sagte ich, wusste aber in mir drin, dass dieser Tag nie kommen würde.

Am Abend hatte die Spülmaschine des Cafés den Geist aufgegeben, also mussten wir alles von Hand spülen, und dann steckte mein Bus wegen eines Unfalls eine Viertelstunde vor der

Björnboda-Schule fest. Als ich endlich in Vällingby ankam, war es zwanzig nach sieben und die Küche abgeschlossen.

Auf dem kleinen Tisch im Flur lagen drei an mich adressierte Briefe mit Absagen auf Bewerbungen – »Danke für Ihr Interesse, die Stelle ist bereits besetzt«, »unterqualifiziert« und »überqualifiziert«. Ich knüllte sie zusammen und warf sie in den Papierkorb. Keine Spur von Siv, aber Jalil stand oben am Treppengeländer und lächelte zu mir hinunter, dass sein Bart nur so zitterte. Heute trug er ein strahlend blaues Hemd aus feinem Cordstoff.

»Die Olle ist ins Kino gegangen«, verkündete er. »Dann schließt sie die Küche immer ab.«

Dann konnte ich ihn ja jetzt gut und gern konfrontieren. Ich machte einen Schritt auf die Treppe zu.

»Sag mal: Sixten«, setzte ich an und nickte grob zu seinem Zimmer. »Der Typ, der neben mir wohnt. *Warum schreit der denn nachts?* Hast du ihn gestern gehört?«

Jalil riss die Augen auf und nickte.

»Und ob ich ihn gehört habe«, antwortete er. »Ich hab das Licht ausgemacht und mir das Kissen auf die Ohren gedrückt.«

»Hat er das schon mal gemacht?«

»Nicht, seit ich hier wohne.«

Ich hielt es für unnötig, die Stimmen in meinem Zimmer zu erwähnen. Und den Albtraum mit dem Feuer.

»Was ist denn mit dem los?«, fragte ich also.

»Vielleicht einfach verrückt?«, schlug Jalil vor und hob die Augenbrauen.

Dann sah er mich freundlich an.

»Hast du Hunger?«, fragte er. »Ich hab noch kalten Couscous mit Joghurtsoße aufm Zimmer.«

»Nein danke«, sagte ich, obwohl ich meinen Magen knurren hören konnte. »Ich lass mir was anderes einfallen. Aber trotzdem danke.«

Jalil wirkte plötzlich abgelenkt, als wäre ihm etwas eingefallen.
»Übrigens«, sagte er. »Da haben heute ein paar Typen nach dir gefragt.«

Wer konnte das gewesen sein? Hatten Fabian und Björn mich hier aufgestöbert?

»Wie sahen sie aus?«, fragte ich.

»Keine Ahnung«, sagte Jalil. »Sie haben mit Siv gesprochen. Klang für mich so, als hätten sie einen Akzent gehabt.«

Also nicht Björn und Fabian. Ich atmete erleichtert auf.

»Danke«, sagte ich. »Dann werde ich mal bei Siv nachhaken, was sie wollten.«

Kurze Zeit später waren Simåns und ich unterwegs zur Imbissbude von Vällingby Centrum, um uns eine Wurst und einen Kakao zu teilen. Ich führte ihn am Katzengeschirr und lief gerade Sivs Auffahrt hinunter, als er plötzlich ins Gebüsch sprang. Die Leine spannte sich, und ich hörte es rascheln.

»Simåns«, sagte ich erschöpft. »Musst du jetzt Mäuse jagen? Ich will was essen! Komm wieder raus!«

Als hätte er mich verstanden, sprang Simåns aus dem Gebüsch, aber er spielte dabei mit etwas. Ein Gegenstand fiel scheppernd vor mir auf die Pflastersteine, und ich hob ihn auf. Simåns schaute sehnsüchtig zu mir auf, weil ich nun sein Spielzeug in den Händen hielt.

Es war eine kleine, runde Dose aus Aluminium, auf die Seite war eine orangefarbene Flamme gemalt. *Real Flame Gel Fuel* stand in großen schwarzen Buchstaben unter der Flamme. *Danger.*

Ich steckte die Dose in die Jackentasche, holte mein Handy hervor und googelte den Namen. *Gel Fuel* konnte man dazu nutzen, innen und außen Feuer zu entfachen. Das Feuer erwärmte das Zimmer; es knisterte sogar. Manchmal gab es einen schwachen Alkoholgeruch von sich.

Mehrere dieser Dosen, nebeneinander aufgereiht direkt unter meinem Fenster?

Aber warum?

Wer könnte etwas so dermaßen Niederträchtiges machen wollen?

War es nicht vielleicht einfach Zufall, dass die Dose dort lag, nachdem ich einen Albtraum gehabt hatte?

Ich schob die Gedanken fort und setzte den Weg zum Imbiss fort, wo ich wirklich ein Würstchen und einen Kakao bestellte. Über uns wölbte sich ein dunkler Himmel, vollkommen sternenleer. Ein beißender Wind blies um das abgedunkelte Eckgeschäft und kündete vom nahenden Winter.

Und genau dort, vor der Imbissbude, während ich die Serviette zusammenfaltete und den letzten Bissen hinunterschluckte, kehrte das alte, allzu bekannte Gefühl extremen Unbehagens zu mir zurück. Die Fassaden machten einen Satz auf mich zu. Ein dunkler Schatten glitt aus einer der Nebengassen und richtete seine leuchtenden, grünen Augen auf mich. Übelkeit und Panik wuchsen in mir und fuhrwerkten mit widerhakenähnlichen Krallen in meinen Eingeweiden herum.

Ich stützte mich mit einer Hand an der Wand des Imbisshäuschens ab.

Verrückt, verrückt, verrückt.

Was hatte die Therapeutin noch gesagt? »*Ein typisches Symptom einer posttraumatischen Belastungsstörung ist das Gefühl, den Bezug zur Wirklichkeit zu verlieren. Das Gefühl, dass einen die Sinne täuschen. Man sieht Dinge und hört Stimmen, die es eigentlich gar nicht gibt. Das ist kein Zeichen von Wahnsinn, sondern einfach nur der Hinweis, dass man großem Stress ausgesetzt war.*«

Ein Mann stand direkt vor mir und glotzte mich an. Seine Lippen bewegten sich; offenbar sprach er. Aber ich verstand keinen Ton, hörte weder etwas von ihm noch von dem Auto, das hinter ihm vorbeifuhr.

Ich glotzte zurück. Dann beugte ich mich hinunter, nahm Simåns auf den Arm und ließ den Imbiss hinter mir. Erst als ich am Berglagsvägen angelangt war, kamen die Geräusche mit voller Wucht zurück.

Und mir wurde bewusst, dass ich Rotz und Wasser heulte.

»Nein, ich habe keine Ahnung, wovon Sie sprechen«, sagte Siv missmutig. »Ich erinnere mich an nichts.«

Sie stand in ihrem flauschigen rosa Bademantel an der Spüle und wischte sie trocken.

»Aber Jalil meint, er hat gehört, wie Sie mit zwei Männern gesprochen haben«, beharrte ich.

Siv hörte auf zu wischen und richtete stattdessen den Blick auf mich.

»Ich bin nicht die Sekretärin meiner Mieter«, sagte sie zornig. »Kümmern Sie sich selbst um Ihre Bekannten!«

Ich holte die Dose *Real Flame* aus der Tasche und zeigte sie ihr.

»Ich glaube, dass jemand ein Trickfeuer vor meinem Fenster gezündet hat«, sagte ich. »Deshalb war meine Tür verschlossen. Jemand will mir Angst machen, aber ich weiß nicht, warum.«

Siv riss mir die Dose aus der Hand und betrachtete sie. Dann schaute sie mich an.

»Irgendwas stimmt mit Ihnen nicht«, sagte sie. »Ich bin es nicht gewohnt, an jemanden wie Sie zu vermieten.«

Ich konnte nichts dafür, ich musste kichern. Tief in mir drin brodelte es allmählich vor Wut.

»Ist es wahr, dass Sie hier drin mit Rattengift herumhantieren?«, fragte ich. »Sie wissen, dass das verboten ist, oder?«
Siv sah mich an, als wäre ich komplett durchgedreht.
»Sind Sie nicht ganz bei Sinnen?«, fragte sie. »Rattengift in einer *Küche?*«
Dann fiel ihr Blick auf Simåns. Und sie explodierte.
»Schaffen Sie die Katze hier weg!«, brüllte sie. »Hier werden Lebensmittel gelagert!«
Ich nahm Simåns auf den Arm, drehte mich um und ging.

In der folgenden Nacht konnte ich nicht richtig schlafen, dümpelte eher in einer Art Halbschlaf herum. Weitere Tabletten wollte ich nicht nehmen; nie im Leben. Stattdessen durfte sich der dunkle Schatten aus dem Vällingby Centrum frei im Zimmer bewegen; glitt über den Boden zwischen Kommode und Schrank, dann weiter bis zur Türschwelle und von dort unters Bett. Da konnte ich ihn fauchen hören.

Wie so oft war ich wieder in Örebro, im Mördertunnel, dem dunkleren und längeren der beiden Tunnel, die unter der Östra Bangatan und den Eisenbahngleisen hindurchführten. Genau wie damals war es Winter, kurz nach zehn Uhr abends, und ich war unterwegs zu Flisans Mädelsabend in der Brogatan. Ich hatte eine Flasche Wein dabei, und ich war zu spät, aber als ich mich endlich fertig zurechtgemacht hatte, entschied ich mich trotzdem gegen ein Taxi, weil mir das zu teuer war und ich sowieso lieber etwas frische Luft tanken wollte. Als ich von zu Hause losging, schickte ich Flisan eine Nachricht: »*Verlasse Rynninge NOW! Wein hab ich dabei!*« Und sie antwortete: »*Wir glühen schon mal vor, bis du da bist!*« Gefolgt von einer Menge Emojis fröhlicher Mädels und gut gefüllter Weingläser. Ich kam auf den Kasernvägen, und da hatte ich schon das Gefühl, dass mir jemand folgte, aber als ich mich umschaute, war niemand zu sehen. Hinter der Olaus-Petri-Schule bog ich in den Arlavägen und ging das kurze, asphaltierte Stück zu dem ersten Tunnel hinunter ...

Wie oft war ich diesen Weg nun schon abgelaufen – in der Erinnerung und im Traum?

Der erste Tunnel war kurz, an beiden Seiten von Neonröhren beleuchtet und mit grotesk romantischen Bildern von blühenden Wiesen und einem Ritter auf einem Schimmel verziert. Diesen Tunnel fand ich immer entsetzlich. Der andere war von Graffiti und bunten Tags übersät und fühlte sich immer wesentlich weniger gruselig an als der übertrieben romantische.

Ich hielt die Plastiktüte mit der Weinflasche fest in der Hand und betrat den ersten Tunnel. Mittendrin traf ich auf einen Radfahrer, der mich aber schnell hinter sich ließ. Dann tauchte der zweiten Tunnel vor mir auf, der genauso aussah wie sonst auch, mit seinen besprayten Wänden. Außerdem war er leer.

In diesem Moment klingelte mein Handy, und ich ging dran. Es war Flisan, im Hintergrund eine Kakofonie aus Mädchenstimmen, Mädchenlachen und Mädchenkreischen.

»Wo bleibst du denn?«, brüllte sie. »Wir sehnen uns nach dir! Warum dauert es so lange?«

»Weil ich zu Fuß komme«, sagte ich. »Ich bin gerade am Mördertunnel.«

»Sie kommt zu Fuß! Sie ist gerade am Mördertunnel!«, brüllte Flisan in den Raum, woraufhin gepfiffen, geheult und gejohlt wurde. »Jetzt beeil dich mal, Sara! Wir warten auf dich!«

Wir legten auf. Ich wollte gerade weitergehen und richtete meine Aufmerksamkeit wieder auf den zweiten Tunnel.

Dort war es jetzt kohlrabenschwarz.

Die Lampen hatten plötzlich den Dienst versagt. Der Tunnel war relativ lang und stockdunkel. Aber ich war schnell und gut trainiert; im schlimmsten Fall hätte ich die Strecke vom einen zum anderen Ende in einer oder zwei Minuten hinter mich gebracht. Selbst auf diesem Stück zwischen den Tunneln bewegte ich mich ja schon durch eine Art Halbdunkel von Laterne zu Laterne. Oben hinter mir rauschte der Verkehr über die Östra Bangatan. Vor mir, jenseits des Eisenbahntunnels, lag ein dunkler und unschöner Teil des Lillån, der von einem Grünstreifen mit dichtem Gebüsch und fast keiner Straßenbeleuchtung gesäumt war. Ich wurde langsamer. Plötzlich waren da vereinzelte beunruhigende Geräusche: Zweige, die brachen; Schritte. Als ich mich umschaute, war da niemand, und ich musste sofort an das denken, was Papa immer sagte: »*Sara, du darfst nie vergessen, dass du mit einer sehr lebhaften Fantasie gesegnet bist.*«

Im Traum wie in Wirklichkeit bog ich in den dunklen Tunnel. Mein Herz schlug wild – und dann plötzlich, aus dem Nichts: Hände, die nach mir griffen, mich zu Boden drückten und mir einen Sack über den Kopf zogen, dass ich glaubte, ersticken zu müssen. Hände, die ... Ich setzte mich so schnell auf, dass Simåns in hohem Bogen auf den Boden flog, laut jammernd. Mein Herz raste, und ich war schweißgebadet.

»Tief atmen«, hatte die Verhaltenstherapeutin in Örebro gesagt, immer wieder, das gesamte Frühjahr hindurch. »Mach das, was wir allen anderen Menschen mit posttraumatischen Belastungsstörungen empfehlen, wenn eine Erinnerung wieder zum Leben erwacht: Konzentriere dich auf die Atmung, konzentriere dich auf die Wirklichkeit, deine direkte Umgebung. Du bist nicht länger in Gefahr. Was passiert ist, ist passiert, und dein Körper erinnert sich daran, wird dich noch viele Male daran erinnern. Aber du kannst Einfluss darauf nehmen. Du kannst den Erinnerungen begegnen. Tief atmen. Entspannen. Konzentriere dich auf deine Umgebung und erinnere dich daran, dass du in Sicherheit bist. *In Sicherheit!*«

Ich atmete tief und konzentrierte mich auf meine Umgebung: die kleine Bettlampe, den orangefarbenen Bettüberwurf auf dem Stuhl, meine Arbeitskleidung, die ich schon auf der Kommode bereitgelegt hatte. Ich war bei Siv in Vällingby. Wenn jemand mich zum Narren hielt, würde ich den Grund dafür herausfinden; ich hatte schließlich eine militärische Ausbildung. Es gab keine dunklen Schatten um mich, weder mit grünen Augen noch ohne.

Trotzdem sendete mein Körper Signale, als würde ich mich in akuter Lebensgefahr befinden. Erst als ich mich fast leer geweint hatte, fiel ich in einen tiefen und traumlosen Schlaf.

2. KAPITEL

In der zweiten Woche trat schon eine Art Gewöhnungseffekt ein. Das Wochenende war ruhig und ereignislos gewesen, und ich hatte entschieden, dass sich alle Ereignisse – *Rattengift, Stimmen, Feuer* – auf Albträume und Zufälle zurückführen ließen. Am Montag stand ich um 6 Uhr 45 auf, öffnete Glockenschlag 7 Uhr lächelnd Jalil die Badezimmertür und steckte um Punkt 8 Uhr 15 den Schlüssel ins Schloss des Cafés, eine Viertelstunde, bevor Eva und Gullbritt eintrafen, weshalb es mir gelang, einen großen Latte mit Zucker zu trinken und die gesamte *Dagens Nyheter* durchzublättern, ohne dass sie davon irgendetwas mitbekamen. Gestärkt durch diesen Energie- und Informationsschub, machte ich mich an die Arbeit, schälte Rinkeby-Kartoffeln im Überfluss, knetete Sauerteig, briet und schnitt Hühnerbrüste, überzog Möhrenkuchen mit Frischkäse-Frosting und brachte mir zu guter Letzt bei, wie die Kasse funktionierte. Am Nachmittag bedachte Eva mich mit einem bittersüßen Lächeln und einer gehobenen Augenbraue.

»Auch wenn du mir nicht ganz geheuer bist, Fleiß kann man dir jedenfalls nicht absprechen«, sagte sie. »Möchtest du morgen mitkommen nach Rinkeby?«

Es gab nur eine Antwortmöglichkeit auf dieses einmalige Freundschaftsangebot – JA, GERNE –, weshalb ich am folgenden Morgen bereits um fünf aufstehen und mich nach Sundbyberg begeben musste, um dort auf Eva zu warten, die mich mitnahm zum Markt alias Rinkeby torg, wo ich ihre Säcke voller Wurzelgemüse schleppen durfte.

≡≡

Rinkeby torg lag bloß drei U-Bahn-Stationen von Sundbyberg entfernt, aber es war, als würde man in ein anderes Universum eintauchen. Ungefähr neunzig Prozent der Einwohner stammten offensichtlich aus anderen Teilen der Welt als Europa, schienen aber bestens miteinander auszukommen. Das eine oder andere blasse Gesicht eines Schweden tauchte in der Menge auf, wirkte aber wie die langweilige Ausnahme.

»Sie kommen zum Einkaufen her, genau wie wir«, zischte Eva mir zufrieden ins Ohr. »Hier gibt es viel billigere und bessere Waren als in den typischen schwedischen Geschäften.« Eva stolzierte wie ein Feldmarschall über den Markt, ganz wie ich es mir ausgemalt hatte, inspizierte das Obst, prüfte das Gemüse. Zum ersten richtigen Halt kam es an einem der hinteren Gemüsestände, dessen dunkelhäutiger Betreiber breit lächelte, als er Eva erkannte.

»Hallo, Fared«, sagte Eva und nickte zu mir. »Das ist Sara.«

Fared und ich schüttelten uns die Hände. Er machte einen freundlichen und intelligenten Eindruck.

»Was hast du heute im Angebot?«, fuhr Eva fort und beäugte misstrauisch seine Auslage. »Ich plane einen Eintopf aus Wurzelgemüse mit Kardamom und Vollkornreis, der drei bis vier Tage auf der Speisekarte bleiben soll.«

»Beste Süßkartoffeln«, sagte Fared und hielt eine große blassrosafarbene Knolle hoch.

»Nee, nee, versuch's gar nicht erst, nur weil du eine große Menge davon reinbekommen hast, weil sie niemand sonst wollte«, sagte Eva streng. »Die sind schweineteuer und total überschätzt! Ich brauche Pastinaken, Knollensellerie, Möhren und Kartoffeln. Außerdem noch schöne Salate, die sich ein paar Tage halten. Nichts, das traurig aussieht!«

Sie schaute ihm direkt in die Augen.

»*Bar*, also mach mir einen besonders guten Preis!«

Fared lächelte mich an, zuckte mit den Schultern und schüttelte den Kopf.

»Sie ist genau wie meine Frau«, sagte er und deutete auf Eva. »Verhandeln unmöglich.«

Ich lachte. Aber während Eva mit Feilschen beschäftigt war – Gemüse drückte, daran roch, es unzufrieden zurücklegte, nur um schließlich doch dem einen oder anderen Einkauf zuzustimmen, und Fared so auf die Hälfte des Preises heruntergehandelte, den er anfangs genannt hatte –, wurde mir bewusst, dass sie genau das tat, was die allermeisten Einwanderinnen an den umliegenden Ständen ebenfalls machten. Der Gemüseeinkauf war offenbar eine eigene Kunstform, überall wurde hartnäckig gefeilscht, ohne dass es jemandem übel aufstieß. Nur die vereinzelten Schweden weigerten sich, sich auf das offene Spiel der Verkäufer einzulassen, zahlten ohne jede Diskussion den begehrten Preis und verschwanden dann verschüchtert mit ihren Tüten.

»Jedes Mal ziehst du mich über den Tisch«, sagte Eva und drückte Fared ein paar Scheine in die Hand, der nur lachte. »Jetzt kaufen wir noch Gewürze im Geschäft. Fared, wir lassen alles erst mal hier.«

Fared zwinkerte mir zu.

»Habe ich ein Mitspracherecht?«, fragte er Eva.

»Nein, hast du nicht«, antwortete Eva und klang leicht gekränkt. Dann gingen wir.

Rund um den Marktplatz reihten sich Lebensmittelgeschäfte aneinander, aber sie waren anders bestückt als der typische schwedische Supermarkt: Die Auswahl an bestimmten Produkten war wesentlich größer, zum Beispiel gab es viele verschiedene Reissorten, und fast alles wurde in großen Mengen angeboten, aber weniger grell präsentiert, eher zweckmäßig. Eva packte zwei riesige Flaschen Olivenöl und zwei kleinere Reissäcke ein, bevor wir in die Gewürzabteilung gingen.

»Ich brauche Kardamomkapseln, Muskatnüsse und Vanilleschoten«, sagte Eva.

Sie öffnete Dosen, probierte, kaute und machte dabei kleine Augen, spuckte in eine Schale und bewegte sich, als wäre sie in ihrer eigenen Küche.

»Darf man das?«, fragte ich vorsichtig.

»Sei doch nicht so unfassbar *schwedisch!*«, sagte Eva verächtlich. »Hier, nimm mir das mal ab.« Sie drückte mir alle Einkäufe in die Arme, und dann bewegten wir uns Richtung Ausgang. Bis Eva plötzlich wie angewurzelt stehen blieb.

»Verdammt«, sagte sie. »Ich hab den Abflussreiniger vergessen. Kannst du den eben schnell holen? Der steht ganz hinten rechts bei den Reinigungsmitteln.«

Ich legte alles an der Kasse ab und ging in den hinteren Teil des großen Geschäfts. Es gab mehrere Regale voller Reinigungszeug, und ich lief langsam davor auf und ab auf der Suche nach der Marke, die Eva verlangt hatte. Gerade als ich sie gefunden und eine Dose mit Pulver und einen Gummipümpel aus dem Regal genommen hatte, hörte ich ein Geräusch, das mich erstarren ließ. Ein heiseres Flüstern.

»Dann hältst du das für Zufall? Vielleicht war es auch nur ein Albtraum?«

Woher kam die Stimme? Ich drehte mich um, aber da war niemand.

»Papa ist verbrannt ... und du hast ihm nicht geholfen. Wann wird es das nächste Mal brennen?«

Ich ließ Dose und Pümpel fallen und rannte, so schnell ich konnte, den Gang hinunter, damit ich in den Nachbargang schauen konnte. Ganz am Ende bei den Putzeimern stand ein Vater mit einem Kinderwagen und telefonierte. Er schaute nicht mal in meine Richtung.

Hatte ich die Stimme wirklich gehört? Oder war sie nur in meinem Kopf gewesen?

»Himmel, wie du schlurfst!«, sagte Eva, als ich mit Dose und Pümpel zur Kasse kam. »Na, los. Wir haben nicht den ganzen Tag Zeit!«

Eifrig lud sie die Einkäufe aufs Band der Kasse. Ich fühlte mich plötzlich wie gelähmt.

»Hilfst du mal?«, sagte Eva.

Wie in Trance legte ich Sachen auf das Band.

»Tagesgericht für die nächsten vier Tage«, sagte Eva zufrieden. »Zweihundert Portionen pro Tag mal hundertfünfzig Kronen mal vier. Schöne Sache.«

Und dann tat sie etwas, das mich verwunderte. Sie kam mir sehr nah und schob ihre Hand in meine hintere Hosentasche.

»Was soll das?«, fragte ich. »Lass das!«

Eva bedachte mich mit einem nachsichtigen Blick und zeigte mir dann diskret ihre Hand. Zwischen Daumen und Zeigefinger hielt sie ein ganzes Bündel kleiner, viereckiger Tütchen.

»Auch wenn mir der Gedanke gefällt«, flüsterte sie und stopfte die Tütchen in den Karton mit den Kaugummis, »hätte ich lieber eine Angestellte, die *nicht* beim Ladendiebstahl erwischt wird.«

Sprachlos starrte ich auf die vielen Tütchen, die sie aus meiner Hose gefischt hatte und die nun zwischen den Kaugummipackungen lagen. *Safran?*

»Teurer als Gold«, zischte Eva aus dem Mundwinkel. »Weshalb man es besser meidet. Gehen wir.«

Eva zahlte selbst hier mit Bargeld und steckte die Quittung in die Hosentasche. Ich hätte nicht mal sagen können, ob sie beim Gemüsehändler überhaupt eine bekommen hatte.

»Warum lässt du dir die Sachen nicht liefern wie alle anderen?«, fragte ich matt mit all den schweren Sachen im Arm.

Mir schwirrte der Kopf. *Safran?*

Wie waren die Tütchen in meine Hosentasche gekommen? War das der Mann gewesen, der mich in der Gewürzabteilung weggestoßen hatte? Oder das Kind, das so wild um mich herumgesprungen war?

Und hatte ich wirklich diese Stimme gehört, die von Papa und neuen Feuern flüsterte?

»Du bist verrückt«, sagte Eva völlig unbeeindruckt. »So ist das viel billiger. Du kannst damit rechnen, dass ich dich von nun an häufiger morgens brauche. Zu zweit ist es viel einfacher, alles zusammenzusammeln.«

Ich öffnete den Mund, um etwas über meine vertraglichen Arbeitszeiten zu sagen, die gerade heute weit über das hinausgingen, was abgesprochen und gesetzlich vorgesehen war. Aber dann schloss ich ihn wieder.

Mir war nicht danach, über irgendetwas zu diskutieren. Und ein Kommentar zu meinen Arbeitszeiten würde außerdem nicht sehr gut aufgenommen werden.

⇒€

Am Mittwoch betrat eine junge Frau das Café, die, um es gelinde auszudrücken, aus der Masse unserer sonstigen Klientel herausstach. Sie war schön geschminkt und trug so teure Klamotten, dass selbst Eva darauf reagierte.

»Check mal die Östermalm-Bitch«, flüsterte sie mir ins Ohr, während sie gerade Vanillesoße anrührte.

»*Bitch?*«, zischte ich zurück und versuchte, nicht loszulachen.

»Verwandelst du dich gerade? Du klingst wie Sebbe Staxx.«

Die Frau kam zu uns an den Tresen, bestellte einen Latte und ein Focaccia bei Gullbritt, nahm ihr Tablett und suchte sich einen Platz. Aber weit kam sie nicht, bevor sie mit einem ihrer Stöckelschuhe umknickte, ihr das Tablett aus den Händen rutschte und auf den Boden knallte. Glas und Teller zerbrachen in tausend Stücke, Milchkaffee und Schaum spritzten auf die Kundschaft rundherum.

Eva verdrehte die Augen und verschwand mit ihrer Schüssel in der Küche, Gullbritt wandte sich unberührt dem nächsten Gast zu, also eilte ich mit einem Lappen zu der Frau.

»Das tut mir so entsetzlich leid!«, sagte sie und sah aus, als würde sie gleich in Tränen ausbrechen. »Diese verdammten Schuhe! Ich muss zu einem Kundengespräch, deshalb bin ich so aufgetakelt.«

»Kein Problem«, sagte ich und wischte den Kaffee weg. »Setzen Sie sich schon mal, ich bringe Ihnen Ersatz.«

Schon bald trug ich ein frisches Tablett zu ihr, und sie konnte in Ruhe und Frieden essen. Als sich der typische Mittagsandrang gelichtet hatte, ging ich mit einer Kanne frisch gebrühten Kaffees zu ihr.

»Darf ich nachschenken?«, fragte ich.

Sie schaute zu mir auf und lächelte. Da erst sah ich, wie schön sie wirklich war.

»Oh, sehr gern«, sagte sie. »Mein Kaffee wurde gerade ein bisschen zu kalt. Wie nett von Ihnen!«

Danach blieb sie noch eine Weile sitzen und las in ihrem Handy, bevor sie aufstand und ging. Sie winkte mir zum Abschied kurz zu.

Am nächsten Tag kam sie wieder, diesmal in einem Mantel aus Zebrafellimitat und mit knallgelber Sonnenbrille.

»Lieber Himmel, in Deckung«, sagte Eva und zog sich in die Küche zurück.

Die Frau bestellte das Gleiche wie am Vortag und blieb auch diesmal nach dem Essen wieder eine Weile da. Mittlerweile war es Zeit für meine Pause, also nahm ich mir einen Kaffee und mein Handy und verschwand unter der Palme, wie es mir schon zur Gewohnheit geworden war. Die Nachrichtenseiten verrieten, dass nichts Weltbewegendes passiert war, also vertrödelte ich meine Zeit bei Instagram, als plötzlich der Zebramantel neben mir erschien. Ich schaute auf.

»Darf ich mich dazusetzen?«, fragte sie und nahm ihre gelbe Sonnenbrille ab.

»Klar«, antwortete ich. »Meine Pause ist in fünf Minuten rum, aber nur zu.«

Sie ließ sich nicht lange bitten und schaute mir direkt in die Augen. Ihre waren auffällig, wie ich jetzt entdeckte: das eine blau, das andere eher grünbraun. Insgesamt war sie, wie mir schon gestern aufgefallen war, sehr hübsch.

»Vielleicht sollte ich mich vorstellen«, sagte sie und hielt mir ihre Hand hin. »Bella.«

»Sara«, sagte ich.

Wir schüttelten Hände und lächelten einander an.

»Wie ist das Kundengespräch gestern gelaufen?«, fragte ich, um einfach irgendwas von mir zu geben.

Bella lachte.

»Sehr gut«, sagte sie, »als ich erst mal raushatte, wie man in diesen verflixten Schuhen läuft! Gut, dass ich dem Geschäftsführer nicht als Erstes in die Arme gefallen bin. Er war nicht gerade Brad Pitt, um es mal so zu sagen.«

Sofort hatte ich Sixten vor Augen und musste ebenfalls lachen.

»Was machst du denn beruflich?«, fragte ich.

»PR«, sagte Bella. »Ein Bereich, der permanent wächst. Wir bekommen immer mehr Konkurrenz, deshalb sind wir ständig unterwegs und angeln neue Kunden.«

»Kann ich mir vorstellen«, sagte ich. »Klingt spannend.«

»*Sara!*«, rief Eva vom Tresen rüber. »*Deine Pause ist vorbei!*«

Ich grinste Bella an.

»Lustig, dass sie immer ein paar Minuten zu früh vorbei ist«, sagte ich.

Bella schaute bedauernd. Dann warf sie einen Blick auf ihr Handy.

»Ich muss aber auch los«, sagte sie. »War schön, dich wiederzusehen.«

»Ja, finde ich auch«, erwiderte ich.

Kaum stand ich hinter der Theke, wurde ich misstrauisch von Eva beäugt.

»Was wollte die Großwildjägerin?«, fragte sie.

»Das Fell war nicht echt«, sagte ich. »Und sie wollte nur das Rezept vom Focaccia.«

Eva schnaubte.

»Vergiss nicht abzuräumen.« Sie nickte zum Tisch in der Ecke, auf dem noch Geschirr stand.

Ich nahm ein Tablett mit, um die Teller und Gläser zu holen. Auf dem Rückweg stieß ich gegen einen der Stühle, die um den Tisch standen, an dem Bella und ich gesessen hatten. Ein Klirren folgte. Bellas gelbe Sonnenbrille lag am Boden. Sie musste sie neben sich auf den Stuhl gelegt und dort vergessen haben.

Ich stellte das Tablett ab, um sie aufzuheben.

Miu Miu. Teure Marke, das wusste selbst ich.

Wie konnte ich Bella wohl erreichen?

Am Nachmittag hatten wir ungewöhnlich viel Kundschaft, mir blieb keine freie Sekunde. Dann plötzlich rief Gullbritt aus der Küche, die Hand über der Muschel des Telefonhörers.

»Für dich«, sagte sie. »Ein Mädel, hat was vergessen.«

Es war Bella.

»Tut mir leid, ich bin einfach so schusselig«, sagte sie. »Du hast nicht zufällig eine Sonnenbrille gefunden? Irgendwo habe ich meine gelbe *Miu Miu*-Brille liegen lassen. Ich liebe die und weiß nicht, wo sie geblieben ist. Sie ist einfach weg.«

»Ich hab sie gefunden«, beruhigte ich sie. »Sie steckt schon in meiner Tasche. Du hast sie auf dem Stuhl liegen lassen.«

»Echt?«, jubelte Bella. »Wie großartig! Wann kann ich vorbeikommen, um sie abzuholen? Du hast nicht zufällig vor, heute noch in die Stadt zu fahren, oder?«

»Doch«, antwortete ich. »Ich wollte heute noch ins Kino. Wir könnten uns danach irgendwo treffen.«

»Super!«, sagte Bella. »Was guckst du dir an?«

»Einen alten französischen Film, der im Bio Rio am Hornstull läuft. Wie wäre es, wenn ich danach zum Mariatorget komme? So gegen zehn?«

»Perfekt«, sagte Bella. »Dann treffen wir uns im Rival, und ich gebe dir zum Dank einen Drink aus.«

Gegen sechs nahm ich die U-Bahn bis Hornstull und spazierte am Ufer entlang bis Tantolunden, aß unterwegs ein Panini und beobachtete die Leute, bis es Zeit war, ins Bio Rio zu gehen.

Die Leute hier am Hornstull sahen ganz anders aus als am Stureplan. Viele waren gepierct oder tätowiert, trugen lieber feste Stiefel und Ringelsocken als teure Markenklamotten und hatten sich die Haare rot, blau, lila oder grün gefärbt. Ich spürte richtig, nicht länger in Örebro zu sein, allerdings fühlte es sich hier anders an als am Stureplan. Für einen Moment, als ich mich umdrehte, um die Bedienung heranzuwinken, war mir, als säße mein Nachbar Sixten im Barbereich am Eingang. Aber genau da stand der Mann hinter mir auf und versperrte mir die Sicht. Als ich noch einmal schaute, war von Sixten nichts zu sehen.

Alles Einbildung, selbstverständlich.

Nach dem Film musste ich mich beeilen. Die Hornsgatan war voller Leben und Abgase, wütender Fahrradfahrer, Läufer mit Stirnlampen und lachender Mütter mit Zwillingskinderwagen. Nachdem ich den Park am Mariatorget durchquert hatte, war ich froh, mich bald setzen zu können. Im Rival entdeckte ich Bella schnell an der Bar. Sie umarmte mich, und ich überreichte ihr die Sonnenbrille.

»Du bist so unfassbar nett!«, sagte sie voller Freude. »Darf ich dich auf ein Glas Champagner einladen?«

»Nicht nötig. Ich war schließlich sowieso in der Stadt.«

»Darf ich es vielleicht trotzdem?«, fragte Bella und lächelte. »Ich würde nämlich gern was mit dir besprechen.«

Nachdem jede von uns mit einem Glas versorgt war, gingen wir hinauf und setzten uns an einen freien Tisch direkt am Fenster. Ich hatte keine Ahnung, was Bella von mir wollte, aber ich war noch nicht oft in Södermalm gewesen. Und mit Champagner gegenüber von ihr im Rival zu sitzen war definitiv besser, als im Bett in Vällingby zu liegen, wo mich Sixtens Fernseher zwang, die Nachrichten mit anzuhören.

Bella räusperte sich. Plötzlich wirkte sie fast schüchtern.

»Ich will nicht aufdringlich klingen«, sagte sie, »aber seit ich dich getroffen habe, möchte ich mehr über dich wissen. Seit wann arbeitest du in dem Café?«

Verwundert hob ich eine Augenbraue.

»Seit zwei Wochen«, antwortete ich. »Ich wohne noch nicht lange hier, komme ursprünglich aus Örebro.«

Sie nickte leicht, als würde ich etwas bestätigen, das sie schon geahnt hatte.

»Das dachte ich mir«, sagte sie. »Ich spüre so etwas für gewöhnlich.«

Ich wartete. Was wollte sie wohl?

»Wie ich ja schon erwähnt habe, arbeite ich bei einer Event- und PR-Agentur. Sie heißt *Perfect Match*. Sagt dir das was?«

»Nein«, antwortete ich und musste grinsen. »Klingt aber irgendwie nach einer Datingseite.«

Bella lachte.

»Das ist gar nicht so weit hergeholt«, sagte sie. »Es geht nämlich darum, *perfekte Verbindungen* zu finden.«

»Ich bin mir nicht ganz sicher, ob ich verstehe, wie du das meinst.«

Bella betrachtete mich.

»Du hast studiert, oder?«, fragte sie. »Du machst jedenfalls den Eindruck.«

»Stimmt.«

»Darf ich fragen, was genau du studiert hast? Und wo du bisher gearbeitet hast?«

»Klar«, antwortete ich. »Ich habe eine militärische Grundausbildung inklusive Offiziersausbildung gemacht. Darauf folgte ein Bachelor in Politikwissenschaft und Volkswirtschaft an der Universität Uppsala. Vergangenen Winter habe ich meine Abschlussarbeit geschrieben und die Bestnote bekommen. Seither lasse ich es aus unterschiedlichen Gründen etwas ruhiger angehen.«

Bella lächelte und schüttelte den Kopf. Dann schaute sie eine Weile in ihr Champagnerglas.

»Wenn ich sehr lieb frage«, sagte sie und sah mir direkt in die Augen, »könntest du dir dann vorstellen, mal bei uns vorbeizukommen? Bei *Perfect Match?* Zu einem unverbindlichen Gespräch?«

Ich blieb still.

»Nur, damit wir uns richtig verstehen«, fuhr sie fort. »Die Mehrheit aller Stockholmer in unserem Alter würde sich den Arm ausreißen, um diese Frage zu hören. Genau deshalb suchen wir Mitarbeiter, die ein bisschen anders aufgestellt sind und auf einen breiteren Erfahrungsschatz blicken können. Mit anderen Worten: Solche, die nicht sofort von selbst auf uns kämen. Solche wie dich. Mit einer Militär- und Hochschulausbildung. Mir imponiert, wie du in unterschiedlichen Situationen reagierst, und ich habe – wenn ich das sagen darf – ein sehr gutes Bauchgefühl. Ich bin bei uns für fast alle Einstellungen verantwortlich.«

Ich dachte zurück an den Nachmittag im Café. An Gullbritt, die mit einem Kunden über die Rechnung stritt. An Eva, die neben ihr stand und die Schokoladenbällchen auffüllte – und sich nach jedem Bällchen die Finger ableckte.

»Schieß los«, forderte ich Bella auf. »Wann und wo?«

Lächelnd fischte Bella eine Visitenkarte aus der Tasche. *Perfect Match Media* stand oben, darunter Bellas Name, gefolgt von dem Titel »Partner«. Die Agentur lag in der Kommendörsgatan.

»In Östermalm also?«, fragte ich, während sich ein paar Schmetterlinge in meinem Bauch meldeten.

Innenstadt.

»Genau«, sagte Bella. »Nimm die U-Bahn bis Östermalmstorg. Könntest du schon morgen vorbeikommen? Gegen siebzehn Uhr? Die Arbeitstage sind lang, das solltest du vorab wissen. Aber irgendetwas sagt mir, dass du nicht besonders arbeitsscheu bist.«

»Nicht besonders, nein«, bestätigte ich und überschlug derweil im Kopf, dass ich dann schon um vier Feierabend machen musste, um es rechtzeitig in die Stadt zu schaffen.

Darüber würde Eva nicht gerade glücklich sein.

»Wie schön, dann sehen wir uns ja morgen schon wieder«, sagte Bella und lächelte warm. »Ich habe ein gutes Gefühl.«

Freitagnachmittag bahnte ich mir den Weg durch die Straßen Östermalms und spürte wieder mal, wie froh ich war, Sundbyberg und Vällingby hinter mir gelassen zu haben. Ich hatte Migräne vorgetäuscht und war um vier vom Café aufgebrochen, und jetzt war es erst Viertel vor fünf, als ich vor der Agentur stand. Ein edles, altes Gebäude mit schweren Holztüren, und als ich klingelte, musste ich mein Anliegen schildern, bevor ich hereingelassen wurde.

Eine Viertelstunde später saß ich Bella und einem männlichen Kollegen gegenüber, der aussah, als wäre er um die vierzig. Er hatte sich als Roger vorgestellt, und ich glaubte ihm. Seine maßgeschneiderte Kleidung war einen Hauch zu perfekt und sollte wohl über seine mangelnde Attraktivität hinwegtäuschen, während er sich selbst offenbar für unwiderstehlich hielt.

»Spannender Werdegang, Sara«, kommentierte er und betrachtete mich ein bisschen herablassend. »Aber warum das Militär? Machen das nicht nur vor Testosteron strotzende Jungs?«

»Das würde ich nicht behaupten«, entgegnete ich und schaute ihm dabei fest in die Augen. »Ich war schließlich auch da.«

Roger erwiderte nichts, legte die Fingerspitzen aneinander.

»Warum bewerben Sie sich bei uns?«, wollte er wissen.

Ich warf Bella einen fragenden Blick zu.

»Ich bewerbe mich nicht«, sagte ich. »Oder, Bella? Habe ich was missverstanden?«

Bella flüsterte Roger etwas ins Ohr, dann standen beide auf.

»Entschuldige uns«, sagte Bella gepresst. »Wir sind gleich wieder da.«

Die Minuten vergingen. Ich schaute mich um. An den Wänden hingen Schwarz-Weiß-Fotografien von vermutlich sehr berühmten Fotografen, aber keines sagte mir etwas.

Vor Testosteron strotzende Jungs.

Ich musste an unsere Joggingstrecke im Wald denken, die wir in den letzten Maiwochen vor drei Jahren fast täglich abgelaufen waren. Erik, Gabbe, Rahim, Nadia und ich als Grüppchen, auch wenn Nadia und Gabbe uns weit hinter sich hätten lassen können. Der Schweiß auf dem Rücken der anderen, auf meiner Stirn. Der Blutgeschmack im Mund. Und gleichzeitig das Glücks- und Gemeinschaftsgefühl, das Wissen um das eigene körperliche Vermögen. Das ungeheure Zusammengehörigkeitsgefühl, das eigentlich schon am ersten Abend zu spüren gewesen war, als wir die Unterkunft bezogen. Rahim hatte das Bett neben mir bekommen, Gabbe das über mir. Nadia war vom anderen Ende des Zimmers herübergekommen und hatte sich zu mir gesetzt, als wäre es das Natürlichste der Welt, und mir von ihrem Leben erzählt. Und dann waren wir zu viert zum Essen gegangen, wo Erik allein am Tisch saß und wirkte, als hätte er nur auf uns gewartet.

Selbstverständlich war es möglich, neue Freunde zu finden, wo man es am wenigsten erwartete. Aber oft geschah das nicht.

Nach der Grund- und später der Offiziersausbildung waren wir in unterschiedlichen Teilen des Landes oder sogar der Welt gelandet. Erik war zurück nach Göteborg gezogen, Nadia studierte Wirtschaft in Kopenhagen, und Rahim war nach Malmö zurückgekehrt, um im Familienbetrieb zu arbeiten. Nur Gabbe war noch beim Militär und hatte einen Posten in Norrland.

Sie fehlten mir noch immer so sehr, dass mir die Tränen kamen. Bedauerlicherweise schienen sie mich – von den vielen erfolglosen Kontaktversuchen meinerseits zu schließen – nicht sonderlich zu vermissen.

Die Tür ging auf, und Bella kam herein, diesmal in Begleitung eines anderen Mannes. Er war jünger als Roger, um die dreißig, trug ein schwarzes Polohemd und dazu eine rechteckige Brille mit schwarzen Bügeln.

»Ich heiße Pelle«, sagte er und schüttelte mir die Hand, »und ich möchte mich für Roger entschuldigen. Ihm war nicht klar, warum du hier bist.«

»Das ist es mir auch nicht«, sagte ich. »Warum bin ich denn hier?«

Pelle lächelte und schaute zu Bella, die ebenfalls lächelte.

»Du bist hier, weil Bella unsere beste Headhunterin ist. Wenn ihr jemand ins Visier gerät, liegt sie fast immer richtig. Sie würde dich gern zu ihrer Assistentin machen. Auf Probe.«

Ich war verblüfft.

»Aber du weißt doch nichts über mich!«, sagte ich zu Bella. »Ich habe keine Erfahrung mit Medien und PR.«

»Das ist ja der Punkt«, erklärte Pelle. »*Perfect Match Media* funktioniert genau so. Wir suchen die echten Menschen, die mit beiden Beinen im Leben stehen. Dann stellen wir euch unsere Profis an die Seite, und schon haben wir die perfekte Mischung. Ein *perfect match* eben. Verstehst du?«

»Da ist aber ein ziemliches Risiko«, gab ich zu bedenken. »Was, wenn die Rechnung nicht aufgeht?«

»Die geht auf«, sagte Bella siegessicher. »Glaub mir, ich weiß das! Außerdem gibt es eine Probezeit.«

Ich blieb still. Misstrauen schlug in meinem Kopf aus wie eine dunkle, böse Blume und verzweigte sich in alle Richtungen mit gigantischem Blattwerk. Warum ich?

Wo war der Haken? Wollten sie mich reinlegen? Mich auslachen? Waren sie hinter mir her?

Das Kichern im Klassenzimmer, wenn der Lehrer erzählte, dass ich in der Mathearbeit wieder alles richtig gelöst hatte. Jedes Mal beim Sport zuletzt ins Team gewählt werden, obwohl ich das beste Mädchen im Fuß- und Brennball war.

Ich musste mich konzentrieren.

»Und was dachtet ihr, wann soll ich anfangen?«, fragte ich vorsichtig.

Pelle und Bella wechselten einen Blick.

»Am liebsten gleich Montag«, sagte Bella. »Meinst du, das geht? Ich habe gerade angefangen, ein Event zu planen – eine Art Abenteuercamp für eine große Beratungsfirma –, für das ich praktisch sofort deinen Input brauchen könnte. Aber parallel laufen natürlich weitere Projekte, unter anderem eine Kampagne für eine große Lebensmittelkette und eine Wohltätigkeitssendung, die beide ebenfalls viel Arbeit bedeuten. Aber sehr spaßige Arbeit, wenn ich das so sagen darf.«

Mir wirbelte alles nur so im Kopf herum. Satzfragmente flogen vorbei.

»Du bist wertlos ...« »Wir wollen dich nicht ...« »Du wirst es hier nicht schaffen.«

Mir war, als würde ich eine Warnleuchte sehen, deren rotes Licht sich drehte und Bellas und Pelles Gesichter immer wieder in Rot aufleuchten und in Schwarz verschwinden ließ. Trotzdem wollte ich nicht auf meine Selbstzweifel hören, auf die inneren Stimmen, die mir einflüsterten, dass ich das niemals schaffen würde. Dass ich ein Fake war, ein bedeutungsloser und unbrauchbarer Mensch; dass ich alles genau so verdiente, wie es mir zugestoßen war.

Verrückt.

Ich brachte die Stimmen so gut wie möglich zum Schweigen und versuchte, so normal wie möglich zu klingen.

Kündigungsfrist?

»Drei Monate«, sagte Bella.

Bezahlung?

Bella nannte einen Betrag »als Einstiegslohn, aber Bonuszahlungen sind möglich«, der dreimal höher war als das, was ich im Café verdiente.

»Wenn sich die Cafébetreiberinnen querstellen, können wir dich auch freikaufen«, sagte Pelle, nahm die Brille ab und putzte sie mit einem Taschentuch aus der Tischschublade.

Zehn Minuten später stand ich mit einem neuen Job auf der Straße, um den mich offenbar die gesamte Medienlandschaft Schwedens beneidete. Panik kroch in mir hoch, biss und zerrte wie ein Raubtier an meinen Eingeweiden und versuchte mir weiszumachen, dass ich das niemals schaffen würde. Aber sie hatte einen Gegner bekommen, eine neue Lebensform forderte das alte Raubtier heraus: Mit einer Mischung aus Stolz und Zuversicht wuchsen Freude und eine wild wirbelnde Hoffnung.

Mir war ein heiß begehrter Job angeboten worden, und ich hatte mich selbst dazu bringen können, ihn anzunehmen. Gar nicht so schlecht für ein depressives Mädel aus Örebro, das unter einer posttraumatischen Belastungsstörung litt und bis zum Bersten gefüllt war mit Schuldgefühlen und nicht bewältigter Trauer.

Auf dem Weg zur U-Bahn-Haltestelle jubelte ich unwillkürlich laut los und nahm gleich mehrere Stufen auf einmal, so sehr freute ich mich, und ein kleiner Junge, der an der Hand seiner Mutter gerade auf der Rolltreppe stand, schaute mich erschrocken an.

»Keine Sorge, ich freue mich nur!«, rief ich ihm hinterher, aber er starrte mich einfach weiter mit aufgerissenen Augen an.

Im selben Moment klingelte mein Telefon. Es war Björn.

Ich stöhnte laut. Dann nahm ich das Gespräch an.

»Hallo, Sara«, sagte er freundlich. »Hier ist Björn.«

»Hallo, Björn«, sagte ich, und er schien zu hören, wie ungern ich mit ihm telefonieren wollte.

»Ich wollte mich für das entschuldigen, was ich über deinen Vater gesagt habe«, sagte er. »Gibst du mir noch eine Chance?«

Die neue Kraft verlieh mir eine unerwartete Stärke.

»Ich habe gerade keine Zeit. Zum einen bin ich gerade auf dem Weg zur U-Bahn, zum anderen habe ich eine ganze Menge zu erledigen.«

»Ich meinte auch nicht jetzt sofort. Aber können wir uns vielleicht treffen? Ich dachte an einen Motorradausflug. Raus aus der Stadt und dann irgendwo schön essen gehen.«

Die neue Kraft nickte mir ermutigend zu.

»Für so etwas werde ich erst mal keine Zeit haben«, erklärte ich. »Ich fange Montag einen neuen Job an.«

Sofort bereute ich, was ich gesagt hatte. Aber es war mir einfach rausgerutscht.

»Wie schön!«, jubelte Björn. »Erzähl mir mehr davon.«

Du musst niemandem irgendwas erzählen, wenn du nicht willst. Alles in deinem Tempo.

»Das kann ich dir dann immer noch sagen«, antwortete ich. »Wir machen es so: Ich melde mich bei dir, wenn die Lage sich beruhigt hat, okay? Dann brauchst du mich nicht länger zu jagen.«

Björn lachte. »*Don't call us, we'll call you?*«

»Ja, so ungefähr.«

»Wie man so schön sagt: Ich verstehe, was du meinst«, erwiderte Björn. »Viel Glück auf jeden Fall. Und eins noch: Sei vorsichtig.«

»Keine Sorge, das bin ich.«

Ich hatte mich entschieden, den Stier bei den Hörnern zu packen: Samstagmorgen fuhr ich zum Café, obwohl ich frei hatte. Es war zehn Uhr, also waren noch keine Gäste da.

»Was willst du denn hier?«, fragte Eva misstrauisch, die gerade einen Tisch abwischte. »Hast du solche Sehnsucht nach uns, dass du selbst an deinem freien Tag herkommen musst?«

»Ich muss mit euch reden«, sagte ich. »Und das wollte ich lieber persönlich als am Telefon.«

Eva hörte auf zu wischen, eine Falte bildete sich zwischen ihren Augenbrauen.

»*GULLBRI-I-ITT!*«, rief sie über die Schulter, ohne mich aus den Augen zu lassen. »Komm mal her!«

Gullbritt tauchte in der Küchentür auf und trocknete sich die Hände an einem Tuch ab.

»Wo brennt es?«, fragte sie. Und dann: »Was willst *du* denn hier?«

»Ich vermute, Sara will mit uns Schluss machen. Lieber persönlich als *am Telefon.*«

»Komm«, sagte Gullbritt. »Setzen wir uns.«

Wir nahmen einen der freien Tische, und ich erklärte, so gut ich konnte, was passiert war.

»PR und Events?«, fragte Eva und runzelte die Stirn. »Was soll das überhaupt sein?«

»Und schon ab Montag?«, fragte Gullbritt sauer. »Damit lässt du uns ziemlich im Regen stehen! So schnell finden wir niemals Ersatz.«

»Wusste ich doch, dass an deiner Migräne was faul war«, entfuhr es Eva. »Ich hätte dich niemals gehen lassen sollen. Eine Schauspielerin wird aus dir jedenfalls nicht, so viel steht fest.«

»*Perfect Match* will euch finanziell deshalb entschädigen«, sagte ich und reichte Eva Pelles Visitenkarte. »Ihr müsst euch bei diesem Mann melden.«

Eva riss die Karte an sich.

»Selbstverständlich geht er an einem Samstagmorgen ans Telefon«, sagte sie und stand auf.

Gullbritt schüttelte den Kopf, ohne mich anzuschauen, und seufzte schwer.

Eva verschwand zum Telefonieren in der Küche und kehrte wenige Minuten später mit einem breiten Lächeln und hochgezogenen Augenbrauen zurück.

»Unfassbar!«, sagte sie und knallte die Visitenkarte auf den Tisch. »Dass du so viel wert bist! Hätte ich das geahnt, hätte ich dich nicht erst Kartoffeln schälen, sondern gleich die Hühnchen braten lassen.«

Sie wandte sich an Gullbritt und zeigte auf Pelles Karte.

»Jetzt können wir die Stühle kaufen, die wir angeschaut haben. Und zwar alle!«

»Du machst Witze«, sagte Gullbritt. »Die sind doch schweineteuer.«

»Kein Witz«, erwiderte Eva zufrieden. »*Massivholz mit wunderschön gemusterten Polstern.*«

Gullbritt starrte sie an. Dann mich.

»Ich verstehe kein Wort«, sagte sie. »Wieso interessieren die sich ausgerechnet für Sara?«

»Tja«, sagte Eva und nahm Pelles Visitenkarte fast liebevoll in die Hand.

Dann ließ sie das kleine Rechteck in ihrer Brusttasche verschwinden und klopfte zufrieden dagegen.

»Dann wollen wir Sara jetzt mal das Beste wünschen«, sagte sie zu Gullbritt.

Als sie mich danach ansah, war sie plötzlich wieder ganz ernst.

»Dass an der ganzen Sache irgendwas faul ist, wird dir selbst bewusst sein«, sagte sie. »Komm gern wieder her, wenn das in die Hose geht.«

Sofort meldete sich meine Unsicherheit wieder und blühte in meinem Inneren auf.

Irgendwas ist faul, irgendwas ist faul, irgendwas ist faul.

»Du meinst, dass ich das nicht packe?«, fragte ich leise.

Eva betrachtete mich verständnislos, vielleicht sogar genervt.

»Selbstverständlich packst du das!«, sagte sie.

»PR und Medien! Wie schwierig soll das sein? Schick Bella mal her, damit sie sich um die Ratten im Hof kümmert, wie du und ich vor ein paar Tagen, und dann wollen wir mal sehen, wer was packt.«

Mit Evas aufmunternden Worten im Ohr machte ich auf den Weg zurück nach Vällingby, wo ich Simåns zu einem Samstagsspaziergang mitnahm.

⇛ ⇚

Simåns und ich liefen entlang der Straße, die zum Vällingby Centrum führte, dann kehrten wir um. Auf dem Rückweg entdeckte ich einen Lieferwagen vor dem Haus. Ich versuchte zu erkennen, ob jemand darin saß, aber die Scheiben waren getönt. Als ich noch fünfzig Meter entfernt war, startete der Wagen durch, machte kehrt und düste Richtung Stockholm davon.

Allein der Anblick löste Unbehagen bei mir aus. Aber das war natürlich nur ein Hirngespinst.

⇛ ⇚

Montagmorgen saß ich bereits um acht Uhr in meinen besten Klamotten in Bellas Büro. Eine lange schwarze Hose, ein dunkelgrüner Blazer über einer weißen Bluse und dazu schwarze Pumps. Alles erst einmal getragen, und zwar zur Beerdigung. Meine Mutter hatte mich gezwungen, die Sachen mitzunehmen nach Stockholm. Ich bedankte mich gedanklich, als Bella mit zwei frischen Lattes hereinkam.

»Wie gut, dass du Frühaufsteherin bist«, sagte sie und musterte mich dann von Kopf bis Fuß. »Dann fangen wir mal an, stürzen uns bis Mittag in die Planung, und dann ziehen wir los und kaufen dir neue Sachen. So kannst du nicht rumlaufen.«

Sofort hatte ich einen Kloß im Hals.

»Warum nicht?«

Bella schüttelte den Kopf.

»Wir vertreten eine Firma und müssen den Kunden einen gewissen Eindruck vermitteln. Glaub mir, ich musste das auch über mich ergehen lassen, als ich neu war. Nimm es nicht persönlich, das geht nicht gegen dich. Aber du wirst noch dankbar sein, wenn du begreifst, was das bedeutet.«

Deshalb war das Gehalt also so hoch? Damit ich mir teure Sachen leisten konnte? Mein Puls legte zu. Aber als hätte sie meine Gedanken gelesen, fügte Bella hinzu:

»Die Firma übernimmt die Kosten diesmal, wir sehen es als Investition. Außerdem bekommst du vermögenswirksame Leistungen, aber die fallen eher nicht ins Gewicht. Was du mit deinem Geld machst, ist jedenfalls komplett deine Angelegenheit.«

In diesem Moment begriff ich, dass Lichtjahre zwischen mir mit meiner Jugend in Örebro und dieser Gruppe von Playern der Stockholmer Innenstadt lagen. Ein Umstand, an dem ich absolut nichts auszusetzen hatte.

Die nächsten vier Stunden planten und entwarfen wir das große Abenteuercamp, das im Herbst stattfinden sollte. Anfangs war ich etwas zurückhaltend, stellte aber schon bald fest, dass ich – nicht zuletzt durch meine militärische Ausbildung – eine Menge beitragen konnte.

»Unser Kunde ist eine große Beraterfirma«, sagte Bella. »Sie möchten sich einfach ein Wochenende lang austoben ›mit allem

Drum und Dran‹. Es ist weniger Konferenz, sondern hat eher eine gemeinschaftsbildende Funktion, die Angestellten müssen sich verschiedenen Herausforderungen stellen und sich in Teams gegeneinander durchsetzen. Kannst du dir darunter was vorstellen?«

»Ziemlich viel«, sagte ich. »Es erinnert mich an meine Zeit beim Militär, und eins kannst du mir glauben, es funktioniert. Je größer die Herausforderung, desto größer das Gemeinschaftsgefühl. Ein paar meiner Kameraden wurden Freunde fürs Leben.«

Vielleicht.

»Super«, sagte Bella. »Dann weißt du ja genau, worum es geht.«

Sie schob mir eine Mappe hin und öffnete selbst eine, die genauso aussah.

»Lass uns noch einen Blick auf unseren anderen Auftrag werfen«, sagte sie, »um den wir uns parallel kümmern müssen, auch wenn er später stattfindet. Der Lebensmittelriese und die Wohltätigkeitsgala. Schlag mal Seite fünf auf ...«

Ich tat, was sie verlangte, und Bella fing an zu erklären. Ich selbst machte kleine Vorschläge.

Um zwölf klappte Bella die Mappe zu und schaute mich an.

»Das wird großartig«, sagte sie. »Ich wusste es. Komm, wir gehen erst mal was essen. Um deinen ersten Arbeitstag zu feiern, hab ich einen Tisch im Sturehof reserviert. Und dann wird geshoppt.«

Wir folgten der Sturegatan bis zum Stureplan. Die Sonne schien, und es war warm. Mit einem Mal breitete sich wieder dieses Glücksgefühl in mir aus. Hier im Sonnenlicht hatte ich keinerlei Zweifel mehr, sondern spürte nur starke Vorfreude. Die Wendung, die mein Leben genommen hatte, verblüffte mich immer noch – vom Café in Sundbyberg zu einer angesagten PR-Agentur in Östermalm, ohne dass ich dafür auch nur einen

Finger krümmen musste –, aber ich war den Zustand leid, der mein Frühjahr und den Sommer geprägt hatte, als sich jede Veränderung in eine positive Richtung so lebenswichtig angefühlt hatte, was es unmöglich gemacht hatte, sie infrage zu stellen.

Ich hatte mit Eva in Sundbyberg Ratten gejagt, da würde ich ja wohl auch einen PR-Job packen.

—≣ ≣—

Im Sturehof schien Bella gut bekannt zu sein. Sie umarmte den Oberkellner und weiteres Personal. Ein Tisch direkt am Fenster erwartete uns, und Bella ging voran, während sie die Umsitzenden grüßte, die ihr zuwinkten. Genau in dem Moment wurden mir meine üble Hose, der schlecht sitzende Blazer, die langweilige Bluse und die omahaften Pumps erst richtig bewusst. Bella trug einen kurzen Rock und dazu Stiefeletten, das Oberteil bestand aus mehreren Stoffstücken, die von Häkchen und großen Sicherheitsnadeln zusammengehalten wurden. Ihre Haare waren zu einem losen Knoten zusammengefasst, und sie strahlte eine unwiderstehliche Mischung aus Selbstsicherheit und Charme aus. Neben ihr sah ich wirklich aus wie die Cousine vom Land.

Kaum hatten wir uns gesetzt, stand ein attraktiver Typ in Jackett und Jeans neben Bella. Er küsste ihr die Wangen und streckte mir dann die Hand hin.

»Micke«, sagte er.

Er war attraktiv, ohne sich so übertrieben herauszuputzen wie Björn und Roger. Außerdem hatte er Lachgrübchen und strahlte die Art von Selbstvertrauen aus, die mir nur selten begegnete – Wärme in Kombination mit Bescheidenheit. Allein sein Anblick machte mich gleichzeitig schwach und unfassbar gut gelaunt. Micke schaute mir in die Augen, und in seinen lag eine Bewunderung, die ich nie zuvor gesehen hatte. Das musste eine Sinnestäuschung sein. Was gab es an mir schon zu bewundern?

Bella schaute von Micke zu mir, und ihr entgingen unsere Blicke nicht.

»Das ist Sara, unsere Senkrechtstarterin«, erklärte Bella und lächelte.

Senkrechtstarterin?

Ich schluckte und bekam kein Wort heraus.

»Wie cool«, sagte Micke. »Wie lange arbeitest du schon für die Agentur?«

Bella und ich schauten uns an und brachen genau gleichzeitig in Gelächter aus.

»Seit vier Stunden«, sagte ich, und plötzlich fiel es mir nicht schwer, mich mit Bella oder Micke zu unterhalten.

Micke deutete mit dem Kopf zu Bella.

»Ich habe schon ein paar Menschen getroffen, die von Bella handverlesen wurden«, sagte er. »Es ist fast unheimlich. Wenn du ein börsendotiertes Unternehmen wärst, ich würde sofort in dich investieren und Aktien kaufen.«

Bella hob die Augenbrauen und schüttelte mit bedauernder Miene den Kopf.

»Micke ist Finanzfuzzi«, sagte sie. »Falls dir das bisher entgangen sein sollte.«

»Fachidiot«, bestätigte Micke. »Man sollte niemals eine schöne Frau mit einem Unternehmen vergleichen.«

Ich wurde rot.

»Kein Problem«, sagte ich. »Ich selbst vergleiche mich meist mit so einem Arbeitsgaul, der die ganze Zeit mit gebeugtem Hals ackert.«

»Einem Arbeitsgaul?«, fragte Micke. »Warum das denn?«

Ich zuckte mit den Schultern.

»Stammt noch aus meiner Zeit beim Militär«, sagte ich. »*Immer weiterkämpfen, niemals aufgeben.*«

»Da, siehst du?«, sagte Bella zu Micke und schenkte mir ein strahlendes Lächeln. »Ist sie nicht großartig?«

»Sie ist absolut großartig«, pflichtete Micke bei. »Aber jetzt muss ich leider wieder zu meinen Kumpels.«

Mit diesen Worten kehrte Micke zu seinem Tisch zurück.

Ich stöhnte halblaut.

»Warum hab ich das mit dem Arbeitsgaul gesagt?«, jammerte ich. »Dümmer kann man ja fast nicht klingen.«

Bella grinste breit.

»Er mag dich«, sagte sie und schlug die Speisekarte auf. »Das ist nicht zu übersehen. Und jetzt wird gegessen.«

Wir studierten die Karte, die ich noch von meinem Spaziergang letzte Woche kannte, bestellten beide ein teures Fischgericht und ein Glas Weißwein dazu – denn Bella meinte, das wäre die beste Einstimmung auf einen Shopping-Nachmittag. Dann lehnten wir uns zurück, und ich gab mir große Mühe, entspannt zu wirken, obwohl ich die ganze Zeit den Impuls, mich selbst zu kneifen, unterdrücken musste.

»Erzähl mir was über dich«, sagte Bella. »Über deine Kindheit, deine Familie. Ich will alles wissen.«

Also fing ich an zu erzählen. Bella war eine gute Zuhörerin: Sie schaute mich unentwegt an, lächelte aufmunternd und lachte über meine Witze. Ich fing mit meiner Ausbildung in Uppsala an und meinen damaligen Zukunftsplänen, erzählte dann von meinen Eltern, meiner pferdevernarrten Schwester und unserem Haus in Rynninge, Örebro. Dann erwähnte ich noch kurz den Tod meines Vaters und wie er unser Leben vollständig verändert hatte.

»Wie schrecklich«, sagte Bella mitfühlend.

Sofort traten mir Tränen in die Augen, und mein Hals zog sich schmerzhaft zusammen. Bella legte ihre Hand auf meine.

»Ich werde dir helfen«, sagte sie ernst. »Du musst diese Trauer überwinden.«

Ich nickte, erwiderte aber nichts. Eine Träne lief mir über die Wange, ich wischte sie schnell weg.

Bella schaute mich unverwandt an.

»Weißt du«, sagte sie leise, »wir alle tragen unser Päckchen. Ich habe auch schon ein paar schlimme Sachen erlebt und weiß, wie wichtig es ist, darüber zu reden.«

»Was hast du denn erlebt?«, flüsterte ich.

Da senkte Bella den Blick.

»Nichts, worüber ich jetzt sprechen möchte. Aber ein andermal gern.«

Ich nickte, holte ein Taschentuch hervor und putzte mir die Nase. Bella lächelte.

»Gutes Kind«, kommentierte sie. »Meine Oma hat immer gesagt: ›*Kräftig schnauben!*‹ Sie hat mich gelobt, wenn ich es dann auch tat.«

»Vielleicht nicht direkt im Sturehof«, sagte ich und schaute mich um.

Bella lehnte sich vor.

»*Trau keiner Frau, die wenig isst und sich nicht traut, sich an einem öffentlichen Ort die Nase zu putzen.* Du bist doch sicher Feministin?«

Ich sah Nadia vor mir, die mal wieder Erik im Flur der Kaserne zu Boden geschickt hatte.

»*Mach das nie wieder!*«, hatte sie geschrien, während alle Jungs rundherum standen und es nicht wagten, ein Wort zu sagen. »*Nicht, wenn du lebend hier rauskommen willst!*«

»Natürlich bin ich Feministin!«, sagte ich.

»Dachte ich mir doch«, sagte Bella zufrieden. »Kaffee?«

Als der Kaffee gerade gekommen war, erschien eine junge Frau in farbenfrohem Regenmantel mit knallroter Sonnenbrille und einer großen Schultertasche und bahnte sich den Weg zwischen den Tischen hindurch.

»Hallo, hallo«, sagte sie. »Hier sitzt ihr also und lasst es euch gut gehen. Seid ihr bereit?«

»Absolut!«, antwortete Bella. »Ich muss nur noch zahlen. Sara, das ist Nicolina. Sie ist Stylistin und wird uns heute unterstützen.«

Verblüfft schüttelte ich Nicolinas Hand. Sie zog sich einen Stuhl heran und setzte sich zu uns, bevor sie mich musterte. Sie streckte eine Hand aus, legte mir die Fingerspitzen unters Kinn und drehte meinen Kopf von rechts nach links, während sie mich genau betrachtete.

Eine Stylistin?

Ich hatte in meinem Leben noch keine getroffen, nur in Zeitungen von ihnen gelesen.

»Nicht schlecht«, sagt sie. »Fantastische Wangenknochen. Guter Kiefer. Kleidergröße 38, 40, nehme ich an?«

Ich nickte.

»Gut«, sagte sie. »Wie groß bist du? Welche Schuhgröße?«

»Äh ... Eins zweiundsiebzig«, stammelte ich. »Größe 39.«

Nicolina nickte.

»Ich hab den ganzen Vormittag in all den angesagten Boutiquen verbracht und Sachen zurücklegen lassen«, sagte sie. »Bloß bei Schuterman nicht, das ist da so verdammt teuer! Wir wollen *Perfect Match* ja nicht in den Ruin treiben, oder?«

Sie lachte laut los, und zu meiner großen Verwunderung fiel es mir nicht schwer mitzulachen. Nicolina strahlte eine Wärme aus, die es leicht machte, sie zu mögen.

Bella zahlte, und wir verließen das Lokal. In den folgenden Stunden schleppte Nicolina uns von Geschäft zu Geschäft, wo ich alles anprobierte, was Nicolina ausgewählt hatte, und Bella nickte, schüttelte den Kopf und zahlte schließlich das, worauf wir uns einigten. Mit jedem Geschäft wuchs die Zahl der Taschen und Schuhkartons, die sie trug. In den Taschen befanden sich lange Hosen, Stiefeletten, kurze Röcke, ein schwarzes Cocktailkleid, bei dem ich selbst nie auf die Idee gekommen wäre, es überhaupt anzuprobieren, Blazer, Pullover und ein paar hohe Pumps mit Pfennigabsätzen, mit denen meine Beine extrem lang aussahen.

»Bestens«, sagte Nicolina und schaute zu Bella. »Läuft das hier unter 720/BSV?«

Für einen winzigen Augenblick blinzelte Bella besorgt, dann sah sie Nicolina lange an.

»Nein«, sagte sie sehr deutlich. »Sara ist bei uns angestellt und hat heute ihren ersten Tag.«

Nicolina antwortete nicht, hob nur eine Augenbraue und lächelte. Dann zauberte sie das nächste Teil hervor, eine Schlaghose in auffälliger Farbe.

»Schau dir erst mal an, wie sie sitzt«, sagte sie, als ich gerade protestieren wollte. »Dazu dieses Kunstfell. Du wirst im Herbst umwerfend aussehen.«

Also schloss ich den Mund wieder und tat, was sie wollte. Und sie hatte recht: Ich sah umwerfend aus.

Wie um alles in der Welt war ich hier gelandet?

—≡ ≡—

Um sieben Uhr, pünktlich zum Ladenschluss, waren wir fertig. Bella umarmte Nicolina und schaute dann mich mit den vielen Tüten und Taschen an.

»Damit lass ich dich garantiert nicht in die U-Bahn«, sagte sie. »Wir haben ein Firmenkonto bei Taxi Stockholm. Komm, wir suchen dir eins. Wo wohnst du?«

»In Vällingby«, antwortete ich, »aber ich nehme auch die U-Bahn, das ist kein Problem.«

Bella runzelte die Stirn.

»In *Vällingby?*«, fragte sie. »Warum wohnst du bitte in Vällingby?«

»Weil ich mir von dem Geld, das ich im Café verdient hab, nur dort ein Zimmer leisten konnte.«

Sie lachte.

»Und wie ist das so? Zur Untermiete irgendwo zu wohnen? Klingt spannend.«

Die Bilder lösten sich in meinem Kopf ab: Rattengift, nächtliches Heulen, Feuer.

»Mittelspannend«, sagte ich gezwungen fröhlich. »Je weniger ich davon erzähle, desto besser.«

Bella winkte einen Wagen von Taxi Stockholm heran, nannte dem Fahrer eine Nummer und wandte sich dann an mich.

»Wir sehen uns morgen um acht«, sagte sie. »In einem deiner neuen Outfits.«

»Ich weiß gar nicht, welches ich zuerst anziehen soll«, schwärmte ich. »Danke für alles!«

»Keine Ursache«, sagte Bella. »Wir erwarten Großes von dir. Kleiner Scherz, steig schon ein.«

Das Taxi fuhr los, und durch die Heckscheibe sah ich Bella unterm Pilz stehen. Neben mir auf dem Rücksitz türmten sich all die Taschen und Tüten, und mich erfüllte ein überwältigendes Glücksgefühl nach diesem Shoppingtag – mich, die ich fast nie neue Klamotten kaufte. Was mich aber am glücklichsten machte, war, dass Bella mich wirklich zu mögen schien. Bei ihr hatte ich dasselbe Gefühl wie damals, als ich Nadia kennenlernte: dass wir uns ähnlich waren, aus dem gleichen Holz geschnitzt.

Nach all den Jahren der Einsamkeit in der Unterstufe, der Ausgrenzung in der Mittelstufe und den ganzen Kompromissen, die die Zeit in der Oberstufe mit sich gebracht hatte, war es so unfassbar fantastisch gewesen, endlich – *endlich* – jemanden mit den gleichen Werten, dem gleichen Humor und den gleichen Gedanken kennenzulernen, die ich selbst hatte. Und dann waren wir getrennte Wege gegangen. Nadia war nach Kopenhagen gezogen, und ich … tja, ich war im Tunnel gelandet.

Was, wenn das bedeutete, dass ich nach so langer Zeit wieder eine richtige Freundin fand?

Eine, die genau dort stand, wo auch ich war.

Den Tunnel würde ich schon vergessen, wenn ich mir Mühe gab.

⇛ ⇚

Später am selben Abend schickte ich meiner Mutter eine SMS: »*Neuer Job, hab heute bei einer PR-Agentur angefangen. 3 x so viel Geld.*«

Ganz wie vermutet, dauerte es nicht lang, bis sie anrief.

»Hallo, mein Schatz! Was war denn los? Haben sie dich rausgeworfen?«

Ich erzählte ihr geduldig, was passiert war.

»Freust du dich denn nicht?«, fragte ich. »Das ist ein Traumjob. Ganz Stockholm leckt sich die Finger nach so einer Chance.«

Mama blieb einen Moment still.

»Doch, natürlich freue ich mich«, sagte sie schließlich. »Mehr Geld und eine größere Herausforderung als im Café, das klingt gut. Ich verstehe nur nicht, warum sie ausgerechnet dich wollten.«

Irgendwas ist faul, irgendwas ist faul, irgendwas ist faul.

»Na, schönen Dank.«

»Jetzt versteh mich nicht falsch. Aber findest du das nicht selbst ein bisschen seltsam?«

Sofort traten mir die Tränen in die Augen, und ich brachte kein Wort mehr heraus. Meine Selbstzweifel kamen hoch, und Mama begriff das sofort.

»Entschuldige, mein Schatz!«, sagte sie. »Ich bin total stolz! Das ist wirklich irre. Du verdienst ein bisschen Erfolg, nach allem, was du durchgemacht hast.«

»Ich weiß«, presste ich hervor. »Deshalb reicht meine Kraft auch gerade nicht für irgendwelche Proteste oder Diskussionen, sondern nur dafür, morgens früh genug aufzustehen und zur Arbeit zu gehen.«

»Kannst du am Wochenende nach Hause kommen?«, fragte Mama. »Dann kann ich dich ein bisschen verwöhnen. Dein Lieblingsessen kochen, dich vor dem Fernseher zudecken. Lange mit selbst gebackenem Brot frühstücken.«

Mama. Ihre lieben, blauen Augen, so intelligent und voller Vertrauen. Unsere Gespräche am Küchentisch, ihre Nachdenklichkeit, ihre klugen Ratschläge. Der Duft von warmem Roggenbrot, auf dem die Butter sofort schmolz. Der beste Kaffee der Welt: Zoégas gröna Skånerost, Mamas Kaffee.

»Mach ich«, sagte ich.

Am nächsten Tag saß ich an einer Skizze für den Lebensmittelriesen, als ich hörte, wie Bella, die draußen auf dem Sofa im Flur arbeitete, plötzlich fluchte wie ein Bauarbeiter.

»*Fuck, fuck, fuck. Verdammte Scheiße noch mal!*«

Ein heftiger Knall ertönte. Ich sprang auf und rannte hinaus, und dort auf dem Sofa saß Bella, die Hände vors Gesicht geschlagen. Auf dem Steinfußboden lag ihr Laptop und sah nicht gerade aus, als hätte ihm der Flug gutgetan. Da zeitgleich ein Meeting mit fast allen Festangestellten lief, hatte niemand außer mir Bellas Ausbruch mitbekommen. Ich ging ums Sofa herum, hob den Computer auf und warf einen prüfenden Blick darauf. Dann legte ich ihn auf den Tisch und eine Hand auf Bellas Schulter.

»Alles in Ordnung?«, fragte ich vorsichtig.

Bella antwortete nicht. Sie blieb reglos sitzen, weiterhin die Hände vorm Gesicht. Ich wusste nicht, wie ein Scherz ankommen würde, aber ich wagte einen.

»Computer«, sagte ich mit gespielter Entrüstung. »So unzuverlässig! Da hüpfen die einfach vom Tisch und glauben, sie schaffen es bis zur Tür. Ich hab auch so einen. Einmal hat er sich vom Balkon gestürzt. Weit ist er allerdings nicht gekommen, ich habe ihn bei der Imbissbude in Vällingby Centrum gefunden, wo er gerade eine Bockwurst und einen Kakao bestellt hatte.«

Bella schüttelte es ein bisschen. Ein Laut war hörbar, aber unmöglich zu sagen, ob es ein Lachen oder ein Schluchzen war. Dann nahm sie die Hände vom Gesicht und lächelte mich an.

»Du Spinner«, sagte sie. »Danke, dass du mich zum Lachen bringst, wo ich doch am liebsten sterben würde.«

»Was ist passiert?«

Bella schüttelte den Kopf.

»Du weißt ja, wie das ist mit Computern. Leider ist das nicht das eigentliche Problem, sondern mein Mangel an Selbstbeherrschung. Mir fällt es unfassbar schwer, meine Wut im Zaum zu halten. Wie du sehen kannst.«

»Okay«, sagte ich vorsichtig. »Das ist jetzt kein Weltuntergang, bloß ein bisschen anstrengend, wenn man danach immer einen neuen Computer braucht. Und ich habe mindestens einmal pro Tag einen Wutanfall, *dank* dieses Dings.«

»*Tell me about it*«, sagte Bella und fuhr sich mit den Fingern durch die Haare.

Sie sah ganz leer aus.

»Weißt du, was dich so wütend macht?«, fragte ich. »Und warum du das nicht kontrollieren kannst?«

Bella seufzte schwer.

»Alte Geschichte«, antwortete sie. »Erzähle ich dir mal, aber nicht hier.«

Genau in diesem Moment ging die Tür zum Konferenzsaal auf, und alle Mitarbeiter strömten murmelnd und plaudernd heraus. Roger warf einen Blick auf Bellas Computer und kam auf direktem Weg zu uns. Er stemmte die Hände in die Seiten und wirkte gleichzeitig sauer und triumphierend.

»*Nicht schon wieder!*«, sagte er. »Wolltest du nicht eine Therapie machen?«

Sein Ton ließ mich stutzen, aber ich sagte nichts.

»Du weißt, dass ich selbst dafür aufkomme«, erwiderte Bella. »Kein weiteres Wort, bitte.«

Roger schüttelte den Kopf und ging seiner Wege, ohne noch etwas von sich zu geben. Ich schaute ihm nach.

»Unser Roger erweist sich ja nicht gerade als Schätzchen«, sagte ich.

Bella reagierte nicht darauf, sondern befasste sich mit gerunzelter Stirn mit ihrem Computer.

»Kennst du eine gute Firma, die sich das mal anschauen könnte?«, fragte ich. Bella warf mir einen Blick zu.

»Machst du Witze?«, fragte sie. »In der Linnégatan ist ein winziger Laden. Die lieben mich, ich bin ihre beste Kundin.«

Wir schauten einander an. Und brachen genau im selben Moment in Gelächter aus, ganz wie im Sturehof. Wir lachten, bis wir keine Luft mehr bekamen.

»Los jetzt«, sagte ich schließlich und wischte mir die Lachtränen weg. »Kopf hoch! Bring du deinen Computer weg, und dann lade ich dich heute Abend auf Pizza und Rotwein ein. Was hältst du davon?«

»Klingt fantastisch. Da sage ich doch sofort zu!«

Abends saßen Bella und ich im Ciao Ciao bei viel Rotwein und Gelächter. Eine ganze Traube von Kellnern schwirrte um unseren Tisch, wir machten Fotos mit ihnen, die wir als Storys posteten. Das beste Gruppenfoto lud ich bei Instagram hoch. Am Östermalmstorg trennten wir uns, und ich nahm die U-Bahn zurück nach Vällingby.

Ich lächelte immer noch über die frischen Erinnerungen an diesen schönen Abend, als die U-Bahn in Alvik einfuhr. Der Zug passierte einen Mann, der völlig reglos am Bahnsteig stand und zu uns in den Wagen schaute. Er trug eine Jeans und eine Jacke, dazu einen sonderbaren schwarzen Hut auf dem Kopf.

Zorro?

Oder? Das war er doch?

Ich flog gewissermaßen von meinem Sitz, obwohl ich gar nicht aussteigen musste, und rauschte hinaus. Die Türen hatten sich etwa zehn Meter von ihm entfernt geöffnet; eigentlich hätte ich ihn sofort sehen müssen.

Aber kein Mensch in Schwarz war dort. Entweder war er schon in die Bahn gestiegen oder auf die andere Seite des Bahnsteigs gewechselt, um sich hinter einer Werbetafel zu verstecken.

Oder ich hatte mir das alles nur eingebildet.

Der Rest der Woche verging in rasendem Tempo, und ich begriff, was Bella damit gemeint hatte, dass ich für meinen Lohn ordentlich würde ackern müssen. Mein Arbeitstag begann um acht und endete selten vor zwanzig Uhr. Also stand ich jeden Morgen schon um sechs unter der Dusche und kam nie dazu, wirklich selbst zu kochen. Essen musste im Vorübergehen erledigt werden, entweder gab es etwas vom Schnellimbiss oder eine Pizza zum Mitnehmen oder ein Sandwich für zu Hause. Manchmal war ich so müde, dass meine Energie nicht mal mehr zum Essen reichte. Und an einem Abend schlief ich angezogen ein, kaum dass ich angekommen war. Jalil, Sixten und Siv sah ich praktisch gar nicht.

Freitag machten wir schon um sechs Feierabend, weil alle unterschiedliche Pläne hatten.

»Kommst du mit mir zu einer Party heute Abend?«, hatte Bella in der Mittagspause gefragt. »Einweihungsfeier beim Stallmästaregården. Unmengen von Essen und Champagner, roter Teppich, Fotografen. Das wird richtig cool!«

»Geht leider nicht«, sagte ich. »Ich fahre mit dem Zug nach Örebro und verbringe Zeit mit meiner Mutter.«

Bella verzog das Gesicht.

»Okay?«, sagte sie fast fragend. »Dann viel Spaß.«

Ich hatte schon häufiger versucht, mehr über Bella und ihre Familie herauszufinden, aber sie war immer ausgewichen. Deshalb hatte ich meine Fragen erst einmal eingestellt, früher oder später würde sie sich schon öffnen.

Nach der Arbeit fuhr ich direkt mit der U-Bahn zum Hauptbahnhof, Simåns hatte ich in Jalils Obhut gelassen, und merkte erst im Zug, dass meine Mutter mich vermutlich in den Sachen gar nicht wiedererkennen würde. Der Kunstpelz, den ich vor dem Aussteigen wieder anzog, würde sie sicher verwundern.

Auf dem Bahnsteig warteten Mama und meine kleine Schwester Lina: Mama mit ihren Locken und einem Schal um die Schultern, der sicher nach ihrem typischen Parfum duftete, und Lina mit ihren Lachgrübchen in einer Reithose und gesteppter Jacke, die garantiert nach Stall roch. Lina hielt einen Strauß Rosen in der Hand, was mich sofort zu Tränen rührte. Ich schlang meine Arme um beide gleichzeitig.

»Lass dich mal ansehen«, sagte Mama dann. »Du bist blass und dünn. Isst du auch genug?«

»Es geht so«, antwortete ich und lachte. »Nicht wie bei dir.«

»Cooler Mantel«, sagte Lina voller Bewunderung und grinste so breit, dass ihre Lachgrübchen sich noch weiter vertieften.

»Hmm«, machte Mama und betrachtete meine Schuhe und Kleidung. »Kannst du dir das wirklich leisten?«

»Hat die Firma bezahlt«, erwiderte ich gut gelaunt. »Das ist wohl Usus, wenn sie jemanden wie mich einstellen. Die Cousine vom Land.«

»Hammer!«, sagte Lina, und ihre Augen funkelten. »Ich will auch einen Job in der PR-Agentur.«

Mama sagte nichts weiter, aber dachte sicher umso mehr. Und auf der Autofahrt durch die mir nur zu bekannten Straßen von Rynninge bis nach Hause sah ich mich mit ihren Augen. Ich musste wie ein fremder, prahlerischer Pfau wirken, der sich in unsere kleine Welt verirrt hatte.

Für wen hielt ich mich eigentlich?

Und wen ahmte ich nach?

Samstag saßen wir lange in Schlafanzügen am Frühstückstisch und aßen selbst gebackenes Roggenbrot, ganz wie Mama versprochen hatte. Lina erzählte vom Stall und den anderen Mädchen dort. Ich konterte mit Storys über Sixten, Siv und Jalil aus Vällingby, dann über Eva und Gullbritt aus dem Café und schließlich erzählte ich von Bella, Roger, Pelle und den anderen bei *Perfect Match*. Ich war erst so kurz in Stockholm und hatte schon hinter die Kulissen so unterschiedlicher Welten geschaut, Mama und Lina amüsierten sich königlich über meine Geschichten.

»Sie hat den Laptop einfach auf den Steinboden geknallt?«, fragte Lina beeindruckt. »Sie klingt supercool!«

»Sie klingt superdumm«, warf Mama mit hochgezogenen Augenbrauen ein. »Und ziemlich verwöhnt. Muss die Firma etwa für ihre Wutausbrüche aufkommen?«

»Nein, das zahlt sie selbst«, antwortete ich. »Ihr gefällt das ja selbst nicht.«

»Das kann ich gut verstehen«, sagte Mama.

»Jetzt hör aber auf«, sagte Lina. »Jeder hat Makel.«

»Alle außer meiner großen Schwester«, sagte ich. »Sprich mir nach: *Alle aus meiner großen Schwester.*«

»Du bist verrückt«, grinste Lina.

Mama legte ihre Hand auf meine.

»Schön, dich hier zu haben«, sagte sie. »Nicht wahr, Lina?«

Lina nickte. Dann stand sie auf und umarmte mich. Ein Moment, in dem mich das Gefühl beschlich, dass ich wieder nach Hause ziehen sollte. Aber das Gefühl kam und ging.

»Kommt mich doch mal in Stockholm besuchen«, schlug ich ihnen vor. »Erst mal muss ich natürlich eine Wohnung finden. Aber das wäre doch toll mit euch zu Besuch!« Lina schaute mir tief in die Augen, die Hände auf meine Schultern gelegt, und sprach eindringlich, als wolle sie mich hypnotisieren.

»Du musst Prioritäten setzen! Finde zuallererst eine neue Unterkunft!«

»Ich gebe mein Bestes.«

Als wir uns gerade daranmachten, den Tisch abzuräumen, klingelte es an der Tür. Lina ging hin, um zu öffnen.

»Sara!«, rief sie über die Schulter. »Sally ist da!«

Sofort sank meine Laune. Wieder wurde mir der alte Wischlappen über den Kopf gezogen, der nur so nach Schimmel und der Nässe der vergangenen Jahre stank. Ich holte tief Luft und bemerkte, dass Mama mich beobachtete.

»Reiß dich zusammen«, flüsterte sie. »Sally ist deine älteste Freundin.«

Also ging ich in den Flur, wo Sally stand und aussah, wie sie immer ausgesehen hatte: gut gebaut, Stupsnase, massenweise Kajal um die Augen und wunderbar gelaunt, aber gleichzeitig bereit, sofort auszuholen. Eine Unzahl Erinnerungen aus Unter-, Mittel- und Oberstufe prasselten auf mich ein.

Als wir klein waren, waren Sally und ich richtig gute Freundinnen gewesen, aber je älter wir wurden, desto mehr ließ unsere Freundschaft nach. Sally wurde immer kaltschnäuziger, und ich blieb eine feige Streberin, weshalb sie sich auf meine Kosten durchsetzte. Ich erinnerte mich deutlich daran, wie Sally mich dafür aufzog, dass ich so viel lernte, dass ich keinen Freund hatte, dass ich mich weder für Kleidung noch Make-up, noch Rauchen und Trinken interessierte. Und daran, dass ich mich gezwungen fühlte, die Zähne zusammenzubeißen und weiter mit ihr befreundet zu bleiben, angetrieben von meiner Mutter, die sich permanent Sorgen machte, dass ich zur Außenseiterin wurde.

Ich hatte Sally gegenüber nie Stellung bezogen, ihr nie erzählt, wie wütend und traurig sie mich gemacht hatte. Auf lange Sicht war Mamas Plan aufgegangen, in der Oberstufe fand ich Freunde – zum Teil durch Sally, später allein. In dieser Zeit war auch Sally wieder netter geworden, irgendwie wieder mehr die Sally, die sie als Kind gewesen war. Trotzdem trug ich noch die Narben von all ihren Schikanen in mir, genauso einen Nachhall der unterdrückten Wut und – ja – dem Gefühl des Verrats. Ich wusste einfach nicht, ob ich ihr trauen konnte.

»Oh!«, sagte sie, noch bevor wir uns begrüßen konnten. »VIP-Besuch aus Stockholm, ohne dass er vorher angekündigt wird. Ich hab es von der Nachbarin erfahren, die im Stall war.«

»Hallo, Sally«, sagte ich und umarmte sie. »Komm doch rein. Willst du Kaffee?«

»Trägt der Papst einen komischen Hut?«, fragte sie und legte Jacke und Tasche ab. »Was für eine Frage!«

Dann folgte sie mir in die Küche, umarmte meine Mutter und setzte sich zu uns an den Tisch. Sofort schnappte sie sich eine Scheibe Roggenbrot und strich dick Butter darauf. In meinem Kopf echoten Bellas Worte: »*Trau keiner Frau, die wenig isst.*«

Dabei war Bella selbstverständlich gertenschlank.

»Und?«, fragte Sally mit vollem Mund. »Wie ist es in Stockholm? Hast du schon alle deine alten Freunde vergessen?«

»Sara arbeitet in einer PR-Agentur!«, platzte Lina heraus.

Sally runzelte die Stirn.

»PR-Agentur? Wolltest du nicht in einem Café in Sundbyberg anheuern?« Ich zuckte mit den Schultern und merkte, dass ich gar keine Lust hatte, davon zu erzählen. Sally und Bella gehörten in unterschiedliche Welten, und ich hatte keine Lust, daran auch nur das Geringste zu ändern.

»Ich habe einen Job bei einer PR- und Event-Agentur in Östermalm gefunden«, erklärte ich.

Sally lachte böse.

»Sind das nicht Leute, die erwachsene Männer in lächerliche Kostüme stecken und so zu Konferenzen schicken? Und so Roter-Teppich-Galas für halb verhungerte D-Promis und sonstige Schnorrer schmeißen?«

Das schwarze Team hat die Waffen bis zum Mittag. Das blaue Team danach.

»Ja, genau«, sagte ich. »Wir albern nur herum, aber verdienen ziemlich gut damit.«

»*Wir?*«, fragte Sally. »Bist du schon Teilhaberin?«

»Wie läuft's bei dir denn so?«, fragte ich. »Hast du den Job bei der Bank bekommen?«

»Na klar. Hab am ersten September angefangen. Ist echt genial, ich habe tolle Kollegen. Henke arbeitet auch da, wir haben unendlich viel Spaß zusammen. Keine Kaffeepause unter vierzig Minuten.«

Henke war in unsere Klasse am Gymnasium gegangen. Immer streng gekämmt, eng stehende Augen, Nerdhumor.

»Klingt super«, sagte ich.

Eine Pause entstand.

»Ich wollte fragen, ob du zu Flisan mitkommen willst«, sagte Sally dann. »Sie feiert heute Geburtstag mit Wein und Torte.«

Flisan war eins der Mädels, mit denen Sally und ich in der Oberstufe recht viel Spaß gehabt hatten. Davor hatte Flisan mich mitgemobbt, aber als wir ans Karolinska Gymnasium, das Karro, kamen, wo lauter andere Schüler von anderen Schulen zusammengeführt wurden, war das wie ein Neustart, und alles beruhigte sich. Dass ich damals ausgerechnet zu Flisan wollte, als das mit dem Tunnel passierte, machte keinen Unterschied, Flisan an sich war ziemlich lieb. Wir hatten bloß nicht mehr viel gemeinsam.

»Ja, geh doch mit.« Mama klang fast drängend. »Das klingt total gemütlich.«

Ich hörte die alte Angst in ihrer Stimme, und mir wurde ein bisschen übel.

Sara hat keine Freunde, Sara wird gehänselt, Sara ist nicht wie die anderen.

Papa hatte das nie gekümmert.

»*Deine Zeit kommt noch*«, hatte er nur gesagt. »*Edle Früchte reifen langsam.*«

»Ich dachte, wir wollten heute Abend zusammen essen, als Familie«, sagte ich. »Wo ich doch gestern erst so spät angekommen bin.«

»Dann essen wir halt vorher«, sagte Mama. »Und danach ziehst du mit Sally los. Ist doch schön, deine alten Freunde mal wiederzusehen, oder?«

»Selbstverständlich nur, wenn du willst«, sagte Sally voller Ironie und schnitt sich noch eine Scheibe Roggenbrot ab. »Wenn du es *packst*.«

»Natürlich pack ich das«, antwortete ich leicht säuerlich.

»Gut, dann hol ich dich gegen zehn ab.«

Am Abend tauchte Sally pünktlich auf und nahm mich auf dem Moped mit zu Flisan, die mit ihrem Freund in eine Wohnung in der Nähe des Tullängsgymnasiums gezogen war. Dazu mussten wir einmal quer durch Rynninge und nahmen dann die Grenadjärgatan ins Zentrum. Es fühlte sich an wie eine Zeitreise in die Vergangenheit; ich hinten auf Sallys Moped, die Arme um ihren kräftigen Bauch gelegt, eine Flasche Rotwein in der Tasche auf dem Rücken.

»Totales Flashback, oder?«, rief Sally. »Fühlt sich an, als wären wir wieder auf dem Karro.«

»Aber hallo«, sagte ich. »Können wir kurz bei der Schule und am Schloss vorbeifahren?«

»Klar«, gab Sally zurück.

Wir bogen nach links in die Olaigatan ab, und da lag es, mitten auf der Insel des Svartån: Örebro Schloss, das ich immer geliebt hatte. Rechts glitt unsere frühere Schule, das Karolinska Gymnasium, vorbei. Dafür hegte ich eher gemischte Gefühle.

»Wie schön das ist«, rief ich.

»Du klingst ja fast so, als wärst du nach Amerika ausgewandert«, schrie Sally zurück. »Sollen wir noch bei der Bank in der Drottninggatan vorbeifahren, wo ich jeden Tag mein Bestes gebe?«

»Nee, lass mal! *Come on, Barbie, let's go party!*«, grölte ich.

Also drehte Sally auf, und wir ließen das Zentrum hinter uns.

Flisan und ihr Freund waren in eine Dreizimmerwohnung in einem Mietshaus in Söder gezogen. Sie gehörten zu den ersten aus unserem Freundeskreis, die diesen Schritt gewagt hatten, aber ich war alles andere als neidisch darauf. Die Wohnung platzte fast aus den Nähten vor lauter Menschen: viele ehemalige Mitschüler, mit denen ich manchmal noch zu tun hatte, wenn die Abstände auch immer größer wurden, aber auch viele, die ich noch nie zuvor gesehen hatte. Flisan ging strahlend und mit einem Weinglas in der Hand herum, auf dem Sofa saß ihr Freund Kevin und trank Wodka-Shots mit seinen Kumpels. Flisan und Kevin waren seit mehreren Jahren zusammen, würden es sicher auch bleiben und bald Kinder bekommen. Ich schaute mich in ihrer Wohnung um und spürte, wie mir der kalte Schweiß auf die Stirn trat. Die gerahmten Poster an den Wänden; die Ikea-Sofas; der Esstisch, auf dem halb gegessene Torten und offene Schnapsflaschen standen.

Erinnerungen an die Schulzeit überkamen mich. Neben Kevin saß Liam, einer meiner schlimmsten Peiniger aus der Schulzeit. Er trug ein kariertes Flanellhemd über seinem T-Shirt. Ein Bäuchlein ließ sich erahnen, und er sah weniger muskulös aus als früher, war an beiden Armen tätowiert und hatte einen borstigen Schnurrbart, aber er war es definitiv. Während ich ihn betrachtete, stieß er einen lauten Schrei aus, warf den Kopf in den Nacken und stürzte einen Shot hinunter. Anschließend knallte er das Glas vor sich auf den Tisch und stieß einen weiteren Schrei aus – dann erblickte er mich. Er runzelte die Stirn, wohl um sich zu konzentrieren.

»Shit, dich kenne ich doch!«, rief er und zeigte auf mich. »Komm her.«

Er klopfte auffordernd neben sich aufs Sofa, aber ich schaute ihn nur ausdruckslos an.

Jetzt sah auch Kevin mich und lehnte sich zu Liam.

»Das ist doch nur Sara«, sagte er halblaut. »*Fucking boring.*«

Dann lachte er, dass sein Bauch hüpfte, ohne mich aus den Augen zu lassen.

»Die war das im Tunnel, weißt du noch?«, fuhr er etwas leiser fort. »Letzten Winter …«

Seine Stimme verlor sich im allgemeinen Gemurmel. Liam lauschte aufmerksam und pfiff dann durch die Zähne, aber auch er löste den Blick nicht von mir.

»Oh, shit«, sagte er.

Als wäre ich gar nicht da. Es kostete mich große Mühe, aber es gelang mir, mich abzuwenden. Und dann entdeckte ich Henke, den Einzigen aus unserer Klasse, der ähnlich viel gebüffelt hatte wie ich. Er war noch genauso dünn, wie ich ihn in Erinnerung hatte, aber noch strenger gekämmt. Und er lächelte mich an, ein Funkeln in den eng stehenden Augen.

»Sara!«, sagte er und machte einen Schritt auf mich zu.

Er gab mir einen Kuss auf die Wange und musterte mich von Kopf bis Fuß, während er meine Hand hielt.

»Wie hübsch du bist!«, sagte er bewundernd. »Anders irgendwie. Größer und … eleganter!«

Ich hob die Augenbrauen und zeigte ihm einen meiner Absatzschuhe, worüber er lachte.

»Heftig«, sagte er mit funkelnden Augen. »Wie geht's dir? Du wohnst doch jetzt in Stockholm, oder?«

»Ja, ich arbeite bei einer PR-Agentur. Kapier nicht ganz, warum die ausgerechnet mich wollten, aber so ist es jedenfalls. Und wie geht's dir? Sally hat erzählt, dass ihr bei derselben Bank arbeitet.«

»Ich kapier's voll und ganz«, sagte Henke. »Warum sie dich wollten.«

Etwas entfernt trank Sally direkt aus einer Weinflasche, streckte dann die Arme über den Kopf und jubelte.

Ich trank selbst einen Schluck aus meinem Glas. Henke lächelte mich breit und irgendwie dämlich an, wenige Zentimeter von meinem Gesicht entfernt. Dann wandelte sich seine Miene, sollte wohl so etwas wie Mitleid darstellen. Ich schaute zu Boden. Er hatte auch noch meine andere Hand genommen.

»Wie geht es dir denn wirklich?«, fragte er besorgt. »Alles okay? Ich meine, nach dem, was im Winter passiert ist und dann mit deinem Vater?«

Ich holte tief Luft und lächelte.

»Absolut«, sagte ich gezwungen. »Alles bestens.«

Das würde ein sehr langer Abend werden.

Am Montagmorgen saß ich schon um halb acht im Büro. Aufgestanden war ich bereits um halb sechs, weil ich um fünf aufgewacht war und nicht wieder hatte einschlafen können. Das Morgenlicht fiel durch die Vorhänge, und mein Bett war plötzlich unbequemer denn je. Lautes Schnarchen drang durch die Wand zu Sixtens Zimmer, und Siv hatte einen Zettel mit der Information in den Flur gehängt, dass die Küche renoviert würde und erst im November wieder benutzbar sei.

Ich musste an meine Rückfahrt am Sonntagabend denken. An die herbstdunkle Landschaft, durch die der Zug schnellte, an den Nebel über den Feldern und die nassfeuchte Kälte, die durch Mark und Bein zu dringen schien. Der Hauptbahnhof war ruhig und menschenleer gewesen, und in der U-Bahn saß bis Vällingby außer mir nur ein weiterer Passagier. Keine Spur von Zorro oder meinen anderen Hirngespinsten.

Der Herbst war da, und ich hatte Örebro auf deutlich mehr Arten hinter mir gelassen, als ich mir einzugestehen wagte. Aber richtig angekommen war ich in Stockholm trotzdem noch nicht, egal, was ich meinen früheren Mitschülern auch hatte vormachen wollen. In Wahrheit verabscheute ich das enge, trostlose Zimmer und die gierige Vermieterin und wäre am liebsten sofort aus dem Vorort weggezogen. Die Anfahrt zur Agentur war lang, zu den Hauptverkehrszeiten sogar noch länger. Ich hatte keine Freunde in Stockholm und fühlte mich mutlos und einsam.

Nicht dass das in Örebro anders gewesen wäre. Zwar war es schön, meine Mutter und Lina zu besuchen, aber kaum kam ich in Kontakt mit meinen früheren Mitschülern und wurde an die Sache im Tunnel erinnert, zeigten sich die ersten Anzeichen einer aufkommenden Depression. Mittlerweile kannte ich das Muster, die Symptome. Die Umgebung verlor jede Farbe, als würde man einen Schwarz-Weiß-Filter vor die Augen legen. Die Welt kam so abrupt zum Stehen wie ein scheuendes Pferd, sodass man über dessen Kopf flog und auf den Boden knallte. Plötzlich schien der Tod sehr verlockend.

Was konnte ich tun?

Ich schloss die Tür zur Agentur in dem Glauben auf, ausnahmsweise mal die Erste zu sein. Aber der Flur war schon erleuchtet, und aus der Küche drang der Geruch von frischem Kaffee. Ich hängte gerade meinen Mantel auf, als Bella mit einer Tasse im Türrahmen erschien.

»Hallo«, sagte sie. »Du bist ja früh dran. Wollen wir ein Tässchen zusammen trinken, bevor wir loslegen?«

»Gern«, sagte ich.

Schnell verschwand ich in der Küche, um mir ebenfalls eine Tasse zu holen, und folgte Bella in ihr Büro. Sie hatte sich schon aufs Sofa gesetzt und betrachtete den grauen Himmel und die Regentropfen, die gegen die Fensterscheibe prasselten.

»Diese Jahreszeit ist schwer für mich«, sagte sie und trank einen Schluck Kaffee.

Ich wartete ab, weil ich das Gefühl hatte, sie wollte mir etwas erzählen.

»Ich habe ein paar Jahre lang mit jemandem zusammengelebt, den ich wirklich geliebt habe«, sagte sie zögerlich, ohne den

Blick vom Fenster zu lösen. »Und dann haben wir uns getrennt. Passten nicht zusammen. Wollten nicht dasselbe.«

Wieder schwieg sie, und ich wartete.

»Im Herbst wird das immer so greifbar«, fuhr sie fort. »Die langen Abende vor dem Fernseher. Man geht zum Training, kommt zurück. Steht vor dem Kühlschrank und hat überhaupt keine Idee.«

Wenn man einen Kühlschrank hat, dachte ich.

»Was ist denn mit deinen Eltern?«, fragte ich. »Wo wohnen sie?«

»Sie haben sich scheiden lassen und jetzt beide neue Familien. Ich liebe meine kleinen Geschwister, wirklich. Aber ich bin die, die ›übrig geblieben‹ ist. Ich gehöre in die Lücke zwischen zwei neu entstandenen Familien und bin darin verschwunden.«

Sie lächelte, aber es war ein trauriges Lächeln. Nicht selbstmitleidig, eher niedergeschlagen.

»Ich verstehe mich gut mit ihnen allen, wir sehen uns zu Weihnachten und so«, fuhr sie fort. »Aber ... mich vermisst auch niemand, wenn ich nicht dabei bin.«

»Du Arme«, sagte ich. »Wo wohnen sie denn?«

»Mein Vater wohnt in Skåne, und meine Mutter ist gerade mit ihrer Familie nach England gezogen.«

Mit einem Mal verstand ich Bellas Drang, an den Wochenenden unterwegs zu sein, viel besser.

Sie lachte.

»Ich hätte gern ein Haustier«, sagte sie. »Als ich klein war, hatten wir immer eine Katze.«

Ich musste an Simåns denken. Immerhin ein Haustier hatte ich.

In diesem Moment drehte Bella den Kopf und betrachtete mich aus dem blauen und dem grünbraunen Auge. In ihrem Blick lag eine Ernsthaftigkeit, die ich bislang noch nicht gesehen hatte.

»Vielleicht werde ich das bereuen«, sagte sie, »aber dann müssen wir eben eine andere Lösung finden. Wie auch immer, ich hab am Wochenende viel nachgedacht. Und ich will dich etwas fragen.«

Sie klang so ernst, dass sich mein Puls beschleunigte. Plötzlich hatte ich einen ganz trockenen Hals. Was hatte sie vor? Wollte sie mich bitten, wieder zu kündigen? Wollte sie mir kündigen? Wollte sie, dass ich mein Gehalt zurückgab oder die ganzen neuen Klamotten doch selbst bezahlte? Was, wenn sie selbst kündigen wollte, was würde dann aus mir werden, schließlich war ich ihre Assistentin! Gullbritt und Eva hatten gesagt, ich könnte jederzeit wiederkommen, aber das wollte ich unter keinen Umständen. Außerdem wollten sie mich mittlerweile vielleicht gar nicht mehr.

Mit einem Mal sah ich vor mir, dass ich gezwungen war, nach Örebro zurückzukehren. Wie im Schnelldurchlauf spulte sich der Samstagabend vor meinem inneren Auge ab. Die anderen Gäste, die zu betrunken gewesen waren, um zu tanzen, und ständig gegeneinanderstießen. Henkes ungeschickte Einladungen und der angeschickerte Vorschlag, »*dich in Stockholm besuchen zu kommen*«. Sallys freizügiges Gackern, das ihre rotweinfleckigen Zähne entblößte. Das Paar, das auf dem Sofa saß und extrem fummelte. Liams Hand auf meinem Hintern und mein Impuls, ihm dafür eine zu scheuern – dem ich nicht nachkam, weil ich wusste, dass ich ihn sonst richtig verletzen würde.

Das überwältigende Gefühl von Einsamkeit.

Und dann der eiskalte Spaziergang nach Hause und alle Erinnerungen, die er zum Leben erweckte. Die Angst, die mich überkam, sobald ich ein unerwartetes Geräusch hörte. Ich war gegangen, ohne mich zu verabschieden und in der Überzeugung, der kurze Spaziergang würde dazu beitragen, dass es mir gleich wieder besser ging. Aber ich hatte nicht damit gerechnet, dass ich mich verfolgt fühlen würde. Jemand lief ein Stück hinter mir: Ich konnte Schritte hören, selbst vereinzeltes Räuspern, aber immer, wenn ich mich umdrehte, war niemand dort. Mein Herz schlug schneller, und als ich endlich meine Straße erreicht hatte, fing ich an zu laufen. Ich war überzeugt, dass mir ein Schatten folgte und nur auf die Gelegenheit wartete, sich auf mich zu stürzen.

Wer immer er war, er lief nach wie vor frei herum.

Mama, die noch wach war und in der Küche wartete, wollte sofort wissen, ob ich eine gute Zeit gehabt hatte – ganz als wäre ich wieder fünfzehn und in der Neunten. Ihr Blick verriet mir, dass ich – ganz wie sie selbst – sehr, sehr zart war und jederzeit zusammenbrechen könnte. Egal wie tough und erfolgreich ich werden und wie viel ich erreichen würde, ich würde sie nie vom Gegenteil überzeugen können.

Bella holte tief Luft. Dann lächelte sie plötzlich ihr typisches, breites, strahlendes Bella-Lächeln, das so ansteckend war, dass man es sofort erwidern musste.

»Jetzt guck nicht gleich so erschrocken«, sagte sie. »Tut mir leid – ich bin hier wohl gerade etwas zu sehr mit der Vergangenheit beschäftigt. Nein, ich wollte dich einfach fragen, ob du bei mir einziehen willst. Meine Wohnung mit mir teilen. Du und deine Katze und ich. Wir hätten sicher eine Menge Spaß.«

3. KAPITEL

Sivs Gesichtsausdruck war unbezahlbar. Sie stand breitbeinig im Flur, die Hände in die Seiten gestemmt, und ihre Mundwinkel bogen sich so weit hinunter, dass sie sich beinahe an ihrem Kinn trafen und einen Kreis formten. Sie zitterte vor Empörung. Ihr Kopf war bedeckt von starren Locken – vermutlich hatte sie Unmengen von Haarspray benutzt –, und um den Hals trug sie eine Kette mit Plastikperlen in grellen Farben. Sie kam mir vor wie eine böse Spiegelung meiner wunderbaren Mutter – eine Mamakarikatur aus der Hölle.

»Es gibt eine Kündigungsfrist!«, erklärte sie mit schriller Stimme. Die Locken hingen starr an ihrem Kopf. Als würden sie sich verschreckt an ihre Kopfhaut klammern, aus Angst, entdeckt zu werden.

Perücke.

»Das weiß ich«, sagte ich und zählte die Scheine vor ihr ab. »Eine Monatsmiete, bitte.«

»Die Frist beträgt nicht einen, sondern sechs Monate«, fuhr sie mich an.

»Das wäre mein Wunsch gewesen«, erwiderte ich, »aber darauf wollten Sie sich ja nicht einlassen. Sie wollten mich lieber sofort auf die Straße setzen können, falls es ein Problem gab, das haben Sie damals geschrieben, deshalb wurde es nur ein Monat. Das habe ich schwarz auf weiß in Ihrer Mail.«

Sivs Gesicht zitterte, so wütend war sie. Schließlich riss sie mir das Geld aus der Hand.

»In Stockholm herrscht Wohnungsnot!«, zischte sie. »Über sechshunderttausend Menschen sind auf Wohnungssuche. Sie werden schon sehen, Sie sind schneller zurück, als Ihnen lieb ist.«

Ich nahm meine rote Reisetasche in die eine und die Katzentransportbox in die andere Hand.

»Wohnungsnot oder nicht«, sagte ich. »Hierher komme ich sicher nicht zurück, selbst wenn ich unter der Brücke schlafen muss. Das kann ich Ihnen versprechen.«

Siv machte auf dem Absatz kehrt, verschwand in der Küche und knallte die Tür hinter sich zu. Bella stand an der Haustür und musste sich die größte Mühe geben, nicht laut loszulachen. Von der Treppe her kam ein Geräusch, und ich schaute hinauf. Dort stand Jalil in einem knallgelben Hawaiihemd und leuchtend blauer Jogginghose. Er lachte, dass sein Schnurrbart nur so zitterte, und klatschte leise. Dann flüsterte er: »*Bravo!* Ich bin richtig stolz auf dich. Viel Glück!«

Ich grinste ihn an, hielt einen Daumen hoch und folgte dann Bella hinaus in den wartenden Wagen.

Auf dem Weg in die Stadt schaute ich schweigend aus dem Fenster. Zuerst waren wir jubelnd über den Bürgersteig getanzt und hatten dann meine Tasche und Simåns im Auto verstaut, dann hatten wir uns über das ausgelassen, was meine ehemalige Vermieterin gesagt und gemacht hatte, und nicht nur über die dummen und fiesen Kommentare gelacht, sondern über ihre gesamte Aufmachung. Bella hatte sich nach Jalil erkundigt, und ich hatte auf eine Art von ihm und von Sixten und seinen sonderbaren Angewohnheiten erzählt, dass Bella vor lauter Lachen die Luft wegblieb. Dann hatten wir uns allmählich beruhigt, und Bella musste ein Telefonat annehmen.

Während wir die Tranebergsbron überquerten, betrachtete ich die blaue Abenddämmerung hinter den erleuchteten Essingen-Inseln. Es war fast schmerzhaft schön und so voller Wehmut, dass die alten und nur zu bekannten Zweifel sich zurückmeldeten.

Warum ausgerechnet ich?

Warum hatte Bella mich gefragt?

Wieso hatte ich so großes Glück?

Irgendwas ist faul, irgendwas ist faul, irgendwas ist faul.

Während der Unterstufe, als sich herauskristallisierte, dass ich begabter war als die anderen Kinder und meine Eltern zu allem Überfluss Akademiker waren, hatte ich langsam, aber sicher gelernt, wie unsere Gesellschaft funktionierte:

Glaub ja nicht, dass du wer bist.

Hochmut kommt vor dem Fall.

Mach keine große Show, sonst wirst du es doch nur bereuen.

Ich selbst hielt mich nicht für angeberisch; ich hängte meine guten Noten nicht an die große Glocke und spürte auch keine Erfüllung, weil ich besser war als meine Mitschüler – es machte mich eher noch einsamer. Und meine Lehrer waren keine wirkliche Hilfe, ohne das selbst zu begreifen. Sie bestanden darauf, der Klasse meine guten Noten mitzuteilen, und ich musste sogar vor versammelter Mannschaft meine Aufsätze vorlesen. Außerdem kamen sie regelmäßig mit Vorschlägen, an welchen Wettbewerben ich teilnehmen könnte. Direkte Folge war, dass Liam und die anderen in der Pause über mich herfielen, mich schlugen oder traten, die Tür von meinem Spind eindrückten, meinen Rucksack nahmen und über den Zaun warfen oder mich auf irgendeine andere Art quälten.

Die Mädchen waren anders, fast schlimmer. In der Sechsten fingen die coolen – Sally, Flisan und ein paar andere – mit dem Schminken an, und ihre Methoden, um andere runterzumachen, waren raffiniert. Veronika, das schüchternste und flachbusigste Mädchen unserer Klasse, hatte ihren BH mit Watte ausgestopft, und als Sally das herausfand, mopste sie den BH in der Sportumkleide und stellte ihn – inklusive Watte – vorn am Lehrerpult zur Schau. Zum nächsten Halbjahr hatte Veronika die Schule gewechselt, weshalb ich noch häufiger im Fadenkreuz landete. Sally und Flisan schnitten mir für gewöhnlich auf dem Schulhof den Weg ab, wenn alle anderen um uns herumstanden, und dann ging das Fragen los.

»Gibst du uns 'ne Zigarette? Nein? Warum nicht? Bist du geizig?«

»Hast du schon mal Bier getrunken? Und? Mochtest du's? Hat dein Vater es dir gegeben? Nein? Kannst du uns was zum Trinken besorgen? Du kannst doch wohl was aus ihrem Schrank nehmen?«

»Hast du in letzter Zeit mit jemandem rumgemacht? Mit wem? Doch, hast du – ich hab dich gesehen! Das war doch Henke. Henke! Komm her! Küsst euch mal.«

Sally übertraf sich selber dabei: Sie entwickelte ein phänomenales verbales Talent, und meine Mitschüler brachen lachend zusammen, während ich einsilbig antwortete und nur im Boden versinken wollte. Weglaufen war keine Option, das hatte ich bereits versucht, aber da war Liam hinter mir hergestürzt und hatte mich zu Boden gerissen, sodass ich Schürfwunden an Knien und Händen davontrug. Da war es besser, stehen zu bleiben und so wenig zu sagen wie möglich. Früher oder später klingelte es, und dann war es erst mal wieder vorbei.

Hatte Sally je mit einem schlechten Gewissen zu kämpfen gehabt? Manchmal erahnte ich einen Schimmer in ihren Augen; immer mal wieder erwischte ich sie dabei, dass sie mich im Unterricht betrachtete, aber sobald unsere Blick sich trafen, wandte sie sich ab.

»Woran denkst du?«, fragte Bella. »Du bist auf einmal so still.«

Es ist mir unbegreiflich, dass du deine Wohnung mit mir teilen willst, deine Arbeit und dein Leben. Irgendwer spielt doch wieder nur mit mir und will mich noch einmal aufs Kreuz legen, allerdings auf sehr raffinierte Art und Weise.

»Ich bin einfach müde«, sagte ich mit einem Lächeln. »Der Streit mit Siv war anstrengend.«

»Die ist doch verrückt«, sagte Bella. »Wie gut, dass wir dich da rausgeholt haben.«

»Absolut«, stimmte ich zu. »Himmel, was für eine Wohltat, diesem Irrenhaus zu entkommen.«

Ich versuchte, positiv zu denken. Jetzt war ich an der Reihe, jetzt hatte mein Leben begonnen. Von nun an würde ich alles hinter mir lassen und nur nach vorn sehen.

Bella warf mir einen Blick zu und legte mir eine Hand aufs Bein.

»Das ist doch wirklich unfassbar cool, oder?«

Die Storgatan in Östermalm, nur wenige Meter vom Östermalmstorg entfernt – der laut Bellas Aussage allerdings nichts als eine »einzige große Baustelle« war – und etwa genauso weit vom Strandvägen weg.

Ein großes Schlafzimmer – *»Gästezimmer«* – nach Süden ausgerichtet, mit breitem Bett, flauschiger Daunendecke, Kissen und zwei Fenstern, durch die das Sonnenlicht hereinquoll.

Ein Gästebad nur für mich, allerdings ohne Wanne – *»aber du kannst meine benutzen, sooft du willst«* –, dafür mit einem riesigen Waschbecken, eigener Dusche, ausladenden Regalen und einem kleinen Schrank, in dem ich meine neuen Handtücher unterbringen konnte.

Ein gemeinsames Wohnzimmer, das sicher fünfzig Quadratmeter maß, mit schönen Sofas, niedrigen Tischen, einem gigantischen Plasmafernseher, dicken Gardinen und einer Hausbar. *»Hier werden wir am meisten Zeit verbringen, ich schmeiße gern Partys. Oder aber wir schlürfen hier sonntagabends unseren Tee.«*

Und die Küche. Die Küche! Ein weiß gefliester Traum mit altertümlichem Herd in einer Ecke, davon abgesehen aber der modernsten Einrichtung, die man sich nur denken konnte. Ein extrabreiter Herd inmitten einer Kochinsel, dazu eine Theke mit Barstühlen – *»ich hab gern Gesellschaft, während ich koche«.* In der einen Ecke ein Weinkühlschrank mit roten und weißen Weinen, auf den Küchenschränken eine Reihe von alten Kupfergefäßen: *»Die hab ich von meiner Oma geerbt.«*

Ich musste mich zwicken.

»Wow.« Mehr brachte ich nicht heraus.

Plötzlich fühlte sich alles wieder so normal an, fast wie zu Hause, selbst wenn dies hier ein Luxus war, den ich alles andere als gewohnt war. Vällingby war dagegen ein absolutes Loch gewesen, und mir war es dort wesentlich schlechter gegangen, als mir bewusst gewesen war.

Bella lächelte und warf einen Blick auf die Uhr.

»Ich würde vorschlagen, du packst erst mal aus, und ich koch uns was. In Olivenöl und Rosmarin gebratene Jakobsmuscheln, und dazu gibt es einen fantastischen Weißwein, den ich geschenkt bekommen hab. Wir müssen schließlich feiern, dass wir jetzt zusammen wohnen.«

Kaum in meinem Zimmer, öffnete ich meine Tasche und zog meine Sachen heraus. Und sofort kam mir der Gedanke, erst einmal auszumisten – alles Alte konnte weg, nur das Neue sollte bleiben. Der Moment war gekommen, mein altes Leben ein für alle Mal hinter mir zu lassen. Nachdem ich derart großes Glück mit Job und Wohnung hatte, war es an der Zeit, auch sonst klar Schiff zu machen. Schon bald lag ein Haufen Klamotten auf dem Boden, den ich in die Altkleidersammlung geben wollte. Das Einzige, was ich, abgesehen von allen neuen Kleidungsstücken, behalten würde, waren meine persönlichen Sachen. Ich stellte die Fotos von Papa, Mama und Lina auf, außerdem das Gruppenfoto meiner Militärgang. Eins von den Familienfotos fehlte, es musste in eine der Tüten gerutscht sein. Meinen alten Teddy legte ich aufs Bett, den restlichen Krempel verstaute ich im Schrank.

Als ich fast fertig war, tauchte Bella mit zwei Weingläsern auf, von denen sie mir eins reichte.

»Prost und herzlich willkommen«, sagte sie. »Ich bin sehr froh, dass du jetzt hier wohnst.«

Wir tranken. Der Wein war goldgelb und schmeckte teuer.

Ich hielt mein Handy hoch.

»Wär's für dich okay, wenn ich ein Foto mache und hochlade?«, fragte ich.

»Na klar«, sagte Bella.

Also schoss ich ein Bild von uns, auf dem wir lachend die Weingläser hochhielten, und schrieb dazu: »*Neue Wohnung in der Storgatan, Östermalm, mit der weltbesten Bella*«, gefolgt von einem großen Herzen.

Bella nickte zu dem großen Kleiderhaufen auf dem Boden.

»Was ist das denn?«

»Nur das Zeugs, das ich aussortiert habe«, sagte ich. »Alter Kram. Das soll jetzt wirklich ein Neustart sein.«

»Auf den Neustart«, sagte Bella und tippte mit ihrem Glas gegen meins, sodass ein Klirren ertönte. »Ich helfe dir mit den Sachen, die werden hier jede Woche vor dem Haus abgeholt.«

»Supergern«, sagte ich. »Aber willst du das wirklich?«

»Absolut«, sagte Bella. »Und jetzt essen wir.«

Während des Essens redeten wir über unsere Projekte und wie wir weiter vorgehen würden, und dann kamen wir wie von selbst auf meine Zeit beim Militär zu sprechen.

»Erzähl mal ein bisschen davon«, sagte Bella. »Du hast da richtig gute Freunde gefunden, oder?« Ich nickte.

»Wir waren zwei Mädels und drei Jungs und bis zum Ende der Offiziersausbildung unzertrennlich«, sagte ich. »Wir sind uns sehr nahegekommen.«

»Wo sind sie heute?«, fragte Bella. »Auch in Stockholm?«

»Nein, uns hat es in alle Winde verstreut. Norrland, Göteborg, Kopenhagen. Wir sehen uns fast gar nicht mehr.«

Sie wollen keinen Kontakt mehr zu mir.

Bella nickte nachdenklich.

»Klingt wie meine Familie«, sagte sie. »Und an der Uni? Hast du da keine neuen Freunde gefunden?«

Ich schüttelte den Kopf.

»Uppsala war cool«, sagte ich. »Es gab Leute, mit denen ich gelernt und gefeiert habe, aber das war wirklich nichts im Vergleich zu meinen Freunden beim Militär. Und du?«

Bella zögerte.

»Keine Ahnung«, sagte sie. »Ich habe so meine Probleme damit, anderen zu trauen. Ich war ein sehr hässliches Kind und wurde in der Schule extrem gehänselt. Das hat Spuren hinterlassen. Ich habe nicht viele enge Freunde. In der Agentur sind ein paar wirklich nette Leute, wir treffen uns manchmal privat und haben auch viel Spaß. Aber ich weiß nicht, ob ich sie *enge Freunde* nennen würde. Jedenfalls nicht so, wie du das meinst.«

»Du? Ein hässliches Kind? Das kann ich mir nicht vorstellen.«

»Das hässliche Entlein«, sagte Bella. »Erst mit achtzehn wurde es besser, als man hätte ahnen können.«

Nun zögerte ich. Dann wagte ich es.

»Ich wurde auch gehänselt«, sagte ich. »Bis zur Oberstufe, dann wurde es etwas besser. Aber ich weiß, was du meinst. Das hinterlässt Spuren.«

Bella stieß wieder mit ihrem Glas gegen meins.

»Auf uns«, sagte sie. »In dieser Wohnung ist kein Platz für Hänseleien.«

Nach dem Essen spülte ich und stellte das Geschirr zurück in den Küchenschrank. Die Erleichterung, die mich erfüllte, sobald ich an Vällingby oder Sundbyberg dachte, war fast überwältigend. Als ich fertig war, ging ich zurück zu meinem Zimmer, blieb aber im Flur stehen. Bella saß auf dem Boden neben meinem Kleiderberg und durchsuchte die Stücke auf eine Art, die mich verwirrte. Sie öffnete die Taschen, kontrollierte die Nähte und hielt die Sachen gegen das Licht. Ich trat durch die Tür.

»Was machst du da?«, fragte ich mit einem Lächeln.

Bella drehte sich um. Sie wirkte recht gleichgültig.

»Ich wollte mal gucken, ob sich davon vielleicht was für das Abenteuercamp eignet. Wir hatten doch überlegt, ein Rollenspiel mit Verkleiden einzubauen.«

»Ach so, klar«, sagte ich erleichtert und ging zu ihr. »Ich hab mich nur gerade gewundert, warum du dich so sehr für meine alten Sachen interessierst.«

Die ungewöhnlichen Geschehnisse bei Siv hatten mich offenbar paranoid gemacht.

Bella zog die Augenbrauen hoch und schaute mich amüsiert an.

»So fetischmäßig?«, fragte sie und lachte, während sie die Klamotten in Ikea-Taschen steckte. »Nee, du: Ich mag dich zwar, aber so sehr dann doch nicht.«

Wir trugen die Taschen zusammen bis vor die Tür und kehrten dann in die Wohnung zurück, wo ich Simåns, der sich sichtlich wohlfühlte, etwas zu fressen gab. Ich selbst gönnte mir eine lange, wunderbare Dusche und schlummerte sofort auf dem neuen Baumwolllaken in meinem unfassbar schönen Bett ein. So tief und traumlos hatte ich seit Jahren nicht geschlafen.

Als wir am nächsten Morgen zur Arbeit gingen, waren die Ikea-Taschen weg. Für einen Moment fragte ich mich, ob sie überhaupt je dort gewesen waren oder ich das alles geträumt hatte. Aber meine Gedanken drehten sich hauptsächlich um das, was am Vorabend passiert war und nun die Nachrichten dominierte: Ein Amokschütze hatte in Las Vegas in eine Menge von Konzertbesuchern geschossen und fast sechzig Menschen getötet.

»Wo sind denn die Sachen?«, fragte ich Bella, die mir die schwere Tür aufhielt.

»Es ist Montag«, antwortete Bella. »Sie holen immer montags um sechs ab, was rausgestellt wird.«

Als wir auf der Straße waren, hakte sie sich bei mir unter.

»Was für ein Wahnsinniger«, sagte Bella. »Meinst du, das war ein Terrorist?«

»Keine Ahnung.«

»Komm, beeilen wir uns«, sagte Bella. »Dann bleibt noch genug Zeit für einen Latte und etwas CNN vor der Morgenbesprechung.«

Wenn ich mir Sorgen gemacht hätte, dass es schwierig werden könnte, mit Bella zusammen zu arbeiten und zu wohnen, dann wären diese umgehend entkräftet worden. An manchen Abenden aßen wir zusammen, an anderen nicht. Dasselbe galt fürs Frühstück. Manchmal war Bella gar nicht da, wenn ich die Küche betrat, manchmal schlenderte sie im Kimono herein, als ich gerade auf dem Weg zur Wohnungstür hinaus war. Unsere Beziehung war geprägt von einer unangestrengten Flexibilität, die mir rundum zusagte. Es fiel uns nicht mal schwer, Berufliches und Privates auseinanderzuhalten. In der Agentur war Bella meine Chefin, zu Hause oder wenn wir unterwegs waren meine Freundin. Mich verblüffte ihre Fähigkeit, die beiden Rollen so bewundernswert trennen zu können, aber allem voran freute es mich. Zum ersten Mal seit Langem fühlte ich mich wohl.

Ich war an einem Sonntagabend zu Bella gezogen, und am folgenden Freitag aßen wir zusammen zu Mittag – Sushi to go im Büro –, als sie fragte, was für Pläne ich fürs Wochenende hatte.

»Keine«, antwortete ich. »Bisher kenne ich ja kaum jemanden in Stockholm. Vielleicht nehme ich ein ausgiebiges Bad und schaue dann einen Film im Fernsehen. Wenn das für dich okay ist.«

Bella lächelte.

»Heute Abend bin ich unterwegs, da kannst du gern baden und so viel fernsehen, wie du willst. Im untersten Fach im Weinkühlschrank liegt ein Bourgogne, falls du Lust drauf hast. Aber morgen Abend schlagen wir ein.«

»Wir schlagen ein?«

»Schwarze Cocktailkleider, die höchsten Absätze, Profi-Make-up. Wir brezeln uns auf.«

Sofort meldeten sich Schmetterlinge in meinem Bauch, eine Mischung aus Sorge und Vorfreude.

»Aha«, sagte ich. »Und wohin gehen wir?«

»Wir wurden auf eine Party eingeladen«, verkündete Bella geheimnisvoll.

⇒ ⇐

Der Samstagabend wurde damit eingeleitet, dass wir uns zurechtmachten, selbst wenn es für mich eher zu einer Lektion in Schönheitspflege wurde. Bella war bester Laune. Zunächst begutachtete sie meine Fingernägel, auf die ich immer ziemlich stolz gewesen war, und machte sogleich eine Notiz in ihrem Handy, dass sie mir einen Termin bei ihrer Nageldesignerin buchen musste.

»Du kannst nicht wie eine Bäuerin aus Närkeslätten herumlaufen«, sagte sie. »Oder eine nervöse Studentin der Wirtschaftsfakultät Uppsala mit einem Hang zum Nägelkauen.«

»Vielleicht trifft das ja aber genau zu?«, fragte ich lächelnd.

Bella riss die Augenbrauen hoch.

»Nicht mehr.«

Dann öffnete sie die Schublade mit meiner Unterwäsche und drehte sich sogleich mit angeekelter Miene zu mir um. Zwischen Daumen und Zeigefinger hielt sie einen meiner ausgewaschenen Slips.

»Und hier haben wir …?«, fragte sie mit gespieltem Interesse.

»Meine Unterwäsche«, setzte ich an.

Bella warf sie in einem eleganten Bogen zur Tür.

»Die eignen sich nur noch zum Fensterputzen«, sagte sie. »Wenn überhaupt. Die stecken wir mal sofort in den Müll, und dann gehen wir zu Victoria's Secret. Ich bitte dich, du bist doch keine zehn mehr.«

Danach rückte Bella unter Lachsalven meinen BHs zu Leibe und sagte, dass sie ihren Slipkumpeln im Müll Gesellschaft leisten sollten. Sie erklärte mir, dass ich mir bitte die Beine rasieren solle, aber nur diesmal. Zukünftig gelte epilieren oder wachsen – und nicht nur an den Beinen.

»Und wo wir schon beim Thema sind«, sagte Bella, »hast du Piercings oder Tattoos?«

»Nein.«

»Gut, ich hasse Tattoos. Und Piercings sogar noch mehr. Mir ist scheißegal, dass die gerade in sind, wir setzen auf klassische Maßnahmen im Dienste der Schönheit, okay?«

»Okay«, sagte ich.

Bella betrachtete meine Haare.

»Du brauchst noch eine anständige Frisur. Mit helleren und dunkleren Strähnchen. Und vielleicht ein paar goldenen. Ich habe genau den richtigen Coiffeur für dich, lass dir gleich für Montag einen Termin geben. Aber jetzt färben wir erst mal unsere Augenbrauen und genehmigen uns ein Glas Champagner, während wir auf das Ergebnis warten.«

Also färbten wir meine Augenbrauen dunkelbraun, tranken Champagner und bestaunten, wie gut ich hinterher aussah.

»Rohdiamant«, sagte Bella und gab mir einen Kuss auf die Wange.

Dann verschwand jede von uns in ihrem Bad, um zu duschen. Bella schminkte uns beide, und schließlich zogen wir uns an. Bella hatte mein schwarzes Cocktailkleid für mich herausgelegt, dazu die himmelhohen Pumps und ein Paar superdünne schwarze Stay-ups. In dem Moment wurde mir bewusst, dass ich noch nie dermaßen herausgeputzt gewesen war. Ein wenig ehrfürchtig stieg ich in das Kleid, steckte die Füße in die Pumps und stellte mich vor den Spiegel.

Das da war gar nicht ich.

Das war ein absolut umwerfend schönes Mädchen auf dem Weg zu einer sehr exklusiven Party.

Im Spiegel sah ich, wie Bella hinter mir ins Zimmer kam. Sie trug ein kurzes, rückenfreies Kleid aus einer Art Goldlamé mit langen Ärmeln. Sie war unfassbar hübsch.

»Himmel, wie gut du aussiehst!«, platzte ich heraus.

»Danke, gleichfalls! Hast du dich mal selbst angeschaut?«

Wir stellten uns nebeneinander vor den Spiegel. Wir waren fast gleich groß und sahen aus wie zwei Models.

»Kendall Jenner und Gigi Hadid«, sagte ich.

»Serena und Blair«, sagte Bella und riss die Augen auf.

»Ahörnchen und Behörnchen.« Sie hielt mir ihre Hand zum Abklatschen hin. »Und jetzt«, sagte sie, »haben wir einen verdammt schönen Abend.«

Kurz schwirrte mir die Idee im Kopf herum, ein Foto von uns zu machen, um es bei Instagram zu posten, aber den Gedanken ließ ich sofort wieder ziehen. Es ging einfach nicht; keiner meiner Freunde würde glauben, dass das echt war.

Wir nahmen ein Taxi, und Bella nannte dem Fahrer eine Adresse, die ich nicht kannte. Der Wagen rollte über den Strandvägen direkt bis zu einer großen Villa auf Djurgården, aus der Musik über den Rasen dröhnte. Wir gingen langsam hinauf zum Haus. Vor dem Eingang herrschte eine merkwürdige Stimmung, die ich noch nie zuvor erlebt hatte. Eine Mischung aus Erwartung und Unruhe lag in der Luft, obwohl alle den Anschein erwecken wollten, total entspannt und ausgelassen zu sein. Hier wurde sich auf beide Wangen geküsst, und eine Schlange bildete sich auf der Treppe. Alle Männer trugen Smokings und viele der Frauen genau wie wir kurze, elegante Kleider.

Bei einer solchen Veranstaltung war ich noch nie gewesen, hatte nur in den Klatschzeitungen davon gelesen.

»Ich bin nervös!«, zischte ich Bella ins Ohr.

»Du bist die Schönste von allen!«, zischte sie zurück. »Mach einfach genau, was ich mache. Es gibt gar keinen Grund, nervös zu sein.«

Ein schwarz-weiß gekleideter Kellner nahm im Flur unsere Mäntel entgegen, von wo wir in einen großen, hell erleuchteten Salon gingen. Dort wartete direkt rechts der nächste Kellner mit einem Tablett voller beschlagener Champagnergläser. Wir nahmen uns jede eins.

»Prost«, sagte Bella mit einem strahlenden Lächeln. »Willkommen in der Wirklichkeit.«

Nach ungefähr einer halben Stunde folgte die Erklärung für die nervöse Anspannung. Ein Raunen ging durch den Saal, und alle Blicke – auch unsere – richteten sich auf den Flur.

»Jetzt kommt der König«, flüsterte Bella mir ins Ohr.

Ich sah einen grauen Haarschopf vorüberhuschen, dicht gefolgt von einer schwarzen Frisur und einem breiten Lächeln. Ziemlich schnell schloss sich die Menge um sie, und ich sah sie nicht noch einmal.

Dafür wurde ich in den folgenden Stunden einer Menge von Bellas Freundinnen und Freunden vorgestellt, und ich tat mein Bestes, mir all die Namen zu merken. Kanapees wurden gereicht, sonst gab es jedoch nichts zu essen. Und die ganze Zeit fragte ich mich, warum wir dort waren. Die meisten anderen Gäste waren älter als wir, Menschen mittleren Alters, die Sicherheit und Wohlstand ausstrahlten. Manchmal bekam ich das Gefühl, dass Bella schon von mir erzählt haben musste – vielleicht wurden auf diese Weise aber auch nur jüngere Frauen von der Oberschicht willkommen geheißen.

»Magnus, das ist Sara.«

Ein langer Blick und ein breites Lächeln von einem etwas älteren Mann mit weißem Haar und intensiven blauen Augen.

Er sah sehr nett aus und stützte sich auf einen Stock mit silbernem Griff.

»Aha, *das* ist also Sara!«, verkündete er interessiert. »Wie schön, dich kennenzulernen, Sara.«

Aber statt etwas zu fragen, wenn er doch so interessiert war, ging er einfach weiter. Ich wollte gerade etwas zu Bella sagen, da tauchte ein etwas rundlicher schwarzhaariger Mann um die sechzig hinter uns auf. Bella drehte sich blitzschnell um und berührte ihn am Arm.

»Georg«, sagte sie auffordernd.

Er blieb stehen und schaute sie an.

»Nein, *Bella!*« Er lächelte warm und gab ihr ein Küsschen auf jede Wange.

»Ich möchte dir Sara vorstellen«, sagte sie und nickte mir zu.

»Selbstverständlich«, erwiderte Georg freundlich, nahm meine Hand, küsste sie und schaute mir dann tief in die Augen. »Sehr schön, dich kennenzulernen, Sara.«

Ich öffnete gerade den Mund, da hatte Georg mir schon wieder den Rücken zugedreht. Ein Mann in Militäruniform bahnte sich den Weg zu uns, während Georg etwas in Bellas Ohr flüsterte, bevor er weiterging. Der Militärmann tippte Bella leicht auf die Schulter, die herumfuhr, und dann umarmten sie sich.

Kannte Bella nur sechzigjährige Männer?

»Sara«, sagte Bella und hatte sich bei dem Mann untergehakt. »Das ist Christer. Er ist Generalleutnant und Stabschef des Verteidigungsministeriums.«

Wenn mein Hirn pfeifen könnte, es hätte es in diesem Moment getan. Wir schüttelten die Hände.

»Angenehm«, sagte Christer und legte den Kopf leicht schief.

Dann betrachtete er uns von Kopf bis Fuß und lächelte charmant. Seine Augen funkelten.

»Ihr seht beide sehr, sehr schön aus«, sagte er, »wenn man denn als glücklich verheirateter Mann zwei jungen Frauen ein solches Kompliment machen darf.«

»Darf man«, sagte Bella lächelnd. »Ist Anna heute Abend auch da?«

»Leider nicht«, sagte Christer. »Sie musste wegen einer heftigen Erkältung zu Hause bleiben.«

»Grüßt du sie von mir?«, fragte Bella. »Und richte ihr gute Besserung aus.«

»Das werde ich«, sagte Christer. »Habt einen schönen Abend, ihr beiden.«

»Danke gleichfalls«, sagte ich.

Dann war er weg.

»Himmel, wie viele ältere Männer du kennst«, sagte ich.

Bella lachte.

»Na ja ... kennen«, sagte sie gedehnt. »In unserer Branche lohnt sich ein breites Netzwerk und ein gutes Namens- und Gesichtergedächtnis. Man weiß nie, wer eines Tages noch nützlich sein könnte.«

Nützlich? Plötzlich fand ich mich schrecklich kindisch. Meine Ausflüge ins Nachtleben beschränkten sich auf eine Party bei Flisan und Kevin mit Wodka-Shots und Wein. Die Idee, zu netzwerken und aktiv mein soziales und berufliches Umfeld aufzubauen, war mir nie gekommen. Neben Bella kam ich mir vor wie ein kleines Mädchen; wie ein Fake, ein lästiges Anhängsel.

Wieder schien Bella meine Gedanken gelesen zu haben. Sie schaute mich kurz an, nahm dann zwei weitere beschlagene Champagnergläser von einem gerade vorbeirauschenden Tablett und reichte mir das eine.

»Du passt hierher wie die Hand in den Handschuh«, sagte sie. »Und das mit dem Netzwerken musst du nicht so ernst nehmen. Das lernst du mit der Zeit, wenn du willst. Aber du musst nicht.«

Im selben Augenblick stand Björn neben mir, er trug einen weißen Smoking und hatte die Haare zurückgegelt.

»*Sara?*«, sagte er ungläubig. »Bist das wirklich du? Was machst du denn hier?«

Ich spürte förmlich, wie meine Irritation von Sekunde zu Sekunde wuchs.

»Was ist daran so verwunderlich?«, wollte ich wissen.

Bella stellte sich neben mich, und dann starrten wir ihn beide ohne ein weiteres Wort an.

»Nein, damit wollte ich nicht ... Himmel, bist du hübsch!«, sagte Björn unsicher. »Ihr beide! Schön, euch hier zu treffen. Ist das deine Freundin? Ich heiße Björn und bin ein alter Freund der Familie.«

»Björn und mein Vater haben vor langer Zeit zusammengearbeitet«, erklärte ich.

Bella hatte Björn nicht aus den Augen gelassen, jetzt lächelte sie ihn freundlich an.

»Wie schön, dich kennenzulernen«, sagte sie zu ihm. »Einen schönen Abend noch.«

Und schon standen Bella und ich mit dem Rücken zu ihm und sprachen mit zwei anderen Gästen. Björn ging weiter. So ganz konnte ich Bellas Verhalten nicht einschätzen, für den Augenblick war ich ihr jedoch sehr dankbar.

Gegen zehn wurde mir allmählich schwindelig von dem vielen Champagner, weshalb Bella mir ein Glas Wasser reichte.

»Trink das«, sagte sie. »Und dann hauen wir ab.«

Ich folgte Bella durch den Garten bis zu einem wartenden Taxi in dem festen Glauben, dass wir nach Hause fahren würden.

»Nach Hause?«, fragte Bella amüsiert. »Bist du wahnsinnig? Der Abend hat doch gerade erst angefangen. Aber erst mal müssen wir dringend was essen.«

Im Milles direkt am Anfang des Strandvägen aßen wir koreanisches Tatar, während drei Jungs in gestreiften Hemden vom Nebentisch heftigst mit uns flirteten. Ich war – gelinde gesagt – ziemlich angeheitert und lachte über alle ihre Witze. Und plötzlich stand ein großer Drink mit Eis und Minze vor mir.

»*Pinot Fino Fresco*«, sagte einer der Typen und schaute mir tief in die Augen. »Extra für dich, Sara.«

»Aber nur den einen«, sagte Bella warnend. »Das ist die Spezialität des Barkeepers, und der hat's in sich. Und dann müssen wir leider weiter, meine Herren.«

»Kein Problem, wir kommen einfach mit«, sagte der Blonde neben ihr, den sie gerade mit Oliven gefüttert und tief in die Augen geschaut hatte.

»Das geht leider nicht«, sagte Bella. »Wir müssen nach Hause, wir brauchen unseren Schönheitsschlaf.«

»Den braucht ihr wirklich nicht«, sagte der Typ neben mir. »Schöner als jetzt könnt ihr doch gar nicht mehr werden.«

Schon saßen wir wieder in einem Taxi, ohne dass ich hätte sagen können, wie wir da hineingekommen waren. Die beleuchtete Fassade des Dramaten-Theaters flog vorm Fenster vorbei. Bella und ich waren allein, hatten die Kerle in den gestreiften Hemden offenbar zurückgelassen. Das Taxi hielt in der Norrlandsgatan, wir stiegen aus, und Bella führte mich durch eine schier unendliche Anzahl von Räumen mit langen Theken, Efeu, Schnapsgläsern und schönen Menschen in unserem Alter.

Ein großer, dunkelhaariger Mann schien Bella für sein Eigentum zu halten, und ich fragte mich, ob ich ihr vielleicht helfen sollte, da sah ich, dass sie ihm etwas ins Ohr flüsterte. Im nächsten Augenblick stand er neben mir, Bella hatte sich bei ihm untergehakt.

»Hallo, Sara«, sagte er. »Ich heiße Dragan, Bella hat schon so viel von dir erzählt. Schön, dich kennenzulernen.«

»Danke, gleichfalls«, antwortete ich, ohne auch nur das Geringste über ihn zu wissen. »Freu mich auch, dich kennenzulernen.«

Dragan schnipste laut mit den Fingern, und sofort blickte der Barkeeper zu uns. Er machte eine Kippgeste mit der Hand, als würde er einen Schnaps trinken, und rief halblaut: »Acht!«

Der Barkeeper nickte.

Wenig später standen etliche Schnapsgläser mit Schlagsahne auf dem Tisch, und ich schaute mich um. Offenbar waren Bella und ich zu einer größeren Gruppe gestoßen. Dragan gehörte dazu und noch jemand, der mir bekannt vorkam, wenn ich auch nicht sagen konnte, woher. Aber ich war mittlerweile auch ziemlich betrunken.

»Prost!«

Acht Schnapsgläser klirrten zusammen, dazu dröhnte tiefer Bass. Ich trank, und die Welt um mich wurde noch undeutlicher. Wir tanzten, und dann saßen wir plötzlich. Jemand zog weißes Pulver durch einen zusammengerollten Geldschein in die Nase, etwas, das ich schon häufig im Kino oder Fernsehen gesehen hatte.

Ein attraktiver Mann, der mir sehr bekannt vorkam, setzte sich zu mir. Wir lachten, als teilten wir ein lustiges Geheimnis. Plötzlich wurde mir bewusst, dass wir aufgestanden waren, einander festhielten und tanzten.

»Dich kenne ich«, stellte ich fest, aber er erwiderte nichts, lächelte nur weiter mit diesen wahnsinnig tiefen Grübchen.

Ich ließ die Stirn gegen seine Brust sinken und spürte, wie sich ein sonderbares Gefühl von Geborgenheit in mir ausbreitete. Und noch etwas anderes – eine immer stärker werdende Übelkeit.

»Warte hier«, sagte ich und legte ihm einen Finger auf die Lippen.

»Ohne dich gehe ich nirgendwohin«, versicherte er.

Das Licht hüpfte und bebte, auch der Boden unter meinen klappernden hochhackigen Schuhen, und dann umfing mich eine durchdringende, aber irgendwie willkommene Kälte – und schon kniete ich hinter einem Busch im Humlegården und würgte gewaltig. Nichts zählte mehr, nur, dass es mir schnell besser ging, aber das wirkte unwahrscheinlich. Ich würde hier sterben, mit meinem schwarzen Cocktailkleid auf der Seite im Gras liegend, aber selbst das bedeutete nichts mehr.

Ich schloss die Augen und gab mich der Dunkelheit hin.

⇒ ⇐

Als ich die Augen öffnete, verstand ich rein gar nichts.

Ich war im Himmel.

Ein helles Licht leuchtete um mich, und ich ruhte auf Wolken. In der Ferne hörte ich einen Engelschor. Frische Luft umschmeichelte meine heißen Wagen und kühlte sie.

Aus all dem Weiß trat eine Gestalt.

Bella.

»Über verantwortungsbewusstes Trinken müssen wir noch mal reden«, sagte sie, und ihre Stimme blubberte nur so vor unterdrücktem Lachen.

Ich lag in meinem Bett in Bellas Wohnung, das Sonnenlicht fiel durch die beiden großen Fenster. Aus dem Wohnzimmer ertönte klassische Musik. Je mehr ich zu mir kam, desto bewusster wurde mir, wie gerädert ich mich fühlte, wie mies es mir letzte Nacht gegangen war und was für ein fürchterlicher Kater mir drohte. Ich stöhnte, und Bella reichte mir ein Glas, das zur Hälfte mit einer unappetitlich aussehenden Flüssigkeit gefüllt war.

»Was ist das?«, krächzte ich.

»Nicht fragen, trinken«, befahl Bella, und ich gehorchte.

Der schleimige Inhalt lief mir die Kehle hinunter und hinterließ einen so sonderbaren Nachgeschmack, dass ich dachte, ich müsste mich sofort wieder übergeben. Stattdessen schloss ich die Augen, und nach wenigen Minuten fühlte ich mich tatsächlich besser.

Als ich die Augen wieder öffnete, saß Bella bei mir am Bett.

»Wie bin ich nach Hause gekommen?«, krächzte ich. »Warst du dabei?«

»Immer ein Stückchen hinter dir«, lachte Bella.

Beim Gedanken an meinen Auftritt im Humlegården erschauderte ich.

»Aber er nicht auch, oder?«

»Micke?«, fragte Bella. »Nein, den haben wir glücklicherweise rechtzeitig an der Bar zurückgelassen.«

»Wie bin ich nach Hause gekommen?«, fragte ich noch mal.

»Mithilfe von ein paar standfesten Freunden und einem Taxi«, antwortete Bella. »Du hast es von innen ein wenig, na, ich sag mal ›verschönert‹, aber das konnten ein paar Fünfhunderter richten.«

»Oh, Gott. *Entschuldige!*«

»Kein Problem.«

»Und hier?«

Ich war frisch und sauber, roch schwach nach Duschgel. Jemand – oder vielleicht sogar mehrere – hatten mich geduscht, mir die Haare gewaschen und vermutlich sogar meine Zähne geputzt. *Bella?* Unwahrscheinlich. Aber wer dann?

»Die Englein waren da und haben sich um dich gekümmert«, sagte Bella lächelnd. »Und jetzt hör auf mit all den Fragen und ruh dich aus. Ist ja nichts passiert, aber du musst lernen, wie viel du verträgst.«

Eine Erinnerung aus meiner Teeniezeit in Örebro drängte sich auf. Flaschen mit einer Mischung aus Wodka und Apfelsaft;

reihenweise Bierdosen; Zigarettenstummel. Im Gegensatz dazu konnte ich an einer Hand abzählen, wie häufig in meinem Leben ich Champagner getrunken hatte.

Und schon meldete sich die Angst wieder.

Was machte ich hier? Ich hatte mich blamiert, Bella blamiert, eine Szene gemacht. Warum – *warum!* – war ich nur so peinlich? Konnte ich mich überhaupt wieder in der Agentur blicken lassen? Wer hatte mich gesehen? Sally und Liam hatten vollkommen recht: Ich war peinlich, unmöglich, einfach durch und durch trottelig.

Aber Bellas Gespür war untrüglich. Im Türrahmen drehte sie sich zu mir um.

»Eins noch: Du hast dich nicht blamiert, falls dir so etwas in den Sinn kommen sollte«, sagte sie. »Niemand, den wir kennen, war dort, außer Dragan und Micke. Und die haben nichts mitbekommen. Jetzt ruh dich aus.«

Ich schloss die Augen und sank in die mir nur zu bekannte Dunkelheit.

In der Woche nach dem Partywochenende in Stockholm fing ich an zu trainieren. Bella nahm mich mit in ihr Fitnessstudio in einer kleinen Seitenstraße mitten in Östermalm, wo ich eine Menge Prominenter aus dem Fernsehen und den Zeitschriften wiedererkannte. Ohne Hochglanz, mit weniger oder gar keinem Make-up, dafür verschwitzter und rundlicher, als ich gedacht hätte. Wirkte irgendwie so, als hätten sie alle ihre Privatstylisten, die sie bearbeiteten, bevor man sie im Fernsehen oder auf Fotos sah. Aber vielleicht waren es auch einfach Welten, die parallel existierten, so wie mein eigenes Leben und das, was ich in den sozialen Medien teilte. Ich musste an die Party bei Flisan und die in Djurgården denken und an Bellas Spruch: »*Willkommen in der Wirklichkeit*«. Welche war nun echt?

Es war nicht gerade günstig, Mitglied zu werden, aber als ich bezahlen wollte, stand plötzlich eine niedrigere Summe im Display des Kartenlesegeräts. Ich schaute den Typen hinterm Tresen an, aber bevor ich fragen konnte, zwinkerte er mir schon zu.

»Bella-Rabatt«, sagte er. »Nur für VIP-Mitglieder.«

Bella zog mit ihrem Personal Trainer davon, und ich lief eine halbe Stunde auf dem Laufband, bevor ich noch ein bisschen Gewichte stemmte. Ich nahm an, dass ich dafür keinen Trainer brauchte, schließlich kannte ich die Abläufe von der Grundausbildung gut genug. Plötzlich hatte ich das alles wieder so überdeutlich vor Augen, nicht nur das Training an sich, sondern auch alles andere: die erste Einheit im Korridor, dann der Morgenappell. In zwei Reihen im perfekten Abstand zueinander, dazu ein Offizier, der uns alle begutachtete. »*Prüfung der Frisur!*«, war ein Klassiker bei den Frauen. »*Prüfung der Rasur!*« bei den Männern.

Ich musste an Nadia denken, die bei der ersten Prüfung durchgefallen war, weil sie Wimperntusche trug, aber selbst nach dem Entfernen war der Offizier nicht zufrieden gewesen. Da war ihr die Hutschnur geplatzt.

»Ich *habe* einfach so dunkle Wimpern!«, schrie sie ihn an, was strengstens verboten war. »*Ich bin aus dem Iran!*«

Der Offizier, ein hell gelockter Typ aus Piteå, lief knallrot an.

»ERNEUTE PRÜFUNG DES ENTFERNENS VON SCHMINKE!«, brüllte er zum dritten Mal, woraufhin sie nur tief seufzte, die Augen schloss, die Zähne zusammenbiss und wieder ins Bad lief.

Ich musste lächeln.

Tatsache war, dass ich das Leben in der Kaserne geliebt hatte. Aber das hier war auch nicht zu verachten. Das ganze Fitnessstudio strahlte eine Exklusivität aus, die mir noch nie begegnet war, und nach dem Training konnte man duschen oder erst noch in die Trocken- oder Dampfsauna gehen. Bella und ich verbrachten ein paar Stunden beim Training und in der Sauna, dann spazierten wir nach Hause und waren ziemlich erschöpft.

Vor der Haustür schaute Bella mich an und sagte: »Ich hab dir noch gar nicht den Keller und den Dachboden gezeigt. Das müssen wir nachholen.«

»Nicht nötig«, sagte ich. »Ich hab doch fast nichts.«

»Deinem Shopping- und Ausmistverhalten nach zu urteilen, kann da noch viel passieren«, sagte Bella. »Außerdem kann ich schlecht die Hälfte der Miete von dir verlangen, wenn du diese Teile des Hauses nicht mal kennst.«

Zunächst gingen wir in einen geräumigen Keller mit weißen Wänden, unzählige Gänge verzweigten sich in alle möglichen Richtungen. Alles war in bester Ordnung und sauber, nicht eine Lampe war kaputt. Ich musste an den Keller von Sallys Eltern am Oskarsparken in Örebro denken, wo es trotz bester Lage Ratten gab und Obdachlose herumlungerten. Sally und ich sind als Kinder vor Angst gestorben, wenn ihre Mutter uns hinunterschickte, um Marmelade zu holen. Die arme Sally mit ihrer Rattenphobie.

Bella führte mich um eine Ecke und durch einen Gang, über den man einzelne Kellerabteile erreichte.

»Hier«, sagte sie und hantierte mit dem Schlüsselbund. »Nummer 29. Wenn es etwas gibt, das niemand anders finden soll, kannst du es hier verstecken. Das ist sicherer als ein Schließfach bei der Bank.«

»Ich werd's mir merken«, sagte ich. »Aber das Einzige, was ich wirklich nicht abgeben will, ist mein alter Teddy und Simåns natürlich. Und die hab ich lieber ganz in meiner Nähe.«

»Komm«, sagte Bella, »dann nehmen wir den Aufzug zum Dachboden.«

Wir gingen hinauf ins Erdgeschoss und fuhren dann mit dem Aufzug ins oberste Stockwerk. Von dort musste man zu Fuß noch eine Treppe bewältigen, eine massive Eichentür aufschließen, und schon war man drin.

Der Dachboden war nicht so gut in Schuss wie der Keller. Hier war nichts weiß gestrichen, alles war aus unbehandeltem Holz. Es zog kräftig, besonders an den Stellen, an denen die Isolation zwischen Wänden und Dach nicht mehr gut war. Von der Decke hingen Glühbirnen an schmalen Kabeln, die Schalter waren rote Plastikknöpfe, die schwach im Halbdunkel leuchteten.

»Hier lang«, sagte Bella und ging voran in einen langen Gang.

Wir bogen ein paarmal ab und blieben dann vor einem kleinen Verschlag stehen, der mit Kaninchendraht abgetrennt war. Dahinter waren ein alter Sonnenschirm und ein paar Gartenmöbel aus Plastik zu erkennen. Bella schloss auf.

»Ich komme fast nie hierher«, sagte sie.

Die Tür zum Abstellraum schwang auf, und im selben Augenblick wurde es stockfinster. Bella schrie auf, und ich tastete im Dunkeln nach etwas, an dem ich mich festhalten konnte.

»Scheiße!«, fluchte Bella laut. »Hab ich mich erschreckt! Leuchtet es irgendwo rot? Dann drück mal drauf.«

Ich schaute mich angestrengt um. Als meine Augen sich ein wenig an die Dunkelheit gewöhnt hatten, erkannte ich etwas rotgelbes, das mich anleuchtete, und stolperte los.

»Beweg dich nicht vom Fleck«, rief ich Bella zu. »Ich sehe einen Lichtschalter.«

»Glaub mir, ich geh nirgendwohin.« Ihre Stimme zitterte.

Hatte Bella etwa Angst im Dunkeln? Das war schwer vorstellbar, aber jeder hatte wohl seine Schwäche. Ich erreichte den roten Punkt und drückte darauf, und schon im nächsten Moment erstrahlte der Dachboden wieder in hellem Licht. Bella stand vorgebeugt da und klammerte sich an den Draht, sie atmete schwer. Ich kehrte zu ihr zurück.

»Wie geht es dir?«, fragte ich und legte ihr eine Hand auf den Arm. »Hast du Angst im Dunkeln?«

Bella nickte kraftlos und warf mir einen sonderbaren Blick zu. Dann richtete sie sich auf, knallte entschlossen die Tür wieder zu und ließ das Vorhängeschloss einrasten.

»Komm, wir hauen ab«, sagte sie, »bevor das Scheißlicht wieder ausgeht.«

Also gingen wir in die Wohnung, und als wir im Wohnzimmer waren, schaute ich Bella an.

»Komm her«, sagte ich. »Ich bring dir ein paar Selbstverteidigungsgriffe bei.«

»Nicht nötig«, erwiderte Bella. »Ich bin zu k.o.«

»Los«, forderte ich sie auf. »Du hilfst mir bei so vielem. Das ist endlich mal etwas, das ich dir beibringen kann.«

Widerwillig machte Bella einen Schritt auf mich zu. Und dann geschah etwas Merkwürdiges.

Ich umfasste Bellas Arme, um ihr zu zeigen, wie sie sich befreien könnte.

»Wenn dich jemand so packt ...«, setzte ich an.

Aus Bellas Kehle drang ein fast animalisches Geräusch. Bevor ich überhaupt daran denken konnte, mich zu schützen, hatte sie mich weggestoßen, mir einen Ellbogen in den Bauch gerammt und mir dann derart heftig gegen das Bein getreten, dass ich auf den Boden knallte und nach Luft rang.

Eine Sekunde später war Bella bei mir, die Tränen liefen ihr nur so die Wangen hinunter.

»Oh, Gott! Entschuldigung!«, jammerte sie. »Ich weiß nicht, was passiert ist, ich hatte ein Blackout oder so. Es wurde kurz alles schwarz, und dann hab ich gesehen, dass ich dich geschlagen haben muss oder so was!«

Ich rang immer noch nach Luft, so weh tat es. Bella half mir auf das Sofa, breitete eine Decke über mir aus und setzte sich zu mir.

»Darf ich gucken, ob du verletzt bist?«, fragte sie leise.

Die Tränen liefen unaufhörlich, aber sie wischte sie einfach mit dem Handrücken weg.

»Schon okay«, sagte ich. »Aber jetzt hätte ich gern eine Erklärung. Warum hast du dermaßen heftig reagiert, als ich dich festgehalten habe? Und warum hast du so eine wahnsinnige Angst im Dunkeln? Was ist dir denn zugestoßen?«

Bella blieb erst einmal still.

»Ich spreche nie darüber«, sagte sie leise. »Aber ich schulde dir wirklich eine Erklärung.«

Bella sammelte sich. Die Tränen waren versiegt.

»Ich wurde eingesperrt«, sagte sie. »Als Kind. Ein paar Gleichaltrige fanden das witzig. Sie stachelten sich gegenseitig an und sperrten mich in einen Keller ohne Fenster. Dann gingen sie nach Hause. Keiner sagte seinen Eltern, dass ich dort eingesperrt saß.«

Nun liefen die Tränen wieder.

»Meine Eltern wussten nicht mal, wo sie mit der Suche anfangen sollten«, sagte sie. »Das war auf dem Land, in einem alten Erdkeller. Ich saß die ganze Nacht dort. Die Polizei wurde eingeschaltet, sie bereiteten alles vor, um eine Suchkette loszuschicken. Meine Mutter brach zusammen. Und noch immer sagte keins der Kinder etwas. Sie fanden mich erst am folgenden Morgen.«

Sie rupfte ein Taschentuch aus dem Karton auf dem Tisch und schnäuzte sich.

»Lieber Gott, Bella«, sagte ich schockiert. »Kein Wunder, dass du Angst im Dunkeln hast.«

Bella lächelte schief.

»Du kannst dir nicht vorstellen, was für Monster mich in jener Nacht im Keller besucht haben«, sagte sie. »Aber darüber spreche ich wirklich nicht.«

Ich tätschelte ihren Arm.

»Und jetzt«, sagte Bella, »schauen wir uns dein Bein an. Oh, Gott. *Entschuldige*. Das wird ein ziemlicher Bluterguss.«

»Den niemand bemerken wird«, sagte ich und riss die Augenbrauen hoch. »Denn du wirst mir eine schöne, trendige blaue Stumpfhose kaufen.«

Wir sahen uns in die Augen und brachen genau gleichzeitig in Gelächter aus.

Wie gewöhnlich.

4. KAPITEL

Das nächste Wochenende verbrachte ich wieder bei Mama und Lina in Örebro. Diesmal konnte mich keine der beiden vom Bahnhof abholen, aber ich fühlte mich trotzdem nicht weniger willkommen. Ich liebte das Bahnhofsgebäude, seit ich Kind war – von dort brach man zu lustigen Ferien bei Oma und Opa auf oder fuhr mit der Familie nach Stockholm. Der Bahnhof war das Tor zur Welt, und manchmal war ich einfach nur dort gewesen, um mir die Fahrpläne anzuschauen.

Jetzt wanderte ich durch das Herbstdunkel nach Hause, die Tasche über der Schulter, und dachte an Mama und Lina. Mir war es wichtig, sie regelmäßig zu besuchen, aber diesmal hatte ich sie gebeten, niemandem gegenüber zu erwähnen, dass ich kam – ich hatte erst mal keine Lust auf weitere Partys mit Sally, Kevin und Liam. Mama war endlich in ihren Job zurückgekehrt und hatte noch eine wichtige Besprechung an der Uni. Lina würde lange im Stall sein. Da ich selbst einen Schlüssel hatte, war das kein Problem. Ich hatte mir am Bahnhof etwas zu essen besorgt und wollte später etwas kochen, während ich auf sie wartete.

Ich folgte der Grenadjärgatan nach Rynninge über die Brücke, dann dem Strandvägen entlang des Lillån. Rynninge wirkte so friedlich wie immer, aber ich fragte mich, ob das täuschte. Die Moschee in Örebro hatte wenige Wochen zuvor gebrannt; eine für mich unbegreifliche Tat. Wer wollte ein Gebäude in Brand setzen, das anderen heilig war? Unter der Oberfläche der kleinen Stadt brodelten Hass und Konflikte – wie überall.

Als ich gerade in den Vikingavägen eingebogen war, sah ich, dass bei uns Licht brannte. Ein Streifenwagen stand vor dem Haus, sofort wurde ich schneller. Was war denn nun wieder passiert?

Ich eilte durch den Vorgarten, die Stufen hinauf und durch die Haustür. Dort standen Mama und Lina mit einem Polizisten. Mama in einem Kostüm, Lina in ihren Reitsachen.

»Melden Sie sich, wenn noch etwas sein sollte«, sagte der Polizist und klappte sein Notizbuch zu.

Dann schaute er mich fragend an.

»Meine älteste Tochter«, erklärte Mama. »Sie wohnt in Stockholm.«

»Was ist denn passiert?«, fragte ich atemlos.

»Ein weiterer Einbruch«, antwortete der Polizist, »aber auch diesmal fehlt nichts.«

Mama schüttelte den Kopf.

»Soweit wir das beurteilen können«, sagte Lina.

»Falls etwas fehlt, geben Sie das bitte gleich durch«, sagte der Polizist. Dann ging er.

Ich betrachtete Mama und Lina. Keine von beiden erwiderte meinen Blick.

»Ein *weiterer* Einbruch?«, fragte ich. »Wann war denn der erste? Und warum habt ihr nichts davon erzählt?«

»Hallo, Schatz«, sagte Mama und umarmte mich. »Willkommen zu Hause.«

»Antworte mir!«, forderte ich. »Was geht hier vor?«

Mama und Lina wechselten einen Blick.

»Komm«, sagte Mama. »Wir setzen uns in die Küche.«

Also nahmen wir um den alten Küchentisch Platz, der da stand, wo er mein Leben lang gestanden hatte. Hier hatten wir an dem Abend Krabben gegessen, an dem Papa den Job bei der *Sida* bekommen hatte. Hier hatte ich meine Hausaufgaben gemacht, meine ersten kicherintensiven Mädchenabende mit Krabben und Wein abgehalten, als ich endlich wieder Freundinnen hatte, und mit meiner Mutter gesessen und mir die Augen ausgeheult, nachdem mein erster Freund mit mir Schluss gemacht hatte. Und hier hatten wir gesessen und auf Papa gewartet, als an einem Morgen Ende Mai statt ihm die Polizei vor dem Haus vorgefahren war, um uns mitzuteilen, dass er tot war.

»Zum ersten Mal wurde vor ein paar Wochen eingebrochen«, sagte Mama. »Da warst du gerade nach Stockholm gezogen und hast in dem Café angefangen, deshalb wollte ich dich nicht unnötig beunruhigen.«

»Dabei war es eigentlich gar nicht das erste Mal«, sagte Lina und schaute Mama an. Linas Lachgrübchen waren verschwunden. »Erinnerst du dich an diesen Typen Anfang des Jahres?«

Ich starrte sie an.

»Welcher Typ? Warum weiß ich davon nichts?«

Mama seufzte schwer.

»Papa und ich wollten nichts sagen, weil du doch schon so viel durchgemacht hast. Wir wollten dir nicht unnötig Angst machen. Das war sicher nur ein Drogenabhängiger, der plötzlich auf eine dumme Idee gekommen ist.«

»Was ist passiert?«, fragte ich in heftigerem Ton als beabsichtigt.

Lina schaute mich besorgt an, Tränen schimmerten in ihren Augen.

»Entschuldige«, sagte ich.

Auch dies klang hart, dabei spürte ich, wie leise Panik in mir aufstieg.

Ich hätte hier sein sollen. Dafür sorgen, dass Mama und Lina nichts zustieß.

»Ich war allein zu Hause«, sagte Lina leise. »Es war Nachmittag, alle anderen waren unterwegs. Ich bin früher aus der Schule gekommen, weil ich Bauchschmerzen hatte. Eigentlich wollte ich eine Tablette nehmen und mich ins Bett legen. Aber als ich im Flur stand, sah ich, dass jemand in der Küche war. Ich dachte, dass du das bist oder Mama, also rief ich was. Doch dann hat er einfach das Küchenfenster aufgerissen, ist rausgesprungen, die Straße runtergerannt und im Wald verschwunden. Er hatte schwarze Sachen an und war ziemlich dünn.«

»Ein typischer Drogenabhängiger halt«, sagte Mama.

Für eine Weile schweigen wir.

»Er hat das Fenster aufgemacht?«, fragte ich. »Es war nicht schon offen?«

Lina schüttelte den Kopf.

»Ich hab gesehen, wie er die Haken löste.«

»Wie ist er denn dann hereingekommen?«, fragte ich.

Mama und Lina schauten sich irritiert an und schüttelten dann die Köpfe.

»Vielleicht hatten wir das Fenster ja morgens nicht zugemacht, er ist reingeklettert und hat es selbst zugemacht«, sagte Mama.

»Was für ein ordentlicher Einbrecher«, sagte ich. »Du vergisst nie, Fenster zuzumachen, und das weißt du genau. Habt ihr die Polizei verständigt?«

Irgendwas ist faul, irgendwas ist faul, irgendwas ist faul.

»Nein«, sagte Mama. »Wir wollten dich nicht beunruhigen.«

Die Panik brach aus und überwältigte mich.

»Hört doch mal mit dieser scheißübertriebenen Fürsorge auf!«, schrie ich und knallte die flache Hand auf den Tisch. »Macht mich nicht dafür verantwortlich, dass ihr euch nicht ordentlich um eure Sachen kümmert! Ich habe nie darum gebeten, in Watte gepackt zu werden. Ich war in Therapie, mir geht es viel besser! Und wenn plötzlich ein fremder Mann in der Küche steht, dann muss das verdammt noch mal der Polizei gemeldet werden!«

»Du hast ja recht«, sagte Mama. »Aber dein Vater wollte das unter keinen Umständen. Da war er beinhart. Ich kann nicht mal sagen, warum, aber ich bin davon ausgegangen, dass er dich schützen wollte.«

Mich schützen? Dabei hat er mir doch das Versprechen abgenommen, auf Mama und Lina aufzupassen.

»Und dann?«, drängte ich. »Wann waren die anderen Einbrüche?«

»Der eine vor ein paar Wochen«, sagte Mama, »der andere gestern. Beide Male kamen wir nach Hause und haben bemerkt, dass jemand im Haus gewesen sein musste. Es gab keine Einbruchsspuren an den Türen oder Fenstern, nichts war kaputt. Aber wir haben gleich gemerkt, dass jemand da war.«

Liam und Kevin? War das ein Streich meiner früheren Plagegeister? Unwahrscheinlich, trotzdem wurde mir ein bisschen schlecht, dass mir überhaupt der Gedanke kam. »*Komm, wir ärgern Sara ... Fucking boring.*«

»Woran habt ihr es gemerkt?«, wollte ich wissen.

»Die Sachen stehen nicht mehr da, wo sie normalerweise stehen«, sagte Lina. »Vasen sind umgekippt, Bilder hängen schief. Klamotten sind aus den Schubladen gerupft. Es wirkte fast so, als wollte jemand deutlich machen, dass er hier gewesen ist. Aber gefehlt hat nichts.«

»Das kann man doch nicht wissen«, erwiderte ich. »Wer führt denn Buch über allen Kram, den man so hat?«

»Beim ersten Mal sind wir alles durchgegangen«, sagte Mama. »Silber, Schmuck, alles von Wert. Nichts hat gefehlt. Diesmal lagen meine Uhr und meine Ringe auf dem Küchentisch. Und da liegen sie immer noch.«

»Und auf meinem Schreibtisch lagen fünfhundert Kronen fürs Turnier nächstes Wochenende«, sagte Lina. »Die sind auch noch da. Dabei hat jemand meine ganze Strumpfschublade ausgekippt. Und die Handtücher aus dem Wäscheschrank geworfen. Das ist wirklich ein sehr seltsamer Einbrecher.«

Ein Streich.

Ich atmete tief ein und aus, um klar denken zu können.

»Wir müssen die Schlösser austauschen lassen«, sagte ich. »Heute noch. Offenbar hat er einen Schlüssel und kann kommen und gehen, wie er will. Vielleicht sucht er was Bestimmtes, vielleicht ist es auch einfach nur ein Verrückter, der irgendwie an unseren Schlüssel gekommen ist und uns Angst einjagen will. Aber wir müssen sofort den Schlüsseldienst kommen lassen.«

Zwei Stunden später stand ich frierend auf der Veranda, während ein über sechzigjähriger Schlosser ein neues Chubbschloss einbaute. Er hatte alle Schlösser ausgetauscht – das der Garagen-, der Garten-, der Balkon- und der Haustür –, und wir bekamen drei passende Schlüssel zu den Türen. Die drei einzigen passenden Schlüssel, wie er uns versicherte. Ich starrte auf seinen buschigen Schnurrbart, der bereits ergraute und wie eine gepflegte Hecke unter seiner Nase verlief. Der Mann hatte braune Augen und schmale, flinke Finger, und offenbar wusste er, was er tat.

Oder? Irgendetwas an seinem Blick verunsicherte mich.

Reiß dich zusammen, Sara, sagte ich mir. *Jetzt ist es auch mal gut!*

»So«, erklärte er, als er fertig war. »Jetzt kann niemand mehr unerlaubt hereinkommen. Ohne ein Fenster einzuschlagen, selbstverständlich.«

»Vielen Dank und ein schönes Wochenende«, sagte ich und gab ihm die Hand.

Er hatte einen dieser weichen, feuchten und etwas schlaffen Händedrücke, die man nicht von jemandem erwartet, der den ganzen Tag mit den Händen arbeitete. Pfeifend ging er davon, öffnete den Wagen per Knopfdruck und winkte noch einmal. Doch, er war sicher in Ordnung. Eine riesige Erleichterung überkam mich, als hätte ich wirklich in letzter Sekunde eine große Gefahr abgewendet, die uns drei hätte vernichten können, also winkte ich zurück. Die Panik in mir hatte sich gelegt, nun herrschte Stille.

In der Küche warteten Mama und Lina mit dem Essen. Sie hatten Kerzen angezündet. Ich setzte mich zu ihnen und holte tief Luft.

»Tut mir leid, dass ich vorhin so wütend geworden bin. Aber seit Papas Tod fühle ich mich so wahnsinnig verantwortlich dafür, dass es euch gut geht. Schließlich hab ich mich nach Stockholm abgesetzt.«

»Uns geht es gut«, antwortete Lina und lächelte zum ersten Mal, seit ich angekommen war. »Ich hatte mit der Trauer zu kämpfen, das weißt du. Aber jetzt wird es langsam besser. Hier ist alles in Ordnung, Sara.«

Mama legte ihre Hand auf meine.

»Mach dir nicht so viele Sorgen«, sagte sie. »Das ist nicht gut für dich. Wir kommen schon zurecht.«

»Dann müsst ihr aber auch ehrlich sein und mir erzählen, was passiert«, sagte ich. »Sonst mache ich mir die ganze Zeit über Gedanken, wie es euch geht.«

Mama schaute mich aus ihren klaren, hellblauen Augen an.

»Versprochen. Wenn noch etwas passieren sollte, erfährst du es als Erste.«

»Gut«, sagte ich.

Den Samstag verbrachten wir damit, Laub zusammenzuharken und dann im Garten zu verbrennen. Die Dämmerung setzte schon früh ein, dazu der Rauch vom Feuer, irgendwie machte mich das nostalgisch. Wie häufig hatte ich mit Papa hier gestanden, den Rechen in der Hand, und in den brennenden Laubhaufen geschaut. Mama und Lina harkten schweigend neben mir, und ich war mir sicher, dass sie dasselbe dachten wie ich.

Papa. Er fehlte mir so sehr, es tat richtig körperlich weh.

Ich arbeitete mich absichtlich in eine Ecke des Gartens vor, fort von ihnen, damit sie nicht mitbekamen, dass ich weinte. Der Verlust meines Vaters hatte eine riesige Lücke in mir hinterlassen, ganz so als hätte man ihn aus einem Bild herausgetrennt, und es wären nur fransige Ränder und ein großes, schwarzes Loch zurückgeblieben. Zwischen Papa und mir hatte es von Anfang an eine besondere Verbindung gegeben, und ich glaube, ich habe ihm am nächsten gestanden. Er hatte uns alle selbstverständlich gleich lieb, aber rein intellektuell waren wir uns ähnlich und eben anders als Mama und Lina. Mit Papa hatte ich mich nie allein gefühlt. So wie jetzt.

Ich machte mit dem Rücken zu Mama und Lina weiter, bis meine Tränen versiegt waren. Dann harkte ich die Blätter zu einem großen Haufen zusammen und schnäuzte mich.

Trau keiner Frau, die wenig isst und sich nicht traut, sich an einem öffentlichen Ort die Nase zu putzen. ... Du bist doch sicher Feministin?

Danach stützte ich mich auf den Rechen und ließ den Blick über die Landschaft schweifen. Es hatte sich wie ein großer Fortschritt angefühlt, das Café und Siv hinter mir zu lassen und zu *Perfect Match* und in Bellas Wohnung zu wechseln. Anfangs war ich davon überzeugt gewesen, dass ich damit auch endlich alles Merkwürdige hinter mir gelassen hatte. Aber jetzt, nach all dem, was Mama und Lina über die Einbrüche erzählt hatten, war ich mir nicht mehr so sicher. Stattdessen wuchs ein Unbehagen in mir: War es nicht eher so, dass die Merkwürdigkeiten einfach nur … ausgeklügelter wurden?

Wenn dem so war, musste ich herausfinden, worum es eigentlich ging.

Meine Gedanken wanderten zurück zu Papa. Er war gern in der Natur gewesen, zu jeder Jahreszeit. Hier am Lillån hatten wir weder Steg noch Boot, aber draußen beim Sommerhaus hatten wir viele Stunden auf dem Wasser und im Wald verbracht. Plötzlich erinnerte ich mich an einen unserer vielen Ausflüge in den Wald, als ich noch klein war und wir vor dem giftigen Riesen-Bärenklau stehen blieben, der am Wegesrand wuchs.

»Sieh mal, wie schön der ist«, sagte Papa und zeigte darauf. »Ganz wie gewöhnlicher Wiesen-Bärenklau, nur viel, viel größer. Sieht fast so aus, als würde er irgendetwas bewachen, findest du nicht?«

Ich betrachtete die große Pflanze genau. Und er hatte recht, sie sah in der Tat aus, als würde sie etwas bewachen.

»Du darfst sie unter keinen Umständen anfassen«, warnte Papa. »Ihr Saft ist sehr gefährlich, man bekommt davon Blasen und große Wunden. Ganz besonders, wenn Sonnenlicht darauf fällt.«

Ich lehnte mich vor und schaute mir den Riesen-Bärenklau ganz genau an, ohne ihn zu berühren. Er war wirklich riesig, und weit über meinem Kopf türmten sich weiße Blüten. Am unteren Teil des Stängels waren dunkelrote Flecken zu erkennen.

»Da!«, sagte ich todernst und zeigte darauf. »Guck mal, Papa. *Blut!*«

Papa lachte. Als wir nach Hause kamen, erzählte ich Mama voller Inbrunst von unserer Entdeckung der gefährlichen »Blutblume«, und seither gab es in unserer Familie keinen anderen Namen mehr für den Riesen-Bärenklau.

Mama hatte sich in meine Ecke vorgearbeitet.

»Sara«, sagte sie und stützte sich auf ihre Harke. »Björn hat vorhin angerufen und wollte dich sprechen. Ich hab ihm gesagt, dass du ihn zurückrufst.«

Ich stöhnte laut.

»Muss ich?«, fragte ich. »Der ruft doch ständig an.«

Zu meiner großen Verwunderung ergriff meine Mutter ausnahmsweise einmal Partei für mich.

»Ich finde es auch merkwürdig, dass er sich so aufdrängt«, sagte sie. »Ich schätze, du musst ihn nicht gleich kontaktieren.«

»Gut«, sagte ich.

»Fabian hat sich auch gemeldet«, sagte sie und lächelte. »Schon am Donnerstag. Er hat gefragt, ob er am Wochenende vorbeikommen kann, wenn ihr beide zu Hause seid. Da hab ich ihn heute zum Abendessen eingeladen. Lina freut sich schon. Ist das auch für dich in Ordnung?«

»Absolut«, sagte ich. »Aber du musst ja Björn nicht noch dazu laden.«

Beide gleichzeitig würde ich nicht ertragen.

»Nein, muss ich nicht«, sagte Mama. »Der kann ein andermal vorbeikommen.«

Ich harkte weiter und ließ den Gedanken freien Lauf. Sofort musste ich an Papas sonderbare Bemerkungen letztes Jahr denken. Björn und Fabian waren zum Abendessen bei uns gewesen, und die drei hatten in der Küche diskutiert, während wir anderen drei im Wohnzimmer einen Film schauten. Dann hatten wir uns von Björn und Fabian im Flur verabschiedet. Die Tür schlug hinter ihnen zu, und Lina und Mama verschwanden nach oben, um sich bettfertig zu machen. Papa blieb im Flur stehen und betrachtete mich mit einem merkwürdigen Lächeln.

»Manchmal muss man sich wundern«, sagte er. »Da meint man, man kennt jemanden, besonders nach so vielen Jahren der

Freundschaft und Zusammenarbeit, und dann zeigt sich, dass dem absolut nicht so ist.«

»Was meinst du?«, fragte ich. »Ist das denn gut oder schlecht?«
Aber Papa schüttelte nur den Kopf.
»Ach, egal. Jetzt gehen wir schlafen.«
»Björn kann ganz schön anstrengend sein«, sagte ich. »Ein bisschen selbstgefällig und playboymäßig. Er versucht immer, cool zu sein, aber schafft es nicht. Fabian kann allerdings ziemlich fies werden, finde ich. Er ist hart.«
Papa mied den Blickkontakt.
»Es war dumm von mir, das anzusprechen«, murmelte er. »Vergessen wir's einfach.«

Wir arbeiteten noch eine weitere Stunde im Garten, bevor wir hineingingen. Mama wollte Apfelkuchen mit selbst gemachter Vanillesoße backen, also schnitt ich die Äpfel in hauchdünne Scheiben, während sie den Streuselteig vorbereitete. Sie stand mir gegenüber, und ich beobachtete sie, wie sie leise vor sich hin summte. Lag es daran, dass sie das Backen liebte, oder freute sie sich wirklich auf Fabians Besuch? Egal was der Grund war, ich fand es schön, sie mal wieder glücklich zu sehen.

Nachdem der Kuchen im Backofen war, ging Mama hoch, um zu duschen, und ich holte mein Handy hervor. Ich war bei Instagram auf einem Bild markiert worden, also drückte ich neugierig auf das Symbol. Wer hatte mich wohl getaggt? Bella? Sally? Vielleicht Lina?

Ein Bild von mir tauchte auf dem Display auf, das mich dabei zeigte, wie ich Blätter harkte. Ein privater Nutzer mit einem komischen Namen, den ich nicht kannte, hatte es ohne Kommentar veröffentlicht. Da war nur das Bild: ich vor wenigen Stunden in unserem Garten beim Laubharken.

Im selben Moment erschien Lina in der Küche und hielt eine meiner neuen Strickjacken in der Hand.

»Darf ich mir die für heute ausleihen?«, fragte sie. »Ich finde sie so verdammt chic.«

»Klar«, sagte ich und steckte das Handy weg. »Was willst du denn dazu anziehen?«

»Komm und hilf mir«, forderte Lina mich auf, und ich folgte ihr. *Wer hatte das Foto hochgeladen?* Vielleicht Flisan? Henke? Oder einer der Idioten, also Kevin oder Liam?

Ich musste da später mal nachforschen, wenn ich Zeit hatte.

⇛ ⇚

Punkt sieben klingelte es an der Tür, und Lina ging hin, um zu öffnen. Sie begrüßte Fabian, also stand ich auf und stieß dazu. Fabian umarmte mich.

»Du siehst gut aus, Sara«, stellte er fest. »Viel besser als im Café. Scheint ganz so, als wäre der neue Job genau das Richtige für dich.«

»Er macht Spaß«, antwortete ich. »Mir gefällt es da ziemlich gut.«

Dann kam auch Mama in den Flur. Sie hatte sich geschminkt, Wimperntusche und Lippenstift, und sah seit langer Zeit mal wieder richtig gut aus. Mir wurde ganz warm ums Herz.

»Fabian«, sagte sie und umarmte ihn.

Dann hielt er sie ein bisschen von sich weg.

»Lass dich mal anschauen, Elisabeth!«, sagte er lächelnd. »Du strahlst ja richtig. Das freut mich sehr.«

Er rieb sich vergnügt die Hände.

»Ihr könnt euch gar nicht vorstellen, wie sehr ich mich auf heute Abend gefreut habe. Kommt Björn auch?«

Mama und ich wechselten einen schnellen Blick.

»Nein, wir wollten dich ganz für uns«, antwortete ich. »Björn war uns eine große Hilfe, aber heute sind wir nur für dich da.«

»Ich glaube, Björn ist ganz schön einsam«, sagte Fabian. »Die Scheidung hat ihn sehr mitgenommen. Er hat darauf bestanden, sich nach Lennarts Tod um das meiste zu kümmern, und ich hab ihn gelassen. Ich glaube, er wollte euch einerseits unterstützen und euch andererseits näherkommen.«

Björn und seine Frau hatten sich erst vor Kurzem getrennt nach langjähriger Ehe. Natürlich spürte ich jetzt einen Anflug von schlechtem Gewissen, und ich konnte Mama ansehen, dass es ihr ganz ähnlich ging.

»Wir laden Björn ein andermal ein«, sagte sie. »Ja, meine Lieben?«

»Klar«, sagte ich, und Lina nickte.

Der Abend verstrich bei allgemeinem Small Talk. Es ging um Linas Pferd, um meine Arbeit in Stockholm und um die Tatsache, dass Mama wieder in die Universitätsbibliothek zurückgekehrt war und ihre Verwunderung darüber, »*wie gut es sich anfühlte, wieder zurück zu sein*«. Und um Fabians Alltag im Außenministerium. Er erzählte teils lustige, teils etwas gemeine Anekdoten über Margot Wallström und ausländische Würdenträger, die Dinge erwarteten, die in Schweden nicht gerade üblich waren.

»Ist schon faszinierend, wie unterschiedlich Schweden von den anderen Länder wahrgenommen wird«, sagte er.

»Wie meinst du das?«, fragte Mama.

»Na, einerseits glauben sie, wir sind ein bisschen hinterher«, sagte Fabian. »Wir sind nicht gerade ähnlich *flashig* wie andere unserer ausländischen Partner. Andererseits sind viele auch beeindruckt von uns. Schließlich gehören wir zu den Ländern mit der höchsten Gleichberechtigungsrate, sind davon überzeugt, dass alle Menschen gleich viel wert sind und dass das Geschlecht, die sexuelle Präferenz, Religion oder Schicht keinerlei Auswirkungen auf den Werdegang des Einzelnen haben darf. Das kommt insgesamt sehr gut an.«

»Ist das denn wirklich so?«, fragte ich.

»Was meinst du?«, fragte Fabian zurück.

»Sind wir in Wirklichkeit so fantastisch oder nur auf dem Papier?«

Fabian lachte.

»Gute Frage«, erwiderte er. »Nichts anderes hab ich von dir erwartet. Du hättest wirklich gute Chancen, wenn du je beim Außenministerium anfangen wollen würdest.«

Mama strahlte.

»Das sind ja beste Aussichten, Sara«, sagte sie. »Oder?«

»Aber wie ist es denn nun?«, fragte Lina. »Du hast nicht auf Saras Frage geantwortet.«

Fabian dachte nach.

»Ich würde es so sagen: Niemand ist perfekt, weder Länder noch Menschen. Aber in Schweden arbeiten wir konsequent und schon sehr lange daran – die Sozialdemokraten und die bürgerlichen Parteien gleichermaßen –, Ergebnisse zu erzielen, hinter denen wir alle stehen können. Basierend auf vernünftigen Werten. Hier wird nicht viel unter den Teppich gekehrt. Ich bin sehr stolz darauf, Schwede zu sein, und ich hoffe, dass es euch auch so geht.«

»Ja, absolut«, stimmte Mama zu. »Ihr doch auch, oder? Papa hat Schweden geliebt.«

»Ja, bestes Land der Welt«, pflichtete Lina bei.

»Ich mag Schweden sehr«, sagte ich. »Aber wie in allen Bereichen schadet es ja keinesfalls, kritisch mit sich selbst und den Quellen zu sein und nicht einfach davon auszugehen, dass alles super läuft. Dazu muss man sich ja nur mal das ganze Drama rund um die Transportbehörde ansehen, die wegen Einsparungsmaßnahmen und Outsourcing sensible Informationen herausgegeben hat. Damit hat sie die Sicherheit meiner Militärkolleginnen und -kollegen aufs Spiel gesetzt, weil ihre Kontaktdaten plötzlich für jede fremde Macht zugänglich waren. Was glaubst du denn, wie sich das anfühlt?«

Fabian lächelte mich breit an und zwinkerte. Aber dann wandte er sich an meine Mutter.

»Deine Tochter«, sagte er, »sieht einer strahlenden Zukunft entgegen.«

»Fabian«, warf Lina ein. »Du hast es schon wieder getan! Du bist schon wieder ihrer Frage ausgewichen.«

Nach dem Essen zogen wir uns auf einen Kaffee ins Wohnzimmer zurück, wo Mama und Fabian gemeinsam auf dem Sofa landeten. Lina und ich saßen ihnen gegenüber, und ich fischte mein Handy aus der Tasche.

»Du«, sagte ich zu Lina. »Ich wurde heute auf einem Foto markiert, das mich beim Harken zeigt, aber ich weiß nicht, wem das Konto gehört. Weißt du, wie man das herausfinden kann?«

»Wie? Von heute draußen im Garten?«, fragte Lina und runzelte die Stirn. »Wie strange. Zeig mal.«

Ich öffnete Instagram und fing an zu suchen. Das Bild war weg, die Information, dass ich getaggt worden war, ebenfalls. Und an den komplizierten Namen des Kontos konnte ich mich auch nicht erinnern.

»Wie seltsam«, sagte ich. »Es ist weg.«

»Unmöglich«, erwiderte Lina. »Lass mal sehen.«

Sie suchte und suchte, dann schaute sie mich an und schüttelte den Kopf.

»Du musst dich geirrt haben«, sagte sie. »Vielleicht war es bei Snapchat, und jetzt ist es halt einfach weg.«

»Nein«, entgegnete ich. »Es war bei Instagram. Aber egal, ist nicht wichtig.«

Lina nippte an ihrem Kaffee und schaute zu Mama und Fabian. Sie waren in eine Unterhaltung vertieft.

»Wollen wir spazieren gehen?«, fragte sie mich. »Der Nebel ist weg, und außerdem ist gerade Vollmond. Wir könnten unsere normale Runde drehen.«

Viele Jahre lang waren Lina und ich regelmäßig zusammen spazieren gegangen, und nach einer Weile hatte sich ein Lieblingsweg herauskristallisiert. Am Wald entlang bis zum Lillån, an Rynninge vorbei über die Brücke bis ins Zentrum, einmal ums Schloss und zurück entlang des Svartån, dann hinüber zur Södra Grev Rosengatan, von wo wir schräg Richtung Lillån kreuzten und über die Holzbrücke in den Strandvägen zurückkehrten.

»Gern«, sagte ich.

Wir zogen unsere Jacken an und gingen los, weil klar war, dass Mama und Fabian uns nicht mal vermissen würden. Draußen war es genau, wie Lina vorhergesagt hatte: kälter, aber dafür klarer Himmel, an dem ein riesiger Vollmond prangte, der gerade seinen Weg über die Stadt antrat. Der Atem stand uns in kleinen Wolken vor den Gesichtern. Den Weg bis ins Zentrum verbrachten wir mit Small Talk, dann blieben wir vor der Schule stehen und schauten zum Schloss hinüber, das auf seiner Insel ruhte, die Konturen in silbernes Mondlicht getaucht.

»Ehemalige Schuhmacherstadt«, sagte ich.

»Amtierende Keksstadt«, sagte Lina und lächelte, dass die Lachgrübchen nur noch tiefer wurden. »Jamjam.«

»Hier ist im Laufe der Zeit allerhand passiert«, sagte ich. »Engelbrekt hätte ich gern kennengelernt, der muss cool gewesen sein. Und Christian den Tyrannen. Und Gustav Wasa. Und Jean Baptiste.«

»Die kannst du alle haben, wenn ich Lasse-Maja bekomme. Der muss ein krasser Typ gewesen sein. Oder vielmehr: eine krasse Frau. Bisschen wie bei *The Danish Girl*. So spannend!«

Lina hatte sich unter der Woche mit ihren Freundinnen zum Netflix-Schauen getroffen.

»War der gut?«, fragte ich.

»Ja«, sagte Lina. »Und dann haben wir noch einen anderen Film geguckt. *Der Hypnotiseur*. Kennst du den?«

»Nein, wie war der?«

»Bilde ich mir das ein«, fragte Lina, »oder ist Papa mal hypnotisiert worden?«

Ich sah Papas Gesicht so deutlich vor mir, zufrieden und gleichzeitig immer neugierig.

»Nee, das stimmt. Er hat öfter davon erzählt. Ich glaub, das war beim Militär. Oder nachdem er so doll krank gewesen war und depressiv wurde? Wie auch immer, sie haben versucht, ihn zu hypnotisieren, aber es hat nicht geklappt. Papa fand das aber gut. ›Ich war zu stark‹, hat er immer gesagt.«

»Genau«, sagte Lina. »Jetzt erinnere ich mich wieder.«

Wir lachten beide. Dann gingen wir ein Stück schweigend.

»Was halten deine Freunde von Örebro?«, fragte ich. »Finden sie es hier auch interessant?«

»Ach, eigentlich gibt es niemanden, der etwas über Örebro weiß«, sagte Lina gleichgültig. »Weder hier noch sonst wo. Bei den Turnieren auf dem Land glauben immer alle, ich wohne da, wo die Brücke nach Dänemark anfängt.«

Sie schaute mich an.

»Fehlt dir das?«, fragte sie. »Oder gefällt es dir in Stockholm besser?«

Ich dachte nach.

»Seit der Schule wohne ich ja eigentlich nicht mehr wirklich hier. Erst das Militär, dann Uppsala. Und die Schulzeit war nicht gerade toll. Mir sind die Freunde nie so zugeflogen wie dir.«

Lina war nie gemobbt worden und hatte sowohl weibliche als auch männliche Freunde.

»Was meinst du, woran das lag?«, fragte Lina. »Dass du gehänselt wurdest, ich aber nicht?«

»Keine Ahnung. Vielleicht lag's an meinen Noten. Oder aber die Leute können mich einfach nicht leiden.«

»So ein Quatsch«, sagte Lina. »Du bist doch die Beste der Welt.« Wir schwiegen.

»Ich bin nicht so gut in der Schule wie du«, sagte Lina schließlich. »Vielleicht liegt es daran.«

»Das wäre ja schrecklich«, sagte ich. »Und apropos: Schweden ist doch das beste Land der Welt, wie Fabian sich ausdrückte. Ist es auch typisch schwedisch, jemanden zu quälen, weil er besonders gut ist?«

»Keine Ahnung«, sagte Lina. »Ich kann einfach nicht so denken, das ist viel zu deprimierend. Komm, gehen wir weiter.«

Wir schlugen den üblichen Weg rund ums Schloss ein, folgten der Trädgårdsgatan über die Brücke und gingen dann entlang des Svartån zurück.

»Wie ist es denn nun in Stockholm?«, fragte Lina. »Du hast gar nicht geantwortet. Gefällt es dir wirklich oder sagst du das nur, um Mama zu beruhigen?«

Ich dachte kurz nach.

»Alles ist so anders, als ich gedacht hätte«, sagte ich.

Lina schaute mich an.

»Wie denn anders?«

Ich dachte über Linas Frage nach und sah sofort Eva und Gullbritt vor mir, in dem Café in Sundbyberg. Gullbritt prüfte ihre Fingernägel, die sie sich gerade erst türkis lackiert hatte, und machte eine hellrosa Blase mit ihrem Kaugummi. Eva hackte in der Küche Zwiebeln mit einer Intensität, die an unterdrückte

Aggression erinnerte, und es kümmerte sie kein Stück, dass ihre Wimperntusche litt und in dunklen Streifen über ihre Wangen lief. Plötzlich spürte ich, dass sie mir fehlten. Damit hätte ich nicht gerechnet.

Siv hingegen fehlte mir definitiv nicht, und auch auf die direkte Nachbarschaft mit Sixten konnte ich sehr gut verzichten. Nachdem mir aufgefallen war, dass ich das gerahmte Familienfoto dort vergessen haben musste, beschloss ich, selbst hinzufahren, um es zu holen. Mich anzukündigen war keine gute Idee, so außer sich, wie Siv bei meinem Auszug gewesen war. Ich konnte nur hoffen, dass sie sich in der Zwischenzeit beruhigt und das Foto nicht einfach entsorgt hatte.

Als ich Vällingby erreichte, schien Siv nicht zu Hause zu sein, und ich hatte ja keinen Schlüssel mehr. Ich klingelte mehrere Minuten lang, bis ich einsah, wohl unverrichteter Dinge wieder fahren zu müssen. Aber als ich mich gerade umgedreht hatte, ging die Tür doch auf, und zum Vorschein kam Jalil in einem rosa Sweatshirt und einer Jeans.

»Hallo, Sara«, sagte er. »Ich hab dich durchs Fenster gesehen. Bist du hier, um das zu holen?«

Er reichte mir den Fotorahmen. Das Glas war kaputt, der Rahmen gebrochen. Vom Zustand des Fotos zu schließen, war jemand daraufgetreten. Ich nahm es ihm aus der Hand.

»Du lieber Gott«, sagte ich. »Die hat sie ja nicht mehr alle. Danke, dass du es an dich genommen hast.«

Ich wollte gerade wieder aufbrechen, doch Jalil hielt mich zurück.

»Es war nicht, wie du denkst«, sagte er. »Komm doch kurz rein.« Also folgte ich ihm. Hinter ihm sah ich Sixten gerade Richtung Küche gehen. Auch er erblickte mich, und schon breitete sich das übliche irre Grinsen auf seinem Gesicht aus, durch das man sämtliche Zahnlücken zählen konnte.

»Mensch, hallo!«, sagte er erfreut. »Hast du was vergessen? Oder fehle ich dir so sehr, dass du zurückkommen musstest?«

»Ersteres«, sagte ich freundlich.

Sixten kicherte und setzte den Weg zur Küche fort. Jalil schaute mich ernst an.

»Sie war nicht mal hier, als es passiert ist«, flüsterte er.

»Wie meinst du das?«, fragte ich.

Jalil schaute sich um. Dann lehnte er sich nah zu meinem Ohr und sprach noch leiser.

»Es waren zwei Männer hier«, sagte er. »Sie haben dein Zimmer auseinandergenommen, die Möbel umgestoßen. Ich hab sie durch den Türspalt beobachtet. Sie haben den Bilderrahmen zerstört und dann aus dem Fenster geworfen. Danach sind sie wieder abgehauen. Ich habe keine Ahnung, wer das war. Und Siv hat nichts gesagt, einfach ohne ein Wort alles wieder zurückgestellt und aufgeräumt.« Das klang wenig glaubwürdig. Hatte er die ganze Geschichte erfunden, um sich interessant zu machen? Oder hatte er geträumt?

»Aber ich bin danach in den Garten gegangen und habe den Rahmen und das Foto aufgehoben. Für dich«, sagte Jalil. »Ich hätte nicht gewollt, dass jemand mit dem Foto meiner Familie so umgeht.«

Ich machte einen Schritt auf ihn zu und umarmte ihn.

»Danke«, sagte ich mit Wärme. »Das ist supernett, Jalil.«

Er lächelte zufrieden und zuckte mit den Schultern. Und dann kam mir eine Idee.

»Du«, sagte ich. »Würdest du mir einen Gefallen tun? In meinem Leben sind in letzter Zeit eine Menge merkwürdige Dinge passiert. Könntest du die Augen und Ohren ein bisschen für mich aufhalten?«

»Was für merkwürdige Dinge?«, fragte Jalil. »Irgendwas Gefährliches?«

»Glaub ich nicht«, sagte ich. »Aber das wäre eine große Hilfe. Kann ich dich in einer oder zwei Wochen anrufen? Und falls irgendetwas passiert, was irgendwie mit mir zu tun haben könnte, meldest du dich einfach bei mir?«

»Geht klar.«

Er gab mir seine Handynummer. Und genau in dem Moment ging die Haustür auf, herein kam Siv. Sie starrte mich wütend an.

»Was wollen Sie denn hier?«, fragte sie voller Verachtung. »Hab ich nicht vorhergesagt, dass Sie schon bald wieder angekrochen kommen? Aber nur über meine Leiche bekommen Sie hier ein Zimmer.«

»Dann über zwei Leichen«, sagte ich. »Meine nämlich auch.«

Sie verstand nicht, was ich meinte, das konnte ich ihr ansehen.

»Aber vielleicht könnten Sie mir etwas erklären«, sagte ich und zeigte ihr das Foto, »was waren das für Männer, die mein Zimmer durchsucht und das hier kaputt gemacht haben?«

Siv starrte von dem verknickten Bild zu dem zerbrochenen Rahmen und dann zu Jalil.

»Hier war niemand!«, keifte sie. »*Du* hast das Bild zerstört, nicht wahr, Jalil?«

Jalil öffnete den Mund, brachte aber nichts heraus. Siv machte die Haustür weit auf und fixierte mich mit ihrem Blick. Dann nickte sie zur Straße.

»Raus«, giftete sie. »Sofort! Und kommen Sie nie wieder hierher!«

»Keine Sorge«, gab ich zurück und verließ das Haus. »Mach's gut, Jalil. Danke für deine Hilfe.«

Er hob die Hand zu einem kurzen Gruß, bevor Siv mir die Tür vor der Nase zuschlug.

Ich nahm die U-Bahn nach Hause. Um wen es sich bei den beiden Männern handelte, konnte ich mir nicht erklären. Hatte

Jalil sie sich ausgedacht, wie Siv behauptete? Vielleicht waren es auch nur zwei Männer gewesen, die Siv zum Putzen angeheuert hatte? Jalil hatte schließlich eine blühende Fantasie und verabscheute Siv. Vielleicht hatte er die Story ein bisschen interessanter gemacht, als sie eigentlich war. Andererseits war ich ihm sehr dankbar dafür, dass er das Foto für mich gerettet hatte.

≡≡

Ich kehrte ins Jetzt und zu Linas Frage zurück.

»Viel besser, als ich erwartet hätte«, sagte ich und dachte an Bella und *Perfect Match*. »Alles: Job, Wohnung ... es ist wie ein Traum. Und ich frage mich, wann ich daraus aufwache.«

»Hauptsache nicht, bevor ich zu Besuch war«, sagte Lina. »Ich will diese Wohnung sehen. Und dich in der Werbeagentur besuchen.«

»PR-Agentur.«

»Wie auch immer«, sagte Lina. »Hast du schon Promis getroffen?«

Wir hatten die schmale Holzbrücke erreicht, die über den Lillån nach Rynninge führte.

»Ich war letztes Wochenende auf einer Party mit dem König«, sagte ich.

»Ja, klar.« Lina lachte.

Dann überquerten wir schweigend die Brücke.

»Wie geht es dir?«, fragte ich, als wir am anderen Ufer angelangt waren. »Mama hat gesagt, dass die Turniere mit Salome gut laufen.«

Linas Miene hellte sich auf, wie immer, wenn sie über Pferde sprechen konnte. Während sie von den Turnieren und Ergebnissen erzählte, von verrückten Richtern und harter Konkurrenz, aber auch der Freundschaft untereinander, liefen wir entlang des Ufers, und ich musste feststellen, dass ich zum ersten Mal in meinem Leben einen Punkt erreicht hatte, an dem nicht einmal meine Familie mehr glaubte, dass das, was ich von meiner Wirklichkeit preisgab, der Wahrheit entsprach.

Den Sonntag verbrachte ich damit, mein Kinderzimmer auszumisten. Sortierte alte Bücher, Papiere und Klamotten aus, Letztere sammelte ich in Säcken, die entweder gleich weggeworfen oder noch weitergegeben werden konnten. Bella hatte mich gebeten, meine alte Militärausrüstung hervorzukramen und mitzubringen, weil wir sie für das Abenteuercamp brauchen konnten. Und das tat ich. Und als ich einmal angefangen hatte, machte ich eben einfach weiter.

Mich hatte eine wahre Ausmistwut überkommen, schon in Stockholm, jetzt auch in Örebro – *aussortieren, wegwerfen*. So musste sich eine Schlange fühlen, die ihre alte Haut abstreift. Wann hatte ich angefangen, mich in Schlangen hineinzuversetzen, dachte ich dumpf und bemerkte im selben Augenblick, dass mir Klebeband und Kordel ausgingen.

»Mama, wo haben wir denn noch Klebeband?«, rief ich.

Keine Antwort.

»Lina?«

Lina war im Stall, fiel mir da wieder ein, und Mama wollte spazieren gehen. Also ging ich ins Wohnzimmer. In Papas riesigem antikem Schreibtisch hatten wir immer Tesafilm, Büroklammern, Bleistifte und alle denkbaren anderen Schreibwaren gehabt, aber seit seinem Tod hatte ich keine Schublade mehr geöffnet. Ich holte tief Luft und atmete langsam aus. Dann setzte ich mich in Papas ledernen Schreibtischstuhl. Er war durchgesessen und knarrte; ein richtig alter Drehstuhl mit Rollen, den Papa geliebt hatte. Wie oft war ich als Kind auf seinen Schoß geklettert, während er arbeitete und blasse Zeichen über den Bildschirm flimmerten. Zu Papa durfte man immer kommen, egal wie beschäftigt er war. Er legte den Arm um einen und tippte weiter, während man selbst den Daumen in den Mund stecken und zum Klappern der Tastatur einschlummern konnte.

Ich holte noch einmal tief Luft und zog dann die oberste, rechte Schublade auf. Darin lagen, wie erwartet, jede Menge Notizbücher. Daneben ein Stapel Briefumschläge und ein paar Briefmarkenbogen. Obenauf befand sich eine von Papas handgeschriebenen Einkaufslisten, auf der schnell drei Dinge notiert worden waren: »*Heftklammern, Tipp-Ex, und WICHTIG: Pflanzkartoffeln*«.

Offenbar hatte Mama sich auch noch nicht wieder an diese Schubladen gewagt.

In der nächsten befanden sich sogar noch ältere Dinge: Überweisungsvordrucke, Stempel von Papas erstem Privatunternehmen, ein Haufen Quittungen unter einem Briefbeschwerer. Dort entdeckte ich ein Vogelnest aus Ton, das ich mal im Kindergarten gemacht hatte: blau und gelb lackiert mit einer Reihe ungeschickt geformter Eier, die in denselben Farben angemalt waren wie das Nest. Meine Augen füllten sich mit Tränen, und es stach mir ins Herz, weshalb ich die Schublade schnell wieder zuschob und die Suche nach Klebeband und Kordel weiter fortsetzte.

Als ich die nächste durchsucht hatte, liefen die Tränen nur so. Denn in der Schublade fand ich Klebeband und Kordel, aber darüber hinaus auch Papas Abschlussfoto vom Gymnasium. Papa sah darauf so jung aus, im Anzug in einer Reihe mit vielen ähnlich gekleideten jungen Männern. Die Frauen saßen in weißen Kleidern vor ihnen, die Beine züchtig gekreuzt und nach rechts oder links abgewinkelt. Auch ich war auf diese Schule gegangen, das Karolinska Gymnasium, aber dieses Foto wirkte, als wäre es vor einer Ewigkeit entstanden.

Unter der Aufnahme lagen zwei weitere. Auf der einen war Papa mit Torsten zu sehen, dem das Land rund um unser Sommerhaus gehörte. Er war Landwirt und besaß die Äcker und Wälder dort. Torsten hatte den Brand im Sommerhaus entdeckt und war dabei gewesen, als Papas sterbliche Überreste gefunden worden waren. Aber auf dem Foto standen sie breit grinsend nebeneinander vor Torstens rotem Traktor in der Sonne, ganz so, als hätte einer von ihnen gerade etwas Lustiges gesagt.

Auf der anderen war eine blonde Frau um die dreißig mit fransigem Pony und einem Lächeln auf den Lippen. Sie trug Ohrringe und einen dicken Polopullover, und ich hatte nicht die Spur einer Ahnung, wer sie war.

Papa konnte es mir nicht mehr sagen.

Unter den Fotografien lag eine Menge leerer Plastikhefter in verschiedenen Farben. Papa hatte immer welche in Reserve, um Dokumente abheften zu können. Genauso Ordner und ich musste trotz aller Trauer lächeln. Wer einen Hefter oder Ordner brauchte, hatte sich stets getrost an Papa wenden können.

Ich schob die Schublade zu und lehnte mich in seinem alten Drehstuhl zurück, während ich schluchzend um Luft rang und mir die Tränen wegwischte. Mein wunderbarer Papa. Warum war er krank geworden? Er war erst zweiundsechzig, als er starb. Erinnerungen an die polizeilichen Ermittlungen kamen hoch. *»Wir haben Überreste von ihm gefunden, aber nichts, was sich begraben ließe ...«*

Björn hatte dafür gesorgt, dass wir Papas Überreste nicht identifizieren mussten. Und dann die Beerdigung. Mama so verzweifelt, wie ich sie noch nie erlebt hatte. Lina zusammengesunken in der Kirchenbank, geschüttelt von lautlosen Schluchzern. Und ich selbst, leer und steif, die mit trockenen Augen auf das Blatt mit dem Ablauf schaute, das vor meinen Augen tanzte. Das Unbegreifliche, das mir nicht in den Kopf wollte: *Papa war tot.*

Ich rupfte ein Taschentuch aus dem Karton auf dem Tisch und schnäuzte mich laut. Dann blieb ich einfach sitzen. Im Haus war es still, nur die Standuhr in der Ecke tickte. Staub tanzte im Sonnenlicht über dem Teppich, und mit einem Mal war es genau wie früher, wenn ich allein in Strumpfhose und Hausschuhen zu Hause war und mich unter dem Tisch versteckt hatte, um den Tanz der Staubkörner im Sonnenlicht zu beobachten und dem Ticken der Uhr zu lauschen.

Plötzlich schlug die Standuhr, und ich zuckte zusammen. Und da fiel mein Blick auf die schmale Holztafel direkt vor mir zwischen den beiden verzierten Schubladentürmen auf der Oberseite des Schreibtischs. Dahinter befand sich ein Geheimfach. Als Kind hatte es zu meinen absoluten Lieblingsbeschäftigungen gehört, es öffnen zu dürfen. Immer bestand Papa auf absoluter Vorsicht, warf vielsagende Blicke zur Küche, als wären Mama und die in ihrem Hochsitz gurgelnde Lina Agenten des KGB oder der Stasi.

Meine Hände tasteten sich zur richtigen Stelle vor, ich drückte einmal kurz, und die kleine Holztür sprang auf. Darin hatte Papa einen Ring aufbewahrt, den er von Opa geerbt hatte, ein kleines Buch, das ich für ihn gebastelt hatte, bevor ich schreiben konnte, eine Medaille, eine Siegelwachsstange und die eine oder andere Kleinigkeit. Ich lehnte mich vor, um nachzusehen, welche Schätze noch dort waren, aber zu meiner großen Enttäuschung lag nichts weiter darin als ein Zettel. Ich nahm ihn heraus und warf einen Blick darauf. Nichts weiter als ein Siegel, das an einen Schild erinnerte, auf dem drei schnörkelige Buchstaben prangten: BSV. Jeder war mit einer Krone versehen.

Wo waren Papas Sachen? Und was bedeutete das Siegel und wofür stand BSV?

Ich legte den Zettel zurück in das Geheimfach und drückte die Klappe wieder zu. Dann lehnte ich mich zurück. Mein Blick wanderte über den Schreibtisch, und mir fiel auf, dass ich die unterste Schublade auf der rechten Seite noch gar nicht geöffnet hatte. Ich beugte mich hinunter und versuchte, sie herauszuziehen, aber sie war größer als die anderen drei und sehr schwer. Ich musste aufstehen und beide Hände nehmen, um sie aufzubekommen. Und sofort verstand ich, warum sie so schwergängig war.

Darin stapelten sich farbenfrohe Hefter, randvoll mit Dokumenten. In jedem waren Zeitungsausschnitte und Texte, die Papa im Internet gefunden und ausgedruckt haben musste. Mit schwarzem Edding hatte er Stichwörter darauf geschrieben, damit man wusste, was sich in dem Hefter befand.

Ich hob einen Stapel der Plastikhefter heraus und ging sie durch. Anhand der Stichwörter ließ sich nicht darauf schließen, was Papa damit genau verfolgt hatte, aber der Inhalt handelte offenbar von einer Mischung aus Politikern, Prominenten, schwedischen Großunternehmen und schwedischen oder internationalen Geschehnissen, mit denen ich einigermaßen aus der Zeitung vertraut war.

Ich setzte mich wieder und legte den Stapel vor mir auf den Tisch. Dann zog ich wahllos einen Hefter heraus, auf dem *Algernon* stand, und fing an zu lesen.

Kriegsmaterialinspektor Carl Algernon wurde getötet, weil er zu viel wusste. Das behauptet Björn Molin, der während der illegalen Waffengeschäfte der *Bofors* schwedischer Handelsminister war. Laut seiner Aussage teilt die Polizei diese Annahme. [...]

Als *Bofors'* illegale Waffengeschäfte mit Indien aufflogen, war Carl Algernon Kriegsmaterialinspektor. In den vergangenen Jahren kam es zu unzähligen Spekulationen, warum Algernon 1987 am Hauptbahnhof Stockholms vor eine U-Bahn »fiel« und dabei verstarb.

Die offizielle Erklärung lautet, dass Algernon wegen der Waffengeschäfte so sehr unter Druck geriet, dass er Selbstmord beging. Aber dass er »mit *Bofors* unter einer Decke steckte«, um die illegalen Geschäfte zu vertuschen, hält Molin für unwahrscheinlich. Genauso, dass er Selbstmord begangen hat.

»Eine wahrscheinlichere Erklärung ist, dass er getötet wurde. Während meiner Vernehmung durch die Kriminalpolizei über meine Kenntnis von *Bofors'* Waffenschmuggel wurde ich auch nach Algernon gefragt. Nach der Vernehmung brachten mich die Ermittler Bengtsson und Pettersson mit dem Auto nach Arlanda und wollten wissen, was ich für die Ursache seines Todes hielt. »Er wurde ermordet«, sagte ich, »weil er zu viel wusste.« »Bengtsson und Pettersson waren derselben Auffassung«, schreibt Molin.

Annika Sohlander, *Aftonbladet,* 31.10.2002

...

Um zu prüfen, in welchem Maß schwedische Waffengeschäfte betrieben wurden, hatte Olof Palme einen Ermittler namens Carl-Fredrik Algernon beauftragt. Dieser befand sich mitten in den Ermittlungen, als er am 15. Januar 1987 um 17:54 Uhr in Stockholm vor einen U-Bahn-Zug fiel. Sechs Tage später sollte er aussagen, und in einem Koffer trug er Akten der polizeilichen Ermittlungen im Fall *Bofors* bei sich. [...]

Mehrere Zeugen sagten aus, dass Algernon gestoßen wurde, andere beharrten darauf, dass er freiwillig gesprungen war. Ob nun Ersteres oder Zweiteres zutraf, die Ursache wird dieselbe sein: Algernon wusste Belastendes oder hatte sich schuldig gemacht, indem er es gegen Bezahlung unterließ, bestimmte wichtige Angaben zu prüfen, die im Zusammenhang mit dem Export von schwedischen Waffen standen. Angeblich hatte er mehrfach Kontakt zur Palme-Gruppe gesucht, weil er sich bedroht fühlte. Aber Hans Holmér hatte keine Zeit für ihn gehabt. [...]

Die offene Frage ist und bleibt: Wieso stürzte Carl Algernon? Was es Selbstmord oder ein Unfall? Oder endete Algernons Leben am Hauptbahnhof, weil er gestoßen wurde? Sein Leichnam war übel zugerichtet, und viele der Augenzeugen erlitten einen schweren Schock.
Von sieben Zeugen, die eine Aussage machten, die auf eine Verschwörung hindeutete, sahen fünf mit eigenen Augen, wie Carl Algernon in der Stockholmer U-Bahn umgebracht wurde. Das Unfassbare daran: Nur einer

von diesen fünf Zeugen war an der Rekonstruktion beteiligt. [...]

Familie, Verwandte und enge Freunde Carl Fredrik Algernons schließen aus, dass es sich um Selbstmord handelt. Die Gerüchteküche brodelt weiter, und mittlerweile wurde unter anderem bekannt, dass eine für die Untersuchung des Todes von Algernon wichtige Videoaufnahme verschwunden ist. Laut eigenen Angaben untersucht die Polizei den Todesfall mit großer Sorgfalt und hat unter anderem eine Rekonstruktion durchgeführt, die sogar gefilmt wurde. Kommissar Lennart Silverbark bekam die Erlaubnis, eine Kopie der Aufnahme anzufertigen.
»Ich habe sie im Unterricht an der Polizeihochschule verwendet«, berichtete er am 14. August 1997 dem *Aftonbladet.*
Kurz darauf war bei Silverbark eingebrochen worden. Das Einzige, was die Diebe mitnahmen, war das Video über Algernons Tod.
»Das war sehr mysteriös«, fuhr er fort. »Es fehlte nur eine kleine Menge Bargeld, und da begriff ich, dass es ihnen eigentlich nur um das Video gegangen war.«

Politische Morde Schwedens, www.politiskamord.com/cfa

...

Algernon? Warum hatte Papa all das gesammelt?
    In dem Moment schlug die Haustür zu, und Mama rief: »Hallo?«

Sie kam herein und zog sich die Jacke aus. Sie hatte rosarote Wangen und wirkte sehr glücklich, bis sie mich mit den Heftern an Papas Schreibtisch sah. Sofort erstarb ihr Lächeln.

»Wie geht's?«, fragte sie. »Ich habe Zimtschnecken gekauft.«

»Lecker«, sagte ich. »Ich hab mal einen Blick in Papas Schreibtisch geworfen. Weißt du, was das hier ist? Alles Hefter aus der untersten Schublade da. Massenweise Artikel zu unterschiedlichen Themen, die er wohl aus dem Internet zusammengesammelt hat. Ich habe gerade was über Algernon und *Bofors* gelesen.«

»Ich an deiner Stelle würde damit nicht meine Zeit verplempern«, sagte sie ein wenig gepresst.

»Ich finde es interessant. Hast du was dagegen, wenn ich weiterlese?«

»Kein bisschen«, antwortete sie. »Sind ja keine Geheimnisse, sondern nur Zeugs, das dein Vater gesammelt hat. Ich setze derweil Kaffee auf. Kommst du dann?«

»Ja, klar.«

Die bunten Plastikhefter strahlten mich an, von der Tischplatte und aus den Untiefen der Schublade. Ich verstand nicht, warum sie eine so anziehende Wirkung auf mich hatten, aber meine Neugierde war geweckt, und ich wollte unbedingt weiterlesen. Also zog ich einen weiteren Hefter aus dem Stapel, der eine andere Farbe hatte als der erste. Auf diesem prangte das Stichwort *Justizskandale*. Schon las ich weiter.

...

Das so friedliche Schweden wurde in den 1950ern von einer Reihe »Affären« erschüttert, die eine Gesellschaft entlarvten, die von Rechtlosigkeit und Machtmissbrauch geprägt war. Sie wurden nach den Hauptverantwortlichen benannt – Kejne, Haijby, Selling, Lundqvist usw. –, und beschäftigten die damaligen Publizisten angeführt von Vilhelm Moberg. [...]

Arne Lapidus, *Expressen*, 05.06.2013

...

Das größte Problem sind die vielen Klagen, Gegenklagen, Gerüchte und Lügen, die unwidersprochen bestehen. Opfer wurden gefordert, und niemand überstand den Kampf unbeschadet, Kejne starb früh durch seinen intensiven Alkohol- und Drogenmissbrauch wenige Jahre nachdem die Affäre in Vergessenheit geraten war. [...]

Lena S. Karlsson, *Dala-Demokraten*, 16.10.2013

...

Vilhelm Moberg schreibt:
»Der Ursprung des größten Rechtsskandals dieses Jahrhunderts liegt in unserem alten Königreich von Gottes Gnaden. Vor der Haijby-Affäre lebte ich in dem Glauben, dass es in Schweden eine Gleichheit vor dem Recht gab, aber seit ich den Verlauf von Anfang bis Ende verfolge, habe ich diesen Glauben verloren.«

Bosse Sandström, *Aftonbladet*, 28.11.1999

...

Jan Mosander und Björn Kumm, mittlerweile im Ruhestand, waren zwei der besten Investigativjournalisten. Wer ihre Memoiren liest, darf sich schnell von der Illusion eines schwedischen Paradieses verabschieden. Stattdessen präsentiert sich ein schreckliches Bild, geprägt von Machtmissbrauch, geheimer Überwachung, Bestechung und Mauscheleien an höchster Stelle des Landes über viele Jahre hinweg, angefangen in den 1960ern. [...]

Sowohl der Säpo- als auch der *Bofors*-Skandal ereignete sich unter sozialdemokratischer Führung, genau wie die Justizskandale der 1950er, die Geheimdienst- und Nachrichtendienst-Skandale der 1970er und der Ebbe-Skandal der 1980er.
Wenn ich mich recht entsinne, musste nach all diesen Skandalen nur eine Ministerin, Anna-Greta Leijon, zurücktreten, da sie den Privatdetektiv Ebbe Carlsson brieflich weiterempfohlen hatte.
Alle verantwortlichen Männer behielten ihre unerschütterlichen Positionen.

Viele, die eine Erklärung für die Unerschütterlichkeit der männlichen Machtelite Schwedens suchen – obwohl sie für Skandale verantwortlich sind, die in anderen Demokratien Grund genug für einen sofortigen Rücktritt gewesen wären –, halten sie für die Folge der sozialdemokratischen Einparteienführung, die von 1932 bis 2006 die politische Welt Schwedens dominierte (wenngleich es kurze, bürgerliche Zwischenspiele in den Siebzigern und Neunzigern gab). Andere führen an, dass die Bürgerlichen in den besagten Fällen des Machtmissbrauchs stets auf der Seite der Verursacher zu finden gewesen waren. [...]

[...] ohne engagierte Journalisten wie Mosander und Kumm würde das Wissen über unsere Gegenwartsgeschichte wesentlich geringer ausfallen. Ohne Enthüllungsjournalismus verkommt auch eine noch so demokratisch gewählte Regierung im Nachhinein zu einer Unterdrückungsmaschinerie.

Per Gahrton, Fria.Nu, 12.12.2013

...

»Schon herrscht eine Phase, die von noch mehr Kontrolle geprägt ist. Man nutzt Gesichtserkennung bei Terroristen. Wie denn genau? [...]«
»Wir brauchen eine Kontrolle durch Parlament und Bevölkerung, die das Vorgehen von Säpo und Polizei prüfen. Derzeit prüft die Polizei sich überwiegend selbst. Von so einer Macht fühle ich mich nicht sonderlich gut geschützt«, sagt Björn Kumm. [...]

Erik Magnusson, *Sydsvenskan,* 08-03-2003

...

Welchen Rat würde er jungen Journalisten geben?
»Geht hinaus in die Welt und beschreibt sie, wie sie ist! Das ist der journalistische Auftrag.«

Anders Bengtsson, *Kvällsposten*, 11.11.2012

...

»Kaffee ist fertig!«, rief Mama aus der Küche und brachte mich dadurch dazu, von den Artikeln aufzusehen.

»Komme«, rief ich zurück.

Ich starrte vor mir in die Luft. *Algernon? Justizskandale?* Gab es da einen roten Faden?

»Möchtest du warme Milch in deinen Kaffee?«, fragte Mama.

Ich steckte die Hefter zurück in die Schublade und wollte sie gerade zuschieben, als mich plötzlich ein ziemlicher Widerwille überkam. Papa hatte ganz offensichtlich eine Menge Arbeit hier hineingesteckt. Aus irgendeinem Grund hatte dies eine Bedeutung für ihn, und ich selbst fand den Inhalt der Hefter sehr interessant, selbst wenn sich mir der Zusammenhang noch nicht erschlossen hatte. Warum sollte das einfach hier rumliegen und auf meine Rückkehr warten müssen? Es würde Wochen dauern, bis ich wieder herkommen und weiterlesen konnte.

Ich zog die Schublade noch einmal auf und legte alle Hefter auf den Tisch. Ein ordentlicher Haufen: sicher hundert Hefter mit unterschiedlich viel Inhalt. Bestimmt wogen sie zusammen um die zehn Kilo, trotzdem ließen sie sich vermutlich sehr leicht in ein paar Papiertüten verstauen.

»Sara? Kommst du?«, rief Mama noch mal.

Also ging ich in die Küche und setzte mich an den Tisch. Mama hatte mit dem schönen blau-weißen Geschirr gedeckt und Kerzen angezündet. Auf einem Teller lagen frisch gebackene Zimtschnecken.

»Wie schön!«, sagte ich.

»Du fährst ja heute Abend wieder«, sagte sie. »Du wirst mir fehlen.«

Ich biss in eine Zimtschnecke und dachte nach. Dann schaute ich Mama an.

»Du«, sagte ich. »Ich würde diese Hefter gern mitnehmen und weiter darin lesen. Wäre das okay?«

Etwas flackerte in ihren Augen, aber sie verbarg es schnell und lächelte mich an.

»Ich bezweifle zwar, dass du darin etwas Interessantes finden wirst«, sagte sie. »Aber klar: Nimm sie mit. Ich glaube nicht, dass Lina was dagegen hätte. Du kannst sie ja wieder herbringen, wenn du sie durchgelesen hast.«

»Natürlich«, sagte ich. »Das mache ich.«

Ich hatte die beiden Tüten mit den Heftern sogar noch in meiner Reisetasche unterbringen können, aber im Zug nach Stockholm musste ich an meinem Projekt für *Perfect Match* weiterarbeiten, weshalb ich ihre Existenz praktisch vergaß. Vom Hauptbahnhof nahm ich die U-Bahn bis zum Östermalmstorg und ging von dort bis zur Storgatan, die schwere Tasche über der Schulter.

Als ich nach Hause kam, war Bella nicht da, und sofort überkam mich eine starke Unlust und Einsamkeit. Ich zog mich in mein Zimmer zurück, um auszupacken, und stellte die Tüten mit den Heftern erst einmal in die Ecke. Eigentlich hatte ich Pasta machen wollen, aber jetzt fehlte mir jeglicher Appetit. Es war so schön gewesen zu Hause, die Gesellschaft von Mama und Lina. Jetzt gab es nur mich, und ich konnte es gar nicht richtig ertragen. Ohne lange nachzudenken, kehrte ich in den Flur zurück und nahm meine Jacke. Ein langer Spaziergang würde mir guttun, und wenn ich zurückkam, würde auch Bella wieder da sein.

Ich lief die Jungfrugatan entlang bis zum Karlavägen, dort bog ich nach rechts ab und blieb in der Karlavägsallén stehen. Es war dunkel und so sternenklar, wie es Mitte Oktober sein konnte. Der Vollmond hing wie eine frisch gespülte Zitrone über dem Karlaplan, es roch nach Benzin und Qualm, und irritiert spürte ich, wie mir die Tränen in die Augen stiegen.

Würde ich mich auf ewig in eine wandelnde Regenrinne verwandeln, sobald ein Geruch eine Erinnerung weckte?

Warum konnte ich das alles nicht einfach hinter mir lassen, für immer?

»Hallo, Sara«, sagte jemand hinter mir, und ich fuhr herum.

Es war Micke, Bellas attraktiver Freund mit den Lachgrübchen. Er brachte mich völlig aus dem Konzept. Micke schaute mich an, machte dann einen Schritt auf mich zu, um mich fest zu umarmen. Genau das hatte gefehlt, um meine Augen wirklich zum Überlaufen zu bringen, und das war ihm offenbar bewusst gewesen. Er hielt mich warm und tröstend in seinen Armen, und allmählich beruhigte ich mich und konnte die Tränen trocknen. Er schaute mich mit einem lieben Lächeln an, als wäre nichts gewesen.

»Schön, dich zu treffen«, sagte er. »Wohin bist du unterwegs?«

»Bella war nicht zu Hause, da bin ich einfach noch mal an die frische Luft«, erklärte ich. »Ich war übers Wochenende bei meiner Mutter in Örebro. Da kommen immer eine Menge Gefühle hoch. Mein Vater ist Ende Mai gestorben.«

Micke nickte.

»Komm, wir machen einen Schlenker nach Djurgården«, schlug er vor.

Micke und ich folgten dem Narvavägen und bogen dann nach rechts auf den Weg ab, der an den Villen des Diplomatenviertels vorbeiführte. Bella hatte mir Nachhilfe in »Stadtkunde« gegeben – wie sie es scherzhaft nannte –, wenn wir zusammen joggten, und nach ein paar Runden konnte ich bereits ein paar der Botschaften benennen, ohne auf die Schilder schauen zu müssen. Jetzt schlenderten Micke und ich langsam an den großen Gebäuden und der Villa Källhagen vorbei, immer weiter entlang des Djurgårdskanalen. Dabei plätscherte unsere Unterhaltung so mühelos und leichtgängig wie ein frischer Frühlingsbach dahin, ohne dass es sich auch nur im Geringsten komisch anfühlte. Micke erzählte von seiner Kindheit auf Lidingö, von seinem Ingenieursstudium, das er nach der Hälfte abbrach, als er endlich begriff, dass es nicht das war, was er wollte. Stattdessen fing er als ITler im Finanzsektor an, und seither ging es beruflich für ihn steil nach oben. Er war Single, aber überlegte, sich einen Hund anzuschaffen. Er liebte das Segeln und Reisen. Außerdem Essen und Wein und Bücher und träumte davon, sich im Alter zeitweise nach Mallorca oder an die Riviera zurückzuziehen und das Leben zu genießen.

Micke brachte mich zum Lachen, was dazu führte, dass ich etwas erwiderte, was wiederum ihn zum Lachen brachte. Außerdem fühlte ich mich so wohl mit ihm, dass ich mich ihm öffnete und ihm Dinge von mir erzählte, die noch kein Mann vor ihm von mir zu hören bekommen hatte. Ich sprach über meine Zeit beim Militär, darüber, wie großartig mir das Gemeinschaftsgefühl und die körperliche Erschöpfung gefallen hatten. Ich erzählte von meinem Studium, davon, wie viel Spaß ich in Uppsala gehabt hatte, aber dass sich alle Freunde aus dieser Zeit – genau wie die vom Militär – in Luft aufgelöst hatten. Und dann kam ich auf meinen Vater. Micke war der perfekte Zuhörer. Er ließ mich reden, wurde aber nie unaufmerksam. Wenn ich mal verstummte, stellte er sofort klare Fragen, auf die ich wieder ausführlich antworten konnte.

»Was willst du denn in deinem Leben erreichen?« Die Frage klang völlig ungezwungen, obwohl wir uns ja gerade mal ein paar Stunden näher kannten. »Ich frage mich das immer wieder.«

Es sprudelte nur so aus mir heraus.

»Ich möchte einen Unterschied machen. Nicht berühmt werden und ins Fernsehen kommen, das interessiert mich gar nicht. Aber meine Arbeit soll etwas bewirken. Eine positive Rolle im Leben anderer Menschen spielen. Weißt du, was ich meine?«

Micke nickte nachdenklich. Und dann gingen wir eine Weile schweigend weiter.

»Dann ist *Perfect Match* nur eine Zwischenstation für dich«, sagte er schließlich. »Also, versteh mich nicht falsch, ich liebe Bella und Pelle. Die sind cool und haben es echt drauf, aber du hast eigentlich ein anderes Ziel.«

»So sehe ich das auch. Ich weiß nur noch nicht, welches.«

»Das musst du ja auch gar nicht. Ein Schritt nach dem anderen. In der Agentur kannst du eine Menge lernen, was dir noch nützen wird. Jetzt klingt das so, als würdest du sie ausnutzen, so meine ich das gar nicht. Du machst deine Sache saugut, das weiß ich von den anderen.«

Ich lächelte ihn an.

»Jetzt klingst du wie mein Vater«, sagte ich, und es stimmte. Mein Vater hätte diesen Typen gemocht.

»Das verstehe ich mal als Kompliment.« Micke lächelte.

»Solltest du auch«, erwiderte ich. »Was Schöneres kann ich einem Menschen, den ich praktisch nicht kenne, gar nicht sagen.«

Wir lachten.

»Und du?«, fragte ich. »Was willst du erreichen?«

Micke seufzte.

»Ich wünschte, ich wüsste es«, sagte er. »Im Prinzip will ich dasselbe wie du: etwas bewirken. Aber gerade läuft es halt auch ziemlich gut. Ich verdiene viel Geld. Gleichzeitig möchte ich alles andere, selbst wenn das egoistisch ist. Verreisen, guten Wein trinken, einen Teil des Jahres am Mittelmeer verbringen.«

»Muss es denn ein Gegensatz sein? Das Leben zu genießen und Gutes zu tun?«, fragte ich. »Ist das nicht die Zukunft: nachhaltig zu leben und sich für die Menschheit einzusetzen, während man ein reiches und stimulierendes Leben führt? Alles andere erscheint mir ein Relikt aus den Siebzigern zu sein, aus der Zeit, von der meine Eltern viel erzählt haben. Damals musste man entweder pechschwarz oder knallrot sein, also dumpfer Kapitalist oder überzeugter Kommunist.«

»Wie fürchterlich anstrengend!«, platzte Micke heraus, worüber wir wieder lachen mussten.

Wir wanderten bis zum Ende des Djurgårdskanalen und am gegenüberliegenden Ufer wieder zurück. Als wir das Nordiska Museet erreichten, war es schon nach ein Uhr.

»Ach, du lieber Himmel«, sagte ich und angelte mein Handy aus der Tasche.

Vier verpasste Anrufe von Bella. Ich rief sofort bei ihr an.

»Wo bist du?«, fragte sie. »Ich hab nur deine leere Reisetasche vorgefunden.«

»Ich wollte noch ein bisschen Luft schnappen«, sagte ich, »und da bin ich deinem Freund Micke begegnet. Wir sind einmal um den Djurgårdskanalen gelaufen und haben uns so angeregt unterhalten, dass ich die Zeit vergessen habe.«

Etwas stimmte nicht. Eine Pause von nur einer Sekunde, die trotzdem zu lange dauerte, oder ein Einatmen, wo eigentlich ein Ausatmen hätte folgen müssen. War es falsch, dass ich, *die dumme Sara aus Örebro*, mit Micke unterwegs war? Hatte sie selbst Interesse an ihm? Oder spielten meine Nerven wieder verrückt, und ich bildete mir lediglich etwas ein?

»Ach so«, antwortete Bella mit Wärme in der Stimme. »Dann muss ich mir ja keine Sorgen machen. Drück ihn mal von mir.«

Sie klang aufrichtig, und ich schämte mich über meine Gedanken: reine Hysterie, wie immer. Mein Hirn lief noch im Overdrive von dem hochemotionalen Wochenende in Örebro – und dem Gespräch mit Micke obendrauf.

»Morgen früh um halb sieben werfe ich dich aus dem Bett«, sagte Bella, und jetzt hörte ich sie förmlich grinsen. »Egal wann du heute schlafen gehst. Morgen ist ein großer Tag, keine Ausrede zählt.«

Wir legten auf, und Micke brachte mich noch bis vor die Haustür in der Storgatan. Wir umarmten uns flüchtig, wie zwei Bekannte, und dann schaute er mich lächelnd an.

»Das war schön«, sagte er. »Ist schon eine Weile her, dass ich so viel über mich erzählt habe. Du hast es geschafft, dass ich mich mal wieder öffnen wollte.«

»Du hast gut reden«, erwiderte ich und lachte verlegen. »Ich glaube, ich habe noch nie in meinem Leben so offen mit einem Mann gesprochen ... den ich erst so kurz kenne.«

Das Letzte fügte ich hinzu, um nicht total blöd zu klingen. Dabei war die Wahrheit, dass ich noch nie so offen mit einem Mann gesprochen hatte. Punkt.

Wir lächelten einander an, winkten kurz, und dann ging ich hinein.

Während ich die paar Stufen zum Aufzug hinaufeilte, musste ich mir eingestehen, dass ich auf dem besten Weg war, mich zu verlieben.

Es waren die ältesten Dokumente, die mir die Augen öffneten.
Erst als ich diese las, verstand ich das Ausmaß ihres Wirkens.
Ganz wie Tage Erlander in seinem Tagebuch notiert:
»Das ist eine fürchterliche Angelegenheit. Der ganze Fall sollte
in einen Giftschrank gesperrt werden.«
Ich könnte dasselbe über alles Material sagen, das ich gesammelt
habe.
Erlanders Adept, Palme, hat später genau das getan: die leidigen
Akten in den Giftschrank gesperrt.
Und Björn Kumm, der das geheime Verzeichnis der Säpo bereits
1966 aufdeckte?
Kumm hatte eine Insider-Quelle, eine Rechtsgehilfin.

*Sie wusste, wie alles zusammenhing, und fand es unerträglich.
Also gab sie alle Informationen an Kumm weiter, der einen
Artikel über die Gesinnungsregistrierung im* Aftonbladet *schrieb.
Die Regierung drehte durch. Aber was sollten sie machen?
Die Frau zum Schweigen bringen? Kumm ausbremsen?
Schließlich hatten wir ja dieses Gesetz über die Pressefreiheit ...
Dass Rechtssysteme in regelmäßigen Abständen ausgenutzt
werden, ist nichts Neues. Aber dass man so bewusst versteckt
und bereinigt, dass man über Jahre andere schützt und Dinge
fernab öffentlicher Augen abheftet, das ist mir bislang noch
nicht begegnet.
Und als ich herausfand, in welchem Ausmaß Dokumente
unterschlagen worden waren, begriff ich, dass das System nicht
länger von einem einfachen Parasiten befallen war.
Nein, es handelte sich um ein Geschwür, ein wucherndes,
tödliches Geschwür, und der Patient war möglicherweise nicht
mehr zu retten.
An wen wendet man sich in einer solchen Situation?
An seinen Gott, wenn man einen hat?
Oder vielleicht auch an den Teufel ...?*

≣ ≣

*Ich höre den Widerhall ihrer Stimmen.
Es klingt komisch und liegt vermutlich einfach daran, dass ich
so erschöpft bin. Aber sie sind so viele und so hartnäckig.
Heißt das, dass ich auf dem besten Weg in eine Psychose bin?
Oder liegt es an dem massiven Terror – ja, unübertrieben –,
dem ich ausgesetzt bin, dass mir die Sinne schwinden?
Ein Arzt hat mir schon vor vielen Jahren gesagt, dass ich »zwar
stark bin, aber zerbrechlich« und dass ich »auf mich aufpassen
muss«. Aber was heißt das: auf sich aufpassen? Statt was?*

Auf andere aufpassen? Oder sich bewusst gehen lassen? Als Zeichen einer Art Todessehnsucht?
Ich kann ja nicht mal auf die aufpassen, die mir am nächsten stehen. Wie kann mir dann jemand sagen, ich soll auf mich selbst aufpassen?
Im Grenzland zwischen Wachen und Schlafen rufen sie nach mir. Sie wollen, dass ich das Blatt vom Mund nehme und es endlich wage, alles zu erzählen. Sie wollen, dass bekannt wird, was ihnen zugestoßen ist.
Was wirklich vorgefallen ist.
Ein Plan hat langsam in meinem Kopf Form angenommen.
Aber ich weiß nicht, ob ich das wirklich durchziehen kann.

5. KAPITEL

Die nächste Woche verflog nur so. Das Tempo in der Agentur war ultrahoch, wir arbeiteten jeden Tag bis zweiundzwanzig Uhr und waren am nächsten Morgen um acht wieder da. Die Pläne für das Abenteuercamp wurden immer detaillierter, und ich war mir sicher, dass es ein fantastisches Erlebnis für die Teilnehmer werden würde. Bella und ich wollten ebenfalls vor Ort sein und die Teams coachen, deshalb wuchs auch meine eigene Erwartung ständig.

Schon beim Frühstück am Morgen nach dem nächtlichen Spaziergang mit Micke hatte Bella mich aufgezogen, aber ich tat so, als würde es mich nicht tangieren.

»Was für ein romantischer Spaziergang«, sagte sie, während sie mir Saft einschenkte. »Wahrhaftig.«

»Es war einfach schön, nach der Zugfahrt noch einmal rauszukommen und sich die Beine zu vertreten«, sagte ich beiläufig.

Bella lächelte mich über den Rand ihres Glases hinweg an. Ihre Augen glänzten.

»Genau«, sagte sie. »Zweieinhalb Stunden lang.«

Bei der Arbeit konzentrierte ich mich, so gut es ging, aber meine Gedanken kehrten immer wieder zu dem Gespräch mit

Micke zurück. Ich versuchte, mir zu erklären, warum es mir so leichtgefallen war, mich ihm zu öffnen, warum ich ihn so beeindruckend fand. Die ganze Zeit sah ich sein Gesicht vor mir, seine strahlenden hellbraunen Augen und sein lockiges, dunkles Haar. Er war intelligent und hatte Humor, aber er war auch ein warmer, empathischer Mensch. Eine Kombination, die kaum zu überbieten war. Außerdem sah er richtig gut aus: groß und dünn, dabei aber sehnig und muskulös. Die Klamotten saßen perfekt an ihm. Warum um alles in der Welt sollte ein solcher Hauptgewinn sich für mich interessieren – Sara aus Örebro, Kellnerin aus Sundbyberg, Cousine vom Land? Vielleicht hatte sein Interesse ja marktwirtschaftliche Gründe? Vielleicht sollte er für seine Firma in Kontakt mit »Normalbürgern« kommen?

Insgeheim hoffte ich, dass er sich melden würde, aber die Tage vergingen, und ich hörte nichts von ihm. Andererseits war ich nach der Arbeit dermaßen erschlagen, dass ich es nur noch kurz ins Fitnessstudio schaffte und dann nach einem kleinen Snack sofort einschlief.

Am Freitagabend, als ich schon auf dem Bett lag und nur darauf wartete, dass Bella aus dem Fitnessstudio kam, damit wir noch schnell etwas essen gehen konnten, fiel mein Blick auf die Papiertüten mit Papas ganzen Heftern und Zeitungsartikeln. Sie standen noch immer in der Ecke, waren aber fast verschwunden unter einem Haufen Wäsche, der sich nach und nach darauf gebildet hatte. Jetzt lugten sie jedenfalls darunter hervor und bettelten um Aufmerksamkeit.

Ich warf einen Blick auf die Uhr. Bis Bella auftauchte, blieb mir sicher noch eine halbe Stunde. Ein paar Seiten würde ich schaffen.

Also nahm ich einige Hefter heraus und ging zurück zu meinem Bett. Dann gähnte ich. Wie sollte ich das Abendessen durchhalten, wenn ich schon jetzt nichts lieber täte als schlafen? Ich setzte mich auf und betrachtete die Hefter auf meinem Schoß. Beim Durchblättern und Lesen der Artikelüberschriften wurde mir immer noch nicht klar, nach welchem System Papa vorgegangen war oder welchen tieferen Sinn seine Sammlung hatte. Aber vielleicht kam mir ja eine Idee, wenn ich weiterlas.

Ich knöpfte mir den gelben Hefter vor, der mit *Littorin, Tolgfors* und *Rosengren* beschriftet war.

≡€

Sven Otto Littorin wird Asylbaron
Wie viele andere mit guten Kontakten zur Politik
will nun auch der ehemalige Arbeitsminister Sven Otto
Littorin, 48, in die immer lukrativere Asylbranche
einsteigen.
Littorin trat im Juli 2010 von seinem Posten
innerhalb der Regierung Reinfeldts zurück, nachdem
das *Aftonbladet* von erkauften sexuellen Leistungen
berichtet hatte. Nun möchte er mit seiner
steuerfinanzierten Firma *Serio Care* in Konkurrenz mit
Bert Karlssons Asylimperium treten.
In einem Interview mit *Dagens Industri* gibt der
48-Jährige an, der schon mit seinem Abschluss der
Fake-Universität »Fairfax University« in die
Schlagzeilen geraten war, dass er »kritisch« ist, da
viele innerhalb der Asylbranche »gut verdienen«.
»Wir wundern uns darüber, dass Gold mit
Schnitzmessern gehobelt wird«, sagt Sven Otto
Littorin der *Dagens Industri*.

Fria Tider, 12.05.2015

. . .

Hier wird Tolgfors via Video entlarvt
Vor weniger als zwei Monaten nahm der ehemalige Verteidigungsminister Sten Tolgfors (Moderaterna) die Arbeit bei der Lobbyagentur Rud Pedersen auf.
Als sich Journalisten des *Aftonbladet* als Kunden ausgeben, die seine Dienste kaufen wollen, um ein neues Gesetz durchzubringen, beißt er sofort an.
»Wenn wir uns treffen, gehen wir dem Problem sofort auf den Grund, damit wir wirklich verstehen, was Sie erreichen wollen. Danach suchen wir den besten Weg der Umsetzung«, sagt er.
Gestern legte *Aftonbladet* offen, dass mehr als jeder dritte Regierungsabgeordnete oder Beamter in politischer Funktion nach seinem Ausscheiden Lobbyist wird.
Wir berichteten schon über die konservative Politikerin Christine Jönsson, die 50 000 SEK dafür verlangte, einen neuen Gesetzesvorschlag einzubringen. Und sie ist wahrlich kein Einzelfall.

...

Wurde Teilhaber

...

Der konservative Sten Tolgfors, der fast zwanzig Jahre lang Mitglied des schwedischen Reichstags und davon fünf Verteidigungsminister gewesen war, trat im Zusammenhang mit der sogenannten Saudi-Affäre zurück. Er wurde zum heiß gehandelten Anwärter der dänischen Lobbyagentur Rud Pedersen, die u.a. auf Waffengeschäfte spezialisiert ist. Anfang März wurde Tolgfors Teilhaber und Chef des Stockholmer Büros in der Innenstadt.

Vor anderthalb Wochen kontaktierten Journalisten des *Aftonbladet* Tolgfors via Mail. Wir nutzten unser Pseudonym Hans Peterson und sagten, wir bräuchten Hilfe dabei, ein neues Gesetz zu verankern, dass ein Zertifikat vonnöten war, um private Asylheime zu betreiben.

Wir bekamen noch am selben Tag eine Antwort von einem enthusiastischen Sten Tolgfors: »Ich schlage vor, dass wir uns treffen, gern mit meinem Kollegen Martin Sandgren, der in der Thematik gut bewandert ist. Er hat in der vergangenen Legislaturperiode für den Migrationsbeauftragten Barbro Holmberg gearbeitet. Früher gehörten Tolgfors und Martin Sandgren in getrennte politische Lager, Sandgren war während der vergangenen Legislaturperiode unter sozialdemokratischer Führung Pressesekretär beim Auswärtigen Amt.

Jetzt sind sie Kollegen derselben internationalen und lukrativen Agentur. [...]

Richard Aschberg und Erik Wiman, *Aftonbladet*, 30.04.2013

...

Rücktritt nach teurem Besuch in Sex-Club

Sex-Club-Besuche, teure Limousinen und ungeschickte Wortwahl. Björn Rosengrens Karriere endet nach mehreren aufmerksamkeitserregenden Affären.

27. Juni 1994: Rosengrens Besuch im Sex-Club Tabu in Stockholm wird bekannt. 1991, während seiner Zeit als Vorsitzender der Zentralorganisation der Angestellten (TCO) ließ er die Gewerkschaftsvertreter für die Rechnung des Sex-Clubs über 55 600 SEK aufkommen.

14. Juli 1994: Es wurde bekannt, dass Rosengren allein im September 1991 für 18 208 SEK auf Kosten der TCO einen Limousinenservice nutzte. Seit 1991 hat er die Dienste des Limousinenservice für insgesamt knapp eine halbe Million SEK genutzt.

19. Juli 1994: Rosengren wird gezwungen, sein Amt als Vorsitzender des TCO niederzulegen, behält aber sein Einkommen von 81 000 SEK pro Monat.

23. September 1999: Rosengren bringt während der Telia/Telenor-Verhandlungen Norwegen zur Weißglut. »Die Norweger sind eigentlich der letzte Sowjetstaat. Sie sind unfassbar nationalistisch ... alles ist politisch«, sagt er gegenüber einem Fernsehjournalisten und sieht sich anschließend gezwungen, bei der gesamten norwegischen Bevölkerung um Entschuldigung zu bitten.

16. Dezember 1999: Die Fusion von Telia und Telenor scheitert.

Aftonbladet, 14.01.2000

...

[...] Direktor Rosengren bezieht sein neues Büro in
der Skeppsbron. Seine Unternehmensberatungsfirma heißt
Priority, direkt nebenan sitzt eine Firma mit dem
Namen *Goda Livet AB*.

Ich frage, ob sich seiner Ansicht nach die Sympathisanten der Sozialdemokratie in der neuen Klasse von Arbeitermillionären wiedererkennen, die – wie man es in Finnland nennt – den direkten Aufzug zur Spitze genommen haben. Der ehemalige Ingenieur der Transportbehörde antwortete mit einem ehrlichen Nein; man bekommt den Eindruck, dass viele Politiker sich privat bereichern.

Aber Björn Rosengren bittet nicht um Entschuldigung und muss das auch nicht. Sein Weg zu den reichen Linken führte über die Arbeit beim Kinnevik-Konzern und eigene einträgliche Geschäfte *nach* seiner aktiven Zeit in der Politik. Er zeigt seinen Stolz offen und betont, dass er über die Jahre durch seine Großkapitalsteuern viele Menschen des öffentlichen Sektors bezahlt hat. [...]

Mats Johansson, *Svenska Dagbladet*, 28.05.2016

...

Die neue Luxusvilla des früheren Gewerbeministers der Sozialdemokraten, Björn Rosengren, beschreibt der Makler als ein »Traumhaus« für Architekturinteressenten. Aber was mundet, das kostet.
Auf dem Preisschild des Hauses, das im Stockholmer Vorort Saltsjöbaden liegt – angeblich in Topzustand

mit eigener Brücke und Aussicht auf den Baggens-
fjärden –, standen 31 Millionen SEK, schreibt die
Dagens Industri.
»Das hat es tatsächlich gekostet«, sagt Björn
Rosengren der Zeitung. [...]
Abgesehen von der Luxusvilla in Saltsjöbaden, hat
Rosengren ein Haus in Strängnäs gekauft, wo er einen
Farbenhandel mit seiner Frau betreibt. Davor hat er
seinen Gutshof in Arnö für elf Millionen gekauft,
genauso seine Wohnung in Gamla stan. [...]

Rosengren ist heute stellvertretender Vorsitzender
der norwegisch-schwedischen Handelskammer, deren
Auftrag es ist, norwegische Investoren nach Schweden
zu locken. [...]

Sebastian Parkkila, *Expressen*, 11.08.2015

———

»Hallo? ... Jemand zu Hause?«

Ich fuhr aus dem Schlaf hoch und sah im selben Moment, dass mir die Hefter vom Schoß geglitten waren und sich nun wie ein bunter Fächer auf dem Fußboden vor dem Bett ausbreiteten.

Bella stand in der Tür.

»Was machst du?«, fragte sie. »Wollten wir nicht noch essen gehen?«

»Doch!«, sagte ich und gähnte. »Ich bin megahungrig.«

»Und megamüde«, lachte Bella.

Ich stand auf und sammelte die Hefter zusammen.

»Was ist das?«, fragte Bella.

»Die hab ich von zu Hause mitgebracht«, erklärte ich. »Ein Haufen Zeugs, das mein Vater gesammelt hat. Ich versuche zu verstehen, wozu.«

Bella beugte sich runter und nahm ein paar Hefter in die Hand. Dann las sie die handschriftlichen Schlagworte laut vor.

»Sigvard Marjasin ... Percy Barnevik ... Mona Sahlin ... Carema ... Ericssons Bestechungsskandal ... Laila Freivalds ...«

Sie schaute mich an.

»Ich habe echt so gar keine Ahnung von Politik«, sagte sie, »aber Freivalds? War die Außenministerin und hat sich nach dem Tsunami irgendwas geleistet?«

»Doch«, sagte ich abwesend, während ich noch einmal die Artikel überflog, über denen ich eingeschlafen war. »Und das war nicht das Einzige, was sie sich geleistet hat. Und von Mona Sahlin müssen wir gar nicht erst anfangen ...«

An den Rand eines der Artikel über Björn Rosengren hatte Papa etwas mit Kuli geschrieben: »*Der Wolf und die Schweinchen. Tummetott wird das verstehen.*«

Bella legte die Hefter aufs Bett.

»Was hast du damit vor?«, fragte sie. »Willst du damit irgendwas machen?«

Ich schüttelte den Kopf, weil ich nicht wusste, ob ich überhaupt etwas über die Lippen bringen würde.

»Keine Ahnung«, sagte ich schließlich. »Erst mal will ich einfach nur verstehen, was das alles soll. Irgendwie fühlt es sich an wie eine direkte Nachricht von ihm. Hier hat er sogar etwas notiert ...«

Meine Stimme brach. Bella kam zu mir und nahm mich in den Arm. Dann schaute sie mich an.

»Ich finde das gut«, sagte sie. »Und erzähl mir, wenn du was Spannendes entdeckst. Aber jetzt gehen wir erst mal was essen, sonst dauert es nicht lang und wir heulen beide.«

Ich legte meine Hefter zu den anderen aufs Bett, und dann gingen wir.

⇒ ⇐

Die drei kleinen Schweinchen.
Eine passendere Bezeichnung gibt es gar nicht.
Das erste kleine Schweinchen baut sein Haus aus Stroh.
Das zweite kleine Schweinchen baut sein Haus aus Holz.
Das dritte kleine Schweinchen baut sein Haus aus Stein.
Und dann kommt der große, böse Wolf und setzt ihnen mächtig zu. Er bläst und bläst und bläst die ersten beiden kleinen Häuser um, das aus Stroh und das aus Holz, und schließlich dringt er sogar in das dritte kleine Haus, das aus Stein, ein. Alle können sehen, dass in jedem Haus ein kleines, nacktes Schweinchen sitzt. Doch im dritten Haus landet der Wolf in einem Topf mit heißem Wasser, während die drei Schweinchen glücklich weiterleben.
Wie kann das sein?
Wie kamen sie alle davon?
Oder habe ich einfach nicht verstanden, wer gut und wer böse ist?
Ich war nie wirklich gut, wenn es um Märchen ging.
Meist fand ich die Guten viel unheimlicher als die Bösen.
Ich kann mich ihren Bedingungen nicht fügen. Ich werde zur Spaßbremse, der »party pooper«. Sogar eine Bedrohung.
Vielleicht werde ich deshalb so sehr verabscheut.
Ich finde, die drei kleinen Schweinchen haben ihre Strafe verdient.

⇒ ⇐

Als ich nach dem Abendessen mit Bella nach Hause zurückkehrte, hatte ich drei verpasste Anrufe von Jalil. Ich rief bei ihm an, wieder und wieder, aber er ging nicht dran.

Also sagte ich Bella Gute Nacht und legte mich ins Bett, allerdings machte ich den Vorhang nicht zu. Ich lag im Bett und schaute in den Nachthimmel, an dem ein blasser Mond hing.

Der Wolf und die drei kleinen Schweinchen. Eins der Märchen, die mein Vater mir als Kind vorgelesen hatte, das aber keinem von uns gefallen hatte, weil wir den Wolf lieber hatten als die drei selbstgefälligen Schweinchen.

Was bedeutete seine Anmerkung?

Was sollte ich verstehen?

—⇉ ⇇—

Am folgenden Dienstag kam Bella lächelnd an meinen Schreibtisch, das Handy in der Hand.

»SMS von Micke«, teilte sie mir mit. »Ob ich ihm *Saras Nummer* schicken kann? Was meinst du, ist das eine gute Idee?«

Pelle stieß ebenfalls zu uns und betrachtete mich beeindruckt.

»Ist das nicht fantastisch?«, sagte er zu Bella. »Siehst du, dass Mädchen aus Örebro immer noch niedlich rot anlaufen können?«

»Und nicht zu knapp«, sagte Bella zu ihm und schien schallendes Gelächter unterdrücken zu müssen. »Siehst du, dass sich die Röte sogar bis zum Halsansatz erstreckt?«

Ich zog mir mein Polohemd bis zu den Augen hoch.

»Ihr seid gemein!«, beschwerte ich mich. »Hört auf.«

Eine Stunde später kam Mickes SMS.

»Danke noch mal für den schönen Spaziergang. Wie wär's mit Abendessen morgen?«

—⇉ ⇇—

Es gibt Abende, die sind so schön, dass man sie im Nachhinein gar nicht gebührend wiedergeben kann. Mein erstes Abendessen mit Micke war so ein Abend. Es hatte geregnet, die Straßen waren schwarz und glänzten. Wir wollten uns am Östermalmstorg treffen und bei *Lisa Elmqvist* in den Östermalmshallen essen gehen.

Den ganzen Tag lang hatte mich die Nervosität geplagt: Mit jeder Stunde, die verging, schien ich abzunehmen. Am Nachmittag saßen Bella und ich bei einem Kaffee in der Küche der Agentur und gingen eine Excel-Datei durch, als sie plötzlich das Blatt hinlegte und mich ansah.

»Was ist los?«, fragte sie. »Du bist total blass.«

Ich schüttelte nur den Kopf.

»Jetzt hör mir mal zu«, sagte sie und legte ihre Hand auf meine. »Ich kenne Micke. Der hat wirklich kein Problem, die Mädels rumzukriegen, weil er unfassbar charmant ist. Die kippen förmlich um, wenn sie ihn sehen. Aber mit dir ist es anders. Er hat mir superviele Nachrichten geschickt und total viel über dich wissen wollen, aber ich durfte dir nichts davon erzählen. Ihr kennt euch ja praktisch noch gar nicht, aber eins kann ich dir sagen: Er ist total von dir eingenommen. Diesmal ist er es, der umgekippt ist. Deinetwegen.«

»Ich weiß gar nicht, warum mir das so wichtig ist«, sagte ich und merkte, wie ein Schluchzen in meiner Kehle aufstieg. »Ich kenne Micke doch gar nicht. Aber er hat etwas in mir ausgelöst ... das ist noch niemandem sonst gelungen. Und gerade jetzt hab ich einfach keine Kraft, um enttäuscht zu werden.«

Bella sah entschlossen aus.

»Was willst du anziehen?«, fragte sie.

Als ich nicht antwortete, sammelte sie die Blätter zusammen.

»Ach, scheiß drauf«, sagte sie. »Komm.«

Wir gingen nach Hause, und Bella steckte mich erst mal in die Wanne. Dann kam sie mit verschiedenen Outfits ins Bad, bis wir uns auf das beste geeinigt hatten – hübsch, aber bequem, elegant, ohne zu verkrampft zu sein. Ich schminkte mich, Bella nahm die Korrektur vor und föhnte dann noch meine Haare. Niemand außer mir selbst und jemand beim Friseur hatte jemals meine Haare geföhnt, und ich staunte darüber, wie angenehm das war. Als sie fertig war, betrachtete ich mich im Spiegel.

Ich sah umwerfend aus.

»*Et voilà*«, sagte Bella. »Wenn er sich jetzt nicht verknallt, stimmt was nicht mit ihm.«

Ich schaute sie an.

»Du bist so lieb zu mir«, sagte ich. »Danke, danke, danke.«

Bella musterte mich, strich mir dann eine Strähne hinters Ohr und lächelte breit.

»Das mit der Liebe ist ja schon kompliziert genug«, sagte sie, »ohne dass man sich noch Gedanken über seine Aufmachung macht. Wenn es jetzt nicht zwischen euch funkt, dann liegt es jedenfalls nicht an deinem Aussehen.«

»Sondern an meiner Persönlichkeit«, sagte ich.

Vor Schreck klapperten mir die Zähne.

»Warum machst du dir so große Sorgen?«, fragte Bella. »Das begreife ich einfach nicht. Oder anders gesagt: Einerseits bist du der coolste Mensch, den ich je getroffen habe. Du bist klug, du bist hübsch, du bist witzig. Du nimmst jede Herausforderung an und meisterst sie. Andererseits machst du dir über Dinge Sorgen, die andere kaum kümmern würden. Du bist gleichzeitig superstark und supersensibel. Wo kommt das her?«

Ich blieb erst mal still.

»Keine Ahnung«, sagte ich dann. »Ich glaube, das ist schon immer so.«

Bella lächelte.

»Ich erkenne so viel von mir in dir. Ich bin auch superstark und supersensibel. Ist das ein bestimmter Typ Frau, der so wird wie wir? Die meisten anderen wirken irgendwie eher dazwischen: ausreichend stark und nicht so übertrieben sensibel.«

»Ich bin so froh, dass wir uns kennengelernt haben«, sagte ich. »Ich fühle mich nicht mehr so allein, seit wir Freundinnen sind.«

»Das geht mir ganz genauso. Wirklich!«

Sie warf einen Blick auf ihr Handy.

»Und jetzt musst du los«, sagte sie.

Ich schaute auf die Uhr und erschrak. Ich hätte schon da sein müssen.

»Immer mit der Ruhe!«, beruhigte mich Bella. »Wenn du jetzt losrennst, ruinierst du dir die Frisur und fängst an zu schwitzen. Mach schön langsam! Er wird schon ein paar Minuten auf dich warten können.«

Sie lächelte und gab mir einen Kuss auf die Wange.

»Viel Spaß. Du siehst traumhaft auf.«

Ich erkannte Micke schon von Weitem. Er stand an der Ecke zur Sibyllegatan und hielt eine dunkelrote Rose in der Hand. Als er mich erblickte, nahm sein Gesicht einen Ausdruck an, der schwer zu beschreiben war. Wie jemand, der gerade eine persönliche Niederlage einstecken musste, darüber aber gleichzeitig überglücklich ist. Ich blieb vor ihm stehen, und so verharrten wir erst mal. Dann, wie auf ein Signal, umarmten wir uns leicht. Wir drehten uns langsam im Kreis, das Licht vom Platz, von der Kirche und der umstehenden Gebäude wogte um uns. Das Gefühl, das mich erfüllte, ließ sich nur auf eine Art und Weise beschreiben: Ich war endlich ganz angekommen. Schließlich trafen sich unsere Lippen zu einem sanften Kuss. Dann betrachtete Micke mich.

»So unfassbar schön«, sagte er leise.

Dann gab er mir die Rose. Sie war dunkelrot, so dunkel, dass sie fast schwarz wirkte. Ich nahm sie mit beiden Händen entgegen.

»Komm«, sagte Micke. »Jetzt möchte ich dir gegenübersitzen und Wein trinken. Denn eilig haben wir es nicht.«

Nein, dachte ich, wir haben es nicht eilig. Denn das jetzt ist der Anfang, und wir können es langsam angehen. Wir haben alle Zeit der Welt.

Wir saßen uns gegenüber in einer Ecke des Restaurants, tranken Wein, schauten uns in die Augen und unterhielten uns. Wir knüpften genau dort an, wo wir beim letzten Treffen aufgehört hatten: bei dem, was wir erreichen wollten. Es war, als hätte es gar keine Pause gegeben. Meine Gefühle waren so überwältigend stark, dass ich mir sicher war, man konnte sie mir ansehen: Spannung und Anziehung in Kombination mit Geborgenheit und Zuversicht. Es war so leicht und unkompliziert. Manchmal machte die Unterhaltung einen Schlenker, wenn einem von uns etwas spontan einfiel, aber wir kamen immer wieder zum Thema zurück. Alles fühlte sich so natürlich, klar und selbstverständlich an.

»Interessierst du dich für Politik?«, fragte ich nach einer Weile. »Ich nämlich schon.«

Micke lachte.

»Das ist mir nicht entgangen«, sagte er. »Dein Interesse an Politik schimmert bei fast allem durch, was du erzählst.«

»Ehrlich?«, fragte ich überrascht. »Oh. Nervt dich das?«

»Im Gegenteil. Ich kenne nicht viele wunderschöne, wunderbare Frauen ...«

Ich lächelte und senkte den Blick, verlegen und geschmeichelt.

»… die gern über Politik sprechen. Ich find's toll, auch wenn ich mich nicht so gut auskenne wie du. Aber es interessiert mich definitiv. Mein größtes Problem oder vielmehr eins von mehreren mit der Politik ist, dass es keine Partei gibt, der ich mich so richtig zugehörig fühle.«

»So geht es mir auch. In allen Parteien gibt es Stars und Idioten. Aber das ist eben auch neu in unserer Gesellschaft: Wir müssen uns keinen Traditionen anschließen. Wir müssen nicht die Partei wählen, die unsere Eltern gewählt haben. Wir können die Debatten verfolgen und von Wahl zu Wahl anders entscheiden, wenn wir jemand der anderen Partei überzeugender finden.«

Micke lächelte mich an. Sein Lächeln machte mich ganz schwach.

»Vielleicht solltest du selbst in die Politik gehen. Ich jedenfalls liebe es, dir zuzuhören. Du scheinst wirklich dafür zu brennen.«

»Aber ich weiß doch gar nicht, wofür ich eigentlich brenne«, sagte ich.

Micke legte seine Hand auf meine.

»Ich dafür umso mehr.«

Nach dem Essen gingen wir eng umschlungen zu Micke, der nur wenige Blocks entfernt wohnte, und schliefen miteinander. Seit dem Überfall im Tunnel war ich mit keinem Mann allein gewesen, der bloße Gedanke jagte mir maßlose Angst ein. Was sich als unnötig herausstellte. Mit Micke war es, als hätte es den Tunnel nie gegeben.

Als ich am nächsten Morgen erwachte, dachte ich zunächst, der ganze Abend wäre ein Traum gewesen, der schönste meines

Lebens noch dazu. Aber dann bemerkte ich, dass ich nicht in meinem Bett lag und auch nicht allein war. Ich drehte den Kopf und schaute in Mickes schöne Augen. Er sagte nichts, lächelte nur und streifte mir eine Strähne hinters Ohr, ganz wie Bella es am Vorabend getan hatte. Und wieder überkam mich das Gefühl, endlich angekommen zu sein.

—⁂—

Ich war erst um zehn im Büro und machte mir große Sorgen, dass Bella wütend auf mich sein würde, aber sie lächelte nur und schüttelte den Kopf, als sie mich sah.

»Wenn man eine erschöpfende Definition für ›glücklich‹ sucht, muss man nur dich anschauen«, sagte sie. »Herzlichen Glückwunsch, Süße! War's cool?«

»Cool ist das falsche Wort«, erwiderte ich.

Pelle kam in seinem schwarzen Polohemd vorbei. Als er mich erblickte, fing er sofort an, Donna Summers alten Hit *I feel love* zu singen.

»Ooooooh ... it's so good, it's so good, it's so good, it's sooooo gooooood ...«

»Hör auf«, sagte ich und lachte.

Bella nickte zum Konferenzraum.

»Los«, sagte sie. »Auf uns wartet eine Menge Arbeit.«

In der Tür stand Roger. Er ähnelte – wie immer – einer Zitrone.

»*Hello, sunshine*«, sagte ich zu ihm – ich konnte einfach nicht anders –, und schon lachten alle um uns herum.

Roger funkelte mich wütend an.

»Freut mich, dass du dich so schön im Bett vergnügt hast«, sagte er. »Dann können wir ja jetzt vielleicht endlich anfangen zu arbeiten?«

Wir setzten uns an den Tisch, und sofort wogte mir wieder die Panik durch die Adern.

Woher wusste Roger, dass ich mit Micke geschlafen hatte? Warum hatte ich ihn aufziehen müssen? Hätte ich das doch nur gelassen.

Ich drehte die Lautstärke meines Gedankenkarussells auf null und versuchte zu vergessen, dass ich überhaupt etwas gesagt hatte.

Das Abenteuercamp sah vor, dass die fünfzig Mitarbeiter ein Wochenende im Tagungsschloss in Mälardalen verbrachten. Sie würden am Freitag mit dem Bus ankommen, wo Bella, ich und ein paar weitere Kollegen sie in Empfang nähmen. Die Teilnehmer würden einchecken und sich umziehen, dann gab es Drinks und Essen. Danach wollten wir sie auf vier Teams verteilen, die als Erstes in einem Karaokewettbewerb gegeneinander antreten sollten.

»Das klingt vielleicht ein bisschen dämlich«, hatte Bella gesagt, »aber ein bisschen was Dämliches muss dabei sein, damit die Teilnehmer sich amüsieren. Wir haben verschiedene Varianten durchprobiert, alles von Paintball in Latex bis hin zu anspruchsvollen Tauchkursen, aber es war immer die dämlichste Aktion, die am besten ankam. Denk doch nur an die Zeitschriften *Gala* und *Elle* und welche der beiden lieber gelesen wird. Die Leute kaufen *Elle* und legen sie sich auf den Couchtisch, aber die *Gala* ackern sie durch, weil sie ihnen viel mehr bietet. Ich würde sagen, wir bringen die dämliche Unterhaltungsnummer gleich freitags hinter uns, damit wir uns für den Rest des Wochenendes auf das Wesentliche konzentrieren können.«

Die »dämliche Unterhaltungsnummer« beinhaltete, dass die Teilnehmer abwechselnd und ohne Begleitung vor ihrem eigenen Team singen mussten, bis dieses erkannte, um welches Lied es sich handelte. Und ich musste mir eingestehen, dass meine

Mutter genau das am lustigsten fände. Und Papa auch. Und Lina. Und Sally, selbstverständlich.

Während Pelle weitererzählte, machte ich eine Liste mit Liedvorschlägen.

———

Ich arbeitete so konzentriert wie möglich, trotzdem musste ich ständig an Micke denken. An seine Hände, seine Lippen, seinen Geruch. Ich hatte einen seiner Pullis mitgenommen, als ich heute Morgen aufbrach, und wenn ich daran roch, spürte ich sofort wieder seine Arme um mich. Er selbst war unterwegs zu einem zweitägigen Vorstandsmeeting in Kopenhagen, weshalb wir uns erst am Wochenende wiedersehen würden. Aber das war eigentlich nicht so schlimm, ich musste mich schließlich wirklich konzentrieren, und das war leichter, wenn er nicht in derselben Stadt war.

Am Nachmittag versuchte ich noch einmal, Jalil zu erreichen, allerdings wurde mir nach dem ersten Tuten mitgeteilt, dass die Nummer nicht vergeben war. Also gab ich sie noch einmal von Hand ein, plötzlich davon überzeugt, dass ich sie falsch gespeichert haben musste. Trotzdem kam immer nur dieselbe Ansage: *»Diese Nummer ist nicht vergeben.«* Schließlich gab ich auf. Jalil musste sich von selbst melden, das war offenbar der einzige Weg, um mit ihm in Kontakt zu kommen.

———

Seit wir zusammengezogen waren, hatte ich versucht, Bella zu entlocken, ob sie eine neue Liebschaft hatte, aber ihre Antworten waren immer nur ausweichend ausgefallen. Nachdem mein Glück nun so offensichtlich war, wollte ich sie nicht weiter mit dieser Frage bedrängen, also hielt ich mich zurück. Aber noch am selben Abend, an dem wir zu Hause im Wohnzimmer saßen und arbeiteten, schaute sie von den Blättern auf.

»Lust auf 'ne Pause?«, fragte sie. »Mir schwirrt schon der Kopf.«

»Mir auch«, sagte ich und ließ mich gegen die Rückenlehne sacken.

Bella nahm zwei Mandarinen aus der Schale auf dem Tisch und warf mir eine zu.

»Glaub bitte nicht, dass ich neidisch bin«, sagte sie, »aber zu sehen, wie glücklich du mit Micke bist, weckt eine Menge Gedanken und Gefühle in mir.«

»Ich höre«, sagte ich.

Bella schälte schweigend die Mandarine und schob sich ein Stück in den Mund. Nachdem sie gekaut und geschluckt hatte, schaute sie mich an.

»Du hast doch gefragt, ob ich einen neuen Freund habe.«

Ich lauschte.

»Aber ich habe eine Pause eingelegt«, fuhr sie fort. »Du weißt, dass ich mehrere Jahre lang einen Freund hatte, den ich sehr geliebt habe, der sich dann aber als richtiges Arschloch entpuppt hat.«

Zu meiner Überraschung fing Bella an zu weinen, so unerwartet, dass ich ganz sprachlos war.

»Ach, scheiße!«, zischte sie. »Ich heule wie ein Schlosshund, sobald ich davon anfange.«

»Erzähl einfach weiter. Mir macht es nichts aus, wenn du weinst.«

Ich setzte mich zu ihr und legte die Arme um sie. Bella weinte leise, schnäuzte sich dann und betrachtete mich aus geröteten Augen.

»Er hat mich geschlagen«, sagte sie. »Ich habe überall verheilte Brüche. Hier, hier und hier.«

Sie zeigte auf ihre Arme, Finger, ihren Brustkorb. Mir wurde eiskalt.

»O Gott, Bella! Warum hast du denn nichts gesagt?«

Bella schüttelte den Kopf.

»Das ist nicht gerade etwas, das man jemandem, den man neu kennenlernt, gleich als Erstes aufs Butterbrot schmiert«, sagte sie.

»Wann war das?«, fragte ich. »Erst vor Kurzem?«

»Nein«, sagte Bella. »Ich will nicht wirklich ins Detail gehen, aber ich war noch recht jung.«

»Himmel, du Arme!«

»Hör bloß auf damit! Ich mag es nicht, wenn man mich wie ein Opfer dastehen lässt.«

Opfer. Ein Wort, mit dem ich nur zu vertraut war.

»Ich weiß genau, was du meinst«, sagte ich leise.

Bella bedachte mich mit einem finsteren Blick, den ich noch nie bei ihr gesehen hatte.

»Nein, weißt du nicht«, sagte sie. »Das weiß niemand, der es nicht selbst erlebt hat.«

Ich öffnete den Mund, schloss ihn aber wieder. Bella stellte ihre Tasse ab und stand auf.

»Ich mache noch mal Tee«, sagte sie und verschwand in die Küche.

Ich starrte vor mich. Ein schöner Kachelofen. Drei brennende Kerzen auf dem Tisch. Ein Stapel Modezeitschriften, manche aufgeschlagen, mit Bildern einer hübschen, langbeinigen Frau mit Schmollmund.

Wie erzählte man so etwas?

Wie Bella: Man sagte es einfach.

Als ich in die Küche kam, fand ich Bella vor, die in den dunklen Hof schaute, die Arme eng um sich geschlungen. Ich ging zu ihr.

»Ich habe es selbst erlebt«, sagte ich. »Aber ich spreche auch nicht darüber.«

»Du bist auch verprügelt worden?«, fragte sie.

Die undurchdringliche Dunkelheit im Mördertunnel. Der unnachgiebige Griff. Das Geräusch – dieses widerwärtige, pfeifende Atmen in meinem Ohr –, die Hände auf mir. Die Machtlosigkeit. Die Wut, die in dem Moment nicht heraus konnte. Und seither auch nie.

Mir wurde schwarz vor Augen, ich ließ mich auf den Küchenboden sinken. Bella setzte sich gegenüber von mir hin. Sie sagte nichts, ließ mich aber auch nicht aus den Augen.

Ich versuchte, so zu atmen, wie ich es in der Therapie gelernt hatte. Langes Einatmen durch die Nase, langes Ausatmen durch den Mund. Dann schaute ich sie an.

»Wie bist du rausgekommen?«, fragte ich. »Hat die Polizei geholfen?«

Bella lachte bitter.

»Die Polizei war wertlos«, sagte sie. »Die hat alles nur noch schlimmer gemacht. Haben mir Schutz und eine neue Identität angeboten. Aber was ist das denn für eine Aussicht? Soll ich mich für den Rest meines Lebens verstecken? Und den Kontakt zu meinem gesamten Umfeld einstellen?«

»Was hast du dann gemacht?«

Bella sah mir direkt in die Augen. Ihr Blick war schwarz.

»Ich habe ihn getötet.«

Ich saß wie erstarrt. Da brach sie schon in Gelächter aus und schlug mir gegen den Arm.

»Nein, selbstverständlich nicht, du Dummerchen! Tut mir leid, darüber macht man keine Witze, aber mich zieht das Thema immer dermaßen runter, da brauch ich so einen Blödsinn. Er saß eine Weile im Knast und ist dann nach Malmö gezogen. Ich hab ihn seit Jahren nicht gesehen. Das mit der neuen Identität stimmt aber. Und das macht mich immer noch vollkommen fassungslos: *Ich* soll mich verstecken, wo *er* doch das Schwein ist?«

»Wegsperren und den Schlüssel verschlucken«, murmelte ich.

»Und ich war in Therapie«, sagte Bella. »Ich glaube nicht, dass mir so etwas noch mal passiert. Heute habe ich ein anderes Bild von mir selbst. Von ihm auch, klar.«

Wir schwiegen eine Weile. Dann schaute sie mich auffordernd an.

»Jetzt bist du dran.«

Mir war so schwindelig, dass mir sogar schlecht wurde. Bella sah mich unverwandt an.

»Ich wurde ... attackiert«, sagte ich.

»Attackiert?«, fragte sie neugierig. »Wie denn?«

Polizeisirenen. Aber kaum tauchte das Blaulicht auf, wurde alles still in meinem Kopf. Unterschiedliche Gesichter tauchten im Halbdunkel vor mir auf, das Gefühl, auf eine Trage gehoben zu werden. Überall Schmerzen, unmöglich zu sagen, wo die körperlichen aufhörten und die seelischen begannen. Und das Wissen, dass er nicht mehr da war, der Mann, der es getan hatte. Die Polizei würde ihn nie schnappen. Ich würde sein pfeifendes Atmen nie vergessen. Und ich würde nie wissen, wer da in mir gewesen war.

»Vergewaltigt«, sagte ich.

»*Du wertloses Stück Scheiße*«, hatte er gezischt, direkt in mein Ohr. »*Du bist eine kleine Nutte, eine Fotze, du bist nichts wert. Du verdienst, was ich gerade mit dir mache.*«

Oder hatte ich mir das eingebildet? Hatte er das nie gesagt?

Verrückt, verrückt, verrückt.

Dann kam Bellas Fliesenboden auf mich zu, und mir wurde schwarz vor Augen. Als ich wieder zu mir kam, lag ich auf dem Sofa im Wohnzimmer. Bella streichelte mir über die Stirn und betrachtete mich besorgt.

»Entschuldige«, flüsterte sie. »Ich hatte ja keine Ahnung.«

Ich schaute an die Decke. Hübsch geformter Gips verlief kreisförmig um den Haken des kleinen Kronleuchters. Stuck nannte man das, wie ich von Bella gelernt hatte, es war wohl üblich in den Altbauten Östermalms. Den Kronleuchter hatte Bella von ihrer Großmutter geerbt, die nur wenige Straßen entfernt gewohnt hatte. Kaum war die Wohnung aufgelöst gewesen, war Bella zu Fuß mit dem Kronleuchter in der Hand hergekommen. Früh an einem Sommermorgen im Juni, und der Leuchter war ganz schön schwer gewesen, hatte Bella erzählt. Die Leute hatten sie angesehen, als wäre sie eine Diebin und würde ihre klirrende Beute am helllichten Tage herumtragen. Die Sonnenstrahlen hatten sich in den Kristallen gebrochen und regenbogenfarbene Punkte an die Fassenden geworfen. Kinder waren stehen geblieben und hatten auf die tanzenden Punkte gezeigt oder versucht, sie zu fangen. Bella war sich vorgekommen wie eine wandelnde Kunstinstallation.

Ich sah sie so deutlich vor mir, als wäre ich dabei gewesen, und musste lächeln.

Bella streichelte mir über den Kopf.

»Möchtest du drüber reden?«, flüsterte sie. »Oder lieber schlafen?«

»Schlafen«, sagte ich, schloss die Augen und schlief sofort ein.

Tags drauf bekam ich eine SMS von Sally.

»*Komme am WE nach Sthlm*«, stand dort. »*Kann ich bei dir wohnen?*«

Ich stöhnte. Sallys Timing war – wie immer – super, hatte ich doch insgeheim gehofft, das ganze Wochenende mit Micke verbringen zu können. Der reagierte jedoch erstaunlich positiv und keineswegs enttäuscht, als ich ihm am Telefon von Sallys Besuch erzählte.

»Das ist doch super«, sagte er. »Wir beide haben doch alle Zeit der Welt, und kommende Woche kannst du jede Nacht bei mir verbringen. Ich finde es wichtig, deine alten Freunde aus Örebro kennenzulernen, sonst liegt der Fokus ja nur auf meinen Kumpels hier in Stockholm. Ich lande morgen Abend gegen neun. Ich schlage vor, wir gehen einfach um zehn mit ihr essen. Das wird cool.«

»Mit solchen Aussagen solltest du vorsichtig sein, du kennst sie schließlich noch nicht.«

Am Freitag stand Sally um sieben unter dem Pilz am Stureplan, ganz wie ausgemacht. Ich kam direkt von der Agentur, war verschwitzt und müde, während Sally nicht nur ausgeruht aussah, sondern wie das blühende Leben selbst. Ihre grünblauen Augen waren von pechschwarzem Kajal umrandet, und sie selbst schien bester Laune zu sein.

»Cool, cool, cool«, sagte sie und umarmte mich. »Endlich kann ich dein Leben in Stockholm mal unter die Lupe nehmen. Fangen wir mit einem Glas Wein im Sturehof an?«

»Wäre es nicht schöner, erst nach Hause zu fahren und kurz zu duschen?«, fragte ich. »Wir treffen uns um zehn mit den anderen im Brillo.«

Das Brillo war in den letzten Monaten quasi Bellas und mein Stammlokal geworden. Wenn ich an meinen ersten Besuch dort dachte, den Kaffee, den ich nervös auf der Terrasse runterstürzte, fühlte es sich fast an wie eine Erinnerung aus einem anderen Leben.

»Nix da«, sagte Sally und sah sich aufmerksam um. »Ich bin total neugierig auf die Stockholmer. Ich will einen Wein und die Leute beobachten. Meinst du, wir treffen ein paar Promis?«

Ich hoffte inständig, dass wir keine treffen würden.

»Das weiß man nie«, sagte ich und folgte Sally, die sich mit ihrer Tasche den Weg durch die Menschenmassen am Stureplan bahnte, ganz als wäre sie die Stockholmerin und ich das Landei auf Hauptstadtbesuch.

Die Bar des Sturehof platzte aus allen Nähten, und auch im Restaurant schien jeder Tisch besetzt. Aber Sally ließ sich nicht beirren. Sie steuerte direkt die Oberkellnerin an und sagte: »Einen Tisch für zwei, bitte. Wir wollen nur etwas trinken, brauchen also keine Speisekarte.«

Die Kellnerin bedachte Sally mit einem vielsagenden Blick.

»Die Tische sind für unsere speisenden Gäste reserviert«, erklärte sie. »Wenn Sie nur etwas trinken wollen, müssen Sie mit der Bar vorliebnehmen. Wenn Sie etwas essen wollen, setzen wir Sie auf die Warteliste, das kann jedoch dauern.«

»Wie lange?«, fragte Sally schroff.

»Zwei, drei Stunden. Sie können froh sein, wenn Sie vor neun einen Platz bekommen.«

»Das kann nicht Ihr Ernst sein«, sagte Sally und riss die Augen auf.

Die Kellnerin bedachte sie mit einem müden Blick. Dann entdeckte sie mich hinter Sally und strahlte sofort los.

»Entschuldigen Sie«, sagte sie zu Sally, »würden Sie mal eben Platz machen?«

Dann lächelte sie mich freundlich an.

»Hallo, Sara! Was kann ich für Sie tun?«

Ich schwitzte in meiner Strickjacke und machte eine Geste zu Sally.

»Wir sind zusammen«, sagte ich.

»*In your dreams!*«, zischte Sally.

»Wir sind zusammen hier«, berichtigte ich mich. Mir entging nicht, dass die Kellnerin erstaunt die Augenbrauen hob ob meiner Gesellschaft.

»Wir wollen nichts essen, nur ein Glas Wein trinken«, sagte ich. »Wir gehen also an die Bar.«

»Einen Moment«, sagte sie und warf einen Blick in ihr Buch. Dann schaute sie mich an.

»Reicht Ihnen eine Stunde?«

»Absolut«, sagte ich; am liebsten hätte ich mich eh sofort ins Bett gelegt.

Die Kellnerin wandte sich an eine Bedienung und drückte ihm zwei Speisekarten in die Hand.

»Tisch zwei, eine Stunde. Die Gäste, die reserviert haben, kommen um acht.«

Der Kellner gab uns ein Zeichen, ihm zu folgen.

»Willkommen«, sagte er und trat zu einem Tisch am Fenster.

Sally drehte sich zur Oberkellnerin um.

»Ich hab doch gesagt, dass es noch einen Tisch gibt«, sagte sie.

Ich warf der Kellnerin schnell hinter Sallys Rücken einen dankbaren Blick zu und folgte ihr dann an den Tisch, dessen einen Stuhl der Kellner bereits für sie herausgezogen hatte.

Das würde ein langer Abend werden.

Unser Wein war gekommen. Sally trank einen großen Schluck und schaute sich dann um.

»Kein Promi, so weit das Auge reicht«, sagte sie enttäuscht.

»Wo ist das Problem?«

»Es ist Freitag. Die meisten Personen des öffentlichen Lebens gehen lieber in der Woche aus, damit sie nicht von promigeilen Fernsehguckern behelligt werden.«

»*Personen des öffentlichen Lebens?*«, fragte Sally abfällig.

»Was ist denn mit dir los? Kannst du nicht mehr wie ein normaler Mensch reden?«

Ich seufzte.

»Sally, kannst du dich nicht ein bisschen zurückhalten? Das sind meine neuen Freunde, und die kommen nicht aus Örebro.«

»Klar«, sagte Sally und trank einen weiteren Riesenschluck. »Ich werde dich schon nicht blamieren, trau der alten Sally.«

Von wegen.

»So«, sagte Sally und hielt ihr Handy und das Weinglas hoch. »Das lade ich bei *My story* hoch.«

Ich lächelte tapfer und machte das Victory-Zeichen mit den Fingern, während Sally auf den Auslöser drückte. Dann tippte sie einen Text dazu.

»Im ... Sturehof ... mit ... Superstar ... Sara«, sprach sie laut mit. »So!«

Zufrieden legte sie das Handy beiseite und trank noch einen großen Schluck Wein.

»Was gibt es Neues aus Örebro?«, fragte ich. »Ich möchte den ganzen Klatsch und Tratsch hören.«

Also fing Sally an zu erzählen. Wer sich getrennt hatte, wer neu zusammengekommen war, wer schwanger war, wer seinen Job verloren hatte und wessen Eltern sich scheiden ließen. Als der Kellner vorbeischaute, bestellte sie ein weiteres Glas Wein. Ich hatte meinen noch gar nicht angerührt.

Und da traf mich eine Erkenntnis. Vielleicht war Sally einfach nervös.

»Du«, sagte ich, als sie endlich mal eine Pause machte. »Ich freue mich echt, dass du da bist und meine neuen Freunde kennenlernen willst.«

Und meinen neuen Freund, aber das sagte ich nicht. Ich hatte Micke bislang Sally gegenüber noch nicht erwähnt, obwohl ich nicht mal sagen konnte, warum. Irgendwie hatte ich das Gefühl, dass die beiden nicht gerade die beste Kombination waren, egal was Micke glauben wollte.

»Mit wem werden wir denn essen?«, fragte Sally. »Beim sonderbaren Brillo?«

»Wenn du dich einfach mal anschließen würdest, statt dich ständig für einen Outsider aus Örebro zu halten, müsstest du nicht die ganze Zeit so abwehrend sein.«

Das brachte sie endlich mal zum Schweigen. Sally schaute mich mit einem Gesichtsausdruck an, der schwer zu deuten war. Im selben Augenblick erschien der Kellner mit ihrem Glas Wein.

»Oh, hoppla«, sagte Sally zu ihm. »Lassen Sie mich schnell austrinken.«

Sie stürzte den Rest aus dem ersten Glas in großen Schlucken runter, reichte es ihm und nahm das volle entgegen.

Zu meiner grenzenlosen Verwunderung waren Sally und Bella ein »*match made in heaven*«. Als wir um halb neun nach Hause kamen, saß Bella auf dem Sofa und schaute fern, einen Drink in der Hand. Sie kam sofort zu uns und schüttelte Sallys Hand.

»Hallo, Sally, herzlich willkommen! Ich bin Bella.«

»Hi.«

»Hast du Lust auf einen *Skinny Bitch*? Ist schließlich Freitagabend.«

Sally lachte laut.

»Ja, gern. Das kann ich gut brauchen.«

Bella goss Wodka und Mineralwasser in ein Glas mit Eis und nickte zum Fernseher, wo gerade *Idol* lief. Soweit ich das beurteilen konnte, hatte Bella noch nie *Idol* geschaut; ihre Freitagabende bestanden normalerweise aus einem warmem Wannenbad mit Champagner, auf das eine ausgedehnte Schminksession folgte, damit sie gegen zehn oder elf ausgehen konnte. Jetzt klang sie, als würde sie nie etwas anderes machen, als just dieses Programm zu gucken.

»Kishti Tomita lässt sich langsam gehen, finde ich«, sagte Bella und reichte Sally das Glas. »Was zur Hölle hat die da an?«

Sally schaute zum Fernseher, während sie einen ersten Schluck trank.

»Ist das selbst genäht?«, fragte sie.

Sie gackerten wie die Hühner über diesen Witz, der völlig an mir vorbeiging. Dann prosteten sie sich zu und widmeten sich wieder ganz dem Fernseher.

»Erdnussflips?«, fragte Bella und hielt Sally eine Schale hin, ohne den Fernseher aus den Augen zu lassen.

»Sehr gern, mein Lieblingssnack«, antwortete Sally und griff zu.

»Ich spring mal eben unter die Dusche«, sagte ich.

Ich ließ mir sicher eine halbe Stunde lang warmes Wasser über meinen müden Körper laufen. Dann machte ich mich zurecht, und als ich ins Wohnzimmer zurückkehrte, sah Sally wie verwandelt aus. Der Fernseher war ausgeschaltet, und sie saß auf einem frisch bezogenen Extrabett in der Ecke. Auch sie hatte geduscht, war umgezogen und etwas weniger auffällig geschminkt. Gerade versuchte sie, sich für ein Paar von Bellas Stiefeln zu entscheiden, die sie zu Bellas Poncho tragen konnte, den sie bereits anhatte.

»Wir haben genau dieselbe Schuhgröße«, berichtete Sally mir glücklich und zog einen glänzenden Lederstiefel von Gucci an. »Ich hab echt Schwein, was?«

»Wirklich«, sagte ich.

Um zehn trabten wir alle drei Richtung Brillo. Bella huschte unterwegs noch schnell in einen Kiosk, um Zigaretten zu kaufen, und da wandte Sally sich an mich.

»Die ist ja einfach unfassbar toll! Warum hast du mir nicht erzählt, was für eine Hammerfrau Bella ist.«

»Ich habe es versucht«, antwortete ich. »Aber du wolltest es ja nicht hören.«

»Mein Fehler«, räumte Sally heiter ein. »Sie ist hammercool.«

Micke und ein Haufen seiner Kumpels erwarteten uns bereits im Brillo. Wir gaben uns einen schnellen Kuss, aber nicht schnell genug, dass er Sally entging. Aber sie konnte ihn nicht gleich kommentieren, weil Bella sie sofort dem Rest der Gruppe vorstellte.

Am Tisch setzte Micke sich neben mich und sorgte dafür, dass Sally neben ihm Platz nahm. Bella landete gegenüber von uns zwischen zwei Jungs, also musste ich mich darauf einstellen, das Gespräch zwischen Micke und Sally allein managen zu müssen.

Micke streichelte mir den Nacken und musterte mich.

»Wie schön du bist«, flüsterte er.

Dann lehnte er sich zurück und wandte sich an Sally.

»Sally«, sagte er und lächelte sie an. »Willkommen in Stockholm! Ich freue mich sehr, dich kennenzulernen.«

In Sallys Augen blitzte es gefährlich auf.

»Oh, danke, Micke! Du hast hier aber auch wirklich eine sehr schöne Stadt. Sehr nett, dass ich zu Besuch kommen darf.«

Micke ging über diese Stichelei hinweg.

»Erzähl doch was von dir«, bat er. »Sara hat gesagt, du bist eine ihrer besten Freundinnen.«

»Jaaa«, sagte sie träumerisch. »Wo fange ich am besten an? Ich bin eine übergewichtige Singlefrau aus Örebro, die bei einer Bank arbeitet und ein Problem mit fettigen Haaren und Warzen an den Füßen hat. Manchmal auch mit heftigen Blähungen. Ich träume davon, einen hübschen Stockholmer wie dich zu finden, aber wie ich gerade feststellen durfte, scheinst du schon vergeben zu sein.«

Sie warf mir einen kurzen Blick zu, und ich verfluchte mich selbst dafür, rot anzulaufen. Wo ich schon mal dabei war, auch gleich dafür, ihr das nicht vorher erzählt zu haben.

»Bei der Bank?«, fragte Micke lächelnd zurück. »Wie spannend. Was machst du da genau?«

»Spannend, ja, total. Ich darf das Bargeld in unsere Geldzählmaschine stecken, und die zählt so schnell, das kannst du dir gar nicht vorstellen. Außerdem helfe ich Kunden, die Probleme mit dem Internetbanking haben, oder lege eine Bank-ID für sie an. Immer wieder ertappe ich mich dabei, auf die Straße zu schauen und einen attraktiven und gefährlichen Bankräuber herbeizusehnen, der uns alle mal ein bisschen aufmuntert. Und was machst du so?«

»Ich arbeite für eine IT-Firma im Finanzsektor.« Micke klang schon weniger enthusiastisch.

»Aha. Dann hast du vermutlich ein ordentliches Finanzpolster, auf das du zurückfallen kannst? Meins ist so mickrig, das würde nicht mal den Sturz von Barbies Teddy abfedern, ganz zu schweigen von dem einer Vierundachtzig-Kilo-Frau. Da bist du sicher besser ausgestattet?«

Aus Sally sprudelte es heraus wie aus einem Stand-up-Comedian. Vermutlich nur ein weiteres Zeichen für ihre Nervosität – und am ärgerlichsten für sie selbst.

»Prost«, rief Bella über den Tisch und hob ihr Glas. »Schön, dich kennenzulernen, Sally!«

»Danke, gleichfalls«, rief Sally zurück und hob ebenfalls das Glas.

Dann wandte sie sich wieder an Micke und mich.

»Erzähl mir doch mal eins«, fuhr sie fort. »Sara hat dich noch mit keinem Wort erwähnt. Wie ist das zu verstehen? Seid ihr so richtig zusammen oder nur Fickfreunde?«

Ich stand auf.

»Entschuldigt mich«, sagte ich. »Ich muss mir mal eben die Nase pudern.«

»Pudere du«, sagte Sally ungerührt. »Ich finde auch, dass du plötzlich sehr glänzt.«

Ich verschwand im Bad und verfluchte mich für meine eigene Dummheit. Nervosität oder nicht: Warum – *warum* – hatte ich diesem Treffen zugestimmt? Sally würde alles daransetzen, die einzige Beziehung zu sabotieren, die mir seit langer Zeit mal wieder wirklich wichtig war.

Ich riss mich zusammen und kehrte zum Tisch zurück. Zu meiner großen Verwunderung waren Micke und Sally in ein Gespräch vertieft und lachten laut. Ich verstand rein gar nichts, setzte mich einfach wieder dazu.

Micke wandte sich lachend zu mir.

»Diese Schönheit und ich planen einen Coup«, sagte er. »Wir machen uns mit einer Art Kettenbrief an die Fondssparer Schwedens und ziehen damit die Reichsten der Reichen über den Tisch. So wie Allra, nur ausgeklügelter.«

»Und das Beste von allem ist«, sagte Sally, das gefährliche Funkeln war wieder da, »wenn das in die Hose geht, kann man immer noch Regierungspräsident werden. Ganz wie Thomas Bodström.«

»Das ist ja nicht ganz aufgegangen«, sagte Micke. »Obwohl er zum alten Sozialadel gehört.«

»Nein«, stimmte Sally zu. »Jetzt muss er ›sich etwas anderes einfallen lassen‹, wie er sich ausdrückte.«

»Eine Katze mit neun Leben«, sagte Micke und schüttelte den Kopf.

»Eigentlich mehr wie das Porträt von Dorian Gray, oder?«, fragte ich.

»Die Idee ist jedenfalls hammerausgefuchst«, sagte Micke zu mir. »Hör dir das an. Sally hat vorgeschlagen …«

Er erzählte und lachte, und der Typ zu Sallys anderer Seite – Peter – lehnte sich vor und beteiligte sich ebenfalls am Gespräch. Ich hatte Micke unterschätzt: Er wusste genau, wie er Sally entwaffnen konnte, damit sie ihn nicht länger anging. Ihr

Redeschwall schien ein Ende gefunden zu haben, und sie betrachtete Micke mit so etwas wie Wärme.

Vielleicht hatte ich auch Sally unterschätzt?

Aber den Gedanken behielt ich lieber so lange wie möglich für mich.

Vom Brillo ging's in die Spy Bar und dann noch ins Café Opera. Erst um vier in der Früh – als Bella längst im Bett lag und schlief –, kamen Sally und ich nach Hause. Wir setzten uns noch kurz ins Wohnzimmer. Sally wirkte putzmunter, ich hingegen hätte vom Fleck weg einschlafen können.

»Deine große Liebe kokst«, sagte Sally, als sie sich gerade gesetzt hatte. »Süßer Typ, alltägliche Angewohnheit.«

Ich seufzte.

»Du kennst ihn doch gar nicht«, sagte ich. »Ich habe nicht die Spur von Drogen gesehen heute Abend. Wie *zur Hölle* kommst du darauf?«

»Wie gut kennst du ihn denn bitte?«, fragte Sally zurück und schaute mir direkt in die Augen. »Wann habt ihr euch zum ersten Mal getroffen? Vor einem Monat?«

Sie konnte mich innerhalb von einer Sekunde auf die Palme bringen, ein Privileg, das eigentlich nur meiner Mutter und Lina vorbehalten war.

»*Was hast du eigentlich vor?*«, platzte es aus mir heraus. »Ich versuche, mir ein Leben in Stockholm aufzubauen! Du kommst her und fragst, ob du bei mir wohnen kannst, was ja völlig okay ist. Aber es ist nicht okay, dass du dich aufführst wie ein durchgeknallter Komiker auf Speed! Und dich dann über meinen Freund auslässt und alles kritisierst, was mit ihm zu tun hat, ohne ihn überhaupt zu kennen!«

Sally antwortete nicht.

»Ich stelle dich einem Haufen Unbekannter vor, lade dich zum Essen und in Bars ein. Und was machst du? Beklagst dich permanent. Was ist denn los mit dir? Bist du eifersüchtig, oder was?«

Jetzt seufzte Sally.

»Entschuldige«, sagte sie. »Ich kann verstehen, dass das so rüberkommt. Manchmal kann ich mich einfach nicht beherrschen, wenn ich einmal loslege. Das ist wie so ein blöder Tick, der in der Oberstufe anfing, als mir klar wurde, dass ich witzig bin.«

Ein schneller Blick zu mir, dann schaute sie wieder weg. Ich sagte nichts.

»Und dass ich einen Örebro-Komplex mitbringe, das ist doch wohl verständlich«, fuhr sie fort. »Ich hab halt Angst, dass deine neuen *Besties* viel cooler sind als wir, deine alten Freunde von früher. Und dass sie mich nicht mögen, weil ich das bescheuerte Landei bin.«

Und da wurde mir bewusst, dass sie genau das war: das bescheuerte Landei. Im Gegensatz zu mir. Ich bin nahtlos, fast magisch in den Kreis der Stockholmer übergegangen. Was zu einem Großteil Bella zu verdanken war, das musste ich zugeben. Aber ich hatte eben auch eine andere Einstellung als Sally, einfach fröhlicher und lebensbejahender.

»Vielleicht könntest du ja einfach ein bisschen positiver sein?«, fragte ich müde. »Niemand mag dieses ständige Nein, nicht, nie. Und jetzt muss ich wirklich dringend ins Bett.«

Ich stolperte fast zu meinem Zimmer. In der Tür drehte ich mich noch einmal widerwillig zu ihr um.

»Wie kommst du darauf, dass Micke kokst?«, fragte ich.

Sally zuckte mit den Schultern.

»Er kam mit diesem Peter, der neben mir saß, vom Klo, und die beiden haben sich genau im selben Moment die Nase gerieben.

Mehr nicht. Und danach war er ziemlich aufgedreht. Aber wie gesagt ... was weiß ich denn schon? Ich bin nur ein dummes Landei.«

»*Lena Dunham on speed*«, sagte ich. »Und jetzt leg dich schlafen.«

─══ ══─

Am Samstag arbeiteten Bella und ich ein paar Stunden, während Sally shoppen ging. Wir trafen uns im Anschluss in einer Bar, gingen ins Kino und aßen danach alle zusammen zu Hause. Micke war mit seinen Kumpels unterwegs, den hätte ich also sowieso nicht gesehen. Ich war noch immer extrem müde und schlief nach dem Essen fast auf dem Sofa ein, deshalb verabschiedete ich mich schon um Mitternacht. Bella und Sally blieben noch auf. Offenbar entlockte Bella ihr alles, was es über unsere gemeinsame Kindheit, Schulzeit und den Freundeskreis in Örebro zu erzählen gab. Sally war unheimlich gut darin, Leute zu imitieren, weshalb Bella fast vor Lachen erstickte.

Sally konnte schwierig sein, aber wirklich auch unfassbar witzig. Kaum sah ich sie mit Bellas Augen, wurde mein Blick um einiges milder. Bella konnte allerdings auch einfach in ihr Zimmer gehen und die Tür zumachen, wenn sie mal eine Pause von ihr brauchte. Ich nicht.

Als ich im Bad stand und mir die Zähne putzte, lachten sie plötzlich so laut, dass ich noch einmal ins Wohnzimmer gehen musste.

»Worüber lacht ihr denn wie die Irren?«, fragte ich mit der Zahnbürste im Mund.

Bella trocknete sich die Lachtränen.

»Sally hat gerade erzählt, was ihr mit einem Lehrer im Gymnasium angestellt habt«, sagte sie. »Einem Typen, der die ganze

Zeit widerliche Kommentare gebracht hat und immer mit den Mädels allein im Kartenarchiv sein wollte.«

»Urban«, sagte ich und schrubbte weiter. »Das alte Schwein! Den hatte ich ja fast vergessen.«

Jetzt fing auch ich an zu lachen. Wir lockten Urban – eine Mischung aus Pädophilem und Männerschwein – ins Kartenarchiv, wo er eine unserer Klassenkameradinnen in der Dunkelheit erwartete. Stattdessen war dort aber unsere Direktorin, die innerhalb von wenigen Sekunden einen sehr klaren Überblick über die Lage gewann. Urban war für den Rest des Schuljahrs suspendiert worden und musste sich nach einem neuen Tätigkeitsfeld umsehen. Sally erzählte gerade die Szene, als die Direktorin und Urban völlig aufgelöst aus dem Kartenarchiv kamen und in eine wilde Diskussion verstrickt waren, während wir Schüler im Flur saßen und zuschauten.

Wir hatten eine Menge Spaß in der Schule gehabt.

»… ziemlich viele Jungs hatten Interesse an ihr, aber das hat sie nie begriffen«, sagte Sally. Schon schauten die beiden mich an.

»Warum denn nicht?«, fragte Bella. »Sara, warum hast du nicht begriffen, dass die Jungs Interesse an dir hatten?«

Ich zeigte auf die Zahnbürste in meinem Mund, die verdeutlichten sollte, warum ich nicht antworten konnte.

»Deshalb wurden die Mädchen eifersüchtig und rächten sich«, erklärte Sally. »Und die Jungs fühlten sich verarscht und wurden sauer.«

Bella runzelte die Stirn.

»Nicht gut, Sara! Wie konnte das passieren?«

Ich winkte ab und ging wieder in mein Zimmer.

»Schlaft gut!«, rief ich, so gut es ging, durch den ganzen Schaum im Mund.

Samstag waren Sally und ich erst einmal brunchen und gingen dann ins Fotografiska. Dort gab es gerade mehrere interessante Ausstellungen, und nachdem wir sie alle abgeklappert hatten, setzten wir uns oben ins Café.

»Verdammt viel Geld für so ein lächerliches Sandwich«, sagte Sally und schnaubte verächtlich, während sie mit der Gabel in der schmalen Roggenbrotscheibe mit Hühnchen und Pesto herumstocherte, das auf dem Teller vor ihr lag. »Und von dem Kaffee fange ich gar nicht erst an! Womit ist der gemacht? Mit Blattgold?«

»Jetzt bist du schon wieder so negativ«, sagte ich, obwohl ich eigentlich ihrer Meinung war.

»Bin ich nicht«, erwiderte sie. »Ich stelle einfach nur fest, dass dieses verdammte Café unverschämte Preise verlangt, nur weil man von hier eine tolle Aussicht auf Stockholm hat. Und das halte ich für eine Schweinerei.« Dann schaute sie mich wütend an. »Und nur weil du jetzt hier wohnst, musst du nicht alles verteidigen.«

»Nur weil du in Örebro wohnst, musst du nicht alles kritisieren, wenn du herkommst«, sagte ich.

Wir starrten einander wütend an. Und dann plötzlich löste sich etwas in mir, wie ein uralter Damm, der einfach brach. Die Wörter strömten nur so aus mir heraus.

»Du warst superarschig zu mir in der Schule«, sagte ich. »Du hast mich gnadenlos gehänselt, mit Flisan und den anderen.«

Sally starrte mich an.

»Ich fühle mich total unwohl, wenn ich nach Örebro komme«, fuhr ich fort. »Bei Flisans Geburtstagsparty saßen Kevin und Liam auf dem Sofa und nannten mich *fucking boring*. Und dann lästerten sie laut über das, was im Winter passiert ist. Kannst du dir vorstellen, wie sich das anfühlt?«

Sally sagte noch immer nichts.

»Du warst so ein Arsch, hast du das etwa vergessen?«

Langsam wurde Sally rot im Gesicht.

»*Nein*, das habe ich nicht vergessen«, sagte sie trotzig. »Ich weiß das noch alles. Aber ich dachte, seither wäre vielleicht genug Zeit vergangen.«

»Also, dass ich das alles vergessen habe?«

Sally schüttelte den Kopf.

»Ich habe dich nie verstanden«, sagte sie. »Du warst so klug und süß und ganz cool eigentlich, aber verteidigt hast du dich trotzdem nie. Nie. Es war fast so, als wolltest du, dass wir weitermachen. Du hast quasi darum gebeten. Und dagegen unternommen hast du auch nichts.«

»*Ich habe darum gebeten?*« Ich schrie fast. »Bist du dumm? Wie habe ich bitte darum gebeten, dass ihr mich fertigmacht? Also war das alles meine Schuld, ja? Ich wollte, dass ihr mich schikaniert, bis ich daran fast zugrunde gehe?«

Sally stand hastig auf und verließ das Café. Ich folgte ihr. Alle unsere Sachen blieben zurück: Taschen, Jacken. Für den Moment dachten wir nicht daran.

Im Treppenhaus holte ich sie ein und brachte sie dazu, sich umzudrehen. Dann standen wir da, starrten einander an, ich hatte die Arme vor der Brust verschränkt.

»Ich möchte, dass du dich entschuldigst«, forderte ich. »Ich möchte eine Entschuldigung hören für all die Male, die du mich vor allen anderen erniedrigt hast. Ich will, dass du begreifst, wie weh du mir getan hast!«

Sally sagte nichts, aber sie atmete so schwer, als wäre sie gerannt. Dann schlug sie die Hände vors Gesicht und seufzte. Als sie mich wieder ansah, schimmerten Tränen in ihren Augen.

»Entschuldige.« Sie flüsterte fast. »*Entschuldige!* Du kannst dir nicht vorstellen, wie sehr ich mich dafür schäme. Ich wollte mich beweisen, ich hatte ja gerade erst entdeckt, wie witzig ich war, und das war ich am besten, wenn ich mich über dich lustig machte. Sicher lag es auch daran, dass ich eifersüchtig war, weil du so hübsch und klug warst. Ich war dicker als alle anderen und hatte panisch Angst davor, Außenseiterin zu sein. Und du ... ja, du warst halt das perfekte Opfer. Von Veronika müssen wir ja nicht erst anfangen ...«

»Hast du sie mal kontaktiert?«, fragte ich. »Hast du dich bei ihr entschuldigt?«

Sally schüttelte den Kopf.

»Ich habe sie gegoogelt und gegoogelt, habe sie aber nirgendwo gefunden«, sagte sie. »Wenn ich an sie denke, bekomme ich richtig Panik.«

»Und wenn du an mich denkst?«, wollte ich wissen. »Warum hast du mich nie drauf angesprochen? Warum hast du es nicht mal versucht? Oder dich einfach entschuldigt?«

Sally schüttelte weiter den Kopf.

»Keine Ahnung. Wenn ich dich heute sehe, sehe ich kein Opfer. Ich hatte wohl gehofft, dass das alles spurlos an dir vorübergegangen ist und du es vergessen hast.«

»So was geht nicht spurlos an einem vorüber«, sagte ich leise. »Wir sprechen hier von seelischen Narben, die niemals wieder verschwinden.«

Sally ging ein paar Schritte, drehte sich dann wieder um und schaute zu unserem Tisch.

»Vielleicht sollten wir unsere Sachen nicht unbeaufsichtigt lassen«, sagte sie.

Also kehrten wir an den Tisch zurück.

Wenig später saßen wir uns mit frischem Kaffee wieder gegenüber. Die Stimmung war etwas besser.

»In der Oberstufe fand ich dich ziemlich feige«, sagte Sally. »Ich hab nicht damit gerechnet, dass wir irgendwann noch mal Freundinnen werden, ich war ja selbst so unsicher, und Flisan war die Coolste der ganzen Stadt. Aber irgendwann hat es sich plötzlich anders angefühlt. Du und ich, wir haben *wirklich* gebüffelt, im Gegensatz zu allen anderen. Und wir haben oft zusammen gelernt, weißt du das noch? Als wir Bella von Urban erzählt haben, ist dir da nicht wieder eingefallen, dass wir auch ziemlich viel Spaß hatten? Unsere Mädelstreffen. Der Bootausflug mit Opas alter Jolle, als wir auf irgendeiner Insel zelten wollten ...«

Bei der Erinnerung musste ich lachen. Das mit dem Zelten war total in die Hose gegangen.

»Doch«, sagte ich. »Ja, wir hatten auch Spaß. Aber das konnte das, was vorher passiert war, nicht ungeschehen machen. Kannst du das nicht verstehen? Man kann so was nicht einfach hinter sich lassen. Man muss sich immer wieder umschauen und der Wahrheit ins Auge sehen.«

Sally betrachtete mich amüsiert.

»Genau das meine ich«, sagte sie. »Du bist doch kein verdammtes Opfer! ›*Sich umschauen und der Wahrheit ins Auge sehen* ...‹«

Sie schüttelte den Kopf und trank von ihrem Kaffee.

»Nach dem Militär warst du an der Uni in Uppsala«, fuhr sie fort. »Ich hab gerade Wirtschaft in Linköping studiert. Flisan hat in diesem Klamottenladen gejobbt, wie hieß der noch mal ...«

»*Sheherazade*«, sagte ich. »Wir haben da unsere Verkleidungen gekauft, weißt du noch?«

Sally lachte.

»Sie und ich haben jedenfalls einen Abend zusammen gegessen«, sagte Sally. »Das ist jetzt vielleicht anderthalb Jahre her. Und da habe ich plötzlich mit voller Wucht begriffen, wie wenig Flisan und ich gemein haben. Sie konnte nicht aufhören, von Kevin zu erzählen, und davon, dass sie sich die Brüste vergrößern lassen wollte, weil *er* das wollte. Und ich hab versucht, über alles

Mögliche mit ihr zu sprechen, über Politik, über Linköping, über das, was wir mit unserer Zukunft anfangen wollten. Aber sie hatte praktisch kein Interesse. Verstehst du, was ich meine?«

Sie schaute mich fast schüchtern an.

»Und dann warst du über Weihnachten da und wolltest deine Abschlussarbeit schreiben, und dann saßen wir einen ganzen Nachmittag im Café Naturens Hus und haben uns mit Camillas Kuchen vollgestopft. Weißt du noch?«

Sally und ich in dem Café, zu dem wir für gewöhnlich mit Sallys Moped gefahren waren. Die meisten unserer Freunde gingen zur Hälls Konditorei in der Olaigatan, ein Treffpunkt für Gymnasiasten, den es schon gab, als mein Vater dort zur Schule gegangen war. Da war es manchmal schön, woanders hinzufahren. Wir hatten ohne Punkt und Komma geredet an diesem Tag: über Linköping und Uppsala, über neue Bekannte, über unsere Pläne für die Zukunft. Sally würde zum Sommer examinierte Sozialökonomin sein, ich selbst hatte nur noch meine Bachelorarbeit vor mir. Wir hatten eine Menge Spaß.

Dann folgte Weihnachten und recht bald die Sache im Tunnel. Der Rest des Winters war zum Teil wie ausradiert und derart kohlrabenschwarz, dass ich fast nicht daran zu denken wagte.

»Klar weiß ich das noch«, sagte ich. »Camilla musste uns vor die Tür setzen, damit sie endlich schließen konnte.«

Sally schaute mich an.

»In dem Moment habe ich begriffen, mit wem ich am meisten gemein habe«, sagte sie. »Und das war eben nicht Flisan.«

Ich blieb einen Moment still.

»Es tut mir gut, dass du dich endlich entschuldigt hast«, sagte ich schließlich. »Flisan und die Jungs sind mir egal, auch wenn ich mit denen sowieso nicht mehr viel zu tun haben werde. Aber es ist gut, dass wir darüber reden. Sonst könnte ich nicht mit dir befreundet bleiben.«

Nun war Sally still. Dann nickte sie leicht, und ich konnte ihr ansehen, dass ich wirklich zu ihr durchgedrungen war.

⇒ ⇐

Abends begleitete ich Sally noch zum Bahnhof. Sie brachte ihre Tasche ins Abteil und kam dann noch einmal zu mir auf den Bahnsteig. Der Zug stand kurz vor der Abfahrt, also umarmten wir uns schnell.

»Danke für ein herrliches Wochenende«, sagte Sally. »Bella ist arschcool und Micke ... tja, vielleicht ist er gar nicht so übel.«

»Schön, dass du da warst«, sagte ich und merkte, dass ich das ernst meinte.

»Es war gut, dass wir mal offen geredet haben«, sagte Sally. »Danke, dass du das angesprochen und nicht einfach unter den Teppich gekehrt hast, wie es die meisten anderen getan hätten.«

»Das hätte ja auch nicht funktioniert. Zumindest nicht, wenn wir weiter befreundet sein wollen.«

Sally lächelte.

»Deine Mutter hat auch eine nicht unwichtige Rolle gespielt. Sie hat mich oft angerufen, als wir in der Oberstufe waren, wenn du nicht zu Hause warst.«

»Wie bitte?«, fragte ich. »Das höre ich zum ersten Mal. Davon hat sie bisher kein Wort gesagt. Und du auch nicht.«

»Manchmal muss man eben auch den Mund halten«, sagte Sally entschuldigend.

In dem Moment stellte ich mir vor, wie gut es täte, Sally von all den Merkwürdigkeiten zu erzählen, die mir in der letzten Zeit passiert waren. Aber bevor ich weiterdenken konnte, dröhnte eine Stimme aus den Lautsprechern.

»*Zurückbleiben, bitte*«, schallte es über den Bahnsteig.

Sally stieg ein und stellte sich in die Tür. Dann schaute sie mich fast verlegen an.

»Ich war nicht immer gut«, sagte sie. »Aber vielleicht kann man mich mit einem guten Käse vergleichen: Ich werde besser mit dem Alter.«

Ein Zugbegleiter kam mit großen Schritten auf mich zu und schaute mich irritiert an.

»Wollen Sie mit?«, fragte er barsch. »Dann müssen Sie jetzt einsteigen, sonst fahren wir ohne Sie.«

Die Türen schlossen sich, und der Zug setzte sich in Bewegung. Ich sah Sally durchs Fenster, hob die Hand und winkte. Sally lächelte und winkte zurück.

Der Zug wurde schneller, und ich ging zur U-Bahn, um zu Micke zu fahren.

6. KAPITEL

Durch alles, was im Büro passiert war und mit Micke und Sally, hatte ich Jalil total vergessen. Nachdem ich ihn telefonisch nicht erreicht hatte, war er mir einfach entfallen, und am Montag und Dienstag versuchte ich nicht mal, bei ihm anzurufen. Aber Mittwoch erwartete Pelle mich nach der Mittagspause bereits mit einem Stapel Blätter am Empfang, und da musste ich wieder an ihn denken.

»Du musst mit dem Taxi nach Sundbyberg und das hier abliefern«, sagte er. »Bei einer Firma, mit der Bella schon mal zusammengearbeitet hat. Sie werden dir auch gleich wieder einen Packen Zeichnungen und Fotos mitgeben. Ein Wagen ist schon unterwegs, du kannst gleich draußen warten. Ich weiß, dass ihr noch einen Haufen anderes zu tun habt.«

Fünf Minuten später war ich unterwegs nach Sundbyberg; es handelte sich um die Firma, zu der Bella unterwegs gewesen war, als sie zum ersten Mal im Café auftauchte. Das Taxi glitt durch die Stadt, und mir blieb viel Zeit, mich durch Mails und die Onlineportale der Nachrichtenkanäle zu lesen, bis wir ankamen. Ich bat das Taxi zu warten, während ich hineinging, die Dokumente ablieferte und den mir bereits angekündigten

Packen entgegennahm. Schon bald saß ich wieder im Wagen und musste auf einmal an Jalil denken. Einer plötzlichen Eingebung folgend, wandte ich mich an den Fahrer.

»Sagen Sie, würden Sie für mich einen Umweg über Vällingby machen?«

»Sie bezahlen, Sie bestimmen«, antwortete dieser mit einem Achselzucken.

Ich vertiefte mich wieder in die aktuellen Nachrichten, bis der Wagen hielt.

»Wir sind da«, sagte der Fahrer.

Ich schaute auf. Wir standen vor einem leeren Grundstück.

»Nein«, sagte ich. »Das kann nicht sein.«

»Das ist die Adresse, die Sie mir genannt haben«, erwiderte er ungerührt.

Ich schaute mich um. Dann stieg ich langsam aus, ohne wirklich etwas zu begreifen.

Sivs Haus war fort. Abgetragen, dem Erdboden gleichgemacht. Der aufgewühlte Grund zeugte davon, dass hier mal ein großes Gebäude gestanden hatte, sonst war rein gar nichts wiederzuerkennen. Rechts vom Grundstück standen ein paar Baucontainer, auf den Stufen davor saß ein Mann in blauem Overall mit Kaffeetasse in der Hand und rauchte. Ich ging zu ihm.

»Entschuldigen Sie«, sagte ich, »aber was ist denn hier passiert? Hier stand doch vor wenigen Wochen noch ein Haus.«

»Und?«, fragte er gleichgültig zurück und trank von seinem Kaffee. »Wen interessiert's?«

»*Mich interessiert's!*«, gab ich zurück. »Ich bin hier vor Kurzem weggezogen, aber ein Freund hat hier noch gewohnt. Was ist denn passiert?«

Der Mann schüttelte den Kopf. »Unmöglich. Das Haus war unbewohnt, sollte schon seit Jahren abgerissen werden. Da hat ewig niemand gewohnt.«

»Also, da irren Sie sich. Ich habe mehrere Wochen hier gewohnt, meine Vermieterin hieß Siv. Wir waren mindestens fünf, wenn nicht sechs Mieter.«

Der Mann zuckte mit den Schultern.

»Als wir anfingen, war es unbewohnt«, erwiderte er. »Zum Glück, möchte man sagen, bei dem Zustand.«

Er trat die Zigarette aus. Dann schniefte er und rotzte auf den Kiesboden, bevor er mich anschaute.

»Wissen Sie, was ich glaube?«, fragte er. »Ich glaube, dass Sie *das* Haus da suchen. Oder *das*.«

Er nickte zu den Nachbargebäuden, die nicht im Geringsten Sivs Haus ähnelten.

»Sie sind offenbar verwirrt, junge Dame. Denn das Haus hier war eine absolute Bruchbude.«

Ich machte einfach kehrt und stieg wieder ins Taxi.

Eigentlich hatte ich mir vorgenommen, am Nachmittag Sally anzurufen, um ihr von all den merkwürdigen Vorkommnissen der letzten Monate zu erzählen, aber als ich in die Agentur kam, war der Teufel los. Bella war unterwegs, um Requisiten für das Abenteuercamp zu besorgen, wir würden abends zu Hause noch weiterarbeiten müssen, solange wir konnten.

Als ich nach Östermalm kam, war Bella jedoch nicht da. Ich versuchte, Sally zu erreichen, landete aber nur auf ihrer Mailbox. Und weiter darüber zu grübeln, was mit dem Haus passiert war und was Jalil zugestoßen sein könnte, schaffte ich einfach nicht. Also griff ich zu einem von Papas Heftern, mit dem ich schon seit Tagen geliebäugelt hatte und der mich wirklich interessierte. *Prostitutionsskandal* stand darauf, ein Skandal der Siebziger, als eine Puffmutter unter anderem den damaligen Justizminister

Lennart Geijer und andere einflussreiche Männer als Kunden ihres Bordells in Stockholm benannt hatte. Ich hatte den Film *Call Girl* gesehen und fand ihn ziemlich verwirrend. Angeblich wollte der Justizminister die bestehenden Gesetze zum Thema Sex auf total durchgeknallte Weise ändern, und ein paar der Mädchen im Film waren erst vierzehn. Das konnte sich so ja schlecht tatsächlich abgespielt haben. Doch dann las ich mit wachsender Verwunderung, was wirklich passiert war. Je mehr ich las, desto empörter wurde ich.

```
Politik und Staatsanwaltschaft deckelten
Prostitutionsskandal
Das sagen Polizisten, die an den Ermittlungen
beteiligt waren
»Man bekam den Eindruck, es würden absichtlich die
Rollläden runtergelassen«, sagt Karl-Hugo Jansson,
Kommissar der Säpo.

Die Geijer-Affäre explodierte im November 1977.
Die Dagens Nyheter (DN) deckten auf, dass der
Landespolizeichef Carl Persson in einer geheimen
Stellungnahme an den Ministerpräsidenten Olof Palme
den Justizminister als Sicherheitsrisiko einstufte,
da er Kontakt zu einer Prostituierten gehabt habe.
Aber DN lag in einigen kleineren Punkten falsch.
Zum Beispiel erwähnte die Zeitung, dass die
Stellungnahme des Polizeichefs von 1969 stammte,
was nicht zutraf.
Das jedoch reichte dafür, dass Palme die ganze
Geschichte vehement abstreiten konnte. DN knickte
```

bereits am folgenden Tag ein, bat Geijer um
Entschuldigung und zahlte eine Strafe.
Ein Jahr später bestätigte die Fernsehsendung
Studio S die Existenz der Stellungnahme.
Der neu gewählte Ministerpräsident Thorbjörn Fälldin
versprach zunächst, die Namen der Politiker zu
nennen, die darin auftauchten.
Doch dann vollzog er eine 180-Grad-Wendung und drohte
plötzlich damit, die Politik zu verlassen. Als er
sich schließlich an die Öffentlichkeit wandte,
verriet er nur einen einzigen Namen – seinen eigenen.
Die Polizisten, die damals an den Ermittlungen
beteiligt waren, sagen heute, sie hatten das Gefühl,
es werde absichtlich gegen sie gearbeitet. [...]

Was die Lage so ernst machte, war die Verbindung von
polnischen Spionen, wichtigen schwedischen Soldaten
und Politikern, sagt Olof Frånstedt, der damals die
Säpo führte.
»Wir arbeiteten offen mit der Kripo zusammen, aber
es gab keine Absicht, den Fall aufzuklären.«
Karl-Hugo Jansson, auf dessen Aussagen die
Stellungnahme des Polizeichefs fußte, sagt heute:
»Man bekam den Eindruck, die Rollläden wurden
absichtlich runtergelassen. Die absolute
Vertuschungstaktik.«
Ove Sjöstrand, der Kriminalbeamte, der die
Anschuldigungen untersuchte, sagt, dass die
Staatsanwaltschaft kein Interesse daran hatte,
der Sache auf den Grund zu gehen.
»Wir wandten uns mit den Ergebnissen der Vorunter-
suchung an ihn. Dort standen die Namen der Kunden.

Da sagte er, dass sie nicht wieder auftauchen sollten.«
Und was hielten Sie davon?
»Ich hielt gar nichts davon. Gibt es keine Freier, gibt es keine Huren. Die Namen der Mädchen wurden inklusive Geburtsdaten und Adressen wiedergegeben. Die Freier sollten nur Kunde 1, Kunde 2 etc. heißen.«
»Es hat ein paar Jahre gedauert, bis ich einen Politiker im Fernsehen anschauen konnte, ohne dass mir schlecht wurde.«
Eric Östberg, leitender Staatsanwalt des Falls, sagt, dass das Gerede um Vertuschung »Unfug« ist.
»Die Ermittlungen betrafen die Puffmutter, und die wurde auch verurteilt.«
Warum wurden die Kunden nicht namentlich in der Anklageschrift erwähnt?
»Sie waren keine Zeugen. Es gab keinen Anlass.«
Hätte man sie nicht als Zeugen vorladen können?
»Nein, die Beweislage war ausreichend. Wir hatten ja die Aussagen der Bordellbesitzerin und der Prostituierten.«
Die Ermittler behaupten, es mangelte am Willen, der Sache auf den Grund zu gehen.
»Das ist Blödsinn.«

Oisin Cantwell, *Aftonbladet*, 18.09.2004

...

Warum hat sich nach Palmes Dementi niemand getraut, weiter an der Geijer-Affäre zu arbeiten?
»Es war unmöglich, Palme infrage zu stellen. Seine Position war so stark«, sagte Erik Eriksson,

Fernsehjournalist der Siebziger, während der Montagsdebatte im Publizistenclub. [...]

Peter Bratt war der *DN*-Journalist, der 1977 veröffentlichte, dass der Verdacht bestand, dass Justizminister Lennart Geijer Beziehungen zu Prostituierten gepflegt habe. Aus glaubwürdiger Quelle wusste er, dass Carl Persson, der damalige Landespolizeichef, Olof Palme in einer geheimen Stellungnahme über den Verdacht informiert hatte.

Die Reaktionen auf den Artikel waren heftig. Olof Palme stritt alles ab, dabei berief er sich vor allem auf eine Reihe von Fehlern im Artikel. *DN* bat um Entschuldigung und zahlte Schadenersatz. Vierzehn Jahre später, 1991, veröffentlichte das *Svenska Dagbladet*, dass Palme bei der Geijer-Affäre gelogen hat.

Per Gahrton, der Ende der Siebziger Reichstagsabgeordneter der Folkpartiet war, erinnert sich an die »kollektive Deckelung«, die der Reichstag sich selbst auferlegt hatte. Gahrton selbst wurde von seinem Parteichef Ola Ullsten belehrt, weil er eine Frage zur Affäre gestellt hatte. Alle Parteien unterstützten Palmes Dementi.
»Das war mit das Abscheulichste, was ich miterleben musste«, sagte Per Gahrton.

Ylva Carlsson, *Medievärlden*, 14.12.2004

...

»Sitzt du schon wieder über den Heftern?«

Bella stand in meiner Zimmertür. Ich schaute sie über den Rand des Blattes an.

»Hast du schon mal von dem Prostitutionsskandal der Siebziger gehört?«, fragte ich. »Unfassbar, wie man von offizieller Seite damit umgegangen ist.«

»In der Küche wartet warme Pizza«, sagte Bella. »Tut mir leid, aber du musst das nun weglegen, wenn wir heute noch fertig werden wollen.«

Widerwillig schob ich den Hefter beiseite und folgte ihr in die Küche, aber was ich da gelesen hatte, ließ mich nicht los. Es wirkte so irrsinnig: Schwedens Ministerpräsident Olof Palme soll absichtlich vor dem Reichstag gelogen haben, um seinen Justizminister zu schützen? Und das war ihm wichtiger, als der ganzen Bordellgeschichte auf den Grund zu gehen und den vierzehnjährigen Mädchen zu helfen?

Bella hatte Pizzen von Ciao Ciao mitgebracht, die wir am Küchentisch aßen und noch einmal den Ablauf des kommenden Wochenendes durchgingen. Das meiste stand: Planung, Teamaufteilung, Unterkunft, Verpflegung, die spielerischen Herausforderungen. Als wir zu den benötigten Requisiten kamen, schaute Bella auf.

»Ich habe das meiste beisammen«, sagte sie. »Hast du die Kiste mit Militärausrüstung vom Dachboden geholt?«

Auf Bellas Wunsch hatte ich ja einen Teil meiner früheren Ausrüstung aus Örebro mitgebracht. Weil wir noch auf Pelles Rückmeldung warteten, hatten wir sie in einen Karton gesteckt und erst mal auf dem Dachboden geparkt.

»Nein, du wolltest doch erst nachhören, ob sie gebraucht wird«, sagte ich.

»Stimmt ja.« Bella stand auf und verließ die Küche, um Pelle anzurufen.

Wenig später kam sie zurück.

»Er will sie unbedingt haben«, erklärte sie. »Er meint, die passt perfekt zu der Paintball-Nummer.«

»Dann hole ich sie irgendwann nach dem Spülen.«

»Perfekt, ich finde sicher was zu tun in der Zwischenzeit.«

Wir aßen auf, dann spülte ich und setzte mich zu Bella aufs Sofa, um weiterzuarbeiten. Gegen zehn schaute ich auf die Uhr und entschied, dass ich die Sache mit dem Dachboden genauso gut jetzt hinter mich bringen konnte. Eigentlich hatte ich keine große Lust, allein hinaufzugehen, aber weil Bella so große Angst vor der Dunkelheit hatte, wollte ich sie nicht zwingen, mich zu begleiten. Also machte ich mir selbst Mut: Ich hatte eine militärische Ausbildung; ich war gut vorbereitet; ich konnte mich verteidigen.

Bloß nicht gegen meine eigenen Hirngespinste.

»Ich geh dann mal nach oben und hole die Sachen«, sagte ich mit einem gezwungenen Lächeln.

Bella schaute auf.

»Soll ich mitkommen?«, bot sie an.

Ich lachte.

»*Du?*«, fragte ich zurück. »Die sich vor Angst in die Hose macht, sobald das Licht ausgeht? Nein danke, bleib du ruhig hier. Beruhigt mich übrigens, dass auch du deine Schwächen hast.«

Bella lächelte.

»Ich fühlte mich wie eine schlechte Freundin«, sagte sie. »Aber danke!«

»Kein Problem für eine Offiziersbraut wie mich.«

Also fuhr ich allein so hoch, wie der Aufzug mich brachte. Es handelte sich um einen gewöhnlichen Dienstagabend, aber außer uns schien niemand zu Hause zu sein. Mit wachsendem Unbehagen brachte ich die Stufen bis zum Dachboden hinter mich und schloss auf. Ich war überarbeitet, müde vom Wochenende und dem harten Tempo in der Agentur. Angst im Dunkeln hatte ich eigentlich keine, genauso wenig war ich schreckhaft. Vielleicht beunruhigte mich Sivs verschwundenes Haus. Oder Jalils unerklärliche Unerreichbarkeit. Ich hatte noch immer keine logische Erklärung für die Sache in Vällingby gefunden. Oder lag es an dem, was ich über den Prostitutionsskandal gelesen hatte? Die Geschichte hatte etwas sehr Beunruhigendes. Vielleicht berührte es mich, weil es um sexuelle Übergriffe ging? Oder um Machtmissbrauch.

Ich holte tief Luft, öffnete die schwere Tür und ging hinein.

Der Dachboden lag im Dunkeln, aber ich musste nur auf den leuchtenden Knopf drücken, schon badete er im Licht. Hier gab es absolut nichts, wovor ich mich fürchten musste. Niemand außer mir war hier, und die einzelnen Verschläge reihten sich ordentlich aneinander. Sicherheitshalber hatte ich eine Taschenlampe mitgenommen, eine große Stablampe, deren Batterien ich wenige Tage zuvor gewechselt hatte. Forschen Schrittes steuerte ich unseren Verschlag an und pfiff leise vor mich hin.

Ein Geräusch ließ mich wie angewurzelt stehen bleiben. An sich war es nicht besorgniserregend, es klang eher wie ein Scharren hinter einer der Reihen von Verschlägen. Wäre ich in einem der unteren Stockwerke gewesen, hätte ich gesagt, dass ein Ast an einem Fenster schabt. Aber hier oben gab es weder Äste noch Fenster.

»Hallo?«, rief ich. »Ist hier jemand?«

Keine Reaktion.

Hatte ich mir das Geräusch eingebildet?

Ich stand reglos da und lauschte, und dann erlosch das Licht. Mein Herz schlug sehr regelmäßig, während ich versuchte, den nächstgelegenen Lichtschalter zu finden. Etwa zehn Meter vor mir am Ende des Gangs direkt bei unserem Verschlag leuchtete es. Ich konzentrierte mich auf den Punkt und hielt bestimmten

Schritts darauf zu, so auf den Lichtpunkt konzentriert, dass ich die Taschenlampe in meiner Hand völlig vergessen hatte. Ich ließ den Schalter nicht aus den Augen und da – auf halber Strecke – erlosch er für einen Moment. Es sah aus, als wäre jemand lautlos daran vorbeigegangen und hätte ihn dadurch verdeckt. Wieder blieb ich stehen, doch nun leuchtete der Punkt ununterbrochen weiter. Das letzte Stück legte ich mit äußerster Vorsicht zurück und drückte, so fest ich konnte, darauf.

Schon wurde der Dachboden wieder mit Licht geflutet. Mein Herz schlug jetzt doch schneller, mein Mund war trocken wie Sandpapier. Niemand war zu sehen, also sagte ich mir wie üblich, dass ich nur eine »*sehr lebhafte Fantasie*« hatte. Schnell schloss ich den Verschlag auf, ging hinein und suchte nach der Kiste.

Und dann hörte ich wieder ein Geräusch, diesmal völlig unverkennbar. Es waren Schritte – langsame und weiche, aber halt trotzdem Schritte. Ich griff nach der Kiste und verließ fluchtartig den Verschlag. Was ich in Unordnung gebracht hatte, konnten wir auch beim nächsten Mal wieder aufräumen. In Gedanken ging ich noch mal durch, wie man vorging, wenn man angegriffen wurde: *Auf die Augen, den Kehlkopf, den Schritt oder die Knie zielen. Alles nutzen, die Finger, Ellbogen, Knie und Füße. Durch Wut und Zielbewusstsein die letzten Kraftreserven wecken.*

»Hallo«, rief ich in Richtung des abgelegenen Flurendes mit der zweiten Tür.

Die Schritte verstummten. Im selben Moment ging auch das Licht wieder aus, alles wurde dunkel.

Ich schloss die Tür des Verschlags und bewegte mich auf den Lichtschalter zu, die Kiste unter dem einen Arm, die Taschenlampe in der anderen Hand. Glücklicherweise war es diesmal nicht weit bis zum Schalter, nur wenige Meter. Ich drückte. Drückte erneut.

Nichts passierte. Es blieb dunkel. Nur die Schritte waren wieder zu hören, langsam und schleppend.

Ich versuchte, mich von allen unnötigen Gedanken zu befreien, ganz wie ich es in der Grundausbildung gelernt hatte, und schaltete die Taschenlampe ein. Sie ging nach wenigen Versuchen an, aber der Leuchtkegel glich nicht dem von vor wenigen Tagen, das Licht war schwach und flackerte, ganz so, als wären die Batterien fast leer.

Plötzlich fiel es mir schwer, mich zu beherrschen. Ich schüttelte die Taschenlampe und leuchtete in alle Richtung, bevor ich mit schnellen Schritten den Ausgang ansteuerte. Niemand war zu sehen, nur der flackernde Lichtkegel, der zwischen den Verschlägen und den Holzbalken an der Decke herumhüpfte. Ich atmete so heftig, dass ich nicht mal Schritte gehört hätte, wenn sie direkt hinter mir gewesen wären. Und dann – nur noch zehn Meter von der Tür entfernt – erlosch die Lampe ganz, und es wurde pechschwarz.

Ich blieb stehen. Nichts als mein Atmen war zu hören. Langsam setzte ich mich in Bewegung, machte vorsichtige Schritte in der Dunkelheit, um nicht zu stürzen oder die Kiste zu verlieren. Schritt für Schritt, einen Arm ausgestreckt vor mir.

Dann griff jemand von hinten nach mir, packte meine Schulter und brachte seinen Kopf in die Nähe meines Ohrs. Da war es wieder – *das Geräusch*, das abscheuliche Geräusch, das ich erst einmal gehört hatte, aber nie hatte vergessen können, wenn ich auch nicht damit gerechnet hatte, es je wieder hören zu müssen. Dieses pfeifende Atmen eines sexuell erregten Menschen. Das entsetzliche Geräusch eines Menschen, der geistig nicht gesund war. Des Mannes, der mich vergewaltigt hatte. Und dann das Flüstern:

»*Du wertloses Stück Scheiße ... Du bist eine kleine Nutte, eine Fotze ... Du verdienst, was ich gerade mit dir mache.*«

Ich verlor die Beherrschung, schrie und schlug um mich. Traf erst jemanden, dann nichts mehr. Aber es gelang mir, zur Tür zu stürzen und sie aufzureißen. Ich rauschte die Treppe hinunter, und als ich um die Ecke zum Aufzug bog, lief ich direkt einem muskulösen Mann in die Arme, der mich festhielt und auf diese Weise zwang, ihm in die Augen zu schauen. Im selben Moment öffneten sich die Türen des Aufzugs, und Bella kam heraus.

»Lieber Gott!«, sagte sie und nahm mich in die Arme. »Was ist passiert?««

Ich verbarg das Gesicht an ihrer Schulter und atmete so heftig, dass ich kein Wort herausbekam.

»Keine Ahnung«, sagte der Mann. »Sie kam schreiend die Treppe vom Dachboden heruntergerannt. Ich wohne da drüben und bin gerade rausgekommen, weil da oben sonst was vorging. Und da sind wir fast zusammengestoßen.«

Jetzt öffnete sich die Tür von der Wohnung direkt gegenüber, und ein junger Mann lugte heraus.

»Hallo«, sagte er. »Was ist denn hier los?«

»Sara«, sagte Bella und nahm meinen Kopf in beide Hände. »*Was ist passiert?* Warum hast du geschrien?«

»Er ... ich ... da oben ist jemand«, brachte ich hervor. »Das Licht ist ausgegangen und ließ sich nicht mehr einschalten. Und dann ... hat er mich angegriffen.«

Ich brach in Bellas Armen zusammen. Die beiden Männer wechselten einen Blick.

»Ich schau mich da oben mal um«, sagte der große. »Ich hab keine Angst vor einem Typen auf dem Dachboden. Kommst du mit?«

»Unbedingt«, sagte der jüngere. »Warte kurz, dann hole ich noch eine Taschenlampe.«

»Wäre es nicht besser, die Polizei zu rufen?«, fragte Bella.

»Nein«, sagte der große. »Dann verschwindet der übers Dach. Oben ist ein Loch in der Wand, man kann direkt ins Nachbarhaus klettern und dann dort über den Hof abhauen. Die müssen endlich dieses verdammte Loch zumachen, ich war im Sommer schon bei der Hausverwaltung, aber passiert ist immer noch nichts. Fühlt sich einfach beschissen an, direkt darunter zu wohnen. Man weiß nie, wer abends in den Ecken lauern könnte, wenn man nach Hause kommt.«

Bella legte mir einen Arm um die Schultern.

»Willst du mitgehen?«, fragte sie.

Ich schüttelte vehement den Kopf.

»Wenn das für euch okay ist, gehen wir schon mal nach unten«, sagte Bella. »Wir wohnen im zweiten Stock.«

Bella und ich traten in den Aufzug, aber ich hörte erst wieder auf zu zittern, nachdem sie mich aufs Sofa und auf mir eine Decke platziert hatte.

»Was ist passiert?«, fragte sie noch einmal.

Ich holte tief Luft.

»Da war jemand, als ich nach oben kam. Ich hab ein Geräusch gehört. Und dann sind die Lampen ausgefallen, es war pechschwarz. Schritte im Dunkeln. Und die Taschenlampe ... Ich hatte neue Batterien reingetan, aber die waren so gut wie leer. Sie ist einfach ausgegangen.«

»Das ist meine Schuld«, sagte sie. »Entschuldige! Ich war letztens damit beim Müll, und als ich sie wieder hier oben hingestellt habe, war sie noch an. Am nächsten Morgen ist es mir aufgefallen, da hat sie kaum noch geleuchtet. Ich habe völlig vergessen, dir das zu sagen. Und darüber nachgedacht, dass du sie heute mitnehmen wolltest, habe ich auch nicht. Du warst bloß so lange weg, dass ich nachschauen wollte, ob alles in Ordnung ist.«

Bella legte mir die Hand auf die Schulter.

»Als es ganz dunkel war und ich auf dem Weg zur Tür«, sagte ich, »hat er sich auf mich gestürzt. Wieder.«

Bella runzelte die Stirn.

»Wer?«, fragte sie.

»Der Mann, der in Örebro über mich hergefallen ist.«

Bella betrachtete mich skeptisch, und ich hörte ja selbst, wie irre das klang. Aber ich war mir hundertprozentig sicher. Oder etwa nicht?

»Verstehe ich dich richtig?«, fragte sie. »Du meinst, da war derselbe Typ auf dem Dachboden, der dich in Örebro angegriffen hat?«

Ich nickte.

»Was macht dich so sicher?«

»Das Geräusch«, flüsterte ich. »Wenn er erregt ist, macht er ein ganz komisches Geräusch. Dann pfeift sein Atem irgendwie ...«

Wertlos. Du bist wertlos!

Hatte ich das wirklich gehört? Oder hatte ich mir das nur eingebildet?

Da klingelte es an der Tür. Bella stand auf, um zu öffnen, und wenig später standen die beiden Männer vor mir. Der eine trug die Kiste, der andere die Taschenlampe.

»Wir haben den gesamten Dachboden abgesucht«, sagte der größere von beiden, der die Kiste in den Händen hielt. »Aber da war niemand. Sind das deine Sachen? Sah so aus, als hättest du sie fallen lassen.«

»Und die Taschenlampe?«, sagte der andere und streckte die Hand damit aus.

»Ja, danke, das sind unsere Sachen«, sagte Bella und nahm sie entgegen. »Dann muss er wohl durch das Loch in der Wand entkommen sein, das du vorhin meintest.«

»Tja, das ist so eine Sache«, sagte er und kratzte sich am Hals.

»Wir haben uns genau umgesehen, und da habe ich wohl was nicht mitbekommen. Die Hausverwaltung hat sich tatsächlich darum gekümmert. Es ist vernagelt, von innen. So kann er also unmöglich entkommen sein.«

»Dann ist er noch oben«, sagte ich.

Meine Stimme klang kratzig, war nicht wiederzuerkennen. Ich war ganz heiser vom Schreien.

»Dazu müsste er sich in einem der Verschläge verstecken«, sagte der größere. »Und dazu bräuchte er einen Schlüssel, aber kein Fremder hat so einen.«

»Und mit den Lampen ist auch alles in Ordnung«, sagte der andere Typ. »Wir haben sie problemlos immer wieder einschalten können. Das Intervall ist vielleicht ein wenig kurz, aber so will die Verwaltung halt Geld sparen.«

Sie schauten mich beide ein wenig besorgt an.

»Hast du eine Ahnung, wer das gewesen sein könnte?«, fragte der jüngere. »So schreit man ja nicht grundlos?«

»Sofern man keine panische Angst vor der Dunkelheit hat«, sagte der andere und lachte. »Oder eine sehr lebhafte Fantasie.«

Da kam mir der Gedanke: *Konnte man ihnen trauen?* Vielleicht waren sie ja irgendwie in die Sache verwickelt?

Oder wurde ich jetzt völlig paranoid?

Bella schaute kurz zu mir, dann wandte sie sich an die beiden Männer.

»Nein, Sara weiß nicht, wer das gewesen sein könnte. Aber tausend Dank für alles.«

Bella gab ihnen je eine Flasche Wein zum Dank und brachte sie zur Tür. Dann kehrte sie zu mir zurück und ließ sich neben mir aufs Sofa fallen.

»Du glaubst mir nicht, oder?«, fragte ich. »Du glaubst, dass ich mir das alles nur eingebildet habe. Es klingt völlig verrückt, das ist mir klar. Aber das war keine Einbildung.«

»Natürlich glaube ich dir«, sagte Bella empört. »Dass du angegriffen wurdest. Bloß dass es derselbe Typ wie in Örebro gewesen sein soll, das verunsichert mich. Wie soll er dich hier gefunden haben? Und woher soll er wissen, dass du just heute auf den Dachboden wolltest? Ist ja nicht so, als würdest du dich jeden Tag dort oben herumtreiben.«

»Keine Ahnung. Ich verstehe das doch selbst nicht.«

»Erzähl mir, was damals passiert ist. Ich glaube, das würde dir guttun.«

»Ich war in Therapie, Bella. Genau wie du. Die Sache ist bewältigt.«

»Bist du dir da so sicher?«, fragte Bella.

Wir schwiegen eine Weile. Und dann fasste ich plötzlich einen Entschluss. Es hatte mit Bellas Angst im Dunkeln zu tun, ihren Kindheitserlebnissen, damit, dass sie geschlagen worden und dass sie so lieb zu Sally gewesen war. Und damit, dass ich ein neues Leben begonnen hatte, das mir gefiel und das sich weiter entfalten sollte. Ich wollte nicht, dass alte Monster Einfluss auf mein Leben nahmen und es auch in Stockholm vergifteten. Es reichte, dass sie mir ein halbes Jahr genommen und mich aus Örebro vertrieben hatten. Und wenn sich hier gerade ein neuer Überfall und eine Erinnerung überlagerten, dann war ich bereit, diese zu bearbeiten, damit ich sie ein für alle Mal hinter mir lassen konnte.

Ich holte tief Luft und fing an zu erzählen.

⸻

»Das heißt«, sagte Bella, als ich fertig war, »ein *wildfremder Mann* hat dich in diesem Tunnel überfallen und vergewaltigt? Und dann ist er einfach verschwunden, ohne dass du auch nur die Spur einer Ahnung hast, wer er war?«

Ich nickte. Alles an mir war schwer wie Blei, mir drohten die Augen zuzufallen. Es war erschöpfend, über die widrigen Dinge zu sprechen, die man hatte durchleben müssen.

»Erinnerst du dich noch an etwas von ihm?«, fragte Bella. »Irgendetwas?«

Ich schloss die Augen und spürte, wir mir eine Träne die Wange hinunterlief.

»Seine Atmung«, sagte er. »Es klang genau wie heute auf dem Dachboden.«

Und sein widerliches Gerede. »*Du wertloses Stück Scheiße ... Du bist eine kleine Nutte, eine Fotze ... Du verdienst, was ich gerade mit dir mache.*« Aber davon erzählte ich Bella nichts. Ich brachte es nicht über mich, weil ich mich so sehr schämte.

»Wie denn? So wie Asthma?«, fragte Bella mit gerunzelter Stirn. »Das wäre dann ja nicht so ungewöhnlich. Vielleicht bist du einfach nur von zwei unterschiedlichen Typen mit Asthma überfallen worden.«

Ich schüttelte den Kopf, vielleicht hatte ich mir das oben auf dem Dachboden ja doch nur eingebildet.

»Noch was«, sagte ich. »Seine Hände. Von dem in Örebro.«

Bella schaute mich an.

»Wie meinst du das?«

»Anfangs habe ich mich nicht an viel erinnert«, sagte ich. »Erst nach mehreren Wochen Therapie sah ich sie wieder vor mir. Seine Hände. In kurzen Sequenzen. Er war ja hinter mir und hielt nicht eine Sekunde still, und dann zog er mir einen Sack über den Kopf. Da sah ich kurz seine Hände. Anfangs trug er Handschuhe, dann nicht mehr.«

»Hatten sie etwas Auffälliges?«

Ich schüttelte den Kopf.

»Keine Ahnung.«

Bella dachte nach.

»Wie haben deine Eltern reagiert?«

»Meine Erinnerung ist nicht gerade klar, was das angeht. Ich weiß nicht mehr, in welcher Reihenfolge alles passierte. Mama und Papa waren im Krankenhaus bei mir. Lina auch. Mama und Lina haben geweint. Papa war ganz blass. Manchmal war es Tag, und sie saßen da. Dann war es plötzlich mitten in der Nacht, und nur die Krankenschwester war da. Ich weiß nichts mehr.«

Ich zögerte.

»Eins war komisch, als ich nach Hause kam«, fuhr ich fort. »Ich ging ja in Therapie und zu den ganzen ärztlichen Kontrollen. Mama und Lina taten so, als wäre nichts passiert, nur Papa ...«

»Ja?«

»Er sagte einfach nichts mehr. Hat sich völlig verschlossen.«

»Hat er nicht mal spekuliert, wer es gewesen sein könnte?«, fragte Bella.

Ich schaute sie an.

»Warum hätte er eine entsprechende Theorie haben sollen? Es gab doch keinerlei Anhaltspunkte.«

»Aber ihr wart euch doch so nah«, sagte Bella. »Habt ihr nie darüber gesprochen?«

Damit traf sie einen Nerv. Trotzdem musste ich es laut aussprechen.

»Ich habe viel darüber nachgedacht«, sagte ich. »Ich glaube, mein Vater war zu dem Zeitpunkt schon sehr krank. Er war so ... anders. Denn ja, du hast recht, wir haben sonst immer über alles gesprochen. Aber plötzlich war es, als wäre etwas kaputtgegangen. Er funktionierte nicht mehr. Und dann das Unglück in unserem Sommerhaus ...«

»Was ist da passiert?«

»Die Polizei geht von einem Herzinfarkt aus. Er hat das Gas aufgedreht, und dann muss es passiert sein. Der Herd explodierte, das Haus verbrannte. Papa hat es nicht mehr hinausgeschafft.«

Das schwarze Loch in mir wuchs, riss an mir, wollte mich verschlucken. Ich hielt mit aller Kraft dagegen. *Mein geliebter Papa.* Wäre ich nur dort gewesen, ich hätte ihn hinausbringen können.

Bella hakte weiter nach.

»Warum war er denn allein dort? Kam das öfter vor?«

»Nein, das war neu«, antwortete ich. »Die letzten sechs Monate fuhr er allein dorthin. Das hat er nie gemacht, als wir klein waren. Irgendwie schien er sich von uns zurückziehen zu wollen, damit wir unsere Ruhe hatten.«

Bella betrachtete mich eingehend.

»Und er hat nie mit dir darüber gesprochen?«, fragte sie.

»Worüber jetzt genau?«

»Warum er allein sein wollte.«

Ich schüttelte den Kopf. Dabei traf mich der Gedanke mit voller Wucht. *Warum hatte er nicht mit mir gesprochen?*

Bella tätschelte mir die Schulter. Dann stand sie auf.

»Ruh dich aus«, sagte sie. »Ich halte es für das Beste, wenn du jetzt schlafen gehst. Wir haben noch viel Arbeit vor uns, die ganze Woche und besonders am Wochenende.«

»Bella«, begann ich erneut. »Es passieren lauter komische Dinge, die irgendwie mit mir zusammenhängen.«

Bella schien darauf zu warten, dass ich weitersprach.

»Was meinst du?«, fragte sie nach einigen Augenblicken.

»Erinnerst du dich an das Haus in Vällingby?«, fragte ich. »Das steht nicht mehr. Einfach dem Erdboden gleichgemacht. Zack.«

»Wie? Abgerissen? Das passiert doch ständig in Stockholm.«

»Ja, aber ... es fühlt sich an, als hätte das mit mir zu tun.«

Bella starrte mich an. Dann fing sie an zu lachen.

»Entschuldige«, sagte sie, »aber du glaubst nicht ernsthaft, dass man *deinetwegen* ein ganzes Haus in Vällingby abgerissen hat?«

Mir schwirrte der Kopf.

»Ich weiß nicht, was ich glaube«, gestand ich. »Ich kann mir nur einfach nicht erklären, was um mich herum passiert.«

»Ich kann's dir erklären: Du bist total erschöpft«, sagte Bella und streichelte mir über die Wange. »Leg dich hin. Glaub mir, du brauchst schlicht und ergreifend Schlaf.«

Also tat ich, was sie mir befahl, und wunderte mich, dass mir tatsächlich die Augen zufielen, obwohl ich das Gefühl hatte, nie wieder schlafen zu können, nach dem, was passiert war. Ein Gedanke schwirrte noch durch mein übermüdetes Hirn: *Warum hatte Papa nicht mit mir gesprochen?* Ihm folgte ein weiterer, noch wichtigerer Gedanke: *Über was hätte er mit mir sprechen sollen?* Die Fragen setzten sich in meinem Kopf fest, obwohl es unmöglich war, eine Antwort darauf zu finden und überhaupt wach zu bleiben.

Ich erwachte am nächsten Morgen erstaunlich ausgeruht. Den ganzen Tag lang arbeiteten wir hart, aber gegen sieben sagte Bella, ich sollte nach Hause gehen.

»Wolltest du dich nicht heute mit Micke treffen?«, fragte sie.

»Doch.«

Ich sehnte mich ganz fürchterlich nach ihm.

»Dann los«, sagte Bella. »Den Rest bekomme ich allein hin und bleibe eben, solange ich muss. Es ist wichtig, dass du dich entspannst, nach allem, was gestern passiert ist.«

Ich bedankte mich und drückte sie kurz. Dann nahm ich meine Tasche und ging.

Micke wartete auf mich im Flur, und sofort verschmolzen wir in einem langen Kuss. Danach schaute er mich an.

»Sushi in der Küche«, sagte er. »Und dann habe ich noch was anderes für dich geplant.«

Ich hatte ihm in einer SMS geschrieben, dass am Vorabend etwas passiert war. Während wir aßen, erzählte ich ihm von dem Überfall, und zu meiner großen Genugtuung sah ich, dass es ihn wütend und besorgt machte.

»Das darf doch nicht wahr sein!«, zischte er. »Wer hat sich denn da Zugang zu eurem Dachboden verschafft? Du gehst auf keinen Fall mehr ohne mich hoch, verstanden?«

Ich lächelte.

»Wer von uns beiden war noch gleich beim Militär?«, zog ich ihn auf.

Micke schüttelte den Kopf.

»Ich will nicht, dass du da noch mal hochgehst.«

Nach dem Essen verschwanden wir im Schlafzimmer, und während der nächsten Stunden dachte ich nicht mehr an das, was auf dem Dachboden passiert war. Aber jetzt war es nach Mitternacht, zwei Kerzen flackerten auf Mickes Nachttisch, und er lag neben mir im Bett. Er schaute mir tief in die Augen, sein Blick wirkte gequält.

»Niemand soll dich anfassen, außer du willst das. Wenn ich den Typen von gestern erwische, dann bring ich ihn um.«

Ich antwortete nicht. Meine Gedanken wanderten. Obwohl Micke und ich uns in so kurzer Zeit so nahegekommen waren, hatte ich ihm noch nicht von der Vergewaltigung erzählt. Das widersprach allem, was ich in der Therapie gelernt hatte: wie wichtig Offenheit war und das Erlebte wieder und wieder durchzugehen. Aber ein enormer innerer Widerstand hielt mich davon ab, es Micke zu erzählen. Nach der Vergewaltigung hatte ich mich gefragt, ob ich je wieder Sex haben könnte, und mir Sorgen gemacht, dass es nie wieder möglich wäre. Aber mit Micke fühlte sich alles so natürlich an, nichts war komisch. Ihm von der Vergewaltigung zu erzählen könnte alles aufs Spiel setzen, was zwischen uns war. Ich wollte den Vergewaltiger nicht zu uns ins Bett holen, ich wollte *nur mit Micke* weitergehen und so tun – zumindest jetzt am Anfang –, als wäre das im Tunnel nie passiert.

Micke war müde. Ich kroch in seine Arme und lauschte seinen Atemzügen. Nach wenigen Minuten war er eingeschlafen.

Ich selbst war hellwach und dachte nach. Schließlich stand ich auf und schlich in die Küche, wo meine Tasche stand, aus der der Hefter mit der Aufschrift *Prostitutionsskandal* ragte. Ich setzte mich an Mickes Küchentisch und schlug die Mappe auf. Mir war klar, dass dies nicht die beste Idee war, denn danach würde ich womöglich gar nicht mehr einschlafen. Aber ich konnte es nicht lassen. Die Lampe warf einen runden Lichtkreis auf den Tisch, ansonsten war es dunkel und still in der Wohnung.

Micke schlief tief und fest im Schlafzimmer.

Und ich las.

```
Heute veröffentlichen wir ein Interview mit Eva
Bengtsson, auf deren Geschichte der Film Call Girl
in großen Teilen fußt. Es ist dieselbe Geschichte,
die Bengtsson 1976 der Polizei erzählte, 2007 der
versammelten Presse und in den Nachrichten bei TV4.
Dieselbe Geschichte bildet die Grundlage des 2004
erschienenen Buchs Makten, männen och mörkläggningen
von Deanne Rauscher und Janne Mattsson (Macht, Männer
und Vertuschung - Anm. d. Übers.). Eva Bengtssons
Geschichte liefert die Basis für die Anschuldigung,
dass Olof Palme selbst Freier gewesen war.
Eine Anschuldigung, der unter anderem der Kriminologe
Leif GW Persson widerspricht, genauso die Familie
```

Palme, was aus der vorliegenden Ausgabe ebenfalls
hervorgeht.
Der Missbrauch, dem Eva Bengtsson als Vierzehnjährige
ausgesetzt war, konnte rechtlich nie bewiesen werden.
Das ist problematisch. Sicher ist, dass Bengtsson
bereits 1976 Angaben bei der Polizei machte. [...]

Wir verfolgen mit Verwunderung, wie der Film *Call
Girl* aufgenommen wird. Statt Empörung darüber,
dass minderjährige Mädchen aus dem Kinderheim in der
Prostitution landen, statt einer lebhaften Diskussion
über die Auferlegung eines Maulkorbs durch den
damaligen Ministerpräsidenten Olof Palme und
Thorbjörn Fälldin erleben wir eine sehr einseitige
Debatte, die darauf hinweist, dass Olof Palme
fälschlicherweise als Freier bezeichnet wurde.
Wir fragen uns, wie so viele so sicher sein können,
was oder was nicht passiert ist, wenn der Fall nie
wirklich untersucht wurde? [...]

Die juristische und journalistische Praxis ist, dass
niemand verurteilt wird, bevor seine Schuld bewiesen
ist, scheint nicht für Eva Bengtsson zu gelten – und
das, obwohl Bengtsson in diesem Fall das Opfer ist.
In der folgenden Diskussion gelang dem einstimmigen
Pressechor das Kunststück, Eva Bengtsson gleichzeitig
unsichtbar und zur Lügnerin zu machen. Eine
differenziertere Diskussion wäre nicht nur
wünschenswert, sondern möglich gewesen. [...]

Aber die Übereinkunft, die dahintersteckt, dass der
Film *Call Girl* schnell aus den Kinos verschwand und

umgeschnitten wurde, wirft nur weitere Fragen auf.
In der Übereinkunft zwischen der Familie Palme und der Produktionsfirma *Garagefilm* steht: »... dass es keinen Anlass dafür gibt, zu behaupten oder anzudeuten, dass eine sexuelle oder andere Verbindung zwischen Ministerpräsident Olof Palme und der Puffmutter-Affäre bestand.« Das ist eine schwerwiegende Last, die einer Filmfirma auferlegt wird.
Wessen Wahrheit darf nun innerhalb des kommerziellen Kunstgewerbes erzählt werden?
Eva Bengtsson bringt dies in eine absurde Lage. Aussage steht nach wie vor gegen Aussage, aber nun gibt es eine juristische bindende Übereinkunft, die darstellt, dass Eva Bengtsson im Unrecht ist. Wir möchten noch einmal darauf hinweisen, dass Eva Bengtssons Aussagen bisher nicht geprüft wurden. [...]

Wir finden, dass die Übereinkunft zwischen der Familie Palme und der Produktionsfirma wieder die Forderung nach einer unabhängigen Ermittlungskommission aufbringt. Übereinkünfte dieser Art können für die Fehler des Rechtssystems nicht aufkommen, sondern lassen eher Rückschlüsse auf eine eigenmächtig handelnde Privatgarde zu. [...]

Ganz davon abgesehen, dass innergesellschaftlich die Schweigekultur abgeschafft gehört, damit Opfer von Übergriffen es wagen, offen zu sprechen, sollte es im Interesse der Mehrheit liegen, eine solch niederträchtige Begebenheit wie die Geijer-Affäre nicht unaufgeklärt zu lassen. Eine unabhängige Ermittlungskommission sollte den Spekulationen ein Ende setzen, damit wichtige Lehren für die Zukunft gezogen werden können.

Anna-Klara Bratt, Jenny Rönngren, *Feministiskt perspektiv*, 10.05.2013

...

Feministiskt perspektiv hat Eva Bengtsson getroffen, um mit ihr über ihre Geschichte und ihre Wahrnehmung der Rezeption des Films zu sprechen. [...]

Zur Kundschaft von Doris Hopp gehörten laut Deanne Rauschers, Gösta Elmquists und Janne Mattssons Buch *Bordellhärvan – makten, männen och mörkläggningen* (Taschenbuchausgabe von 2012; die erste Auflage des Hardcovers erschien 2004) mehrere Minister, ein Chef der Reichsbank, mehrere Regierungspräsidenten, eine Person mit leitender Funktion innerhalb der Polizeibehörde, ein hoher Minister des Försvarets materielverk, des Amts für Rüstung und Wehrtechnik, und ein paar von Schwedens einflussreichsten Geschäftsmännern. [...]

In dem Internat *Eknäs skolhem* erzählt Eva Bengtsson der Polizei, was sie erlebt hat. Den Polizisten Ove Sjöstrand und Morgan Svensson, die einen Hinweis verfolgten, dass Doris Hopp für ihre Tätigkeit mehrere Minderjährige genutzt haben soll.
Schon damals zählte Eva Bengtsson die Namen mehrerer Männer auf, die für Sex mit ihr gezahlt hatten, als sie vierzehn war. Einer dieser Namen ist der von Olof Palme, und von dieser Aussage ist sie bis dato nicht

abgewichen. Sie hatte den Eindruck, dass Ove
Sjöstrand ihr zuhörte und daran interessiert war,
die Wahrheit herauszufinden.
»Der andere Polizist war richtig widerwärtig.
Als ich Olof Palmes Name nannte, schlug er mit der
Faust auf den Tisch und beschimpfte mich. ›Du lügst,
du Mistgöre.‹«
Da wurde Eva wütend.
»Ich lüge nicht, habe ich zu ihm gesagt.« [...]

Nachdem Eva Bengtsson ihre Aussage gemacht hat, kommt
es zu einer Reihe juristischer Fehlgriffe, die zur
Folge haben, dass der Fall von Eva und ihrer Cousine
niemals rechtlich geprüft wird. Der damalige
Generalstaatsanwalt Eric Östberg lässt sich zu jeder
Verhandlung krankschreiben oder nimmt Urlaub, zudem
übernimmt er keinerlei aktive Rolle bei der
Aufklärung des Falls. Schließlich behauptet Torsten
Wolff, ein in Abwesenheit Östbergs eingesetzter
Amtsstaatsanwalt, dass sich nicht beweisen lässt,
ob die Kunden das rechtmäßige Alter der Mädchen
kannten. [...]

Der damalige Justizkanzler Göran Lambertz wollte
ergründen, ob es nötig war, ihren Forderungen
nachzugehen. Er zweifelte die Aussagen von Eva
Bengtsson und ihrer Cousine nie an, im Gegenteil,
aber er lehnte die Forderungen mit dem Hinweis auf
die Verjährungsfrist ab.
»Dass Lambertz mir geglaubt hat, war ein gutes
Gefühl, aber dass er dann nicht entsprechend
handelte, war wie ein Schlag ins Gesicht. Eine

unabhängige Ermittlung wäre das beste Ergebnis gewesen, das ich mir hätte wünschen können. Dann wäre ich zufrieden gewesen.« [...]

Worin findest du Kraft?
»In der Wut. Ich weiß, dass das alles wahr ist, dass ich von diesen Männern ausgenutzt wurde. Sie wussten, dass ich minderjährig bin. Doris Hopp hat mich manchmal aufgefordert, ihnen meinen Schülerinnenausweis zu zeigen. Und ich sah aus wie eine Zwölfjährige. Nein, die Wahrheit muss einfach ans Tageslicht. Ich gebe nicht auf, bis es bekannt ist – ich wurde als Vierzehnjährige von den mächtigsten Männern sexuell ausgenutzt. Ich werde kämpfen bis zuletzt. Die Wahrheit muss raus. Warum sollten die Mächtigen nicht für ihre Taten gerade stehen? Alle anderen Menschen müssen das. So steht es doch im Gesetz.« [...]

Was unterscheidet mächtige Männer von anderen Menschen?
»Dass sie Teil der Machtelite sind und sich deshalb so viel vertuschen lässt. Sie schützen einander.«[...]

Eva Bengtsson beschreibt den ganzen Skandal und sein Nachspiel wie eine Reihe mentaler Übergriffe. Dass die Männer, die sie ausgenutzt haben, niemals zur Verantwortung gezogen wurden, hatte Konsequenzen. Konsequenzen für ihr Leben, ihre Zukunft. [...]

»Es ging immer um das Leben dieser Mistkerle. Bloß verhindern, dass ihre blütenweißen Westen beschmutzt

werden. Dass ihre Leben zerstört werden, wenn
herauskommt, dass sie Minderjährige sexuell
ausgenutzt haben. Aber was ist mit meinem Leben? Den
Leben der anderen Opfer? Wir wurden permanent zum
Schweigen gebracht«, sagt Eva Bengtsson. [...]
Ida Ali, *Feministiskt perspektiv*, 10.05.2013

...

Leif GW Persson hat immer behauptet, dass Eva
Bengtssons Anschuldigungen Olof Palme betreffend
falsch sind:
»Sicher kann man selbstverständlich nie sein, aber
ich tendiere stark in die Richtung. Ich habe nie
geglaubt, dass sie lügt im Sinne von wider besseres
Wissen, das habe ich auch nie gesagt. In dem Punkt
habe ich sehr genau aufgepasst. Ich habe gesagt, dass
sie sich geirrt haben könnte. Niemand kann wissen, ob
es so war, wie sie sagt, oder so, wie ich glaube, dass
es war, oder so, wie Olof Palmes Angehörige sagen.
Anna-Klara Bratt, Jenny Rönngren, Ida Ali,
Feministiskt perspektiv, 10.05.2013

...

Als die Vierzehnjährigen aus der Prostitution
aussteigen wollten, bekamen sie Ohrfeigen von Doris
Hopp.
»Und dann hat sie damit gedroht, es unseren Eltern zu
erzählen.«
Der Polizist, der in dem Fall ermittelte, heißt Ove
Sjöstrand und führt heute ein ruhiges Rentnerleben

in Gustavsberg vor den Toren Stockholms. Er kam zum Ende des Sommers 1976 mit Eva Bengtsson in Kontakt. Da ahnte er bereits, dass Doris Hopp in ihrem Bordell minderjährige Mädchen vermittelte. »Wir hörten ihr Telefon ab und bekamen mit, dass jemand ein Mädchen verlangte, ›das noch keine Haare und keine Brüste hat‹. Woraufhin sie erwiderte: ›Ich werde sehen, was sich machen lässt.‹«, sagt Ove Sjöstrand.
»Ich fand, dass sie, wenn sie diese Männer mit – genau genommen – Kindern versorgte, eine ordentliche Strafe dafür verdiente.«

Als er Eva traf, bekam er einen Schock.
»Ein kleines, verlorenes Mädchen, noch keine Brust, nichts – das war ein Kind. Ich dachte, dass ein Mann, der sich sexuell an so jemandem vergeht, nicht richtig im Kopf sein kann«, sagt Ove Sjöstrand.
Er selbst hatte eine Tochter in diesem Alter, deshalb trafen ihn die Ermittlungen hart. Besonders schwer war es, alle Tonaufnahmen der Telefonüberwachung bei Doris Hopp abzuhören.
»Mein Kollege wollte am liebsten gar nicht wissen, was dort gesagt wurde. Ich setzte ihm einmal die Kopfhörer auf, damit er es doch hören musste – er fand es dermaßen abstoßend, dass er sofort rausging.« [...]

Das ist eine Seite, die Doris' zwei jüngere Halbschwestern Marianne und Margaretha Lidner nicht kennen. Dabei war ihnen bewusst, dass ihre Schwester einen anderen Lebensstil verfolgte und mit vielen bekannten Menschen Umgang hatte:

»All die Telefone und ständig nahm sie Anrufe an. Das haben wir ja miterlebt. Die klingelten ständig und unaufhörlich. Das war sehr sonderbar«, sagte Marianne Lidner. [...]

Im Film wird angedeutet, dass die vierzehnjährige Iris, deren Figur auf Eva basiert, mit dem Ministerpräsidenten schläft, eine Anschuldigung, die nicht neu ist, aber nie untermauert werden konnte. Eva Bengtsson beharrt auf ihren Angaben, dass zu ihren Kunden ein paar der mächtigsten Politiker der damaligen Zeit gehörten.
Doris Hopp ist mittlerweile tot, aber ihre Halbschwestern können bestätigen, dass mehrere der damals tätigen Politiker häufig bei Doris zu Besuch waren. »Ich habe sie alle dort gesehen.
Das hat mir sehr imponiert, und ich habe sie gefragt: ›Doris, was machen die hier?‹«, sagt Margareta Lidner. [...]

Wer in den Skandal verwickelt war, hat versucht, die Erinnerungen daran hinter sich zu lassen. Ove Sjöstrand war bis zu seiner Pensionierung weiter Polizist, aber eine aufmerksamkeitserregende Ermittlung führte er nie wieder.
»Ich war nach dieser Geschichte enttäuscht.
So traurig, dass ich zur Bereitschaftspolizei zurückkehrte. Die letzte Zeit war ich Wachführer.«
»Ich hätte damals gern die Wahrheit aufgedeckt. Mittlerweile ist es mir nicht mehr so wichtig«, sagt Ove Sjöstrand. [...]
Wie hat der Fall Ihr Leben verändert?

»Er hat mein Leben zerstört. Komplett. Mein Selbstvertrauen war danach weg, und danach ging es mir nur noch schlecht«, sagt Eva Bengtsson.

Åsa Asplid, *Expressen*, 06.12.2012

Es war zwei Uhr früh, als ich Papas Mappe zum *Prostitutionsskandal* durchgeackert hatte. Die Geschichte berührte mich sehr, und der Gedanke, wie die Behörden mit Menschenleben umgegangen waren, machte mich wahnsinnig. Micke schlief, mit ihm konnte ich darüber erst mal nicht diskutieren. Ich trank ein Glas Wasser und versuchte, mich zu beruhigen, damit ich vielleicht doch noch ein wenig wohlverdienten Schlaf fand.

Mein Finger streichelte über die Blätter, auf denen der letzte Artikel gedruckt war. Wieder hatte Papa mit Kuli Notizen an den Rand geschrieben. Ich fuhr mit dem Finger über seine Schrift, als könnte ich auf diese Weise Kontakt zu ihm aufnehmen.

Skarabäus stand dort mit dunkelblauem Kuli und mit seiner fast unleserlichen Schrift.

Skarabäus. Nur das eine Wort.

Und ich hatte keine Ahnung, worauf er damit anspielte.

Das Abenteuercamp-Wochenende war ein voller Erfolg, zumindest am Anfang. Bella und ich waren bereits Freitagvormittag vor Ort, um alles für die Ankunft der Teilnehmer vorzubereiten. Am Nachmittag trudelten sie ein, checkten ein, und dann gab es Hering und Schnaps, dicht gefolgt von der Einteilung in Teams und dem Karaokeabend.

Die meisten meiner Songvorschläge waren auf der Liste gelandet, und am Abend selbst stand ich neben Bella und feuerte die Teams an, während die Teilnehmer versuchten, ohne jede Begleitung Lieder wie Zara Larssons *Only you*, Jeff Buckleys *Hallelujah* und Whitney Houstons *I will always love you* vor einem grölenden, berauschten und schallend lachenden Publikum zum Besten zu geben. Wir hatten uns nicht zurückgehalten und es mit Flaggen, Konfetti und Verkleidungen – farbenfrohe Westen, Plateauschuhe und Miniröcke für die Sänger – nahezu übertrieben, was dafür sorgte, dass die Stimmung sofort durch die Decke ging.

Eine umwerfend schöne Beraterin um die dreißig stand gerade mit ein Paar Abba-ähnlichen Glitzerstiefeln zu ihrem eleganten kleinen Schwarzen auf der Bühne. Sie war sicher eine hervorragende Mitarbeiterin, aber singen konnte sie absolut nicht.

»*If I should sta-a-ay-y-y-y-y … I would only be in your wa-y-y-y*«, hauchte sie in einer Melodie, die mir genauso fremd war wie allen anderen im Raum, obwohl ich wusste, welches Lied sie da sang.

»ABBA«, grölte ihr Chef aus der ersten Reihe. »*Mamma Mia!*«

»Nein, nein«, sagte die junge Frau neben ihm. »Nur die Stiefel sind ABBA.«

»Rod Stewart«, rief ein etwas älterer Mann aus den hinteren Reihen. »*The first cut is the deepest!*«

Das gegnerische Team, das wusste, um welches Lied es sich handelte, brüllte vor Lachen und prostete sich mit den Schnapsgläsern zu.

»*So I'll go-o-o-o … but I kno-o-o-w, I'll think of you every step of the wa-a-a-y-y-y …*«, hauchte die Frau mit tiefer Stimme von der Bühne. Jetzt klang es nicht nur schief, sondern noch dazu gruselig.

»Billie Holiday«, rief jemand.

»Aretha Franklin«, schrie jemand anderes und fing an zu tanzen. »*Respect! R-E-S-P-E-C-T!*«

»Bist du völlig übergeschnappt?«, fragte eine blonde Frau und schlug ihm gegen den Arm.

Das gegnerische Team jubelte und verteilte High Fives nach rechts und links. Der Gong ertönte, und damit war klar, dass auch dieser Punkt an sie ging.

Die Beraterin auf der Bühne lehnte sich vor, wie Ausschnitt und hohe Glitzerstiefel zuließen, und holte noch einmal alles aus sich heraus.

»*And I-I-I-I-I-I-ah-I-aaah-I-I-I-I-a-a-a-ah ... Will always looooo-o-o-ove you-u-u-uuu ...*«, jaulte sie, richtete sich auf und überstreckte sich rücklings.

Eine schreckliche Rückkoppelung dröhnte aus den Lautsprechern, die Leute rissen sich die Hände auf die Ohren und bogen sich auf ihren Stühlen.

Bella kam mit einem Mikrofon auf die Bühne.

»Ein Punkt für das schwarze Team!«, verkündete sie, und wieder jubelten alle. »Als Nächstes hätte ich gern Jerker bei mir.«

Der Jubel kannte keine Grenzen, als Jerker, ein etwa Vierzigjähriger mit einer riesigen roten Perücke auf dem Kopf, auf die Bühne sprang und das Victory-Zeichen machte. Ich lehnte mich zufrieden zurück, weil ich wusste, dass er schon bald Lana del Reys *Young and Beautiful* ohne jegliche musikalische Begleitung zum Besten geben würde. Schwer vorstellbar, dass er sich besonders gut schlagen würde.

Nach dem Karaoke-Event stand ich mit einem Bier an der Bar und wartete auf Bella, die auf der Toilette war. Der Spielteil für diesen Abend war abgeschlossen, bald würde es Essen geben, dazu Bier und Schnaps im Kellergewölbe. In dem Moment kam einer der Teilnehmer auf mich zu, ein Typ mit grünen Augen und dunklen Locken, der um die vierzig sein musste.

»Hallo«, sagte er. »Störe ich?«

»Gar nicht.«

Er lächelte.

»Ich heiße Jonathan«, sagte er, »und arbeite für eine andere Firma als die anderen hier. Aber manchmal sind wir nett und laden uns gegenseitig ein, checken uns ab und stimmen ab. Wir haben viele Kunden, da hilft man einander, wo man kann.«

»Cool«, sagte ich.

Ich hatte keine Ahnung, worauf er hinauswollte.

»Ich arbeite für McKinsey«, sagte er. »Schon mal davon gehört?«

»Klar«, sagte ich. »Ihr führt die Branche doch an.«

Jonathan nickte.

»Ich beobachte dich, seit ich angekommen bin«, sagte er. »Bei den Präsentationen und allem, was ihr sonst gemacht habt. Du hast geniale Führungsqualitäten. Ich finde, du solltest dich bei Gelegenheit mit meinem Team bei McKinsey treffen. Ich könnte mir gut vorstellen, dass sie Interesse an dir haben.«

Er holte eine Visitenkarte aus der Innentasche und reichte sie mir.

»Denk drüber nach«, sagte er. »Und melde dich, wenn dir danach ist.«

»Hör schon auf«, sagte ich und fing an zu lachen. »Ich kann mir nicht vorstellen, dass McKinsey auf diese Weise Leute anwirbt.«

Jonathan lächelte. »Ich hab dir keinen Job angeboten«, sagte er, »sondern dir ein Vorstellungsgespräch in Aussicht gestellt.

Was meinst denn du, wie man innovativ und weltweit führend bleibt und die besten Leute findet? Indem man Schema F anwendet?«

Da hatte er natürlich recht. Ein weiterer Mann stieß zu uns, ein kleiner, hagerer Typ mit Brille.

»Hallo«, sagte er und kratzte sich. »Ich heiße Eskil. Du bist Sara, oder?«

»Richtig«, sagte ich. »Und das ist Jonathan.«

Jonathan nickte Eskil zu, der ihn aber völlig ignorierte und sich ganz auf mich konzentrierte.

»Also, die Sache ist die. Ich habe Höhenangst«, sagte er, und ich hätte schwören können, dass er lispelte, selbst wenn kein S in einem Wort vorkam. »Und morgen steht ja dieser Kletterparcours an.«

»Kein Problem«, sagte ich lächelnd. »Du musst nicht mitmachen, sondern kannst stattdessen einen Kaffee trinken und alles vom Boden aus beobachten.«

»Nein, nein«, sagte Eskil. »Ich möchte mitmachen. Ich bin es leid, immer alles vom Boden aus mitzuverfolgen. Aber ich möchte, dass du neben mir kletterst.«

»Ach so«, sagte ich und spürte, wie mein Lächeln nachließ. »Ja … Also, das sollte möglich sein. Ich sprech das gleich mit meiner Kollegin durch, damit wir dadurch nichts durcheinanderbringen.«

»Gut«, sagte Eskil. »Ich zähle auf dich.«

Er reckte den Daumen in die Luft und verschwand wieder.

Selbst Jonathan war verschwunden. Ich suchte nach ihm, entdeckte aber nur Bella, die von der Toilette zurückkam.

»Na?« Sie trank von ihrem Bier. »Ist was Spannendes passiert, während ich weg war?«

»Nichts«, sagte ich und steckte unauffällig Jonathans Visitenkarte in meine Handtasche. »Rein gar nichts.«

Der Samstag wartete mit Sonnenschein und schönem Frühnebel über den Feldern auf. Direkt nach dem Frühstück ging es los mit den Wettbewerben. Die Teilnehmer mussten klettern, schießen, laufen und alle möglichen Rätsel lösen, und außerdem wartete der Kletterparcours mit Sicherung.

Schon beim Frühstück war Eskil zu mir gekommen – mit seinem voll beladenen Tablett. Ein hart gekochtes Ei, ein Knäckebrot mit Kaviar, ein Schälchen mit Schwedenmilch, Kaffee und ein Glas Saft.

Perfekte Henkersmahlzeit, dachte ich sofort.

Himmel, was für ein Unsinn; ich musste wirklich lernen, die Gewalt über meine Gedanken zu behalten.

»Ich habe Höhenangst, will das mit dem Parcours aber auf jeden Fall meistern«, verkündete Eskil. »Wann genau steht der denn an?«

»Nach dem Mittagessen«, sagte ich. »Und wir kriegen das schon zusammen hin, glaub mir.«

Eskil schien nachzudenken. Dann schaute er bekümmert auf sein Tablett.

»Mein Ei wird kalt«, stellte er voller Ernst fest. »Bis später.«

Dann schlenderte er davon bis ans andere Ende des Frühstücksraums, wo er sich ganz allein an einen Tisch setzte.

Rückblickend könnte man meinen, ich hätte da schon etwas ahnen können. Aber dann wiederum, wieso auch? Alles lief wie am Schnürchen, der Kunde war überaus zufrieden, und die Teilnehmer hatten riesigen Spaß.

»Gab's in der Nacht Skandale?«, fragte Bella, als wir uns nach dem Frühstück umzogen.

»Was meinst du?«

»Ich bitte dich«, sagte Bella und zog ein Paar Handschuhe über. »Jemand, der im falschen Zimmer gelandet ist. Was halt so bei Konferenzen passiert.«

»Verstehe! Soweit ich weiß, nicht. Oder ... doch. Auf dem Weg ins Bett bin ich gestern noch der Beraterin in die Arme gelaufen, die *I will always love you* gesungen hat. Sie kam aus dem zweiten Stockwerk, und ich konnte mir nicht erklären, was sie dort wollte. Die Berater sind doch alle im Nebengebäude untergebracht.«

»Exakt«, sagte Bella und grinste breit. »Und wer residiert im zweiten Stockwerk? Direkt bei uns?«

»Die Chefs.«

Bella grinste und hob die Augenbrauen.

»Trug sie noch die ABBA-Glitzerstiefel?«, flüsterte sie. »Und sonst nichts?«

Ich lachte und schüttelte nur den Kopf.

»*And I-I-I-I ... will always love you-u-u-u ...*«, trällerte Bella, und dann trennten sich unsere Wege, um unsere respektiven Teams zu treffen.

Die Wettkämpfe verliefen völlig reibungslos, und dann trafen wir uns zum Mittagessen, das draußen am offenen Feuer serviert wurde, und schon war es Zeit für den Kletterparcours.

Gerade als ich den lang ersehnten Plastikbecher mit Kaffee und Milch in den Händen hielt, tauchte Eskil auf.

»Bist du bereit?«, fragte er. »Ich nämlich schon.«

»Klar«, sagte ich und versuchte, den Kaffee zu trinken, ohne mir die Lippen zu verbrennen. »Sofort.«

Eskil starrte mich unverwandt an, bis der Becher leer war, und dann gingen wir zusammen zum Hochseilgarten.

»Ich wurde gewarnt«, sagte Eskil freiheraus, während wir die Wiese überquerten.

»Gewarnt?«, fragte ich. »Wie denn? In einem Traum?«

»Nein, im Bad. Ich kam grad aus der Dusche, und dann sagte eine Stimme: ›*Hüte dich vor der Schlucht, sie ist steinig.*‹«

Für einen Moment fragte ich mich, ob mit Eskil wohl alles stimmte. Doch dann erinnerte ich mich daran, wie oft ich sonderbare Dinge gehört hatte, obwohl niemand da war. Vielleicht war es ja gar nicht so leicht, Wirklichkeit und Einbildung auseinanderzuhalten.

»Es wird schon alles gut gehen«, versuchte ich, Eskil auf den letzten Metern zu beruhigen.

Schon standen wir vor einer Stange mit Sprossen, die zehn Meter hinauf zu einer Plattform führte. Dort oben begann der Kletterparcours.

»Dann los«, sagte ich. »Du zuerst. Ich bin direkt hinter dir.«

Eskil griff nach einer Sprosse, zog sich hinauf und fing an zu klettern. Wir erreichten die Plattform ohne Probleme.

»Mensch, bist du cool«, lobte ich ihn, als wir oben standen. »Das ging ja megaleicht.«

»Danke«, sagte Eskil.

Wir legten die Klettergurte an, und ich ruckelte zum Testen an dem Stahlseil. Es war nicht superdick, würde aber einen Menschen mit bis zu siebzig Kilo sichern. Schwerer waren weder Eskil noch ich.

Eskil schaute mich an.

»Können wir ein Foto machen?«, fragte er. »Ich würde das gern bei Facebook hochladen.«

»Klar.«

Also machte Eskil ein Bild von uns beiden, wie wir die Daumen hochhalten.

»Ich lade das sofort hoch«, sagte er und tippte etwas ins Handy. »Ich würde dich gern markieren, wie heißt du?«

Ich nannte ihm meinen Namen, Eskil markierte mich, und ich lobte ihn für die schöne Aufnahme.

»Okay«, sagte ich und warf ihm einen aufmunternden Blick zu. »Dann wollen wir mal!«

Eskil verstaute das Telefon in der Tasche, und mir entging nicht, wie sehr seine Hände zitterten. Langsam stiegen wir auf das schmale Seil, das uns sicher fünfzig Meter bis zur nächsten Plattform über eine Schlucht führte. Drüben wartete sein Team und klatschte schon aufmunternd in die Hände. Auf dem einen, schmalen Seil schoben wir die Füße voran, während wir uns an dem anderen festhielten, auf dem wenig Spannung war, weshalb es kaum Halt bot. Es war eine sehr wacklige Angelegenheit.

Unter uns lag eine Schlucht mit spitzen Felsen, es ging sicher zehn bis fünfzehn Meter in die Tiefe. Wer dort hinunterstürzte, würde sich schwer verletzen.

Eskil hatte schon erheblich geschwitzt, als wir noch gar nicht losgeklettert waren, jetzt, mitten über der Schlucht, zitterte er noch dazu am ganzen Körper. Trotzdem war er weiterhin bei bester Laune. Ich selbst bediente mich an jedem Motivationsspruch, der mir beim Militär und in der Therapie begegnet war, um ihn bei der Stange zu halten.

»Das läuft super, Eskil. Man könnte meinen, dass du nie etwas anderes gemacht hast. Und das Foto von uns, das ist so genial, dafür bekommst du massenweise Likes!«

»Gott, ist das heftig«, sagte er, den Blick nach unten gerichtet.

»Nicht nach unten gucken!«, sagte ich. »Guck nach vorn. Du bist gesichert, selbst wenn du abrutschen solltest, besteht keine Gefahr.«

Wir bewegten uns langsam über das Seil. Eskils Kollegen, die alle wussten, dass er Höhenangst hatte, standen auf der Plattform und feuerten ihn an. Ihre Rufe hallten über die Schlucht.

»*Eskil! Eskil! Eskil!*«

Eskil selbst hatte so große Angst, dass ihm die Zähne klapperten, aber er lächelte trotzdem.

Mitten auf dem Seil, von wo es am tiefsten in die Schlucht ging und die Felsen unter uns am spitzesten wirkten, stürzte er. Ich spürte, wie seine Füße vom Seil glitten, wie die Sicherungsleine ihn abfing, aber er griff mit beiden Händen nach mir und klammerte sich fest. Sein Handy flog aus seiner Tasche und fiel geradewegs unter uns in die Schlucht, wo es auf einem Felsen in tausend Teile zerbarst, die in der Dunkelheit verschwanden. Im selben Moment klackte es hinter meinem Rücken, und ich sah etwas nach oben schnellen. Eskil starrte mich an, der Schweiß strömte ihm übers Gesicht. Er war panisch.

»Eskil, beruhig dich«, sagte ich, ohne ihn aus den Augen zu lassen, obwohl mir selbst der Schweiß ausgebrochen war.

Eskil klammerte sich verkrampft an mich.

»Dei-deine Sicherung hat sich gelöst«, presste er hervor.

Er hatte recht, das wusste ich. Genauso, dass sein Klettergurt niemals das Gewicht von uns beiden halten würde.

»Macht nichts«, sagte ich und sah ihm direkt in die Augen. »Wir gehen einfach weiter. Du schaffst das. Und ich auch.«

Er fand zurück auf das Seil, und Schritt für Schritt schoben wir uns Richtung Plattform. Eskils Kollegen waren still geworden, weil ihnen nichts entgangen war.

Eskil schwitzte so sehr, dass es von seinem Gesicht tropfte, und ich konnte fast nicht atmen. Nur noch wenige Schritte, dann waren wir in Sicherheit.

Und da ging es mit Eskil durch. Er brüllte, stieß sich heftig von mir ab und schleuderte sich zur Plattform. Die Welt drehte sich um mich, ich hatte den Halt verloren und stürzte. Bilder schossen mir durch den Kopf – *Papa in der Loipe; Mamas Lächeln; Mickes glänzende Augen in seinem halbdunklen Schlafzimmer; Lina auf ihrem galoppierenden Pferd* – und dann ging ein Ruck durch meinen Körper. Ich blieb kopfüber hängen und schwang vor und zurück.

Jonathan hatte auf der Plattform gestanden, war selbst noch gesichert gewesen und hinter mir hergesprungen, um nach meinem Hosenbein zu greifen. Jetzt hielt er mit aller Kraft daran fest, während die Kollegen oben seine Sicherheitsleine packten und uns hochwuchteten. Ich wurde auf die Plattform gezogen und blieb erst mal sitzen, bis die Welt aufhörte, sich um mich zu drehen. Ich spürte Hände, die mir auf die Schulter klopften, hörte die Frage, wie es mir ginge, und bemerkte Bellas wutschäumende Stimme, die sich offenbar gerade unten am Boden in einem Gespräch mit dem für den Parcours verantwortlichen Menschen befand. Eskil schluchzte in den Armen seines Chefs, ihm wurde eine Decke umgelegt. Ich hatte extreme Schmerzen in der Schulter und der Hüfte. Außerdem war mir schlecht, aber ich hatte keine Lust, mich zu übergeben.

Nach einer ganzen Weile kletterten wir hinunter. Erst als ich wieder festen Boden unter den Füßen hatte, mir eine Decke gegeben worden war und Bella einen Arm um mich gelegt hatte, wurde mir bewusst, dass ich gerade um Haaresbreite einer schweren Verletzung oder vielleicht sogar dem Tod entkommen war.

Jonathan kam zu mir. Seine grünen Augen glänzten im Sonnenlicht, er sah sehr ernst aus.

»Perfekt gehandelt«, sagte er.

»Du hast mir das Leben gerettet«, antwortete ich. »Ich weiß gar nicht, wie ich dir danken soll.«

»Jemand muss mal ein ernstes Wörtchen mit dem Menschen reden, der hier für die Sicherheit verantwortlich ist«, sagte er und schüttelte den Kopf.

Dann ging er.

»Möchtest du abbrechen?«, flüsterte Bella mir ins Ohr. »Ich kann einen Wagen organisieren, der dich nach Hause bringt.«

Irgendetwas wuchs in mir, ohne dass ich richtig verstand, was es war.

»Nein, warum?«, fragte ich und sah Bella in die Augen. »Es war doch ein Unglück, oder?«

Bellas Miene war finster, als sie zu den Männern schaute, die für den Parcours zuständig waren.

»Ich erwürge den Verantwortlichen«, zischte sie. »Du bist so unfassbar cool, dass du das dermaßen locker wegsteckst. Sag bitte sofort Bescheid, wenn du doch fahren willst.«

Aber das wollte ich nicht. Stattdessen leiteten wir weitere Spiele an, und dann wurde gefeiert bis spät in die Nacht. Bella schaute immer mal wieder besorgt zu mir, aber ich lächelte sie einfach aufmunternd an. Nach Mitternacht, als die Party in vollem Gange war, zog ich mich mit meinem Handy auf die Toilette zurück und checkte Eskils Facebook-Profil. Dort waren wir beide: lächelnd und mit nach oben gereckten Daumen auf der Plattform, bevor wir auf das Seil traten. Unter dem Bild stand dieselbe kryptische Nachricht, die Eskil im Bad gehört hatte, aber von einem Facebookfreund, dessen Name mir nichts sagte: *Hüte dich vor der Schlucht,* stand da, *sie ist steinig.* Nichts weiter.

Weder Jonathan noch Eskil sah ich während des Wochenendes noch einmal wieder, also nahm ich an, sie waren verfrüht nach Hause gefahren. Vielleicht hätte ich das auch besser tun sollen. Aber irgendetwas tief in mir hinderte mich daran. Meine Gedanken, die seit dem Überfall auf dem Dachboden so diffus gewesen waren, ordneten sich. Noch hatte ich kein Wort dafür, was in mir passierte, da wuchs eine Kraft, wie ich sie seit der Zeit beim Militär nicht mehr gespürt hatte, lange vor der Vergewaltigung und lange vor Papas Tod. Eine Art Naturgewalt, der ich nicht widerstehen konnte, und sie überraschte und erleichterte mich.

Nein, ich wollte nicht nach Hause. Ich war Offizierin, ich war die Tochter meines Vaters. Ich wollte endlich begreifen, was hinter all den sonderbaren Vorkommnissen steckte.

Sonntagabend, als das Abenteuercamp zu Ende war, traf ich mich mit Fabian im *Tranan* am Odenplan. Als ich ihn anrief und sagte, dass ich mit ihm sprechen wollte, lud er mich sofort zum Essen ein.

Es war fast neun, wir hatten beide aufgegessen, als Fabian den Teller wegschob.

»Wie kommst du darauf, dass das kein Zufall war?«, fragte er. »Hast du irgendwelche konkreten Beweise?«

Ich schüttelte den Kopf.

»Genau deshalb wollte ich ja mit dir sprechen und mit keinem anderen. Ich habe überhaupt keine Beweise, nur dieses Gefühl, das nicht mehr weggeht. *Irgendetwas passiert hier*, und ich kann es nicht erklären, aber ich glaube, es gibt eine Verbindung zu Papa.«

»*Zu Lennart?*«, fragte Fabian und sah sehr verwundert aus. »Wie kommst du darauf? Was könnte er mit der Konferenz oder der PR-Agentur zu tun haben? Du hast dort doch erst nach seinem Tod angefangen.«

Ich schwieg.

»Wusstest du, dass Papa Artikel zu vielen unterschiedlichen Themen gesammelt hat?«, fragte ich nach einer Weile.

»Lennart war an vielem interessiert«, antwortete Fabian. »Was denn für Artikel?«

»Über die Geijer-Affäre zum Beispiel«, sagte ich. »Kannst du dich daran erinnern? Ich habe mittlerweile superviele Artikel dazu gelesen. Die von Papa und außerdem, was immer ich noch im Internet dazu gefunden habe. Mir wird davon unfassbar schlecht, ehrlich gesagt. Will mir nicht in den Kopf, was diese Männer sich da für Widerwärtigkeiten geleistet haben.«

»Das kann man wohl sagen«, stimmte Fabian zu. »Widerwärtig ist definitiv das richtige Wort, von Anfang bis Ende. Und die Mädchen haben keinerlei Gerechtigkeit erfahren.«

»An was erinnerst du dich denn?«, fragte ich. »Hast du Geijer mal getroffen?«

»Mehr als einmal sogar«, antwortete Fabian. »Aber nur flüchtig, ich war damals ja noch sehr jung.«

Er zögerte.

»Was ist?«, hakte ich nach. »Du siehst aus, als würdest du über was nachdenken.«

»Ja ...«, murmelte Fabian. »Ich weiß nicht ... Am besten wendest du dich direkt an Björn.«

»*Björn?*« Ich runzelte die Stirn. »Warum das denn?«

Fabians Miene verzog sich ulkig.

»Weil Björns Vater für Lennart Geijer gearbeitet hat, genau zu diesem Zeitpunkt. Sie waren gut befreundet.«

Das Abscheulichste an dem Film Call Girl *ist nicht der Inhalt an sich, sondern die Tatsache, dass, sobald Palmes Familie das Wort erhebt, Regisseur und Produktionsfirma sofort kuschen. Sofort die Hosen voll, weil eine Verleumdungsklage droht. Dabei ist es Fakt, dass Palme seinen Minister Geijer verteidigt hat. Im Film sieht man den Ministerpräsidenten beim Missbrauch. Und dessen hat er sich auch in Wirklichkeit schuldig gemacht, weil er nicht die Mädchen unterstützte, sondern Geijer. Sie wurden sozusagen gleich doppelt Opfer – einmal körperlich durch die »Kunden«. Und ein weiteres Mal, weil der Ministerpräsident nicht für sie Partei ergriff, sondern wider besseres Wissen die ganze Geschichte verschleierte.*

Eva Bengtssons Vater war Polizist. Wie viel wusste er?

In mir ging etwas kaputt. Ich erholte mich nie, heilte nie. Ich habe meine Vermutungen, wer sich an meiner Tochter vergriffen hat, aber Antworten finde ich keine mehr.

Mein Kind – selbst wenn sie längst nicht mehr minderjährig ist – zu nutzen und zu traumatisieren, um mich zu treffen: Wie kann man so etwas tun?
Ich sehe sie alle vor mir, alle Kinder in einer langen Reihe.
Sie stehen stumm da, die Arme ausgestreckt. Sie zeigen alle in dieselbe Richtung.
Wenn ich den Kopf dorthin drehe, sehe ich die Männer um einen Tisch sitzen. Sie essen und trinken; sie johlen; sie genießen das Leben in vollen Zügen. Sie sind die Mächtigen, aus unterschiedlichen Teilen der Gesellschaft. Sie nehmen sich, was und wen sie wollen, weil sie glauben, dass es ihnen zusteht.
Kinder werden traumatisiert. Ihre Leben zerstört.
Für die Männer spielt das keine Rolle.
Sie schützen einander, wie immer.
Und die Eltern?
Wir hätten eingreifen müssen. Wir hätten unser Schweigen brechen und stattdessen laut schreien sollen.
Jetzt ist es zu spät.
Und ich, der diese mächtigen Männer bedient, mit ihnen gescherzt und ihnen geschmeichelt hat? Ich, der ihre widerwärtigen Taten ermöglicht hat, ich, der den Boden für sie bereitet hat, obwohl ich gar nicht wusste, was damals vorging?
Nie wieder heil.
Nie wieder.
Jetzt bin ich ihnen endlich auf den Fersen, und sie wissen es. Lauft, ihr mächtigen Männer, lauft, so schnell es eure dicken Bäuche zulassen! Lauft um euer Leben!
Skarabäus.

7. KAPITEL

Die neue Arbeitswoche begann mit einer Vollversammlung um acht Uhr morgens. Selbst Bella und ich, die wir an dem am Wochenende bevorstehenden Event nicht beteiligt waren, mussten anwesend sein.

Jeder musste in der Woche mit anpacken, das hieß, dass neben den Aufgaben für unseren Lebensmittelriesen und die Wohltätigkeitsgala im Herbst auch akutere Probleme gelöst werden mussten, wenn die direkt Verantwortlichen sie nicht selbst bewältigen konnten.

»Zähne zusammenbeißen«, sagte Bella, als wir durch das Tor in der Kommendörsgatan traten. »Wir sind völlig ausgepowert nach dem Wochenende, aber da müssen wir jetzt durch. Ich muss nach dem Mittagessen weg, hältst du die Stellung?«

»Klar«, sagte ich und hob eine Augenbraue. »Das sind doch die Gelegenheiten, wenn die Spreu sich vom Weizen trennt. *When the going gets tough, the tough go shopping.*«

Bella lachte. Wir standen im Aufzug zum Büro. Dann wurde sie plötzlich ernst.

»PR und Medien«, sagte sie. »Was ist das eigentlich? Nur Fantasieprodukte.«

»Ach, sag das nicht. Wir arbeiten mit den Träumen der Menschen, und das ist wichtig für die Gesellschaft.«

Bella antwortete nicht, starrte nur vor sich. Und dann öffneten sich die Aufzugtüren, weil wir angekommen waren.

Das Meeting verlief gut, aber direkt im Anschluss stand Roger vor mir.

»Hab gehört, dass es am Wochenende einen Zwischenfall gab«, sagte er. »Mit deiner Sicherung.«

Ich erwiderte nichts, sondern wartete einfach ab.

»Vielleicht solltest du erst mal Vorsicht walten lassen.« Dann ging er.

Ich schaute ihm nach. Unmöglich zu deuten, ob er das aus plötzlicher Fürsorge gesagt hatte oder ob das eine ungeschickte Warnung gewesen war.

In der Mittagspause, als ich mit einem Sandwich vor dem Computer saß, kam Pelle angerannt. Er sah nicht so gepflegt aus wie sonst, seine Haare standen wild in alle Richtungen ab, und das Hemd ragte achtlos über die Anzughose.

»Wo ist Bella?«, fragte er gehetzt. »Sie geht nicht ans Handy.«

»Sie ist verabredet«, sagte ich. »Aber ich weiß nicht, wo oder mit wem.«

Pelle schaute mich an, die Stirn in Falten.

»Hoffentlich nicht mit diesem verdammten Dragan! Der stalkt sie.«

Dragan stalkt sie?

»Davon weiß ich gar nichts«, erwiderte ich. »Das hat sie mir gegenüber bisher nicht erwähnt.«

»Es geht mich auch nichts an«, sagte Pelle. »Aber jetzt gerade bringt mich das in verdammte Zeitnöte.«

Er griff sich verzweifelt in die Haare.

»Ich kann dir gern helfen«, sagte ich und schluckte den letzten Bissen meines Sandwichs runter. »Worum geht es denn?«

Pelle schaute mich an wie eine Offenbarung.

»Wirklich?«, fragte er. »Es geht um Excel-Tabellen und so was. Kannst du das?«

»Ich bitte dich.« Ich stand auf. »Zeig mir einfach, was ich machen soll.«

Pelle erklärte mir, worum es ging, und dann machte ich mich sofort an die Arbeit. Genau in dem Moment kam eine SMS von Bella: »*Ich stemple heute früher aus, brauch das nach dem Wochenende. Schlafe außer Haus. Wir sehen uns morgen!*«

Ich musste lächeln und schrieb zurück: »*Auswärtsspiel? Hattest du nicht was von Pause auf Liebesniveau erzählt? Ist er süß?*«

Bella schickte einen hüpfenden Smiley mit Herzchen-Augen zurück: »*So was passiert halt plötzlich. Micke und du habt die Wohnung für euch. Im Kühlschrank ist guter Chablis, enjoy!*«

Sofort schrieb ich Micke: »*Sturmfreie Bude heute Abend. Guter Wein wartet. Kommst du vorbei?*«

Und dann startete ich mit Pelles Aufgaben, voller Zuversicht, dass Micke schon bald zusagen würde. Zu meiner großen Enttäuschung kam jedoch eine andere Meldung: »*Bin gerade in Helsinki gelandet, dringende Vorstandssitzung. Komme erst morgen zurück. Blödes Timing!!!*«

Pelle hing halb über mir.

»Du musst loslegen. Tut mir leid, dass ich so Druck mache, schließlich hast du dich freiwillig gemeldet. Aber es ist noch dermaßen viel zu tun. Wann kommt Bella?«

»Morgen«, sagte ich. »Sie ist völlig fertig vom Wochenende.«

Pelle antwortete nicht, starrte einfach nur an die Decke. Dann lächelte er mich an.

»Danke, Sara, ich bin dir was schuldig. Und das werde ich nicht vergessen.«

»Kein Ding.« Ich klickte mich durch das Dokument. »Mach einfach sehr starken Kaffee.«

Um acht waren nur noch Pelle und ich im Büro. Er sah völlig fertig aus.

»Geh doch nach Hause«, schlug ich vor. »Den Rest schaffe ich auch allein. Wir sehen uns morgen.«

»Ganz sicher?«, fragte er. »Ich bin so müde, ich kann schon nicht mehr geradeaus sehen.«

»Dann los, du kannst deinen Schönheitsschlaf brauchen.«

Kurz darauf brach Pelle auf.

Ich zog mir eine Jogginghose und einen alten Pulli an, die ich für solche Fälle im Büro deponiert hatte, und setzte mich wieder vor den Computer. Es war erstaunlich angenehm, allein im Büro. Aus den Lautsprechern drang leise Jazz, aus der Küche kam der Duft des Kaffees, den Pelle noch einmal frisch aufgesetzt hatte, und die Beleuchtung sorgte für eine behagliche Atmosphäre. Ich könnte problemlos sogar die ganze Nacht bleiben. Wenn ich müde wurde, musste ich nur eine der weichen Decken nehmen und mich auf das Sofa legen. Die Arbeit machte sich fast von selbst. Klar, es war viel, aber nicht sonderlich schwierig.

Plötzlich klingelte mein Handy. Im Display stand »unbekannte Nummer«.

»Sara«, meldete ich mich und klemmte mir den Hörer zwischen Ohr und Schulter, ohne die Hände von der Tastatur zu nehmen.

»Hallo, Schatz«, sagte eine wohlbekannte Stimme. »Hier ist Papa.«

Ich erstarrte, aber gleichzeitig breitete sich augenblicklich ein warmes Gefühl in mir aus.

Papa! Mein Papa! Er lebte!!

»Papa!«, mehr brachte ich nicht heraus; es klang wie eine Mischung aus Schluchzen und Lachen.

Konnte das wahr sein? Oder verlor ich jetzt komplett den Verstand?

»Hör zu, Tummetott«, sagte Papa und benutzte dabei seinen liebsten Spitznamen für mich. »Wir haben nicht viel Zeit. Ich warte in der Birger Jarlsgatan auf dich, direkt am Eingang zum Tunnel zum Sveavägen. Beeil dich!«

»Aber Papa ...«, setzte ich an, ohne genau zu wissen, was ich eigentlich sagen wollte.

»Es ist dringend.« Dann legte er auf.

Ich starrte auf mein Handy. Schließlich stand ich hastig auf, steckte meine Sachen in die Tasche, nahm meine Jacke und rannte los. Ohne den Computer runterzufahren, Licht oder Musik auszumachen. Ich hatte nur eins im Kopf: Mein Vater lebte und wartete auf mich. Wir haben nicht viel Zeit, hatte er gesagt. Es war dringend.

Wenn ich erst dort war, konnte er mir alles erklären, und ich würde erfahren, dass sein Tod nichts als ein großes und schreckliches Missverständnis gewesen war. Wir würden uns zusammensetzen und über alles sprechen, was seither geschehen war, was wir getan und erlebt hatten. Ich würde von meinem Leben in Stockholm erzählen. Von meinen neuen Freunden, von Micke und meinem Job. Papa würde von sich erzählen und erklären, warum er die ganzen Zeitungsartikel gesammelt hatte. Und er würde mir dabei helfen zu verstehen, was mir alles zugestoßen war und so unerklärlich wirkte.

Papa war nicht tot, er lebte. Meine Gedanken, irrwitzige Hoffnungen rauschten durcheinander. Viele gemeinsame Jahre lagen noch vor uns. Wenn ich eine Familie gründete, würde Papa es miterleben. Er würde meinen Mann kennenlernen, meine Kinder. Er würde Enkel haben und meine Kinder einen Opa. Papa und Mama konnten zusammen in Örebro alt werden. Das war ganz fantastisch und wundervoll.

All diese Vorstellungen und Wünsche überstürzten sich in meinem Kopf, während ich die Treppe hinunterrannte, auf die

Straße hinaus, dann einmal durch den Humlegården auf dem Weg zur Birger Jarlsgatan. Als ich bei der Königlichen Nationalbibliothek angelangt war, musste ich erst einmal stehen bleiben, um wieder zu Atem zu kommen. Ich hatte das Gefühl, meine Lunge würde jeden Moment platzen. Der Schweiß rann mir den Rücken hinunter, schwarze Punkte tanzten mir vor den Augen, ich schmeckte Blut auf der Zunge. Menschen liefen an mir vorüber, aber ich hatte nur Augen für eine einzige Person.

Wo war mein Vater?

Kaum hatte ich mich ein wenig erholt, joggte ich weiter, hinaus auf die Straße. Und dort, von Weitem, sah ich ihn. *Papa*. Er stand an der Ecke zur David Bagares gatan, in seiner alten, abgetragenen Winterjacke und mit der hellblauen Zipfelmütze auf dem Kopf, wie früher, wenn wir Ski fahren waren. Er erblickte mich genau im gleichen Moment, seine Brille blitzte auf, und dann hob er die Hand. Mein Herz schlug wie verrückt, aber jetzt vor Freude und nicht vor Anstrengung. Ich konnte nicht aufhören zu lächeln. Schon konnte ich sein Rasierwasser riechen, praktisch spüren, wie er mich umarmte und ein paar Zentimeter vom Boden hob, so wie er es immer mit Lina und mir gemacht hatte.

Aber dann tat er etwas Unbegreifliches. Statt auf mich zuzukommen, deutete er zum Tunnel, wandte sich in die Richtung und verschwand. Ich rannte hinter ihm her und rief: »Papa! Warte!«

Doch er war fort. Nun erreichte auch ich den Tunnel, und dort, weit vor mir – fast in der Mitte – sah ich ihn, wie er mit schnellen Schritten weiterging. Er drehte sich zu mir um, wurde aber nicht langsamer, sondern gab mir ein Zeichen, mich zu beeilen, damit ich ihn einholte. Er ging einfach weiter. Ich folgte ihm, so schnell ich konnte, aber er verließ bereits den Tunnel, bevor ich zu ihm aufschließen konnte. Ich rannte hinaus auf den

Sveavägen, blickte mich in alle Richtungen um, konnte ihn aber nirgendwo entdecken. Das Herz schlug mir bis zum Hals. *Wo war er? Warum wartete er nicht auf mich? Würde ich ihn etwa wieder verlieren?*

Ich musste mich für eine Richtung entscheiden, und nach wenigen Sekunden bog ich nach rechts ab und folgte dem Sveavägen. Allerdings kam ich nicht weit, bevor meine Knie mir den Dienst versagten – oder hatte mir jemand ein Bein gestellt? – und ich auf dem Bürgersteig zusammenbrach. Und da wurde mir bewusst, was mir von Anfang an hätte klar sein müssen: Mein Vater war tot, mir spielte gerade nur jemand einen entsetzlichen Streich und gaukelte mir vor, er würde noch leben. Ich wurde von Schluchzern geschüttelt und kauerte mich zusammen. Alles tat weh, ich hatte das Gefühl, mein Oberkörper würde sogleich explodieren. Und dann flüsterte mir plötzlich jemand ins Ohr: »*Du weißt schon, dass dies der Ort ist, an dem Olof Palme ermordet wurde?*« Ich hob den Kopf und sah mich um, aber da war niemand. Eine Frau mittleren Alters war in die eine Richtung unterwegs, ein dunkelhaariger Mann in Jeans in die andere. Zwei Jugendliche bogen gerade Hand in Hand in den Tunnel.

Eine Verzweiflung, wie ich sie noch nie zuvor gespürt hatte, erfüllte mich. Am liebsten hätte ich mich direkt neben der kleinen Gedenkplakette für den früheren Ministerpräsidenten zusammengerollt und wäre gestorben.

Palmes Tagebuch ist ein Rätsel für die Ermittlungen
Olof Palme soll privat Tagebuch geführt haben.
Es könnte fehlende Puzzleteile liefern und damit
zur Aufklärung des Mordrätsels beitragen.
Der *Expressen* hat eine Spurensuche nach dem

mystischen Tagebuch betrieben – und selbst jetzt, bald dreißig Jahre nach dem Mord, bleibt das Tagebuch verschollen.

Zehn Tage nach dem Mord wurde Olof Palmes Tresor in seinem Dienstzimmer bei der Säpo geöffnet. Ein Techniker wurde gerufen, um den Tresor aufzubrechen, weil nur Palme selbst den Code hatte. Im Tresor lagen Dokumente zu seiner Vermittlerrolle im Iran-Irak-Konflikt, Schriftverkehr zwischen ihm und dem Finanzamt bezüglich der sogenannten Harvard-Affäre und ein paar private Wirtschaftsdokumente. [...]

Das Tagebuch, das ebenfalls im Tresor gefunden worden sein soll, hätte Aufschluss geben können über mögliche Bedrohungen oder über wichtige Treffen an den Tagen vor seiner Ermordung.

Doch das Tagebuch verschwindet auf mysteriöse Weise, erreicht also nie die Ermittler der Palme-Gruppe.

Der ehemalige Staatsanwalt Anders Helin, mittlerweile verstorben, hat in einem Interview mit Lars Borgnäs von SVT, über das Tagebuch gesprochen: »Das ist nicht gut, so viel ist klar. Gut ist das nicht.«
Wie ist es verschwunden?

»Es wurde wenige Tage nach dem Mord herausgeholt, so wurde es mir erzählt. Aus seinem Büro. Ich weiß nicht, wohin es gebracht wurde, aber ich habe gehört, dass man ein Tagebuch oder ein Notizheft in seinem Büro gefunden hat.«

Heißt das, die Angaben aus dem Buch sind den
Ermittlern der Palme-Gruppe nicht zugänglich?
»Zu der Folgerung müssen wir kommen.« [...]

Auf die wiederholte Frage, ob die Familie Palme das
Tagebuch hat, antwortet er Mal um Mal: »Dazu äußere
ich mich nicht.«
Als der *Expressen* aktuell Kontakt mit dem Sohn,
Mårten Palme, aufnimmt, sagt dieser, der Vater hätte
nie ein Tagebuch gehabt. »Er hat kein Tagebuch
geführt, davon weiß ich nichts.« [...]

Olof Palme hingegen erzählte in Interviews aus den
frühen Achtzigern, dass er ein gelbes Notizheft habe,
in das er »anstehende Telefonate« schrieb,
»Lebensmittel, die er nach Hause mitbringen soll, und
sonstige Einfälle, die so kommen«. [...]

Die Prüfungskommission, die die gesamten Ermittlungen
durchleuchtete, schrieb in ihrem Bericht von 1999, dass
dieser Teil der Ermittlungen große Mängel aufweist:
»Die Ermittlungen um Olof Palme kamen erst spät in
Gang und wurden nicht nach gewohntem Muster
durchgeführt ... Eine systematische Betrachtung von
Olof Palmes persönlichen Kontakten in der Woche vor
dem Mord wurde nicht sofort vorgenommen.« [...] »Eine
systematische Untersuchung der persönlichen Umstände
hätte unverzüglich angeordnet werden müssen. Wir
können nicht erklären, wieso dies ausblieb.« [...]

Claes Petersson, *Expressen*, 04.10.2015

...

Ein Grund für Helins Unlust und die anderer
Staatsanwälte ist die Weigerung Lisbeth Palmes, sich
an den Ermittlungen zu beteiligen. Sie steht sogar
kurz davor, ihre Aussage beim Prozess zurückzuziehen.

Weil sie formal gesehen Klägerin und keine Zeugin
ist (sie wurde selbst angeschossen), kann man sie zu
nichts zwingen. Das war in vergleichbaren Situationen
auch nicht notwendig.

Die Staatsanwältin Solveig Riberdahl sagt eine Weile
nach dem Prozess: »Ich habe während meiner
dreißigjährigen Laufbahn niemanden getroffen, der
ähnlich schwer zu überzeugen war wie sie.«

Riberdahl geht sogar so weit zu behaupten, dass
Lisbeth ihre persönliche Integrität über das Ziel der
Ermittlungen stellt – oder anders ausgedrückt: Ihr
ist es wichtiger, keine unangenehme Aufmerksamkeit zu
erregen als dass der Mord aufgeklärt wird. [...]

Gunnar Wall, SVT.se Meinung, 22.02.2011

...

Die Absperrungen nach dem Mord fielen zu klein aus,
und eine Nachsuche am Tatort fand auch nicht statt.
Außerdem wurden keine Spuren oder Beweise gesichert,
die es gegeben hätte. [...]
Die beiden Patronenhülsen am Tatort wurden nämlich
nicht von der Polizei gefunden, sondern von der
Bevölkerung. Und als die Polizei die Patronenhülsen
zur Analyse weiterschickte, wurde das staatliche

Labor, SKL, nicht genau über den Vorgang informiert. So wurden die Hülsen im Labor gereinigt, da man dort davon ausging, die Polizei hätte bereits organische Spuren gesichert, insofern blieb nichts mehr zu sichern oder untersuchen. [...]

Per Kudo, Rasmus Lundgren, Magnus Helander, *Svenska Dagbladet*, 25.02.2016

—⊇ ⊆—

»Brauchen Sie Hilfe?«

Langsam hob ich den Kopf und schaute in ein freundliches Augenpaar. Ein junger Mann in Jeans und Pulli, mit rotem Haar und runder Brille stand über mich gebeugt da, die Hände auf die Oberschenkel gestützt. Ich lag auf dem Bürgersteig. Passanten liefen in beiden Richtungen an uns vorbei, ein Großteil warf mir fragende Blicke zu. Wie lange hatte ich hier gelegen? Das konnte ich unmöglich beantworten, aber ich war ganz steif, und als ich mir das Gesicht rieb, fühlte es sich an, als hätte ich einen Abdruck an der Wange.

»Alles in Ordnung?«, fragte er. »Oder soll ich einen Rettungswagen rufen?«

»Nein, nein«, sagte ich und setzte mich mit Mühe auf.

Der Mann sah mich freundlich, aber auch neugierig an.

»Bist du obdachlos?«, fragte er.

Ich starrte ihn nur an. *Obdachlos? Ich?*

Er wischte die Hand am Oberschenkel ab und reichte sie mir dann.

»Entschuldigung, ich sollte mich erst mal vorstellen. Ich heiße Andreas und arbeite beim *Expressen*. Ich schreibe gerade an einer Serie über Obdachlose, die zu Weihnachten erscheinen soll. Und es gibt nicht gerade viele junge Frauen unter den Betroffenen, deshalb wollte ich fragen, ob ich dich interviewen darf.«

Ich schüttelte den Kopf. Irgendwie brachte ich kein Wort heraus.

»Kommst du aus Rumänien?«, fragte er.

Ich schüttelte erneut den Kopf.

»Hast du Hunger?«, fuhr er fort. »Die Zeitung zahlt gern für etwas zu essen.«

»Ich bin nicht obdachlos«, presste ich hervor. Es war ein heiseres Krächzen. »Ich wohne in Östermalm in der Storegatan. In einer Wohnung.«

Andreas betrachtete mich. Meine Jogginghose, den sackartigen Pulli, den sonderbaren Platz auf dem Bürgersteig. Ich rechnete damit, dass er um Entschuldigung bitten würde, aber das tat er nicht. Stattdessen stand ihm der Zweifel an meiner Aussage so deutlich ins Gesicht geschrieben, dass ich selbst an mir zu zweifeln begann. Er glaubte kein bisschen, dass ich in Östermalm wohnte, so viel war klar.

Die Frage war, ob ich es selbst glaubte.

Was war gerade passiert?

Er suchte in seiner Jackentasche nach etwas und reichte mir dann eine Visitenkarte.

»Hier«, sagte er dann. »Melde dich, falls du deine Meinung änderst. Wie heißt du denn?«

»Sara«, antwortete ich. »Ich heiße Sara.«

Ich starrte wie hypnotisiert auf seine Karte, während sich die Welt um mich drehte. Dann schaute ich wieder zu Andreas auf und konzentrierte mich auf sein Gesicht. Er sah freundlich aus, etwas skeptisch, aber gleichzeitig amüsiert. Er hatte ein liebes Gesicht, obwohl er irgendwie ganz schön hässlich war.

»Ich geh dann mal nach Hause«, sagte ich eher zu mir selbst und stand langsam auf.

»Klar«, sagte Andreas. »Sicher. Aber melde dich, wenn dir danach ist.«

Er legte mir eine Hand auf die Schulter und drückte sie leicht. Dann ging er. Ich schaute ihm nach. Sein Gang war ein wenig sonderbar, so als wäre sein einer Fuß etwas nach innen gedreht. Er hatte eine Canvastasche bei sich, und ich schätzte, dass sich darin ein Diktafon und ein Notizblock verbargen. Er sah aus wie der typische Journalist. Geradezu ein Klischee.

Oder vielmehr die Karikatur desselben. Kein Janne Josefsson, eher ein rothaariger Tintin.

Janne Josefsson.

Plötzlich musste ich an all die Male denken, die Papa und ich vor dem Fernseher gesessen und wie gebannt *Uppdrag granskning* geschaut hatten, die wöchentliche Investigativsendung. Papa war angespannt, bestürzt, wütend, aufgedreht oder erfreut, und all seine Gefühle übertrugen sich auf mich.

Wieder blickte ich mich in alle Richtungen nach meinem »Papa« um. Er war nirgendwo zu entdecken.

Mit schweren Schritten bog ich in den Tunnel und machte mich auf den Heimweg.

Vorher ging ich noch in der Agentur vorbei, um Licht und Musik auszuschalten und meine Sachen mitzunehmen. Dann schleppte ich mich durch die Straßen zum Östermalmstorg. Innerlich war ich leer; am Boden zerstört über das, was ich gerade durchgemacht hatte. Mein Papa, mein geliebter Vater: Für einen Moment hatte er gelebt, und jetzt war er ein weiteres Mal gestorben. Ich wusste nicht, wie ich das überwinden sollte.

Als ich wieder zu Hause in der Storgatan war, schmuste ich eine Weile mit Simåns, bevor ich ihm etwas zu fressen gab. Dann ließ ich mir in Bellas Badezimmer ein Bad ein und stellte Kerzen an den Rand der Wanne, ganz wie sie es sonst auch immer tat. Ich gab eine große Menge des herrlichen Badeöls hinein, das ich gerade erst von den Kollegen geschenkt bekommen hatte, ging dann in die Küche und holte die Weinflasche, die Bella erwähnt hatte. Ich überlegte, ob ich je allein Wein getrunken hatte, konnte mich aber an keine Situation erinnern. Der Korken kam mit einem lauten und einladenden Ploppen aus der Flasche, und das Glas beschlug, während ich die goldgelbe Flüssigkeit hineingoss. Mit dem Glas in der Hand kehrte ich ins Bad zurück, zog den Bademantel aus und stieg in die Wanne.

Es war komplett still in der Wohnung, wenn man von dem Tropfen des Wasserhahns absah. Ich richtete mich auf, um ihn ganz zuzudrehen, und sank dann zurück ins Wasser. Es war so unfassbar schön, einfach dazuliegen und sich komplett zu entspannen. Ich nippte am Wein und schloss die Augen. Sofort sah ich meinen Vater wieder vor mir. Wer immer das gewesen war, er war ihm so ähnlich: dieselbe Kleidung, dasselbe Bewegungsmuster. Die Brille. Die Stimme am Telefon. Wie konnte er es nicht gewesen sein?

Weil mein Vater sich nie so verhalten hätte. Er wäre nicht vor mir weggelaufen. Er hätte mich umarmt und hochgehoben, und wenn wir dann weitergegangen wären, hätte er mir den Arm um die Schultern gelegt und ich ihm meinen um die Taille.

Schmerz durchfuhr mich wie ein Messer.

Ich trank einen großen Schluck Wein und schloss wieder die Augen. Irgendwo im Haus wurde ein Klavierkonzert gespielt. Es war beruhigend, und ich spürte, wie ich mich trotz des Schmerzes doch zunehmend entspannte. Der Wein tat ein Übriges. Ich ließ die Gedanken wandern.

Papas Stimme. Es hatte wirklich nach seiner Stimme geklungen. Was hatte er noch gleich gesagt?

»*Hallo, Schatz, hier ist Papa.*«
Genau so hatte er sich immer gemeldet.

»*Hör zu, Tummetott*«, hatte er dann gesagt und seinen liebsten Spitznamen für mich verwendet, was nur er und die engsten Freunde wussten. »*Wir haben nicht viel Zeit. Ich warte in der Birger Jarlsgatan auf dich, direkt am Eingang zum Tunnel zum Sveavägen. Beeil dich!*«

Dann hatte er gesagt, es sei dringend.

Was war so dringend?

Wer konnte es gewesen sein, der ihn so perfekt hatte imitieren können?

Wer wusste denn über den engsten Kreis hinaus, dass ich von ihm Tummetott genannt wurde?

Dabei hatte er sich original wie Papa angehört.

Was, wenn das wirklich Papa gewesen war, da am Telefon? Und im Tunnel? Was, wenn er bedroht wurde und ich ihn im Stich gelassen habe, weil ich nicht schnell genug gewesen war? Vielleicht konnte er nicht warten? Vielleicht wurde er jetzt, gerade in diesem Moment, für mein Verhalten zur Rechenschaft gezogen von Menschen, die ihm nichts Gutes wollten?

Und wenn er es nicht gewesen war? Dann gab es da draußen jemanden, der mir schrecklich wehtun wollte und dafür all das inszeniert hatte. Aber wozu?

Oder war ich jetzt komplett verrückt? Hatte ich mir das alles eingebildet?

Mein Magen krampfte sich zusammen. Verständlich; ich hatte seit Stunden nichts gegessen, hatte einen Schock und trank nun praktisch auf nüchternen Magen Wein.

Ein klackendes Geräusch aus dem Flur ließ mich aufhorchen, und ich nahm an, Bella sei nach Hause gekommen. Vielleicht hatte sich ihr Date zerschlagen, vielleicht blieb sie jetzt da, konnte den Abend mit mir verbringen. Eine unendliche

Erleichterung überkam mich bei dem Gedanken, ihr erzählen zu können, was passiert war. Schnell stieg ich aus der Wanne, wickelte mich in mein sonnengelbes Badetuch und tapste in den Flur.

»Bella?«, rief ich.

Keine Antwort. Die Erleichterung wandelte sich sofort in Enttäuschung, als mir bewusst wurde, dass Bella nicht nach Hause gekommen war. Im Flur standen meine Uggs ganz allein auf der Fußmatte, genau dort, wo ich sie abgestellt hatte. Meine Jacke hing über einem Stuhl. Bellas Zimmer war genauso leer wie meins und das Wohnzimmer. Ich wanderte in meinem feuchten, warmen Handtuch einmal durch die Wohnung, eigentlich nur, um gleich zur Wanne zurückzukehren. Auf der Sofalehne lag mein Handy, genau an der Stelle, wo ich es gelassen hatte, als ich in die Küche gegangen war, um den Wein aufzumachen. Ich warf einen Blick darauf. Kein verpasster Anruf. Keine SMS, keine E-Mail. Ich nahm es mit und holte dann das Weinglas aus dem Bad, um nachzufüllen.

Nachdem ich die Flasche wieder im Kühlschrank verstaut hatte, überlegte ich, ob ich wirklich noch einmal in die Wanne gehen sollte. Irgendwie war der Gedanke wenig verlockend. Also ließ ich mich mit Wein und Handy am Küchentisch nieder und ging die neuesten Bilder bei Instagram durch.

Bella hatte erst wenige Minuten zuvor ein Bild hochgeladen und mich im Kommentar markiert. Sie saß in einem Männermorgenmantel an einem Küchentisch, ungeschminkt, aber strahlend und mit einem Glas Champagner in der Hand. Darunter stand: *»Fast so gemütlich wie bei euch, @zaaaraz!«*

Ich wusste nicht, was sie damit meinte; ich hatte seit Tagen nichts bei Instagram gepostet. Vermutlich glaubte sie, ich säße gerade mit Micke ebenfalls am Küchentisch; sie wusste ja nicht, dass ich allein zu Hause war und er in Helsinki.

Ich trank noch einen Schluck Wein und scrollte weiter durch die Bilder. Jessica Almenäs war mit einer Menge anderer VIPs auf einem Mädelsabend. Meine Schwester hatte ein Foto von sich gepostet, auf dem sie gerade mit einem Pferd über ein Hindernis flog, daheim im Reitstall in Örebro. Dabei stand: *»Bester, bester, BESTER Sprung mit Salome heute!«* Und Steffo Törnquist hatte sich soeben eine Zigarre angezündet, wie er zu einem Bild schrieb, das ihn grinsend mit einer Zigarre zwischen den Zähnen zeigte.

Und darunter, auf einem Bild, das so warm und schön war, dass mir das Blut in den Adern gefror, lag ich selbst in Bellas Wanne, das Wasser bis zum Hals, die Augen halb geschlossen, ein Weinglas in der Hand. Am Rand der Wanne standen Kerzen, und am Haken über mir an der Wand hing mein sonnengelbes Badetuch, genau das Badetuch, in das ich gerade eingewickelt war.

»Entspannung nach einem hektischen Tag in der Agentur und Treffen in der Stadt«, stand dort, gefolgt von zwei Emojis. Einem leicht lächelnden Gesicht mit geröteten Wangen und einem Weinglas.

Ich starrte das Bild an, das von meinem Handy aus vor nur fünfzehn Minuten bei Instagram hochgeladen worden war.

Jemand hatte in der Badezimmertür gestanden, mein Handy in der Hand, und mich unbemerkt fotografiert. Und dieses Foto dann als meins veröffentlicht.

Das Klacken im Flur musste die Tür gewesen sein, die dieser Jemand beim Verlassen der Wohnung hinter sich zugezogen hatte.

Ich stand so überstürzt auf, dass das Glas zu Boden ging und in tausend Stücke zerbarst. Weder die Scherben hielten mich auf noch die blutige Gewissheit, dass ich mich geschnitten haben musste, ich rannte in mein Zimmer, zog die nächstbesten Klamotten an, nahm meine Tasche und verließ die Wohnung, so schnell ich konnte.

Erst vor der Haustür blieb ich stehen. Kein Mensch war zu sehen.

Wohin sollte ich gehen?

Ich hatte nicht die geringste Idee.

—≡≡—

Im Restaurant Ciao Ciao verschwand ich sofort auf der Toilette und holte mein Telefon aus der Tasche. Meine Hände zitterten, meine Zähne klapperten. Die ganze Zeit hagelte es Benachrichtigungen über neue Likes und Kommentare. »*Wow! Genieß es!*«, »*Wer hat das Foto gemacht?*«, und »*Loooooove!*«. Sally schrieb: »*Nicht noch mehr Haut! Gruß an Micke*«.

Mir traten die Tränen in die Augen, während ich Mickes Nummer wählte. Ich landete sofort auf seiner Mailbox; sicher war er mit lauter Finnen unterwegs. »*Hallo, hier spricht Micke. Ich kann Ihren Anruf gerade nicht entgegennehmen. Hinterlassen Sie Name und Nummer, dann rufe ich schnellstmöglich zurück.*« Seine warme Stimme brachte meine Tränen zum Überlaufen, weshalb ich nach dem Piepton nichts sagte, sondern einfach nur auflegte.

Wen konnte ich noch anrufen?

Mama oder Lina? Ausgeschlossen. Denen konnte ich nicht erzählen, was passiert war.

Sally? Björn? Fabian?

Bei Björn erreichte ich ebenfalls nur die Mailbox, aber Fabian ging sofort dran.

»Hier ist Fabian.«

Selbst der Klang seiner Stimme trieb mir mehr Tränen in die Augen. Ich bekam kein Wort raus.

»Hallo? Ist jemand dran?«

»Fabian, ich bin's … Sara.«

»Oh, aber meine Kleine … weinst du? Was ist passiert?«

Fabians freundliches Gesicht. Vielleicht eine Tasse Tee.

»Darf ich … zu dir … kommen?«, brachte ich hervor.

»Na, selbstverständlich«, sagte Fabian. »Du bist hier immer willkommen, das weißt du doch.«

Zwanzig Minuten und eine Taxifahrt später saß ich auf Fabians Sofa in Olovslund, während er in der Küche zwei Tassen Tee zubereitete. Fabian wohnte allein in einem kleinen Haus, das eher einer Puppenstube ähnelte. Es lag ein bisschen außerhalb genau mittig zwischen Äppelviken und Nockeby. Hier war es sehr friedlich, man traf nur Rentner und Familien mit kleinen Kindern. Irgendwie verstärkte dies das Gefühl der Unwirklichkeit, wie sollte ich ihm von den Geschehnissen des Abends erzählen?

Papa. Ihn gehört und gesehen zu haben überwältigte mich und ließ die Lücke in mir noch größer, noch dunkler, noch tiefer erscheinen. *Was sollte ich bloß tun?*

Fabian kam mit den dampfenden Tassen ins Wohnzimmer. Er trug eine ausgebeulte Hose und einen verfusselten Pulli, an den Füßen hatte er ausgelatschte Filzpantoffeln. Seine ganze Erscheinung strahlte Ruhe und Normalität aus.

»Honig, keine Milch«, sagte er und reichte mir eine Tasse. »Ganz wie früher.«

Ich lächelte gezwungen.

»Du hast ein gutes Gedächtnis.«

Das süße, warme Getränk tat gut. Fabian setzte sich zu mir und betrachtete mich über den Tassenrand hinweg.

»Erzähl mal«, forderte er mich schließlich auf. »Was ist passiert?«

Ich holte tief Luft. Aber statt meiner Erlebnisse kamen ganz andere Dinge über meine Lippen.

»Erzähl mir von Papa. Was hat er eigentlich genau gemacht?«
Fabian runzelte die Stirn.
»Wie meinst du das? Du weißt doch, was er beruflich gemacht hat, oder?«
»Nicht so wirklich. Eine grobe Vorstellung habe ich vielleicht, aber im Detail weiß ich es nicht. Du hast ihn so lange gekannt. Wie habt ihr euch eigentlich kennengelernt?«
Fabian lächelte.
»An der Uni, wir haben doch beide Politologie studiert«, antwortete er. »Wir sollten eine Gruppenarbeit zusammen machen, und zu unserer Gruppe gehörte ein richtig hübsches Mädel, Sofia. Keine Ahnung, ob es daran lag, dass wir beide ein Auge auf sie geworfen hatten, aber wir stritten uns fürchterlich über die Aufgabe, wie bei einem Hahnenkampf.«
Ich sah sie richtig vor mir: Papa und Fabian hatten immer intensive politische Diskussionen geführt und sich nicht selten gestritten. Einmal war Fabian zum Abendessen bei uns gewesen und wütend vom Tisch aufgestanden, hinausgegangen und hatte die Tür hinter sich zugeknallt. Tags darauf hatte er Mama Blumen geschickt und um Entschuldigung für sein Verhalten gebeten. Seither hatten wir sie sehr oft damit aufgezogen, dass sie eigentlich das alte Ehepaar der Familie waren. Wirklich vertragen hatten sie sich nicht wieder.
Oder doch?
»Was war die Aufgabe?«, hakte ich nach. »Weißt du das noch?«
»Es ging darum, welche Funktion die schwedische Regierung bei der Entwicklungshilfe übernehmen sollte. Vergiss nicht, wir sprechen hier von den Siebzigern, da ging es Schweden ökonomisch ganz wunderbar. Wir wollten die Welt retten.«
»Worüber habt ihr dann gestritten? Warum habt ihr nicht einfach zusammen die Welt gerettet?«
Fabian verzog das Gesicht.

»Wir vertraten gegensätzliche Positionen. Eigentlich dachten wir sehr ähnlich, aber kaum tauchte die schöne Sofia auf, nahm jeder seine Position ein. Wenn ich mich recht entsinne, hat Lennart argumentiert – zum Teil gegen seine Überzeugung –, dass man die Grenzkontrollen unterlassen sollte, um einen absoluten, globalen Freihandel zu erreichen. Ich nahm die Gegenposition ein und beharrte darauf, dass man besser so große Wohlstandsstaaten in Europa aufbaute wie eben möglich, damit man es sich leisten konnte, Menschen auszubilden und mit ihrem Wissen und ihren Firmen in die bedürftigen Länder zu schicken, damit sie dort für eine entsprechende Infrastruktur sorgen konnten.«

»Wer hat sich durchgesetzt?«

»Lennart. Er hat den gesamten Kurs hinter sich gebracht«, sagte Fabian. »Wir schrieben eine brillante Arbeit und bekamen dafür eine hervorragende Beurteilung und die beste Note des Kurses.« Er grinste verschmitzt. »Allerdings entschied Sofia sich für mich.«

Ich lachte. Plötzlich kam mir alles, was an diesem Abend geschehen war, fremd und sonderbar vor, fast wie ein Traum. Vielleicht hatte ich einfach zu hart gearbeitet? Vielleicht bildete ich mir das alles nur ein, alles Anzeichen von zu großem Stress.

Als hätte er meine Gedanken gelesen, wurde Fabian plötzlich ernst.

»Aber jetzt sag doch mal, warum warst du vorhin so aufgewühlt?«

»Moment«, sagte ich. »Du hast meine Frage noch nicht beantwortet. Was hat Papa gemacht, bevor er starb? Vielmehr, was hat er alles seit dem Studium gemacht?«

Fabian dachte nach.

»Er war direkt nach der Schule beim Bund, wie alle anderen damals. Dann ging er an die Uni, wo wir uns kennenlernten, und fing an zu arbeiten – wo, weiß ich nicht mehr. Aber irgendwann landeten wir beide bei der *Sida*. Zuerst Lennart, dann ich. Wir waren beide ein paar Jahre lang gleichzeitig in Stockholm, dann war ich eine Weile im Ausland, während er hier die Stellung hielt. Und vor ungefähr zehn Jahren hat er aufgehört. Ich weiß nicht, warum, aber er machte sich als Berater selbstständig. Soweit ich weiß, bekam er eine Menge Aufträge. Ich wechselte zum Außenministerium, als ich wieder nach Schweden kam. Das dürfte nun fünf Jahre her sein. Wir hatten also nicht mehr den gleichen Arbeitgeber, aber viel Kontakt hatten wir trotzdem.«

»Und konntet genüsslich weiterstreiten.«

Fabian lachte.

»Nein, in den letzten Jahren haben wir nicht mehr so viel gestritten. Das war, als wir jung und hitzig waren. Bevor wir gute Freunde wurden.«

Er nickte in die Ecke des Zimmers, in der ein Stiefelknecht stand.

»Den hab ich mal von ihm geschenkt bekommen. Einfach so. ›Sieh zu, dass du dir immer die Scheiße von der Arbeit – und den Schuhen – abkratzt, bevor du nach Hause kommst‹, hat er dazu gesagt. Das werde ich nie vergessen. Ich liebe diesen Stiefelknecht.«

Ich nickte; die Geschichte kannte ich. Eigentlich war das eine sehr gute Zusammenfassung seines Wesens: Berufliches und Privates auseinanderhalten; nicht den Stress von Arbeit oder Schule die Ruhe im heimischen Hafen zerstören lassen. Und genau deshalb war sein Verhalten zum Ende hin ja so unerklärlich gewesen.

Wir schwiegen eine Weile.

»Gab es jemand, der auf Papa wütend war?«, fragte ich schließlich.

Fabian schaute mich verwundert an.

»*Wütend?*«, fragte er zurück. »Außer mir, meinst du?« Er lachte. »Aber Spaß beiseite, das kann ich mir nicht vorstellen.

Dein Vater war sehr beliebt bei allen, mit denen er zusammenarbeitete. Er war immer gut informiert, gleichzeitig ruhig und kompetent. Er war einfach cool. Vermutlich begriffen wir deshalb, dass ...«

Fabian verstummte und schaute in seine Teetasse.

»Vermutlich begriffen wir deshalb, dass er krank war«, sagte er. »Er war plötzlich so anders.«

»Wie denn anders?«

»Er wurde aggressiv. Wurde ausfallend, kam mit lauter Anschuldigungen ...«

»Was für Anschuldigungen?«

Fabian schüttelte den Kopf.

»Das weiß ich gar nicht so genau. Aber als die Polizei nach dem Unglück erzählt, dass er irgendeine Art von Infarkt gehabt haben musste, war das zumindest für mich keine große Überraschung. Traurig, ja. Aber es war eher eine Bestätigung. Weißt du, was ich meine?«

Ich nickte leicht. Dann schwiegen wir wieder.

»Und jetzt bist du dran«, sagte Fabian. »Warum bist du hier? Was ist passiert?«

In diesem Moment geschah etwas mit mir. Etwas, das ich nicht verstand. Fabians Wohnzimmer mit dem Stiefelknecht, die Bücherregale an den Wänden, die afrikanischen Masken und Bronzestatuen schwankten. Irgendetwas drehte sich, und mein Bedürfnis, mich zu öffnen und beschützt zu werden, wandelte sich in ein überwältigendes Verlangen, die Klappe zu halten und mich selbst zu verteidigen. Ich kannte dieses Gefühl, aber noch nie war es so stark wie in diesem Augenblick.

Ich hatte den Mund geöffnet, um anzusetzen, aber ich schloss ihn wieder. Fabian und ich sahen uns gegenseitig fragend an.

»Ich möchte dich erst noch etwas anderes fragen«, sagte ich. »Über diese ganzen Artikel.«

Fabian lehnte sich zurück und betrachtete mich aus schmalen Augen.

»Dann schieß mal los. Ich erzähle dir, was ich kann.«

Ich holte den Hefter mit dem Material zum Mord an Olof Palme aus der Tasche und legte ihn vor Fabian auf die Couch.

»Aha«, sagte er. »Der Palme-Mord.«

Dann blätterte er in der dicken Mappe.

»Ziemlich viel Material. Willst du, dass ich das alles lese?«

»Nein. Das hab ich schon alles durch, und auch ziemlich viel, was ich zusätzlich im Internet gefunden habe. Je mehr man darüber erfährt, desto sonderbarer wird das alles. Findest du nicht auch?«

»Absolut. Es ist noch immer eins von Schwedens größten ungelösten Rätseln.«

Ich schaute ihn an.

»Hältst du Christer Pettersson für den Schuldigen?«, fragte ich.

Fabian lächelte: ein kleines, sarkastisches Lächeln.

»Nein«, sagte er. »Gar kein bisschen.«

Ich holte ein paar Artikel aus dem Hefter und legte sie vor ihn.

»Und was sagst du dazu?«

Expressen kann heute Angaben aus einem neuen Buch des Schriftstellers Gunnar Wall veröffentlichen. Darin bekräftigt der damalige Staatssekretär Ulf Dahlsten, dass tatsächlich Männer mit Walkie-Talkies in der Mordnacht vor Ort waren. [...]

Auf Nachfrage des *Expressen* sagt Dahlsten:
»Ja, zu dem Zeitpunkt, also vor ein paar Jahren, habe ich von der Polizei erfahren, dass dort in der Gegend eine Fahndung lief. Ein paar der Männer trugen Walkie-Talkies bei sich. Ich ging davon aus, dass es sich um Drogenfahnder handelte, aber wirklich nachgefragt habe ich nicht. Das war zumindest, was sie mir sagten.
Die Polizei teilte Dahlsten mit, dass die Spur nicht von Interesse war – sie hatten sie bereits verfolgt. Und so wurde eine geheime Operation – in der Mordnacht und in unmittelbarer Nähe des Tatorts, an dem Schwedens amtierender Ministerpräsident ermordet wurde – nicht weiter untersucht. [...]

Die derzeitige Palme-Gruppe interessiert sich nun für die Angaben zur Walkie-Talkie-Spur. Unter anderem auch wegen neuer Zeugenaussagen eines Paares, das sich am Mordabend in der Nähe des Tatorts befand. [...]

»Brüsk, fast übergriffig werden wir des Ortes verwiesen, er reckt die eine Hand fast aggressiv in die Luft. In der anderen hält er ein Walkie-Talkie, das er ans Ohr presst.«
Sven legt den Rückwärtsgang ein, und während sie zurücksetzen, sehen sie, wie eine weitere Autofahrerin des Ortes verwiesen wird. Das Paar bekommt allmählich Zeitdruck, noch einen Parkplatz vor dem Konzert zu finden, und landet schlussendlich in der Tunnelgatan, direkt beim Sveavägen und dem Ort, an dem Olof Palme etwas später am selben Abend erschossen werden wird.

Und genau dort macht das Paar seine nächste sonderbare Beobachtung des Abends.
In einem Hauseingang mit Blick auf den Tatort stehen zwei Männer. Sven und Berith gehen ausreichend nah an ihnen vorbei, sodass sie erkennen können, dass mindestens einer von ihnen ein Walkie-Talkie trägt.
»Sie stehen in einem Hauseingang, und mindestens einer von ihnen hatte ein Walkie-Talkie, das hat er sich nämlich gerade ans Ohr gehalten«, berichtet Sven.
»Ich habe das ungefähr mit den Worten kommentiert: ›Wie komisch, das steht ja noch jemand mit Walkie-Talkie‹«, sagt Berith.
Als sie sich auf den Rückweg zum Auto machen, ist der Mord bereits geschehen. Das Paar sah selbst die schreckliche Blutpfütze am Boden und einen Streifenwagen in der Nähe seines Autos.
Wenige Tage später kontaktierte Sven die Polizei, um seine Beobachtungen mitzuteilen.
»Ich sprach mit jemandem, der die Hinweise entgegennahm und sagte, sie würden sich melden, sofern sich die Hinweise als interessant herausstellten. Aber dazu kam es nie.« [...]

Der Schriftsteller Gunnar Wall: »Die Angaben, die Ulf Dahlsten jetzt macht, sind sensationell. Da haben wir es also mit einem Mitglied der Staatskanzlei zu tun, das aussagt, es habe eine geheime Operation im Umfeld des Tatorts gegeben, die aber aus den Ermittlungen gehalten wurde. [...]
Claes Petersson, *Expressen*, 13.09.2015

...

Polizei: Mordkommando könnte Olof Palme getötet haben

Die Palme-Gruppe äußert den Verdacht, dass ein Mordkommando mit Walkie-Talkies Olof Palme bespitzelt hat. [...]

Aus der Zusammenstellung geht hervor, dass die Palme-Gruppe untersucht, ob eine Verschwörung hinter dem Mord am Ministerpräsidenten steckt.
Der Leiter der Ermittlungen, Dag Andersson, sagt über die Hinweise zu Männern mit Walkie-Talkies, dass sie diese »sehr ernst« nehme und man technische Untersuchungen und frühere Vernehmungen unter dieser Maßgabe noch einmal durchgegangen sei.
»Zählt man die Angaben zu Walkie-Talkies rund um den Tatort, erhält man um die achtzig Aussagen, das sind meiner Ansicht nach zu viele, um dies nicht sehr ernst zu nehmen«, sagt Dag Andersson. [...]
John Granlund, *Aftonbladet*, 25.02.2016

Ich betrachtete Fabian, während er las. Meine Gedanken kreisten ebenfalls um Palme. War er möglicherweise wirklich von einem Mordkommando getötet worden? Das war irgendwie schwer vorstellbar, obwohl so viel dafür sprach. Konnte es Zufall gewesen sein, dass so viele Menschen mit Walkie-Talkies just zu dem Zeitpunkt an dem Ort waren, an dem der Ministerpräsident Schwedens erschossen wurde? Unwahrscheinlich. Es musste also Menschen unter uns geben, die die Wahrheit wussten. Aber wer? Und warum hatte sich bisher niemand von ihnen zu Wort gemeldet?

Fabian legte die Artikel beiseite, offenbar hatte er sie durchgelesen.

»Man bekommt richtig Angst, wenn man das so liest.«

»Meinst du, mein Vater war etwas Gefährlichem auf der Spur?«

Fabian zuckte mit den Schultern.

»Eher nicht. All dies wurde schließlich schon veröffentlicht. Das ist ja nichts Neues, was dein Vater selbst aufgedeckt hat.«

Ich lehnte mich zurück und rieb mir die Augen.

»Ich weiß«, sagte ich frustriert. »Aber was soll das alles dann? Was hatte er damit vor?«

»Hat er euch denn nichts erzählt?«, fragte Fabian nachdenklich. »Vielleicht hast du es ja vergessen? Irgendwas, das dir vielleicht nicht gleich wichtig vorkam?«

Ich schüttelte den Kopf.

»Zumindest ist mir bisher nichts dergleichen wieder eingefallen.«

»Allerdings …«, sagte Fabian.

Er blätterte in den Artikeln.

»Hier.« Er zeigte auf den Bericht über das Mordkommando. »Lennart hat etwas an den Rand geschrieben. Hast du das gesehen?«

Er hielt sich das Blatt nah vors Gesicht und drehte es ein bisschen.

»*Spurlos und elegant, wie immer*«, las er laut vor. »Was meint er wohl damit?«

»Keine Ahnung.«

Fabian betrachtete mich, legte den Artikel wieder zu den anderen und lehnte sich nun ebenfalls zurück.

»Warum bist du heute hergekommen?«, fragte er. »Nicht, um mir diese Artikel zu zeigen, oder? Irgendetwas verschweigst du.«

Dasselbe Gefühl wie vorhin überkam mich: dass ich mich schützen musste, indem ich meine Gedanken für mich behielt, ganz wie Papa es getan hätte. Auch wenn er und Fabian gute Freunde gewesen waren.

Ich holte tief Luft.

»Ich habe mich mit meinem Freund gestritten«, sagte ich. »Aber ich möchte nicht darüber sprechen.«

Fabian schaute mir direkt in die Augen, ich sah ihm an, dass er mir kein Wort glaubte.

»Erzähl einfach, wenn dir danach ist«, sagte er. »Möchtest du hier schlafen? Dann beziehe ich schnell das Gästebett.«

»Gern. Wenn es keine zu großen Umstände macht.«

Fabian lächelte.

»Du bist nie ein Umstand«, sagte er. »Tummetott.«

—≡ ≣—

Am nächsten Morgen frühstückten wir eilig, weil wir beide zur Arbeit mussten.

Ich spülte gerade die Tassen, und als ich mich umdrehte, stand Fabian da und beobachtete mich. Wie immer löste es dieselben Gefühle bei mir aus: Dankbarkeit über seine Freundschaft und Nettigkeit, zu denen sich ein schleichendes Misstrauen mischte, ähnlich wie bei Björn.

Lag es an mir? War ich unfähig zu vertrauen?

»Ich möchte noch eins sagen«, setzte Fabian an und legte eine Hand auf meine Schulter. »Ich weiß, dass das ein schwieriges Jahr für dich war, nicht zuletzt wegen dem, was Lennart zugestoßen ist. Wenn du über ihn sprechen möchtest … Wenn du mehr Fragen hast als die, die du gestern gestellt hast, egal ob nun zu Lennart oder Palme oder zu einem der anderen Themen, zu denen er so eifrig Artikel gesammelt hat, dann zögere nicht und melde dich. Okay?«

Ich nickte.

»Es gibt da tatsächlich noch etwas«, sagte ich. »Wurde Papa eigentlich obduziert? Woher weiß man denn, woran er gestorben ist? Wenn man sich mal überlegt, dass das ganze Haus abgebrannt ist, muss man ja davon ausgehen, dass von ihm nicht mehr viel übrig geblieben ist. Mit Mama kann ich darüber nicht sprechen, aber ich wüsste gern, wie vorgegangen wurde. Weißt du, an wen ich mich wenden könnte?«

Fabian betrachtete mich besorgt.

»Hältst du das wirklich für eine gute Idee? Willst du das wirklich alles wieder aufreißen?«

»Ich muss das wissen. Als es passiert ist, waren wir so wahnsinnig überwältigt von allem. Jetzt möchte ich einfach Gewissheit. Ich muss sicher sein können, dass es mein Vater war, den wir begraben haben.«

»Das kann ich nachvollziehen«, sagte er. »Ich werde alles tun, um dir zu helfen.«

Dann ging er in den Flur, um seinen Mantel anzuziehen. Aber er kam noch einmal zurück in die Küche.

»Ich werde mich mal an Björn wenden«, sagte er und lächelte. »Er hat sich ja um alles gekümmert. Ich weiß, dass er unglaublich gute Kontakte hat.«

Bella war bereits da, als ich die Agentur betrat, und sah glücklich und müde aus. Wir wechselten nur ein paar Worte über den gestrigen Abend, aus denen hervorging, dass sie ihn bei ihrem neuen Freund verbracht hatte, der Felipe hieß. Er hatte eine schwedische Mutter und einen spanischen Vater, und Bella strahlte wie eine Sonne, als sie von ihm sprach. Doch als ich erwähnte, dass Micke in Helsinki war und wir den Abend gar nicht zusammen verbracht hatten, sah sie ganz perplex aus.

»Aber das Foto bei Instagram?«, sagte sie. »Wer hat das denn dann gemacht?«

»Mein Zweitfreund«, sagte ich und zwinkerte.

Bellas Augenbrauen schossen hoch.

»Erklär ich dir später«, sagte ich.

Wir arbeiteten den ganzen Tag lang hoch konzentriert am Programm und den Buchungen für die Wohltätigkeitsgala, und dann aßen wir Sushi im Büro, bevor wir nach Hause gingen. Auf dem Nachhauseweg erzählte Bella von Felipe, und ich hörte aufmerksam zu. Aber kaum hatten wir die Wohnung betreten, hängte ich die Sicherheitskette ein und wandte mich zu ihr um.

»Wieso hängst du die Kette ein?«, wunderte sie sich.

»Wer hat alles Schlüssel zur Wohnung?«, fragte ich. »Außer mir und dir?«

Bella war verblüfft.

»Niemand!«, sagte sie. »Es gibt insgesamt nur drei. Deinen, meinen und den Ersatzschlüssel.«

Sie ging zu dem Regalfach, in das wir für gewöhnlich die Schlüssel legten, und wedelte mit dem Extrabund.

»Da ist er, ganz wie er sollte. Würdest du mir jetzt erklären, was los ist?«

Wir setzten uns ins Wohnzimmer, und ich berichtete, was passiert war: Angefangen beim Anruf meines Vaters bis hin zu der sonderbaren Verfolgung durch den Tunnel und dem warmen Wannenbad, dessen Bild bei Instagram gelandet war. Es tat noch immer weh, über Papa zu sprechen; was ich da erlebt hatte, war schlicht unfassbar.

Bella starrte mich an.

»Ich verstehe rein gar nichts. Dein Vater soll dich angerufen haben? Er lebt also? Du hast doch erzählt, er ist in eurem Sommerhaus verbrannt.«

»Ja, das dachte ich bisher ja auch. Und wenn es so ist, dann gibt es da draußen jemanden, der ihn perfekt imitieren kann und mich angerufen und bei meinem Spitznamen genannt hat, den nur die engsten Freunde und Verwandten kennen. Dann hat er sich als Papa verkleidet und mich in den Tunnel gelockt. Und dann ist er verschwunden.«

Bella schüttelte mit gerunzelter Stirn den Kopf.

»Und das Bild bei Instagram?«, fragte sie skeptisch. »Wer hat das gemacht?«

»Ich habe absolut keine Ahnung. Ich war den ganzen Abend allein hier.«

»Darüber wird Micke nicht gerade erfreut sein. Er weiß, dass ich nicht zu Hause war. Hat er noch nicht mitbekommen, dass du es hochgeladen hast? Sonst wird ihm klar sein, dass jemand hier gewesen ist.«

Ich schaute sie an, und Bella schaute aus ihren großen, unschuldigen Augen zurück; eins blau, eins grünbraun. Sie war wirklich sehr hübsch.

»Du glaubst mir nicht«, sagte ich.

Bella zuckte mit den Schultern.

»Ich weiß ehrlich gesagt nicht mehr, was ich glauben soll. Dir passieren ständig so unerklärliche Dinge. Auf dem Dachboden soll dich derselbe Typ angegriffen haben ... Dein toter Vater soll dich angerufen haben. Ein Fremder soll ein Foto von deinem Handy aus direkt bei Instagram hochgeladen haben. Sara, ich mach mir echt Sorgen um dich. Du solltest vielleicht mal mit jemandem sprechen.«

Und plötzlich spürte ich – genau wie bei Fabian – diesen Ruck, hatte das Gefühl, dass die Wände mit der wunderschönen modernen Kunst auf mich zukamen.

War ich dabei, den Verstand zu verlieren?

Verrückt, verrückt, verrückt.

Ich fuhr mir mit der Hand über die Stirn, sie war feucht. Sofort war da wieder das starke Bedürfnis, meine Gedanken für mich zu behalten.

Nichts verraten. Schützen.

»Du hast sicher recht«, sagte ich. »Ich bin einfach erschöpft von diesem Frühjahr. Es würde mir bestimmt guttun, mit jemandem zu sprechen.«

Bella umarmte mich.

»Ich kenne einen richtig guten Therapeuten«, sagte sie. »Ich habe ihn schon nach der Sache auf dem Dachboden kontaktiert. Normalerweise hat er eine mehrmonatige Wartezeit, aber bei dir macht er eine Ausnahme und steht dir zur Verfügung, sobald du willst.«

Ich betrachtete Bella, ihr so schönes Profil, ihren durchtrainierten Körper. Sie war das Sinnbild einer besten Freundin, von der alle Frauen in meinem Alter träumten, die man im wahren Leben aber nie fand.

»Wie lieb von dir«, sagte ich. »Tausend Dank. Dann treffe ich mich mit ihm, wann immer du willst.«

Am nächsten Abend saßen wir an einem der hohen Tische des Broms' zusammen: Bella, ich, Micke und zwei seiner Kumpel, Fred und Danne. Wir tranken Wein und lachten und sprachen über alles Mögliche, nur nicht über das, was mich bewegte. Über die Arbeit, über die anstehenden Partys am Wochenende, über unsere Fitnessstudios. Es dauerte nicht lang, und ich war ein bisschen betrunken und hatte all meine Sorgen vergessen. Micke fragte nicht nach dem Foto bei Instagram, und ich sprach es ebenfalls nicht an. Aber seine Aufmerksamkeit war voll und ganz auf mich gerichtet: Er sah nur mich, wollte mich permanent berühren, lachte über alles, was ich sagte, und brachte auch die anderen dazu, förmlich an meinen Lippen zu hängen.

Irgendwann kamen wir auf das Thema Politik, und ich spitzte die Ohren. Bestärkt durch Mickes Aufmerksamkeit und seinen Arm um meine Hüfte, sagte ich laut: »Sagt mal, was wisst ihr eigentlich über den Mord an Olof Palme?«

Danne und Fred zuckten mit den Schultern.

»Der wurde doch von diesem Alki erschossen, oder?«, murmelte Danne. »Wie hieß der noch gleich? Das ist ja schon eine halbe Ewigkeit her.«

»Christer Pettersson«, sagte Fred. »Aber wurde der nicht freigesprochen?«

»Wurde er?«, fragte Danne und runzelte die Stirn. »Obwohl er den Ministerpräsidenten erschossen hat?«

»Und dann ist er gestorben, glaub ich«, sagte Fred. »Also, dieser Pettersson. Ist auf dem Bürgersteig ausgerutscht oder so. Sehr sonderbar alles.«

Bella lächelte und zeigte mit dem Kaffeelöffel auf mich. In ihren Augen funkelte es, als sie sich an Danne und Fred wandte.

»Passt bloß auf, Jungs!«, sagte sie. »Sara ist die krasseste Privatdetektivin. Und jetzt ist sie einer Sache auf der Spur, nicht wahr, Sara?«

Alle schauten mich an, Micke gab mir einen Kuss auf die Wange.

»Niemanden würde es weniger überraschen als mich, wenn sie den Palme-Mord aufklärt«, sagte er und schaute mir tief in die Augen. »Du kannst alles erreichen, was du willst.«

»Wie jetzt?«, fragte Fred. »Ich komm nicht mehr mit. Du arbeitest doch mit Bella bei *Perfect Match*, oder?«

Ich lachte und nickte zu Bella und Micke.

»Hör nicht auf die beiden«, sagte ich. »Die reden eine Menge, wenn der Tag lang ist.«

»Aber das ist wirklich spannend«, sagte Bella zu Fred. »Saras Vater hat vor seinem Tod alles Mögliche über unaufgeklärte Fälle und Affären der schwedischen Politik gesammelt. Und wenn du davon erzählst, Sara, bekommt man richtig Gänsehaut.«

»Worüber denn noch?«, hakte Danne nach.

Ich schüttelte den Kopf.

»Lauter schwedische Merkwürdigkeiten. Sonderbare Geschehnisse in diesem Land, große und kleine. Wo *die Spuren beseitigt* wurden, um es mal so auszudrücken.«

»Doch nicht bei uns«, sagte Danne voller Ironie. »So was gibt es nur in Italien. Oder Südamerika!«

»Genau.« Ich lächelte. »Aber nicht in Schweden.«

Micke hob sein Glas.

»Auf Sara, unsere Detektivin«, sagte er. »Versprich uns, dass du uns als Erste einweihst, wenn du etwas herausfindest.«

»Versprochen! Irgendwas Verdächtiges geht vor, so viel ist klar.«

»Cool«, sagte Danne mit Bewunderung in der Stimme. »Ich liebe ungelöste Rätsel!«

»Ich möchte sie einfach nur lösen«, sagte ich. »Ich hasse es, wenn ich nicht verstehe, warum etwas passiert.«

Dann trank ich noch einen großen Schluck Wein und verabschiedete mich erst mal von allen Gedanken an den Palme-Mord und an meinen Vater. Micke liebte mich, und ich war glücklich. Das musste für heute Abend reichen.

Die Geschichte von Ikarus hat mich schon immer fasziniert, und ich muss im Zusammenhang mit Palmes Tod häufig daran denken. Dädalus bastelte Flügel für sich und seinen Sohn Ikarus mithilfe von Federn und Bienenwachs, um fliehen zu können.

»Flieg nicht zu nah an die Sonne«, sagte Dädalus. »Sonst schmilzt das Wachs, und du stürzt zu Boden.«
Aber natürlich kam Ikarus der Sonne zu nah, das Wachs schmolz, sodass er ins Meer stürzte und ertrank.
Diese Geschichte über Hochmut ist eindrucksvoll.
Palmes Tod erinnert an Ikarus' Flucht. Je länger er an der Macht war, desto größere Risiken ging er ein, desto näher kam er der Sonne. Viele glauben, dass er mit einer Zukunft außerhalb von Schweden liebäugelte, angeblich als Generalsekretär der UN. Er machte sich viele Freunde, aber auch viele Feinde, nicht nur dadurch, wie er mit Wahrheit und Lügen umging.
Auf Bruegels berühmtem Gemälde Landschaft mit dem Sturz des Ikarus, *vermutlich von 1560, sehen wir Ikarus ins Meer stürzen. Nur das eine Bein ist noch zu erkennen in der sonst ruhigen Szenerie, denn Ikarus' Sturz ist nur ein Teil des großen Bildes. Mittig steht ein Schäfer mit seiner Herde, ein Angler hantiert mit seiner Schnur, und ein Bauer pflügt mit seinem Pferd ein Feld. Keiner von ihnen scheint überhaupt zu bemerken, was dem armen Ikarus gerade zustößt.*
Staatsbegräbnis hin oder her, der Bauer muss pflügen, der Schäfer seine Schafe hüten.
Manchmal, wenn ich über den Mord an Palme nachdenke, muss ich auch an Shakespeares Stück Julius Caesar *denken. Caesar ist von seinen Freunden und Feinden im Senat umgeben – darunter selbst sein nächster Freund, Brutus –, bevor sie ihn töten.*
Dante Alighieri wiederum platzierte Brutus und Cassius zusammen mit Judas in der untersten Hölle. Im neunten Kreis, im Eissee Cocytus, sitzt der Teufel und nagt an allen dreien. Weil ihre Verbrechen die schlimmsten von allen sind: Sie sind Verräter. Verräter ihrer selbst, ihrer Familien, ihrer Länder.
Jetzt, wo mir sowohl die Unterlagen als auch der Tathergang vorliegen, sehe ich, dass meine Assoziationen mit Shakespeare,

Dante und dem Palme-Mord völlig richtig sind. Und sie führen geradewegs wieder zu mir.
Zu meinen Nächsten.
Der Kuss auf meine Wange auf der Treppe zum Erbfürstenpalais vor den Blicken der ausländischen Geheimdienste. Ich hab es damals nicht gleich begriffen, aber der Groschen fiel etwas später.
»Der, den ich mit einem Kuss begrüßen werde, der ist es. Den müsst ihr festnehmen.«
Die Unterlagen brennen in meinen Händen. Dort finden sich die Antworten auf alle unsere Fragen.
»Et tu, Brute.« Auch du, mein Sohn Brutus.
Auch du, mein so naher und vertrauter Freund. Damit habe ich wohl am allerwenigsten gerechnet.

═══

Bella hielt ihr Versprechen und besorgte mir schnellstmöglich einen Termin bei ihrem Therapeuten. Schon am Donnerstagnachmittag saß ich in einem bequemen Sessel in einem schön eingerichteten Zimmer in der Engelbrektsgatan mit Aussicht auf die Bäume des Humlegården. Im gegenüberstehenden Sessel saß Tobias, ein Mann, der eher einem Sportlehrer ähnelte als einem Psychotherapeuten. Er hatte intensive blaue Augen und dunkles Haar, trug ein Hemd und eine Trainingshose. Seine Arme waren gut gebräunt und muskulös, sein Händedruck trocken und fest, und an den Füßen hatte er blitzsaubere Turnschuhe. Das Einzige, was an ihm auf einen Psychotherapeuten hindeutete, waren Notizbuch und Stift, die er in der Hand hielt.

Alles war möglich hier in Östermalm.

»Also, Sara«, sagte er und lächelte mich freundlich an. »Lass uns doch gleich beim Du anfangen, in Ordnung? Erzähl mir doch mal, warum du hier bist.«

Warum ich da bin.

»Meine Freundin glaubt, dass ich verrückt werde«, sagte ich.

»Du meinst Bella?«, stellte Tobias fest und schrieb etwas auf den Block. »Ja, wir wissen beide, dass sie mich kontaktiert hat.«

»Genau.« Ich seufzte schwer.

Es klang, als würde Luft aus einem alten Reifen gelassen. Tobias schaute auf.

»Du klingst bedrückt«, sagte er.

»Tu ich das?«

»Fang einfach von vorn an. Ich höre zu, bis du fertig bist.«

Vorsichtig setzte ich an, erzählte von meinem Umzug nach Stockholm, dann von den Geschehnissen der letzten Zeit. Anfangs noch zögerlich, ich wartete darauf, dass die Alarmglocken zu schrillen begannen und mir sagten, dass ich bloß die Klappe halten sollte. Aber sie schrillten nicht. Stattdessen fiel mir das Sprechen immer leichter, und nach einer Weile konnte ich den Wortfluss fast nicht mehr stoppen. Ich erzählte von der Vergewaltigung, von Papas Tod, von allem, was danach passiert war. Von dem Überfall auf dem Dachboden, von dem Zwischenfall an dem Camp-Wochenende, von dem Telefonat mit Papa und wie ich ihm bis in den Tunnel folgte. Als ich zu dem Foto bei Instagram kam, war es mir selbst fast zu viel, und kurz darauf versiegte mein Wortschwall. Tobias schaute mich an und legte den Block beiseite.

»Sie glauben mir auch nicht«, sagte ich. »Sie sind Bellas Meinung, dass ich verrückt bin.«

Tobias schüttelte den Kopf.

»Nein, bin ich nicht. Verrückt ist das Letzte, was du bist. Ich glaube eher, dass da etwas vorgeht, worüber du keine Kontrolle hast. Ich kenne dich nicht gut genug, um jetzt schon sagen zu können, was genau das ist. Es ist möglich, dass es jemand auf dich abgesehen hat, der dir nichts Gutes will.«

»Wer könnte es auf mich abgesehen haben?«, fragte ich und runzelte die Stirn.

»Das weiß ich nicht«, erwiderte er. »Das ist nur eine von vielen möglichen Erklärungen. Es könnte auch eine verzögerte Trauerreaktion sein, ausgelöst durch den Stress in der Agentur, was dazu führt, dass du Dinge siehst und hörst, die gar nicht da sind.«

»Also doch verrückt.«

»Keineswegs. Menschen mit posttraumatischer Belastungsstörung erleben häufig die sonderbarsten Dinge. Das legt sich, aber dazu muss man die Ursache finden und bearbeiten. Du hattest innerhalb von einem Jahr zwei äußerst traumatische Erlebnisse. Die Vergewaltigung und den überraschenden und schockierenden Tod deines Vaters. Man muss sagen, dass es da sogar verwunderlich wäre, wenn das keine tiefen Narben in dir hinterlassen hätte.«

»Was kann ich also tun?«

Tobias lehnte sich vor und tätschelte mir tröstend das Bein.

»Zuallererst solltest du dich hier bei mir sicher und wohlfühlen. Du hast meine volle Unterstützung, und ich glaube nicht, dass du verrückt bist. Aber dass du Hilfe brauchst, das glaube ich schon.«

»Okay«, sagte ich vorsichtig.

Tobias lehnte sich wieder zurück und schaute mich lange an.

»An was kannst du dich nicht erinnern?«, fragte er nachdenklich. »Was verdrängst du die ganze Zeit?«

Mir lief es eiskalt den Rücken runter.

»Was meinst du?«

»Irgendetwas steckt hinter alledem. Ein Zwischenfall. Eine Erinnerung. Irgendetwas, das dein Vater zu dir gesagt hat, etwas, zu dem er dich aufgefordert hat. Ein Versprechen vielleicht in Kombination mit einem Schuldgefühl. Was könnte das sein? Denk mal genau nach.«

Ich starrte ihn an. Da waren sie plötzlich, die Alarmglocken. Sie schrillten lauter denn je.

»Ich habe nicht die Spur einer Ahnung, wovon du sprichst.« Tobias winkte ab.

»Streck dich aus und schließ die Augen. Mach es dir richtig bequem.«

Ich tat, was er wollte.

»Visualisiere deinen Vater. Stell ihn dir vor.«

Papa.

Wie er mich anlächelt, in seinem Anorak, immer bereit, eine Runde zu laufen oder Ski zu fahren. Papa vor dem Kamin im Wohnzimmer, wo er und ich beieinandersaßen und redeten, wo er die Beine ausstreckte und ich mich im Sessel zu einer Kugel zusammenrollte. Ich spürte, dass sich eine Träne aus meinem Auge stahl und mir über die Wange lief.

»Hat er dich um etwas gebeten, bevor er starb?«, fragte Tobias leise.

»Er hat gesagt, dass, wenn ihm etwas passieren würde …«, flüsterte ich, »… dann sollte ich mich um Mama und Lina kümmern.«

Sonnen und Sterne tanzten vor meinen geschlossenen Augenlidern.

»Hat er sonst noch um etwas gebeten?«

»Er wollte, dass ich glücklich bin«, flüsterte ich. »Und dass ich meinem Herzen folge und die Welt verändere.«

Mehr Tränen folgten der ersten.

»So wie er selbst«, sagte Tobias.

Ich nickte, ohne die Augen zu öffnen. Ich hatte das Gefühl, durch die Dunkelheit zu schweben, umgeben von Himmelskörpern. Ich wollte nie wieder die Augen öffnen.

»Was hast du vergessen?«, flüsterte Tobias. »Was belastet dich, was kannst du niemand anderem als deinem Vater erzählen?«

Blutblume.
Da stand er vor mir, riesig und Furcht einflößend, und bewachte sein Geheimnis. Alle fürchteten ihn, aber er flößte auch Respekt ein. Er war mächtig, aber auch schrecklich einsam.
Was wollte die Blutblume sagen?
Die Sonnen fügten sich zu einem Blitz zusammen, und ich setzte mich hastig auf und schaute Tobias an. Er betrachtete mich voller Ruhe.

»Ist dir etwas eingefallen? Du hast dich so schnell aufgesetzt?«

»Nein«, schwindelte ich. »Ich habe nur plötzlich das Gefühl, schon sehr lange hier zu sein. Wie spät ist es?«

Tobias warf einen Blick auf die Sportuhr an seinem Arm.

»Zehn nach vier«, antwortete er. »Du bist jetzt eine Stunde und zehn Minuten hier. Etwas länger als verabredet, aber ich wollte dich nicht unterbrechen. Da geht gerade offensichtlich sehr viel in dir vor.«

Ich sammelte meine Sachen zusammen.

»Ich muss jetzt los«, sagte ich. »Auf mich wartet noch viel Arbeit.«

Tobias nickte.

»Wir sehen uns am Dienstag. Ich habe den Eindruck, du hast heute große Fortschritte gemacht. Was meinst du?«

»Absolut«, sagte ich. »Bis dann.«

Tobias reichte mir eine Visitenkarte.

»Hier ist meine Karte. Melde dich gern, wenn etwas sein sollte oder du akut über etwas sprechen möchtest. Oder deine Erinnerung zurückkommt.«

Ich schaute auf die Karte. Schön gedruckt, in der Mitte blaue, leicht erhabene Buchstaben.

Dann stand ich schon im Treppenhaus, und Tobias schloss die Tür hinter mir. *Tobias Hallgren, zugelassener Psychotherapeut* stand auf einem polierten Messingschild an der Tür.

Ich nahm immer zwei Stufen auf einmal. Nach wenigen Minuten war ich an der frischen Luft und auf dem Weg in den Humlegården, wo ich unter den Bäumen stehen blieb und tief durchatmete.

Ich *wollte* Hilfe, ich *wollte* überwinden, was immer mich quälte.

War es wirklich so, wie Tobias gesagt hatte: Litt ich unter posttraumatischem Stress?

Wie auch immer, ich brauchte Hilfe. Von Tobias, von Bella. Von Micke, Sally, von Mama und Lina, selbst von Fabian und Björn. Von all den Menschen, die mich liebten und meine Freunde waren, meine Familie. Ich wurde nicht länger gemobbt, ich war von Menschen umgeben, die sich wirklich für mich interessierten und mich unterstützen würden. Ich war vergewaltigt worden, aber ich würde das überwinden und mein Leben leben. Ich war nicht einsam.

Die Einsicht über mein Bedürfnis und meine Lage ließen mich mit einem neuen Gefühl von Zuversicht weitergehen.

Ich war kein Opfer.

Aber ich musste auch nicht permanent die Soldatin sein.

Ich würde das überwinden, ich konnte das überstehen: mit der Unterstützung meiner Freunde.

Ich musste nur die Hand ausstrecken. Ich musste mich öffnen, verletzlich machen, damit ich um Hilfe bitten konnte. Deshalb war es nötig, mich von der Angst abzukehren und stattdessen Vertrauen zu haben.

Ich musste nicht wie die Blutblume leben.

8. KAPITEL

Am Freitag brach ich schon gegen Mittag nach Örebro auf, weil ich einen Termin bei meinem Zahnarzt bekommen hatte. Pelle hatte keine Einwände, schließlich war ich die letzten Wochen immer länger geblieben.

»Von Bella weiß ich, dass der Tod deines Vaters dir noch zusetzt«, sagte er. »Du solltest wissen, dass die ganze Agentur hinter dir steht. Fahr nach Hause, genieß das gute Essen und komm ausgeruht am Montag wieder ins Büro.«

»Danke, Pelle«, sagte ich.

Der Zug bewegte sich durch die herbstliche Landschaft, ich saß am Fenster und schaute hinaus. Ich hatte mir einen alten Klassiker heruntergeladen, *Stolz und Vorurteil* von Jane Austen, eins der Lieblingsbücher meiner Mutter. Aber meine Gedanken schweiften permanent ab, sodass ich das Tablet schließlich weglegte und stattdessen über Vertrauen nachdachte. In der Theorie klang es so gut, an den guten Willen anderer zu glauben, aber es war ganz schön schwer, es in die Praxis umzusetzen. Wem konnte man trauen? Offenbar gab es nur einen Weg, um das herauszufinden: ausprobieren.

Als wir gerade in Eskilstuna einfuhren, rief Fabian an.

»Ich habe den Namen von dem Mann, der Lennart obduziert hat«, sagte er. »Björn hat ihn herausgefunden. Wirklich nett von ihm.«

»Sehr gut«, sagte ich und suchte nach einem Stift. »Wie heißt er? Ich würde gern persönlich zu ihm Kontakt aufnehmen.«

Fabian zögerte.

»Okay«, sagte er dann. »Er heißt Bogdan Havic, er arbeitet im Universitätsklinikum Örebro. Aber ... vielleicht ist es zu hart, mit ihm zu sprechen.«

»Warum?«

»Sara, es ist nicht leicht, jemanden zu identifizieren, der in einem Haus verbrannt ist.«

Mehrere Sekunden verstrichen.

»Zahnvergleich?«, fragte ich.

Fabian seufzte schwer.

»Ja«, sagte er. »Zahnvergleich.«

Der Zug setzte sich wieder in Bewegung, es wurde bereits dämmrig, obwohl es noch gar nicht spät war. Der Himmel war novembergrau, Nieselregen setzte ein und überzog die Fenster.

Zahnvergleich.

Man konnte also sagen, mein Vater war vor Ort kremiert worden. Nur seine Zähne hatte man gefunden, die wiederum vermutlich unsere gemeinsame Zahnärztin – die ich noch am selben Nachmittag treffen sollte – identifiziert hatte.

Wie lief eine solche Identifizierung ab?

Ich zitterte leicht, als würde ich frieren, obwohl es im Zug warm war. Also zog ich meine Daunenjacke an und versuchte, mich nun doch auf die Beziehung zwischen Elizabeth Bennet und Mr Darcy zu konzentrieren.

Zwei Stunden später saß ich auf dem Stuhl bei Ann-Britt, unserer Zahnärztin, zu der unsere ganze Familie seit vielen Jahren ging und deren Praxis am Stortorget war. Ann-Britt war eine entfernte Verwandte von Papa – eine Cousine zweiten oder dritten Grades –, und ich kannte sie, seit ich denken konnte. Sie hatte braune Haare und eine Stupsnase, und bei ihr fühlte ich mich immer sicher, obwohl ich Zahnarztbesuche hasste. Privat hatten wir nicht sonderlich viel Kontakt, trotzdem mochten wir Ann-Britt und ihren Mann sehr. Sie hatten zwei Töchter, Carina und Maria, Letztere war in Linas Klasse.

Ann-Britts Assistentin Pia machte Röntgenaufnahmen von meinen Zähnen, dann prüfte Ann-Britt alle Zähne und entfernte schließlich noch Zahnstein.

»So«, sagte sie, nachdem ich den Mund ausgespült hatte.

»Kein Loch?«, fragte ich.

Ann-Britt lächelte und schüttelte den Kopf.

»Kein Loch. Willst du direkt vor Ort zahlen oder sollen wir eine Rechnung schicken?«

»Direkt hier«, sagte ich.

Wir umarmten uns, und ich ging hinaus, um zu bezahlen. Ich hatte die ganze Zeit gezögert, aber als ich durch den Türspalt sah, dass Ann-Britt den weißen Kittel auszog, ich also ihre letzte Patientin gewesen sein musste, nahm ich allen Mut zusammen.

»Ann-Britt«, rief ich. »Hast du noch kurz Zeit für mich? Ich müsste dich was fragen.«

»Sicher«, sagte sie. »Komm einfach zu mir ins Büro.«

Sie setzte sich an ihren Schreibtisch, und ich nahm gegenüber von ihr Platz.

»Wie geht es dir denn, Sara?«, fragte sie. »Nach dem Tod deines Vaters, meine ich. Es tut mir immer noch so leid, er war ja nicht nur ein Verwandter, sondern auch ein Freund, vor dem ich großen Respekt hatte.«

»Danke. Ehrlich gesagt möchte ich genau über ihn mit dir sprechen. Ich wollte mal nachfragen, wie das mit der Identifizierung genau lief.«

Ann-Britt schaute verständnislos.

»Was genau meinst du?«

»Ich nehme an, dass du kontaktiert wurdest. Papa war ja bei dir in Behandlung, sie werden sich an dich gewendet haben, um die Röntgenbilder für den Zahnvergleich zu bekommen.«

Ann-Britt schüttelte den Kopf.

»Nein. Ich wurde nicht kontaktiert.«

Ich stutzte.

»Aber ich habe vor Kurzem erfahren, dass man ihn nur anhand seiner Zähne identifizieren konnte«, sagte ich. »Da müssen sie sich doch bei dir gemeldet haben.«

»Niemand hat nach den Röntgenbildern deines Vaters verlangt, und ich wurde auch nicht gebeten, bei seiner Identifizierung zu helfen«, erwiderte sie. »Das hätte ich euch doch sonst erzählt. Aber Sara ...«

Sie sah mich warm an.

»Hältst du das wirklich für eine gute Idee, an diesem Punkt nachzuforschen? Ich könnte mir vorstellen, dass du damit mehr Schaden anrichtest, als dass es nutzt. Deine Mutter ist noch sehr verletzlich und Lina auch. Maria geht ja in dieselbe Klasse, und sie trainieren im selben Stall. Durch das, was Maria erzählt hat, weiß ich, dass dies kein leichter Sommer war für Lina.«

Ich betrachtete sie. Ann-Britt wollte nur mein Bestes, davon war ich überzeugt.

»Ich werde das nicht vor Mama und Lina ansprechen. Aber ich muss das wissen. Kannst du das vielleicht nachvollziehen?«

Ann-Britt nickte.

»Ja, das kann ich. Eine mögliche Erklärung wäre, dass dein Vater noch bei einem anderen Zahnarzt war, wobei ich mir das nicht vorstellen kann. Es hat nie jemand um Akten gebeten, und das hätte er aber tun müssen, wenn er zum Beispiel mal zu einem Spezialisten gegangen wäre. Da nimmt man Kontakt auf und unterstützt einander mit früheren Röntgenaufnahmen und dergleichen. Auch nach seinem Tod haben wir keine Anfrage bekommen, das weiß ich hundertprozentig. Da muss ein Missverständnis vorliegen.«

Bogdan Havic.
Björn.
»Da hast du sicher recht«, sagte ich und stand auf. »Danke, dass du dir Zeit für mich genommen hast.«

⇛ ⇚

Am Abend waren Mama und Lina zum Essen bei einer Klassenkameradin von Lina, also hatte ich Sally eingeladen. Ich war immer noch nicht dazu gekommen, sie seit ihrem Besuch in Stockholm anzurufen, aber wir hatten uns ein paar SMS geschickt. Sally hatte sich ausdrücklich für das Wochenende bedankt – *»nicht zuletzt dafür, dass du den Mut hattest, so ehrlich zu sein«* –, worauf ich geantwortet hatte, wie schön ich es fand, den alten Mist endlich angesprochen zu haben.

Sally wollte erst um acht kommen, also setzte ich mich an den Küchentisch, als ich mit allem fertig war. Selbstverständlich hatte ich ein paar von Papas Heftern eingepackt. Jetzt zog ich einen grünen aus der Tasche, auf dem *Staatlicher Rechnungshof/Verfassungsgericht* stand, und fing an zu lesen.

⇛ ⇚

Susanne Ackum tritt zurück

In einer schriftlichen Stellungnahme sagt Ackum, sie habe »in einer Art agiert, die es mir unmöglich macht, meinen Auftrag als Revisorin mit gleichem Vertrauen in mich und den Staatlichen Rechnungshof weiterzuführen«.

Sie tritt zurück, nachdem die *Dagens Nyheter* enthüllt hat, dass Ackum bewusst Freunde angeworben hat und Außenstehende Einfluss auf Prüfungen durch den Rechnungshof genommen haben.

»Ich habe mich zudem im Zuge von Bewerbungsphasen unpassend geäußert und ein paar Mails mit arbeitsinternem Inhalt an meinen Partner geschickt«, sagt sie.

Ihr Rücktritt folgt auf die mehrwöchigen Untersuchungen des Staatlichen Rechnungshofs durch die *Dagens Nyheter*, während derer die Zeitung mehrfach versuchte, Ackum zu einer Stellungnahme zu bewegen.

»Ich persönlich bin tief besorgt, wie es mit dem eigentlich unabhängigen Rechnungshof weitergehen wird«, sagt eine der Quellen der *DN*.

Soll vom KU untersucht werden

Die Enthüllungen der *DN* zeigen, dass der Revisor Ulf Bengtsson an den Untersuchungen zu einem Beschluss beteiligt war, der ihn selbst betraf. Nach der

Veröffentlichung hat der Konstitutionsausschuss (KU) ausgesagt, man wolle den Revisor umgehend zur Klärung einbestellen.

Der Konstitutionsausschuss ist die einzige Behörde, die zusammen mit der Regierung die unabhängigen Revisoren absetzen kann.

Kaj Söderin, SVT.se, 08.07.2016

...

Bei den Enthüllungen der *DN*, die zeigen, was hinter den Kulissen des Staatlichen Rechnungshofs vorgeht, könnte es sich um den größten politischen Skandal im Schweden der Gegenwart handeln.

Denn der Staatliche Rechnungshof ist eine so einzigartige und empfindliche Institution, deren Glaubwürdigkeit fundamental wichtig ist für die Richtung, die dieses Land einschlägt.

Homepage des Staatlichen Rechnungshofs:
Unser Auftrag ist zu prüfen, wohin die staatlichen Mittel fließen, wie dieser Fluss dokumentiert wird und wie effizient sie eingesetzt werden. Durch unabhängige Prüfungen stärken wir das demokratische Bild, eine gute Verwendung der Mittel und eine effiziente Verwaltung innerhalb des Staats. Durch eine gesetzlich geschützte Unabhängigkeit trägt der Staatliche Rechnungshof die starke Befugnis, die staatlichen Behörden und ihre Tätigkeiten zu prüfen. Wir untersuchen, ob sie den Direktiven, Regeln und Vorschriften

folgen, ob sie ihre Ziele erreichen und ob der
staatliche Einsatz effektiv und von geselschaftlichem
Nutzen ist. Mit anderen Worten stellen wir sicher,
dass die Regierung und die Behörden ihre Arbeit
machen. Finden wir Abweichungen, melden wir diese und
sprechen Empfehlungen aus, wie Verbesserungen
aussehen könnten. Der Staatliche Rechnungshof ist
somit ein wichtiger Teil der Kontrollmacht des
Staates. Wir orientieren uns an den Leitwörtern:
Offenheit, Professionalität und Unabhängigkeit. [...]

Innerhalb der Brexit-Debatte wurde eine zum Teil
völlig absurde Diskussion über das Vertrauen zu
»Experten« geführt. Die Enthüllungen rund um den
Staatlichen Rechnungshof verleihen den Angriffen
vonseiten der Populisten eine bisher in Schweden
nicht denkbare Glaubwürdigkeit.

Wenn der Staat zulässt, dass so mit Macht umgegangen
wird, untergräbt er damit seine eigene
Vertrauensgrundlage.
Janerik Larsson, *Svenska Dagbladet*, 10.07.2016

...

[...] es geht nicht um irgendwelche unbeholfenen
Generaldirektoren irgendeiner staatlichen
Organisation. Auch nicht um manipulative Politiker.

Es geht um unsere drei staatlichen Revisoren, über
die wir dank der journalistischen Untersuchungen
der *DN* mehr erfahren konnten. Es geht um drei von

Schwedens kompetentesten Beamten: einen einflussreichen Juristen, einen Doktor der Wirtschaft und einen Politikwissenschaftler. Drei der Menschen, die am besten im Blick haben, was im Land gerade vorgeht, die damit betraut sind, alle anderen im Zaum zu halten. Die die Macht haben, ganze Behörden zu zerstören, wenn sie unachtsam mit unseren Steuergeldern umgehen. Sie sind die Wächter der Moral und Ethik. [...]

Ist heute denn nichts mehr heilig? Der Staatliche Rechnungshof war die letzte Bastion der Ehrlichkeit. Oder war es einfach nur die letzte und langlebigste Illusion, dass unsere »schwedischen Werte« etwas besser und höher angesiedelt waren als die aller anderen? [...]

Aber welche Vorstellung von Ethik und Moral herrscht eigentlich gerade bei den schwedischen Beamten? Welche schwedischen Werte? Wenn dieser Fall zeigt, wie sich diejenigen mit der größten Glaubwürdigkeit und dem größten Einfluss verhalten – was sagt das über den Rest der schwedischen Verwaltung aus? [...]

Jenny Nordberg, *Svenska Dagbladet*, 12.07.2016

...

Braucht Schweden ein Verfassungsgericht?

Nachdem der Konstitutionsausschuss (KU) wieder daran gescheitert ist, die Regierung unter Kontrolle zu halten, gibt es Grund genug für diese Frage.

Maud Olofssons gestriger Auftritt bei *SVT* ist schon jetzt ein Klassiker. In einem absurden Interview verweigerte die ehemalige Wirtschaftsministerin achtmal die Antwort auf die Frage, ob Ministerpräsident Fredrik Reinfeldt über die Nuon-Affäre informiert war oder nicht.

Ein Konstitutionsausschuss mit der Berechtigung, seine wichtige Aufgabe, nämlich die Staatsmacht zu kontrollieren, zu erfüllen, hätte vielleicht eine Antwort auf diese nicht unwesentliche Frage erzwingen können.

Aber der KU hatte nichts in der Hand, als Olofsson nicht zur Befragung erschien, weshalb sich die Abgeordneten bald nur noch mit der Frage beschäftigten, wie die Kritik gegen Olofsson formuliert werden könne.

Die derzeitigen Konflikte erinnern nur zu sehr an die Farce, die entstand, als der KU in diesem Jahr die Vorsitzende der Center-Partei Annie Lööf entließ, nachdem das Wirtschaftsministerium Dokumente herausgab, um die das *Aftonbladet* für die Nachrichtenredaktion des *Ekot* gebeten hatte.

Aber etwas muss passieren. Die derzeit vorherrschende Prüfung der Minister ist ein Witz.

Oisin Cantwell, *Aftonbladet*, 14.05.2014

...

An den Rand des letzten Artikels hatte Papa ein einzelnes Wort geschrieben: »*Aussichtslos*«. Was meinte er nur?

Die Frage danach, wer eigentlich den Machtinhabern auf die Finger schaute, fand auch ich äußerst interessant. Ich drehte und wendete die Argumente, während ich den Salat für Sally und mich machte. Um Punkt acht stand sie in der Tür, rosig im Gesicht, den Motorradhelm in der Hand. Sie hatte nicht mal die Jacke ausgezogen, da bedachte sie mich schon mit dem üblichen kritischen Blick.

»Blass und hohlwangig«, sagte sie und nahm mich in den Arm. »Du siehst aus wie sieben Tage Regenwetter. Das kann nicht nur an deiner Angst vorm Zahnarzt liegen. Wie viele Löcher waren es denn?«

»Gar keine«, sagte ich. »Komm rein und nimm dir ein Glas Wein.«

Sally setzte sich mit dem Weinglas in der Hand auf die Arbeitsplatte, während ich am Herd das Fleisch briet. Eigentlich hatte ich nach unseren alten Freundinnen fragen wollen, aber Sallys Adleraugen entging nichts. Sie entdeckte den grünen Hefter auf dem Küchentisch.

»Was ist das? Was liest du da?«

»Nichts Besonderes«, antwortete ich. »Das ist aus Papas Archiv.«

»Zeig mal.« Sie streckte fordernd die Hand aus.

Ich gab ihr den Hefter und widmete mich dann wieder den Fleischstücken.

»Staatlicher Rechnungshof«, sagte sie nach einer Weile. »Verfassungsgericht. Was hatte er denn vor?«

Ich hatte entschieden, Sally zu vertrauen und sie einzuweihen. Der Anfang fiel mir nur schwer.

»Keine Ahnung. Ich habe einen ganzen Haufen dieser Hefter gefunden, als ich das letzte Mal hier war, und lese sie gerade. Es sind keine Geheimnisse oder so, das sind alles Artikel, die bereits veröffentlicht wurden. Entweder sind es die Originale aus der Zeitung oder aber Ausdrucke aus dem Internet.«

»Und das Grundthema ist?«, wollte Sally wissen. »*Schwedische Unstimmigkeiten?*«

»So ungefähr.«

»Interessant.« Sally trank von ihrem Wein. »Dein Vater war ja nicht gerade auf den Kopf gefallen.«

»Nein. Aber manchmal vielleicht ein bisschen neugierig. Und hartnäckig.«

Sally legte den Hefter weg, dann schaute sie mich an.

»Jetzt möchte ich aber erst mal wissen, warum du so fertig aussiehst. Liegt's an Micke? Auf dem Foto bei Instagram sah es so gemütlich aus, und ich weiß, wie gern du ihn hast. Aber die Jungs der Großstadt sind flatterhaft, sagt man.«

»Mit Micke gibt es überhaupt kein Problem, das läuft super.«

»Und du willst mich jetzt aber noch länger auf die Folter spannen?«, bohrte Sally weiter. »Ich seh doch, dass es dir nicht gut geht.«

Ich lachte leise.

»Wie willst du das denn sehen?«, fragte ich. »Ich hab mich eine halbe Stunde lang für dich geschminkt.«

Sally grinste zufrieden.

»Du hast nicht gerade ein Pokerface«, erklärte sie. »Und außerdem kenne ich dich, seit wir sechs Jahre alt waren. Danke noch mal für alles in Stockholm, übrigens. Das war ganz wunderbar.«

Ich servierte erst mal das Essen, und während wir uns darüber hermachten, sprachen wir eher oberflächlich. Kaum war alles aufgegessen, schob Sally den Teller beiseite, goss uns beiden Wein nach und schaute mich an.

»Und jetzt möchte ich die Wahrheit hören«, verkündete sie.

»Hattest du nicht gesagt, dass wir ab jetzt ehrlich zueinander sein sollen? Was ist passiert?«

»Ich weiß nicht, wo ich anfangen soll«, sagte ich. »Aber irgendwas Merkwürdiges passiert um mich herum.«

»Sag ich doch schon die ganze Zeit! Schuhe von Prada, Mäntel aus Kunstfell! Vermutlich Geldwäsche aus irgendwelchen Drogengeschäften und du bist nur ein Teil der Fassade.«

Ich lachte.

»Nein, es hat nichts mit der Agentur zu tun. Sondern mit Papas Tod.«

Sofort wurde Sally ernst.

»Inwiefern? Hängt es mit diesen Artikeln zusammen?«

»Ich weiß es nicht. Ganz ehrlich, ich weiß gerade wirklich nicht viel.«

»Das ist ja erst mal nichts Neues«, war Sallys trockener Kommentar. »Erzähl weiter!«

Ich überlegte, wie ich meine Beobachtungen wiedergeben könnte, ohne zu sehr ins Detail zu gehen. Das war nicht leicht.

»Von Fabian habe ich heute erfahren, dass der Pathologe in der Uniklinik, wo Papa obduziert wurde, Bogdan Havic heißt«, setzte ich vorsichtig an.

»Aha. Und?«

»Ich habe heute dort angerufen, aber die haben noch nie von einem Bogdan Havic gehört.«

Sally runzelte die Stirn.

»Das klingt ja total absurd«, sagte sie. »Check das doch mal im Internet, da hat sicher nur jemand Unfähiges am Telefon gesessen.«

»Hab ich schon. In ganz Schweden gibt es niemanden, der so heißt.«

»Vielleicht hast du ihn falsch geschrieben?«

»Fabian hat mir den Namen buchstabiert. Er hat den Namen von Björn.«

Sally sah mich lange an.

»Warum beschäftigst du dich überhaupt damit? Hatten wir uns nicht darauf geeinigt, dass du ab jetzt nach vorne schaust? Selbst wenn ich mich nur zu gern über deinen Job und über Micke und die Stockholmer lustig mache, bin ich wirklich froh darüber, dass du das alles hinter dir gelassen hast. Es ist wichtig loszulassen. Verstehst du das denn nicht? Hör auf, Artikel von gestern zu lesen, konzentriere dich lieber auf morgen.«

»Du glaubst, ich bin verrückt«, sagte ich.

Sally zog die Augenbrauen hoch, ohne etwas darauf zu erwidern. Ihre Augen funkelten blaugrün.

»*Bin* ich verrückt?«

»*NEIN*«, rief Sally. »Jetzt hör schon damit auf, das war schon zu Schulzeiten deine größte Sorge.«

Da hatte sie recht.

»Fabian hat gesagt, dass sie Papa anhand der Zähne identifizieren mussten.«

»Das ist nach einem Brand ja nicht ungewöhnlich.«

»Aber Ann-Britt behauptet, dass nach seinem Tod niemand Einblick in seine Krankenakte verlangt hat.«

»Vielleicht liegt's an der Schweigepflicht?«

»Ich bitte dich.«

»Okay«, sagte Sally. »Aber es könnte sich trotzdem um ein Missverständnis handeln.«

Es ließ sich nicht umgehen, ich musste alles erzählen. Die Frage war, wie würde sie reagieren?

Hab Vertrauen.

»Sally«, begann ich. »Davon habe ich bisher weder Mama noch Lina was erzählt, du musst das also unbedingt für dich behalten.«

»Mein zweiter Name ist Reißverschluss.« Sie machte die entsprechende Geste mit der Hand vor dem Mund.

»Ich wurde auf dem Dachboden überfallen, und zwar von demselben Typen, der mich hier im Tunnel vergewaltigt hat.«

Sally starrte mich an.

»Jemand hat sich an meiner Sicherung zu schaffen gemacht, sodass ich bei unserem Abenteuercamp fast in eine Schlucht gestürzt bin. Mein Vater hat mich *angerufen* und wollte mich treffen. Ich hab ihn gesehen. Ich schwöre es dir. Aber dann ist er verschwunden und war weg. Und das Foto bei Instagram ... Ich war allein zu Hause. Jemand hat sich Zugang zur Wohnung verschafft, während ich in der Wanne war, und das Foto mit meinem Handy gemacht und dann hochgeladen. Verstehst du es jetzt besser?«

Sally griff nach ihrem Weinglas.

»Komm, wir setzen uns aufs Sofa«, sagte sie.

Drei Stunden später, als Mama und Lina heimkamen, saßen Sally und ich noch immer auf dem Sofa. Ich hatte ihr alles erzählt, was mir passiert war, und Sally hatte sich selbst nach kleinsten Details erkundigt. Und ganz ohne ihren sonst üblichen scherzhaften Unterton, sie hatte sich ganz auf das konzentriert, was ich sagte. Als wir den Schlüssel in der Haustür hörten, zischte ich hastig: »Kein Wort, verstanden?«

Sally nickte kurz, und schon standen Mama und Lina im Zimmer, umarmten uns und erzählten von ihrem Abendessen. Wir saßen noch bis ein Uhr zusammen und quatschten. Dann stand Sally auf und gähnte.

»Jetzt muss ich nach Hause und schlafen gehen«, sagte sie. »Danke fürs Kochen, Sara, es hat sehr gut geschmeckt. Zeit für meinen Schönheitsschlaf, aber wir sehen uns Sonntag.«

Sonntag? Wir hatten doch gar keine Pläne gemacht.

»Wie schön«, sagte Mama. »Was habt ihr denn vor?«

»Ich habe noch ein paar Urlaubstage, und Sara war so lieb, mir anzubieten, sie nach Stockholm zu begleiten«, sagte Sally.

»Welchen Zug wolltest du noch mal nehmen, Sara?«

»Den um 17 Uhr 45«, antwortete ich.

Ich hatte Sally definitiv nicht gefragt, ob sie mitkommen wollte, aber nachdem sie gegangen war, ich gespült hatte und im Bett lag, war ich ehrlicherweise erleichtert über die Aussicht, Gesellschaft zu haben.

Micke war erneut verreist, und Bella würde vermutlich die meiste Zeit bei Felipe verbringen. Als ich sie gefragt hatte, wann ich ihn endlich mal treffen würde, meinte Bella, dass sie lieber noch warten würde – sie hatten sich ja gerade erst kennengelernt. Mich hatte es schon vor dem vielen Alleinsein gegraust, aber jetzt war ich froh, dass ich doch nicht alles ohne Unterstützung bewältigen musste. Ich hatte eine Freundin an meiner Seite.

Am Samstag rief Björn an, und ich hob sofort ab.

»Hallo, Sara«, meldete er sich freundlich. »Wie schön, dass ich dich sofort erreiche.«

»Hallo«, sagte ich.

Ich stand vor dem Supermarkt und starrte in die Ferne.

»Ich habe nachgedacht«, sagte Björn, »und ich würde mich gern mit dir treffen. Können wir uns diese Woche noch treffen? Ich komm dich auch abholen, wenn du möchtest. Oder ich lade dich zum Essen ein.«

Ich dachte blitzschnell nach. Björn hatte Fabian vermutlich bewusst einen falschen Namen des Pathologen genannt, oder aber es war ein Missverständnis. Ich musste Björn konfrontieren, daran führte kein Weg vorbei. Wenn auch nur, um herauszufinden, ob ich ihm trauen konnte.

»Ich hab unglaublich viel zu tun, aber Mittwoch gegen Mittag sollte machbar sein. Die Zeit reicht allerdings nicht für einen Restaurantbesuch, wir könnten uns nur im Park treffen, um uns kurz zu unterhalten.«

»Perfekt«, sagte Björn. »Wo denn genau?«

»Im Humlegården an der Flora-Statue um eins«, antwortete ich und legte auf.

Sonntagabend stand ich mit meiner Tasche am Bahnsteig und war fast davon überzeugt, dass Sally doch nicht mitkommen würde. Ich hatte seit Freitag nichts von ihr gehört und hielt es für gar nicht so unwahrscheinlich, dass sie kalte Füße bekommen hatte oder einsehen musste, dass doch zu viel zu tun war und sie keinen Urlaub nehmen konnte. Zwei Minuten vor der Abfahrt nahm ich meine Tasche in die Hand und versuchte, meine Enttäuschung abzuschütteln, als ich plötzlich meinen Namen hörte.

»Sara!«

Es war Sally, sie kam eilig auf mich zu, eine kleine Tasche in der Hand. Ich spürte richtig das Lächeln, das sich auf meinem Gesicht ausbreitete. Wir stiegen ein und suchten uns zwei Sitzplätze.

»Verdammtes Moped«, fluchte Sally und wischte sich den Schweiß von der Stirn. »Es hat plötzlich gestreikt, ich musste es stehen lassen und den Rest laufen.«

Ich lachte.

»Du spinnst ja! Warum bist du hier?«

»Hab ich doch erzählt«, erwiderte Sally. »Ich habe eine Menge Überstunden, die ich verbummeln muss, und du warst so lieb und hast gefragt, ob ich mitkommen will nach Stockholm. Das schlägt man nicht aus, wenn man in Örebro wohnt.«

In unmittelbarer Nähe saß nur ein Mann, und als der aufstand und ging, lehnte Sally sich zu mir herüber.

»Hast du mit Bella über all das gesprochen?«, fragte sie leise.

»Ja, deshalb hat sie mich schließlich zu dem Therapeuten geschickt. Sie meint, ich stehe kurz vorm Nervenzusammenbruch.«

»Vielleicht hat sie ja recht?«, überlegte Sally. »Aber vorher würde ich noch ein paar Sachen prüfen. Am besten sagst du Micke und Bella erst mal nicht, dass du mir das alles erzählt hast, okay?«

Meine Alarmglocken fingen an zu schrillen.

»Klar, aber warum?«

»Ich bin einfach so in Stockholm, um ein bisschen Urlaub zu machen«, sagte Sally. »Ich glaube, das erleichtert die Sache, weil wir uns mehr aufs Wesentliche konzentrieren können.«

In diesem Moment kam eine Gruppe Jugendlicher in unseren Waggon und machte es sich bequem. Sally reichte mir eine Abendzeitung.

»Du solltest dich mit den neuesten Neuigkeiten vertraut machen«, sagte sie. »Mit Victorias Babybauch zum Beispiel.«

»Die ist doch gar nicht schwanger. Im Gegensatz zu Madeleine.«

»Ach, sieh an.« Sally hob eine Augenbraue. »Ein bisschen was bekommst du also doch mit.«

Sie warf einen Blick in meine Tasche, aus der ein paar bunte Hefter hervorlugten.

»Ich würde gern einen Blick da hineinwerfen, wenn das in Ordnung ist?«

»Nur zu«, sagte ich.

Ich schlug die Abendzeitung auf, ohne mich wirklich auf den Inhalt konzentrieren zu können.

Was führte Sally eigentlich im Schilde?

―≡ ≣―

Ich weiß nicht, wodurch es mir eigentlich auffiel, aber als ich später am Abend in meinem Zimmer stand und auspackte, traf mich eine Erkenntnis, die mich frösteln ließ.

Während meiner Abwesenheit hatte jemand meine Sachen durchsucht.

Auf den ersten Blick sah alles aus wie immer. Auf den zweiten fiel jedoch auf, dass die Fotorahmen nicht genauso standen wie vor meiner Abfahrt. Und die Sachen in den Schubladen lagen nicht so wie sonst. Ich öffnete alle Schubladen, und überall bot sich dasselbe Bild. Jemand hatte meine Sachen durchsucht. Wer immer es war, hatte sich die größte Mühe gegeben, sie wieder genauso hinzulegen wie vorher, aber es war nicht vollkommen geglückt.

Aus der Küche drang das Lachen von Sally und Bella, auch ihre Stimmen und die normalen Geräusche vom Spülen. Bella hatte sich wirklich gefreut, Sally zu sehen, und Sally war, ganz wie bei ihrem ersten Besuch, bester Laune in Bellas Anwesenheit. Mir selbst war es bei dem gemeinsamen Abendessen fast geglückt, mir einzureden, dass alles, was passiert war, nur meiner Einbildung entsprungen war, dass ich überarbeitet war und geträumt hatte und jetzt eben mit zwei Freundinnen in der Küche saß, die zwar aus anderen Welten zu kommen schienen, aber die vereinte, dass sie mich beide mochten – und einander. Alles war, wie es sein sollte. Nichts Komisches war passiert.

»Geh doch mal eben auspacken, Sara«, hatte Sally vorgeschlagen, als wir fertig waren, »dann hab ich Bella ein bisschen für mich. Ich will alles über Felipe wissen.«

»Du bist ja bestens informiert!«, sagte ich verwundert. »Woher weißt du, wie Bellas Freund heißt?«

»Es ist meine Aufgabe, informiert zu sein«, sagte Sally, »wenn ich mich nützlich machen möchte dafür, dass ich ein paar Tage hierbleiben darf. Seht mich einfach als eine Art ambulante Liebestherapeutin.«

»Eine Art was?«, fragte Bella grinsend.

»Dann viel Glück«, sagte ich an Sally gewandt und bedachte sie mit einem vielsagenden Blick. »Sie ist wahnsinnig geheimnisvoll, was diesen Felipe angeht. Nicht mal ich durfte ihn bisher treffen.«

»Was lange währt.« Bella zwinkerte.

»Okay, okay, ich geh auspacken. Aber dann müsst ihr spülen.«

Jetzt stand ich also wie erstarrt in meinem Zimmer und hielt meine Unterwäsche in der Hand, während das Gefühl von Sicherheit und Geborgenheit langsam verschwand. Jemand war hier gewesen und hatte in meinen BHs gewühlt. Dieser Jemand war vermutlich auch meine Papiere und mein Fotoalbum durchgegangen. Das Einzige, was unberührt aussah, waren die Papiertüten mit Papas Heftern. Sie standen genauso in der Ecke, wie ich sie zurückgelassen hatte, obendrauf noch der blaue Hefter, den ich zuletzt in der Hand gehabt hatte.

Wer war in meinem Zimmer gewesen?

Dass es Bella war, hielt ich für ausgeschlossen; sie betrat mein Zimmer nicht mal, ohne vorher um Erlaubnis zu fragen.

War es derselbe Mensch gewesen, der das Foto bei Instagram hochgeladen hatte?

Wann plante er wohl, das nächste Mal herzukommen?

Sally stand in der Tür und beobachtete mich. Genau in dem Moment fiel die Wohnungstür zu.

»Bella bringt gerade den Müll weg«, sagte sie. »Was ist passiert?«

Ich erzählte ihr, dass ich offenbar unwillkommenen Besuch gehabt hatte. Also kam Sally herein und schaute sich kurz um.

»Sag nichts zu Bella«, sagte sie schnell. »Ich bin ja morgen hier, während du bei der Arbeit bist. Okay?«

Da ging die Wohnungstür wieder auf, und Bella erschien nun auch bei mir im Zimmer.

»Hast du alles, was du brauchst?«, fragte sie Sally. »Decke und Handtücher liegen auf dem Bett. Hab ich noch was vergessen?«

»Wir können ja schnell zusammen nachschauen«, sagte Sally und verließ mit ihr das Zimmer.

Warum war es Sally so wichtig, dass ich Bella nichts sagte?

War Sally irgendwie in das verwickelt, was um mich herum passierte?

Am nächsten Tag fiel es mir schwer, mich auf die Arbeit zu konzentrieren. Ich schaute permanent auf die Uhr und fragte mich, wann ich wohl gehen konnte. Normalerweise hatte ich kein Problem mit Überstunden, aber es kribbelte überall, als hätte ich Ameisen in Armen und Beinen. Ich konnte unmöglich still sitzen.

Kurz vor der Mittagspause bat Pelle mich, zu einer PR-Agentur in der Birger Jarlsgatan zu gehen, um ein paar wichtige Originaldokumente abzuholen, die er nicht per Bote herschicken lassen wollte. Ich zog mir dankbar die Jacke an und ging hinaus an die frische Luft. Es war eine Wohltat, Agentur und Schreibtisch hinter mir zu lassen, und nach wenigen Schritten sah ich schon wieder etwas klarer.

Ich musste mir überlegen, wie ich mich künftig verhalten wollte – Sally und Bella gegenüber. Was ich mit wem oder gar niemandem teilen wollte. Es gab so viele Möglichkeiten, aber noch konnte ich mich mit keiner wirklich anfreunden. Ich könnte kündigen und wieder nach Örebro ziehen, aber diese Alternative gefiel mir überhaupt nicht. Ich könnte ausziehen und mir was Eigenes suchen, aber das wäre sehr schade, weil ich mich mit Bella so wohlfühlte und der Wohnungsmarkt umkämpft war. Ich könnte sie davon überzeugen, zumindest das Türschloss auszutauschen. Ich könnte zur Polizei gehen, aber mit welcher Begründung? Was sollte ich zur Anzeige bringen? Alle Zeichen deuteten darauf hin, dass ich geistig verwirrt war und in einer persönlichen Krise steckte oder eine posttraumatische Belastungsstörung durchlebte. Und vielleicht stimmte das ja sogar.

Als ich in die Engelbrektsgatan bog, fiel mir schlagartig Tobias ein. War ja möglich, dass mein Therapeut gerade keinen Patienten hatte und trotzdem in der Praxis war. Mein Termin war zwar erst morgen, aber er hatte mich ja explizit aufgefordert, mich bei ihm zu melden, wann immer etwas wäre. Also fischte ich mein Handy heraus und wählte seine Nummer an. Nach mehrmaligem Tuten sprang der Anrufbeantworter an.

»Hallo, Tobias«, sagte ich gedehnt. »Hier spricht Sara. Du hattest mir ja deine Nummer gegeben, damit ich mich melden kann, falls etwas sein sollte ... Jetzt rufe ich also an. Wäre schön, wenn du zurückrufst.«

Dann legte ich auf und warf einen Blick in meinen Handykalender, um die Adresse und den Türcode zu prüfen.

Sollte ich einfach hochgehen und mein Glück versuchen? Vielleicht war er ja wirklich da und hatte das Telefon abgestellt, aber trotzdem Zeit für mich. Die Wahrscheinlichkeit war gering, aber was hatte ich zu verlieren?

Ich tippte den Code ein und drückte die schwere Haustür auf. Dasselbe schöne Treppenhaus wie letztes Mal, derselbe weiche Teppich auf der Treppe. Ich ging zwei Stockwerke hinauf und blieb stehen. Ich ging noch eins höher, dann noch eins – bis ich schließlich ganz oben angekommen war, wo ich wieder umdrehte. Als ich wieder im zweiten Stock angelangt war, warf ich einen Blick auf das Klingelschild der gegenüberliegenden Tür. Dort stand *Anderberg*, ganz wie vor ein paar Tagen, als ich darauf gewartet hatte, dass Tobias mir öffnete. Allerdings hing an Tobias' Tür nicht länger das polierte Messingschild mit seinem Namen, sondern ein sehr altes, auf das in schnörkeligen Buchstaben *Lilliecrantz* graviert war und das den Eindruck erweckte, ungefähr schon so lange hier zu hängen, wie es das Haus an sich gab.

Ich drückte auf die Klingel.

Die Sekunden vergingen. Schließlich öffnete eine zierliche, weißhaarige Dame in geblümtem Kleid. Sie schaute mich fragend an.

»Entschuldigen Sie«, sagte ich. »Ich suche Tobias Hallgren, einen Psychotherapeuten. Das hier ist seine Praxis.«

Sie stutzte.

»*Das hier?* Nein, da täuschen Sie sich. Hier wohnen mein Mann und ich. Mittlerweile schon seit vierunddreißig Jahren.«

»Aber ich war letzte Woche hier! Während der Sprechstunde.«

Die Dame lächelte.

»Wir haben hier im ganzen Haus keinen Psychologen«, sagte sie freundlich. »Das würde ich wissen, ich kenne alle Nachbarn.«

Ich schaute sie an. Mein Kopf war leer.

»Dürfte ich kurz bei Ihnen auf die Toilette?«, fragte ich, ohne nachzudenken. »Ich müsste mal ganz dringend.«

Sie zögerte.

»Nun, Sie wirken nicht gerade wie eine Verbrecherin, also kommen Sie doch herein. Gleich hier rechts.«

Ich betrat den Flur, der ganz anders aussah als bei meinem Besuch vor einer Woche. Durch einen Spalt in der Tür sah ich, dass sich dort statt Tobias' Sprechzimmer ein Salon mit Sofa und antiken Gemälden befand. Die Diele, an deren Wänden moderne Kunst gehangen und ein paar Holzstühle gestanden hatten, war nun mit einer Wanduhr und zwei Porträts über einem abgenutzten Diwan versehen.

Ich verschwand im Bad. Auch bei meinem ersten Besuch hatte ich die Toilette benutzt, und hier sah alles genauso aus wie vor einer Woche. Dasselbe kleine Porzellanwaschbecken, derselbe Toilettensitz mit altertümlichem Griff.

Ich wusch mir die Hände und ging wieder hinaus. Die Dame stand dort und erwartete mich mit einem freundlichen Lächeln.

»Alles in Ordnung?«, fragte sie.

»Ja, danke.«

»Die Engelbrektsgatan kann schon verwirrend sein«, sagte sie. »Die Haustüren sehen sich so ähnlich.«

Und genau in dem Moment fielen sie mir auf, sie standen unter einer Reihe von Mänteln, die auf Samtbügeln an der kleinen Garderobe hingen.

Ein Paar blitzsaubere Turnschuhe, schätzungsweise Größe 44, das neueste Modell.

Genau die Schuhe, die Tobias während unserer Sitzung getragen hatte.

»Schöne Schuhe«, sagte ich und deutete darauf. »Gehören die Ihrem Mann?«

Für den Bruchteil einer Sekunde zuckte ihr Blick, dann sah sie mich wieder freundlich an.

»Nein, das tun sie nicht«, sagte sie und öffnete mir die Tür. »Auf Wiedersehen.«

Unten vor dem Haus blieb ich erst mal stehen und schlug mir die Hände vors Gesicht. Gefühlt war es Lichtjahre her, dass ich hier stand, voller Zuversicht und mit Träumen von Freundschaft und Vertrauen.

Hatte ich mir Tobias nur eingebildet?

Verrückt, verrückt, verrückt.

Oder hatte jemand seine Praxis bewusst entfernt, um eine so intensive Stressreaktion bei mir auszulösen?

War das vorstellbar?

Aber mit welchem Ziel?

Ich konnte ein lautes, frustriertes Stöhnen nicht unterdrücken. Dann nahm ich die Hände vom Gesicht und wandte mich zum Humlegården.

Eine Mädchen im Teenageralter stand reglos auf dem Bürgersteig und beobachtete, wie ich die Straße überquerte.

Sie sah völlig verängstigt aus.

Bella war zum Abendessen mit Felipe verabredet, also verließ ich gegen fünf allein die Agentur und ging in die Storgatan, um Sally zu treffen. Als ich die Wohnungstür öffnete, roch es schon im Flur nach gebratener Wurst, und ich merkte, wie hungrig ich war.

Ich hatte gar nichts zu Mittag gegessen.

Sally kam mit der Pfanne in der Hand in den Flur.

»Und?«, fragte sie. »Irgendwas Sonderbares passiert?«

»Das kann man wohl sagen. Ich wasch mir nur eben die Hände.«

»Komm dann aber gleich in die Küche, ich hab auch einiges zu erzählen.«

Schon bald saßen wir mit unseren Tellern am Küchentisch.

»Du zuerst«, sagte Sally.

Ich warf ihr einen verstohlenen Blick zu. *Konnte ich ihr trauen?* Dann wiederum ... Wenn sie irgendwie beteiligt sein sollte, wäre es da nicht besser, wenn die Wahrheit herauskäme?

Also erzählte ich ihr von meinem Besuch in Tobias' Praxis. Sally hörte aufmerksam zu und aß. Schließlich lehnte sie sich zurück.

»Irgendetwas fehlt. Irgendetwas übersehen wir.«

»Ja. Aber ich habe keine Ahnung, was das sein könnte.«

Wir schwiegen eine Weile.

»Okay«, sagte Sally dann. »Willst du hören, womit ich den Großteil des Tages verbracht habe?«

»Klar.«

Sally lächelte breit.

»Mit Schnüffeln. Ich habe die ganze Wohnung einmal komplett durchkämmt.«

Mein Herzschlag beschleunigte sich.

»Hör auf«, sagte ich und legte das Besteck weg. »Aber du warst nicht in Bellas Zimmer, oder?«

»Es gibt keinen Zentimeter in Bellas Zimmer, den ich nicht kenne«, sagte Sally. »Sie hat eine Vorliebe für Stringtangas, wusstest du das?«

Ich hielt mir die Augen zu.

»Wie konntest du nur?«

»Allerdings war das keineswegs das Interessanteste, was ich gefunden habe!«

Genau in diesem Moment klingelte es an der Tür. Unaufhörlich. Sally und ich schauten einander an.

»Tja«, stellte Sally fest, »da will wohl jemand ganz dringend reingelassen werden.«

Wir warfen die Servietten auf den Tisch und gingen in den Flur. Ich öffnete einer Menge Polizisten die Tür, die alle ihre Ausweise präsentierten und Sally und mich in den Flur zurückdrängten.

»Moment, stehen bleiben«, rief Sally. »Was soll das?«

Einer der Polizisten reichte uns ein Blatt Papier.

»Wir haben einen Durchsuchungsbeschluss«, sagte er. »Wir haben einen Hinweis bekommen, dass sich große Mengen Narkotika in dieser Wohnung befinden.«

»*Wie bitte?*«, fragte ich. »Hier gibt es keine Drogen!«

»Das werden wir ja sehen«, erwiderte der Polizist. »Würden Sie bitte im Wohnzimmer warten, dort kümmert sich meine Kollegin um Sie.«

Sally und ich setzten uns aufs Sofa, und dann nahm eine Polizistin unsere Personalien auf. Dann reichte sie uns Behälter für Urinproben.

»Wir bräuchten Proben von Ihnen beiden«, sagte sie. »Wo ist die andere hier gemeldete Person?«

»Bella?«, fragte ich. »Die ist bei ihrem Freund.«

Sie notierte auch alle Angaben zu Bella. Sally hatte einen finsteren Gesichtsausdruck.

»Sie haben kein Recht, einen Urintest von uns zu verlangen«, sagte sie. Die Polizistin lächelte sie an.

»Sie können sich natürlich weigern«, erklärte sie. »Aber das wird dann im Protokoll vermerkt. Und dann können wir einen Bluttest anordnen.«

»Komm schon, Sally«, sagte ich. »Lass uns in die Becher pinkeln.«

Wir gaben also unsere Proben ab und mussten dann abwarten, bis die Beamten die ganze Wohnung auf den Kopf gestellt hatten. Sie zogen alle Schubladen heraus, öffneten jeden Schrank und jede Truhe.

»Hoffentlich räumen die auch wieder auf«, murmelte Sally.

Ich schaute zu ihr hinüber. Sie wirkte gestresst, ihr stand der Schweiß auf der Stirn.

Verbarg sie etwas vor mir?

Ich war völlig überrumpelt von allem. Was wollte die Polizei hier? Wir hatten keine Drogen. Bella hatte mir erzählt, dass sie vor Jahren mal Kokain probiert hatte, aber die Wirkung nicht mochte, weshalb sie bei Wein und Champagner blieb. Ich hatte mittlerweile Micke und die anderen dabei beobachtet, wie sie verschiedene Drogen nahmen – sowohl in Lokalen als auch zu Hause, aber nie hier bei Bella und mir.

Was war also der Sinn dieser Aktion?

Nach einer Stunde waren sie fertig und versammelten sich vor uns.

»Wir wären dann so weit«, sagte der Einsatzleiter. »Wir haben nichts gefunden und wünschen Ihnen noch einen schönen Abend.«

Sally und ich folgten ihnen in den Flur.

»Was ist denn mit unseren Urinproben?«, erkundigte Sally sich noch.

»Negativ«, sagte die Polizistin. »Scheint so, als wollte Ihnen jemand eins auswischen. Ich bitte vielmals um Entschuldigung für die Störung, aber es gehört zu unseren Aufgaben, dass wir solche Hinweise ernst nehmen und ihnen nachgehen.«

Dann verließen sie die Wohnung, und wir kehrten in die Küche zu unserem kalten Essen zurück.

»Mein Gott«, seufzte ich. »Allmählich wird es dann doch ein bisschen viel, findest du nicht?«

Sally stimmte mir zu.

»Allerdings«, sagte sie. »Willst du wissen, was ich gefunden habe?«

Ich nickte.

»Zwei große Tüten mit weißem Pulver. Eine bei dir und eine in Bellas Zimmer. Ich gehe davon aus, dass das Kokain war. Sicher je ein halbes Kilo.«

»*Was?* Wo denn genau?«

»Eine war unter deinem Bett festgetapet, die andere lag im obersten Fach von Bellas Kleiderschrank hinter den Pullovern.

Und jetzt sag mir bitte, dass du davon nichts gewusst hast.« Sie sah mich mit ihren graublauen Augen mit dem breiten Lidstrich an.

»Wie bitte?«, fragte ich verständnislos.

Sally grinste schief.

»Wir sprechen hier von einer Gefängnisstrafe von mehreren Jahren«, erklärte sie. »Und weil ich hier war, dürfte ich genauso verdächtigt werden wie du und Bella. Und den Rest kannst du dir denken: Job, Zukunft, alles. Ich kann ja schlecht am Donnerstag bei der Bank anrufen und sagen: ›Hey, ich brauch noch ein bisschen frei, ich wurde wegen Verstoßes gegen das Betäubungsmittelgesetz festgenommen.‹«

Ich starrte sie an.

»Du glaubst nicht ernsthaft, dass ich davon irgendetwas wusste?«

Und dann begriff ich, dass ihr Verdacht gegen mich ungefähr genauso nachvollziehbar war wie meiner gegen sie. Oder gegen Bella.

Sally seufzte.

»Nein, das glaube ich nicht. Aber fragen muss ich doch trotzdem. Schließlich wäre das eine sehr gute Erklärung für alles, was du so erzählt hast. Den Anruf von deinem Vater, dass du ihn gesehen hast, dann diese Sache mit Tobias' Praxis. Du weißt schon, Halluzinationen. Die Folge von Drogenmissbrauch.«

»Ich nehme keine Drogen«, sagte ich. »Andere in meinem Umfeld schon, aber ich nicht.«

Sally dachte nach.

»Meinst du, es könnte dir jemand was ins Essen oder Trinken gemischt haben in der letzten Zeit?«, überlegte sie. »Ohne dass das bei einem Drogentest auffällt? Hast du dich irgendwie komisch gefühlt?«

»Willst du damit sagen, dass das alles nur Halluzinationen waren? Nee, auf keinen Fall. Ich war die ganze Zeit völlig klar im

Kopf, und wenn so was passiert, kommt das ja immer wie aus dem Nichts.«

»Was ist mit Bella? Weiß die von den Drogen?«

Ich überlegte.

»Kann ich mir nicht vorstellen.«

»Sicher?«

Bellas unschuldiges, hübsches Gesicht. Was verbarg sich hinter der unschuldigen Miene?

»Du weißt doch, dass ich mir gerade bei gar nichts mehr sicher bin. Nicht mal bei dir.«

Sally schwieg und schien weiter zu grübeln. Dabei stocherte sie in ihrem Essen. Da kam mir plötzlich ein Gedanke.

»Was hast du mit dem Kokain angestellt? Offenbar ist es ja nicht mehr hier.«

Sally schaute mich grinsend an.

»Ich hab beide Tüten in meine Handtasche gesteckt und bin mit dem Bus bis nach Blockhusudden gefahren. Du weißt schon, das letzte Ende vom Djurgården. Mir ist niemand gefolgt, darauf habe ich geachtet. Da draußen hab ich mir einen Abfalleimer gesucht, die Tüten reingesteckt und Zeitungen drübergelegt. Dann bin ich mit dem Bus zurückgekommen. Und ja, ich hab die Tüten ordentlich abgewischt, es gibt also keine Fingerabdrücke. Ich selbst habe Handschuhe getragen, habe schließlich den einen oder anderen Krimi gesehen.«

Ich ließ mich gegen die Rückenlehne sacken, plötzlich war ich ganz schwach. Es summte nur so in meinem Kopf.

»Auf dem Rückweg hab ich noch schnell was zum Abendessen besorgt«, ließ Sally mich wissen, »und das war's auch schon. Jetzt weißt du, was ich heute gemacht habe.«

»Bist du wahnsinnig?«, fragte ich langsam. »Du bist mit einem Kilo Kokain – oder wie viel es war – mit dem Bus durch die halbe Stadt gefahren, um es in einen Mülleimer zu werfen?«

»Ganz genau. Was hätte ich denn sonst tun sollen? Ich hab mich nicht getraut, es im Klo wegzuspülen, weil ich dachte, dass das womöglich verstopft.«

Ich betrachtete Sally, ein halb aufgegessenes Würstchen vor sich auf dem Teller, gut gelaunt und der übliche breite Lidstrich.

»Warum machst du das für mich?«, fragte ich. »Du hast heute wirklich was für mich riskiert. Warum bist du so unfassbar nett? Ich glaube nicht, dass ich das verdient habe.«

Sally dachte kurz nach, dann riss sie die Augen auf.

»Schlechtes Gewissen?«, fragte sie mit unschuldiger Miene.

»Jetzt hör auf.«

»Okay, Scherz beiseite: Irgendwann muss man sich entscheiden, wer man sein möchte. Und dann muss man das durchziehen. Ich hatte nicht vor, die Heldin zu spielen, aber als ich die Tüten gefunden habe, blieb einfach keine Zeit zum Zögern. Da zählte es einfach, die so schnell wie möglich und so weit wie möglich von hier wegzubringen. Das lief ganz automatisch.«

Wir blieben kurz still, und ich dachte über ihre Worte nach.

»Ich mochte deinen Vater«, erklärte Sally. »Wenn er eine Meinung zu etwas hatte, dann stand er dazu, selbst wenn es unbequem war. So möchte ich auch sein. Und diese ganzen Artikel ... mir ist nicht klar, was genau er damit wollte, aber interessant finde ich das allemal.«

»Danke, Sally«, sagte ich und legte meine Hand auf ihre. »Du hast mir extrem geholfen. Wenn du nicht mit nach Stockholm gekommen wärst ...«

Ich schüttelte den Kopf. Das, was ich ausdrücken wollte, ließ sich nicht so recht in Worte fassen.

»Wie auch immer«, unterbrach Sally mich, »fest steht, dass jemand hinter dir her ist. Ich habe keine Ahnung, was du tun kannst, aber wir sollten trotzdem gründlich darüber nachdenken. Irgendwie habe ich den Eindruck, dass du hier gegen die

Uhr kämpfst, also musst du schnell agieren. Siehst du das auch so?«

»Absolut«, sagte ich.

Ich versuchte, einen klaren Gedanken zu fassen, aber mein Kopf war leer.

»Wo sollen wir denn ansetzen?«, fragte ich. »Mir fällt rein gar nichts ein.«

»Iss erst mal auf«, befahl Sally. »Dann setzen wir uns ins Wohnzimmer und schmieden einen Plan.«

———

Wie kontrolliert man die Macht?
Wie verhindert man, dass die Macht – mit bekanntem
Ergebnis – sich selbst kontrolliert?
Meine anschaulichsten Beispiele sind natürlich gespeist durch
meine eigenen Erfahrungen. Das Gefühl, das man hat, wenn
man eine Position innehat, die es einem ermöglicht, über andere
Menschen zu bestimmen.
Sie kommt schleichend, steigert sich langsam, die Lust, eigene
Entscheidungen zu fällen.
Der Impuls, das Formale zu umgehen – man weiß schließlich
selbst am besten, was zu tun ist.
Die Regeln wurden vor so langer Zeit gemacht, von Menschen,
die Dinge nicht mit modernen Augen betrachtet haben.
Da ist es doch sogar besser, sie zu umgehen.
Der kürzeste Weg zwischen zwei Punkten ist immer der direkte,
nicht wahr?
Macht korrumpiert.
Ich maße mir nicht an, über andere zu richten, ich prüfe lieber
meine Taten. Und die meiner engsten Freunde.
Ich schäme mich für das, was ich sehe.

Gäbe es ein Verfassungsgericht, an das man sich mit seinen eigenen Mängeln wenden könnte, ich hätte es längst kontaktiert. Ich hätte meine Schwächen und die meiner Freunde angezeigt, unsere Impulse zu kontrollieren und manipulieren, unsere Lust, es mit der Wahrheit nicht ganz genau zu nehmen, und unser Verlangen, die Regeln zu umgehen, um auf diese Weise unsere Mitmenschen selbst zu lenken und die Dinge nach unseren Vorstellungen zu führen.
Wäre das sinnlos gewesen? Vermutlich.
Das Urteil wäre sicher hart ausgefallen. Aber es hätte nicht notwendigerweise dazu geführt, dass wir etwas an unserem Verhalten geändert hätten.
Die Macht muss von jemand Außenstehendem kontrolliert werden.
Warum war ich so nachsichtig mit mir selbst?

Am Dienstag meldete ich mich krank, sagte den Termin bei Tobias ab und ging mit Sally durch den Hagapark, während wir versuchten, eine Lösung zu finden. Am Mittwoch ging ich wieder zur Arbeit, und Sally unternahm etwas auf eigene Faust in der Stadt. Um ein Uhr traf ich Björn an der Flora-Statue.

Ich war schon früher gekommen und hatte eine schöne Bank am Fuße des Hügels ausgesucht, auf die ich mich setzte und wartete. Um Glockenschlag eins kam Björn auf mich zu, so elegant gekleidet wie eh und je. Ich stand auf, und wir umarmten einander flüchtig.

»Gehen wir ein Stück?«, schlug Björn vor.

Ich schaute ihn an.

»Nein, ich würde lieber hierbleiben.«

Ich wollte ihn gern direkt beobachten, während wir sprachen, und nicht neben ihm hergehen.

Also setzten wir uns auf die Bank. Björn zog seine Lederhandschuhe aus und legte sie übereinander. Offenbar fiel es ihm schwer, einen Einstieg ins Gespräch zu finden.

»Du hast mich ja regelrecht bedrängt«, sagte ich schließlich so freundlich, wie ich konnte. »Was willst du denn eigentlich?«

Björn schaute mich gequält an.

»Ich weiß nicht, wie ich anfangen soll«, erklärte er. »Aber ich muss mit dir über deinen Vater sprechen. Ich weiß, dass du ihn sehr geliebt und ihm sehr nahgestanden hast. Aber er hatte auch noch andere Seiten, von denen du nichts weißt.«

Ich hatte im Vorfeld schon überlegt, wie ich mich verhalten würde, falls er mit solchen Behauptungen ankäme, und zu meiner großen Freude blieb ich ganz ruhig.

»Was meinst du?«, fragte ich. »Dass Papa kriminell gewesen ist?«

»Nein«, sagte Björn. »Aber er war in Sachen verwickelt, die ich nicht akzeptieren konnte.«

»Zum Beispiel?«

Björn schüttelte den Kopf.

»Wenn ich das laut ausspreche, klinge ich verrückt. Zum Beispiel Machtmissbrauch. Unterdrückung. Es gibt verschiedene Unstimmigkeiten. Außerdem deutet eine Spur zu einer Art *Trafficking*.«

Trafficking? Illegale Geschäfte? Menschenhandel? Mein Vater? Nie im Leben!

Tief atmen.

»Okay«, sagte ich und klang noch immer gelassen. »Hast du Beweise, die das belegen können?«

»Nein, habe ich nicht«, erwiderte Björn. »Nicht mehr. Ich hatte welche, aber jemand ist bei mir eingebrochen und hat sie mitgenommen.«

»Das heißt, ich soll einfach auf dein Wort vertrauen?«

»Mir ist klar, dass das sehr sonderbar klingt. Aber du und deine Familie, ihr müsst darüber einfach informiert werden.«

Allmählich stieg mein Puls, aber ich sagte mir, dass es besser war, mir anzuhören, was er zu erzählen hatte, ohne ihn zu unterbrechen, damit er mir auch auf meine Fragen antwortete.

»Darf ich dir ein paar Fragen stellen? Hat dein Vater für Lennart Geijer gearbeitet, als der Prostitutionsskandal in den Siebzigern ans Licht kam?«

»Ja«, sagte Björn. »Die ganze Debatte war sehr hart für mich.«

»Hart? Inwiefern?«, wollte ich wissen.

Björn schüttelte den Kopf, ohne zu antworten.

»Willst du damit sagen, dass Geijer kein Kunde von Doris Hopp war?«, hakte ich nach. »Trotz aller Beweise? Und es war ja nicht nur er.«

Björn holte tief Luft.

»Ich weiß ehrlich gesagt nicht, was ich davon halten soll«, antwortete er dann. »Die Polizei war vollständig korrupt. Es gibt so vieles, was in unserer Gesellschaft schiefläuft.«

Björn schlug mit den Handschuhen gegen sein Bein.

»Unsere Familien waren eng befreundet«, fuhr er fort. »Mein Vater war sein engster Vertrauter im Ministerium. Ist doch klar, dass das damals für uns völlig unvorstellbar wirkte.«

»Und später?«, fragte ich.

Björn machte eine ungeduldige Bewegung, presste aber die Lippen aufeinander und sagte nichts weiter.

»Wie alt warst du?«

»1977? Als das alles rauskam?«, fragte Björn zurück. »Gerade zweiundzwanzig geworden.«

Nach einer Weile sagte ich: »Noch eine Frage. Warum hast du Fabian erzählt, dass Papa von einem Bogdan Havic obduziert worden ist? Den gibt es nämlich gar nicht.«

Björn schaute mich verwundert an.

»Das habe ich nie behauptet«, versicherte er mit Nachdruck.

»Das hat Fabian aber behauptet«, sagte ich verwirrt. »Er hat dich extra gefragt.«

»Dann lügt er«, sagte Björn.

Ich schwieg.

»Ich kann mich nicht daran erinnern, wer deinen Vater obduziert hat«, fuhr er schließlich fort. »Vielleicht war es wirklich der Mann, den du gerade genannt hast, ich erinnere mich nicht. Aber mit Fabian habe ich definitiv nicht darüber gesprochen.«

Ich schaute ihn an.

»Was geht denn hier nun eigentlich vor?«

Björns Miene veränderte sich.

»Ich kann nicht ins Detail gehen«, sagte er. »Damit würde ich dich in Gefahr bringen.«

Plötzlich sah ich es so klar und deutlich. Es gab einfach keinen Grund, ihm zu trauen: Björn selbst traute ja niemandem, das war unverkennbar. Er log oder sagte die Wahrheit, ganz wie es ihm am meisten nutzte.

»Du hast keine Beweise«, sagte ich. »Nichts Schriftliches oder irgendetwas in der Art? Ich glaube, du weißt kein Stück mehr als ich.«

Björn antwortete nicht, er presste wieder die Lippen aufeinander.

»Okay«, sagte ich. »Wenn das alles war, dann gehe ich jetzt zurück in die Agentur.«

Ich stand auf. Sofort war Björn vor mir, griff mit beiden Händen nach meinem Mantelkragen und hielt mich fest. Er atmete schwer, und seine Augen schimmerten.

»Du glaubst mir nicht!«, sagte er laut. »Du meinst, ich lüge! Nicht wahr? Aber Fabian vertraust du!«

Eine ältere Frau blieb hinter ihm stehen und schaute besorgt zu uns herüber.

»Du bist genau wie dein Vater!«, schrie Björn. »Nett, aber verdammt dämlich!«

Er war unfassbar wütend. Und plötzlich hörte ich ganz deutlich, wie er atmete: pfeifend und zischend. Ich riss mich los und rannte über den Kiesweg Richtung Sturegatan davon.

Hinter mir hörte ich Björns Schreie.

»Sara! Komm zurück!«

Ich drehte mich nicht um, rannte einfach nur, so schnell ich konnte.

9. KAPITEL

Donnerstagnachmittag fuhr Sally zurück nach Örebro. Wir hatten keinen endgültigen Plan geschmiedet, aber ein paar Alternativen ausgearbeitet, und eine davon bedeutete leider, bei Bella ausziehen zu müssen. Und das, obwohl ich ja wusste, wie schwer es war, in Stockholm eine Wohnung zu finden. Das ließ sich nicht mal eben an einem Nachmittag erledigen. Außerdem liebte ich es, mit Bella zusammenzuwohnen. Der bloße Gedanke an einen Umzug war trostlos.

»Ihr könnt euch doch trotzdem oft treffen«, winkte Sally ab. »Und ihr seht euch ja jeden Tag bei der Arbeit.«

War Sally vielleicht eifersüchtig auf meine Freundschaft mit Bella? Aber das würde sie doch nicht bei ihren Ratschlägen beeinflussen, oder?

Die Polizei hatte Bella ebenfalls einen Besuch abgestattet, und sie war völlig aufgelöst gewesen, als sie von Felipe heimgekehrt war.

»Ihr Armen!«, hatte sie gesagt. »Ich bin heilfroh, dass ich nicht hier war, aber für euch muss das ja die Hölle gewesen sein. Ich hätte euch so gern unterstützt. Habt ihr um Ausweise und alles Weitere gebeten, damit sicher ist, dass sie wirklich reinkommen durften?«

»Ja, das ging alles klar«, sagte Sally. »Das war nicht das Komische an ihrem Besuch.«

»Hm, ich hab nachgedacht«, antwortete Bella. »Ich glaube, ich weiß, wer die Polizei verständigt hat.« Und an mich gewandt fügte sie hinzu: »Kannst du dich noch an Dragan erinnern, den Typen, der es so auf mich abgesehen hatte, als wir hart gefeiert haben?«

Dragan.

Acht klirrende Schnapsgläser zu tiefem Bassdröhnen.

Der Typ, der Bella so fest im Arm hielt, dass ich schon fragte, ob ich mal dazwischengehen sollte. Dann hatte ich ihn vergessen, genau wie all die anderen, bis Pelle ihn plötzlich erwähnt hatte: *»Hoffentlich nicht mit diesem verdammten Dragan! Der stalkt sie.«*

»Weißt du noch, das war der Abend, an dem du ein bisschen zu viel getrunken hattest«, erinnerte mich Bella grinsend. »Aber das ich egal. Der war ein halbes Jahr hinter mir her, und jetzt im Herbst hatte ich die Schnauze voll. Vor ein paar Wochen habe ich ihm mal ausdrücklich die Meinung gesagt und verlangt, dass er aufhören soll, mich zu stalken, weil ich außerdem jemanden kennengelernt habe.«

»Dass das manchmal als Einziges hilft«, sagte Sally. »Einen neuen Freund anzubringen, um einen anderen loszuwerden.«

»Da sagst du was.« Bella verzog das Gesicht. »Vielleicht nicht unbedingt feministisch korrekt, aber ich wollte ihn halt einfach loswerden. Leider hat er ziemlich scheiße reagiert und mich bedroht. Meinte, er würde mich schon drankriegen. Ich habe das nicht ernst genommen, aber er ist schon der Typ Mann, der sich anonym bei der Polizei meldet und behauptet, dass hier Drogen sind, obwohl er ganz genau weiß, dass dem nicht so ist.«

Sally und ich wechselten einen Blick. Wir hatten Bella nichts von den beiden Tüten mit weißem Pulver erzählt. Darauf hatte Sally bestanden, was mich allerdings immer stutziger machte.

Hatte es die Tüten wirklich gegeben?
Hatte Sally sie tatsächlich in einen Mülleimer gesteckt?
Das wirkte so unwahrscheinlich.
»Was für ein Idiot«, sagte Sally zu Bella. »Gut, dass du den los bist.«
Ich betrachtete sie: meine älteste Freundin und frühere Peinigerin aus Schulzeiten und meine neue, tolle Stockholm-Kameradin.
Konnte ich überhaupt einer von beiden trauen?

Donnerstagabend, nach Sallys Abreise, war ich wieder allein, weil Bella bei Felipe war, und Micke kam vorbei. Er war endlich von seiner Geschäftsreise heimgekehrt. Wir machten Feuer im Kamin und legten uns auf ein großes Fell davor. Micke streichelte mir mit dem Finger am Kinn entlang und sagte: »Was ist los? Dich bedrückt irgendetwas, das sehe ich dir an.«
Ich lächelte.
»Erinnerst du dich an unser Gespräch darüber, was wir im Leben erreichen wollen?«
»Klar«, antwortete Micke. »Bei dem Gespräch hab ich mich in dich verliebt.«
Ich legte meinen Kopf auf seinen Arm.
»Warum erklärt einem niemand, dass es so kompliziert ist, Mensch zu sein?«
Micke fuhr mir durchs Haar.
»Irgendetwas ist passiert«, stellte er fest. »Erzähl's mir, dann kann ich dir vielleicht helfen.«
Also erzählte ich von Sallys Besuch, von der Hausdurchsuchung durch die Polizei und dass Bella meinte, Dragan würde dahinterstecken, um sich an ihr zu rächen. Micke betrachtete mich

aufmerksam, während ich sprach. Als ich fertig war, stand er auf, legte Holz nach und ging dann im Wohnzimmer auf und ab.

»Was ist los?«, fragte ich und klopfte neben mir aufs Fell. »Komm und leg dich wieder zu mir.«

Micke setzte sich vor mich, und da erst merkte ich, dass er vor Wut schäumte. Er machte mir ehrlich gesagt ein bisschen Angst.

»Dieser verfluchte Dragan«, sagte er leise. »Den mach ich fertig.«

»Immer mit der Ruhe, Micke! Du weißt doch nicht mal, ob er wirklich dahintersteckt.«

Er schwieg, aber es war nicht zu übersehen, dass er noch immer wütend war.

»Euch so einer Belastung auszusetzen«, sagte er schließlich. »Zwei Frauen. Ich finde wirklich nichts schlimmer, als wenn Typen sich an Frauen vergehen und versuchen, ihnen ihren Willen aufzuzwingen.«

Jetzt musste ich lächeln.

»Warum? Weil wir so unglaublich wehrlos sind? Zwing mich nicht, dich aufs Kreuz zu legen, nur um dir das Gegenteil zu beweisen.«

Micke schenkte mir ein kleines Lächeln, wurde dann aber wieder ernst.

»Bella kann das aber nicht. Sie war nicht beim Militär. Bei Sally weiß ich's nicht.«

»Nein, war sie auch nicht. Ich verstehe, was du sagen willst. Dabei weißt du, dass man als Frau solchen Mist von Männern gewohnt ist. Das fängt schon auf dem Spielplatz an, wenn die Jungs einem die besten Schaukeln wegnehmen, dann stellen sie einem in der Schule Beinchen, reißen den Rock hoch und klauen einem die Tasche. Und im Gymnasium und an der Uni bekommen sie Punkte und Lob für die Gruppenarbeit, obwohl sie keinen Finger gerührt haben.«

Ich hielt inne, aber Micke schien dem nichts hinzufügen zu wollen.

»Und im Berufsleben«, fuhr ich fort, »bekommen die Männer mehr Gehalt, werden schneller befördert und werden Chefs, obwohl sie weniger kompetent sind als ihre Kolleginnen. Oder schau mal in die Politik. Anna Kinberg Batra wird in den Medien ständig ›stur‹ oder ›starrköpfig‹ oder ›kalt‹ genannt. Das ist doch Quatsch. Wäre sie ein Mann, hieße es, sie hätte die ›Autorität eines Staatsmannes‹. Und jetzt, wo es um ihren Rücktritt geht, wird plötzlich ihre *Kleidung* beurteilt. Es gab eine Liveübertragung, und man wusste plötzlich nicht mehr, ob es eine Pressekonferenz war oder der rote Teppich. ›Hier kommt AKB, sie trägt ein dunkelgraues Kleid …‹«

»Da hast du recht.«

»Vergleich das mal mit Anders Borg«, sagte ich. »Der zeigt seinen Penis, greift Männern in den Schritt und nennt Frauen ›Hure‹ und ›Schlampe‹ – und wie regieren die sozialen Medien? Mit Sympathie! Was soll der Scheiß? Er zeigt nichts anderes als typische, eklige Frauenverachtung! Oder dieser widerliche Harvey Weinstein, der ein paar der meistgesehenen Filme weltweit produziert hat – was der für einen Einfluss hat! Und gleichzeitig vergewaltigt oder missbraucht er regelmäßig Schauspielerinnen. Eigentlich muss man nur täglich einen Blick in die Zeitungen werfen. Die Liste von widerwärtigen Typen ist schier endlos. Denk doch nur an Arnault, der sogar von der Schwedischen Akademie gesponsert wurde. Oder an *me too!*«

Micke sagte nichts.

»Männer verursachen mit ihrem Mist die überproportional größten Kosten der Gesellschaft«, fuhr ich fort. »Misshandlungen, Vergewaltigungen und Hooligans. Die Gesellschaft trägt die Kosten für die Polizisten und die Justiz und den Sozialdienst, um hinter ihnen herzuräumen, alles finanziert durch Steuern. *Wir Frauen sollten nur einen Bruchteil davon zahlen müssen!«*

Micke sagte noch immer nichts, sah mich einfach nur an.

»Und dann schau dir mal die Vorstände an. Wenn wir wirklich so gleichgestellt wären, wie es immer heißt, warum sitzen dann so unfassbar viele Männer in den Vorständen? Warum wird eine Frauenquote verweigert? Das ist *bullshit*, von vorn bis hinten. Aber als Frau ist man diesen Mist so sehr gewohnt, dass man ihn einfach annimmt. Vergewaltigungen, Misshandlungen, Frauen, die von ihren Männern vor den Augen der Kinder erschlagen werden ... *und das allein in Schweden*. Schau dich erst recht mal im Rest der Welt um!«

Micke betrachtete mich weiter aufmerksam.

»Und dieser Dragan ... Der hat Bella behandelt, als wäre sie sein Eigentum. So sind sie. *Männer!* Schau dich auf der Welt um: weibliche Beschneidung, sogenannte Ehrenmorde und Menschenhandel, Frauen, die die meiste Arbeit erledigen, während die Männer das Geld einfahren. Dass Männer sich aufführen dürfen, wie sie es tun, ist nichts als ein verdammter Skandal!« Ich schaute ihn an. »Ihr vernünftigen Männer! Warum tut *ihr* denn nichts? Warum setzt ihr dem Wahnsinn, den eure sogenannten *Brüder* verzapfen, kein Ende? Warum wird es von *uns Frauen*, die unterdrückt, vergewaltigt und allen möglichen Übergriffen ausgesetzt sind, warum wird es von uns erwartet, diese Idioten zu stoppen? *Warum macht ihr Männer das nicht?*«

Micke wirkte entschlossen.

»Du hast recht«, sagte er. »So habe ich das bisher noch nie gesehen.«

In mir brodelte es vor Wut, weshalb ich im Bad verschwand, um mich zu beruhigen.

Woher kam diese unfassbare Wut? Micke verdiente so einen Ausbruch wirklich nicht.

Hing das mit der Vergewaltigung zusammen?

Oder kam da gerade anderes an die Oberfläche?

Oder hatte ich, wie so viele andere Frauen in meinem Alter, endlich die Schnauze voll?

Ich ging zurück zu Micke und setzte mich zu ihm aufs Fell.

»Du hast gesagt, dass es kompliziert ist, Mensch zu sein«, fing er an. »Da bin ich ganz deiner Meinung. Irgendwie geht man davon aus, dass es leichter wird, wenn man erwachsen ist, aber es ist genau andersrum. Wir Männer sind auf vielen Ebenen noch im Affenstadium, verglichen mit euch Frauen. Nicht, weil wir das alles nicht verstehen könnten, wir *wollen* es einfach nicht verstehen. Und das liegt nur daran, dass wir an unserem Verhalten gar nichts ändern *wollen*.«

Ich nahm seinen Kopf in meine Hände und küsste ihn auf den Mund.

»Du bist so wunderbar. Danke, dass du mich verstehen willst.«

Micke schaute mir tief in die Augen.

»Ich liebe dich, Sara.«

Es war das erste Mal, dass er diese Worte zu mir sagte, und sie machten mich glücklich. Ich hatte das Gefühl, als fiele ein Lichtstrahl der Hoffnung in mein Dunkel und verjagte meine Angst und alle meine Zweifel.

Früh am Freitagmorgen fuhr ich zum Hauptbahnhof und nahm den ersten Zug nach Örebro, um dem Universitätsklinikum einen Besuch abzustatten, wo mein Vater obduziert worden war. Die Einzige, die davon wusste, war Sally, denn ich wollte noch am selben Tag nach Stockholm zurückfahren. Ich konnte nicht sagen, was ich mir von dem Besuch versprach, aber ich wollte unbedingt einen direkten Austausch, ohne Umwege über

Telefonate oder E-Mails, die nur zu weiteren Unklarheiten führen würden.

Gerade als ich in Örebro aus dem Zug stieg, klingelte mein Handy.

Es war Micke.

»Ich habe dem Kerl einen solchen Einlauf verpasst, dass es ein Weilchen dauern dürfte, bis er sich noch mal so verhält«, sagte er. »Oder Mädels was antut, die ihn abweisen.«

Mein Herz schlug heftig. Nervosität machte sich breit.

»Was hast du gemacht? Du hast ihm doch nichts getan, oder?«

»Wir haben ein ernstes Wörtchen gewechselt, sozusagen. Er wird euch jedenfalls nicht noch mal behelligen.«

Es wurde still im Hörer.

»Sara«, sagte Micke dann. »Ich tu alles für dich. Ist dir das nicht klar?«

»Doch, doch«, versicherte ich. »Ich danke dir.«

Aber ich wollte in Zukunft doch vorsichtiger sein, damit Micke nicht auf eigene Faust Sachen für mich klärte.

»Dragan hat allerdings geschworen, dass er nichts mit der Razzia zu tun hatte«, fuhr Micke fort. »Und da ist mir dann jemand anders eingefallen, der es gewesen sein könnte. Ich weiß, dass er ein Problem mit dir und Bella hat.«

»Das klingt ja übel, wer denn?«

»Roger«, sagte Micke. »Aus der Agentur. Ich muss jetzt Schluss machen, aber denk mal drüber nach. Den knöpf ich mir gern auch noch vor, wenn du willst.«

Wir legten auf, ich blieb stehen und starrte erst mal ins Nichts.

Roger?

Was für ein Problem sollte er mit uns haben?

Vom Bahnhof in Örebro waren es ungefähr fünfzehn Gehminuten bis zum Universitätsklinikum. Ich nahm die Järnvägsgatan, die mich geradewegs hinführte. Es war ein kalter, klarer Vormittag, und ich begegnete Menschen, die bereits ihre dicke Winterkleidung hervorgeholt hatten. Beim Klinikum angekommen, musste ich mich erst einmal mit der komplizierten Übersicht über die verschiedenen Abteilungen vertraut machen. Ich musste den Eingang M3 nehmen und dann durch eine Vielzahl Flure marschieren, bis ich schließlich in der Pathologie angelangt war.

Schon am Eingang traf ich auf ein erstes Hindernis. Die Tür war verschlossen, eine Klingel gab es nicht. Ich sah, dass sich dahinter Personal bewegte, aber als ich vorsichtig an die Scheibe klopfte, reagierte niemand. *Die Tür immer ins Schloss drücken*, stand mit großen Buchstaben auf einem Zettel, der an der Scheibe klebte.

Ich dachte nach.

Wurden dort die Leichen verwahrt? Das würde diese Sicherheitsvorkehrung erklären.

Und wenn sie mich gar nicht hereinlassen würden?

Wenn ich den ganzen Weg aus Stockholm umsonst hergekommen war?

Da tauchte eine Mitarbeiterin in grüner Krankenhauskleidung auf und kam auf mich zu. Offenbar wollte sie in die Pathologie.

»Hallo«, sagte ich. »Wie gut, dann kann ich ja mit Ihnen hineingehen.«

Sie musterte mich schnell.

»Ich kann Sie leider nur hereinlassen, wenn Sie angemeldet sind. Das hier ist die Pathologie.«

»Das weiß ich, deshalb bin ich hier. Sie haben meinen Vater obduziert.«

Sie schaute mich mitleidig an.

»Wenn Sie Fragen dazu haben, müssen Sie sich an die Abteilungsleitung wenden. Die Mail-Adresse finden Sie auf unserer Homepage. Die Sprechstunde ist Montag bis Mittwoch zwischen acht und neun.«

Panik überkam mich, sie drohte mich zu überwältigen. Hier waren die Überreste meines Vaters untersucht worden, hier gab es eventuell Antworten auf meine Fragen. *Warum wollte mir niemand helfen?*

»Lassen Sie mich bitte rein«, sagte ich mit Nachdruck und hielt die nun offene Tür fest. »Das können Sie doch nicht machen, ich bin extra aus Stockholm hergekommen.«

»Lassen Sie die Tür los«, sagte die Frau mit genauso viel Nachdruck, »sonst muss ich den Wachdienst verständigen.«

Ich stellte meinen Fuß in die Tür, weshalb sie in die Abteilung rief.

»*Ninni!* Wir haben hier ein Problem.«

Im Flur tauchten weitere Menschen in grüner Klinikkleidung auf und nahmen Kurs auf uns. Ich war also tatsächlich gezwungen, aufzugeben und unverrichteter Dinge wieder nach Stockholm zu fahren. Ein lang gezogenes Wimmern erklang, und es dauerte mehrere Sekunden, bis ich begriff, dass es von mir gekommen war. Die Frau schaute mich verblüfft an. Da war plötzlich eine Stimme hinter mir zu hören.

»Was geht denn hier vor?«

»Hallo, Katarina«, sagte die Frau. »Diese junge Dame hier ist sehr aufgewühlt und möchte in die Pathologie, weil wir ihren Vater obduziert haben. Aber ich habe ihr erklärt, dass das unmöglich ist und sie dir ihre Fragen mailen oder zu deiner Sprechzeit anrufen soll.«

Ich drehte mich um und schaute in ein paar intelligente blaue Augen, die zu einer großen blonden Frau um die sechzig gehörten.

»Hallo.« Sie reichte mir ihre Hand. »Ich bin Katarina und leite die Pathologie. Wie kann ich Ihnen helfen?«

Zu meinem großen Schrecken fing ich an zu weinen.

»Sie haben meinen Vater obduziert«, schluchzte ich. »Und niemand will mit mir reden. Mir ist klar, dass ich nicht einfach hereinspazieren kann, wenn da Leichen liegen. Aber die interessieren mich auch gar nicht, ich möchte einfach mehr über meinen Vater wissen.«

»Hier gibt es keine Verstorbenen«, erklärte sie. »Die Obduktionen finden in einem anderen Teil der Klinik statt.«

»Warum darf ich dann nicht rein?«, fragte ich.

Katarina warf dem umstehenden Personal einen Blick zu.

»Ist schon okay. Ich kümmere mich darum.«

Dann wandte sie sich an mich.

»Kommen Sie, wir gehen in mein Büro.«

Katarinas Büro lag rechts vom Flur. Darin befand sich ein kleines Sofa, auf dem wir Platz nahmen, während ich ihr die Situation erklärte.

»Lassen Sie mich kurz zusammenfassen«, sagte sie im Anschluss. »Ihr Vater kam Ende Mai bei einem Brand in Ihrem Sommerhaus ums Leben. Sie haben weder Einblick in den Obduktionsbericht bekommen noch verlangt. Ein guter Freund Ihres Vaters hat Ihnen gesagt, dass ein Pathologe namens Bodgan Havic die Obduktion mithilfe eines Zahnvergleichs durchgeführt hat. Und jetzt möchten Sie mehr über die Obduktion wissen? Habe ich das richtig verstanden?«

»Ja«, sagte ich.

»Zunächst kann ich Ihnen versichern, dass es hier keinen Pathologen namens Bogdan Havic gibt. Wenn Ihr Vater wirklich hier obduziert wurde, dann von jemand anderem. Aber das lässt sich ja leicht prüfen. Kennen Sie die Personenkennziffer Ihres Vaters?«

Die kannte ich. Katarina setzte sich an ihren Computer und tippte die Zahlen ein, die ich ihr diktierte.

»Hier haben wir Ihren Vater«, sagte sie. »Lennart. Die Obduktion wurde von einem sehr guten Kollegen namens Rajiv Ghatan durchgeführt. Der Bericht ist archiviert, ist also sehr leicht zugänglich. Lassen Sie mich noch schnell prüfen ...«

Sie klickte und schaute dann zu mir auf.

»Rajiv ist heute im Haus«, sagte sie. »Die Dienstzimmer der Pathologen befinden sich im angrenzenden Flur. Würden Sie sich gern mit ihm unterhalten?«

Mein Herz schlug mit einem Mal sehr hart, vielleicht, weil es endlich eine Chance gab, den Mann zu treffen, der sich mit dem befasst hatte, was von Papa übrig geblieben war.

»Sehr gern«, sagte ich.

Katarina zückte ihr Handy.

»Rajiv«, sagte sie. »Hier ist Katarina. Wie ich sehe, fängst du in einer halben Stunde mit der nächsten Obduktion an. Ich habe gerade Besuch von einer Angehörigen, und du hast die sterblichen Überreste ihres Vaters untersucht. Würdest du dich mit ihr treffen? Gut.«

Sie legte auf und lächelte mich freundlich an.

»Ich bringe Sie in sein Büro«, sagte sie, »und dann suche ich Ihnen den Bericht heraus, während Sie mit Rajiv sprechen. Er hat nicht viel Zeit, aber vielleicht reicht es ja.«

»Bestimmt«, sagte ich. »Tausend Dank!«

Ich folgte Katarina durch einen langen Flur in ein kleineres Büro, wo ein indisch aussehender Mann am Computer saß. Wir schüttelten uns die Hände, und mir gefiel die Wärme, die aus seinen braunen Augen strahlte.

»Kommen Sie einfach zurück in mein Büro, wenn Sie hier fertig sind«, sagte Katarina, »dann gebe ich Ihnen einen Kopie des Obduktionsberichts.«

Rajiv forderte mich auf, Platz zu nehmen, und ich erklärte mein Anliegen. Rajiv tippte Papas Personenkennziffer ein und wandte sich mir dann zu.

»An den Fall erinnere ich mich gut«, sagte er. »Bei der Explosion kam es zu einer großen Hitzeentwicklung, das ganze Haus hatte in Flammen gestanden, von Ihrem Vater war leider nicht viel übrig.«

Er runzelte die Stirn.

»Wenn ich ganz ehrlich sein darf, waren das insgesamt sehr rätselhafte Umstände.«

»Inwiefern?«

»Ihr Vater war praktisch eingeäschert, und dazu kommt es bei einem gewöhnlichen Brand normalerweise nicht. Normalerweise ist der Leichnam in einem fürchterlichen Zustand, aber nicht komplett *pulverisiert* wie in seinem Fall. Das geschieht normalerweise erst bei der Kremierung, wenn man bewusst den gesamten Körper vernichten möchte.«

»Und was heißt das?«, fragte ich.

Rajiv verstand mich falsch.

»Soweit ich weiß, soll ein Gasherd explodiert sein«, sagte er, »aber es ist sehr unwahrscheinlich, dass ein Gasherd und ein paar Möbel eine solche Hitzewirkung erzielt haben. Ich würde eher auf eine Benzinbombe tippen, wenn vorher große Mengen Benzin vergossen wurden.«

»Unmöglich«, entgegnete ich. »Die Polizei sagt, es handelt sich um einen Unfall. Wir hatten gar kein Benzin im Haus.«

Rajiv zuckte mit den Schultern.

»Ich kann Ihnen nur die Schlüsse wiedergeben, die ich aus den Ergebnissen meiner Untersuchung gezogen habe. Ich bin Pathologe, meine Aufgabe ist es, der Wahrheit ins Auge zu sehen und nicht die Augen davor zu verschließen.«

Nicht die Augen vor der Wahrheit zu verschließen.

»Wie haben Sie ihn dann identifiziert?«, fragte ich. »Ich habe gehört, dass dies anhand eines Zahnvergleichs geschah, aber unsere Zahnärztin sagt, sie wurde nicht kontaktiert.«

Rajiv schaute mich an.

»Ein Zahnvergleich wäre unmöglich gewesen«, sagte er, »diese Person – Ihr Vater – hatte keine Zähne mehr.«

Papas Lächeln. Er hatte ein starkes, gesundes Gebiss, das er mit Bedacht pflegte. Ich sah ihn im Spiegel, wie er hinter mir stand, ich selbst auf einem Hocker.

»Genau so, Tummetott. Immer schön tief mit der Zahnbürste in den Mund, nur so verschwindet der Zahntroll.«

»Das kann nicht stimmen, er hatte ein erstklassiges Gebiss.«

»Nicht zum Zeitpunkt seines Todes«, stellte Rajiv klar. »Seine Kieferknochen waren intakt, soweit sich das noch beurteilen ließ. Aber die Zähne waren ihm gezogen worden. Sie lagen rund um seine Überreste verstreut, aber kein einziger saß ihm mehr im Mund.«

Er zögerte.

»Ich habe meinen Bericht geschrieben, und dann wollte ich die Polizei kontaktieren. Damit sie einen Blick darauf wirft. Aber Ihre Kontaktperson – ich komme gerade nicht auf seinen Namen – riet dazu, abzuwarten. Er wollte sich bei mir melden, wenn er mit Ihrer Familie gesprochen hatte. Das hat er aber nie getan.«

»Jetzt kann ich nicht mehr folgen. Wie haben Sie ihn denn dann identifiziert?«

»Anhand der Zähne«, sagte Rajiv. »Darin gibt es noch DNA-Informationen. Aber es war eindeutig, dass etwas nicht stimmte.«

Da tauchte Katarina in der Tür auf. Ihr Lächeln war fort, ihre Miene ernst.

»Ich muss das leider abbrechen«, sagte sie an mich gewandt, »und Sie bitten mitzukommen.«

Ich stand auf und folgte ihr aus dem Büro, ohne Rajiv zu danken. Ich war wie betäubt. Katarina brachte mich bis zum Eingang der Abteilung. Dort drehte sie sich zu mir um, ihr Gesichtsausdruck immer noch ernst.

»Es war ein Fehler von mir, Sie hereinzulassen«, erklärte sie. »Ich muss Sie leider bitten zu gehen.«

»Das verstehe ich nicht.«

Katarina schaute sich um, als wollte sie sich davon überzeugen, dass uns niemand zuhören konnte.

»Der Obduktionsbericht Ihres Vaters wurde als geheim eingestuft. Auf Weisung von höchster Stelle. Weder Sie noch ich sind berechtigt, ihn zu lesen. Ich muss Sie darum bitten, diesen Besuch niemandem gegenüber zu erwähnen, inklusive allem, was Sie durch das Gespräch mit Doktor Ghatan erfahren haben. Ich kann mir leider nicht erklären, warum er oder ich davon nicht von vornherein Kenntnis hatten, offenbar ist da ein Fehler passiert.«

Ich brachte kein Wort heraus.

»Und jetzt muss ich Sie wirklich bitten zu gehen.« Katarina reichte mir die Hand.

Mit einem Klacken fiel die Tür zur Pathologie hinter mir zu. Wie ein Zombie, ohne denken oder irgendwelche Folgerungen ziehen zu können, wanderte ich durch die langen Flure, verließ die Uniklinik durch den Haupteingang und steuerte eine Bank an, die jenseits des Parkplatzes lag. Dort ließ ich mich nieder und blieb erst einmal sitzen.

Ich konnte nicht sagen, wie lange ich dort auf der Bank saß. Aber mir war kalt, und ich merkte, dass die Sonne weit gewandert war, seit ich die Klinik betreten hatte.

Mir schwirrte der Kopf. Und dann standen plötzlich alle meine Gedanken still, als mir einer der vielen Artikel aus Papas Heftern einfiel. Es handelte sich um einen Antrag, den Birger Schlaug im Jahr 2000 bei der Regierung gestellt hatte, und es ging darum, dass Schlaug es falsch fand, dass Palmes Obduktionsbericht noch immer geheim gehalten wurde.

Wieso war der Obduktionsbericht des Ministerpräsidenten als geheim eingestuft worden?

Es bestand schließlich kein Zweifel daran, dass er erschossen worden war, oder?

Was wollte man denn dann vor den Augen der Öffentlichkeit verbergen?

Aus welchen Gründen stufte man Obduktionsberichte als geheim ein?

Ich wühlte in meiner Tasche, und ganz unten waren ein paar bunte Hefter. Aber keine davon war der über Olof Palme, die hatte ich zu Hause gelassen, weil ich schon alle Artikel gelesen hatte.

Also nahm ich das Handy und bemühte Google, wo ich schon bald fündig wurde.

⇉⇇

```
[...] Als Staatsoberhaupt oder Ministerpräsident(in)
ist man nicht länger nur Privatperson, sondern im
wahrsten Sinne eine Person von öffentlichem
Interesse, die mehr als alle anderen das Grundgesetz
verkörpert. Bedrohungen eines Staatsoberhaupts oder
Ministerpräsidenten richten sich nicht nur gegen eine
Privatperson, sie können sich durchaus gegen alles
richten, was sie oder er vertritt. Der Tod einer
Ministerpräsidentin oder eines Ministerpräsidenten
```

ist keine reine Familienangelegenheit, sondern ein nationales Ereignis. Der Mord am Staatsoberhaupt umso mehr, da es das ganze Land betrifft, alle Menschen, die dort leben und arbeiten. Ein solcher Mord sollte nicht allein als Familienangelegenheit gesehen werden, im Gegenteil, er ist im höchsten Grade öffentlich, weil er den Respekt gegenüber einer Demokratie infrage stellt.

Der Mord an Olof Palme ist immer noch nicht aufgeklärt. Viele Fragen rund um den Mord sind trotz vieler Arbeitsgruppen, Kommissionen und des Einsatzes großer finanzieller Mittel offen. Gerüchte verbreiten sich, Theorien wachsen, Aussagen über Ungebührlichkeiten vonseiten des »Staats« werden bemerkenswert oft nicht kommentiert, öffentlich gestellte Fragen und vorgetragene Beschuldigungen nicht beantwortet. Das Schweigen geschieht, so denken viele, aus Prinzip, was zu Misstrauen führt. Deshalb wird auf die Geheimhaltungspflicht verwiesen, aus einer Reihe unterschiedlicher Gründe. Olof Palmes Obduktionsbericht unterliegt beispielsweise der Geheimhaltung, abgesehen von zwei Teilen.

Der Grund dafür kann bei der Familie liegen oder aber rechtlich motiviert sein. Aber der Mord an einem Staatsoberhaupt sollte, kann, darf nicht wie eine Familienangelegenheit behandelt werden – deshalb ist es inakzeptabel, dass die Veröffentlichung des Obduktionsberichts verboten wird, weil es der Wunsch der Familie, in diesem Fall der Familie Palme, ist.

Genauso inakzeptabel ist es, rechtlich motivierte Gründe anzuführen, um über Jahrzehnte eine Geheimhaltung zu rechtfertigen, die dem Verlangen nach Offenheit in einer Demokratie widerspricht. In einer offenen Demokratie sollte es eine Selbstverständlichkeit sein, den Obduktionsbericht des Staatsoberhaupts so schnell wie möglich vollständig öffentlich zugänglich zu machen.

Es ist verständlich, dass der Mord an einem Ministerpräsidenten beim Entwurf der Gesetze und der Praxis, wann ein Obduktionsbericht geheim gehalten werden soll, nicht im Vordergrund stand. Deshalb sollte die Regierung die Gesetze vor diesem Hintergrund prüfen und den Parteien einen Vorschlag unterbreiten, der mehr im Sinne der Öffentlichkeit ist.

Antrag an den Reichstag, 2000/01:K216
Von Schlaug, Birger (Miljöpartiet)

≡≡

Ich steckte das Handy weg, stand auf und machte mich auf den Weg zum Bahnhof.
Was hatte ich da eigentlich gerade gelesen?
Eine Familie konnte offenbar verlangen, dass ein Obduktionsbericht geheim gehalten wurde. Aber das war bei uns nicht der Fall; niemand von uns hatte etwas in dieser Richtung verlangt.
Aber wer dann?
Und warum?
Ohne lange darüber nachzudenken, schlug ich denselben Weg ein, den ich hergekommen war. Am Bahnhof kaufte ich eine

Fahrkarte nach Stockholm und setzte mich dann auf eine Bank. Der Zug würde in einer Viertelstunde kommen.

Ich konnte nicht länger darüber grübeln, wieso Papas Obduktionsbericht geheim gehalten wurde, mir schwirrte schon der Kopf, und zu einem konstruktiven Schluss kam ich nicht.

Also öffnete ich meine Tasche und holte einen der Hefter heraus, den ich bisher noch nicht kannte.

Er war rosa und sehr dick, würde mich also eine Weile beschäftigen. Papa hatte ihn *Tsunamidokumente* getauft.

―≡ ≡―

```
Alle Schweden, die sich in Thailand, im Süden
Indiens, Sri Lanka und auf den Malediven befinden,
sind nach der Katastrophe außer Gefahr. Das teilt der
Sprecher des Außenministeriums, Jan Janonius, mit.

Von der Nachrichtenredaktion TT verschicktes
Telegramm, 26.12.2004, 11:03 Uhr (Quelle: Wikipedia)

             ...

Bildt und Danielsson liefern sich Wortgefecht

Das Verhältnis zwischen den beiden war bereits lange
unterkühlt.

Die Situation wird nicht freundlicher durch Lars
Danielssons - ehemaliger Staatssekretär von Göran
Persson - Kommentar über Carl Bildt in der
Sonntagsausgabe der DN:
»Das war Machtmissbrauch im ganz wörtlichen Sinne.«
```

Lars Danielsson wurde zum Sündenbock der Tsunamikatastrophe von 2004.
Die Kommission, die mit der Aufklärung betraut war, befand 2006, dass Danielsson gelogen hatte. Angeblich hatte er eine Mail bezüglich der Katastrophe bekommen und daraufhin den Kabinettssekretär im Außenministerium kontaktiert, um sich weitere Informationen zu holen.
Im selben Jahr kritisierte Carl Bildt, bevor er Außenminister wurde, Danielsson offen im Leitartikel des *Svenska Dagbladet*. Dort sagte er, Danielsson wäre vor Gericht gelandet, hätte sich dasselbe Szenario in den USA ereignet.
»Mich wundert, dass die Reaktion darauf nicht stärker ausgefallen ist. Für mich ist dies eine grundsätzliche Frage, wieweit man unserem politischen System noch trauen kann«, schrieb Bildt damals. [...]

In einem Interview, das in der vergangenen Sonntagsausgabe der *Dagens Nyheter* erschien, erzählt Lars Danielsson dem Journalisten Björn af Kleen, wie er Carl Bildts acht lange Jahre beim Außenministerium beurteilt.
»Das war Machtmissbrauch im ganz ursprünglichen Sinne. Ich habe große Probleme damit, wenn ein großer Teil der Politik von den Interessen einer einzigen Person gesteuert wird, und dies war definitiv unter Carl Bildt der Fall: Moldawien, Ukraine, Weißrussland ...«, sagt er der *DN*. [...]

...

So wurden die Opfer des Tsunami im Stich gelassen

Der Untersuchungsausschuss übt harsche Kritik an der Regierung.
Der *Expressen* hat den schonungslosen Bericht gelesen.
Dies sind die Schuldigen am Fiasko im Zusammenhang mit dem Tsunami.

Der Untersuchungsausschuss präsentierte um neun Uhr seinen Bericht während einer Pressekonferenz im zweiten Kammersaal des Reichtags. Der Vorsitzende Johan Hirschfeldt nannte die Hauptverantwortlichen und kritisierte den Ministerpräsidenten Göran Persson und die Außenministerin Laila Freivalds heftig.

Persson trägt die Verantwortung.

»Das Fehlen einer funktionstüchtigen Krisenleitung der Regierungskanzlei war das größte Problem an der Handhabung der Folgen des Tsunami an Weihnachten 2004 durch die Regierung und Behörden. Deshalb trägt Ministerpräsident Göran Persson die Verantwortung für die Mängel«, stellte Hirschfeldt fest. »Das Außenministerium wusste nicht, wer verantwortlich war. Der Ausschuss findet, dass der Kabinettssekretär Hans Dahlgren sich aktiver hätte einbringen müssen. Die Informationen zur Katastrophe wurden nicht effektiv innerhalb des Außenministeriums verbreitet. Für die Informationsverteilung ist die Außenministerin Laila Freivalds zuständig. Die Gesundheitsministerin Ylva Johansson und der frühere Staatssekretär Mikael Sjöberg werden für ihre

»Passivität« im Hinblick auf ihren Einsatz
kritisiert. »Die Konsequenzen des verspäteten und
minimalistischen Einsatzes haben physisches und
psychisches Leiden nur verstärkt. Außerdem wurden die
thailändischen Einwohner durch die Überbelastung nach
der Katastrophe schlechter versorgt«, räsoniert Johan
Hirschfeldt. [...]

Niklas Svensson, *Expressen*, 01.12.2005

...

Die Tsunami-Dokumente müssen veröffentlicht werden

In den Kellern des schwedischen Regierungsgebäudes
liegen die Tsunami-Dokumente in der
Sicherheitsverwahrung.
Es handelt sich um die Sicherungskopien des
Datenverkehrs der Regierung von Weihnachten 2004 bis
Neujahr 2005. In dieser Zeit kamen 543 Schweden ums
Leben, und die Aufzeichnungen enthüllten, was die
Regierung getan hatte, um den Betroffenen zu helfen.
Die damalige sozialdemokratische Regierung wollte
nicht, dass die Angaben an die Öffentlichkeit
gelangten, und entschied, dass die Akten für siebzig
Jahre unter Verschluss bleiben sollten.
Die bürgerliche Opposition protestierte lautstark,
der Gesetzgebungsrat pochte auf das Öffentlichkeits-
prinzip, weshalb die Regierung sich schlussendlich
mit einer Geheimhaltungspflicht für drei Jahre und
einer Untersuchung zufriedengeben musste.
Jetzt, nach Abschluss der Untersuchungen, sind die
Bürgerlichen an der Macht, jetzt ist es an ihnen,

dafür zu sorgen, dass die Dokumente für siebzig Jahre
unter Verschluss bleiben. Sie wollen die Verfassung
so abändern, dass Sicherheitskopien nicht länger
unter das Grundgesetz fallen. [...]

Im Falle der Tsunami-Katastrophe gibt es keine
Originale mehr, und die Sicherungskopien würden
vermutlich nur bestätigen, dass die Regierungskanzlei
die Krise nicht gut bewältigen konnte. Das wäre ja
keine Neuigkeit.

Gebt die Dokumente frei, damit die Bevölkerung
endlich Ruhe findet.

Leitartikel, *Aftonbladet*, 05.10.2009

...

Tsunami-Dokumente nicht öffentlich zugänglich

Die Sicherheitskopien der Regierungskanzlei, also zum
Beispiel der elektronische Briefverkehr im Zusammenhang
mit der Tsunami-Katastrophe an Weihnachten 2004,
werden nicht öffentlich zugänglich gemacht.

Somit können die Einwohner keine Einsicht verlangen.
Dies ist, wie erwartet, der aktuelle Vorschlag, den
die Regierung an den Reichstag richtet. Dieser
Beschluss wurde während der Sitzung am Donnerstag
gefasst und bewirkt, dass die Druckfreiheitsverordnung,
eins von Schwedens Grundgesetzen,
geändert wird.

Außerdem wird das Geheimhaltungsgesetz geändert, sodass Sicherheitskopien für siebzig Jahre geheim gehalten werden können. [...]

SVT Nyheter, 26.11.2009

⇒ ⇐

Ich las die Artikel zweimal komplett durch, einmal auf dem Bahnsteig und einmal im Zug. Dann schaute ich aus dem Fenster und betrachtete die Landschaft, die davor dahinzog.

Papa hatte auch hier Anmerkungen gemacht, diesmal an den Teil des Textes, in dem es um die Arbeit des Untersuchungsausschusses ging. »*Betrug und Treulosigkeit auf allen Ebenen.*«

Alles unter Verschluss.

Aber warum?

Betrug und Treulosigkeit?

⇒ ⇐

Tobias hatte mehrfach versucht, mich zu erreichen, seit ich meine Nachricht hinterlassen hatte, aber ich hatte mich nicht darum geschert, ihn zurückzurufen, sondern ihm nur am Dienstag per SMS mitgeteilt, dass ich krank war und den Termin nicht wahrnehmen konnte. Als ich nun in Stockholm ankam, sah ich, dass er erneut angerufen und eine Nachricht hinterlassen hatte.

»Hallo, Sara, hier spricht Tobias«, hörte ich ihn sagen. »*Du hast unseren Termin abgesagt, weil du krank warst, aber ich halte es nicht für gut, wenn zu viel Zeit zwischen den Sitzungen vergeht. Wollte deshalb fragen, ob du morgen, also Samstag, um zwölf vorbeikommen magst. Schick mir gern eine SMS, ob es klappt. Ich verspreche, dass ich das nächste Mal sofort ans Telefon gehe, wenn du anrufst. Liebe Grüße.«*

Ich schaute über den Bahnsteig. Ganz Stockholm war in lilafarbenes Dämmerungslicht getaucht, und in der Ferne näherte sich der nächste Zug. Die weißen Lichter strahlten durch das lila Halbdunkel.

Dann blickte ich zurück aufs Display.

»*Ja, gern. Ich komme morgen um zwölf vorbei, Sara.*«

Ich nahm die U-Bahn bis Östermalmstorg und ging von dort in die Storgatan. Ich wusste, dass Bella nicht zu Hause war, aber ich hatte sowieso keine Lust darauf, irgendjemanden zu treffen. Nicht mal Micke.

Langsam ließ das taube Gefühl nach, das mein Herz seit Verlassen der Pathologie beherrscht hatte.

Warum war Papas Obduktionsbericht geheim?

Was hatte das mit den Tsunami-Dokumenten zu tun?

Und: *Warum weihte man die Bevölkerung nicht einfach ein?*

War dies das eigentliche »schwedische Modell«? Sachen unter Verschluss zu halten?

Und das hatte nun selbst meinen Vater getroffen?

Wenn dem so war, dann wusste ich jetzt, nach welchem Modell ich handeln wollte! Ich wollte die Wahrheit ans Licht bringen.

Am Samstag trat ich also wieder durch die Haustür in der Engelbrektsgatan und hinauf in den zweiten Stock. Mein Herz schlug vor Aufregung, kurz bevor ich um den Aufzugschach bog, und dort war es – das Messingschild, auf dem *Tobias Hallgren, ausgebildeter Psychotherapeut* stand. Alles sah genauso aus wie bei meinem ersten Besuch. Von der kleinen alten Dame und dem anderen Schild mit dem Namen *Lilliecrantz* keine Spur. Ich trat vor die Tür und prüfte, ob es Hinweise auf das andere Schild gab, aber ich fand keine. Die Tür war völlig unversehrt.

»Wie geht es dir?«, wollte Tobias wissen, als ich ihm gegenüber Platz genommen hatte.

Die gesamte Einrichtung von meinem letzten Besuch war fort, stattdessen standen wieder die beiden Sessel und der Schreibtisch im Zimmer. Tobias trug dieselben weißen Turnschuhe. Sie sahen genauso aus wie die im Flur der kleinen Dame.

Verrückt, verrückt, verrückt.

Aber das sagte ich natürlich nicht.

»Ich bin ein bisschen verwirrt«, antwortete ich Tobias schließlich.

»Ja?«, fragte Tobias sofort. »Was verwirrt dich?«

Ich hatte hin und her überlegt, was ich tun konnte. Wenn die Wohnung komplett umgestaltet worden war, damit Tobias und ich uns hier treffen konnten – ein Gedanke, den ich völlig irrsinnig fand, obwohl ich es mit eigenen Augen gesehen hatte –, dann war er an dem sonderbaren Komplott beteiligt, der um mich herum gestrickt wurde. Wusste er hingegen nichts und ich erwähnte die kleine Dame, würde er mich sofort für völlig verrückt halten. Erwähnte ich meinen Besuch gar nicht und er wusste davon, kam er vielleicht von selbst darauf zu sprechen. Also hatte ich entschieden abzuwarten.

»Ich mache mir Gedanken über meine Zukunft«, erklärte ich. »Frage mich, ob ich nach Stockholm gehöre oder in Örebro besser aufgehoben wäre, weil dort Mama und Lina wohnen.«

»Aber du hast doch einen Traumjob hier«, sagte Tobias. »Nicht viele können von sich behaupten, so schnell und so leicht wie du in dieser Branche Fuß zu fassen. Noch dazu bei der allerbesten Agentur.«

»Du scheinst dich sehr gut auszukennen, was die Medien- und PR-Firmen angeht.«

Etwas blitzte kurz in Tobias' Augen auf, dann war es schon wieder weg.

»Eigentlich gar nicht«, sagte er und lächelte. »Hat das so geklungen? Alles, was ich weiß, hab ich von Bella.«

Ich nickte langsam.

»Dein Freund wohnt doch hier in Stockholm«, fuhr er fort. »Micke heißt er, oder? Das wird ziemlich mühselig, wenn du immer pendeln musst, um ihn zu sehen.«

»Da hast du natürlich recht.«

Tobias lehnte sich vor und musterte mich.

»Bist du unglücklich? Belastet dich etwas? Ist etwas passiert?«

»Nein. Also, abgesehen von allem, was du schon weißt.«

»Das ist ja auch schon mehr als genug«, sagte Tobias. »Hast du einmal über das nachgedacht, was ich angesprochen habe? Gibt es vielleicht unterdrückte Erinnerungen, die du gern anzapfen würdest?«

»Ich habe darüber nachgedacht«, erklärte ich. »Trotzdem bin ich nicht ganz sicher, ob ich weiß, was du meinst.« Ich zögerte. »Manchmal bekomme ich ein ganz komisches Gefühl«, fuhr ich fort. »Als wäre die ganze Welt ... irgendwie schief.«

»Schief? Wie genau meinst du das?«

Ich schüttelte den Kopf. Es fiel mir so schwer, das in Worte zu fassen.

»Als wäre die Welt ein Stückchen ... versetzt«, sagte ich. »Hast du das schon mal von einem anderen Patienten gehört? Ich kann irgendwie nicht einschätzen, ob das an mir liegt oder ob tatsächlich merkwürdige Dinge um mich passieren.«

Tobias schaute mich an.

»Manchmal, wenn man sich über einen längeren Zeitraum belastet fühlt«, erklärte er, »kann es daran liegen, dass man Erinnerungen oder Informationen in sich trägt, die einem gar nicht richtig bewusst sind. Und dann erlebt man alle möglichen und unmöglichen Sonderbarkeiten, als würden einem die eigenen Sinne etwas vorgaukeln.«

»Und du meinst, dass das bei mir so ist?«, fragte ich.

»Eine Möglichkeit, dem auf den Grund zu gehen, ist die Hypnose«, sagte er.

Ich lachte.

»*Hypnose?* Das klingt aber schon sehr abgedreht, oder?«

Papas Lächeln. Ich konnte seine Worte so deutlich hören, als säße er mit hier im Behandlungszimmer: »*Sie haben versucht, mich zu hypnotisieren, aber es hat nicht geklappt. Ich war zu stark.*«

Tobias lächelte.

»Man versetzt sich in einen Bewusstseinszustand, in dem man Zugriff auf Gefühle und Erinnerungen bekommt, von denen man eigentlich nichts mehr weiß«, erklärte er. »In deinem Fall könnte es Türen zu Dingen öffnen, von denen du gar nicht weißt, dass sie dich belasten.«

»Wie zum Beispiel?«

Tobias zuckte mit den Schultern.

»Wer dich vergewaltigt hat, zum Beispiel.«

Mit vielem hatte ich gerechnet, damit jedoch nicht. Ich schwieg. Dann sammelte ich mich.

»Ist das dein Ernst?«, fragte ich. »Meinst du, ich kann Bilder und solche Dinge wieder hochholen, an die ich mich gerade nicht erinnere, die aber dazu führen, dass ich weiß, wer mich vergewaltigt hat?«

Tobias nickte.

»Es ist definitiv im Bereich des Möglichen. Aber eine Garantie gibt es natürlich nicht. Allerdings wird die Hypnose häufig bei posttraumatischen Belastungsstörungen angewendet, und unter so einer leidest du, glaube ich. Sie kann ganz spezielle Beschwerden lindern, aber auch Angstgefühle auflösen, die noch in den Patienten schlummern.«

Die Alarmglocken schrillten laut in mir. Meine innere Stimme war überzeugend: »*Tu's nicht! Du begibst dich in Gefahr! Du weißt nicht, was er vorhat!!!*« Aber es half nichts. Meine Sehnsucht nach Gewissheit war dermaßen groß, dass sie die Zweifel überschattete.

Mein Vater hatte es versucht, aber es hatte nicht funktioniert. Was sprach dagegen, dass ich es auch ausprobierte? Das war vielleicht meine einzige Chance, Antworten zu finden. Sowohl, was die Vergewaltigung anging, als auch alles andere, was um mich herum passierte.

»Kannst du das?«, fragte ich.

Tobias nickte und wirkte plötzlich bescheiden.

»Ich kann das tatsächlich. Ich bin ausgebildeter Hypnosetherapeut, sowohl nach dem Milton-Erickson-Modell – das war am NPL-Institut –, als auch nach Susanna Carolusson von der Schwedischen Gesellschaft für klinische Hypnose.«

Ich hatte das Gefühl, am Rand einer Klippe zu stehen, hoch oben über dem Wasser.

»Okay«, sagte ich. »Dann erzähl mir, wie das geht. Ich möchte es gern sofort ausprobieren.«

Und dann sprang ich.

———

Tobias hatte mich gebeten, ein bisschen durch das Zimmer zu spazieren, mich auszustrecken, etwas zu trinken und mich dann so bequem wie möglich hinzusetzen, die Beine ausgestreckt. Er stellte einen Stuhl vor meinen Sessel und nahm darauf Platz, während ich die Augen schloss und mich auf seine Stimme konzentrierte.

»Du bist in deinem Körper, aber auch außerhalb davon ... Du spürst, wie deine Arme sich entspannen ... die Oberarme ... die Unterarme und Hände bis in die Fingerspitzen ... Du spürst, wie deine Beine sich entspannen ... die Oberschenkel ... die Unterschenkel ... die Füße bis in die Zehenspitzen ...«

Ich schwebte – in meinem Körper und außerhalb von ihm. Zum Klang von Tobias' Stimme sank ich tiefer und tiefer in mein Bewusstsein, obwohl ich gleichzeitig im Zimmer anwesend war. Irgendwie war es ein angenehmes Gefühl, aber auch Furcht einflößend, ohne dass ich genau sagen konnte, warum.

»Öffne die Augen, ohne aus deinem tieferen Bewusstsein aufzutauchen. Gut ... Konzentriere dich auf das Pendel, das ich vor dich halte ...«

Ich öffnete die Augen und sah Tobias wie einen Schatten im Hintergrund. Vor mir schwang ein silbernes Pendel sanft hin und her. Ich folgte ihm mit Blicken.

»Ich zähle nun rückwärts, und mit jeder Zahl, die ich nenne, gehst du tiefer und tiefer in dein Bewusstsein«, hörte ich Tobias' Stimme. »Zwanzig ... neunzehn ... achtzehn ...«

Er zählte bis null, und mit jeder Zahl, die er nannte, versank ich tiefer in meinem Inneren, ohne dass das leicht verschwommene Bild von Tobias oder die klare Ansicht des Pendels verschwunden wären.

»... und null«, sagte Tobias. »Du bist so tief in dein Bewusstsein eingedrungen, wie du kannst. Jetzt möchte ich, dass du deine rechte Hand hebst ... öffne sie und schließe sie ... lege sie wieder auf deinem Bein ab. Mach das Gleiche mit deiner linken Hand ... öffne sie und schließe sie ... und lege sie wieder auf dem Bein ab. Sehr gut.«

Es fühlte sich an, als würde ich mich in einem schlammigen Gewässer zwischen grünen Wasserpflanzen hindurchbewegen, obwohl ich mich in dem Sessel direkt vor Tobias befand, der das glänzende Pendel zwischen uns schaukeln ließ.

»Öffne jetzt eine Tür in deiner Erinnerung«, sagte Tobias. »Dahinter steht dein Vater. Siehst du ihn?«

»Ja.« Ich staunte über den Klang meiner Stimme.

»Was hat er an?«

»Seine blaue Zipfelmütze und die Winterjacke.«

»Er hält etwas in der Hand«, sagte Tobias. »Was ist das?«

Ich schüttelte den Kopf.

»Nein«, sagte ich.

»Er bittet dich um etwas«, sagte Tobias. »Er will, dass du etwas für ihn tust. Etwas für ihn erledigst vielleicht?«

Ich schüttelte langsam den Kopf.

»Ich kann nicht.«

»Doch, hier kannst du alles«, sagte Tobias. »Mir darfst du alles erzählen.«

Ich schüttelte erneut den Kopf. Eine Woge von Übelkeit überkam mich.

»Mach dir keine Sorgen«, sagte Tobias. »Ich zwinge dich zu nichts, was du nicht möchtest.«

Ich atmete wieder ruhiger, und da erst begriff ich, dass ich heftig geatmet haben musste. Die grünlichen Wasserschlieren um mich klarten auf, und es war leichter hindurchzuschwimmen.

»Nun kehren wir in den Tunnel zurück«, sagte Tobias. »Du bist in dem dunklen Tunnel an diesem Abend im vergangenen Winter. Du hörst nichts, du siehst nur. Was siehst du?«

Trotz Dunkelheit erkannte ich die Graffiti an den Wänden. Große, bunte Buchstaben und Symbole leuchteten mir entgegen und gaben dem Dunkel einen Funken Hoffnung.

Doch die Hoffnung trog, denn plötzlich war ich mitten in einem Horrorfilm. Wieder erlebte ich den grauenvollen Überfall, lag auf dem Bauch im Dreck, spürte die Hände des Fremden auf mir. Sein Körper lastete auf mir, er war in mir. Die Szene war lautlos, wie aus einem Stummfilm. Der Sack wurde mir über den Kopf gezogen und wieder entfernt.

Und dann sah ich seine Hände.

Die Handschuhe waren weg, ich sah seine Hände, die meine Handgelenke umklammerten, und etwas, woran ich mich bislang nicht hatte erinnern können: einen Ring, einen Siegelring an seinem kleinen Finger. Das Bild wurde größer und größer und erfüllte bald mein gesamtes Gesichtsfeld, sodass ich mir plötzlich unsicher wurde, ob ich es wirklich gesehen hatte oder meine Erinnerung es nachträglich hinzufügte.

»Du atmest heftig«, bemerkte Tobias. »Beschreib mir, was du siehst.«

»Seine Hände. Seinen Ring. Das Siegel.«

»Was ist das für ein Ring? Was für ein Siegel?«

Dunkle Buchstaben, tief ins Gold graviert.

»B ... S ... V ...«, sagte ich. »Darüber so eine Art Krone.«

Der Zettel in Papas Geheimfach.

»Gut«, sagte Tobias, weit entfernt. »Und jetzt nehmen wir die Geräusche dazu.«

Ganz als wäre es ein Film, und Tobias hätte eine Fernbedienung in der Hand, kam die Tonspur mit überwältigender Kraft dazu. Das Scharren von Kies unter mir, das Rauschen der Straße oberhalb von uns, alles genau wie in jener verhängnisvollen Nacht. Aber am deutlichsten hörte ich das pfeifende Atmen des Mannes, der sich auf mir bewegte, in mir. Ich hörte seine Stimme, genauso entsetzlich verzerrt, wie ich sie in Erinnerung hatte.

»*Du wertloses Stück Scheiße*«, sagte er. »*Du bist eine kleine Nutte, eine Fotze, du bist nichts wert. Du verdienst, was ich gerade mit dir mache ...*«

Aber dann hörte ich etwas, das mir gar nicht mehr bewusst gewesen war. »*Ich habe schon mein Leben lang kleine Mädchen gefickt.*«

Der Klang seiner Stimme machte alles so real, als würde ich es noch mal erleben, und ich schrie laut los.

»Wir nehmen den Ton wieder weg«, sagte Tobias, und es wurde still.

Ich zitterte am ganzen Leib. Trotzdem konnte ich den Blick nicht von dem Pendel abwenden, das sich vor mir hin und her bewegte. Um mich wölbte sich der Tunnel, noch immer hielt der Mann mich fest, aber ohne das schreckliche Pfeifen war es nicht mehr ganz so schlimm.

»Dreh dich um und schau ihn an«, sagte Tobias.

Ich drehte den Kopf, ohne das Pendel aus den Augen zu lassen.

»Nein«, sagte ich.

»Sieh ihm in die Augen«, sagte Tobias. »Er kann dir nichts tun. Du bist hier sicher.«

Ich drehte den Kopf weiter. Mehr als stahlgraue Haare sah ich jedoch nicht, bevor mir wieder schlecht wurde.

»Wir verlassen den Tunnel«, sagte Tobias, als hätte er meine Gefühle gespürt. »Jetzt stehst du im Park hier vor der Haustür. Was denkst du? Was spürst du?«

»Warum tust du so, als wäre das hier deine Praxis?«, hörte ich mich fragen. »Wenn hier doch eigentlich ein altes Paar namens Lilliecrantz wohnt?«

»Hier wohnt kein altes Paar«, sagte Tobias. »Wer behauptet denn das?«

»Versuch nicht, mich reinzulegen«, sagte meine Stimme weit, weit entfernt. »Ihr alle versucht, mich reinzulegen.«

»Keineswegs«, erwiderte Tobias. »Sprich mir nach, Sara: Das ist falsch. Hier wohnt kein altes Paar. Dies ist Tobias' Praxis.«

»Das ist falsch«, hörte ich mich artig nachsprechen. »Hier wohnt kein altes Paar. Dies ist Tobias' Praxis.«

»Sara«, sagte Tobias etwas lauter. »Es ist Zeit, dass du aus der Hypnose zurückkehrst. Schließ deine Augen.«

Ich schloss die Augen. Vor meinen Lidern waberten die grünen Pflanzen.

»Ich zähle von zwanzig rückwärts, und wenn ich bei null ankomme, erwachst du aus der Hypnose«, fuhr Tobias fort. »Du wirst dich an nichts von dem erinnern, was gerade geschehen ist. Hast du das verstanden, Sara?«

Ich nickte, die Augen noch immer geschlossen.

»Zwanzig ... neunzehn ... achtzehn ...«, zählte Tobias.

Als er bei null angelangt war, hatte ich das Gefühl, als würde eine Gardine beiseitegezogen. Ich öffnete die Augen und schaute direkt in die von Tobias, der mir noch immer gegenübersaß. Von dem silbernen Pendel war nichts mehr zu sehen.

»Willkommen zurück, Sara«, sagte Tobias.

»Oh«, erwiderte ich und streckte mich. »Wie lange war ich weg?«

Tobias warf einen Blick auf seine Uhr.

»Länger, als dir vermutlich bewusst ist«, sagte er. »Fast fünfundvierzig Minuten.«

»Wow!«, entfuhr es mir. »Ist irgendwas passiert? Habe ich was erzählt? Ich habe das Gefühl, ich hätte geschlafen.«

Tobias lächelte.

»Nichts Besonderes. Das meiste passiert für gewöhnlich erst hinterher. Doch, etwas hast du behauptet, das mich verwundert hat. Du meintest, dass das hier gar nicht meine Praxis ist, sondern hier eigentlich ein altes Ehepaar wohnt.«

Ich runzelte die Stirn.

»Das ist ja offensichtlich falsch«, sagte ich. »Das hier ist deine Praxis.«

Tobias lächelte und klopfte mir aufs Bein.

»Sehr gut, Sara. Kannst du dich an etwas erinnern, was während der Hypnose passiert ist? Irgendetwas?«

Ich starrte mehrere Sekunden lang mit unschuldiger Miene vor mich hin.

Augen, Hals, Schritt, Knie. Die Schwachpunkte des Gegners.

Die Stimme meines Ausbilders in den Ohren: »*Widerstand! Leiste Widerstand! Wir sind im KRIEG!*«

Wie im Einsatz wusste man nicht, wer der Feind war oder wo er sich befand. Deshalb sollte man möglichst kein Risiko eingehen.

Ich gab Tobias keinerlei Hinweis darauf, was in meinem Kopf vorging. Hob nur die Brauen, schaute ihm direkt in die Augen und schüttelte den Kopf.

»Ich habe das Gefühl, ich habe geschlafen«, sagte ich unschuldig. »Traumlos.«

»Manchmal kommt die Reaktion zeitversetzt«, erklärte Tobias. »Ich möchte dich bitten, es aufzuschreiben, wenn dir etwas Unerwartetes einfällt oder du dich an irgendetwas erinnerst, das mit deinem Vater zu tun hat. Oder an das, was dir im Tunnel zugestoßen ist. Ich gebe dir ein Notizbuch mit. Einverstanden?«

»Absolut«, sagte ich. »Danke! Äh … eine Frage habe ich doch.«

»Ja?«

»Habe ich gar nichts über den Tunnel erzählt? Oder dazu, wer es gewesen sein könnte?«

Tobias schüttelte den Kopf.

»Nichts. Aber – wie gesagt – das kann noch kommen. Sei also darauf vorbereitet.«

»Danke, Tobias«, sagte ich. »Dann bis Dienstag!«

Als ich die Treppe hinunterging, dachte ich über zwei Dinge nach: Wieso hatte ich Tobias so schamlos anlügen können, der sich auf so vielen Ebenen als Freund verkauft hatte? Und warum hatte ich, wo er doch nach eigener Aussage ein so gut ausgebildeter Hypnotiseur war, seinen Weisungen widerstehen könnten?

Ich konnte mich an alles erinnern, was während der vergangenen fünfundvierzig Minuten passiert war. An jede Sekunde, jedes Detail. Aber das würde ich ihm gegenüber nicht mit einer Silbe erwähnen.

Papas Stimme klang mir im Ohr. »... *ich war zu stark.*«

Und dann mein Ausbilder, der mir so deutlich in Erinnerung war, als stünde er vor mir.

Leiste Widerstand!

Wir sind im Krieg.

⇛ ⇚

Erst als ich unten auf der Straße stand, wurde mir bewusst, dass ich zum ersten Mal seit langer Zeit nicht das geringste bisschen an meinem Verstand zweifelte.

Die blasse Herbstsonne, gepaart mit den leichten Nebelschwaden, die über dem feuchten Boden im Park waberten, hüllte den Humlegården in ein behagliches Licht und bewirkte, dass alles weich und freundlich aussah.

Vielleicht gab es gar nicht so viel Anlass, dieses ganze Vertrauen in meine Umwelt zu haben, wie ich noch vor Kurzem gedacht hatte.

Aber immerhin war ich nicht verrückt.

Kein bisschen.

Es gab nur einfach jemanden – oder mehrere Personen –, die ihr Allerbestes taten, um genau diesen Eindruck zu erwecken.

⇛ ⇚

In Zeiten einer nationalen Krise ist eine starke Führung nötig. Niemand kann behaupten, dass die Tsunami-Katastrophe etwas anderes als eine nationale Krise war – genau wie der Palme-Mord, das Estonia-Unglück und der Brand in Göteborg. Oder die fürchterliche Arroganz, die beispielsweise Lars Danielsson an den Tag legte, dessen Verhalten in diesem Zusammenhang nicht nur keine Spur von Rücksicht auf die

Betroffenen oder ihre Angehörigen erkennen ließ, sondern auch kein bisschen mit Führung zu tun hatte.
Im Gegenteil.
Die Dokumente nicht freizugeben, sondern sie für siebzig Jahre unter Verschluss zu halten, verdeutlicht diese Arroganz nur.
Gute Führungsqualitäten gehören nicht zu den Stärken dieses Landes.
Auch hier gilt eine umgekehrte Pyramide. Wer eigentlich für Sicherheit sorgen und stark führen sollte, weil er dazu den Vertrauensauftrag bekommen und die Machtposition eingenommen hat, zieht lieber den Schwanz ein.
Häufig sind es eher unerwartete Kandidaten, die diese Funktion dann übernehmen und Trost schenken.
Nach dem Tsunami waren es nicht Ministerpräsident Göran Persson und Außenministerin Laila Freivalds, die Stärke demonstrierten. Ihr Verhalten erinnerte eher an Vogel-Strauß-Taktiken, besonders wenn es darum ging, sich selbst und die unmittelbaren Kollegen zu schützen.
Treulosigkeit und Verrat.
König Carl Gustaf und die Kommunikationschefin des schwedischen Reiseveranstalters Fritidsresor Lottie Knutson übernahmen diese Rolle, spendeten Trost, indem sie über das Unglück sprachen und ihr Bestes gaben, um den Menschen ihre Sorge zu nehmen.
Die Pyramide steht auf der Spitze.
Sie ähnelt einer Fata Morgana.
Offenbar bin ich zu lange durch diese Wüste gewandert, ich habe Erscheinungen.
Aber wie ein alter Privatdetektiv habe ich unterwegs Informationen gesammelt, mehr, als ich mir gewünscht hatte. Und ich weiß, dass man mir gern die Karten entreißen würde, damit ich glaube, dass die Informationen und die Erscheinungen ein und dasselbe sind.

Das wird keinen Erfolg haben.
Ich weiß einfach genau, wo die Hochburg der Treulosigkeit und des Verrats sitzt.
Und wer dort residiert.

―――

Ich schlenderte planlos durch den Humlegården, bis ich vor der Sturegallerian stand; ich wollte meine klare Geistesverfassung nutzen, um ein wenig durch die Geschäfte zu streifen und einmal nicht zu grübeln. Links von mir tauchte das große Schaufenster einer Buchhandlung auf; dort sah ich mich immer gern nach schwedischen und englischen Neuerscheinungen um.

Als ich gerade hineinging, stieß ich mit jemandem zusammen, den ich kannte. Wir blieben beide wie angewurzelt stehen, und ich musste breit grinsen. Trotz der Jahreszeit und obwohl es schon recht spät war, trug der Mann eine Sonnenbrille, dazu aber eine erbsengrüne Jacke und eine schwarz-weiß gestreifte Hose. Es bestand kein Zweifel, es handelte sich um Jalil, meinen Nachbarn aus Vällingby.

»Jalil!«, platzte es freudig aus mir heraus. »Mensch, wie schön, dich zu sehen! Ich hab mir echt Sorgen um dich gemacht, habe so oft versucht, dich zu erreichen, aber deine Nummer ist nicht länger vergeben. Und dann hab ich gesehen, dass das Haus abgerissen wurde. Wie kam es denn dazu?«

Ich machte einen Schritt auf ihn zu, um ihn zu umarmen, aber er reagierte nicht, wie ich erwartet hatte. Statt mir entgegenzukommen, machte er ein paar Schritte rückwärts und riss die Hände in die Luft.

»Jalil?«, sagte ich verwundert. »Du bist doch Jalil, oder?«

Er ließ mich nicht aus den Augen.

»Halt dich von mir fern«, sagte er durch zusammengebissene Zähne.

»*Was?* Ich bin es, Sara! Erkennst du mich denn nicht?«

Jalil schaute sich hektisch um. Dann machte er doch einen Schritt auf mich zu.

»Ich will nichts mit dir zu tun haben«, zischte er leise. »Ich habe eine neue Handynummer, aber versuch bloß nicht, mich zu erreichen! Und bleib mir einfach vom Leib! Alles an dir ist fake, alles nur Fassade! *Dich gibt es nicht mal!*«

Ich starrte ihn verständnislos an.

»Alles, was ich besaß«, sagte er und klang richtig verzweifelt, »ist weg. Wenn ich mit dir rede, schicken sie mich zurück nach Marokko. Das haben sie gesagt. Ich kann dir also rein gar nichts beantworten.«

»Jetzt warte mal, ich verstehe kein Wort. Wer ist denn ›sie‹?«

Jalil schwieg und nahm nur die Sonnenbrille ab, ohne sich abzuwenden. Er war in einem fürchterlichen Zustand. Beide Augen waren zugeschwollen. Es war deutlich, dass sie heilten, aber dick waren sie noch immer und schillerten in allen Nuancen von Lila, Grün und Gelb.

Ich schlug mir die Hände vor den Mund.

»Mein Gott! Wer hat dir das angetan?«

Jalil deutete so eindringlich mit seiner Sonnenbrille auf mich, dass ich mich nicht vom Fleck wagte. Gleichzeitig zog er sich tiefer in die Sturegallerian zurück, so hastig, als wäre er auf der Flucht.

»Halt dich von mir fern«, sagte er halblaut. »Komm mir bloß nie wieder zu nah!«

Mehrere Minuten lang stand ich völlig unbeweglich da, obwohl dies der unmöglichste Ort dafür war, denn von allen Seiten rempelten mich die Leute an. Trotzdem blieb ich wie angewurzelt stehen.

Nach einer Weile drehte ich mich um und lief die Sturegatan entlang. Meine gute Laune war wie weggeblasen, meine Shoppinglust ebenfalls verflogen.

Was immer Jalil zugestoßen war, er machte mich dafür verantwortlich.

Er war aufs Gröbste verprügelt worden, wer weiß, welche Verletzungen er sonst noch hatte.

Sie hatten ihm mit der Ausweisung gedroht, wer immer *sie* auch waren.

Und für ihn bestand keinerlei Zweifel daran, dass ich der Grund dafür war.

10. KAPITEL

In der folgenden Woche arbeitete ich hart und schlief überwiegend bei Micke, damit ich mir so wenig Sorgen wie möglich machen musste, dass jemand in die Wohnung kam, während ich nicht wach war. Wenn Micke beschäftigt war, ging ich mit Bella nach Hause und kochte, bevor ich zu Fuß zu ihm ging und mich schon mal hinlegte, bis Micke kam. Bella übernachtete häufig bei Felipe. Keine von uns beiden schlief offenbar gern allein in unserer gemeinsamen, so rätselhaften Wohnung.

Am Samstag war wieder Party angesagt, diesmal im Restaurant Operaterrassen. Einer von Bellas Finanzfuzzis feierte seinen Sechzigsten, und sie hatte auch mir einen Gästeplatz sichern können. Weder Micke noch Felipe kamen mit. Bella und ich wollten uns den ganzen Abend nicht aus den Augen lassen und nachts zusammen ein Taxi nach Hause nehmen, und plötzlich fühlte es sich ähnlich sorglos und lustig an wie am Anfang unserer Freundschaft, als wir uns ständig aufgebrezelt und zusammen die Stadt unsicher gemacht hatten.

Mit Bellas Hilfe hatte ich ein unfassbar tolles Dolce & Gabbana-Kleid gekauft, dazu ein paar haushohe Stilettos. Bella trug ein kurzes, schwarzes Samtkleid von Gucci und kniehohe Stiefel.

Die übliche Prozedur war vorausgegangen: Duschen, föhnen, schminken, anziehen, aber mittlerweile war ich ziemlich gut darin, das ohne Bella zu meistern. Wir hatten beide falsche Wimpern, und ich musste nicht länger kämpfen, um sie dort anzubringen, wo sie hingehörten.

Als ich die Seidenstrümpfe anziehen wollte, riss ich mir eine Laufmasche. Ich fluchte; das war mein letztes Paar. Vielleicht hatte Bella ja noch welche. Ich ging zu ihr ins Zimmer. Sie stand mit dem Rücken zu mir und zog gerade ihre eigenen Strümpfe an. Im Lendenbereich hatte sie eine kleine Tätowierung. Es sah aus wie ein Käfer.

»Ups«, sagte ich. »Entschuldige! Ich wollte nur fragen, ob du noch Ersatzstrümpfe hast.«

»Schau mal in die Schublade«, sagte Bella und zog sich ihren Kimono über.

Ich zog die Lade auf.

»Ich dachte, du magst keine Tattoos«, scherzte ich.

Bella lachte.

»Ach, das. Das zählt nicht, da war ich noch sehr jung.«

Wir zogen uns fertig an und stellten uns zusammen vor Bellas riesigen Spiegel.

»Wow«, sagte Bella, während sie uns betrachtete.

Unsere Champagnergläser klirrten.

»Insta?«, fragte sie. »Oder My story?«

Ich schüttelte den Kopf.

»Seit der Sache mit der Wanne ist mir die Lust auf Instagram vergangen.«

Wir nahmen ein Taxi bis zum Restaurant, als wir eintrafen, hatte sich schon eine Menschenschlange auf der Treppe gebildet. Das Gastgeberpaar stand an der Tür und begrüßte alle Gäste mit Wangenküsschen. Als Bella und ich an der Reihe waren, wurden wir empfangen wie engste Freunde.

»Bella!«, rief der Gastgeber voller Wärme. »Und Sara! Wie schön, dass ihr da seid!«

»Wie wunderbar«, stimmte auch seine Frau ein. »Euch habe ich ganz besonders bei der Sitzverteilung im Blick gehabt. Ich hoffe, ihr habt richtig viel Spaß!«

Wir gingen hinein, und ich flüsterte Bella ins Ohr. »Hab ich die schon mal getroffen?«

»Wir waren auf denselben Partys«, flüsterte sie zurück. »Aber sie sind einfach professionell nett.«

Zur Begrüßung gab es wahlweise Champagner oder Bier mit Schnaps. Bella und ich wechselten einen Blick und nahmen beide ohne ein Wort ein Bier und einen Schnaps vom Tablett.

»Das wird ein langer Abend«, sagte Bella. »Besser gleich eine gute Grundlage schaffen.«

»Absolut!«, antwortete ich. »Prost.«

Wir kippten die Schnäpse und spülten mit etwas Bier nach. Und dann stand ein Mann vor mir, der mir bekannt vorkam. Es war der ältere Herr, der einen Stock mit silbernem Griff mit sich führte. Wir hatten ihn auf der Party Anfang des Herbstes getroffen, bei der auch das Königspaar aufgetaucht war. Wie heiß er noch gleich? Magnus?

»Hallo«, sagte er freundlich. »Wie entzückend ihr heute wieder ausseht.«

»Magnus, nicht wahr?«, fragte ich lächelnd.

Er schaute mich verwundert an.

»Ich? Nein, ich heiße Gustav.«

Bella hakte sich bei ihm unter.

»Er wurde nach dem König benannt«, sagte sie und machte lächelnd große Augen in meine Richtung.

Dann schaute sie ihn an.

»Aber nach welchem noch gleich?«

Gustav lachte lautlos.

»Das haben meine Eltern nie spezifiziert«, sagte er. »Ich weiß also nicht, ob ich Gustav III. gerecht werden soll mit Universität, Theater und allem. Oder ob auch sein abgesetzter Sohn reicht.«

»Vielleicht ja auch Gustav V.?«, fragte ich. »Wie steht es um Ihr Klöppeln und Kartenspiel? Und mit der Erpressung?«

Die letzte Frage entwischte mir förmlich, weil ich gerade erst in einem von Papas Heftern von Kurt Haijby gelesen hatte, der nach seiner sexuellen Beziehung zum König den Hof erpresst hatte. Gustav schaute mich nur wortlos an, dann wandte er sich an Bella.

»Hab einen richtig schönen Abend«, sagte er und ging.

»Entschuldige«, zischte ich zu Bella. »Der Schnaps ist mir wohl direkt zu Kopf gestiegen.«

»Ach, vergiss es«, sagte Bella heiter. »Komm, wir schauen uns die Sitzordnung an.«

Und genau in dem Moment erstarrte ich. Am anderen Ende des Saals, den Blick fest auf mich gerichtet, stand Siv, meine ehemalige Vermieterin aus Vällingby. Allerdings sah sie nicht aus wie sonst mit ihrem schürzenähnlichen Kleid und der festgesprayten Lockenperücke. Nein, dies hier war eine zehn- bis fünfzehn Jahre jüngere Version in einem moosgrünen, schimmernden Abendkleid und kunstvoll arrangierter, langer dunkler Haarpracht. Sie starrte mir direkt in die Augen, ihre rot geschminkten Lippen formten ein verächtliches Lächeln. Neben ihr stand Eskil, der Typ mit Höhenangst von dem Abenteuercamp, in einem grünen Samtanzug. Auch er schaute mich direkt an, allerdings mit einem – wie ich fand – deutlich fokussierteren Blick als während des Wochenendes.

War ich jetzt doch verrückt geworden?

Ich krallte mich an Bellas Arm, ohne den Blick von ihnen zu wenden.

»Am anderen Ende des Saals, grünes Kleid!«, stieß ich hervor. »Das ist Siv, meine durchgeknallte Vermieterin! Und Eskil, der

Typ mit der Höhenangst vom Abenteuercamp. Was machen die hier?«

Bella folgte meinem Blick, aber genau in dem Moment zwängten sich mehrere andere Gäste an uns vorbei, und als die Sicht wieder frei war, waren Siv und Eskil verschwunden.

»Wo denn?«, fragte Bella. »Wen meinst du?«

»Die Schrulle aus Vällingby!«, sagte ich. »Und der Typ, wegen dem ich fast in die Schlucht gestürzt bin.«

Bella runzelte die Stirn.

»Warum sollten die hier sein? Das finde ich sehr unwahrscheinlich.«

Ja, dass das sehr unwahrscheinlich war, fand ich ja auch. Bella betrachtete mich prüfend.

»Alles in Ordnung?«, fragte sie. »Willst du vielleicht nach Hause?«

»Natürlich nicht«, sagte ich und zwang mich zu lächeln. »Das ist schließlich unser Abend.«

Trotzdem hielt ich die ganze Zeit Ausschau nach Siv und Eskil, machte sogar einen Abstecher zu den Toiletten, um dort zu suchen. Aber sie waren wie vom Boden verschluckt. Also gab ich auf und folgte Bella in den Speisesaal.

Glücklicherweise saßen wir am gleichen Tisch und hatten nur einen Gast zwischen uns: Bellas Tischherrn, einen alten Freund des Jubilars. Ich selbst hatte einen der Neffen des Gastgebers neben mir, einen eingebildeten Typen um die fünfunddreißig, der ›auf‹ Djursholm wohnte, in der Werbebranche tätig war und sich für Gottes Geschenk an die Menschheit hielt.

»... und es ist nicht übertrieben, wenn ich sage, dass wir die absolut Ersten waren, die das in Schweden ...«, prahlte er. Ich hörte nur mit einem halben Ohr seinen endlosen Ausführungen zu.

Drei unterschiedliche Vorspeisen wurden serviert. Angegrillter Lachs auf Gemüsejulienne, Entenleberpastete und Kaviar auf geröstetem Brot. Dazu gab es entweder mehr Bier mit Schnaps oder zwei verschiedene Weine. Ich hielt mich diesmal an den Wein, Bella kippte noch einen Schnaps.

Als hätte er mein Desinteresse an dem eingebildeten Gelaber des Neffen bemerkt, wandte sich Bellas Tischherr an mich und band mich in ihr Gespräch ein. Er hieß Svante, kam aus Göteborg und handelte mit Immobilien.

»Sara«, sagte er. »Bella und ich sinnieren gerade darüber, wie das absolute Traumhaus aussieht. Wenn du alle Mittel der Welt hättest, wie sähe deins aus?«

Sofort hatte ich einen Kloß im Hals.

Mein Traumhaus, das wurde mir in dem Moment bewusst, war das Haus in Rynninge. Als mein Vater noch lebte und die ganze Familie intakt war.

Aber das sagte ich natürlich nicht.

»Tja«, begann ich und wandte den Blick ab, damit sie nicht sehen konnten, dass mir die Tränen gekommen waren. »Vielleicht ein großes Haus im Schärengarten mit Glasveranda und Bootssteg.«

»Genau mit solchen Immobilien handele ich«, sagte Svante begeistert und zückte sein Handy. »Schaut mal, ich habe ein paar Bilder von den absoluten Traumhäusern direkt am Ufer …«

Hin und wieder wurden die Mahlzeiten durch Reden unterbrochen, die restliche Zeit lauschten wir den langen Ausführungen über die Werbe- oder die Immobilienbranche von unseren beiden Tischherren. Als wir endlich vom Tisch aufstehen durften, schlichen Bella und ich zur Damentoilette und dann vorsichtig hinauf in den Festsaal, damit die beiden Herren uns nicht bemerkten. Da insgesamt mehrere Hundert Gäste anwesend waren, ging das völlig problemlos. Die ganze Zeit über hielt ich nach Siv und Eskil Ausschau, aber die waren nirgends zu sehen.

»Komm«, sagte Bella, nachdem wir Kaffee und Calvados in einer Ecke der Bar getrunken hatten. »Gehen wir tanzen.«

Und wie wir getanzt haben. Bella und ich standen uns gegenüber und tanzten die ganze Nacht hindurch zu Pop, Rock, Disco und den vereinzelten House-Tracks. Eine Band und ein DJ wechselten sich ab, aber das war uns nicht weiter wichtig. Wir beide liebten das Tanzen, und ich hatte Bella selten in besserer Form erlebt als an diesem Abend. Ich selbst konnte von meinem Körper verlangen, was ich wollte, er gehorchte mir bis in die letzte Faser. Hin und wieder stießen überwiegend Männer zu uns, und gegen halb zwei waren wir für eine Weile von einer ganzen Traube umringt. Aber wir ließen uns nicht trennen, Bella und ich tanzten zusammen, dies war unser Abend.

Um drei Uhr verkündete die Band, dass sie nicht weiterspielen durfte. Bella und ich schauten uns an, unsere Kleider waren komplett durchgeschwitzt. Was für ein fantastischer Abend!

Unser Abend.

Und dann tat Bella etwas, das ich nicht hatte vorhersehen können. Sie zog mich zu sich heran und gab mir einen dicken Kuss mitten auf den Mund.

Mich hatte noch nie eine Frau geküsst, ich war völlig perplex. Gleichzeitig hatte der Kuss nichts Sexuelles; nichts, was zu Missverständnissen oder weiterführenden Handlungen oder Komplikationen zwischen uns hätte führen können. Es war ein Kuss, aus und fertig. Und er markierte lediglich eine innige Freundschaft und – wahre – Liebe.

Bella lachte, ihre Augen funkelten, als sie mich ansah.

»Du bist einfach die BESTE!«, strahlte sie. »Mann, hat das Spaß gemacht. Komm, jetzt nehmen wir ein Taxi und fahren heim.«

Als wir im Taxi nach Östermalm saßen und Bella schon halb mit dem Kopf auf meiner Schulter schlief, war ich plötzlich hellwach. Ich musste an Sally denken. Sie hatte mich heute angerufen und mir erzählt, dass sie nach Spanien fahren wollte, um ihre Eltern zu besuchen. Ich fand es komisch, dass sie so kurz vor Weihnachten Urlaub nahm. Und wieder konnte ich mich, ganz wie bei Gustav, nicht davon abhalten, meine Gedanken auszusprechen.

»Bella«, sagte ich.

»Hmmm«, machte sie.

»Hör mal, ich hab eine Frage an dich. Meinst du, ich kann Sally trauen?«

Bella antwortete nicht. Sie setzte sich nur langsam auf, öffnete die Augen und schaute mich an.

»Sally trauen? Wie kommst du denn jetzt da drauf?«

»Ist mir halt gerade eingefallen. Was meinst du?«

Bella gähnte laut.

»Also, ich mag Sally wirklich, aber ob ich ihr trauen würde ... Kommt drauf an. Bei kleinen Konflikten vielleicht. Aber bei größeren, richtig ernsten Sachen? Wäre ich mir nicht so sicher. Oder meinst du das eher ... gefühlsmäßig?«

»Ich weiß nicht, was ich meine.« Und da musste ich mir eingestehen, dass das stimmte.

Wir verfielen beide in Schweigen, und schon bald darauf fiel mir auf, dass Bella die Augen wieder geschlossen hatte. Ihr Kopf lehnte am Sitz, und sie war eingeschlafen.

⇉⇇

Sonntagabend war ich ziemlich müde und verkatert. Ich saß an meinem Schreibtisch, sortierte Papiere und wartete darauf, dass Micke sich meldete und mir sagte, dass er wieder zu Hause war, damit ich zu ihm gehen konnte. Außerdem hatte ich mir ein paar von Papas Heftern rausgelegt, die ich lesen wollte. Es ging irgendwie nicht so schnell, wie ich angenommen hatte. Das Material war viel umfangreicher als zunächst gedacht, außerdem machte mich das meiste so neugierig, dass ich auf eigene Faust im Internet weitersuchte. Mir war noch immer nicht klar, welches Ziel Papa eigentlich verfolgt hatte, einzig gemein war den Artikeln, dass es um Skandale der letzten sechzig, siebzig Jahre ging. Um Vertuschung von Dingen, die von öffentlichem Interesse waren.

Gerade versuchte ich, erst einmal Ordnung auf meinem Schreibtisch zu schaffen, als ich zwischen allen Taxiquittungen und Caféservietten auf eine Visitenkarte stieß. *Andreas Petterson, Journalist*, stand darauf inklusive seiner Kontaktdaten. Das Logo des *Expressen* füllte die halbe Karte.

Ich sah ihn vor mir, wie er den Sveavägen entlangspazierte, fort von dem Ort, an dem Palme getötet wurde. Rote Haare, leicht schwankender Gang; die Tasche über der Schulter.

Der Janne-Josefssons-Abklatsch. Der Tintin.

Ohne nachzudenken, griff ich nach meinem Handy. Bella war nicht zu Hause; niemand außer mir war in der Wohnung.

Soweit ich wusste.

Dreimal tutete es.

»Hallo?«, sagte dann eine schlaftrunkene Stimme. »Andreas hier.«

Ich schielte zur Uhr. Halb neun. Nicht gerade eine Nachteule.

»Hallo, Andreas«, sagte ich. »Sara hier. Wir haben uns auf dem Sveavägen getroffen, du hast mir deine Visitenkarte gegeben. Habe ich dich geweckt? Du klingst, als hättest du geschlafen.«

»Nein, nein, im Gegenteil«, sagte er, dabei war klar zu hören, dass er schwindelte.

Heftiges Rascheln im Hintergrund, dann räusperte er sich.

»Würdest du mir noch einmal kurz erklären, wer du bist?«

Ich lachte.

»Laut deiner Annahme bin ich obdachlos. Dabei rufe ich dich gerade aus meiner Wohnung in der Storgatan an. Ich hatte versucht, es dir zu erklären, aber du wolltest mir nicht glauben.«

»Ach, *die* Sara«, sagte Andreas und klang erfreut. »Jetzt bin ich wieder im Bilde. Ich wollte dich für meinen Artikel über Obdachlose interviewen. Problem ist, der Artikel ist schon im Druck.«

»Ein umso größeres Problem ist wohl eher meine weiterhin gar nicht existente Obdachlosigkeit.«

Da lachte Andreas.

»Wie sagt man so schön: Ich verstehe, was du mir sagen willst. Aber irgendwas an dir ist anders, da bin ich sicher. Eine gute Story rieche ich mehrere Meilen gegen den Wind.«

»Und genau deshalb rufe ich an. Ich würde mich gern mit dir unterhalten und mal deine Einschätzung hören.«

»Worum geht es denn?«

»Das erzähle ich dir, wenn wir uns sehen. Entweder bin ich total verrückt und muss eingewiesen werden oder aber ich kann dir was liefern, das eine Story ist. Wie wäre es mit einem Kaffee?«

»Kaffee geht immer«, sagte Andreas, »aber ich kann nicht versprechen, irgendwas für einen Artikel zu verwenden, bevor ich nicht mal weiß, worum es geht.«

»Einverstanden, wann würde es dir passen?«

»Samstag? Wie wäre es mit dem Café Ritorno beim Vasaparken so gegen eins?«, schlug Andreas vor. »Ich nehme einen der Tische im hinteren Teil, dort können wir ungestört reden.«

»Abgemacht.«

Als wir aufgelegt hatten, entschied ich, dass der Berg auf meinem Tisch warten konnte. Ich zog wahllos einen Hefter aus dem

Stapel, auf dem *Gesinnungsregistrierung durch Säpo* stand, und
legte mich zum Lesen aufs Bett.

―≋≋―

Die Gesinnungsregistrierung in Form von Vermerken
im Melderegister darf seit 1975 gemäß Kapitel 2, § 3
der Verfassung nicht ohne die Zustimmung des Bürgers
allein auf seiner politischen Gesinnung geschehen.

Politische Gesinnungsregistrierung wurde den Behörden
durch die Grundgesetzreform 1969 untersagt, doch die
Sicherheitspolizei (Säpo) umging das Verbot, indem
sie »Arbeitsaufzeichnungen« von Informationen anfer-
tigten, die nicht ins Register der Säpo aufgenommen
werden konnten (zum Beispiel, welche Zeitungen
abonniert wurden oder wer Mitglied der Vänsterpartiet
Kommunisterna (VPK, Kommunistische Linkspartei)
oder der Sydvietnams nationella befrielsefront
(FNL, Nationale Front für die Befreiung Vietnams)
war. So wurde bis 1998 verfahren. Beispielsweise
gab es 1990 insgesamt 411 000 Stellen mit
Geheimhaltungsstufe, und wer sich auf eine dieser
Stellen bewarb, aber im Register der Säpo stand,
bekam sofort eine standardisierte Absage ohne
Begründung.

Innerhalb der EU führt Interpol ein Analyseregister
über Menschen, die sich bei der Polizeiarbeit als
nützlich erweisen könnten, das selbst mögliche Zeugen
und frühere oder zukünftige Kriminalitätsopfer
umfasst. In das Register fließen Informationen zu

Nationalität, politischer Weltanschauung, Religion, Gesundheitszustand und sexuellen Vorlieben.

2006 wurde Schweden vom Europäischen Gerichtshof wegen Führen eines Gesinnungsregisters verurteilt.

Wikipedia Schweden, »Åsiktsregistrering«

...

Anita Klum sollte im Auftrag der Regierung das heimliche Gesinnungsregister der Säpo prüfen.
Sie fand dabei Angaben über sich selbst – und mindestens 100 000 weitere Personen.
Anita Klum war Vorsitzende bei Amnesty und wurde gegen Ende der Achtziger als nationales Sicherheitsrisiko eingestuft.
»Zu mir als Person stand da nicht viel, aber offenbar hielten sie es für nötig, eine Akte über mich anzulegen. Darin lagen ein paar Dokumente über Demonstrationen, an denen ich Ende der Achtziger teilgenommen hatte, unter anderem wegen eines Amnesty-Berichts.« [...]

Über 100 000 Personen wurden laut der Sicherheitskommission im Gesinnungsregister geführt, die ihren Prüfungsbericht gestern vorlegte. Darin wird deutlich, dass tausendfach Informationen auf illegale Weise gesammelt worden waren.
Vor allem handelt es sich dabei um regelmäßiges Abhören von Telefonen ohne Verdacht auf ein Verbrechen. Manche davon laufen bereits seit bis zu zehn Jahren, ohne dass es bisher zur Anklage kam.

Im Bericht wird harsche Kritik an der Säpo, an der Staatsanwaltschaft und am Justizkanzler geübt. Auch die Regierung wird gerügt, weil sie der Säpo widersprüchliche Anweisungen gab. Als das Zentralregister 1969 verboten wurde, führte die Säpo stattdessen ein Arbeitsregister.
»Manche Gesetze sind richtig gut, man muss sich bloß auch daran halten. Die Regierung muss die Richtung vorgeben und realistischer mit Bedrohungen umgehen«, sagt Anita Klum.

Die Gesinnungsregistrierung wird bis zum heutigen Tage fortgeführt, vor allem wenn es sich um Nazis und Anarchisten handelt. In den Datenbanken der Polizei sind zwischen 5 000 und 10 000 Personen erfasst. Die meisten werden der »ungesetzlichen Versammlungstätigkeit« verdächtigt.
Die Kommission schließt nicht aus, dass ein Teil des Registers nicht gesetzeskonform ist. Die Säpo soll nun ihre Arbeitsabläufe prüfen. [...]
Jessica Ritzén, *Aftonbladet*, 18.12.2002

...

Spioniert die Säpo etwa Politiker aus? Und andere, die sich in der Öffentlichkeit äußern? Menschen, die versuchen, Veränderungen zu erreichen, ohne dabei gegen das Gesetz zu verstoßen?
Oisin Cantwell, *Aftonbladet*, 25.06.2013

...

Das Militär baut heimlich einen eigenen Geheimdienst auf, behauptet die Säpo und beruft sich dabei auf namhafte Experten. [...]

[...] Die Säpo übt außerdem im Rahmen von etwas, das man eine außergewöhnliche und offene Bürokratieschlacht zwischen den einzelnen Regierungsbehörden nennen muss, harsche Kritik an den Berechtigungen, die durch den Vorschlag dem geheimen Kontoret för särskild inhämtning (KSI), einer Institution für Spezialakquise, zukommt.

Die Säpo warnt davor, dass dem KSI Wege eingeräumt werden, ohne klare Regelungen operativ mit Fahndungen und Agenten in Schweden tätig zu werden. Das verstößt gegen geltendes Recht, da das KSI nicht über polizeiliche Berechtigungen verfügt.

»Privatpersonen werden deutlich umfassender überwacht werden«, schreibt die Säpo im Januar. »Außerdem bedeutet der Vorschlag, dass Individuen, die einer vollkommen legalen Betätigung nachgehen, plötzlich zum Gegenstand der Maßnahmen des KSI werden können.«

Die Säpo will ihre Ansichten nicht weiter ausführen, aber andere Experten vergleichen die künftigen Befugnisse des KSI mit den heimlichen Überwachung schwedischer Mitbürger durch das sogenannte Informationsbyrån (kurz IB), dessen Tätigkeiten in den Siebzigern öffentlich wurden. [...]

Terese Cristiansson und Ivar Ekman, *Fokus*, 02.02.2007

Als ich alles gelesen hatte, legte ich den Hefter beiseite und starrte an die Decke.

Gesinnungsregister? Bei der Säpo?

Das klang ja wie eine frühere Version der NSA in den USA. Ich hatte den Film von Oliver Stone über Edward Snowden gesehen und fand ihn, wie alle anderen auch, sehr verstörend.

Aber die Säpo? Gesinnungsregistrierung hier in Schweden? Mir wurde ganz schlecht.

Ich musste dem weiter auf den Grund gehen. Aber ein andermal, wenn ich nicht dermaßen verkatert war wie heute.

⇒ ⇐

Während der Woche beschäftigte mich das bevorstehende Treffen mit Andreas. Ich war gar nicht so sicher, warum ich das eigentlich angeleiert hatte: ein Treffen mit einem wildfremden Journalisten, mit dem ich nur ein paar Minuten unter sonderbarsten Umständen gesprochen hatte. Dachte ich, er könne mir die Situation erklären? Oder wünschte ich mir insgeheim, dass er, der nachweislich gar nichts mit mir zu tun hatte, mir riet, mich in die geschlossene Abteilung zu begeben? Ich kannte ihn schließlich nicht, deshalb konnte ich unmöglich vorhersehen, ob er mich auslachen, mir den Kopf tätscheln, einen Krankenwagen rufen oder ein Diktiergerät anwerfen würde. Ich ging ein Risiko ein, indem ich mit ihm sprach; er könnte verfälschte Teile veröffentlichen. Aber wieso sollte er? Wer interessierte sich für Sara aus Örebro?

Am Samstag wanderte ich die Odengatan hinauf und redete mir ein, dass dies ein Gespräch über die Wahrscheinlichkeit werden würde, dass mehr hinter den rätselhaften Geschehnissen steckte, die einer einzelnen Privatperson zustoßen konnten.

Der Vasaparken lag im Sonnendunst, Kinder spielten in Laubhaufen, während ihre Latte-macchiato-Eltern auf den Bänken saßen und miteinander redeten oder ihnen zusahen. Sofort musste ich an Örebro denken: wie Papa Lina und mich immer wieder zur Arbeit im Garten angeheuert hatte, wo wir Laub zusammenharkten oder Gras verbrannten oder das Gebüsch zurückschnitten. Das Leben mit Papa bedeutete, ständig körperlich gefordert zu werden. Entweder durch Freizeitaktivitäten wie Skifahren, Langlauf oder Joggen oder durch Arbeiten, die halt anfielen. Papa füllte sein Dasein – und so eben auch unseres – mit Leben.

Er fehlte mir so unbändig.

Das Ritorno war schlecht beleuchtet und sehr kitschig. Dies war nicht mein erster Besuch, und ich mochte das Lokal. Auf jedem Tisch stand eine kleine Jukebox aus den Fünfzigern und an der Wand hing ein großes Gemälde mit einem Sonnenuntergang, hinter dem eine Glühbirne angebracht war, was ihm einen besonderen Effekt verlieh.

Ganz hinten rechts saß Andreas vor einer halb leeren Kaffeetasse und einem Teller mit einem Stück Apfelkuchen und Vanillesoße. Er sah genauso aus wie beim letzten Mal, ungepflegtes rotes Haar, abgetragene Jacke, und die Brillengläser waren durch Fingerabdrücke verschmiert. Wir begrüßten uns kurz, dann holte ich mir einen Kaffee und setzte mich zu ihm.

»Nun«, sagte Andreas, nachdem wir die üblichen Höflichkeitsfloskeln ausgetauscht hatten, »wie kann ich dir helfen?«

»Das weiß ich ehrlich gesagt gar nicht. Vielleicht brauche ich eine Einweisung in die Psychiatrie.«

»Klingt schon mal interessant. Wie kommst du darauf?«

»Weil es keine einleuchtende Erklärung für das gibt, was um mich herum passiert.«

Die Gedanken wirbelten mir nur so durch den Kopf.

»Tatsache ist«, erklärte ich, »dass du der erste und einzige Außenstehende bist, den ich einweihe. Ich kann nicht sagen, warum, aber irgendwie vertraue ich dir. Und ich habe diese Geschichte noch niemandem von vorn bis hinten erzählt, abgesehen von einer alten Freundin aus der Schulzeit.«

Bellas Worte hallten in mir wider: *»Sally ... ich mag Sally wirklich, aber ob ich ihr trauen würde ... Kommt drauf an. Bei kleinen Konflikten vielleicht. Aber bei größeren, richtig ernsten Sachen? Wäre ich mir nicht so sicher. Oder meinst du das eher ... gefühlsmäßig?«*

»Dann schieß los«, forderte Andreas mich auf. »Ich bin alles gewöhnt, vom hysterischen Rentner bis zum fanatischen Aktivisten.«

»Erst musst du mir versprechen, dass du ohne meine Zustimmung nichts veröffentlichst. Das musst du mir schriftlich geben.«

Andreas lächelte. Trotzdem schrieb er folgsam etwas auf eine Seite seines Blocks, riss sie heraus und gab sie mir. »Ich, Andreas etc., verspreche hiermit, keinen Teil von Saras etc. Geschichte zu veröffentlichen ohne ihre ausdrückliche Zustimmung. Stockholm, den ...«, stand darauf.

»Okay so?«, fragte Andreas und lächelte.

Ich nickte und steckte das Blatt ein.

»Also, normalerweise bitten mich ja die Leute, die sich mit mir treffen wollen, ausdrücklich darum, dass bloß alles veröffentlicht wird, was sie mir erzählen. Leider hilft das nichts. Das meiste, was die Leute bewegt und aufbringt, gehört nicht in die Zeitungen.«

»Das ist mir klar.«

»Dann los, ich höre.«

Ich erzählte alles, angefangen bei meiner Militärausbildung über mein Studium, die Vergewaltigung, den Tod meines Vaters bis hin zu all dem Sonderbaren, was mir in den letzten Wochen und Monaten passiert war, inklusive der Hypnose und Siv und Eskil im Restaurant Operaterrassen.

Irgendwann schob Andreas den Teller beiseite und zückte seinen Notizblock.

Ich redete und redete, und je weiter ich in der Geschichte kam, desto unglaublicher und fantastischer klang das alles: Nur der Hauptfigur in einem Spionagefilm der Fünfziger würde es ähnlich ergehen wie mir. Oder einem Menschen, der Substanzen mit einschlägiger Wirkung nahm.

»Und jetzt sitze ich hier«, schloss ich und lehnte mich zurück.

Andreas blätterte in seinen Notizen und schaute mich dann an.

»Wow«, sagte er und trank einen Schluck seines kalten Kaffees. »Das ist ja mal eine Geschichte.«

»Allerdings. Und das Schlimmste ist, dass sie wahr ist. Also, entweder das oder ich werde allmählich verrückt. Was meinst du? Ach so, eins hab ich noch vergessen: Mein Vater hat eine Menge Zeitungsartikel gesammelt.«

»Zeitungsartikel?«, fragte Andreas und runzelte die Stirn. »Was denn für Zeitungsartikel?«

Ich erzählte ihm von den vielen, bunten Plastikheftern und ihrem Inhalt, den ich mir nach und nach zu Gemüte führte, ohne bisher zu begreifen, was mein Vater damit eigentlich verfolgt hatte.

Andreas sah nachdenklich aus. Dann stand er auf.

»Ich brauche mehr Kaffee. Du auch?«

Er nahm unsere Tassen und holte Nachschub.

»Also, das, was du da erzählt hast, klingt echt unglaublich«, sagte er. »Damit meine ich jetzt nicht die Artikelsammlung, sondern den Rest. Trotzdem habe ich nicht den Eindruck, dass mit dir was nicht stimmt. Ganz im Gegenteil. Ich versuche die ganze

Zeit, mich in deine Lage zu versetzen, und glaube, ich hätte an deiner Stelle nicht anders gehandelt. Warst du bei der Polizei?«

Ich schüttelte den Kopf.

»Das solltest du auch erst mal lassen«, sagte er. »Ich muss ein paar Dinge prüfen, auch – und dafür entschuldige ich mich – deine Angaben zu Ausbildung und Familienhintergrund. Es gibt schließlich genügend Fälle von Psychopathen, die fantastischere Geschichten erzählt haben als du und damit das komplette Etablissement täuschen konnten.«

»Kein Problem. Prüf, soviel du willst. Mich interessiert wirklich dein ehrliches Feedback als Journalist, weil ich einfach nicht mehr weiterweiß. Soll ich wieder nach Örebro ziehen? Oder einfach nur in eine andere Wohnung? Soll ich kündigen? Mich selbst einweisen? Beruhigungstabletten schlucken? Nach Australien auswandern? Irgendetwas läuft in meinem Leben fürchterlich falsch, aber ich weiß nicht, was. Ich habe das Gefühl, ich lebe in einem Hitchcock-Film. Bloß warum? Ich bin doch nur ein gewöhnliches Mädchen aus Örebro! Warum passiert mir das alles?«

»Darauf müssen wir eine Antwort finden«, sagte Andreas. »Aber eins ist sicher: Du gehörst schon mal nicht zu den hysterischen Rentnern oder fanatischen Aktivisten. Im schlimmsten Fall bist du eine Frau kurz vor einem Nervenzusammenbruch, und dann müssen wir dafür sorgen, dass du Hilfe bekommst. Wenn dem aber nicht so ist … dann geschehen sehr sonderbare Dinge um dich herum, und sie scheinen mit deinem Vater zu tun zu haben. Ich werde mal ein bisschen nachforschen und mich dann bei dir melden. Würdest du mir noch den vollständigen Namen deines Vaters verraten und seine Personenkennziffer?«

Ich nannte ihm alles.

»Gut«, sagte Andreas. »Also, meine Neugierde hast du definitiv geweckt, das gelingt nicht vielen. Ich mach mich heute noch an die Arbeit.«

Ich schöpfte Mut.

»Woher weiß ich, dass du nicht auch irgendwie in die Sache verstrickt bist? Du stellst alles infrage, was ich von mir gebe, ich dich aber bisher gar nicht. Warum warst du auf dem Sveavägen, als ich dort saß? Woher weiß ich, dass du nicht sofort mit allen meinen Informationen zu *ihnen* rennst, wer immer ›die‹ auch sein mögen?«

Andreas lächelte verschmitzt.

»Tja, das wirst du wohl aussitzen müssen.«

»Wer bist du denn eigentlich?«, fragte ich. »Erzähl mir ein bisschen was über dich.«

Andreas seufzte.

»Der langweiligste Mensch der Welt«, sagte er. »Deshalb wird man doch Journalist! Damit man sich auf andere konzentrieren kann.«

»Los, komm«, forderte ich. »Das ist nur gerecht.«

»Okay ...« Andreas holte tief Luft.

»In Härnösand geboren und aufgewachsen. Mein Vater ist Frühpensionär, meine Mutter arbeitet bei einem großen Kommunikationsunternehmen. Ich bin nach dem Studium so schnell nach Stockholm gezogen, wie ich nur konnte. Hab in Restaurants gejobbt, Zeitungen ausgetragen. Nach einem Jahr bekam ich einen Platz in der Journalistenschule. So lief das. Und jetzt arbeite ich seit bald vier Jahren für den *Expressen*. Ich bin achtundzwanzig. Wie alt bist du denn?«

»Vierundzwanzig«, sagte ich. »Bald fünfundzwanzig.«

Wir schwiegen einen Moment.

»Du«, sagte ich dann. »Stimmt es, dass die Säpo die politische Gesinnung von etlichen Schweden in einem Verzeichnis erfasst hat? Und dass diese Angaben dazu geführt haben, dass sie später keinen Job bekommen haben?«

»Sprichst du jetzt von der Säpo oder dem IB?«, fragte Andreas.

»Keine Ahnung. Was genau ist der IB denn noch mal?«
Andreas lächelte.
»Hat dein Vater solche Artikel gesammelt?«, fragte er. »Würde mich ja schon interessieren, diese Sammlung. Just diese Frage wird gerade nämlich wieder sehr aktuell.«
Wir redeten noch eine Weile. Dann verabschiedeten wir uns, und ich ging zu Fuß durch die einsetzende Dämmerung nach Hause.

⇒ ⇐

Geheime Agententätigkeit. Was ist das eigentlich genau?
Eine Frage, die man als Außenstehender gar nicht zu stellen braucht, man bekäme sowieso keine Antwort.
Eine Frage, die man als Eingeweihter gar nicht stellen muss, man kennt bereits die Antwort.
Abhören und Gesinnungsregistrierung. Niemand begreift, wie umfassend dies betrieben wurde – all die Jahre bis zur digitalen Revolution. Ganze Regenwälder würden noch stehen, wenn man sich das Papier gespart hätte, auf dem das alles dokumentiert wurde.
Ich könnte allmählich eine Bibliothek eröffnen. Vorstellen könnte ich mir halblederne Einbände oder sogar Regalmeter um Regalmeter von Büchern, die in rotes Leder eingeschlagen und mit goldenen Buchstaben verziert wären. Elegant, aber nicht zu aufsehenerregend. Ich würde ungern vulgär wirken.
Man könnte eine Person ganz einfach finden, weil alles alphabetisch sortiert wäre, und dann würde jeder erfahren, was jemand eigentlich sagte und machte. Und dachte. Die Erinnerung ist so flüchtig, hier aber lässt sich alles noch einmal durchleben, als wäre es erst gestern gewesen. Besser als ein

Tagebuch, denn es wird für einen geführt, ohne dass man sich selbst abends hinsetzen muss.
Das war so unsere Vorstellung – deine, meine und die von allen anderen. So dachten unsere Nachbarn und Arbeitskollegen.
Und hier kannst du schwarz auf weiß nachlesen, wer ahnungslos dasaß, während die berufliche Karriere versandete oder zum Stillstand kam.
Ganz ohne einleuchtende Erklärung.
Ich gehe davon aus, dass meine Bibliothek sehr gefragt wäre. Selbstverständlich muss es auch einen digitalen Bereich geben, wo die wahre Datenflut der Gegenwart bewältigt wird. Am besten hole ich mir dafür einen Berater der amerikanischen Regierung.
Diejenigen, die abgehört und registriert wurden und in der Folge keine Arbeit mehr fanden, können gern vor der Bibliothek eine Schlange bilden, wie es in den Dreißigern üblich war. Dort könnten sie auch betteln; vielleicht tätschelt ihnen dort mal jemand Wohlgesinntes, Barmherziges den Kopf oder wirft ihnen eine Münze in den Hut.
Auch das ist sehr zeitgemäß.

Ich weiß nicht, wie es zu diesem Missverständnis kam, aber es führte zu den schrecklichsten Augenblicken meines Lebens. Ich hatte Micke gesagt, dass ich am Wochenende in Stockholm war, aber während ich mit Andreas im Ritorno saß, bekam ich eine SMS von Mama. Sie wollte wissen, wann ich ankäme, denn gerade stand Micke in Örebro vor der Tür, wo er mich erwartet hatte. Er war so müde und heillos überarbeitet; er musste irgendetwas falsch mitgeschnitten haben. Ich schrieb zurück, dass Micke sich geirrt hatte und ich erst am kommenden Freitag nach Hause käme.

Schnellen Schrittes ging ich durch die Dämmerung und genoss das schöne Licht, das die Straßenlaternen verbreiteten. Klar, in manchen Punkten war mein Leben chaotisch, aber es gab auch so vieles, wofür ich extrem dankbar war. Ich hatte Micke, der offen sagte, dass er mich liebte. Ich hatte Bella, eine ganz fantastische Freundin. Und ich hatte meinen Job, der zeitlich herausfordernd war, mir aber auch sehr viel Spaß machte. Wenn sich die paar Fragen beantworten ließen – vielleicht mit Andreas' Hilfe –, dann wäre alles ziemlich perfekt.

Die Gerüche des Spätherbstes lagen in der Luft: feuchte Erde und moderndes Laub. Sogar ein Vorbote von Schnee. Die Laternen schimmerten zwischen den Bäumen hindurch, und ich atmete tief ein. Trotz aller Verwirrung und Sorge war ich tatsächlich glücklich.

Alles würde sich fügen.

Ich erreichte unsere Haustür und nahm den Aufzug nach oben. Bella hatte sich nach allem, was wir erlebt hatten, um ein neues Türschloss gekümmert, und es war völlig geräuschlos. Die Tür ging sofort auf – das Zweitschloss war nicht verriegelt. Wie gut, das hieß: Bella war zu Hause. Ich betrat den Flur, zog die Schuhe aus und hängte meine Jacke auf. In der Wohnung war es still, aber Bella legte sich oft samstagnachmittags mal hin, gut möglich also, dass sie schlief.

Also ging ich, so leise ich konnte, in die Wohnung und sah dann, dass ihre Zimmertür nur angelehnt war. Normalerweise machte sie die zu, wenn sie schlief, also las sie vielleicht oder telefonierte. Mir war, als würde ich Geräusche aus ihrem Zimmer hören, also öffnete ich die Tür und machte ein paar Schritte hinein.

Und dann erstarrte ich.

Auf Bellas Schreib- und Nachttisch brannten Kerzen. Am Boden lag ihr Kimono in einem achtlosen Haufen, auf dem Bett

Bella – zusammen mit ihrem Liebhaber. Erst dachte ich, dass es Felipe war, weshalb ich mich geniert abwenden und das Zimmer wieder verlassen wollte, aber in dem Moment schauten sie beide zu mir herüber.

Bella und Micke, nackt in Bellas riesigem Bett.

Wir starrten uns schweigend mehrere Sekunden lang an. Dann drehte ich mich um und stolperte zum Gäste-WC. Ich schloss hinter mir ab und schaffte es so gerade bis zum Klo, wo ich mich erst einmal übergab. Hinter mir klopfte und hämmerte jemand an die Tür, dann Mickes Stimme:

»*Sara! Mach auf! Es ist nicht, wie du denkst!*«

Dabei war ich mir sicherer denn je. Nichts von dem, was um mich passierte, war wahr. Alles war gelogen: eine silberschäumende Welle aus Lügen hatte mich erfasst, und ich wusste nicht, warum, und auch nicht, wie ich mich aus ihrem Sog befreien sollte.

Ich muss hier weg, war der einzige Gedanke in meinem Kopf. Aber wohin?

»*Sara, mach doch auf. Bitte, Sara, lass uns rein!*«

Uns.

»Ich will, dass ihr mich in Ruhe lasst«, rief ich Richtung Tür. »Ich will euch nicht sehen, keinen von euch. Ich komme aus dem Bad, und dann hole ich ein paar Sachen aus meinem Zimmer, aber erst müsst ihr gehen. Verstanden?«

»*Wir müssen darüber reden!*«, sagte Bella. »*Das ist ein Missverständnis, es ist nicht, wie du denkst.*«

Ich holte tief, tief Luft. So wie es mir meine Krisentherapeutin in Örebro beigebracht hatte.

»Das mag ja sein«, sagte ich, »und ihr könnt es mir gern erklären. Aber jetzt möchte ich, dass ihr geht, damit ich aus dem Bad kommen und meine Sachen holen kann. Das hat etwas mit Respekt zu tun, könnt ihr das verstehen? Ich möchte, dass ihr das für mich tut. Geht einfach, verlasst die Wohnung, ich brauche einen Moment für mich. Ich rufe an, sobald ich mich gesammelt hab.«

Wie leicht mir diese Lügen über die Lippen kamen. Ich hegte keinerlei Absicht, einen von beiden anzurufen, und genauso wenig würde ich mich hinsetzen und mir anhören, wie sie das alles schönredeten. Inmitten dieser Krise war da trotzdem Erleichterung: *Endlich* war da etwas, das bewies, dass ich richtiggelegen hatte. Ich war nicht verrückt, man hatte nur ein Netz aus Lügen um mich gestrickt. Deshalb musste auch ich jetzt lügen. Das ließ sich nicht ändern, ich durfte nur mein Ziel nicht aus den Augen verlieren: hier rauszukommen.

Ich hörte durch die Tür, wie Bella und Micke miteinander tuschelten.

»Macht, was ich verlange«, sagte ich. »Ich brauche erst mal meine Ruhe, sonst komme ich gar nicht erst hier raus. Jetzt seid ihr dran. Ihr müsst mir helfen, das ist nämlich schwer für mich.«

Mir kam eine Idee.

»Geht ins Ciao Ciao«, schlug ich vor. »Wartet da auf mich. Ich muss mich sammeln, dann komme ich zu euch, und wir sehen weiter. Okay?«

»*Versprochen?*«, fragte Bella in besorgtem Ton.

»Versprochen. Gebt mir eine Viertelstunde.«

Wieder hörte ich sie tuscheln, dann hörte ich Mickes Stimme.

»*Mein Schatz, mir ist klar, dass das ein Schreck gewesen sein muss. Aber es ist nicht, wie du denkst. Wenn wir es dir erklären, siehst du das in ganz anderem Licht, und dann lachen wir drei darüber.*«

»Okay«, sagte ich. »Aber geht jetzt, sonst kommt es gar nicht erst dazu.«

»*Dann bis gleich!*«, rief Bella durch die Tür. »*Wir warten im Ciao Ciao auf dich.*«

»Schön!«

Ich hörte, dass sie beiden in Bellas Zimmer gingen, kurz darauf in den Flur zurückkehrten, jetzt vermutlich angezogen. Die Kleiderbügel an der Garderobe klapperten, als sie ihre Jacken nahmen, und dann hörte ich, wie die Wohnungstür geöffnet wurde. Schließlich wieder Bellas Stimme: »*Wir gehen jetzt. Bis gleich, meine Süße. Okay? Es ist wirklich nicht, wie du denkst.*«
»Alles klar«, rief ich. »Bis gleich.«
Ich hörte, dass die Wohnungstür geschlossen wurde, und wartete ein paar Minuten ab. *Was, wenn sie mich reinlegen wollten?* Vielleicht standen sie beide draußen vor der Tür, bereit, sich auf mich zu stürzen. Aber wieso sollten sie? Schließlich konnten sie mich mit körperlicher Gewalt nicht dazu zwingen, eine Lüge zu schlucken, die ihr Verhalten erklären würde.
Vorsichtig öffnete ich die Badezimmertür. Soweit ich das beurteilen konnte, war niemand da. Blitzschnell verschwand ich in meinem Zimmer, holte eine große Tasche hervor und warf meine wichtigsten Habseligkeiten hinein. Ich war noch immer wie betäubt von dem, was ich gesehen hatte. Ein einziger Gedanke trieb mich trotzdem an: Ich musste hier weg. Weg von Bella, weg von Micke, weg von der fürchterlichen Lüge, die alles umfasste, was ich mit ihnen verband.
Als ich meine Sachen beisammen- und mir schnell die Zähne geputzt hatte, ging ich in den Flur, schob Simåns in seine Transportbox und nahm meine Jacke. Noch immer nichts, was darauf hindeutete, dass einer von ihnen in der Wohnung geblieben war. Ich trat in den Hausflur, schloss die Tür hinter mir und lief dann die Treppe bis ins Erdgeschoss hinunter. Durch die Haustüre konnte ich die Storgatan leuchten sehen, belebt an diesem frühen Samstagabend. Manche gingen Arm in Arm, offenbar unterwegs, um Freunde zu treffen oder essen zu gehen, zu lachen, zu quatschen. Das versetzte mir einen derart heftigen Stich, dass ich fast keine Luft mehr bekam.

Mickes Verrat tat so unendlich weh. Wir waren so glücklich verliebt gewesen. Hatte ich geglaubt. Dabei hatte er es die ganze Zeit nur auf Bella abgesehen, nicht auf mich. Das war auch nicht weiter erstaunlich, Bella war eine umwerfende Frau, der Star. Ich war nur ein Dummerchen aus Örebro. Wie hatte ich auch nur für einen Moment glauben können, dass er mich wollte?

Von Bella war ich sogar noch enttäuschter. Bella, meine beste Freundin. Die Freundin, von der ich mein Leben lang geträumt hatte, die liebevolle, intelligente Kameradin, mit der ich feiern und arbeiten und der ich vertrauen konnte.

Wie konnte sie mir das nur antun?

Plötzlich hatte ich das Gefühl, auf einer Bühne zu stehen, und die ganze Kulisse brach weg. Die Wände fielen um wie bei einem Kartenhaus; zurück blieben nur ich und die Dunkelheit, die das Publikum umgab. Wer saß dort bloß und schaute zu? Warum war ich in diese Sache hineingezogen worden? Was wollten sie?

Ich schob Gefühle und Gedanken beiseite und konzentrierte mich auf die Frage: Wie konnte ich von hier verschwinden, ohne gesehen zu werden? Sobald ich auf die Storgatan trat, würden Bella und Micke mich durch die großen Fenster des Restaurants sehen, und wenn ich, statt zu ihnen zu gehen, die andere Richtung einschlagen würde, wären sie sofort hinter mir, um mir ihr Gespräch aufzudrängen. Vielleicht sogar mehr als das. Gerade wusste ich rein gar nichts mehr, abgesehen davon, dass ich dringend hier wegmusste.

Ich drehte mich um und nahm die paar Stufen zum Hinterhof. Dort hatte ich mich vor ein paar Wochen mal ausgesperrt, daher wusste ich, dass man über die niedrige Mauer in den Nachbarhof klettern konnte, von wo aus man durch eine nicht verschlossene Tür auf die Jungfrugatan kam. Jetzt überquerte ich hastig die beiden Höfe, die Katzenbox in der einen, die schwere

Tasche in der anderen Hand. Kaum auf der Jungfrugatan, marschierte ich mit großen Schritten zur Linnégatan. In regelmäßigen Abständen schaute ich mich um, fast sicher, Bella und Micke hinter mir zu sehen. Aber von den beiden war nichts zu sehen, und in der Linnégatan hielt wie durch ein Wunder ein freies Taxi von Taxi Stockholm. Ich hüpfte hinein, und der Fahrer warf mir über den Rückspiegel einen fragenden Blick zu.

»Fahren Sie einfach«, wies ich ihn an.

Der Wagen glitt auf die Linnégatan, und genau in dem Moment bekam ich eine SMS von Bella.

»Bist du bald da? Wir sitzen an einem Tisch hinten rechts, wo man ungestört reden kann.«

»So gut wie unterwegs. Muss nur noch eben Make-up nachbessern.«

Ich rief bei Sally an, aber erst als der Anrufbeantworter ansprang, fiel mir wieder ein, dass sie ja bei ihren Eltern in Spanien war. Wenn sie denn wirklich dort war. Was wusste ich denn schon? Verwirrt, wie ich war, wählte ich danach Björns Nummer und lauschte dem Tuten, legte dann aber wieder auf.

Warum hatte ich Björn anrufen wollen?

Ich hatte überhaupt keine Lust, mit ihm zu sprechen.

Und dann wusste ich es plötzlich! Wen ich anrufen und zu wem ich fahren konnte. Ich wählte Fabians Nummer, und er ging nach dem zweiten Tuten dran.

»Fabian«, sagte ich, »hier ist Sara. Ich wollte fragen, ob ich noch mal bei dir unterkommen kann.«

»Gar kein Problem. Ich bin zu Hause. Was ist denn passiert?«

»Micke und Bella.«

Plötzlich fiel von mir ab, was immer mich konstruktiv hatte denken und verdrängen lassen, dass ich in einem Taxi saß, das mich immer weiter von den zwei Menschen wegbrachte, die mir den bislang größten Schmerz verursacht hatten. Ich hatte Fabian bewusst nicht viel von Micke erzählt, aber jetzt gab es ja keinen Grund mehr, mich zurückzuhalten – außerdem brauchte ich jemanden, mit dem ich reden konnte. Und Micke war jetzt ein abgeschlossenes Kapitel. Ich fing an zu weinen, und der Taxifahrer beobachtete mich im Rückspiegel, aber darauf gab ich nichts.

Hab Vertrauen.

»Ich bi-bin nach Hause gekom-men«, stammelte ich, »und ha-hab sie zusammen im Bett erwischt. Sie ha-haben was miteinander. Hi-hinter meinem Rücken.«

Fabian sagte erst einmal nichts. Ich konnte seine Wut erahnen, sofort hatte ich ihn vor Augen: Fabian letztes Jahr im wütenden Gespräch mit meinem Vater. Sie standen im Garten und schrien einander an. Mama betrachtete sie durchs Küchenfenster, während sie sich eine Schürze umknotete.

»Fabian lässt wirklich keine Laune aus«, sagte sie, halb zu sich selbst.

»Papa etwa nicht?«, fragte ich. »Die wirken gerade ähnlich wütend.«

»Na ja ...«, sagte Mama gedehnt. »Nicht so wie Fabian.«

»Komm her«, hatte ich jetzt Fabian im Ohr, er klang gepresst. »Bist du im Taxi?«

»Ja-a«, schluchzte ich. »Ich bi-bin unterw-wegs.«

»Was sind das für Menschen?«, sagte er voller Verachtung. »Die verdienen so jemanden wie dich gar nicht.«

Fabian hatte gekocht und versucht, mir etwas davon aufzudrängen. Weil er damit keinen Erfolg hatte, gab er mir Tee, setzte mich aufs Sofa und hüllte mich in eine Decke. Meine Tränen wollten einfach nicht versiegen, und Appetit hatte ich absolut keinen. Einzelne Schlucke Tee brachte ich herunter, mehr nicht.

Fabian machte es sich in seinem Sessel bequem, die Augen halb geschlossen. In der Hand hielt er ein Glas Cognac, mir selbst war überhaupt nicht nach Alkohol.

»Dieser Micke«, sagte er. »Liebst du ihn?«

»Das hab ich gedacht. Ich war auf jeden Fall sehr in ihn verliebt. Aber wir kennen uns erst wenige Monate. Er gehört zu den Menschen, die einen Scheinwerfer auf dich richten. Und solange der strahlt, meint man, es kann nichts Schlimmes passieren.«

Fabian nickte.

»Viel schlimmer finde ich das mit Bella«, sagte ich, und schon wieder liefen die Tränen. »Ich dachte, ich würde sie kennen. Sie war meine beste Freundin auf der Welt, es gab fast nichts, was ich nicht mit ihr teilen würde. Oder geteilt hätte.«

Fabian sah fürchterlich wütend aus.

»Offenbar ist sie nicht der Mensch, für den du sie gehalten hast. Es ist abscheulich, Vertrauen auf solche Art und Weise zu enttäuschen, wie es diese beiden Personen getan haben.«

Wir schwiegen.

»Danke, dass ich hier unterkommen darf«, sagte ich schließlich. »Ich habe zuerst bei Björn angerufen, aber dann wurde mir plötzlich bewusst, dass ich gar nicht mit ihm sprechen will. Da bist du mir eingefallen, hätte ich auch sofort drauf kommen können.«

»Sei nicht zu hart Björn gegenüber. Ihm liegt wirklich etwas an deiner Familie, und er würde dir liebend gern helfen. Du musst dich doch nur an all das erinnern, was er für euch direkt nach Lennarts Tod getan hat.«

»Ich hab einfach keine Kraft für ihn. Er redet zu viel.«

»Jetzt gehen wir die Sache mal langsam an«, sagte Fabian. »Ich würde vorschlagen, du bleibst erst mal ein paar Tage hier, bis sich die Lage beruhigt hat. Mit Björn solltest du vielleicht trotzdem reden. Und wir beide sollten uns auch mal gründlich unterhalten. Durchspielen, welche Möglichkeiten du hast und was du selbst willst. Was ist mit deinem Therapeuten? Tobias? Bist du mit ihm zufrieden?«

Ein diffuser Gedanke durchzuckte mich, aber ich konnte ihn nicht einordnen.

Lag es an Björn? Und wenn ja, warum?

Ich überlegte, ob ich Fabian von all den Merkwürdigkeiten erzählen sollte, die in den letzten Wochen passiert waren, aber ich entschied mich dagegen. Allmählich fiel es mir schwer, die Augen offen zu halten. Die Vorfälle des Abends hatten mich viel Kraft gekostet.

»Lass mich darüber nachdenken«, sagte ich und gähnte daraufhin ausgiebig.

»Du bist müde.« Fabian stellte sein Glas weg. »Komm, wir machen dir das Gästebett fertig.«

Kaum lag ich im Bett, fiel mir auf, dass ich mein Handy offenbar im Taxi ausgeschaltet hatte. Ich überlegte, ob ich es einschalten sollte oder nicht. Dasselbe fragte ich mich bei meinem Computer, der auf dem Tisch stand. Vermutlich quollen beide über von Nachrichten, Mails und SMS von Bella und Micke. Darauf hatte ich gerade keinen Nerv, also ließ ich beide Geräte aus und nickte sofort weg. Ich schlief tief und traumlos wie ein Kind.

Weil ich schon so früh ins Bett gegangen war, müde und erschöpft, wachte ich früh am nächsten Morgen auf. Es war Sonntag und gerade mal sieben Uhr. Ich hatte noch immer nicht die geringste Lust, mein Handy oder meinen Computer einzuschalten, weshalb ich leider nicht wie sonst üblich im Bett die neuesten Nachrichten lesen konnte. Ich wälzte mich eine Weile hin und her, ohne wieder einschlafen zu können. Dann fiel mir ein, dass Fabian ein Typ vom alten Schlag war und vermutlich noch immer eine gedruckte Tageszeitung im Abo hatte.

So leise wie möglich zog ich mich an, um Fabian nicht zu wecken, und schlich dann hinunter. Der Briefkasten hing am Zaun, und durchs Fenster war nicht zu übersehen gewesen, dass eine Zeitung darin steckte. Morgens war es jetzt schon empfindlich kalt, also zog ich meine Jacke und die Uggs an, um zur Straße zu gehen.

Fabian bekam die *DN*, und die Wochenendausgabe war dick. Ich schlug sie mit großer Zufriedenheit auf, genoss den Geruch des Papiers – und blieb sofort an einem Artikel über brennende Flüchtlingsunterkünfte hängen.

Plötzlich war da eine Stimme, direkt neben mir.

»Sara.«

Ich schaute auf, und vor Verwunderung blieb mir der Mund offen stehen. Am Zaun stand – im Schutz des Flieders, der auf dem Nachbargrundstück stand und sie so von Fabians Haus abschirmte – Bella. Aber es war nicht die Bella, wie ich sie kannte: hübsch und geschminkt in eleganter Abendgarderobe und coolen Lederstiefeln oder hohen Absatzschuhen. Dies war eine ungeschminkte, total verheulte Bella in Jeans und Gummistiefeln, dazu trug sie einen abgetragenen grünen Parka, die Kapuze aufgesetzt, sodass man von ihrem Gesicht fast nichts erkennen konnte.

Ich schloss den Mund wieder und warf einen Blick zum Haus. Zur Tür würde ich maximal fünfzehn, zwanzig Sekunden brauchen, Bella würde es kaum gelingen, mich vorher zu Boden zu ringen. Von Micke gab es keine Spur.

Aber wieso sollte sie mich zu Boden ringen? Wäre es nicht am besten, ihr erst mal zuzuhören und sie dann zu bitten wegzugehen?

»Ich möchte nicht mit dir sprechen«, sagte ich. »Das wird dich vermutlich nicht überraschen.«

Bella schaute sich um, dann schlug sie die Kapuze zurück. Ein riesiges Hämatom bedeckte ihre eine Gesichtshälfte, verwundert machte ich einen Schritt zurück.

»Mein Gott!«, sagte ich. »War das Micke?«

»Nein, nein. Hör mir einfach nur zu. Wir haben nicht viel Zeit.«

Ich lauschte.

»Es tut mir unendlich leid, dass du uns gestern so gesehen hast«, sagte sie. »Es ist genau, wie du denkst – wir waren nicht ehrlich zu dir. Micke und ich lieben uns.«

Ich atmete stoßartig aus. Wieder überkam mich diese seltsame Erleichterung – *ich war nicht verrückt, ich hatte richtiggelegen.*

Bella keuchte, es klang abgehackt, wie wenn jemand lange geweint hat.

»Gibt es diesen Felipe überhaupt?«, hörte ich mich fragen.

Bella schüttelte den Kopf.

»Nein.«

Ich dachte über ihre Worte nach.

»Woher wusstest du, dass ich hier bin?«

Bella lächelte.

»Ach, es gibt so vieles, was du nicht weißt«, antwortete sie. »Ich wünschte, ich könnte dir mehr erklären, aber es war mir erst mal am wichtigsten, aufzuklären, was du da gestern gesehen hast.«

Sie schaute sich um.

»Sie nutzen uns aus«, flüsterte sie. »Mir war nur nicht klar, in welchem Ausmaß.«

»Was meinst du?«

In Bellas Augen lag ein Blick, von dem ich Bauchschmerzen bekam.

»Mich missbrauchen sie seit vielen Jahren«, sagte sie. »Schon seit ich ganz klein war.«

»Missbrauchen?«

»Auf alle gängigen Arten«, sagte Bella. »Nutz deine Fantasie.«

Stumm stand ich da, konnte mich nicht bewegen.

»Als ich zum ersten Mal vergewaltigt wurde, war ich gerade acht geworden«, sagte Bella.

Mir schossen die Tränen in die Augen.

»Erinnerst du dich an die Sache mit dem Keller, die ich dir erzählt habe?«, fragte Bella. »Das waren keine Kinder. Und es waren auch keine erfundenen Monster, die in der Nacht zu mir kamen. Es waren Erwachsene.«

Für einen Moment herrschte absolute Stille.

»Ich spreche das zum ersten Mal laut aus«, sagte Bella.

Sie lachte auf und schüttelte fast stolz den Kopf. Dann holte sie tief Luft, schaute mich ernst an, und ich konnte auch in ihren Augen Tränen erkennen.

»Das sind Schweine. Sie bringen uns dazu, an uns zu zweifeln. Zu glauben, wir sind verrückt, wertlos. Glaub ihnen nicht. Sie lügen, wo sie können! Das Tattoo, das du gesehen hast … Das ist ein Art Brandmal. Es soll zeigen, dass wir zu ihrer Herde gehören, wie Tiere.«

Wovon redete sie? Ich verstand kein Wort.

Bella machte einen Schritt auf mich zu. Dann hob sie die Hand und streichelte mir mit den Fingerspitzen über die Wange. Ich ließ es geschehen. Meine Arme waren schwer wie Blei, und ich spürte, wie mir die Tränen über die Wangen liefen.

»Du bist die beste Freundin, die ich je hatte«, sagte Bella. »Das ist die Wahrheit. Wenn man alles andere abzieht, wenn nur noch übrig ist, was wir geteilt haben, das war echt. Jedenfalls von meiner Seite.«

Ein Auto näherte sich, und Bella riss sich hektisch die Kapuze über den Kopf. Erst dachte ich, da säße Björn am Steuer, aber dann erkannte ich, dass es eine Frau in Björns Alter war.

Und da fand ich meine Stimme wieder.

»Von wem redest du? Ich dachte, ich verliere den Verstand. Erst jetzt habe ich begriffen, dass das nicht so ist, aber ich kapiere noch immer rein gar nichts. Was soll das alles überhaupt?«

Bella ließ die Hand in der Jackentasche verschwinden und fischte einen Zettel heraus. Darauf stand der Name eines Restaurants.

»Komm morgen Abend um acht dorthin«, sagte sie, »dann erklär ich dir alles. Aber sprich mit niemandem darüber. Auch nicht darüber, dass ich hier war. Okay? Mit niemandem. Verstanden?«

Ich nickte und schaute noch einmal auf den Zettel. »*La Cucaracha*«, stand darauf.

Die Kakerlake.

Wie passend. Sofort musste ich an die ekligen Gemälde von Pieter Bruegel dem Älteren denken, den mein Vater geliebt hat. Insekten, Gewalt, Tod. Politik.

Bella schaute zu Fabians Haus, ich folgte ihrem Blick. Für einen Moment war mir, als würde ich ihn am Fenster sehen, aber das konnte auch Einbildung sein. Bella griff nach meinem Handgelenk.

»Trau niemandem«, sagte sie. »Versprich mir das.«

Trau niemandem.

Das war schon mein Leben lang mein Mantra gewesen, von dem ich nicht loszukommen schien. Wie alles andere, was Bella erzählt hatte, machte es mich todunglücklich.

Mobbingopfer, Missgeburt, Verlierer.

Bella sah mir wieder ins Gesicht und lächelte. Ein kleines, zerbrechliches Lächeln. Dann strich sie mir noch einmal über die Wange. Schließlich zog sie die Kapuze noch tiefer ins Gesicht und ging über den Bürgersteig davon. Nach wenigen Metern bog sie Richtung Wald ab und war schon bald zwischen den Häusern verschwunden.

Als wäre sie nie da gewesen.

Ich schaute ihr nach, die leere Straße entlang. Dann klemmte ich mir die Zeitung unter den Arm und ging langsam zurück in Fabians Haus.

11. KAPITEL

Fabian und ich verbrachten den Sonntag hauptsächlich mit Lesen. Er saß an seinem Schreibtisch im Arbeitszimmer und ich auf dem Sofa im Wohnzimmer. Frieden hatte sich über das Haus gesenkt. Ich war noch immer traurig und aufgewühlt, aber Bellas Besuch hatte den Schmerz etwas gelindert. Zum einen fühlte es sich wesentlich besser an, weil sie ohne Umschweife gesagt hatte, was zwischen ihr und Micke lief. Zum anderen freute es mich – und auf eine Weise, die ich nicht wirklich nachvollziehen konnte –, dass sie dasselbe über unsere Freundschaft dachte wie ich.

Die hatte ich mir nicht eingebildet, Bella hatte sie genauso wahrgenommen.

Was sie aus ihrer Kindheit erzählt hatte, machte mich jedoch völlig fertig. *Ein Brandmal?* Meinte sie damit die kleine Tätowierung auf ihrem Rücken? Das war doch kein Brandmal, oder?

Konnte ich überhaupt etwas von dem glauben, was sie da erzählt hatte?

Woher wusste sie, dass ich bei Fabian untergeschlüpft war? Ich hätte schließlich genauso gut mit dem Abendzug nach Örebro gefahren sein können.

Wäre sie mir auch dorthin gefolgt?

Dann vertiefte ich mich wieder in die *DN* und las mich durch den Kultur-, durch den Reiseteil, durchstöberte die Immobilienanzeigen und überflog die Rezepte für herrliche Herbstsuppen. Papas Hefter ließ ich für den Moment links liegen; ich brachte es gerade nicht über mich, auch noch über seltsame politische Skandale zu lesen.

Gegen Mittag stand plötzlich Fabian in der Tür zum Wohnzimmer. Für einen Moment hatte ich Lust, ihm von Bellas Besuch zu erzählen, vielleicht damit auch er die Wahrhaftigkeit unserer Freundschaft bestätigte. Aber ich tat es nicht.

»Sara«, begann Fabian. »Björn hat angerufen und mir auf die Mailbox gesprochen. Er möchte heute Nachmittag vorbeikommen, sofern wir zu Hause sind.«

»*Nein!*« Ich setzte mich auf. »Ich hab echt nicht die Kraft, ihn zu sehen.«

Fabian lächelte geduldig.

»Früher oder später wirst du dich mit ihm treffen müssen. Du kannst dich nicht verstecken.«

»Möglich. Aber nicht heute.«

Fabian dachte nach.

»Sollen wir irgendwo zum Essen hinfahren?«, fragte er. »Dann kommen wir um seinen Besuch herum, ohne unhöflich sein zu müssen. Wir können meinen Wagen nehmen.«

Ich stand auf und ließ die *DN* als unordentlichen Haufen auf dem Sofa zurück.

»Gib mir fünf Minuten. Dann können wir los.«

Kurz darauf saßen wir in Fabians Auto und fuhren Richtung Brommaplan.

»Hast du einen Vorschlag?«, fragte Fabian. »Es sind nicht gerade viele Restaurants an einem Sonntag in Bromma geöffnet, aber extra in die Stadt zu fahren, finde ich ein bisschen weit.«

»Wie wäre es mit dem Café in Sundbyberg?«, fragte ich. »Soweit ich weiß, bieten die mittlerweile sonntags Brunch an. Vielleicht ja sogar bis drei oder vier Uhr.«

»Perfekt«, sagte Fabian.

Wir ließen den Wagen auf dem großen Parkplatz mitten im Zentrum hinter dem Supermarkt und gingen zu Fuß bis zum Café. Es war fast zwei, und ich hoffte wirklich, dass sie geöffnet hatten. Und tatsächlich, als wir näher kamen, sah ich, dass Licht brannte.

Wir betraten das Café, und es war ein bisschen, wie nach Hause zu kommen. Hinter dem Tresen stand Gullbritt, das blonde Haar zu einer schicken Banane gedreht. Sie war geschminkt und sah fast glamourös aus.

Als sie uns erblickte, stellte sie die Kaffeekanne weg und breitete die Arme aus.

»Mensch!«, rief sie. »Hoher Besuch! Wie schön, euch zu sehen. Habt ihr Hunger?«

Wir umarmten uns und plauderten ein bisschen. Dann holten wir uns Bagels mit Frischkäse, Lachs, roten Zwiebelringen und Tomaten und setzten uns an einen der Ecktische.

»Das ist wirklich gemütlich hier«, sagte Fabian. »Ich sollte häufiger herkommen. Und das Essen ist richtig gut.«

Ich lächelte und schielte zur Theke.

»Außerdem hast du eine Verehrerin«, sagte ich. »Gullbritt wird ja regelrecht ohnmächtig, wenn sie dich sieht.«

Da kam sie gerade mit einem Tablett zu uns, auf dem Apfelsaft und Kaffee standen.

»Extragroßer Latte«, sagte sie und stellte ihn auf den Tisch. »Und noch etwas Gebäck, aber das geht aufs Haus, weil ich weiß, wie gern ihr das mögt.«

»Der ist unglaublich lecker«, sagte Fabian und zeigte auf seinen Bagel.

»Danke«, sagte Gullbritt und hielt das Tablett vor sich.

Sie schaute uns an.

»Wie geht es dir, Sara?«, fragte sie.

Ich wollte gerade antworten, da wandte sie sich schon wieder an Fabian.

»Ich komme nicht mehr darauf, wo Sie arbeiten«, sagte sie.

»Im Parlament?«

»Außenministerium«, antwortete Fabian. »Wollen Sie sich nicht kurz zu uns setzen?«

Gullbritt warf einen Blick zum Tresen, wo bereits ein paar Gäste warteten. Eine junge Frau bediente sie. Die Versuchung war zu groß, Gullbritt setzte sich neben Fabian.

»Außenministerium«, gurrte sie. »Wie spannend! Was machen Sie denn da genau?«

Also fing Fabian an zu erzählen, und meine Gedanken wanderten.

Was hatte Bella gesagt? Irgendwie fiel es mir schwer, die Ereignisse der letzten Tage auseinanderzuhalten.

Vergewaltigt?

Mit acht?

Ein Brandmal?

Und doch hatten Bella und Micke mich so fürchterlich betrogen; ich war noch nie dermaßen enttäuscht worden. Wieso sollte Bella jetzt plötzlich die Wahrheit erzählen?

Gullbritt berührte mich gerade an der Hand.

»... siehst ein bisschen traurig aus«, sagte sie und schaute mich an. »Wie geht es dir denn nun?«

So liebevoll war sie eigentlich noch nie zu mir gewesen.

»Ach, ich bin nur müde«, erklärte ich und lächelte. »Ist viel zu tun gerade in der Agentur.«

Jetzt betrachtete Gullbritt mich zum ersten Mal an diesem Tag richtig. Sie musterte mich mit schmalen Augen, als versuche sie, sich etwas in Erinnerung zu rufen.

»Es war jemand hier und hat nach dir gefragt«, sagte sie. »Ein paar Männer. Recht kurz nachdem du aufgehört hast.«
Das übliche Gefühl beschlich mich: *die Schwere, die Last.* Meine unsichtbaren Feinde würde ich wohl nie loswerden.
»Haben sie eine Nachricht für mich hinterlassen?«
Gullbritt schüttelte energisch den Kopf.
»Nein«, sagte sie. »Keine Nachricht.«

Nach dem Essen fuhren wir wieder zu Fabian, der Björn nicht noch einmal erwähnte. Ich fragte auch nicht nach ihm. Ehrlich gesagt war ich völlig erschlagen. Ich legte mich aufs Sofa, aber die *DN* fand ich nicht sehr verlockend. Stattdessen nahm ich einen dicken Wälzer zur Hand, den Fabian mir empfohlen hatte. *Hundert Jahre Einsamkeit.* Er stammte aus der Feder eines kolumbianischen Schriftstellers namens Gabriel García Márquez und fesselte für den Rest des Tages meine Aufmerksamkeit. Der Roman hatte übernatürliche Themen, und sofort beschlich mich wieder dieses sonderbare Gefühl, dass die Wände und der Boden sich bewegten.
War Bella wirklich hier gewesen?
Oder hatte ich mir die Szene am Zaun nur eingebildet?
Zur Sicherheit steckte ich die Hand in die Tasche und holte den kleinen Zettel heraus, den Bella mir gegeben hatte. *La Cucaracha*, stand darauf. *Bondegatan 2.* Da war ich noch nie gewesen, und als ich den Zettel entgegengenommen hatte, war ich mir unsicher gewesen, ob ich wirklich hingehen wollte. Aber je mehr ich über das Gespräch nachdachte, desto klarer wurde mir, dass ich Bella morgen dort treffen und mir anhören wollte, was sie zu erzählen hatte.
»Was hast du da?«

Fabian lehnte in der Tür und beobachtete mich. Hektisch, als wäre ich bei etwas Verbotenem erwischt worden, steckte ich den Zettel wieder in die Tasche.

»Nichts«, sagte ich. »Ich musste nur kurz die Augen ausruhen lassen. Dieses Buch ist wirklich fantastisch.«

»Nicht wahr? Dachte ich mir, dass es dir gefällt.«

Er schaute mich weiter unverwandt an, diesmal ohne das immerwährende überlegene Grinsen.

»Mich haben besonders die übernatürlichen Stellen gefesselt«, fuhr er fort. »Hast du schon mal was Übernatürliches erlebt?«

»*Ich?*«, fragte ich verwundert.

Die Frage überraschte mich wirklich, weil sie von Fabian kam, einem der pragmatischsten Menschen, die ich kannte.

»Ja, du«, sagte er. »Irgendwas Sonderbares, etwas, das du nicht erklären kannst?«

Mein ganzes Leben ist sonderbar, hätte ich schreien können. *Mein ganzes Leben ist voll von Dingen, die ich mir nicht erklären kann.*

»Nein«, sagte ich unschuldig. »Warum fragst du? Hast du so was schon mal erlebt?«

Fabian schaute aus dem Fenster und antwortete erst mal nicht. Er wirkte fast verunsichert.

»Ich bin mir nicht ganz sicher«, murmelte er schließlich. »Manchmal ist das schwer zu sagen, oder? Manchmal glaube ich, dass ich ...«

Er schüttelte den Kopf.

»Ach ... nein«, sagte er dann. »Vergiss es wieder.«

Wäre ich nicht so müde gewesen, ich hätte nachgehakt, was er meinte. In diesem Moment brachte ich es aber einfach nicht fertig.

Abends aßen wir Ofenhähnchen und sahen fern. Ich hatte fast das Gefühl, in Örebro neben Papa zu sitzen. Als ich etwas später ins Gästezimmer ging, um mich schlafen zu legen, zuckte ich zusammen.

Es sah so aus, als würde jemand hinter einem Baum im Garten stehen und mich beobachten. Ich machte schnell das Licht aus, um besser sehen zu können, aber als ich wieder hinausschaute, war die Gestalt weg.

Wenn dort denn überhaupt jemand gewesen war.

Montag fuhr ich in die Agentur, als wäre nichts passiert. Ich hatte bisher weder das Handy noch den Computer eingeschaltet, und es war ein sonderbar heilsames Gefühl, nicht erreichbar zu sein. Aber ich musste mir eingestehen, dass ich es nicht ewig ausgeschaltet lassen konnte; schließlich hatten Mama und Lina sonst keine Möglichkeit, mich zu kontaktieren. Bis ich das Büro betrat, wollte ich den Luxus der absoluten Stille aber noch genießen.

Je näher ich der Kommendörsgatan kam, desto größer wurde das Unbehagen, weil ich nicht wusste, ob ich Bella begegnen würde. Aber beim Gedanken an das Hämatom konnte ich mir nicht vorstellen, dass sie da war, und außerdem würden wir uns schließlich abends sehen. Wenn sie nun aber doch da war? Wie sollte ich mich ihr gegenüber verhalten, nach allem, was passiert war? Und wie gegenüber allen anderen?

Ich hatte hin und her überlegt, ob ich kündigen sollte. Dann hatte ich entschieden, erst einmal das Gespräch mit Bella abzuwarten und auf der Basis dessen zu entscheiden, was sie mir sagen würde. Bis ich mehr wusste, wollte ich bei Fabian wohnen. Jetzt galt es erst einmal, den Arbeitstag hinter mich zu bringen, besonders, wenn es in Bellas Gesellschaft sein sollte und ich permanent vor unseren Kollegen gute Miene zum bösen Spiel machen musste.

Schon im Aufzug war klar, dass etwas passiert sein musste. Während der Lift langsam nach oben zuckelte, sah ich eine Kollegin die Treppe hinuntergehen und dabei haltlos schluchzen, die Hände vor dem Gesicht.

Kaum hielt der Aufzug in unserer Etage, sprang ich heraus. Die Tür zur Agentur stand sperrangelweit offen, drinnen wimmelte es von Menschen. Zwei Polizisten in Uniform sprachen mit Pelle, der an einem Schreibtisch lehnte und ganz blass war. Weitere Kollegen weinten und lagen sich in den Armen. Als ich hereinkam, schauten alle zu mir. Ich musste genauso verwirrt ausgesehen haben, wie ich war, denn Pelle unterbrach das Gespräch mit den Polizisten und kam zu mir.

»Was ist passiert?«, fragte ich.

Pelle legte mir eine Hand auf die Schulter.

»Ich hab so oft versucht, dich anzurufen«, sagte er. »Dein Handy war aus.«

»Was ist passiert?«, fragte ich noch mal.

»Bella«, sagte Pelle, und ein Muskel in seinem Gesicht fing an zu zucken. »Sie ist vor eine U-Bahn gestürzt – oder gesprungen. Sie ist tot.«

Das Foyer brach über mir zusammen, und alles wurde dunkel. Als ich wieder zu mir kam, saß ich auf einem Stuhl, eine Traube von Menschen stand um mich herum, und jeder wollte mir helfen. Einer der Polizisten im Hintergrund bewegte sich auf mich zu, aber jemand hinderte ihn daran. Pelle hockte vor mir und weinte leise. Meine Augen blieben trocken. Ich verstand rein gar nichts. Jemand reichte mir ein Glas Wasser, ich trank einen Schluck, bekam ihn aber nur mit Mühe herunter.

Plötzlich saß ein Polizist vor mir. Er sah Carl Bildt sehr ähnlich: dünnes blondes Haar, spitze Nase und eine Brille.

»Würden Sie mich in den Konferenzraum begleiten?«, fragte er. »Wir versuchen, uns ein Bild davon zu machen, was vorgefallen ist. Die Aussagen zu diesem Todesfall sind ein wenig widersprüchlich.«

Ich stand auf und wurde von dem zweiten Polizisten gestützt, der dunkle Haare und warme, freundliche Augen hatte. Zusammen gingen wir in den Konferenzsaal, und die Polizisten schlossen die Tür hinter uns. Sie wiesen zu einem Stuhl, auf den ich mich setzte. Der erste Polizist nahm mir gegenüber Platz, mit Block und Stift bewaffnet.

»Aus dem, was wir bisher gehört haben, geht hervor, dass Sie Bellas beste Freundin waren.« Er warf dabei einen Blick auf seine Aufzeichnungen. »Dabei kannten Sie sich noch gar nicht allzu lange.«

»Ja«, sagte ich, und plötzlich brannten Tränen in meinen Augen. »Wir haben uns im September kennengelernt. Aber wir sind ziemlich schnell ... gute Freundinnen geworden.«

»Und zusammen in Ihre Wohnung in der Storgatan gezogen«, stellte der Polizist fest und blätterte in seinem Block.

»Nein, da haben Sie was verdreht. Ich bin zu Bella gezogen.«

Der Polizist blätterte noch immer. Die Ähnlichkeit mit Carl Bildt war verwirrend.

»Aber Sie sind doch Sara, oder?«, sagte er und leierte dann meine Personenkennziffer herunter. »Der Vertrag läuft auf Ihren Namen, nicht auf Bellas. Ich habe eine Kopie aus dem Buch der Wohnungsbaugesellschaft vorliegen.«

Ich öffnete den Mund, um etwas zu erwidern, schloss ihn dann aber wieder. Der Raum waberte um mich.

Lief die Wohnung tatsächlich auf mich?

Hatte ich das vergessen?

Andreas' Worte schrillten in meinen Ohren: »*Warst du bei der Polizei? ... Das solltest du auch erst mal lassen.*«

»Entschuldigen Sie, das muss der Schock sein. Offenbar bin ich durcheinander.« Ich griff mir an die Schläfe.

»Das können wir gut verstehen«, sagte der zweite Polizist freundlich. »Kein Problem.«

Dann fragten sie mich über Bellas Leben aus. Zu wem sie Kontakt hatte, wer ihre Eltern waren, und mit immer größer werdender Verwunderung musste ich mir eingestehen, wie wenig ich über sie wusste. Ich wusste nicht, wie ihre Ex-Freunde hießen; ich war ihren Eltern nie begegnet, wusste auch nicht, wo sie wohnten; ich kannte keinen ihrer Freunde, abgesehen von denen in Stockholm, und die gehörten entweder zu Micke oder der Agentur.

Schließlich legte der Polizist den Stift beiseite.

»Obwohl Sie beste Freundinnen waren, muss ich feststellen, dass Sie äußerst wenig über sie wissen.«

»Das tut mir leid. Aber mehr fällt mir gerade wirklich nicht ein. Vielleicht kommen noch mehr Einzelheiten ... wenn der Schock erst mal nachlässt.«

»Das ist sehr gut möglich.« Sein Kollege reichte mir lächelnd eine Visitenkarte. »Wenn es so ist, wäre es großartig, Sie melden sich bei uns. Rufen Sie an, wann immer Sie möchten. Oder mailen Sie, wenn Ihnen das lieber ist. Ich heiße Samir, und das ist mein Kollege Sigge.«

»Sigge Bergkvist«, fügte dieser hinzu.

»Danke«, sagte ich und schaute auf das blau-gelbe Emblem auf der Karte.

»Das muss alles furchtbar sein für Sie«, sagte Samir voller Mitgefühl. »Was für ein Schock.«

»Ja. Ich kann es noch gar nicht fassen.«

Nun schaute er mich fragend an.

»Glauben *Sie*, dass Bella sich absichtlich vor die U-Bahn geworfen hat?«, wollte er wissen. »Hat sie etwas bedrückt? War sie selbstmordgefährdet? Hatte sie mal davon gesprochen, sich das Leben nehmen zu wollen? Oder versucht, sich etwas anzutun?«

Jetzt liefen mir die Tränen herunter.

»Absolut nicht!« Ich reckte mich nach einem Taschentuch aus der Packung, die Samir vorausschauend auf den Tisch gestellt hatte. »Bella war der totale Genussmensch, sie hat das Leben geliebt. Sie muss gestürzt sein. Oder sie wurde gestoßen.«

Die beiden Beamten wechselten einen Blick.

»Interessant, dass Sie das sagen«, kommentierte Sigge Bergkvist dann. »Wir haben nämlich gerade erfahren, dass sich die Zeugenaussagen durchaus widersprechen. Passiert ist es am Hauptbahnhof im dichtesten Pendlerverkehr gegen halb acht heute Morgen. Ein paar Zeugen sagen, sie ist vor den einfahrenden Zug gesprungen. Andere sagen, dass sie gestoßen wurde und konnten sogar den Mann beschreiben, der sie gestoßen hat. Außerdem fiel sie rücklings auf die Gleise, als der Zug einfuhr.«

»*Rücklings?*«, fragte ich.

»Ja«, bestätigte Sigge.

»Beim Hauptbahnhof?« Ich war verwirrt. »Um halb acht? Was wollte sie denn da? Wir wohnen schließlich in der Storgatan, von dort kommt man perfekt zu Fuß in die Agentur.«

»Genau«, stimmte Sigge zu. »Das ist ja einer der Umstände, die für Suizid sprechen. Sie ist absichtlich in die übervolle U-Bahn-Station gegangen statt zur Arbeit. Wir wissen nicht, ob sie vielleicht die ganze Nacht durch die Stadt geirrt ist oder ob sie zu Hause war und erst am frühen Morgen aufbrach.«

Sigge schaute mir in die Augen. Sein Blick war so forschend, dass ich fast rot wurde.

»Wann haben Sie Bella zuletzt gesehen?«, wollte er wissen.

»Offenbar waren Sie am Wochenende nicht zu erreichen, wenn ich das richtig mitbekommen habe?«

»Ich brauchte eine Auszeit«, erklärte ich. »Die ist in diesem Job manchmal nötig, wenn man sonst immer erreichbar und online sein muss.«

»*Tell me about it*«, stimmte Samir ein, wurde aber von einem Blick seines Kollegen zum Schweigen gebracht.

»Ich bin zum besten Freund meines Vaters gefahren, einem alten Freund der Familie, der in Olovslund wohnt«, fuhr ich fort. »Dort habe ich einfach die Seele baumeln lassen und viel gelesen.«

»Wann haben Sie Bella zuletzt gesehen?«, hakte Sigge noch mal nach.

So ganz war mir nicht klar, warum sich alles in mir sträubte, die Wahrheit zu sagen, aber irgendetwas sagte mir, dass es besser war, die Polizei noch nicht einzuweihen.

»Am Samstag in unserer Wohnung«, sagte ich. »Ich hab meine Tasche gepackt, und sie war mit unserem gemeinsamen Freund Micke unterwegs ins Ciao Ciao, wo sie etwas trinken wollten. Vielleicht auch etwas essen, das weiß ich nicht. Ich bin zu Fabian gefahren, so heißt besagter Freund der Familie. Gegen sechs bin ich in der Linnégatan in ein Taxi gestiegen, bei ihm war ich gegen halb sieben. Dort war ich, bis ich heute Morgen mit der U-Bahn herkam.«

»Hatten Sie am Sonntag Kontakt zu Bella?«, fragte Sigge.

Bellas verheultes Gesicht unter der Kapuze.

Wie sie sich hinter dem Flieder versteckte und fast zu Tode erschrak, als das Auto angefahren kam.

Das riesige Hämatom, das ihr halbes Gesicht bedeckte.

»Nein«, schwindelte ich.

»Gut«, sagte Sigge und schlug den Block zu. »Sie können jetzt erst mal zu Ihren Kollegen hinausgehen. Wir werden allerdings im Laufe des Tages in Ihre Wohnung kommen müssen, wir hoffen, dass Sie uns begleiten und hineinlassen können. Vielleicht haben wir bis dahin weiterführende Fragen.«

»Kein Problem.«

Da kam mir ein Gedanke.

»Haben Sie ihre Eltern schon verständigt?«, fragte ich. »Auch wenn ich sie nie kennengelernt habe, würde ich ihnen doch gern sagen, wie sehr ich ihre Tochter mochte.«

Wieder wechselten die Männer einen Blick.

»Wir konnten sie bisher noch nicht ausfindig machen«, sagte Samir. »Darauf müssen wir leider zu einem anderen Zeitpunkt zurückkommen.«

Roger tauchte in der Tür auf.

»Sara«, sagte er. »Sobald ihr hier fertig seid, würde ich gern mit dir sprechen, wenn das möglich ist.«

»Wir sind hier fertig«, sagte Samir. »Oder, Sigge?«

Sigge nickte. Sie schüttelten mir die Hand und gingen. Schon war Roger an meiner Seite.

Ich schaute ihn an, ohne etwas über die Lippen zu bringen.

»Also ...«, sagte er. »Ich wollte dir nur mitteilen, falls ich etwas für dich tun kann ...«

Er schluckte, und da wurde mir klar, dass er kurz davorstand, in Tränen auszubrechen, sich aber so gerade beherrschen konnte.

»... dann helfe ich gern. Ich war nicht gerade nett zu dir, seit du hier angefangen hast.«

Er verstummte.

»Nein«, sagte ich. »Und ich habe nie verstanden, warum.«

»Das ist eine lange Geschichte. Erzähle ich dir ein andermal. Jetzt möchte ich einfach nur, dass du weißt, dass du auf mich zählen kannst. Okay?«

Ich nickte. Roger drückte mich kurz und verließ dann den Konferenzsaal. Es war nicht zu übersehen, dass er wieder mit den Tränen kämpfte.

Als ich in den großen, offenen Bereich mit den Sofas und Pelles Schreibtisch kam, wurde ich sogleich von Kollegen umringt, die mir ihr Beileid aussprachen. Jemand zog mir einen Stuhl heran, jemand anderes brachte mir einen starken Kaffee mit Milch und Zucker, und obwohl ich Filterkaffee normalerweise schwarz trank, merkte ich schnell, was für eine anregende Wirkung das starke, süße Getränk hatte. Allerdings wollte ich, nachdem der Becher leer war und ich eine Weile mit allen gesprochen hatte, einfach nur noch allein sein.

Ich wollte meine Mutter anrufen.

»Entschuldigt mich«, sagte ich, holte mein Handy aus der Tasche und zog mich in Bellas und mein Büro zurück.

Dort erstarrte ich. Bella hatte ein großes Foto von uns an die Wand geklebt, das nur wenige Wochen zuvor auf dem Stureplan entstanden war. Wir standen Arm in Arm in der Sonne und lachten in die Kamera. Bella sah so glücklich und sorglos aus; es war unfassbar, dass sie tot war und dann auch noch ein derart schauderhaftes Ende gefunden hatte.

Langsam formten sich Fragen in meinem Herzen.

Wie war es dazu gekommen?

Wer steckte dahinter?

Es war ausgeschlossen, dass Bella freiwillig gesprungen war. Außer ...

Sie hatte wirklich verzweifelt und verwirrt ausgesehen, als sie da im Schatten des Flieders stand.

Wer hatte sie so sehr unter Druck gesetzt?

Ich schaltete das Handy ein und fand wie zu erwarten eine Menge SMS und verpasster Anrufe vor. Bella und Micke hatten Samstagabend unzählige Male geschrieben, Sonntagvormittag nur noch Micke. Es schien so, als hätte er von Bellas Besuch bei mir in Olovslund nichts mitbekommen. Danach blieb es auch von seiner Seite aus still.

Mama hatte zweimal angerufen und fragte, warum ich mich nicht meldete.

Björn hatte angerufen und wollte reden.

Und dann war da noch eine SMS von Andreas, die er sehr spät gestern geschickt hatte.

»Wer suchet, der findet. Muss dich so schnell wie möglich treffen. Ruf an, am besten noch heute Nacht. A.«

Ich antwortete:

»Will dich auch treffen. Unvorhergesehene und tragische Ereignisse. Wann hast du Zeit? S.«

Dann setzte ich mich und schloss die Augen, um nicht mehr in Bellas lächelndes Gesicht sehen zu müssen. Nach wenigen Minuten piepste mein Handy. Eine SMS von Andreas.

»Heute Abend. Wann und wo?«

Ich musste nicht erst nachdenken, mir war klar, was ich antworten würde.

»La Cucaracha, Bondegatan 2, 20:00 Uhr.«

Anschließend telefonierte ich lange mit Mama, und danach sprach ich gezwungenermaßen mit weiteren Kollegen. Alle meinten es gut, aber nach einer Stunde spürte ich, dass ich es einfach nicht mehr aushielt. Ich ging in den Flur, wo Roger allein stand. Total verheult und mit einer Kaffeetasse in der Hand.

Ohne nachzudenken, sagte ich: »Roger, hast du das ernst gemeint? Dass du mir helfen willst?«

»Selbstverständlich. Mit was immer du brauchst.«

»Ich wäre dir sehr dankbar, wenn du mich zu einem Freund begleiten würdest«, sagte ich. »Er wohnt hier in der Nähe, ich will nur schauen, ob er zu Hause ist.«

»Klar«, sagte Roger und stellte die Tasse ab. »Ich hole nur eben meine Jacke.«

Kurz darauf ließen wir die Agentur hinter uns und gingen nebeneinander Richtung Östermalmstorg.

»Du hast dir sicher Gedanken über mich gemacht«, sagte Roger nach einer Weile. »Und die ganze Geschichte ist zu lang und verzwickt, um sie dir jetzt zu erzählen. Deshalb nur so viel: Bella war da in etwas verwickelt, was ich nicht mochte. Und ich dachte, dass du da auch drinhängst. Aber das glaube ich inzwischen nicht mehr.«

»Aber sie arbeitet doch schon seit vier, fünf Jahren für die Agentur. Wie lange bist du denn schon dabei?«

Roger schnaubte.

»Quatsch. Bella hat im Sommer neu angefangen, aber das durfte niemand dir gegenüber erwähnen. Den Grund dafür weiß keiner. Es hieß nur, das gehöre zum Anheuerungsprozess.«

Ich blieb wie angewurzelt stehen.

»Sie ist erst seit dem Sommer bei der Agentur? Aber ... dann hat ja Pelle auch gelogen wie ein Irrer. Was hat sie denn vorher gemacht?«

Roger schüttelte den Kopf, und wir setzten uns wieder in Bewegung.

»Keine Ahnung.«

Wir kamen am Östermalstorg vorbei, passierten die Kirche und liefen bis zum Strandvägen.

»Ich mochte Bella wirklich«, sagte Roger. »Nur die ganzen Lügen nicht.«

»Ich verstehe absolut null«, sagte ich. »In meinem Kopf herrscht ein einziger Brei, ich kann nicht klar denken.«

Micke wohnte in der Kaptensgatan, einer kleinen Straße, die von der Artilleriatan abging. Ich hatte keinen Plan, ich wollte nur zu der Wohnung. Dort waren noch ein paar Klamotten und andere Sachen von mir, die wollte ich gern bei Tag und in Begleitung abholen.

Roger schaute mich an.

»Gehen wir zu Micke?«

»Ja. Wie gut kennst du ihn?«

»Eigentlich gar nicht«, antwortete er. »Ich habe ihn durch Bella und dich kennengelernt. Aber ich weiß, dass er hier wohnt.« Mehr sagte er nicht. Wir betraten das Haus und gingen in den zweiten Stock, wo ich klingelte. Niemand öffnete.

»Hältst du das wirklich für eine gute Idee?«, fragte Roger.

»Ich weiß gerade rein gar nichts«, sagte ich.

Ich klingelte noch einmal. Micke war offenbar nicht zu Hause. Aber dann hörten wir Schritte hinter uns und drehten uns um. Eine ältere Frau um die fünfundsechzig kam langsam die Treppe herauf und auf uns zu.

»Wen suchen Sie?«

»Micke«, sagte ich. »Er wohnt hier.«

Die Frau schüttelte den Kopf.

»Da wohnt niemand. Die Wohnung steht zum Verkauf. Sie können sogar reingehen, sie ist nicht abgeschlossen.«

Roger prüfte die Klinke, und tatsächlich, die Tür ging auf. Ich folgte ihm in Mickes Wohnung.

All die schönen Momente, die ich hier erlebt hatte. In Mickes Bett, Seite an Seite auf dem Sofa, gegenüber von ihm am Tisch in seiner kleinen Küche.

Jetzt konnte ich fast nicht verarbeiten, was meine Augen da sahen.

Die Wohnung war komplett leer. Das versiegelte Parkett schimmerte, und von Mickes Möbeln und sonstigem Besitz – darunter auch mein Kram – war nichts mehr da. Aber damit nicht genug, nicht mal ein Staubkorn schien irgendwo zu liegen, die Fenster glänzten blitzblank geputzt.

Die ganze Wohnung war perfekt gereinigt worden.
Und Micke war spurlos verschwunden.

Ich folgte Roger zurück in die Agentur, weil ich mir nicht sicher war, ob ich mich gerade eigenmächtig durch den Stadtverkehr bewegen sollte. Dann setzten wir uns aufs Sofa und redeten ein bisschen, immer wieder weinten wir. Nach und nach gingen die Kollegen nach Hause, nur Roger blieb bei mir, bis die Polizei kam, um mit mir in Bellas und meine Wohnung zu fahren. Als ich bereit war, mit ihnen zu gehen, war es fast fünf Uhr. Ich umarmte Roger zum Abschied.

»Danke für deine Unterstützung. Ich weiß nicht, wie ich diesen Tag ohne dich überstanden hätte.«

Roger lächelte.

»Manchmal muss man eine Hand reichen. Du gefällst mir jetzt schon viel besser, da ist wieder etwas Farbe in deinem Gesicht.«

Ich folgte der Polizei in die Storgatan und ließ sie in die Wohnung. Wie dankbar ich war, nicht allein hineingehen zu müssen, weil ich mir nicht sicher war, was wir vorfinden würden. Aber schon im Flur sah alles aus wie immer. Ich führte die Polizisten herum, und als wir Bellas Zimmer erreichten, lag ihr Kimono noch immer genauso am Boden wie am Samstag, als ich hereingeplatzt war. Das Bett war nicht gemacht, alles war wie zu dem Zeitpunkt, als ich die Wohnung verlassen hatte. Bella war also nach dem Besuch im Ciao Ciao nicht heimgekehrt.

Wo hatte sie dann das Wochenende verbracht?

Was war ihr zugestoßen?

Ein paar Kriminaltechniker waren den Polizisten gefolgt und untersuchten vornehmlich Bellas Zimmer. Um halb acht, als ich gerade zum Restaurant aufbrechen wollte, waren sie gerade fertig geworden, und ich fragte sie, was sie gefunden hatten.

»Nicht viel«, war die Antwort. »Es sieht aus, als hätte sie die Wohnung überstürzt verlassen, aber besondere Spuren oder Hinweise sucht man vergeblich. Hat sie Tagebuch geschrieben?«

Ich schüttelte den Kopf.

»Soweit ich weiß, nicht.«

Der eine Kriminaltechniker wirkte nachdenklich.

»Wir nehmen ihren Computer mit«, erklärte er, »händigen ihn aber so schnell wie möglich wieder aus. Würden Sie das hier bitte unterschreiben?«

Also unterschrieb ich, dass sie ihren Computer mitnehmen durften, und ging dann zum Östermalmstorg, von wo ich die U-Bahn bis zum Medborgarplatsen nahm.

———

An der Ecke Götgatan und Bondegatan stand Andreas und wartete auf mich. Auf dem kurzen Stück bis zum Restaurant sprachen wir nicht sonderlich viel.

La Cucaracha war klein und gemütlich, wir setzten uns an einen Tisch im hinteren Teil, damit uns niemand belauschen konnte. Ich hielt die ganze Zeit Ausschau nach Bella, obwohl ich wusste, dass sie nicht auftauchen würde.

Warum hatte sie dieses Restaurant gewählt?

Was hatte sie mir erzählen wollen?

Ich hatte Andreas schon am Nachmittag vom Büro aus angerufen und von Bellas Tod erzählt, weil ich fürchtete, es vor Ort im Restaurant nicht zu schaffen. Andreas hatte betont, dass es ihm sehr leidtäte, viel mehr aber nicht.

»Wir reden heute Abend«, hatte er nur gesagt, bevor wir auflegten.

Jetzt saß ich also mit ihm im La Cucaracha. Er sah genauso strubbelig aus wie bei unseren früheren Treffen, nur seine Brillengläser waren leicht beschlagen und die Wangen gerötet, weil er mit dem Rad von Kungsholmen gekommen war. Außerdem hatte er Tintenflecken auf den Fingern und roch nach Schweiß. Er ähnelte nicht gerade einem Superhelden, aber ich war sehr dankbar, dass er hier bei mir war. Ähnlich dankbar war ich Roger für seine Anwesenheit gewesen.

»Haben sie schon mehr zu den Todesumständen herausgefunden?«, fragte er.

»Nein, nichts«, antwortete ich.

Andreas betrachtete mich.

»Das tut mir wirklich sehr leid«, wiederholte er.

Ich erwiderte nichts darauf, weil ich deutlich spürte, dass ich das nicht überstehen würde.

Die Bedienung kam mit den Speisekarten, und wir bestellten gleich zwei Bier. Dann studierten wir das Menü.

»Immerhin habe ich nun einen guten Eindruck davon, wer dein Vater war«, sagte Andreas. »Er ist ja fast eine Legende.«

»Eine Legende? Inwiefern?«

Es war eine Erleichterung, an etwas anderes als Bella denken zu können. Andreas antwortete jedoch nicht direkt auf meine Frage.

»Studium der Politikwissenschaften und Ideengeschichte, eine lange berufliche Laufbahn bei verschiedenen Behörden und Ämtern«, rasselte er herunter. »Getoppt von mehreren Jahren bei *Sida*. Danach tätig als selbstständiger Berater. Mit einem riesigen Netzwerk.«

»Das stimmt. Aber er war noch dazu der beste Vater der Welt. Er hatte immer ein offenes Ohr und gab nur gute Ratschläge, wenn man ihn darum bat. Er hat einem nie etwas aufgedrängt.«

»Wie viel hat er denn von seiner Arbeit erzählt?«

Ich dachte nach.

»Nicht sonderlich viel. Manchmal kam er frustriert nach Hause, wenn etwas nicht so gelaufen war, wie er es wollte. Aber das taten Mama, Lina und ich genauso, wenn es uns bei der Arbeit oder in der Schule nicht gut ergangen war.«

»War er es, der dich zu der Ausbildung beim Militär bewogen hat?«

Papa und ich auf unserer üblichen Joggingrunde an einem frühen Frühlingsabend vor vielen Jahren. Der Himmel hatte sich im Westen rosa gefärbt, und wir navigierten zwischen Schneestellen und Pfützen aus Schmelzwasser. Unser Tempo war so langsam, dass wir uns gut unterhalten konnten.

»*Es klingt so toll*«, sagte ich. »*Was meinst du? Wäre das was für mich?*«

»*Absolut*«, sagte Papa. »*Du bringst sowohl die nötigen körperlichen als auch geistigen Fähigkeiten mit.*«

»Es war meine Idee«, sagte ich. »Ich hatte damals einen Freund, der ein paar Jahre älter war als ich und beim Militär gewesen war. Mich hatte das neugierig gemacht, deshalb überlegte ich, das auch zu machen. Papa war eher ein Ratgeber, er war ja auch beim Bund gewesen.«

»Hat er von seinen Aufträgen für die Streitkräfte erzählt?«

Ich schaute ihn fragend an.

»Was für Aufträge für die Streitkräfte?«

Andreas schüttelte nur den Kopf, ohne zu antworten.

»Erzähl mir mehr von diesen Zeitungsartikeln«, sagte er dann. »Wie viel hast du mittlerweile gelesen? Erkennst du ein Muster? Einen Zusammenhang, den er gesehen hat?«

»Keine Ahnung«, sagte ich. »Die letzten Tage habe ich mich damit nicht so sehr beschäftigt. Bevor das mit Bella ... und Micke passiert ist ...«

Ich schluckte.

»... war ich ganz schön gefesselt davon«, sagte ich. »Das sind ziemlich interessante Dinge, die er da gesammelt hat. Und ich merke, dass ich dem gern noch weiter nachgehen möchte. Im Internet weitere Informationen suchen und so. Ich will mehr wissen, über jedes einzelne Thema, das er in diesen Heftern angelegt hat. Das hört ja praktisch nie auf.«

Andreas lächelte.

»Jetzt denkst du wie eine Journalistin. Glaub mir, es ist sehr leicht, sich in solchen Themen zu verstricken. So werden aus gewöhnlichen Menschen die fanatischsten Aktivisten.«

»Dazu möchte ich absolut nicht werden«, sagte ich.

Die Bedienung näherte sich mit unseren Bieren auf einem Tablett. Er stellte sie vor uns auf den Tisch, und dann holte er einen Umschlag aus der vorderen Tasche seiner Schürze.

»Bist du Sara?«, fragte er.

»Ja«, sagte ich.

Er gab mir den Umschlag, auf dem mein Name stand. Sofort erkannte ich Bellas Handschrift.

Mir wurde ganz warm. Die Bedienung hatte sich schon abgewandt.

»Warte«, rief ich ihm atemlos hinterher. »Woher hast du den?«

Er schaute zum Eingang und zuckte mit den Schultern.

»Da war so ein Typ, der hat ihn mir gegeben«, sagte er. »Er stand dort drüben, als ihr reingekommen seid, scheint aber jetzt weg zu sein. Jeans und Jacke und so ein schwarzer Hut auf dem Kopf.«

Zorro.

Andreas zögerte keine Sekunde. Er sprang auf und rannte hinaus.

»Stimmt etwas nicht?«, fragte die Bedienung verwirrt. »Wenn du den Brief nicht möchtest, kann ich ihn auch einfach wegwerfen.«

»Nein, nein«, sagte ich und presste den Umschlag an meine Brust. »Wann war das so ungefähr?«

Er starrte mit leerem Blick vor sich und stieß dabei laut Luft aus.

»Keine Ahnung. Vor zehn Minuten vielleicht? Viertelstunde? Er hat mir den Umschlag gegeben, und dann musste ich erst mal vier Ochsenfilets vom Langtisch dahinten ins System eingeben, weil sie das Falsche bekommen hatten. Dann gab es noch riesige Diskussionen um die Rechnung mit den beiden, die direkt an der Tür saßen, weil sie meinten, sie hätten nur ein Bier pro Person getrunken, dabei habe ich mindestens vier hingebracht. Und so stand es auch auf dem Bon, aber die wurden megawütend, und Trinkgeld gab's auch keins. Und dann sollte ich euer Bier bringen, da ist mir wieder eingefallen, dass ich den bekommen hatte.«

War der Typ wirklich so dämlich? Oder spielte er das nur – und noch dazu ziemlich gut?

»Aha. Danke auf jeden Fall.«

»Keine Ursache.«

Dann ging er, und ich legte den Umschlag vor mir auf den Tisch. Ich musste erst mal einen Schluck Bier trinken. Aber meine Hand zitterte so sehr, dass es aus dem Glas schwappte. Also stellte ich es wieder ab, saß einfach nur still da und starrte vor mich.

Nach einer Viertelstunde war Andreas zurück, außer Atem und noch verschwitzter.

»Nichts. Ich bin bis zur Östgötagatan gerannt und dann die Kocksgatan hoch und bis zur Götgatan, dann die Blekingegatan zurück und wieder hierher. Keine Spur von dem Typen.«

Wir schauten beide auf den Umschlag. »*Für Sara*«, stand darauf.

»Er ist von Bella«, sagte ich.

»Mach ihn auf«, forderte Andreas.
Also riss ich ihn auf, und zum Vorschein kam ein gefaltetes Blatt, auf das Bella etwas geschrieben hatte.

»Wenn Du das hier liest, habe ich es nicht bis ins La Cucaracha geschafft. Die Zeit reicht nicht, Dir alles aufzuschreiben, sie werden bald hier sein. Aber ich sorge dafür, dass Du es auf anderem Wege erfährst. Ich will Dir so viel erzählen, aber ich werde es nicht schaffen. Das Wichtigste ist, dass Du Dir selbst traust, weil Du es selbst am besten weißt. Du bist NICHT VERRÜCKT, okay? Alles, was Dir zugestoßen ist und Du infrage stellst, ist wirklich passiert. Das weiß ich, weil ich danebenstand und zugeschaut habe. Du bist so unfassbar stark.
Ich hätte es nie so lange durchgehalten wie Du.
Da sind sie schon – bewahre dieses Bild gut auf, ja?
Es wird Dir den richtigen Weg zeigen. Aber Du musst auf Dich aufpassen! B.«

Die letzten Sätze waren fast unleserlich, sie musste sie sehr eilig geschrieben haben. Unter ihrer Nachricht war es wieder: das Siegel. Ein Wappen, geformt wie ein Schild, darin drei Buchstaben: ein B, ein S und ein V, jeder mit einer kleinen Krone versehen. Oben auf dem Schild prangte noch eine größere Krone, in etwa wie beim Staatswappen.

Ich reichte Andreas den Zettel, der ihn mit großem Interesse las.

»Damit wäre Selbstmord schon mal ausgeschlossen.«
Er schob die Brille in die Stirn und studierte das Siegel genau.
»Was ist das?«, fragte er. »Das habe ich noch nie gesehen. Du?«

Ich zögerte. Aber hier in Stockholm gab es niemanden sonst, dem ich vertrauen konnte.

»Ja«, sagte ich. »Im Schreibtisch meines Vaters.«

Am Ring des Vergewaltigers.

»B ... S ... V ...«, sagte Andreas. »Hast du eine Ahnung, was das bedeutet?«

»Keinen Schimmer.«

Andreas begutachtete die letzten Sätze, die Bella so achtlos hingekritzelt hatte.

»Und jetzt ist sie tot«, sagte er und schob den Zettel zurück in den Umschlag. »Das gefällt mir kein bisschen. Wo schläfst du heute?«

»Ich wollte ein paar Tage bei Fabian bleiben«, sagte ich.

Die Bedienung erschien am Tisch und hielt den Block in der Hand.

»Wollt ihr bestellen?«, fragte er.

»Nein«, sagte Andreas und stand auf. »Wir wollen bezahlen.«

Er drückte ihm ein paar Scheine in die Hand und wandte sich dann an mich.

»Komm.« Er nickte Richtung Tür. »Wir hätten längst gehen sollen.«

Andreas schleppte mich in den U-Bahnhof, wieder hoch, über die Folkungagatan und in einen Bus. Wir fuhren ein paar Stationen, stiegen wieder aus, gingen ein Stück durch einen Park und dann für ein paar Minuten in ein Lebensmittelgeschäft. Dann überquerten wir den Ringvägen, und schließlich schob Andreas mich in einen schäbigen Imbiss. Die ganze Zeit schaute er sich um, wohl um sich zu versichern, dass uns niemand folgte.

»Was soll das Ganze?«, frage ich.

Andreas antwortete nicht. Wir setzten uns an einen Tisch weit hinten im Lokal, und Andreas bestellte zwei Portionen Hackbällchen, ohne mich vorher zu fragen. Als der Kellner gegangen war, schaute er mich an.

»Ich kann den Zusammenhang noch nicht ganz erklären«, sagte er, »aber ich gehe davon aus, dass du permanent observiert wirst. Irgendwas wollen sie, aber ich weiß nicht, was.«

»Und wer sind ›sie‹?«

»Das weiß ich auch nicht.«

Wir schwiegen eine Weile.

»Was meintest du damit, dass mein Vater eine Legende war?«

Andreas schaute sich um, aber es saß niemand nah genug, um uns belauschen zu können.

»Dein Vater war einer der gewieftesten Berater innerhalb der schwedischen Sicherheitspolitik, und das schließt selbst Export- und Verteidigungsfragen ein«, erklärte er. »Er arbeitete unter anderem fürs Außenministerium, die Säpo und den Schwedischen Außenexportrat, mittlerweile besser bekannt als Business Sweden. Wusstest du das nicht?«

Ich schüttelte den Kopf und fühlte mich unfassbar dumm.

»Was deinen Vater zur Legende macht«, fuhr Andreas fort, »war nicht seine umfassende Erfahrung, denn über die verfügen auch andere, selbst wenn er zu den Besten gehörte. Nein, es war seine berüchtigte Sturheit.«

Ich musste lächeln.

»Ja, er war ziemlich stur. Das kann ich definitiv bestätigen.«

»So stur, dass er seinen eigenen Weg ging«, fuhr Andreas fort. »Es gibt unzählige Beispiele dafür, wie hart dein Vater verhandelte – sowohl mit Behörden als auch Vorgesetzten. Wenn er nicht seinen Willen bekam, verweigerte er die Zusammenarbeit.«

»Oha«, sagte ich. »War das gut oder schlecht?«

»Als unter der Regierung Perssons 2001 entgegen aller internationalen Prinzipien die beiden Ägypter an die USA ausgeliefert wurden, ging dein Vater förmlich an die Decke«, sagte Andreas. »Ich habe das Protokoll eines Treffens zwischen ihm und Göran Persson gefunden, wo er Persson einen ›aufgeblasenen Wichtigtuer‹ nennt, der sich nur dafür interessiert, ›Schwedens Interessen und seine eigene Karriere voranzutreiben, alles auf Kosten internationaler Rechtspraxis und obwohl die Auslieferung gegen UN-Konventionen verstößt‹.«

Ich schwieg.

»Dann hat er den König getroffen«, sagte Andreas, »und das Treffen war wohl kein Paradebeispiel der Diplomatie. Das war 2004, nachdem der König auf so unfassbar dämliche Weise – und obwohl er seine Informationen vom Außenministerium bezogen hatte – seine große Sympathie für den Sultan von Brunei und seine angebliche ›Nähe zum Volk‹ aussprach.«

»Daran erinnere ich mich«, sagte ich. »Darüber haben sich viele aufgeregt.«

»Aber es war nur dein Vater, der zu einem Empfang im Schloss ging, den König *duzte* – was man ja absolut nicht darf – und etwas in dem Stil sagte, dass er sich dafür ›*schäme, schwedischer Untertan zu sein, wenn du als unser König dich so unfassbar dilettantisch über einen Diktator äußerst, der sein eigenes Volk unterdrückt*‹.«

»Auweia«, stieß ich hervor.

»Je mehr ich über deinen Vater herausfand, desto beeindruckter war ich. Er hatte etwas, das nur wenige Menschen haben. Zivilcourage.«

Sofort hatte ich Papa wieder vor Augen, ein paar Jahre zuvor. Wir saßen am Esstisch, und er wandte sich an Lina und mich. Etwas bei der Arbeit hatte ihn fürchterlich aufgeregt, aber was genau, das wusste ich nicht mehr.

»Vergesst nie, dass ihr euch für das einsetzen müsst, woran ihr glaubt«, hatte er gesagt. »Zeigt Zivilcourage. Wenn eine Frau auf der Straße ausgeraubt wird, wenn Eltern ihre Kinder schlagen, wenn ein junger Mann von einer Gruppe anderer Männer angegriffen wird, dann müsst ihr euch hinstellen und Partei ergreifen!«

»Aber wenn sie dann mich angreifen?«, hatte Lina gefragt. »Wo verläuft die Grenze zwischen Zivilcourage und Dummheit?«

»So eine Grenze gibt es nicht«, hatte Papa geantwortet. »Man muss tun, was richtig ist, auch wenn man sich damit möglicherweise selbst in Schwierigkeiten bringt. Sonst ist man, wie Astrid Lindgren geschrieben hat: ›kein Mensch, sondern nur ein Häuflein Dreck‹.«

Ich wusste noch genau, wie Mama aussah. Verängstigt, aber gleichzeitig auch resigniert. Mit Papa konnte man nicht mehr reden, wenn er so aufgebracht war; er war sich seiner Sache immer hundertprozentig sicher. Mama war nicht so mutig wie er, war es nie gewesen. Und da plötzlich fiel mir etwas anderes ein, was sich lange in den unzähligen Erinnerungen an Papa verborgen gehalten hatte.

Wir hatten in der Garage an seiner Werkbank gestanden, Seite an Seite. Völlig unerwartet hatte er sich zu mir umgedreht und gesagt: »*Du bist mutig, Sara. Du bist mir von allen am ähnlichsten. Deine Mutter und Lina sind vorsichtiger. Aber du und ich ... uns macht nicht viel Angst.*«

Ich hatte gelacht und ihn angesehen. Und dann hatte ich mich selbst fragen hören: »*Papa ... bin ich der Sohn, den du dir immer gewünscht hast?*«

Papa hatte mich lächelnd, aber mit hochgezogenen Brauen angeschaut.

»*Keineswegs. Du bist die Tochter, die ich mir immer gewünscht habe.*«

Dann musste ich an die Verleihung des Offiziersexamens denken. Wir Rekruten und Rekrutinnen mussten anderthalb Stunden vor Familien und Freunden strammstehen, während Reden gehalten wurden, und Rahim wurde ohnmächtig. Papas Gesichtsausdruck würde ich nie vergessen. Wie stolz er war, als ich mein Diplom bekam. Mamas Lächeln, als ich darüber hinaus als beste Kameradin ausgezeichnet wurde. Unsere anschließende Gruppenumarmung: Nadia, Rahim, Erik, Gabbe und ich. Und ich konnte nicht aufhören zu weinen. Ich hatte das Gefühl, dass mein Herz bersten würde, ohne dass ich oder irgendwer sonst verstehen konnte, warum.

»*Wir bleiben in Kontakt*«, sagten sie und umarmten mich. »*Sara, du musst jetzt aufhören zu weinen!*«

Aber wir waren nicht in Kontakt geblieben, auch wenn mir der Grund dafür noch immer nicht klar war.

Es folgten unzählige Gespräche mit Papa über meine Hochschulausbildung, welchen Weg ich einschlagen könnte, welches Studium wählen. Staatskunde würde bedeuten, dass ich in seine Fußstapfen träte, sagte er, aber ich solle mir deshalb keinerlei Druck machen. Ich versicherte ihm, dass ich das nicht täte, sondern selbst so großes Interesse an Staatskunde hätte.

Die Semester in Uppsala, das Leben im Studentenwohnheim, die tollen Partys. Aber nicht derselbe Zusammenhalt wie beim Militär.

Mama, Papa und Lina, die gelegentlich zu Besuch kamen, wenn ich nicht nach Hause nach Örebro fuhr.

Mein Hochschulabschluss, diesmal ganz ohne Feier. Nur ein Blatt, das meinen akademischen Grad bestätigte und verriet, dass ich die Bestnote für meine Abschlussarbeit bekommen hatte.

Die Geschehnisse nach Weihnachten, die mein Leben erst einmal aushebelten.

Der Abendspaziergang durch den dunklen Tunnel.

Die Vergewaltigung, die einen Schlusspunkt hinter mein bisheriges Leben setzte.

Und Papa, der danach ein anderer Mensch war. Als er erfuhr, was mir zugestoßen war, erlosch das Licht in seinen Augen für immer. Er wurde immer stiller, immer in sich gekehrter. Er fuhr los, sagte, er wolle ins Sommerhaus, und blieb dann mitunter mehrere Tage lang fort und war auch nicht übers Handy zu erreichen. Mama unterstützte mich bei Krisenbewältigung und Therapie, Papa war nicht da. Es fühlte sich an, als wäre er schon tot, aber ich hatte nie begriffen, warum.

Warum hat er mich hängen lassen, als ich ihn am allermeisten brauchte?

War er damals schon krank?

»Woran denkst du?«, fragte Andreas. »Du bist so still.«

»Alles Mögliche«, antwortete ich. »In meinem Kopf dreht sich alles.«

Ich schaute ihn an.

»Björn glaubt, dass Papa in dunkle Geschäfte verwickelt war«, sagte ich. »Er hat unter anderem Menschenhandel angedeutet.«

»Das kann ich mir kaum vorstellen«, sagte Andreas. »Ich habe zwar eine Spur, die in diese Richtung geht, aber die hängt nicht mit deinem Vater zusammen. Vielleicht ist Björn selbst beteiligt und will das verschleiern?«

Andreas griff nach seiner Tasche und holte eine Schwarz-Weiß-Aufnahme heraus.

»Hast du diese Frau schon mal gesehen?«, fragte er.

Ich betrachtete das Foto. Darauf war eine Frau um die dreißig zu sehen. Sie trug ein Polohemd und schaute mit forschendem Blick unter einem blonden Pony hervor. Sie war hübsch und kam mir definitiv bekannt vor.

»Ich glaube schon«, sagte ich und rieb mir die Augen. »Warte.«

Ich betrachtete das Foto noch einmal, und da fiel es mir ein. In einer der Schubladen von Papas Schreibtisch hatte eine Aufnahme von ihr unter dem Gruppenfoto und dem von ihm und Torsten gelegen.

»Mein Vater hat genau dasselbe Bild«, sagte ich aufgeregt. »Ich hab es in seinem Schreibtisch entdeckt, wo auch der Zettel mit dem Siegel lag, den ich vorhin erwähnt habe. Wer ist das?«

»Cats Falck«, sagte Andreas. »Sie hat die Fernsehsendung *Rapport* moderiert und ist im November 1984 mit einer Freundin verschwunden. Kurz vor ihrem Verschwinden erwähnte sie vor ihren nächsten Freunden, dass sie an einem Scoop arbeitete, der ihr den Großen Journalistenpreis einbringen konnte. Im Mai 1985 fand man die Leichen der beiden Frauen am Grund des Hammarbykanals. Sie hingen in den Sicherheitsgurten eines Wagens, der auf dem Dach gelandet war.«

Ich starrte ihn an.

»Moment«, sagte ich. »Dazu habe ich Artikel. Papa hat ihr eine ganze Sammlung gewidmet.«

Ich kramte in meiner Tasche und dort, ganz unten, lag der hellblaue Hefter mit dem Stichwort *Cats Falck*.

Ich legte ihn zwischen uns auf den Tisch, und wir fingen an zu lesen.

⇒ ⇐

»DDR-Mordkommando tötete Schwedinnen«

Ein Mordkommando, ausgesandt von der DDR-Regierung, steckt hinter dem mysteriösen Tod von TV-Journalistin Cats Falck und ihrer Freundin Lena Gräns 1984, das behaupten deutsche Quellen, seit ein Verdächtiger eines Mordkommandos in Berlin festgenommen wurde. [...]

»Das Mordkommando bestand wahrscheinlich aus Stasioffizieren, die ihren Befehl vom Ministerium für Staatssicherheit bekamen. Der Beschluss wurde jedoch an höherer Stelle der politischen Hierarchie gefällt. Vermutlich von Personen aus dem direkten Umfeld des damaligen Staats- und Parteichefs Erich Honecker«, sagt Andreas Förster, Verfasser des Artikels in der *Berliner Zeitung*. [...]

Andreas Förster will seine Quellen nicht benennen. Aber sie bestätigen, dass die Staatsanwaltschaft Angaben nachgeht, die besagen, dass ein Mordkommando bestehend aus drei Männern über die Grenze ins damalige Westdeutschland geschmuggelt wurde und sich dann über Dänemark nach Stockholm begeben hat, um Cats Falck zu ermorden. Ein Motiv könnte gemäß ihren Nachforschungen etwas mit Waffenschmuggel durch die DDR zu tun haben.

Die Täter sollen in einem Restaurant Kontakt zu Falck und Gräns aufgenommen und sie dort vergiftet haben. Dann sollen sie den Wagen zum Hafen in Hammarby gebracht, die beiden Frauen hineingesetzt und über die Kaimauer gestoßen habe. [...]

Tomas Lundin und Claes Reimegård, *Svenska Dagbladet*, 25.09.2003

...

»[...] Nachdem die Polizei mich darüber in Kenntnis gesetzt hatte, dass Catherine (Cats) tot aufgefunden worden war, fuhren wir zu ihrer Wohnung«, erzählt ihre Mutter Ami Falck. »Hier brannte sonderbarerweise Licht, auch das Radio lief. Tonbänder lagen am Boden, als hätte jemand nach etwas Bestimmtem gesucht. Wir ließen nie Licht brennen oder Radio laufen, wenn wir weggingen. Nie! Auch an Cats' Arbeitsplatz geschahen sonderbare Dinge. Die Polizei fand es höchst merkwürdig, dass sie – nachdem sie ihre Schubladen bei *Sveriges Radio (SR)* geleert hatten, bei ihrem zweiten Besuch weitere Dokumente vorfanden.

Cats hatte außerdem ein Tonbandgerät und sechs Bänder bei *SR* ausgeliehen. Als sie und ihre Freundin verschwanden, verschwanden auch das Tonbandgerät und die Aufnahmen, die allerdings zwei Monate später wieder auftauchten. Von den sechs Aufnahmen fehlten vier. [...]

Bei einem Besuch im Polizeipräsidium auf Kungsholmen im März 1991 erklärte Kriminalinspektor Eric Skoglund Folgendes: Ein Mann hatte ihn kontaktiert und erzählt, er habe zwei Autos in Hammarby am Kai gesehen, wo er selbst in einem Eisenbahnwagen gesessen und sich irgendwelche Narkotika gespritzt hatte. Er sah, wie zwei Frauen von dem einen in den anderen Wagen gesetzt wurden, der später in den Kanal gestoßen wurde.

Als der Journalist Jan-Ove Sundberg fragte, warum Skoglund den Mann nicht eingehender vernommen hatte, antwortete dieser: »Weil er an einer Überdosis starb, bevor wir die Möglichkeit hatten.« [...]

Unmittelbar nach Cats Falcks Verschwinden übergab ihre Mutter sämtliche ihrer Aufzeichnungen an die Polizei. Das meiste hatte sie daheim, in der Barnängsgatan 40, verwahrt.

»Ich weiß, dass der Ermittler die Aufzeichnungen in einem Regal in seinem Arbeitszimmer hatte«, sagte die Juristin Brita Sundberg-Weitman, die die Mutter bei ihrem Kontakt mit der Polizei unterstützte. Aber als *Dagens Nyheter* die Akte durchging, fehlten diese.

Es fehlen nicht nur die Arbeitsaufzeichnungen von Cats Falck. Auch ein paar wichtige Protokolle der Kriminaltechnik sind verschwunden oder wurden nie angefertigt. Zum Beispiel: Skoglunds Unglückstheorie fußt auf der Annahme, dass die Felgen an Lena Gräns' Auto defekt waren. Eric Skoglund ging davon aus, dass es »fürchterlich glatt« war und der Wagen ins Schleudern kam, gegen die hohen Lastenkranschienen stieß, die entlang der Kaimauer verlief, und dann ins Wasser kippte. Der Schaden an den Felgen wurde jedoch weder fotografisch noch schriftlich dokumentiert. Die Bilder, die bei der Bergung des Wagens entstanden, zeigen hingegen, dass die Felgen völlig intakt waren.

Ebenfalls wurden weder Schleuder- noch Aufprallspuren am Wagen selbst, noch fremde Farbfragmente, die an der Karosserie gefunden wurden, dokumentiert. Das Staatliche Kriminallabor soll sie angeblich untersucht haben, einen Bericht gibt es jedoch nicht. [...]

Außerdem wird behauptet, eine der Frauen habe »einen gewaltigen Nasenbeinbruch« gehabt. Im Obduktionsbericht steht jedoch unmissverständlich, dass »keine Zeichen auf Knochenbrüche vorliegen«.

Politische Morde Schwedens, www.politiskamord.com/catsfalck

...

Bo G. Andersson, *Dagens Nyheter:* »Die Polizei schloss diesen Fall bereits wenige Tage nach dem Fund der Leichen ab. Und das würde ich – rückblickend – als sehr unglücklich bewerten. Denn deshalb weisen die polizeilichen Ermittlungen große Lücken auf. Noch immer fehlen Berichte, die kriminaltechnischen Aspekte wurden nicht ausreichend beachtet, das Auto wurde nicht untersucht und vieles Weitere wurde unterlassen.« [...]

»Aber vor allem geht keine der ganz einfachen Theorien, die vorgestellt wurden, auf. Immer gibt es Umstände, die sie entkräften.« [...]

»Von der Stelle, an der sie angeblich in den Kanal gestürzt sind, bis zu der Stelle, an der der Wagen gefunden wurde, liegen ganze 550 Meter. Ich habe mich mit Experten unterhalten, und alle sagen, es ist ausgeschlossen, dass ein Auto mit zerbrochenen Scheiben 550 Meter weit treiben kann.«

Es waren sensationelle Behauptungen, die 1997 in einem Brief an die schwedische Polizei getragen wurden, die eine Verbindung zwischen Cats Falck und der Waffenschmuggelaffäre bzw. Cats Falck und dem verstorbenen Kriegsmaterialinspektor Carl Algernon zog, worin sogar behauptet wurde, dass es just Cats Falck war, die Algernon darüber in Kenntnis gesetzt haben soll, welches Spielchen Bofors eigentlich spielte.

Bo G. Andersson, *Dagens Nyheter:* »All diese Angaben wurden von der Säpo aufgenommen, und ich habe zu einem früheren Zeitpunkt einem ehemaligen Chef der Säpo schriftlich Fragen zu diesen Dokumenten gestellt. Und trotz großer Anstrengungen, die Dokumente in den Archiven der Säpo ausfindig zu machen, blieb die Suche erfolglos. Aber dass es sie gegeben hatte, daran zweifelte niemand. Auch daran nicht, dass Carl Algernon sich zu einem Zeitpunkt an die Säpo gewandt hatte, als die Bofors-Affäre bereits breit in den Medien diskutiert wurde und der Waffenschmuggel durch die DDR bestätigt war.

Sveriges Radio, *P3 Dokumentär*, Cats Falck, von Kristofer Hansson, 22.07.2007

...

»Verantwortlich für den Beschluss, den Export einer isostatischen Presse an die DDR zu erlauben, war der damalige Industrieminister Thage G. Petersson. Ich habe ihn auf der Insel Capri im Mittelmeer ausfindig gemacht, wo er an einem Buch schreibt, aber für ein Interview wollte er sich nicht zur Verfügung stellen. Er meint, dazu habe er keine Zeit.

Ich beschäftige mich seit bald elf Jahren mit dem Fall Cats Falck, und ich weiß noch immer nicht, ob sie ermordet wurde oder einen Unfall hatte. Ich weiß nur, dass sie auf der richtigen Spur war. In ihren Recherchen verbarg sich eine politische Bombe: dass die sozialdemokratische schwedische Regierung genehmigt hat, dass der kommunistische Staat DDR ein Produkt kaufen darf, mit dem sich Kernwaffen herstellen lassen.«

Sveriges Radio, P1 Dokumentär, Der Scoop, der verschwand
von Christoph Andersson

―――

An den Rand eines der Artikel hatte Papa etwas geschrieben: »*Lockvogel? Ahnungslos?*« Aber wie immer wusste ich nicht, worauf er sich damit bezog.

Ich legte den letzten Ausdruck auf den Tisch und schaute Andreas an, der bereits fertig gelesen hatte.

»Was ist da eigentlich vorgegangen?«, fragte ich. »Man wird ja wahnsinnig, wenn man das liest. Meinst du, es ging um Schwarzhandel?«

»Ich habe keine Ahnung. Vielleicht haben sie sich gegenseitig Gefallen getan. Von Land zu Land. Eine Hand wäscht die andere. Aber ich glaube, dass es einen Zusammenhang gibt zwischen dem, was Cats Falck und was deinem Vater zugestoßen ist. Und ich werde weiterforschen. Du für deinen Teil musst jetzt allerdings sehr, sehr vorsichtig sein. Das ist dir schon bewusst, oder?«

Ich schnaubte, ein Geräusch irgendwo zwischen Lachen und Schluchzen.

»Wie genau soll ich denn *vorsichtig* sein?«, fragte ich. »Meinst du ernsthaft, ich habe die Spur einer Chance gegen diese Scheusale? Die scheinen ja durch geschlossene Türen und über Leichen gehen zu können.«

Nun war es Andreas, der in Schweigen versank.

»Worüber denkst du gerade nach?«, fragte ich.

Er schüttelte den Kopf.

»In meinem ganzen Leben habe ich mich noch nicht so klein und hilflos gefühlt wie jetzt.«

Und als ich hörte, dass Andreas – ein investigativer, fleißiger Journalist einer der größten schwedischen Zeitungen – sich selbst als hilflos beschrieb, wuchs erneut meine Zuversicht. Was immer da geschah, in was immer ich da verwickelt worden war, ich weigerte mich, einfach kampflos in Deckung zu gehen.

Ich schaute Andreas an.

»Weißt du, was? Jetzt reißen wir uns zusammen. Wir lassen uns nicht unterkriegen. Ein bisschen Widerstandswille, wenn ich bitten darf! Was bist du: ein Journalist oder eine Maus?«

Andreas lachte.

»Wenn du das so fragst, dann bin ich wohl ein Journalist.«

Dann sah er mich mit freundlichem Blick an.

»Du hast recht. Stecken wir unsere klugen Köpfe zusammen und schauen, was wir herausfinden können.«

»Abgemacht.«

Dann schwiegen wir eine Weile. Ich dachte so intensiv nach, dass es fast wehtat.

»Okay«, sagte ich dann. »Das ist jetzt aber erst mal nur ins Blaue gesprochen, okay?«

»Dann los«, spornte Andreas mich an. »Ich werde dich auf nichts festnageln. Und du mich hoffentlich auch nicht.«

»Einer der Schlüssel müssen die ganzen Artikel sein. Dabei handelt es sich nun nicht gerade um Geheimnisse, da sind wir uns ja einig. Aber eine Funktion erfüllen sie trotzdem, bloß welche?«

»Ich kann nicht ganz folgen.«

»Das ist jetzt, wie gesagt, rein ins Blaue gesprochen, aber jedes Mal, wenn meine Wohnung oder das Haus meiner Familie durchsucht wurde – sei es im Zuge eines Einbruchs oder wie immer man es sonst nennen will –, die Artikel wurden nicht angerührt. Verstehst du? Wenn das was wäre, was ich nicht lesen sollte, dann wären sie sofort verschwunden. Sind sie aber nicht. Wer immer hinter alldem steckt, *will*, dass ich weiterlese. Irgendetwas wollen sie damit erreichen, sonst wären die Hefter längst weg gewesen. Aber *was* wollen sie erreichen?«

Andreas nickte nachdenklich.

»Da bist du einer Sache auf der Spur, auch wenn ich nicht sagen kann, was genau. Ich habe mir schon ganz ähnliche Gedanken gemacht, aber doch anders. Willst du's hören?«

»Klar, schieß los. Ich will alles wissen, was dir dazu in den Sinn kommt.«

Andreas schwieg kurz.

»Pass auf«, sagte er schließlich. »Kannst du dich noch an diese Punkte erinnern, an denen Zahlen standen und die man verbinden sollte, bis eine Zeichnung entsteht? Anfangs waren da nur eine wilde Menge schwarzer Punkte, ohne dass man etwas hätte erkennen können. Aber dann fing man an, die Punkte zu verbinden, mit so geraden Linien wie möglich. Und langsam nahm der Gegenstand, den man malte, Form an. Aus dem Durcheinander von Punkten und Zahlen tauchte eine Figur auf. Sobald man den letzten Strich gezogen hatte, war völlig klar, was es sein sollte, und man konnte gar nicht mehr verstehen, warum man es nicht gleich gesehen hatte.«

»Ich mag deine Denke und weiß, was du meinst«, sagte ich langsam. »Aber mir ist vollkommen schleierhaft, wo in Papas Sammlung die Punkte sind. Oder wo ich Striche ziehen könnte.«

»Vielleicht hast du noch nicht alle Punkte beisammen«, mutmaßte Andreas. »Du hast ja nicht mal ein Drittel aller Artikel gelesen, hattest du gesagt, oder? Vielleicht ist es sozusagen zu früh, schon Striche ziehen zu wollen.«

Ich nickte langsam.

»Und wenn wir den Blick noch mal wenden und eher thematisch an die Sache rangehen. Also uns den Inhalt der Hefter ansehen. Die Artikel handeln ja überwiegend von sonderbaren Zwischenfällen, die die schwedische Gesellschaft betreffen, die aber entweder nicht aufgeklärt oder einfach unter den Teppich gekehrt wurden. Findest du nicht, dass das ein gemeinsamer Nenner ist?«

»Doch, doch«, sagte Andreas. »Aber irgendwas übersehen wir, ein wichtiges Puzzleteil. Oder es fehlt! Irgendeine Verbindung. Meinst du nicht auch?«

»Doch. Bloß was ist es?«

Wir versanken in Schweigen und hingen unseren Gedanken nach.

Mehr gab es für den Moment nicht zu sagen.

―――

So viele Nächte, die ich mit dir und Lena in ihrem weißen Renault verbracht habe, irgendwo zwischen Schlafen und Wachen. Ich saß mit euch zusammen, als der Wagen auf die Wasseroberfläche schlug. Es ist ganz dunkel, es ist ganz winterlich, und das Wasser ist schwarz und eiskalt.
Die Windschutzscheibe bricht. Oder wurde sie vorab zerschlagen, damit der Wagen schneller sinkt? Keine von euch

leistet Widerstand, keine versucht, sich zu retten. Warum? Lag es am Schock? Oder wart ihr schon tot?
Langsam füllt sich das Auto mit Wasser, wir sinken, unaufhaltsam sinken wir bis zum Grund. Direkt an der Kaimauer bleiben wir liegen, nur einen halben Meter von ihr entfernt. Der vordere Teil des Wagens zeigt nach Danvikstull. Das deutet daraufhin, dass wir langsam über die Kante fuhren; wären wir schnell gewesen, hätte es uns viel weiter hinausgetragen. Die Polizei wird zwischen November und Mai sechsmal nach uns suchen, ohne uns zu finden. Wie kann das sein? Wie kann man ein ganzes Auto übersehen? Oder landen wir erst an dieser Stelle, als die Suche bereits abgeschlossen ist?
Ich erinnere mich so gut an dich, Cats. Deine Frechheit, deine Hartnäckigkeit, dein Lächeln. Deine etwas zu kurzen Arme, wie du immer selbst sagtest. Viele fanden dich anstrengend: etwas zu aggressiv, zu ehrgeizig, fanden, dass du zu viel Raum fordertest. Du standest bei Gesprächen immer einen Tick zu nah, man konnte deinen Atem riechen und dein Haar. Aber ich fand dich nie aufdringlich. Ich war nach unseren Treffen immer voller Energie, voller Arbeitslust. Du wolltest so viel erreichen. Ich auch.
Lange wusste ich nicht, was dir zugestoßen war. Wie es passiert war. Die Ungewissheit ließ mich nächtelang wach liegen. Bilder drängten sich mir auf, ich konnte sie nicht abwehren.
Jetzt weiß ich, was passiert ist. Jetzt sind die Eindrücke zu Bildern gefroren, denen ich nicht mehr entkomme. Jetzt weiß ich, wie es dazu kam. Und jetzt erfriere auch ich.
Wir waren beide Lockvögel, und außer uns noch viele mehr. Aber du warst alles andere als ahnungslos.
Jetzt muss es nur noch die Welt erfahren.

12. KAPITEL

Ich verbrachte den Rest der Woche bei Fabian, ging aber ganz normal zur Arbeit. Die ganze Agentur stand kopf, und meine Aufgaben waren extrem unklar, weil Bella – meine direkte Chefin – fort war. Pelle wirkte angespannt, und ich wusste, dass er mehrere laufende Aufträge absagen musste, die Bella in der Hand gehabt hatte. Ich war die ganze Zeit traurig, meist überfielen mich die Gefühle ganz ohne Vorwarnung. Trotzdem konnte ich nicht zu Hause bleiben. Ganz ohne Beschäftigung bei Fabian oder in Bellas und meiner Wohnung zu sitzen, das war unvorstellbar.

Am Dienstag rief ich bei Samir an, dem netteren der beiden Polizisten, um nachzuhören, ob sie schon die Kontaktdaten von Bellas Eltern aufgetrieben hatten. Weil bei ihm besetzt war, landete ich in der Vermittlung, die versprachen, ihm durchzugeben, dass ich angerufen hatte. Ich arbeitete weiter, und wenige Minuten später meldete er sich. Vielmehr war es sein Kollege, der Carl-Bildt-Verschnitt: *Sigge Bergkvist.*

»Eigentlich wollte ich ja Ihren Kollegen Samir sprechen«, sagte ich.

»Samir hat keine Zeit. Sie müssen für ein paar Minuten mit mir vorliebnehmen.«

Ein paar Minuten?
Wieso war er so kurz angebunden?
»Wie laufen die Ermittlungen?«, fragte ich. »Konnten Sie Bellas Eltern ausfindig machen? Und wann bekommen wir Bellas Computer zurück?«
»Die Auswertung des Computers ist abgeschlossen«, sagte er. »Er wird am Nachmittag per Bote in die Agentur geliefert. Es wäre toll, wenn Sie ihn dann entgegennehmen und das schriftlich quittieren. Und um Ihre erste Frage zu beantworten: Die Ermittlungen wurden eingestellt.«
Ich starrte vor mich hin, ohne zu verstehen, was er da gerade gesagt hatte.
»Was soll das heißen? Eingestellt? Sie haben doch eine Reihe widersprüchlicher Zeugenaussagen bekommen, da können Sie die Ermittlungen doch nicht einfach einstellen.«
»Es gibt keine widersprüchlichen Zeugenaussagen«, sagte Sigge mit irritiertem Unterton. »Da haben Sie etwas gehörig missverstanden. Sie hat sich aus freien Stücken vor die U-Bahn geworfen. Wir werten ihren Tod als Selbstmord, deshalb wurden die Ermittlungen eingestellt.«
»Und was ist mit ihren Eltern?«, fragte ich. »Ich würde gern Kontakt zu ihnen aufnehmen.«
»Es tut mir leid, ich habe keine Zeit, mich weiter mit Ihnen zu unterhalten«, sagte Sigge Bergkvist.
Dann legte er auf.
Ich starrte weiter vor mich. Dann rief ich Andreas an.
»Andreas, hilf mir«, sagte ich und erzählte, was ich gerade erfahren hatte. »Was geht denn da vor?«
»Ich bin dran«, antwortete er. »Schon die ganze Woche. Sobald ich was weiß, melde ich mich.«
Donnerstagabend war ich mit ein paar Kollegen essen, die Mitleid mit mir hatten und mich zu Miss Voon in der Sturegatan

einluden. Danach fuhr ich nach Hause und legte mich hin. Fabian war beim Rotary Club, das hatte er morgens gesagt, und wir sahen uns weder am Donnerstagabend noch am Freitagmorgen, weil ich früh zur Arbeit fuhr. Irgendetwas an unserem Gespräch bereitete mir Kopfzerbrechen, aber ich kam nicht darauf, was genau. Aber, ehrlich gesagt, ich konnte darüber nicht auch noch nachdenken.

Gegen elf rief Andreas an.

»Kannst du reden?«

»Ja. Hast du was rausgefunden?«

»Was ich dir jetzt sage, darfst du gegenüber niemandem erwähnen.«

»Okay.«

»Bella gibt es nicht. Es hat sie nie gegeben.«

Wieder bebte der Boden unter meinen Füßen, die Wände zogen sich enger um mich. Das Gefühl von kompletter Unwirklichkeit.

War das alles nur ein Traum?

Oder war ich trotz allem schlicht doch verrückt?

»Wie meinst du das?«, fragte ich.

Andreas räusperte sich.

»Die Person Bella hat es nicht gegeben«, erklärte er. »Ihre Identität ist komplett erfunden, sie hat keine Personenkennziffer. Deshalb gibt es keine Eltern, die man kontaktieren könnte. Die Wohnung läuft wirklich auf dich. Kannst sie ja als einen Grundstein für dein neues Leben sehen.«

Mein neues Leben?

»Aber wer war sie dann wirklich?«, fragte ich. »Die Frau, mit der ich mehrere Monate zusammen gewohnt habe und die eine so gute Freundin geworden ist? Jetzt sag nicht, es hat sie nicht gegeben!«

»Meine Beweise sind nicht vollständig, aber ich habe ein paar meiner Kontakte bemüht, die Zugang zu allen möglichen Personenregistern haben. Wenn man ein schier grenzenloses Budget für Haarfarben, Kleidung, Gesichtsbehandlungen oder wie immer das heißt, was ihr Frauen macht, einkalkuliert, dann führt es zu einer Weißrussin mit dem Namen Olga Chalikowa. Sie kam 2003 als Zwölfjährige durch illegalen Menschenhandel zur Prostitution nach Schweden, und ich schätze, dass sie seither eine ziemlich umfassende Wandlung durchgemacht hat.«

»Unmöglich. Bella hatte nicht die Spur eines Akzents.«

»Ihr Vater war Schwede, sie hat also von klein auf Schwedisch gesprochen. Er starb bei einem Arbeitsunfall, als Olga zwölf war, also nahm sie den Nachnamen ihrer Mutter an. Dann verschwand die Mutter spurlos. Dass Olga Schwedisch sprechen konnte, war einer der Gründe, weshalb man sie herschickte und im Luxussegment unterbrachte. Als Edelnutte und mehr.«

»Hier? In Schweden? Du sprichst doch gerade von Kinderprostitution!«

»Ich weiß«, sagte Andreas.

»Das glaube ich nicht.«

»Das kann ich gut verstehen.«

Wir schwiegen kurz.

»Ich habe doch erwähnt, dass eine meiner Spuren zu Menschenhandel führt, erinnerst du dich?«

»Ja«, seufzte ich matt.

»Sagt dir das Wort Skarabäus irgendwas?«, fragte er dann.

Skarabäus. Da klingelte was.

»Lass mich kurz nachdenken«, sagte ich. »Gerade summt mir der Kopf ... Doch, Papa hat das mal an den Rand eines Artikels geschrieben.«

»Kannst du mal nachsehen, bei welchem das war?«

Ich grub tief in meiner Tasche.

»Warte ...«, sagte ich. »Hier.«

Ich zog einen Hefter heraus und legte ihn auf den Tisch.

»*Prostitutionsskandal*«, sagte ich.

»Das habe ich mir schon gedacht«, sagte Andreas. »Okay, ich schicke dir zwei Fotos von diesem Mädchen. Melde dich, wenn du sie bekommen hast. Ich kann mich selbstverständlich irren.«

Wir legten auf, und wenige Sekunden später piepste mein Handy zweimal.

Mit klopfendem Herzen öffnete ich die MMS. Und das war sie.

Ein junges, dunkelhaariges Mädchen mit kräftigen, ungezupften Brauen und ernster Miene starrte direkt in die Kamera.

Dasselbe Mädchen im Profil – mit der unverkennbaren geraden Nase und den schönen, vollen Lippen, die ich so häufig bewundert hatte. Die ich so häufig betrachtet hatte, beim Lachen, beim Sprechen und hin und wieder auch beim Weinen.

Bella.

Olga.

Ich rief Andreas zurück.

»Das ist sie. Tausendprozentig.«

Andreas erwiderte erst mal nichts.

»Ich möchte, dass du heute Abend zu Fabian fährst, deine Sachen packst und dich dann zu deiner Mutter nach Örebro begibst. Ich stoße morgen Früh dazu, dann reden wir weiter. Oder wir telefonieren, je nachdem, was dir lieber ist. Aber nimm bitte den Abendzug, ja? Ich glaube, Bella hatte recht. Du bist gerade nicht sicher in Stockholm.«

»Ich bin nirgendwo sicher«, sagte ich.

Wir legten auf, und ich durchsuchte meine Tasche nach einem weiteren Hefter, den ich ebenfalls mithatte. Er verbarg sich ganz unten, war hellgrün und trug das Stichwort: *Kinderprostitution.*

Ich legte den Hefter vor mir auf den Tisch und rief meine Mutter an.

»Wie geht es dir, mein Schatz? Hast du Bellas Eltern erreichen können? Ich denke die ganze Zeit an dich. Kannst du nicht übers Wochenende nach Hause kommen? Dann können wir uns ein bisschen um dich kümmern.«
»Doch«, sagte ich. »Jetzt komme ich nach Hause.«

———

Es hat eine halbe Stunde gedauert und nur einen Anruf, um eine Vierzehnjährige zu kaufen. Ich habe mich als Pädophiler ausgegeben, der Sex mit einem Kind wollte. Ich konnte zwischen einer öffentlichen Toilette und einem Hotelzimmer wählen. Der Zuhälter sagte, ich dürfe das Kind nicht mit nach Hause nehmen, weil er dann keine Kontrolle mehr hätte. Da hatte er schlechte Erfahrungen gemacht, Kinder waren bei den Freiern zu Hause schon schwer zugerichtet worden.

Während des Telefonats saß ich in einem Café und hatte mich gerade mit einer Geflüchteten aus Syrien unterhalten, einer Aktivistin. Sie wollte mir dabei helfen, über die Situation der Kinder in Syrien und im Iran zu schreiben. Ich wollte mehr über die Kinder erfahren, die entführt wurden, um als Sexsklaven missbraucht zu werden, über die Kinder, die als menschliche Schilde genutzt wurden, und über die Kinder, die einer Gehirnwäsche unterzogen wurden, um als Selbstmordattentäter eingesetzt werden zu können. Außerdem sprachen wir über Kinder, die für Propagandazwecke genutzt wurden, in Videoclips, die in aller Welt als authentische Clips rezipiert werden, dabei sind sie gestellt.

Nach einer Weile unterbrach sie mich und sagte, ich solle doch auch untersuchen, ob und, falls ja, wie Kinder und Jugendliche, die unbegleitet nach Schweden kamen, ausgenutzt wurden. Sie brachte mich auf die richtige Spur, und plötzlich war ich am Telefon mit einem Zuhälter in Stockholm verbunden. [...]

Ungefähr 35 000 Kinder und Jugendliche kamen vergangenes Jahr nach Schweden. Eigentlich waren es noch mehr, denn es wurden nicht alle registriert. Viele flohen vor Krieg und Völkermord, andere kamen aus wirtschaftlichen Gründen. Schweden wurde überwältigt. Manche waren nicht mal Kinder, will sagen, sie waren nicht mehr unter 18, sondern täuschten es nur vor. Was zu Chaos führte. Ein riesiger Asylmarkt entstand um die Unbegleiteten, es gab viel Geld zu verdienen, denn Kinder mussten anders untergebracht werden. 35000 davon. [...]

Die Behörden verloren schnell die Kontrolle. Niemand behielt im Blick, wo die unbegleiteten Kinder und Jugendlichen untergebracht wurden, niemand hatte die nötigen Mittel, alle Unterkünfte zu überprüfen. Und es besteht kein Zweifel daran, dass Kinder und Jugendliche ausgenutzt und ausgebeutet wurden, selbst auf dem Schwarzmarkt. [...]

Die Kinderrechtsorganisation Ecpat, die sich gegen die sexuelle Ausbeutung von Kindern einsetzt, bestätigt die Vorwürfe. In einer Mail schreibt der Pressesprecher Thomas Andersson: »Die sexuelle Ausbeutung von unbegleiteten Kindern oder Kindern in Institutionen ist nicht neu, aber da Schweden bislang noch nicht auf die steigende Zahl von Kindern in betreuten Einrichtungen reagiert hat, die ihren Schutz garantiert, so steigen die Zahlen der Übergriffe vermutlich in ähnlichem Maße.« [...]

Für diese Recherche habe ich unter anderem den Bericht *Människohandel med barn – Nationell kartläggning 2012-2015, Menschenhandel mit Kindern – Nationale Übersicht,* gelesen. Außerdem habe ich mich mit der Autorin Märta C. Johansson unterhalten, Dozentin der Universität Örebro. Aus dem Bericht: »Noch nie zuvor kamen so viele unbegleitete Kinder nach Schweden, und das Wissen über diese Kinder ist unzureichend. Viele verschwinden nach ihrer Ankunft in Schweden, und es gibt nur wenige Informationen dazu, was dann mit ihnen geschieht. Dieser Bericht benennt die Zahlen bislang identifizierter Kinder, die Opfer des Menschenhandels wurden, und zeigt Wege auf, wie wir in Zukunft besser für den Schutz der Kinder sorgen können.« [...]

Bislang wurde also niemand dafür verurteilt, einen Erwachsenen oder ein Kind dafür angeheuert zu haben, diesen oder dieses sexuell auszunutzen. Aber man strich die Anforderung, dass eine Grenze überschritten werden musste, um von Menschenhandel zu sprechen. Auch jemand, der in Schweden für u.a. Kinderprostitution »rekrutiert wurde«, konnte als Opfer von Menschenhandel angesehen werden. Das ist ein guter Schritt, denn nicht alle Kinder und Jugendlichen, die hier für kriminelle Aktivitäten eingesetzt werden, kamen deshalb her, sondern wurden erst vor Ort von Zuhältern aufgegabelt. So geschehen in Westschweden, wo geflüchtete Kinder vergewaltigt und von einem Angestellten der Flüchtlingsunterkunft zur Prostitution gezwungen wurden. Sie wurden zu diesem Zweck von Drogen abhängig gemacht. [...]

Im Sommer enthüllte der freie Journalist Mikael Funke im *Sydsvenskan*, dass 32 Kinder mutmaßlich Opfer des Sexhandels wurden. Die meisten von ihnen waren Flüchtlingskinder. Nach der Meldung im *Sydsvenskan*, dass Anzeigen wegen Menschenhandels nicht möglich waren, hat die Polizei Dienstfehler eingeräumt.

[...] Die Polizeibehörde hat mehrere Erklärungen dafür, dass die Anzeigen nicht zu einer Anklage führen: »Eine Aussage allein reicht oft nicht für eine Anklage aus, es braucht unterstützende Beweise in Form von z.B. Zeugenaussagen, Telefon- oder direkter Überwachung usw. Solche Beweise sind nachträglich schwer zu beschaffen. Es geschieht auch, dass Kinder, die aufgegriffen wurden, aus den Pflegefamilien verschwinden und zu den Tätern zurückkehren. Manchmal sind die Täter die einzige erwachsene Bezugsperson, der das Kind vertraut, außerdem sind die Kinder häufig sehr loyal gegenüber den Tätern, selbst wenn sie ihnen geschadet haben.« [...]

Eine Übersicht über das Jahr 2015 ergab Folgendes: Die meisten Kinder, die im Zusammenhang mit Menschenhandel oder menschenhandelähnlichen Verbrechen gebracht werden, waren zwischen 15 und 17 Jahre alt

(73 Prozent). 13 Prozent waren jünger als elf. Manche Kinder waren erst zwei Jahre alt. In der Altersgruppe 15 bis 17 waren gleich viele Mädchen wie Jungen betroffen, in der Altersgruppe 11 bis 14 waren es etwas mehr Jungen und in der Altersgruppe 2 bis 10 etwas mehr Mädchen. Neun Prozent der Kinder hatten eine schwedische Staatsbürgerschaft. 13 Prozent der Kinder waren Einwohner anderer EU-Staaten und 13 Prozent Einwohner von anderen europäischen Staaten. Ganze 61 Prozent der Kinder waren afrikanische oder asiatische Staatsbürger. [...]

Zwischen 2012 und 2015 gab es 39 Ermittlungsverfahren mit Verdacht auf Menschenhandel mit Kindern. Alle Verfahren wurden eingestellt, abgesehen von einem, das zu einer Anklage wegen Menschenschmuggels führte. Seit 2012 wurde keine Anklage wegen Menschenhandels mit Kindern erhoben.

Nuri Kino, *Svenska Dagbladet*, 18.09.2016

Wieder hatte Papa etwas an den Rand geschrieben. Diesmal richtete sich die Notiz definitiv an mich: »*TT, lass dich vom ›Gesetz von Jante‹ nicht aufhalten.*«

Das Problem war, dass ich nicht wusste, was er damit meinte. Mein Kopf war leer, nicht zuletzt wegen dem, was ich da gerade gelesen hatte.

Gerade als ich den Hefter zuschlug, kam Pelle herein.

»Was hast du da?«, fragte er.

»Ach, nichts«, sagte ich und verstaute den Hefter wieder in meiner Tasche.

Ich versuchte zu überspielen, wie unglaublich bestürzt ich war. Bellas Worte hallten in mir nach: »*Als ich zum ersten Mal vergewaltigt wurde, war ich gerade acht geworden ... Erinnerst du dich an die Sache mit dem Keller, die ich dir erzählt habe? Das waren keine Kinder. Und es waren auch keine erfundenen Monster, die in der Nacht zu mir kamen. Es waren Erwachsene ... Ich spreche das zum ersten Mal laut aus ... Das sind Schweine. Sie bringen uns dazu, an uns zu zweifeln. Zu glauben, wir sind verrückt, wertlos. Glaub ihnen nicht. Sie lügen, wo sie können! Das Tattoo, das du gesehen hast ... Das ist eine Art Brandmal. Es soll zeigen, dass wir zu ihrer Herde gehören, wie Tiere.*«

Ich betrachtete Pelle: Er wirkte völlig ausgelaugt von den letzten Tagen. Trotzdem hegte ich keine warmen Gefühle für ihn. Nicht, nachdem ich von all den Lügen erfahren hatte.

»Wie geht es dir?«, fragte ich.

»Geht so«, murmelte er.

Er druckste rum, wollte offenbar noch mehr sagen.

»Ich habe ein bisschen nachgedacht ... Vielleicht willst du dich ja krankschreiben lassen? Was meinst du?«

Ich lächelte. Pelle sehnte sich offenbar danach, mich loszuwerden, damit er mich nicht länger sehen und an Bella erinnert werden musste.

Vielleicht war er ja sogar an ihrem Tod beteiligt?

»Das ist vielleicht keine schlechte Idee«, sagte ich.

Pelles Gesichtszüge hellten sich auf.

»Schön, ich hab schon einen Termin für heute Nachmittag bei dem Arzt gemacht, der uns für gewöhnlich hilft. Seine Praxis ist gleich hier um die Ecke in der Sturegatan.«

»Super«, sagte ich. »Danke.«

Daraufhin ließ Pelle mich allein, und ich starrte mit leerem Blick vor mich.
Menschenhandel?
Kinderprostitution?
Hier in Schweden?

—≡ ≡—

Als ich die Agentur verließ, um zum Arzt zu gehen, erahnte ich einen Schatten hinter mir und drehte mich blitzschnell um. Aber da war niemand.

Direkt vor der Tür zur Praxis in der Sturegatan bekam ich erneut dasselbe Gefühl, diesmal brach mir der Angstschweiß aus, denn da war immer noch niemand.

Die Geschehnisse der letzten Tage hatten mir die letzten Kräfte geraubt, so viel stand fest.

Eine Krankschreibung wäre vielleicht wirklich keine so üble Idee?

—≡ ≡—

»Haben Sie Angst?«, fragte der Arzt.

Er hatte vorstehende Zähne und dicke Gläser in seiner Brille, die seine Augen riesig erscheinen ließen. Wieder hatte ich das Gefühl, dass die Wirklichkeit hier nur inszeniert wurde.

»Erschöpft?«, fuhr er fort. »Ausgebrannt? Auf dem besten Weg gegen eine Wand?«

»Alles«, erwiderte ich. »Meine Tage als Künstlerin sind vorbei.«

Der Arzt betrachtete mich nachdenklich durch seine dicke Brille.

»Sie halten sich für eine Künstlerin?«, fragte er zögerlich.

»Nein, nein, entschuldigen Sie«, sagte ich. »Das ist doch eine Redensart, dachte ich.«

»Möchten Sie mit jemandem sprechen?«, hakte er nach und starrte mich mit seinen vergrößerten Augen an. »Ich kann Sie an einen guten Therapeuten überweisen.«

Wieder ein Therapeut. Wer war dieser Typ? War er auch irgendwie involviert? Eigentlich erinnerte er eher an einen B-Promi aus den Siebzigern als an einen Privatarzt in Östermalm. Oder lag es an mir? Traute ich einfach niemandem mehr?

»Nein danke«, wies ich ihn freundlich ab. »Eine Therapie brauche ich nicht, es reicht vermutlich, wenn ich mich einfach ausruhe.«

Der Arzt kritzelte etwas auf einen Block und schob mir dann einen Zettel zu.

»So«, sagte er und schaute mich wieder an. »Und machen Sie nicht weiter, ehe Sie zu alter Form zurückgekehrt sind.«

Ich starrte auf den Zettel. Ich war gerade sechs Wochen wegen »*Überanstrengung*« krankgeschrieben worden.

Als ich aus der Praxis trat, stand er da und wartete, eine Zigarette zwischen Daumen und Zeigefinger, einen wilden Ausdruck in den Augen.

Björn.

»Sara!«, sagte er ärgerlich und schnippte die Zigarette weg. »Du *musst* mir jetzt zuhören.«

Mit meiner Selbstbeherrschung war es vorbei, ich sah rot.

»Verfolgst du mich schon den ganzen Tag?«, schrie ich und rammte ihm beide Hände gegen den Brustkorb. »Schleichst du hinter mir her? Was stimmt nicht mit dir? Such dir doch endlich ein Hobby, verdammt, *und lass mich in Frieden!*«

Björn fluchte und griff nach meinem Arm. Er war stark, ich kam nicht los.

»Hör mir jetzt zu!«, sagte er ganz nah vor mir, sein Gesicht war grotesk verzerrt. »Es geht um verdammt viel Geld, es hängen verdammt viele Interessen von verdammt vielen Menschen daran! Du kannst mich nicht einfach ignorieren!«

Ich versuchte, meine Atmung unter Kontrolle zu bringen, aber es war schwer. Björns Umklammerung tat weh. Ein älterer Mann auf der anderen Straßenseite war stehen geblieben und schaute zu uns rüber, weshalb Björn plötzlich ganz stillhielt und sich größte Mühe gab, es völlig normal aussehen zu lassen, dass er am helllichten Tag einen anderen Menschen am Arm festhielt.

»Wenn du nicht sehr gut aufpasst, bringst du dich in gehörige Schwierigkeiten, verstehst du das?«, zischte er mir ins Ohr.

Ich guckte ihn direkt an, sah sein vor Wut rot angelaufenes Gesicht, die schmalen Augen. Dann spuckte ich direkt hinein. Sofort ließ Björn los, und ich rannte weg.

»*Verdammte Rotzgöre!*«, schrie er mir hinterher.

Ich sprintete den ganzen Weg bis zur Agentur, ohne mich auch nur einmal umzudrehen, und als ich wieder in mein Büro kam, hatte ich das Gefühl, meine Lunge wollte platzen. Ich sackte auf meinen Stuhl gegenüber von dem Foto von Bella und mir und gab mir Mühe, tief Luft zu holen.

Björn. Er stand offenbar in direktem Kontakt zu denen, die hinter alldem stecken, wer immer das nun war. Ich hätte selbstverständlich klüger handeln können, um ihm so viele Informationen wie möglich zu entlocken, statt wegzurennen wie ein erschrockenes Kind. Aber ich war einfach nicht in der Lage. Gerade hatte ich das Gefühl, am Ende der Fahnenstange angelangt zu sein. Mehr konnte ich wirklich nicht aushalten.

Als ich mich beruhigt hatte, verschickte ich zwei SMS. Die erste an Fabian.

»*Björn hat mich gerade in der Stadt angegriffen. Der scheint komplett auszuflippen!*«

Schon nach einer Minute kam Fabians Antwort.

»*Hallo Sara! Ich hatte auch Kontakt zu ihm, und er wirkt gerade alles andere als ausgeglichen. Du solltest sehr vorsichtig sein, wenn du ihm begegnest. Werde versuchen, ihn zu erreichen. Bis heute Abend! Drück dich, Fabian.*«

Die andere SMS ging an Andreas, inklusive Björns Kontaktdaten.

»*Björn völlig durchgedreht. Hat mir den Arm umgedreht und was von Geld und großen Interessen gebrüllt. Kannst du ihn mal prüfen? S.*«

Andreas schrieb ebenfalls sofort zurück.

»*Check ich sofort. Halte dich bloß von ihm fern.*«

Am Abend saß ich in der U-Bahn nach Alvik und dachte über Björn nach. Ich rief mir meine instinktive Abneigung gegen ihn ins Gedächtnis, die ich ihm gegenüber stets gespürt hatte. Ein Gefühl, als hätte er sich absichtlich in unsere Familie eingenistet, um uns nahezukommen.

Hatte ich so instinktiv reagiert, weil wirklich etwas nicht stimmte? Konnte es sein, dass er – wie Andreas dachte – in wie auch immer gearteten Menschenhandel verwickelt war?

Trotz seines heutigen Verhaltens konnte ich mir das kaum vorstellen. Denn dann könnte das auch auf Fabian zutreffen, und das war sogar noch undenkbarer.

Mir gefiel der Gedanke, die beiden und Stockholm für eine Weile hinter mir zu lassen.

Sollte ich vielleicht trotzdem die Polizei über Björns manische Verfolgungsaktion in Kenntnis setzen? Vielleicht fanden sie ja eine Verbindung zwischen ihm und dem, was Bella zugestoßen war. Oder zum Menschenhandel.

Mein Handy piepste und verkündete den Eingang einer SMS. Sie kam von Andreas.

»Gegen Björn wurde wegen Gewalt gegenüber einem Polizisten ermittelt. Freispruch. Hässliche Scheidung, Anzeige wegen Misshandlung. Auch hier Freispruch. Forsche weiter, wende dich nicht an die Polizei. Halt dich fern. A.«

Als ich Alvik erreichte, war der Bus gerade abgefahren, also beschloss ich, das Stück bis nach Olovslund zu Fuß zu gehen. Es war weit, aber ich wollte nicht ewig rumstehen und frieren. Immer wieder hatte ich das Gefühl, dass mir jemand folgte, aber wenn ich mich umschaute, war niemand da.

Schließlich lag Fabians Haus komplett dunkel vor mir, weshalb ich erleichtert annahm, er wäre nicht zu Hause. Mittlerweile war Dezember, es war schon seit Stunden dunkel. Die Bewohner von Olovslund hatten bereits die Weihnachtsdeko hervorgeholt, und überall leuchteten Lichtertreppen und -ketten in Fenstern und Gärten. Alles wirkte so friedlich, dass ich fast heulen musste.

Für mich gab es keinen Frieden; meine Zukunft bestand aus Bedrohungen und unzähligen unbeantworteten Fragen.

Die Vorstellung, meine Sachen packen und dann unbemerkt abreisen zu können, hatte etwas sehr Tröstliches. Ich öffnete in dem Glauben die Tür, dass Fabian wirklich nicht zu Hause war. Aber kaum war ich drinnen, musste ich feststellen, dass dies nicht der Fall war. Im Keller brannte Licht, und ich hörte Fabians Laufband. Er hatte sich seinen eigenen Fitnessraum gestaltet, um – so hatte er scherzhaft gesagt – *»beim Warten auf den Tod nicht komplett körperlich zu verfallen«*. Er hatte mir angeboten, den Raum ebenfalls zu nutzen. Es gab ein Laufband und einen Heimtrainer, eine Yogamatte und eine Langhantel, außerdem einen Flachbildschirm, falls man Unterhaltung beim Laufen oder Radfahren brauchte.

Gerade klang es nicht so, als würde der Fernseher laufen, das einzige Geräusch kam von Fabians Füßen, die rhythmisch auf das Band trafen: *tapp, tapp, tapp, tapp, tapp.* Er hatte sich erst kürzlich neue Laufschuhe gekauft und sie mir stolz präsentiert. Sehr exklusiv, weiß; sicher der letzte Schrei in der Laufszene.

Und da traf mich die Erkenntnis, dass sie mich an Tobias' Schuhe erinnert hatten.

Tapp-tapp-tapp-tapp-tapp.

Und dann fiel das fehlende Puzzleteil an seinen Platz, plötzlich und unbarmherzig, woraufhin ich ein Wimmern ausstieß. Es war so fürchterlich, dass es mir überall wehtat.

Fabian mir gegenüber, als ich von Bella und Micke erzählte.

»*Was ist mit deinem Therapeuten? Tobias?*«, hatte Fabian gefragt. »*Bist du mit ihm zufrieden?*«

Ich hatte ihm bloß nie erzählt, dass ich in Therapie war.

Geschweige denn, dass mein Therapeut Tobias hieß.

Wie konnte Fabian das wissen? Wer hatte es ihm erzählt?

Und wie konnte er sich so verplappern?

War das Absicht gewesen? Und wenn ja, warum?

Tapp-tapp-tapp-tapp-tapp, drang aus dem Keller.

Und dann ein anderes Geräusch.

Diesmal musste ich mich an das Geländer klammern, das in den ersten Stock führte. Ich ließ mich langsam auf die mit weichem Teppich belegte Stufe sinken, während die Welt sich um mich drehte und alle Möbelstücke die Plätze zu tauschen schienen. Schließlich konzentrierte ich mich auf einen einzigen Gegenstand, der auf einer der Stufen stand: den Stiefelknecht aus Gusseisen in Form eines großen, klobigen Käfers, den Fabian mal von Papa geschenkt bekommen hatte.

Sieh zu, dass du dir immer die Scheiße von der Arbeit – und den Schuhen – abkratzt, bevor du nach Hause kommst.
Langsam, wie in Trance, griff ich nach dem Käfer und stand dann auf.
Tapp-tapp-tapp-tapp-tapp.
Dort unten im Keller rannte ein älterer Mann auf einem Laufband, älter, als mein Vater war, als er starb. Die Anstrengung erschöpfte ihn, was dazu führte, dass er außer Atem kam. Was dazu führte ...
Das Pfeifen war so klar und deutlich zu hören wie damals im Tunnel. Alle Erinnerungen kamen auf einmal hoch, die Gefühle überwältigten mich: die Hilflosigkeit, die Panik, das fürchterliche Gefühl, festgehalten und auf den Boden gepresst zu werden, wie er gegen meinen Willen in mich eindrang und mich auf die übelste Art erniedrigte, die ich mir vorstellen konnte.
Der Siegelring.
Die Hände, die mich festhielten.
Ich sah sie deutlich vor mir, genau wie damals im Tunnel.
Behaarte Hände mit Altersflecken.
Fabians Hände.
Ich konnte nicht sagen, wie lange ich so dort in der Dunkelheit neben der Kellertür gestanden hatte, aber plötzlich tauchte Fabian vor mir auf. Er war noch immer außer Atem und schaute mich verwundert an, die Arme in die Seiten gestemmt.
»*Du wertloses Stück Scheiße*«, hörte ich ihn zischen. »*Du bist eine kleine Nutte, eine Fotze, du bist nichts wert ... Du verdienst, was ich gerade mit dir mache ... Ich habe schon mein Leben lang kleine Mädchen gefickt.*«
Oder bildete ich mir das alles nur ein?
»Sara ... warum stehst du hier ... im Dunkeln?«, fragte Fabian.
Selbst wenn ich gewollt hätte, ich hätte ihm nicht antworten können. Ohne den Blick von ihm zu nehmen, umklammerte ich

den schweren Stiefelknecht fester, während ich rückwärts die Treppe hinaufging.

»Sara?«, fragte er verwundert und machte einen Schritt auf mich zu.

Ich sagte nichts, sondern ging weiter rückwärts die Treppe hoch, den Stiefelknecht in der Hand. Vermutlich sah ich aus wie eine Wahnsinnige, denn auf Fabians Gesicht spiegelten sich Sorge und Misstrauen.

»Sara«, begann er erneut, nun atmete er wieder normal. »Warum antwortest du denn nicht?«

Ich ging weiter hinauf, er folgte mir langsam. Als ich oben angekommen war, steuerte ich rücklings das Gästezimmer an, während Fabian die Deckenleuchte einschaltete.

Da standen wir beide, gebadet im Licht, und blinzelten.

Fabian entdeckte den Stiefelknecht in meiner Hand.

»Was hast du denn damit vor?«, fragte er bemüht unbeschwert. »Das ist doch mein Käfer! Hier, gib her, dann stell ich ihn wieder unten hin.«

Er streckte die Hand aus, ich reckte den Stiefelknecht in die Luft. Und da hörte ich meine eigene Stimme, ganz ruhig, ganz stark.

»Vergiss nicht, dass ich beim Militär war«, sagte ich leise. »Wenn du nur einen Schritt auf mich zumachst, ist es dein letzter.«

Fabian versuchte sich an einem Lächeln.

»Drohst du mir etwa?«, fragte er und hob die Augenbrauen. »Nach allem, was ich für dich getan habe?«

»Ich weiß, dass du hinter alldem steckst.«

Fabian schüttelte den Kopf.

»Ich habe keine Ahnung, wovon du sprichst. Du bist überarbeitet. Was wirklich keine Überraschung ist, wenn man bedenkt, was du alles durchgemacht hast.«

Unsere Blicke trafen sich, und in dem Moment wandelte sich Fabians Gesichtsausdruck. Sein Ausdruck wurde hart, sein Mund verzog sich zu einem höhnischen Grinsen. Er schien begriffen zu haben, dass er mit seiner Vorstellung nicht weiterkam.

»Dann hast du offenbar den Zusammenhang hergestellt«, sagte er besorgniserregend sanft. »Klug, wie du bist.«

Und da fand noch ein Puzzleteil seinen Platz. Der Käfer, den Fabian so sehr liebte. Das kleine Tattoo auf Bellas Rücken. Papas Anmerkung am Rand des Artikels über den Prostitutionsskandal. Und dem über Cats Falck. Worauf war sie da eigentlich gestoßen?

Skarabäus.

»Skarabäus«, sagte Fabian, als hätte er meine Gedanken gelesen. »Der Name ist brillant, oder? Ich glaube, er geht bis in die Vierziger zurück, als die Organisation die Arbeit aufnahm. Da war ich noch nicht mal geboren. Laut Ägyptologie hat der Skarabäus – oder Mistkäfer, wie er ja auch heißt – magische Kräfte. Er rollt seine Scheiße vor sich her, wie die Sonne am Firmament entlangrollt, das hielt man in dem Zusammenhang für einen adäquaten Vergleich.«

Er lachte, ein leises, aber ehrliches Lachen.

»Dasselbe gilt für die meisten dieser Mädchen«, fuhr er fort. »Auch sie rollen ihre Scheiße vor sich her, sie werden sie praktisch nie los. Und das wollen wir auch gar nicht. Nicht, solange sie noch brauchbar sind.«

Fabian sah mich forschend an.

»Aber es ist sogar noch poetischer«, schwärmte er. »Der Skarabäus macht Mut, stärkt die Lebenskraft und wirkt gegen Depressionen. Alles so ziemlich die Wirkungen unserer Tätigkeit. Der Mistkäfer liebt bedingungslos. Ganz wie die Mädchen.«

»Trafficking«, brachte ich heraus. »Menschenhandel, Prostitution.«

»Ach, diese modernen Wörter!« Fabian schloss die Augen. »Als diese Organisation jung war, sprach man noch von Freudenmädchen. Ein wesentlich schönerer Begriff.«

»Und wie sieht sie aus, diese Organisation?«

»Wenn du damit fragen willst, wer unsere Dienste nutzt, dann kann ich dir sagen, dass sich die Kundschaft bis an die Spitze der Gesellschaft erstreckt. Ganz wie zur Zeit Geijers und lange davor. Das ist ja alles nichts Neues. Erwachsene Männer und junge Mädchen, ganz wie es sein soll. Das ist natürlich. Und ihr etwas älteren werdet wütend, werdet eifersüchtig. Das ist auch natürlich. Aber das ist nicht unsere Schuld!«

Da lachte er wieder.

Ich konnte nicht atmen. Aber ich musste die Frage stellen.

»Papa?«, presste ich leise hervor.

Fabian grinste mich fies an, antwortete aber erst mal nicht.

»Stell dir mal vor, ich würde dir jetzt erzählen, dass dein Vater auch mitgemacht hat«, sagte er schließlich.

Wir sahen uns an, ich umklammerte den Käfer fester.

»Das hat er aber leider nicht«, fuhr Fabian fort. »Er war völlig ahnungslos, als er mir diesen Stiefelknecht da schenkte. Fast zu gut, um wahr zu sein, oder?«

Ich antwortete nicht, und Fabian wurde ernst.

»Dein Vater war merkwürdig veranlagt. Er stand auf Männerfreundschaft und so, aber hingeben konnte er sich nicht. Mit ihm war es, als hätte man einen Hobbypolizisten auf den Fersen, das war auf die Dauer sehr lästig und anstrengend.«

Papa war daran nicht beteiligt.

Ich schluckte.

»Was habt ihr mit Bella gemacht?«, fragte ich fordernd und staunte über die Eiseskälte und die Sicherheit in meiner Stimme.

Fabian schüttelte den Kopf und zuckte mit den Schultern. »Da war nicht viel Zutun nötig. Bei ihrer Verfassung. Ein leichter

Stups. Aber warum nennst du sie weiter Bella? Du weißt doch, dass sie in Wahrheit Olga hieß.«

Die Erkenntnis, dass Fabian genau wusste, worüber Andreas und ich am Morgen desselben Tages gesprochen hatten, traf mich wie eine kalte Dusche. Aber sie machte mich nur noch entschlossener.

»Olga kam als Zwölfjährige zu uns«, fuhr Fabian fort, ohne den Blick von mir zu lösen. »Sehr gut entwickelt für ihr Alter, aber gleichzeitig noch so ... *jung*. Interessant! Fast wie ein Hundewelpe, kann man sagen. So sind Waisenkinder ja häufig. *Süchtig nach Liebe. So eifrig, es allen recht zu machen.* Und das war sie wirklich.«

Seine Worte waren wie Messerstiche. Mir schwirrte der Kopf, die Gedanken rannten wild in alle Richtungen.

»Und du bist der Chef der Organisation?«, fragte ich. »Von Skarabäus?«

»Na ja, Chef.« Er tat schüchtern. »Ich trage die übergreifende Verantwortung, könnte man sagen.«

»Und BSV?«, hörte ich mich selbst fragen. »Wofür steht das?«

Jetzt lächelte Fabian freundlich. Er sah aus, als würde er mir liebend gern den Kopf tätscheln.

»Das«, setzte er an und kratzte sich dann mit der rechten Hand am Kinn, an deren kleinem Finger ein Ring prangte, »musst du selbst herausfinden. Oder, wie es die Briten so schön formulieren: *That's for me to know and for you to find out.*«

Die Hände.
Der Siegelring.
Das Geräusch.

Ich wappnete mich innerlich, um die nächste Frage stellen zu können.

»Warum hast du mir das angetan, da im Tunnel? *Wozu?* Was habe ich dir je getan, um das zu verdienen?«

»Ach, Schätzchen«, sagte Fabian. »Du hast mir gar nichts getan. Dabei ging es doch gar nicht um dich. Und um Sex ging es definitiv auch nicht, aber das hast du verstanden, nehme ich an. Da war Fräulein Olga schon eher meine Kragenweite, wenn ich das mal so formulieren darf. Also damals, als sie noch richtig jung war natürlich.«

»Und Björn? Wie passt der ins Bild?«

»*Björn*«, sagte Fabian mit einem Schnaufen. »Björn ist ein nützlicher Idiot. Gutmütig und ahnungslos, der hat nicht das geringste Verständnis von dem, was wir machen. Aber jetzt ist er endlich unterwegs zu einem Elefantenfriedhof in Südamerika. Es gibt offenbar noch andere außer mir, die die Betonung eher bei *Idiot* setzen, wenn es um Björn geht. Das war bei deinem Vater anders. Über Lennart kann man sagen, was man will, aber ein Idiot war er nicht. Im Gegenteil. Leider, wenn ich das noch hinzufügen darf.«

Die Verbindung zwischen Fabian und Papa stand mir plötzlich so strahlend grell vor Augen, als hätte diesmal jemand eine Lampe in meinem Kopf angeschaltet.

»Du wolltest Papa damit treffen.« Meine Stimme klang rau. »Du wolltest ihn brechen. Und du hast mich dazu benutzt, ihn zum Einlenken zu bewegen.«

»So ein kluges Mädchen. Dein Vater war eine ziemlich harte Nuss, wir kamen also nie wirklich an den Punkt, an den wir wollten. Trotz allem.«

Ich starrte ihn an. Dass er noch immer dermaßen überlegen grinste, kam mir fast unwirklich vor.

»Du hast ihn getötet«, sagte ich. »Du hast meinen Vater umgebracht.«

Fabian lächelte und machte ein bedauerndes Gesicht.

»Es war sehr traurig, dass es auf diese Weise enden musste. Aber er wurde langsam unerträglich. So wie Unkraut in einem sonst gepflegten Beet. Und du weißt ja: *Unkraut muss man jäten.* Frag nur deine Mutter, sie kann das sehr gut. Genau wie Lennart.«

Wieder dieses überlegene Grinsen.

»Ich hoffe ja, dass ich in Zukunft mehr von Elisabeth sehe«, sagte er. »*Deutlich* mehr als bisher. Wir fühlen uns wohl miteinander, das weißt du. Das war schon immer so.«

Er legte den Kopf schief und betrachtete mich nachdenklich aus halb geschlossenen Augen.

»Die Frage ist bloß, was wir mit dir machen, kleine Sara.«

Plötzlich war es so, als hätte jemand die Bremse in mir gelöst. Mir wurde schwarz vor Augen, und ich stürzte mich schreiend auf Fabian.

Trotzdem erreichte ich ihn nie. Ich sah, wie sich Fabians Miene blitzschnell wandelte. Das überlegene Lächeln verschwand, ersetzt durch Entsetzen. Ich hielt den schweren Stiefelknecht aus Gusseisen über meinen Kopf erhoben, und Fabian suchte Halt an dem Geländer hinter sich. Er musste vom Training erschöpft sein, denn er verfehlte es um mehrere Zentimeter, und bevor ich überhaupt bei ihm war, verlor er das Gleichgewicht und fiel rücklings die Treppe hinunter. Ich hörte, wie er die Stufen hinunterpolterte, dann blieb er reglos am Fuß der Treppe liegen. Ich selbst stand noch am oberen Absatz, den gusseisernen Käfer über den Kopf erhoben. Ich atmete so heftig, als wäre ich gerade erst vom Laufband gestiegen, und wartete angespannt, dass Fabian sich bewegen und aufzustehen versuchen würde.

Aber das tat er nicht. Er blieb völlig reglos liegen.

Es ist die ewige Stille, die mich zur Verzweiflung bringt.
Der schreckliche Kampf um Konsens, darum, das eigene Bedürfnis zu befriedigen, nicht hervorzustehen.
Wir schließen lieber die Augen, wenn wir am Nachbarhaus vorbeigehen, obwohl wir hören, dass die Kinder darin verzweifelt um Hilfe schreien, statt uns alle in eine sozial unbequeme Situation zu bringen, indem wir dort anklopfen und nachfragen, was los ist.
Oder vielleicht die Polizei verständigen.
Wir lassen es auf taube Ohren stoßen und gehen weiter.
Das Gesetz von Jante in seiner schlimmsten Ausprägung.
Eine Gesellschaft wird nicht durch seine stärksten Mitglieder geprägt oder diejenigen mit den meisten Ressourcen, egal wovon man mittlerweile überzeugt ist.
Eine Gesellschaft wird dadurch definiert, wie man sich um die Schwächsten kümmert.
Was tun wir also für unsere Allerkleinsten? Denen, die unter unserem Schutz stehen?
Ich denke daran, wie ausgeliefert diejenigen sind, die Hilfe brauchen, weil sie aus irgendwelchen Gründen nicht den Schutz und die Unterstützung bekommen haben, die sie brauchen, seien es nun in Schweden oder im Ausland Geborene. Hier bei uns, in Schweden – einem Land, das sich selbst dafür auf die Schulter klopft, eins der weltweit sichersten Länder für Kinder und Jugendliche zu sein, und das, im Gegensatz zu bestimmten europäischen Nachbarn, gesetzlich jede Form der Züchtigung untersagt hat –, in diesem Land werden die Schwachen von Pädophilen und Menschenhändlern abgefangen. Und wir Schweden spazieren fröhlich daran vorbei, verschließen Augen und Ohren davor und überlegen lieber, ob sich ein Petit Chablis oder ein australischer Chardonnay besser zum Abendessen eignet, zu Pasta mit handgepulten Krabben.

Mir ist es völlig egal, ob es sich 1976 um die vierzehnjährige Eva Bengtsson handelt oder um einen vierzehnjährigen syrischen Flüchtling ohne Papiere im Jahr 2017.
Oder um eine zwölfjährige Olga Chalikowa mit einem blaugrünen Veilchen im Gesicht, hergeschmuggelt durch rücksichtslosen Menschenhandel.
Sie sind unter uns. Wir dürfen sie nicht im Stich lassen.
Dabei lassen wir sie permanent im Stich, und noch dazu auf existenziellste Weise.
Wir sagen ihnen, dass sie wertlos sind, dass sie nichts bedeuten, dass die Menschenrechte für sie nicht gelten.
Und dann nutzen wir sie schonungslos aus.
Die Einzigen, die durch dieses Verhalten definiert werden, sind wir selbst.
Wir haben nicht mal Respekt für uns selbst. Wir haben einfach gar nichts gelernt.
Es herrscht Schweigen.

Das Blaulicht spiegelte sich in den Autos an der Straße und tauchte unsere Gesichter in komische Farben. Ich stand in eine Decke gewickelt auf der Treppe, und eine Polizistin sprach mit mir, während ich das Rettungspersonal verabschiedete.

»Und Sie sind sich wirklich sicher, dass er nicht leiden musste?« Es wunderte mich, wie echt die Frage klang.

»Absolut sicher«, bestätigte der Sanitäter und klopfte mir auf die Schulter. »Er hat sich das Genick gebrochen, der Tod trat aller Wahrscheinlichkeit nach sofort ein. Machen Sie sich keine weiteren Gedanken, auch wenn es schrecklich ist, so etwas passiert immer wieder. Die Obduktion wird zeigen, ob er noch andere Probleme hatte. Vielleicht hat ja ein Herzinfarkt oder ein

Blutgerinnsel den Sturz verursacht. Sind Sie sicher, dass Ihre Familie auch wirklich in Örebro ist und sich um Sie kümmern kann?«

Ich nickte.

»Deshalb muss ich ja unbedingt den letzten Zug bekommen, sonst muss ich die Nacht über in Stockholm bleiben, und das will ich unter keinen Umständen.«

»Holen Sie doch Ihre Tasche und die Katzentransportbox«, sagte die Polizistin, »und schließen Sie ab, dann können wir uns auf den Weg zum Hauptbahnhof machen.«

Der Streifenwagen fädelte sich durch den Feierabendverkehr. Die Polizistin schaute zu mir, aber ich tat so, als würde ich es nicht bemerken.

»Ich werde einen Bericht schreiben müssen«, ließ sie mich wissen, »Sie bekommen dann eine Kopie per Post. Mein Name und meine Nummer werden daraufstehen, damit Sie mich jederzeit kontaktieren können, sofern Sie Fragen haben oder Ihnen noch etwas einfällt.«

»Danke.«

»Er hatte wirklich Pech«, fuhr sie fort. »Und Sie waren die ganze Zeit im Gästezimmer?«

»Ja, wie gesagt, ich kam von der Arbeit nach Hause und hörte ihn im Keller auf dem Laufband. Weil ich den Zug nach Örebro nehmen wollte, wie mit meiner Familie abgesprochen, bin ich nach oben gegangen, um zu packen. Und während ich das tat, hörte ich plötzlich dieses schreckliche Gepolter im Flur. Als ich rauskam, lag er unten am Treppenansatz, und ich habe sofort den Notruf verständigt.«

Die Polizistin schwieg.

»Eine Sache verstehe ich nicht ganz«, sagte sie. »Warum stand der Stiefelknecht auf dem Küchentisch? Das ist so ein ungewöhnlicher Ort dafür.«

Wieder hörte ich meine eigene ruhige, souveräne Stimme: »Fabian hat diesen Stiefelknecht geliebt. Ich glaube, er hat ihn regelmäßig poliert.«

»Das wird es sein«, sagte die Polizistin nachdenklich. »Deshalb stand er vermutlich auf dem Tisch. Es lag ja auch ein Lappen daneben.«

Keine Fingerabdrücke.

Ich hatte ihn gut abgerieben.

Aber warum hatte ich ihn nicht wieder an seinen Platz gestellt, als ich fertig war?

Am Hauptbahnhof nahm ich meine Tasche und die Katzentransportbox entgegen, bedankte mich bei der Polizistin und steuerte den Bahnsteig an, von dem der Zug nach Örebro abfahren würde. Dort stand Björn und wartete auf mich, ganz wie wir verabredet hatten. Als er mich sah, murmelte er etwas und kam dann zu mir, um mich zu umarmen.

»Mensch, was du in letzter Zeit alles durchmachen musstest.«

Als klar war, dass die Polizei mich noch am Abend nach Örebro fahren lassen würde, hatte ich Björn angerufen und gebeten, mich am Hauptbahnhof zu treffen. Ich hatte ihm kurz erklärt, was passiert war, und dass ich kurzzeitig auch ihn verdächtigt hatte, aber jetzt nicht mehr.

»Entschuldige, dass ich dich angespuckt habe«, sagte ich peinlich berührt. »Ich schäme mich so sehr dafür.«

»Das ist gar nicht nötig«, sagte Björn. »Ich habe mich ja selbst nicht gerade vorbildlich verhalten. Hast du einen blauen Fleck am Arm?«

»Nein, keine Sorge. Ich bin ein zäher Teufel.«

»Ich habe dich Rotzgöre genannt ... Entschuldige.«

»Aber so hab ich mich doch auch benommen!«
Björn lachte und schüttelte den Kopf.
»Du wolltest mir etwas erklären«, sagte ich. »Und ich habe dich völlig missverstanden und dachte, du bedrohst mich.«
»Ich habe mich auch nicht klar ausgedrückt, was aber mit daran liegt, dass mir das alles gar nicht wirklich klar ist.«
Er machte eine Pause.
»Sagen wir mal so. Anfangs dachte ich, dass Lennart involviert ist. Dann fand ich Hinweise darauf, dass es genau umgekehrt war. Dass er bedroht und verfolgt wurde. Dass es um viel geht, ist ja nicht zu übersehen. Aber woher und in welcher Form? Da komme ich nicht weiter. Ich wollte dich einfach nur warnen und dir sagen, dass du vorsichtig sein sollst.«
»Es geht um Menschenhandel. Um Prostitution – von Erwachsenen und Kindern. Bella, du hast sie kennengelernt ...«
»Deine hübsche Freundin?«
»Sie ist tot.«
Björn schaute mich ganz verzweifelt an.
»Sara, das tut mir so leid. Wie geht es dir denn nach alldem?«
»Ich weiß es nicht«, sagte ich. »Es gibt noch so viel mehr, was du nicht weißt.«
Wir schwiegen eine Weile, und Björn zündete sich eine Zigarette an. Seine Bewegungen waren nicht geschmeidig, sondern irgendwie abgehackt, er blies den Rauch aus, starrte die Menschen an, die an uns vorbeigingen. Er war ein ziemlich neurotischer Kerl, nicht im Ansatz so ruhig und gefasst wie Fabian: Da war es vielleicht doch gar nicht so schwer zu verstehen, dass ich misstrauisch geworden bin.
Gleichzeitig machte mich aber seine Anwesenheit gerade auch total glücklich. Ich musste nicht länger an ihm zweifeln; es war fast so, als hätte ich ein kleines Stück von meinem Vater zurückbekommen.

»Fabian hat gesagt, du bist unterwegs nach Südamerika«, sagte ich. »Stimmt das?«

Björn ließ die halb gerauchte Zigarette zu Boden fallen und trat sie aus.

»Woher er hat er das schon wieder gewusst? Es ist noch nicht mal offiziell. Aber es stimmt, mir wurde angeboten, mich nach Kolumbien zu versetzen.«

Hundert Jahre Einsamkeit.

Aus irgendeinem Grund musste ich an das Buch denken. Doch, der Roman war von einem Kolumbianer geschrieben. Vielleicht war dort ein Neuanfang möglich für Björn.

»Ich habe gerade abgelehnt«, sagte er.

»Was? Warum? Willst du nicht weg?«

Björn schüttelte den Kopf. Plötzlich wirkte er verlegen.

»Ich möchte lieber hierbleiben, um dir zu helfen. Wenn du möchtest. Wir müssen sehr viel Licht in sehr viel Dunkel bringen. Ich möchte nach Örebro kommen und eine ganze Menge mit euch besprechen. Mit dir, Lina und Elisabeth.«

Ich war überrascht, wie sehr mich dieser Vorschlag freute. Ich lächelte ihn voller Wärme an.

»Komm, wann du willst. Ich habe auch nur ungefähr tausend Fragen an dich. Über Papa und eure Freundschaft und alles Mögliche darüber hinaus. Und Mama würde sich sehr freuen, wenn du kommst, das weiß ich.«

»Ich hab schon mit ihr gesprochen«, eröffnete er mir. »Sie sagt dasselbe wie du.«

Ich umarmte ihn.

»Danke, dass du hergekommen bist«, sagte ich. »Jetzt muss ich aber wirklich einsteigen.«

»Wie sehen uns in Örebro.« Björn lächelte. Zum ersten Mal fiel mir die Ähnlichkeit zwischen ihm und Papa auf. »Das wird schön.«

»Das glaube ich auch«, sagte ich und spürte, dass ich das wirklich so meinte.

Als Björn gegangen war, stieg ich ein und suchte mir einen Platz. Kurz darauf setzte der Zug sich in Bewegung. Im Fenster sah ich meine Spiegelung: erst vor dem Hintergrund des Bahnsteigs, dann vor den Lichtern der Stadt, dann vor der dunklen Landschaft.

Wer war ich eigentlich in diesem Schauspiel?

Fabian war tot, gestorben an den Folgen eines Genickbruchs, und ich war nichts als erleichtert darüber. Ich hatte die Polizei angelogen. Noch hatte ich niemandem erzählt, was wirklich passiert war.

Gerechtigkeit hatte gewonnen.

Björn war rehabilitiert. Klar, er war ein sonderbarer Vogel, der durchaus handgreiflich werden konnte, aber er war kein Vergewaltiger oder Mörder. Und auch kein Menschenhändler.

Fabian hingegen war für all das verantwortlich, was mir in der letzten Zeit zugestoßen war. Jetzt war er tot, jetzt würden die komischen Zwischenfälle endlich aufhören.

Was hatte ihn nur angetrieben?

War er eifersüchtig auf Papa gewesen? Auf seine Karriere? Auf seine Ehe? Auf mich und Lina?

So vieles war mir noch unklar, aber Fabian war tot, und ich verspürte eine Erleichterung wie seit vielen Monaten nicht.

Wenn mich das zu einem schlechten Menschen machte, dann war es eben so.

Am Bahnsteig in Örebro erwarteten mich Mama und Lina. Es war nicht zu übersehen, dass sie geweint hatten. Mama umarmte mich und hob mich dabei fast vom Boden, so wie Papa es immer gemacht hatte.

»Mein liebes Kind«, sagte sie. »Was du alles mitmachen musst! Erst Bella, jetzt Fabian – wie kann man nur so viel Pech haben? Aber jetzt bist du erst einmal krankgeschrieben und musst hierbleiben, bis du dich ausgeruht hast.«

»Darauf kannst du dich verlassen. Du wirst ganz gewiss mehrmals die Nase von mir voll haben, bevor ich wieder abfahre.«

»Ach«, seufzte Mama. »Ich bin so froh, dass du hier bist. Ich kann das gar nicht in Worte fassen. Was sagen die in der Agentur? Hast du mit ihm gesprochen, wie hieß er noch gleich? Ist er einverstanden?«

»Pelle? Es war sogar sein Vorschlag, mich krankschreiben zu lassen. Er hat mir einen Termin beim Arzt gemacht. Fast so, als wollte er mich loswerden.«

»Das kann ich mir gar nicht vorstellen«, sagte Mama.

Ich schaute von Mama zu Lina. Und plötzlich konnte ich einfach nicht mehr weiter grübeln.

»Habt ihr schon gegessen?«, fragte ich. »Ich habe Hunger wie ein Wolf.«

»Wir waren gerade fertig, als die Polizei anrief, aber es ist noch was für dich übrig. Ich habe schon damit gerechnet, dass du Hunger hast, und extra mehr gekocht.«

»Superlecker«, sagte Lina. »Hühnereintopf mit Linsen und Wildreis.«

»Großartig! Ich war schon lange nicht mehr so hungrig.«

Mama betrachtete mich besorgt.

»Wie geht es dir denn mit dem allen? Du machst einen erstaunlich gefassten Eindruck.«

Ich schüttelte den Kopf.

»Die Polizei meint, das ist der Schock. Umso wichtiger, gut zu essen und viel zu schlafen. Die Gefühle und die Einsicht holen mich noch früh genug ein, und dann wird es wieder schwer. Aber ich hab die letzten Tage schon so viel um Bella geweint, dass gar keine Tränen mehr übrig sind. Ich kann noch nicht wirklich fassen, dass Fabian tot sein soll.«

»Das kann ich verstehen«, antwortete Mama. »Wir haben auch schon ein paar Stunden geweint. Aber ich finde, die Polizei hat recht: Wir kümmern uns jetzt erst einmal darum, dass du etwas isst und ins Bett kommst. Und dann sehen wir, wie es weitergeht.«

»Björn will vorbeikommen«, sagte ich. »Die Idee finde ich sehr schön.«

»Ja, das hat er mir auch schon gesagt«, meinte Mama. Dann betrachtete sie mich nachdenklich.

»Das heißt, ihr habt euch gefunden?«

»Könnte man so sagen. Und darüber bin ich sehr glücklich. Er ist Papa ähnlicher, als ich gedacht hätte.«

Wir wanderten durch das dunkle Örebro, vom Bahnhof in die Grenadjärngatan, der wir den ganzen Weg bis Rynninge folgten. Dabei unterhielten wir uns über das Reiten und Mamas Arbeit und alles andere, was nichts mit Bella und Fabian zu tun hatte. Nachdem wir die Brücke überquert hatten, bogen wir in den Strandvägen ein, und da fing mein Herz an zu flattern wie ein kleiner Vogel. Ich war noch immer am Boden zerstört über Bellas Tod, obwohl sie mich nach Strich und Faden angelogen hatte. Und der Verlust von Fabian war auf irgendeine Weise auch schlimm. Er war über so viele Jahre lang ein Freund der Familie gewesen, und mir war gar nicht klar, wie ich herausfiltern sollte, wer er eigentlich gewesen war. Und welche Rolle er in unserem – und Papas – Leben gespielt hatte. Björn konnte plötzlich unschätzbar nützlich sein.

Aber es blieb noch genug Zeit, zu trauern und zu grübeln. Jetzt wollte ich erst einmal die enorme Erleichterung darüber auskosten, dass ich endlich wusste, was letzten Winter im Tunnel passiert war.

Es irrte kein unbekannter Vergewaltiger mehr durch die Stadt und wartete auf die Gelegenheit, sich an mir – oder jemand anderem – zu vergreifen. Fabian, der nun mit gebrochenem Genick im Leichenhaus lag, hatte mich vergewaltigt.

Die Gerechtigkeit hatte gesiegt, wenn auch auf sonderbare und unangenehme Weise.

Noch gab es eine Menge mehr offene Fragen als Antworten, aber ich hatte endlich eine Antwort auf die quälendste von allen gefunden, die mich seit so vielen Monaten geplagt hatte: Wer hatte mich vergewaltigt?

Als ich aufschaute, breitete sich Rynninge vor mir aus wie ein ausgekipptes Schmuckkästchen. All die Weihnachtskerzen in den Fenstern und Lichterketten in Büschen und Bäumen funkelten um die Wette, und ich musste mich zusammenreißen, um nicht vor Glück zu lachen oder zu singen. Jetzt würden all die Merkwürdigkeiten aufhören, jetzt stand eine neue Zeit bevor, und ich konnte mich endlich auf das Wesentliche konzentrieren, statt mir so viele Sorgen und Gedanken machen zu müssen. Plötzlich lockte mich das Studium in London wieder. Oder vielleicht sogar Paris? Alle Wege standen mir offen, ich musste mich nur entscheiden und den ersten Schritt machen.

Wir erreichten das Haus, und selten hatte ich mich so glücklich und sicher gefühlt wie in dem Moment, als wir hineingingen und Licht machten. Ich brachte meine Tasche und Simåns in mein Zimmer, wusch mir im Bad die Hände und lächelte mich selbst im Spiegel an. Mama wärmte mir das Essen auf, und dann saßen wir zu dritt am Küchentisch und plauderten wieder über alles außer über Bella und Fabian. Über Konzerte und anderes, was über die Weihnachtsferien anstand, über den neuesten Klatsch und Tratsch. Sally war aus Spanien zurück und wollte sich mit mir treffen, verkündete Mama, und da fiel mir auf, dass Sally ja noch gar nichts von den Vorgängen der letzten Woche wusste, obwohl sie durch ihren Besuch in Stockholm ja an vielem beteiligt gewesen war.

Ich freute mich darauf, sie wiederzusehen und mit ihr zu sprechen. Ganz aufrichtig.

Und ich musste unbedingt Kontakt zu Andreas aufnehmen und ihm erzählen, was passiert war.

Aber noch nicht. Jetzt wollte ich zunächst einmal genießen, dass endlich, *endlich* nach so vielen Monaten Ruhe eingekehrt war und ich mich entspannen konnte.

Nach dem Essen spülte ich ab, und dann packte ich aus. Normalerweise machte ich das nicht, wenn ich mal am Wochenende nach Hause kam, sondern ließ einfach alles in der Tasche. Aber diesmal blieb ich länger, auf unbestimmt, so wie es aussah. Deshalb legte ich sorgfältig und zufrieden meine Sachen in die Schubladen, die Jeans und Pullis hängte ich auf Kleiderbügel in den Schrank.

Danach zog ich einen meiner alten Flanellschlafanzüge an, den ich in einer der Schubladen gefunden hatte. Sofort war ich zurückversetzt in eine Zeit, in der ich noch zur Schule ging, in der mein Vater noch lebte und alles war, wie es sein sollte. Aber Papa war tot, und sein Tod warf immer noch so viele Fragen auf. Und Bella, die ich so sehr gemocht hatte, war auch tot. Genauso Fabian. Trotzdem war da eine Zufriedenheit in mir, eine unerwartete Ruhe.

Jetzt würde sich alles zum Guten wenden.

Ich ging ins Wohnzimmer, wo Lina vor dem Fernseher saß. Ich umarmte sie, ganz wie das unsere Gewohnheit war, als wir noch beide hier wohnten. Dann ging ich ins Bad, wusch mir das

Gesicht, putzte mir die Zähne und lächelte mein Spiegelbild an. Ich fühlte mich frei. Frei und stark und bereit, mein Leben wieder aufzunehmen. Mein Leben, bei dem ich gewissermaßen vor einem Jahr nach dem Erlebnis im Tunnel auf Pause gedrückt hatte.

Als ich im Bett lag und mich im rosafarbenen Schein der Nachttischlampe genüsslich in meinem ehemaligen Kinderzimmer umsah, kam Mama herein. Ich dachte, sie würde sich zu mir ans Bett setzen und mir über den Kopf streicheln, wie sie es für gewöhnlich tat, um mir Gute Nacht zu sagen. Aber sie war ganz weiß im Gesicht, weshalb ich aufstand und sie in den Arm nahm. Fabian hatte ihr so viel bedeutet; und sie hatte schließlich keine Ahnung von dem, was ich alles herausgefunden hatte.

»Wie geht es dir, Mama?«, fragte ich. »Bist du müde?«

Sie schüttelte den Kopf, und in dem Moment fiel mir erst auf, dass sie am ganzen Leib zitterte. Ich löste mich von ihr, um ihr ins Gesicht zu schauen. Ihre schönen blauen Augen waren voller Tränen.

»Björn ist tot«, krächzte sie.

»Nein, Mama«, sagte ich leise und streichelte ihr über den Kopf. »*Fabian* ist tot.«

Es fielen nur noch mehr Tränen, sie schien es gar nicht zu merken.

»Sie haben gerade angerufen«, sagte sie. »Er ist mit seinem Motorrad verunglückt.«

Ich starrte sie an, und sie hielt meinem Blick stand.

»Warum hört das nie auf?«, flüsterte sie. »Warum hört das nie auf?«

Da tauchte Lina in der Tür auf und starrte uns an.

»Was ist passiert?«, fragte sie. »Geht es um Fabian?«

Wir schauten sie stumm an.

»Hier«, sagte sie und hielt mir einen Umschlag hin. »Der kam gerade durch den Briefschlitz. Ich hab noch die Tür geöffnet, aber da war niemand.«

Ich streckte langsam die Hand aus und nahm ihr den Umschlag aus der Hand, während meine Gedanken nur so rasten.

»*Sara*« stand darauf. Mehr nicht.

War er von Sally?

Einem meiner Freunde von früher?

Von Andreas konnte er ja schlecht sein, oder?

Das Zimmer drehte sich ein bisschen.

Verrückt, verrückt, verrückt.

Ich öffnete den Umschlag.

Darin lag ein Zettel, auf dem nichts stand, sondern nur ein Siegel abgebildet war. Ein Schild mit drei Buchstaben und drei Kronen, darüber eine größere Krone wie beim Staatswappen.

»B ... S ... V«, las Lina über meine Schulter hinweg. »Was bedeutet das?«

Mama brach in herzzerreißendes Schluchzen aus.

Lina schaute von ihr zu mir.

»Warum seid ihr so wahnsinnig aufgewühlt?«, fragte sie verwirrt. »Was ist denn jetzt schon wieder passiert?«

Ich antwortete nicht, sondern knüllte den Zettel so fest zusammen, dass ich mir die Fingernägel in die Handfläche bohrte. Dann ließ ich ihn fallen, genau wie meine Freude, meine Erleichterung und alle meine Hoffnungen für die Zukunft.

DANKSAGUNG

Die Widerstandstrilogie hat einen langen und komplizierten Entstehungsprozess bestritten, und ohne den wohlwollenden Beistand einer großen Zahl von Menschen hätte sie nicht das Licht der Welt erblickt. Die Reise begann bei einem Verlag und endete bei einem anderen, viele haben mich während des zeitweise schwierigen Prozesses unterstützt. Im ersten Teil möchte ich besonders danken:

Eva Bengtsson, einer sehr mutigen Frau, vor der ich sehr großen Respekt habe.

Sara Pers-Krause für ihre fantastische Hilfe bei allen Rechtsfragen, ihre klugen Ratschläge und das kontinuierliche Lesen des Manuskripts.

Tony Sandell, Björn Fröling und Anne Löfroth für ihr intelligentes Feedback und alle inspirierenden Kommentare, was ich inhaltlich verbessern konnte. Anne war außerdem die externe und loyale Lektorin des Buchs und hat durch ihre große Kompetenz der Freude dieses Arbeitsschritts zu neuen Höhen verholfen.

Jonas Axelsson, Carl Hamilton, Denise Rudberg und Margaret von Platen für ihren – stets – unerschütterlichen kollegialen

Input, wunderbare Einblicke in unsere verrückte Branche und viel glückliches Gelächter, als ich eigentlich gerade zu ertrinken drohte.

Wilhelm Agrell, Professor am Forschungspolitischen Institut, für solide Hintergrundinformationen, lustige Diskussionen und bestes Gebäck an der Universität Lund.

Jesper Tengroth, Pressesprecher des Schwedischen Militärs, für eine Führung durch den Hauptsitz, für weiterführende Informationen über die Streitkräfte und lustige Geschichten aus der Welt des Militärs.

Lukas Nordström für seine ehrlichen und unterhaltsamen Erzählungen über das, was die militärische Grundausbildung so zu bieten hat.

Claes Ericson, Ebba Barrett Bandh und die ganze Gang bei Bookmark, die mich und die Trilogie mit offenen Armen aufgenommen hat und zu jeder Zeit große Kompetenz bewies. Ich bin unfassbar stolz darauf, von einem so professionellen »Aufsteiger« wie Bookmark verlegt worden zu sein, und würde mich kein bisschen wundern, wenn viele andere Autorenkollegen – alte wie neue – früher oder später den Weg zu euch finden. *The sky's the limit, guys!*

Joakim Hansson, Anna Frankl und Judith Toth von der Nordin Agency dafür, dass sie von Anfang mit solchem Enthusiasmus hinter der Widerstandstrilogie standen und sich so professionell um meine Manuskripte gekümmert haben. Ich freue mich schon sehr auf unsere weitere Zusammenarbeit!

PR-Genie Daniel Redgert für eine wunderbare Medienkampagne für ein weiteres Projekt. Und für alle da draußen, die sich fragen, »wer er ist«: ein kluger, ehrgeiziger Mann, der ungefähr so genau ist wie ein Grundschullehrer alten Schlags – oder ganz einfach »*the hardest working man in PR & media*«.

Maria Boström, Stockholms beste Stylistin und der für mich schönste Mumin, was du nicht alles für mich tust!

Anna-Lena Ahlström für die eleganten Fotos. Ich liebe jede Sekunde unserer Zusammenarbeit!

Elina Grandin für das schönste und fantasieanregendste Cover, das je eins meiner Bücher geziert hat.

Stefan Ekebom und Jocke und Linda Dominique: Danke, dass ihr dem Widerstandsprojekt und meinem Leben wieder Musik eingehaucht habt, nach so vielen Jahren der Sehnsucht!

In den Text sind viele Zitate aus den schwedischen Medien eingeflossen. Mein tiefster Dank gilt all jenen Zeitungen, Journalisten und in manchen Fällen Interviewpartnern, die mir wohlwollend erlaubt haben, aus ihren Texten und Interviews zu zitieren. Von allen angefragten Zeitungen kamen Zusagen, außer von einer, und aufmerksame Leserinnen und Leser werden sich vielleicht gewundert haben, warum die *Dagens Nyheter* – Schwedens größte Tageszeitung – mit Abwesenheit glänzt. Die geht nicht auf eine Benachteiligung durch mich oder den Verlag zurück. Wir haben die *Dagens Nyheter* um Erlaubnis gebeten, vier kurze Texte aus ihrem Archiv zu veröffentlichen, aber obwohl die Urheber der Texte alle zustimmten, verweigerte der Chefredakteur uns die Nutzungsrechte. Der Dialog zog sich über gut einen Monat, und die Entscheidung der *Dagens Nyheter* liegt weder an mangelnder finanzieller Entschädigung (der Verlag zeigte sich sehr flexibel) von unserer Seite noch am Umfang der zu zitierenden Texte. Die Gründe dafür, dass die Zeitung nicht an der Widerstandstrilogie beteiligt sein wollte, müssen also anderswo liegen. Welche dies sind, wurde immer noch nicht klar, aber der Verlag und ich sind sehr neugierig.

Abgesehen von den oben und im Anschluss genannten Personen hat eine große Menge nicht namentlich erwähnter Menschen mich bei diesem Projekt unterstützt. Nicht explizit genannt zu werden war Bedingung für ihr Mitwirken, da sie sensible Informationen beisteuerten, die in manchen Fällen von zentraler Bedeutung für meine Erzählung waren. Eine namentliche Nennung könnte schwerwiegende Folgen für ihre weitere berufliche Tätigkeit haben. Ich bin ihnen zutiefst dankbar für ihr Vertrauen und ihre Hilfe.

Zu guter Letzt möchte ich meinem wunderbaren Mann Calle Lagercrantz und unseren so liebevollen Kindern Elas und Puffe für ihre vorbehaltlose Unterstützung danken. Ohne ihren Beistand auf allen Ebenen wäre gar keins der Bücher geschrieben worden, und ich liebe euch von ganzem Herzen. Calle: mit deiner Intelligenz, deinem Humor und immerwährender Freundlichkeit an meiner Seite kann ich fast alles bewältigen. Meinen Kindern möchte ich zwei weitere Wörter sagen – wider besseres Wissen als Teeniemutter –, die euch durch euer Leben begleiten sollen: *Leistet Widerstand!*

Stockholm, im November 2017
Louise Boije af Gennäs

DIE GROSSE WIDERSTANDSTRILOGIE GEHT WEITER

BAND 2 AB MÄRZ 2020 IN IHRER BUCHHANDLUNG

978-3-95890-242-8, Klappenbroschur

www.europa-verlag.com

DER NEUE HELD IM SCHWEDENKRIMI HEISST TOM GRIP

Kopenhagen, im Juni 2016: In einem aufsehenerregenden Coup wird das teuerste Gemälde Dänemarks – »Interiør« von Vilhelm Hammershøi – aus dem Dänischen Nationalmuseum gestohlen. Eine Leihgabe von Brian Frost, dem »König« von Kopenhagens Unterwelt. Dieser beauftragt den international agierenden Kunstdieb Tom Grip, das Gemälde wiederzubeschaffen. Tom bleiben kaum mehr als 24 Stunden Zeit, um das Bild aufzuspüren. Denn das exklusive Werk ist mit einem Mechanismus gesichert, der es zerstört, sollte es nicht rechtzeitig zurückgehängt werden.

Für Tom Grip beginnt ein atemloser Wettlauf gegen die Zeit. Während ihn erste Spuren zu dem serbischen Mafiaboss Nebojša Savić führen, der in einem erbitterten Machtkampf mit Toms Auftraggeber steht, schaltet sich auch die dänische Polizei ein, bei der ein Beamter ein gefährliches Doppelspiel zu treiben scheint. Inmitten einer heißen Jagd, in der alle Beteiligten bis zum Äußersten gehen, taucht schließlich ein Name immer wieder auf: Jonathan Frost – Tom Grips bester Freund –, getötet bei einem letzten gemeinsamen Raubzug in Thailand ...

www.europa-verlag.com